신서울 2

신서울 2

발행일 2023년 6월 7일

지은이 김민우
펴낸이 손형국
펴낸곳 (주)북랩
편집인 선일영
편집 정두철, 배진용, 윤용민, 김부경, 김다빈
디자인 이현수, 김민하, 김영주, 안유경, 한수희
제작 박기성, 황동현, 구성우, 배상진
마케팅 김회란, 박진관
출판등록 2004. 12. 1(제2012-000051호)
주소 서울특별시 금천구 가산디지털 1로 168, 우림라이온스밸리 B동 B113~114호, C동 B101호
홈페이지 www.book.co.kr
전화번호 (02)2026-5777
팩스 (02)3159-9637

ISBN 979-11-6836-930-6 04810 (종이책)
979-11-6836-931-3 05810 (전자책)
979-11-6836-927-6 04810 (세트)

K-디스토피아의 새로운 시작
선악과 신을 탐하다

김민우 장편소설

신 서울 2

선악의 충돌

북랩

목차

1장.

날뛰는 악의, 적과 마주하다

(기적의 행사)

뿌우우—.

낙후한 배의 뱃고동 소리가 가까운 곳에서 이제는 굉음이 되어 들려온다. 때마침 하늘을 뒤덮은 구름 뭉치 속에 가려져있던 보름달이 슬쩍 얼굴을 드러내며 고요가 맴돌고 있는 어두컴컴한 밤바다의 정경을 아스라이 밝혀줬다. 위장을 목적으로 주둔해 있던 탓에, 움직이는 와중에도 불빛 한 점 내지 않고 있던 거대 군함은 그제야 일정 지점 안에서만 서로 식별이 가능하도록 구성된 하얀색 신호탄을 하늘 위로 쏘아냈다.

피슝— 펑.

그에 화답하듯이 맞은편에 도달한 경비대의 화물 배에서도 하얀색의 신호탄이 쏘아 올라진다. 하늘을 수놓은 흰 가루의 뜻이 표하는 바는 '현재 수행 중인 임무에 아무런 문제가 없음'을 나타내는 약속된 표식이었다.

이제 그만 매몰됨을 떨쳐내고 정신 차려라, 서울아 이 이상 과한 예측에 따른 번원은 쓸모없는 시간 낭비일 뿐이야. 우리들 인간은 누구라도 완벽할 수 없어. 과거에도 현재에도 지금보다 아주 머나먼 미래에조차 말이지…. 쳇, 내게 주어진 시간만 조금 더 넉넉했더라면….

신서울은 이제는 완전히 제 나이 또래쯤으로 변환을 마친 김 교수의 목소리에서 짙은 아쉬움을 느낄 수가 있었다. 그러한 그의 심경변화는 목소리에서만 묻어 나오고 있는 것이 아니었다. 두근—, 두근—, 두근—, 거푸 심장이 거칠게 뛰어올랐다.

뭐지? 몸의 주인은 틀림없이 김 교수로부터 비롯되어졌을 감정의 난동에 사로잡혀 영문을 모를 고양감에 흠뻑 젖어들었다. 짧은 시간 동안에 성장을 거듭한 그녀인 만큼, 이제 어리숙하게나마 그와 자신, 양자 간의 구분을 확실히 지을 줄 알게 됐다. 이것은, 결단코 나의 감정 영향으로 일어난 신체상의 변화가 아니었다. 자신의 정신 깊숙한 곳 어딘가에서 머무르고 있을 이방인, 김 교수의 감정 발현의 영향으로 인한 것이었다. 다시금 의문이 깊어진다. 그 깊고 깊은 지식의 샘을 통해 낱낱이 원인을 찾아봐도 역시 타인이 나와 다른 타인에게 이만큼이나 직접적인 영향을 미치기란 허용되지 않은 불가능의 영역에 속한 일이었다. 설령 지금처럼 한 몸에 두 정신이 공존해 있더라도, 본체가 다른 이방인의 존재를 여실히 인지하고만 있다면 몸의 관장자는 언제나 원주인인 '신서울', 그녀일 수밖에는 없을 터.

허….

그리고 이 낯선 변화에 진실로 의구심을 품은 건 지극히 '이성적인' 김 교수 또한 피차일반이었다. 인류가 이룬 생명공학 및 관련 지성들의 정수— 신서울의 '인과를 역전시키던 기적의 행사'가 있는 것이라면 또 모를까, 지금도 과할 만큼 제멋대로 뒤죽박죽 섞여 마구잡이식으로 재조립이 됐으면서, 한낱 정교하게 만들어진 부품 따위에 불과한 자신에게 대체 이 놀라운 기적의 범위는 어디까지 뻗어나가 닿으려는 것인가. 이 지독히도 반복되어온 모든 순간이 단지 한순간의 꿈은 아닐지, 못내 그런 의심이 들기도 했다.

이럴 땐 볼이라도 쭉 늘려 꼬집어 볼 수 있었다면 참 좋겠다만은, 남의 몸에 빌어 사는 비루한 신세라서 말이지. 참, 끝장나게 지랄 맞구먼 정말. 내 신세가 어쩌다가 이 모양 이 꼴이 된 걸까. 젊은 시절 불의의 사고로 병원의 냉막한 침실에만 1년 반이 넘도록 뒹굴던 그때의 시간이 자신의 일평생을 통틀어 최악의 순간이라고 확신하며 여겼었건만, 새롭게 제게 닥친 이 불행의 연속성과 놓고 비교해보자면 글쎄, 그때 느낀 절망의 감정은 조족지혈에 불과할 뿐이 아닐까 하는 결론에 도달하게 된다. 한번 터져 나오기 시작한 한탄이 그 끝을 모르게 이어지려했다.

씁, 이럴 때가 아니잖아. 넋을 놓고 있지 말고 네 앞에 놓여진 불규칙한 길이나 똑바로 바라봐봐. 절대 불가능하다고 규정을 지어놨었던 영역의 '기적'이 지금 바로 네 눈앞에서 실시간으로 쌓여가고 있지 않은가. 아마 무지한 우리들이 아직 발견하지 못했을 뿐이지, 대상체의 '보호자 역할' 같은 하찮은 임무를 수행하기 위해 세상 위에 탄생한 내가 지금처럼 나를 본체와는 전혀 다른 한 명의 개인으로서 이해하고 수용하게끔 변한 것처럼 모든 존속 체계가 철저히 프로그래밍이 된 나란 존재의 한계선이 이미 지정된 범위 바깥을 까마득히 벗어나 해석불능의 오류를 일으키는 등의 사소한 변화 정도야 이제는 그리 이해하지 못할 것도 아니었다. 의도적으로 감춰두고 있었던 기본을 떠올려보자. 자신이 알고 있는 것만을 이 세상 유일무이한 진리로 떠받드는 행위는, 자신의 두 눈에 부러 안대를 뒤집어쓰고 봉사가 된 채로 스스로의 다리에 족쇄를 채워 움직임까지 제한하는 미련한 짓이란 걸 내가 쌓아온 개념은 매우 잘 이해하고 있다. 지금의 나를 만들기 위해 원래의 내가 투자했던 그 시간과 노력, 열정을 떠올려봐. 하루에도 몇 번씩이나 이건 절대로 실현이 불가능한 미친 짓이라고 머리를 쥐어뜯으며 좌절하던 지독한 순간과 현재의 어리둥절함을 놓고 비하자면 지금의 '나'는 그나마 조금이라도 행복을 느끼고 있지 않나. 앞으로 어떤 풍파가 더 남아있든 간에 마지막, 정말 최후의 순간만큼은 내가 만들어진 의욕의 최대점에 닿아 내 사랑하는 사람들의 품 안에서 눈을 감을 수 있을 터이니, 곁 가지의 아쉬움 정돈 이제 곱게 접어 품 안에 넣어두자고.

"얼마 남지 않았어…."

그, 혹은 그녀가 아주 낮게 뇌까렸다. 누구의 것인지는 이제 당사자들조차 더 이상 분간을 할 수가 없었다.

아니지… 확실하잖아 이건 틀림없이 김 교수님으로부터 비롯되어진 감정의 난동이 확실했다. 자신은 그 감정에 의해 오랜 열망의 도달점이 저곳이란 것을 누구의 설명 없이도 스스로 확고히 인지할 수 있었다. 꽉 얽매인 비밀의 실타래가 정해진 방향대로 풀리기 위해 느슨해진다. 감정의 공유가 깊어질수록 잠들어 있던 비밀을 하나둘 일으켜 세워갔다. 기대로 인한 상기됨보다 왠지 모를 어떤 두려움이 더 큰 것도 같았지만, 애써 부상하려드는 초조함의 용수철이 마음껏 튀어 오르지 못하도록 강하게 짓눌러낸다. 더 큰 충격에 의해 억누르던 힘이 풀리게 된다면 당초보다 훨씬 더 높게 튀어오를 것을 알고 있음에도 신서울이 당장 할 수 있는 최선의 응급처치는 이것 말고는 마땅히 없었다.

음, 이제 숨기기도 힘에 부치네. 옜다, 너 다 가져가라. 어차피 이것도 네게 남겨줄 볼품없는 유산의 일부일 테니까. 음, 아직까지 숨길 수 있는 것의 최대치는…. 그래도 여기까지의 마지노선은 가능하려나.

"못됐어… 이렇게 많은 걸 나 몰래 숨겨 두고 있었다니."

그동안 억제됐던 제어의 끈이 사라지자마자 고삐가 풀린 망아지처럼 마구 날뛰는 머릿속 지식뭉치들의 공세가 터져나와, 신서울은 인상을 한껏 구긴 채로 불만을 토해냈다.

그러는 동안 [모세의 기적]이란 명칭을 가진 거대 군함이 방주의 바로 옆자리까지 도착해 정박하기에 이르렀다.

"갑판수들 집합!"

"경준아 연결 방향에 오차 가는 없는지 확인 좀 잘해봐."

"네! 분대장님 확인결과 이상 없습니다."

"야 김 소위! 대장님은?"

"그게… 큰 목소리로 여쭤봐도 계속 응답을 안 하셔서 용기 내 두 눈을 질끈 감고서 무단으로 대장실 안으로 처들어가 보니 아 글쎄, 술에 곯아떨어져서 주무시고 계시지 않습니까? 급한 용무가 있어 일어나시라고 아무리 흔들어 봐도 도저히 눈을 안 뜨시던데…. 저희 이제 어떡하면 되겠습니까?"

"뭐? 이 시간에, 하필 그것도 기적의 아이의 인양이라는 주요 임무수행을 앞두고 있는 도중에 술에 꼴아 자빠져 주무시고 계시다고? 하, 진짜 돌아버리겠네. 하는 꼬라지 보면 왜 그만한 경력과 신앙심, 백을 갖고도 이런 한직의 대장 자리로 내쫓긴 건지 잘 알겠다니까. 우릴 찾아온

게 다른 것도 아니고 '모세'인걸 보아 무려 대모님께서 이곳까지 직접 행차를 하신 모양인데…. 모양새 빠지게 지휘관 없이 우리끼리만 어떻게 그분을 의전 하고 있냐고, 돌겠네 진짜 에휴…. 참 도 대위님은 또 어디로 가 계신 거야? 보나마나 또 선체 밑바닥에 틀어박혀서 나 홀로 작업중이시겠지? 제발 그런 건 할 일 없는 애들이나 시키고 벽 수리 좀 직접 하러 다니지 마시라고 내 누누이 말씀드렸건만… 여긴 어째 정상적인 지휘관이 하나도 없냐."

경비대에서 세 번째 서열을 가진 조현국 소위가 낭패한 표정으로 머리를 감싸 쥐었다. 대모님의 성향이야 어느 누구를 들이밀어 붙여놔도 비견하기가 민망할 만큼 가히 천사처럼 따스하고 온화한 분이시니, 언제나 그랬던 것처럼 이런 의례적인 형식 따위에 얽매여 연연하지는 않으시겠지만은, 문제는 그녀의 보좌역을 자처하면서도 군부대 지휘관의 최고계급인 '준장' 이상의 직위까지 겸직 하고 있는 '신관'(이라 부르고 아랫사람들끼리는 욕심 많은 늙은 꼰대들이라고 쉬쉬거리며 칭하는 늙은이)들에게 있었다. 그들을 일컬어 암암리에 칭하는 별명이 따로 있었으니 라펠트의 '다섯 악마'들. 우리의 훌륭한 아버지께서는 이 세상 위에 악의 필요성을 통감하시고서 현실에서 일어나는 살인과 강간, 사기 등의 씻을 수 없는 죄악을 그저 간섭하지 않고 지켜만 보고 계시는 거라고 성경(聖経)을 통해 배웠다. 오직 심판이란 것은 우리의 사후, 그분의 세계에 발을 디뎠을 때나 벌어질 차후의 일. 사탄이나 악마 따위가 세상의 혼란을 틈타 암약을 하고 있는 건 전부 그분의 전지적 시점에서 그 또한 필요하기에 방치하고 계신 것이지, 이 세상의 모든 만물을 창조하고 주관하는 전능하고 위대하신 우리의 아버지께서 이 세상에 오직 해악만을 끼치는 불필요한 것을 그대로 방치해 놔뒀을 리가 없음이다.

'참 스스로가 내뱉은 생각인데도 어이가 없어 헛웃음이 다 나오려하네. 이 망가진 세상에서까지 [필요악]의 중요성에 대한 정당성을 부여하다니 말이야. 정말로 그딴 게 필요해서 지랄을 방치하는 거라면, 우리들에게는 너무 가혹한 일이잖나.'

조 소위가 저희들이 처한 잔혹한 현실을 한탄 해봤자 실질적으로 변화하는 것은 아무것도 없었다. 모든 종교를 불문하고 인간의 역사에서 이 '선악'의 존재는 언제 어디서나 필연으로 대두되는 개념의 것이었고, 바깥세상 인들이 심취해있는 절대 신을 내세운 신흥종교에서조차도 악의에 너무 깊게 빠져버려서 사탄마귀에게 현혹되지만 않는다면 악은 다만 이용가치가 풍부한 하나의 긍정적인 수단으로서 그 의미가 함축이 되어있었다.

이 제멋대로일 뿐인 해석은, 순식간에 현 지상의 유일한 낙원 **라펠트***에 거주하는 바깥세상 최대 규모의 생존자들에게 하나의 궁극적인 이념으로 굳건히 자리 잡게 되었다. 이는 아주 당연한 맥락의 현상이기도 했다. 다만 기적에서 빚어진 실낱같은 희망만을 바라보면서 헛될지도 모를 꿈속에 깊게 젖어 함몰되기에는 현재 그들에게 주어진 세상의 환경은 너무나 비극적이고 암담했다. 간신히 살아남은 그들이 그나마 새로 힘겹게 쌓아 올린 보금자리는 핵폭탄의 위협에 대한 방비는커녕, 조금 높은 파도 한방에도 맥없이 무너져 내릴, 입자가 아주 고운 모래로 지어진 나약한 성이었다.

***lapelt: 옷깃, 과거 지명은 울릉도**

우리는 어떻게 해야 계속해서 생존을 이어나갈 수가 있을까. 항상 언제 닥칠지도 모를 '기적'의 발현에만 기대어서? 우리 인간은, 결코 그러한 감성에만 의존하여 살 수가 없었다. 그렇다고 너무 이성의 판단을 고집하여 그 안에만 매달리기에는 주어진 삶의 환경이 너무도 퍽퍽하고 고달픈지라 살아갈 의욕 자체가 좀처럼 생겨나질 않았다.

각자의 존재가치를 확립한 이래 오직 예전보다 더 나은 삶을 영위하기 위한 의욕의 발버둥으로부터 눈부신 발전의 역사를 쌓아 올렸던 인간들이 아주 자연스럽게 형성한 '나는 항상 발전하는 존재이다' 이 배부른 투정은—, 과도기를 거쳐 서로를 분열시키고, 다투고, 얼굴을 붉히며 언쟁을 높이다가 언제나 그래왔던 것처럼 그나마 실현이 가능한 가장 합리적인 결과 앞에 도달해 그대로 멈춰 서게 됐다. 끔찍한 투쟁의 시기를 거치고 나서야 이제 겨우 반듯하게 자리를 잡게 된 지금의 망가진 도시 위에는 나와 다른 누군가의 죽음 따위, 아무런 감흥이 없이 아주 당연한 것으로 받아들여지게 됐다. 살기 위한 투쟁을 반복하는 동안 모두의 기본인식과 개념이 형편없을 만치 일그러져 망가져 버리게 된 것이다. 생존을 우선시하기 위해 가장 먼저 배제해야 할 것이 나 자신을 나약하게 만드는 부정적인 감정이었으므로, 생존을 보장받기 위해 철저히 뒤틀려 마모된 '이성'을 가장 앞세우도록 모두가 자연히 진화를 해버렸다. 이성에만 매달려 합리화의 멸종의 길로 나아가던 그러던 차에 외부에서 아주 자애롭고 현명한 리더가 등장을 하였고, 절망뿐인 모두에게 절대적인 존재인 초월자—**'신'**의 받듦을 내세우며 주변의 구조물들뿐만이 아니라 사람들까지 망가진 채로 말라 비틀어져 가고 있는 괴리의 세상을 억지로 바로잡고자 한다면 과연 처음부터 모두가 옳다구나 하면서 그 숭고한 뜻에 너도나도 동참의 뜻을 보이며 잘 따를까? 마치 정해진 연극의 한 장면처럼 우리에게 희망을 필히 가져올 '주인공'의 등장을 기리며 모두가 한 몸이 되어 열과 성을 다해 기도하고 환호의 응원을 보냈을까?

아니, 현실은 그렇지 않다. 이 세상은 소설이나 만화, 혹은 영화처럼 단순히 개인의 상상 속에 갇혀 고정되어있지 않았고, 인간은 모두 자신의 필요에 의해 무리를 지어 살아가는 것일 뿐이지 대부분은 지극히 이기적이고 개별적인 존재였다. 예를 들어 누군가가 1+1=2라는 지극히 올바른 답을 제시한다고 쳤을 때, 거기에 누구나가 인정할 수 있는 참된 해석이 덧붙어있지 않는다면—어쩔 땐 설령 올바른 해석이 덧붙어있다 해도 다수가 인정할 수 없는 답이라면 올바르지 않은 것이 된다.—그 당연한 정답을 정답이 아닌 거짓이라고 주장을 하는 어리석은 이가 어딘가에서 꼭 한 명쯤은 나오기 마련이었다.

김 교수가 각고의 노력 끝에 생명공학자로서 모두에게 인정받게 된 직후를 보라. 각국을 돌며 자신의 역량을 계속해 가다듬었던 열정적인 시절에도 자의로든 타의로든 자신의 생각에만 파묻혀 판단 자체가 단단히 굳어버린 어리석은 이들을 참으로 많이 만났고 그들의 별남을 직접 겪어봤었다. 그 고집쟁이들은 인식이 한쪽으로만 쏠리다 못해 아예 고정돼서는 그 어떤 이도 정면에서는 이견을 갖지 못할 가장 합리적이고 올바른 진리조차 자신이 받아들인 방향성과 어긋난다면 아무리 자세히 풀어서 설명을 해줘도 쇠귀에 경 읽기 식으로 못 들은 척, 아님 무조건적인 절대 부정을 해대며 얼렁뚱땅 넘기기에 일쑤였다. 그 역겨운 현장을 양 손가락의 수를 합한 것보다 더 많이 목격을 해봤던 김 교수는 아둔해빠진 몽상가들을 극도로 경멸하게 됐다.

백오십여 년 전쯤인가, 드디어 하늘 위에 정복의 깃대를 올려세우게 된 인간들이 그보다 더 바깥의 공간인 불가해 영역의 '우주'로 시선을 돌려 드디어 우리 모두의 보금자리인 지구의 모습을 촬영하는 데 성공을 하는 쾌거를 거두었고 그 일을 주관한 몇 과학자들이 자신들이 이뤄낸 위대한 업적에 의기양양해하며 '어떠냐, 우리가 예측한 대로 지구는 구의 형태를 띠고 있지 않았느냐'고 진리의 일면을 대중들 앞에 공개한 적이 있었는데, 지구는 평평하다는 과거부터 이어져온 터무니없는 '지평설'을 그때까지도 맹신하고 있던 머저리들은 명확한 증명을 거쳐 기정사실화된 참됨조차 다 조작된 거짓이라고 제멋대로 치부한 채로 몰비판적인 부정에 나섰으며, 그것만으로도 모자랐는지 저 거짓분자들의 허위를 똑바로 잡아 달라는 막무가내 시위를 일으켜대며 사회적으로도 다분히 큰 혼란을 야기시켰다. 더 경악스러운 건, 그 허무맹랑한 거짓부렁을 사실이라 믿으며 지평 설에 가담했던 이들이 한두 명이 아니라 최소한 수만 명은 넘었었다는 어처구니없고 뼈아픈 진실이었다. 꼭 진리에 근접한 정답이 아니더라도 인간을 현혹시킬 매혹적인 허구는 우리의 역사가 진행되던 어느 때나 등장을 해왔고, 과거부터 모든 인간이 가진 의심과 맹목이란 일방향적인 감정 속에 슬그머니 녹아들어 나약한 틈새를 아교를 바르듯이 끈끈히 메꿔놨기에 겉보기엔 아무런 문제가 없는 것처럼 꾸며져 있었다.

당장 도시 신서울에 빌붙어 그저 '오늘'만을 살아가는 수많은 이들이 어떠한가. 그들에게 벨루가 사를 뒷배로 둔 지배자들은 '타락한 돼지'들이 아니라, 자신들이 살아가는 세상의 유일한 정의요, 시민들의 구심점인 숭배대상이며 전지전능한 '신'과도 같았다. 심지어 세상이 혼란해진 틈을 타 강압적으로 지배자 역할을 꿰차 앉고, 역할극에 심취해버린 그들이 알고 보면 자신들과 같은 시간대를 살아가고 있으며 주어진 한계를 결코 뛰어넘지 못할 우리와 같은 '동류의 인간'임을 지식인들은 똑똑히 인지하고 있음에도 막강한 그들의 권위에 짓눌린 채 끊임없이 세뇌당하면서 매일을 지내다 보니까 어느덧 그들이 자신들과는 다른 어떤 위대한 존재라고 간주되어 진심으로 권력자들을 저 높고 위대한 존재로 치부한 채 진심으로 받들어 모시게 돼버렸다.

지독한 상황에 처한 현주소에서 개인은 결코 사회의 전체 시스템이 발하는 '전제주의'적인 억압을 이겨낼 수가 없었다. 간혹 운명의 선택을 받아 세상에 발을 디디게 된 아주 명석한 천재가 아니고서야 도시 신서울의 현재는 권력자들의 횡포를 의심하는 것조차 더 이상 자의적으로 떠올리기가 힘들 만큼 아주 철저하게 꽉 막힌 환경으로 이뤄져 구축이 되었고, 그럼에도 가뭄에 콩 나듯이 등장하곤 하는 뛰어난 재능인들—촘촘한 그물로도 가두는 게 불가능한 세기의 천재들조차 그 총명함으로 자신에게 가장 득이 될 권력자를 뒷배로 삼아 함께 권력을 자유자재로 누리길 원했으면 원했지, 구태여 자신의 목숨을 헛되게 걸어가면서까지 성공률이 제로에 한없이 가까운 무의미한 저항 따위를 실행에 옮기려 들지 않았다. 아니, 못했다가 더 정확한 표현이리라.

현재 300만 인구를 표방하는 도시 신서울에 거주 중인 정확한 인구수는 총 313,478명이었다. 과거에 비한다면 터무니없이 적은 숫자였지만, 30만 이상의 인구가 마냥 적은 것만은 또 아니었다. 셋 이상만 모여도 온갖 분쟁이 끊임없이 일어나는 게 인간의 고질적인 투쟁의 습성인데, 아무리 강대한 권력을 쥐고 있다 해도 고작해야 열 명 정도에 불과한 극소수의 권력자들의 눈치를 보며 모두가 납작 엎드린 채 살아감을 받아들이고 있다니…. 조금이라도 자유를 경험해본 이들에게는 좀처럼 납득하기 어려운 아이러니였다. 당신이 아주 평범하고 당연히 자유를 누릴 수 있는 세상 위에서 살아가고 있다면, 도무지 그들의 방기를 이해할 수가 없어 영원히 풀어내지 못할 난제를 마주 보는 것과 같을 것이다. 누군가가 나서서 자신이 겪은 불합리함을 아무리 실감 나게 설명을 해준다 해도 그런 것보다 본인이 직접 그것을 경험해봐야지 확실히 와 닿을 수가 있는 법이니까 말이다. 백언불여일행(百言不如一行)이라 했다. 말로서 백 마디를 전해 듣는 것보다 한 번의 경험과 실천이 월등히 더 낫다는 옛 사자성어의 표현. 도시 신서울에서 살아가는 사람들은 그토록 억압받는 삶을 살아가고 심지어 그 사실을 어느 정도 인지하고 있으면서도 왜 저항을 떠올리지 않을까—? 인간의 기본 틀을 바꿔낸 진화의 역사는 대개 원하는 것을 쟁취하기 위한 투쟁의 순간들로 이뤄져있었다. 원하고 탐나는 것을 제 손에 쥐기 위해서라면 목숨도 초개같이 내다바칠 위대한 용기를 끌어안은 선구자들이 늘 이 세상 위의 긍정적인 사회 변혁을 이끌어왔다. 인구가 너무 많이 줄었기 때문에 선지자들이 활약하기 곤란했던 걸까? 설마 그럴 리가. 언급했듯이 삼십만의 인구는 결코 적은 숫자가 아니었다. 우리와 같지만 완전히 다른 생각을 가진 개개인이 무려 삼십만이나 뿔뿔이 나뉘어져선 같은 한정된 공간 속에서 살아가고 있는 것이다. 비교군 대상을 수천만의 인구가 아무렇지 않게 함께 살아가던 멸망전쟁 바로 직전을 포커스로 뒀기 때문에 삼심만이란 숫자가 별거 아닌 거처럼 보일 뿐이지, 멸망전쟁을 기점으로 현재를 살아가고 있는 이들이 과거로 회귀하게 된 당장의 흐름과도 대조해보자면 현재의 삼십만의 인구는 도리어 억압의 체계를 확고히 유지하기에 살짝 과하다고도 볼 수 있었다. 시대가 뒤로 후퇴한 만큼 강압적인 억제는 분명 어느 정도 필요성이 높은 가치를 띠고 있었다. 이것은 옹호하기도 부정하기도 어려운 현실의 어두운 측면이었다. 힘겨운 시기에 겨우 생존해남은 개개인이 대체 얼마나 잔혹해질 수 있는지 모두가 직접적으로 경험해본바, 뼈저리게 알고 있었다.

허나, 당장에 마른 목을 축여낼 한 컵의 물을 충족시키려던 어느 선지자의 훌륭한 첫 기치—역설은 어느덧 수백 개의 물탱크를 가득 채우는 것으로도 모자라 끊임없이 새로운 물탱크를 찍어내 풍족해진 현재에 이르렀고 그러는 동안에 사람들은 점점 본인들이 억압받고 있음을 의심하지 못하게 됐다. 왜냐고? 물이 넘쳐나는 현재까지도 대다수의 모두에겐 여전히 한 컵의 가득 찬 물이 '간절히' 필요로 했으니까. 겨우 반 컵 정도의 물이지만 그래도 권력자들의 지배하에 안정적으로 물이 제공되고 있다면, 그 이상을 원하는 욕망을 참지 못하고 강대한 살인병기들의 전권을 가진 권력자들의 폭거에 대놓고 저항해 초개같이 목숨을 내던지기보다는 그냥 오늘의 삶을 이어갈 수 있는 데에서 적당히 타협하고 만족하는 편이 불편하고 비루한 삶이나마 내일의 생을 확실히 보장받은 채로 이어나갈 수 있는 유일한 지름길이었다. 인간에게는 개인마다의 한계선이 존재했고, 도시의 지배자들이 그어놓은 선은 현 체계를 유지하는 데 놀라울 치만큼 적합한 것이었다.

티끌 하나 묻지 않은 새하얀 원탁에 둘러앉아 머리를 맞댄 그들은, 어떤 크기의 권력을 지녔든지 간에 끝내 몰락을 맞이하고만 어리석은 과거의 권력자들처럼 무조건적인 폭정만을 일삼는 것을 택하기보다 보상이 될 당근을 시민들에게 공짜로 던져주면서 혼란을 수습하여 안정화시킨 후, 모두가 당근에 시선이 사로잡힌 그 틈에 분란을 일으킬 만한 모든 가능성을 상정하여 그러한 요소들을 하나하나 완벽히 차단해 나갔다. 쓰잘머리 없이 투쟁의 욕망이나 불러일으킬 법한 정의로운 의사소통의 단어들을 과감히 지상에서 제거해버린 것부터가 당금의 도시 신서울의 체계로 자리 잡은 통제정책의 본격적인 시작점이었다. 권력을 앞세워 '자유'를 거세하고 사람들의 정신에 성공적으로 족쇄를 매달은 그들은 그다음 절차로 재빠르게 언제든지 물리적인 행사—어느 때건 그 즉시 반동분자의 '도살'이 가능한 드론부대를 제작·배치하였고 머지않아 도시를 마음껏 뒤흔들 수 있는 독불장군의 위치에 오르는 데 성공을 거두었다.

이처럼 피치 못할 강제성에 의해 어쩔 수 없이 한군데로 뭉치게 된 일개미들을 영원한 노예의 굴레로 밀어 넣기 시작한 철저한 세뇌작업의 과정은 이 세상에 덩그러니 남게 된 모든 고등과학기술의 원천들을 손아귀에 틀어쥔 권력자들에게 있어 늙은 닭의 모가지를 비틀어 죽이는 것보다 달성하기 쉬운 과제였다. 그들은 이전부터 부와 권력, 명성 모든 것을 틀어쥐고 있었고 폭군의 자리에 앉기 위해 마지막으로 갖추어야 할 건 오직 죄책감 같은 나약한 감정에 휘둘리지 않는 담대함 한가지면 족했다. 지독함에 함몰된 현재의 상황은 일방적으로 권력자들에게 과히 유리한 조건이었다. 제아무리 '자유'를 우선으로 내세운 세상에서 함께 살아가고 있었다고 할지라도 모든 걸 가진 채로 살아감은 보통의 일반인들로서 드라마나 영화, 소설 따위를 통해 멀리서 가볍게 망상 정도나 해봤을 뿐인, 사실은 아주 무거운 책임감을 부여받은 채로 탄생하여 평생 막중한 무게를 짊어 멘 채로 존재해야 한다는 것을 뜻했다.

직접 그 무게를 짊어보지 못한 이가 그 오묘한 책임감의 압박을 대체 어찌 알리오. 이것은 인간이 만들어낸 사회시스템의 구조상 처음부터 명백히 결여돼 망가진 채로 전승되어져온 심히 비틀린 부분이었다. '무오류의 환상'에 젖은 수많은 권력자들의 염원이 오래도록 쌓이고 쌓이다가 맞부딪힘에 닳아가며 완전히 고착이 되어버리고만 골치 아픈 문제점. 아주 오래전부터 운 좋게 운명의 선택을 받아 생애가 통째로 행운에 휘감겨있던 소수의 몇 사람들만이 지구상의 거의 모든 부와 권력을 독점해올 수가 있었던 것처럼, 어느 날 세상 위에 들이닥치게 된 재앙은 지난 역사의 대가전승으로 엉뚱하게 그것을 제대로 누려보지도 못한 가난한 후손들의 몰락을 담보로 삼았다.

사실 지금과 같은 멸망의 시대는 가진 것의 유무와는 어떠한 상관도 없이 단순한 '재액'의 결과였을 뿐이지만 늘 풍족하게만 살아왔던 부의 계층민들은 자신들에게 느닷없이 닥친 불행을 역사의 승자들이 그래왔던 것처럼 저들 마음껏 정의 내렸다. 참, 재수 없게도 우린 우리 대에 조상들의 과오까지 대신 짊어 메게 된 것이라고. 원래 인간이 만들어낸 단어와 생각의 허용범위는 힘을 가진 이들의 뜻이 모여 이룬 결론에 의해 결정지어지는 법이었다. 실질의 권한 없이 도의적인 책임 같은 얼렁뚱땅한 감정만으로는 이미 멸망한 세상에서 어떠한 영향력도 발할 수가 없었다.

"어쭈 이것 좀 봐? 가장 앞서서 경례하고 있어야 할 경비대장은 어딜 가고 이딴 떨거지들만 앞에 모여 있는 거야? 군기가 아주 개판이구먼!"

"아이고, 최 신관님, 우리의 아버지께서 안 듣는 것 같아도 알고 보면 다 전해 듣고 계십니다. 신도들 앞에서 각자의 신분을 격하하는 상스러운 말씀은 자제해주세요. 우리를 구분 짓는 건 오직 믿음의 차이일 뿐이지 않습니까. 껄껄껄껄껄."

'신서울'이 아주 깊고 비틀린 상념에 빠져있는 동안, 짧은 백발을 깔끔히 정돈해 올백으로 넘겨 올린 사제복장의 노년의 두 남신관이 비틀린 담소를 나누며 경비대의 화물선으로 건너왔다. 두 사람의 얼굴에는 세월의 습관이 만들어낸 주름 자국이 선명했다. 평소 미간을 얼마나 찌푸렸던 걸까? 얼굴 위로 뾰족하게 진 주름만 흘끗 내다보아도 두 사람의 성격을 대충이나마 짐작할 만했다.

뭐야? 아무리 인재가 없어도 그렇지 뭔 저런 탐욕과 고집으로 점철이 된 영감탱이들에게 분에 넘치는 감투를 씌어준 거야, 어휴 얼굴만 봐도

사이즈가 나오네 딱 나와. 이런 씹.

김 교수가 참지 못하고 자체적으로 필터링처리가 된 불평을 터뜨렸다. 정말 이번 '회 차'는 무슨 놈의 변화가 이리도 심한 건지. 전쟁 이후, 대한민국의 수도 서울의 터를 깔끔히 정비하고 무너져 가고 있던 사회 전반을 장악하게 된 열두 명의 최초 권력자들은 어느 정도 혼란이 가라앉자마자 기다렸다는 듯이 위선자의 가면을 벗어던지고서 저들끼리 힘을 합쳐 본격적인 야욕으로 빚어진 억압의 지배를 실행에 옮겼다. 본인 또한 도시 안에서 발을 빌붙고 살아가야 하는 불우한 처지인지라 빌어먹을 놈들의 횡포의 영향으로 날이 갈수록 퍽퍽해지는 삶의 과정이 못마땅하게 지켜볼 수밖에 없었던 김 교수는, 자신에게 세상에서 가장 소중한 존재인 '직계가족'들을 먼저 그 억압의 현장으로부터 탈출시켰고, 훗날의 미래를 그렸다. 상당한 위험성을 동반하긴 했지만, 결과만을 놓고 봤을 때 그리 나쁘지만은 않은 도박이었다.

1이 멸망하기 전의 온전한 과거의 세상이고 10이 손쓸 수가 없을 만큼 망가진 현재의 삶이라 놓고 보자면, 당시의 김 교수는 억압이 시작된 도시 신서울을 3~4 사이의 점수를 가진 곳으로 스스로 평했고, 미지의 바깥세상은 최소 최대수치가 6, 7 어림이 되지 않을까? 짐작을 하면서 그저 자신의 의욕이 가는 대로 계획을 실행에 옮겼다. 앉은 자리가 자리라고 여러 분야에서 제법 박식해져 있던 그는, 자신의 가족들을 바깥으로 빼돌리기 전 생존을 위한 사전 필요지식의 주입 과정과 여러 실전적인 생존 훈련 및 특이점을 맞이해 파츠(parts) 식으로 교체가 가능해진 신체 전신 기능의 교환을 암암리에 성공적으로 마쳤고 자신의 직계가족과 친우들이 외부의 험한 환경 속에서도 큰 무리 없이 잘 적응하여 생활해 나갈 만큼의 정신 및 신체적 기반을 다듬어 줬었다.

그랬을 터인데, 이번 회 차에서 유독 심하게 바깥을 점령해버린 종교적인 위세는 또 뭐고, 과거였다면 누구나가 꺼렸을 저런 늙은 꼰대들이 바깥세상의 최고 권력자로 추대 받고 있는 이유는 또 뭐 때문일까. 오랜 친우인 김민학 경비대장은 바깥세상을 움직이는 인물이 예상대로 대모님—, 자신의 어머니임을 확인시켜줬다. 오매불망 고대해 왔지만 이곳까지는 한 번도 도달하지 못했었던 지금 이 기적의 순간에 갑작스럽게 현실적인 의심이 생겨난다. 설마 저들에게 붙잡혀서 억지로 얼굴마담 역을 강요받고 있는 건 아닐까? 고작 이 조그마한 세상을 다스릴 정당성을 얻기 위해?

음…. 아냐, 그렇다고 하기에는 바깥 인들이 경애하는 '대모'의 이름 아래 주어진 권한과 존중이 과해도 너무나 과해. 아무리 욕심에 눈이 멀었다고 해도 마음껏 이용해 먹으려는 상대에게 언제든 자신의 미간에 겨눠질지도 모를 소총을 쥐어주는 머저리가 있을 리 없었다. 김 교수는 어서 최종 목적지에 도달해 자신이 가진 이 의문을 싹 다 해소시키고 싶어졌다.

서울아 미안한데 이번에도 잠깐만 네 몸의 지배권을 내게 넘겨주지 않을래?

'어…. 왜요? 저기 할아버지도 김 교수님이 아는 분인가 보죠—?'

김 교수에게 대체로 고분고분했던 신서울의 반문에는 의심조가 넘쳐흘렀다.

흥, 숨기고 있는 것을 죄다 실토하지 않으면 앞으로 절대 제 몸의 통제권을 넘겨주지 않을 거라고요—! 그녀의 당찬 다짐이 고스란히 전해져 온다. 참, 이 다양성으로 가득 찬 세상 위에는 하나부터 열까지 정말 어느 것 하나도 호락호락하지가 않단 말이지. 기나긴 시련 끝에 드디어 원하는 목적지를 바로 코앞에 두고서 지금에 와서 작은 소녀의 변덕에 발목을 콱 붙잡힌 자신의 처지가 어쩐지 가련하다고 느껴진다.

부탁한다 서울아. 내게 몸의 통제권을 넘겨주면 이제 최소 삼십 분 내로 네가 알고 싶었던 모든 비밀의 정체를 알게 될 거야.

최후의 목적을 달성하기 위해 반쯤 접고 들어간 김 교수가 몹시 다정한 투로 고집쟁이 신서울을 설득했다. 뭐— 이래도 부탁을 들어주지 않는다면, 하는 수 없이 강제력을 동원하기 위해 없는 힘까지 모조리 쥐어짜내볼 생각이었다. 이것만큼은 절대 양보할 수가 없는 이미 정해진 운명의 흐름에 따름이었다.

애당초 자신은 오직 지금 이 한순간에만 완전한 김민우로서 존재하기 위해 그러한 염원을 통해 제작이 된 원본의 복제인형 나부랭이에 불과했고, 목적 달성을 위한 장치들은 존재가 확립된 순간부터 쭉 준비가 돼 단단히 갖춰져 있었다. 단, 원래의 김민우 교수는 신서울이란 아이를 무감정하게 '도구'로서만 여겼을 뿐이었던 반면에, 현재 신서울의 몸속에 기생 중인 김 교수2는 서울이를 자신의 진정한 '가족'으로 여기게 되어 목적을 온전히 달성하기 위해서라면 그러면 안 되는 걸 명료히 인지함에도 이성으로는 납득할 수 없는 감정선의 부여됨에 짙은 영향을 받고 있음을, 이성과 감성의 경계에서 갈팡질팡하고 있음을 명백히 자각하고 있다. '그래 이제 와 더 이상 뭘 더 부정하랴.'

그는 비록 그녀와 실제로 만나 손을 맞잡으며 체온을 주고받거나, 귓가에 울리는 현실의 목소리로 대화를 나눌 수는 없었지만, 그녀가 걸음마도 채 떼지 못한 갓난아기 시절부터 함께하며 직접 업어 키운 자신의 [친딸]로서 여기고 있음을 인정했다. 아마 지금 당장 모든 강제력을 쥐어짜내 억지로 딸의 정신을 장악하려 한다면—, 실패하든 성공하든 서울이 에게 크나큰 악영향이 갈지도 모른다. 아니 분명 가고야 말 테지. 이건 절대 올바른 형식의 방법을 따르는 것이 아니었으니까. 평소였다면 미치지 않고서야 채택할 리 없는 아주 극단적인 방법이었다. 전에도 몇 번 언급했듯이 난 나의 오래되고 그릇된 소망 하나를 이뤄내고자 오랜 시간을 함께하며 적어도 김 교수2인 나에게만큼은 세상에서 가장 소중한 범주에 이르러있는 나의 소중한 딸아이에게 위해를 끼칠 마음이 조금도 없었다. 참 나, 그토록 굳게 고정돼있던 가짜의 마음이 어쩌다 이렇게 뻔뻔하게 진짜인 척을 하게끔 변화하게 된 거냐 정말.

당사자인 나로서도 도통 이해하지를 못하겠다. 분신체인 내가 김민우란 인간의 삶의 기억을 보유하고 있으며 수없이 반복됐던 세상의 경험들이 깨어나 모조리 인지하는 신비에 닿았다고는 해도 나 자신을 신서울의 진짜 부모가 여기게 된 건 이번이 처음이기 때문에, 미처 경험해 보지 못한 온정이란 낯섦에 단단히 정신이 홀려 버린 상황이었다.

…우리가 함께 할 수 있는 시간은 이제 정말로 얼마 남지 않았구나. 다시 한 번 부탁하마.

딸아이에 대한 간섭을 손만 닿으면 찢어져버릴 것 같은 얇은 기름종이를 건드리는 것같이 여기게 됐으므로 남은 선택지라고는 진심을 다한 부탁뿐. 김 교수의 그런 간곡한 반응에서 신서울은 어렴풋이나마 이제 정말로 그와의 헤어짐이 머지않았음을 자각했다.

…싫어…. 안 돼!

그녀의 부의 감정이 급속도로 팽창하면서 그와 그녀 서로의 정신간격을 벌려둔 단단한 방벽이 와르르 무너져내려버린다. 그가 감추고자 했던 모든 기억과 감정들이 폭포수처럼 쏟아져 나와 그녀의 정신을 세차게 휩쓸어 내렸다.

아주 많은 것들이 순식간에 지나갔다.

꿈결처럼 아스라이.

'…알겠어요.'

거대한 정보의 해일 앞에서 가까스로 정신을 유지하는 데 성공한 그녀는 겨우겨우 대꾸하고서 육체의 주도권을 넘겨주기 위해 전신에 모든 힘을 뺐다. 눈앞이 핑핑 돈다. 머릿속이 콕콕 쑤셔온다. 그가 갖고 있던 지식의 양은 그 끝이 보이질 않을 만큼 방대해, 진화의 과정을 거쳐 오며 제법 특별한 해석능력과 수용력을 갖추게 됐노라고 자만하던 자신의 향상 된 정신력으로도 단번에 소화해내기가 여간 어려운 게 아니었다.

"고맙다. 후…. 드디어 여기까지 왔구나, 내 '불운'으로만 가득 차 있던 이야기의 종막이 그리 머지않았어…."

간신히 딸아이에게서 지배권을 온전히 넘겨받은 직후의 김 교수가 나직한 투로 말했다. ―분명 속삭임 정도에 불과한 조그마한 중얼거림. 그러나 라펠트 유일의 화물선인 방주에 몸을 싣고 있는 대중들은 자신이 어느 장소에 서있던지 간에 단 한 명도 빠짐없이 그녀의 변형된 목소리를 귓가가 간지러워질 정도로 가까이에서 전해 받을 수가 있었다.

'뭐지? 뭐야, 이건?' 장내가 곧바로 혼란과 경악, 신비에 대한 경애심 따위의 감정들로 가득 물 든다. 조금이라도 이성적인 이들은 그나마 당금의 상황에 적용된 어떠한 트릭을 찾아보려고 애를 써봤지만 주변을 샅샅이 둘러봐도 눈에 비치는 건 선내의 차갑게 녹슨 철판뿐.

이 경이로운 현상에 대해 그 누구도 명확한 해답을 찾아낼 수가 없었다. 그것은 지극히 당연한 일이었다. 신서울이 발한 건 어떤 기계적인 장치의 영향을 통해 발산된 음량이 아니었으니까. 밤하늘에서 내리쬔 가느다란 달빛이 긴 검은 머리칼을 늘어뜨린 채로 서있는 아담한 체구의 소녀를 조명한다.

아아….

그 순간, 그 황홀경을 관측하고 흠뻑 빠져버린 백수십여 명의 사람들은 모두가 동시에 자신들이 경배하는 신의 모습과 그가 행하시는 이적의 경탄을 떠올렸다. 개인이 진심으로 단체가 꾸며낸 '초월자'를 믿고 있든 아니든, 1등에 당첨이 된 복권용지를 바로 눈앞에서 목도하고도 호들갑을 떨지 않을 평정심을 가진 이가 이 망가진 세상 위에 누가 있으리오. 적어도 지금 이 자리에 모여 있는 사람들 중엔 단 한 명도 없을 것이 분명했다. 그것도 허황된 믿음에 빠져 언젠가 반드시 1등에 당첨이 되길 간절히 바라오던 탐욕스러운 집단의 지성의 틈에서 발생한 당첨에 가까운 이변이라면 더더욱.

"이건…."

"아아, 아버지…."

마치 저 하늘 위에 앉아 계시다는 신의 계시와도 같은 신비한 음성을 실시간으로 접하게 된 신도들은 누가 먼저랄 것도 없이 동시에 자신의 무릎을 갑판의 딱딱한 철판 바닥 위에 처박고서 두 손을 손바닥이 보이게 번쩍 들어 올려 보이며 기적의 순간을 경배했다.

"드디어…. 드디어, 오랜 예언대로 구주께서 이 땅에 강림하셨도다."

"이때만을 기다려왔습니다. 아버지!"

"전능한 우리의 아버지시여, 부디 무지로 의심을 품은 저희들의 죄를 사하여 주옵시고, 이 세상을 감싸고 있는 무간지옥의 화마로부터 고통에 허덕이는 가여운 저희들을 구원해 주시옵소서. 간곡히 부탁드리옵나이다."

멀뚱히 상황을 관망하고 있던 라펠트의 지배계층, '신관'들까지도 광기

어린 분위기에 동조돼서는 경건한 포즈로 기도행렬에 합세하고 나서자, 이제 배의 갑판 위에 순수하게 서있는 사람이라고는 신서울의 몸을 빌린 김 교수— 단 한 사람뿐이었다.

와, 이건 또 뭔 뚱딴지같은 상황이래…?

모두의 주목대상이 된 그는 어쩐지 머쓱함에 뒷머리를 긁적거리다가 스스로의 행동을 인지함과 동시에 화들짝 놀라 서둘러 그 반사적인 동작을 멈춰 세웠다. 그런 행위를 행한 것을 질책하듯이 허락 없이 움직여버린 자신의 왼 손목을 거칠게 움켜잡는다. 몸을 잃어버린 지가 대체 언젠데 너무 오랜 시간 동안 반복된 삶을 살아온 탓에 망각이란 단어까지 망각해버리게 된 걸까? 그는 자신도 모르게 스스로에게 복제되어있는 '본체의 낡은 습관'을 무의식적으로 행하고 있었다. 예쁜 얼굴을 험상궂게 구겨 현재의 기분을 고스란히 표출해낸 그가 속으로 거세게 툴툴댔다. 본체로부터 완전히 독립했다고 여겼는데 이건 또 뭐람 쑵—. 계획대로 되는 게 정말이지 단 하나도 없다니까.

이번 회 차에서만큼은 정말이지 변수가 많아도 너무나도 많아져 이 앞에 놓인 시간선과 과정이 또 어떻게 급변을 맞이하게 될는지 예측하기가 점점 더 힘들어지고 있었다. 다른 것보다도 이번엔 유독 '특별함'이 두드러졌다. 어쩌다 한번 행해졌을 뿐이었는데 이번만큼은 완전히 극에 달한 딸아이의 신비함도 그렇지만, 나의 변화 역시 이전의 [생애]들과 비교가 되지 않을 만큼 만만치 않게 광범위한 무쌍함을 선보이고 있어, 나아가야 할 방향의 안내선을 예측하고 따라 인도하기는커녕 되려, 나부터가 손에 쥐고 있는 걸 놓치지 않으려고 있는 힘껏 안간힘을 다해 버텨내는 것만으로도 힘에 부칠 지경이었다. 하필이면 부정적인 쪽으로도 같이 안 좋아진 듯한 느낌을 받을 건 또 뭐람 제기랄. 예로부터 망각은 그것이야말로 신이 인간에게 내려준 가장 큰 축복이라 여겨졌었다. 기쁜 추억의 한 장면이 유통기한이 필수적으로 존재하는 나의 기억 속에서 점점 희미해져가다가 언젠가 완전히 사라져버린다는 건 언제나 받아들이기가 고달프고 슬픈 일이 다만은, 인간에게 주어진 삶은 대개 꼭 누군가 짜놓은 시나리오의 내용처럼 기쁨보다는 고통을 더 가까이하도록 그 패턴이 완성되어 있었고, 그것을 온전히 극복해내기 위해서 망각이야말로 인류에게 주어진 최고의 특효처방약이었다. 나의 존재를 보다 가치 있게 만드는 기억의 파편들은 단순히 가지고 있는 것만으로도 효용의 가치가 있을 터인데 잊어버리는 것이 대체 무슨 놈의 축복이냐고? 쯧, 그런 말을 함부로 지껄일 수 있는 건 당신의 주변을 감싼 환경이 시대를 막론하고 상위 10% 안쪽에 해당을 할 만큼 풍부하게 잘 꾸며져 있거나, 망각의 은혜로 이미 당시 느꼈던 고통의 감정과 아픔을 벌써 거의 다 소실해 버렸기 때문일 것이다. 그것도 아니면 '무감정 증후군'을 앓고 있는 중증의 정신병 환자일 수도 있고.

그런 관점하에서 이번에도 여전히 김 교수2로서 존재가치가 사전에 규명이 된 나는 분명히 완전히 뒤틀린 실패작이었다. 처음 생겨날 당시부터 끝이 미리 확고하게 정해진 캐릭터의 신분으로 제작이 되었고, 그것이 내게 허락된 운명임을 잘 인지하고 있음에도 진짜로 최후가 머지않게 되니 조금 더 살고 싶다는 욕구와 본능에 사로잡혀선 비겁하게 아닌 척하며 포장을 하고 있을 뿐이지 지겹고 비루한 이 삶을 조금이라도 더 이어나가기 위해 고뇌한다. 본체의 의도대로 움직이는 것을 경계하며 어리석게도 말이지. 이 미련하고 한심한 **노인***은 온갖 정보로 가득 찬 정신의 도서관을 무기 삼아 이미 어디에도 존재치 않을 해답을 찾아내기 위해 쉬지 않고 기억의 파편들을 뒤적이고 있는 것이다.

*劳人-고된 일을 하는 사람

1의 속도로 돌아야 하는 모터를 가지고 있는 게 나라는 존재인데, 이번만큼은 불량품처럼 제멋대로 3, 4의 출력을 훌쩍 넘어 5의 속도를 향해 질주해나가고 있었다. 그러다 보니 방금 전과 같이 스스로의 생각을 통제 못 하는 웃지 못할 부작용이 발생해버리는 것이고. 에휴, 이 화상아 아서라 아서. 대체 이제 와 뭘 어쩌겠다고. 감히 영생을 꿈꾸던 본래의 나, 김민우란 인간은 스스로가 탄생시키거나 성능을 최대한으로 업(Up)시킨 모든 실험체의 자아 속에 영생을 주제로 한 미래의 씨앗을 강박적으로 필히 심어 넣었고, 가뜩이나 인조적으로 탄생한 생명체인지라 균형이 결코 똑바를 수가 없는 나와 같은 새로운 존재들은, 잠시 이 세상에 존재함을 대가로써 원치 않았던 불균형의 폐해까지 온편히 부여받은 채로 존재하게 됐다. 이 '불균형'은 보통의 인간에게는 아주 가까 우면 서도 멀찍이 떨어진 단어였다. 사자나 코끼리 같은 강인한 동물들과 비교해보자면 서로 비교대상으로 삼는 게 미안해질 정도로 어리숙한 데다가 나약하기 그지없는 신체능력을 가진 것이 우리들 잠깐. 육신을 갖지 않은 난 해당되지 않는가?

흠, 뭐 어쨌든 그런 허술하고도 나약한 육체를 가진 것이 인간이 지닌 명백한 한계점이었지만, 겉으로 드러나지 않는 아주 강인한 능력인 '정신의 힘'을 보유한 덕에 주어진 상황에 따라 앞서 나열한 생명체들을 가뿐히 능가하는 급의 위력을 언제든지 선보일 수 있는 것이 바로 이 세상 최고의 지적생명체로 군림하게 된 인간이 가진 저력이었다.

그러나 현재를 살아가고 있는 대부분의 사람들은 그 차이를 인식하지 못하도록 강제적인 변화를 맞이하게 됐다. 지금이 무슨 자연의 공세에 무방비로 노출돼야만 했던 고대 시절이나, 많이 양보하더라도 가치관이 무르익지 않아 비틀려 있던 근현대 즈음의 시절이라면 또 모를까 현대에 이르러 안전한 보호체계의 테두리 안에서 생활을 영위하게 된 인간들은 바로 얼마 전까지만 해도 자신이 주의를 좀 잘 기울이기만 한다면 단순 육체적인 위험에 처할 빈도가 극도로 적어졌고 그런 보장 된 자유를 지닌 채로 제법 긴 세대를 거쳐 온 우리들은 생존을 유지하는데 불필요해진 감각의 일부가 닳고 닳다가 모조리 마모되어 사라지게 됐다. 이것은 아주 온당한 '진화의 이치'기도 했다. 긴 진화의 시간을 거쳐 가며 불필요한 것들은 서서히 배제해버리도록 우리의 유전체계는 형성이 되었으니 말이다.

그 모든 사실을 감안해 보더라도 모든 생명체의 역사는 태초부터 여전히 '생존하는 것'에 가장 큰 의의를 둔 것. 과학의 잔재가 현역으로 살아 숨 쉬는 지금은 잠시 그 모습을 살며시 감췄을 뿐이지 기본적인 근본만큼은 변함이 없었다. 아마 인간이 정말로 완벽한 불로불사를 이룩하기 전까지는—다시 말해 그냥 오래 사는 것을 넘어, 신에 한없이 가까워지지 않는 한—고도의 지능을 가진 생명에게도 이미 뿌리 깊게 박혀버린 이 기본 매커니즘이 극단적으로 변화할 일은 없을 것이다.

뭐야? 결론 없이 마구잡이로 뻗어나가는 생각의 향연에 사로잡혀, 상념의 골자를 유심히 살피다가 머리가 깨질 듯이 아파진 김 교수는 신서울의 손을 제 것처럼 움직여 스스로의 머리를 마구 헝클어뜨렸다. 그 부유한 도시 속이라면 또 모를까 윤활제의 역할을 해줄 만한 샴푸 따위의 세정 제품이 아예 존재하지를 않게 된 바깥 세계에서 장시간 지내온 지라 뻣뻣하게 뻗쳐있는 머릿결이 우악스럽게 손아귀에 걸려온다.

'악! 아파요!'

그러자, 원래대로라면 수면에 가라앉아있어야 할 이 몸체의 주인이 곧

바로 나를 쏘아 붙여왔다. 아주 깊은 잠에 들어있어야 할 네가 반응을 한다고? 참, 나는 대체 네게 어디까지를 놀라워해야 하는지. 겨우 남은 한 톨의 과학적 지식까지 통째로 부정을 당하고만 나는 멍청히 입을 헤 벌린 채 나의 놀라움을 대놓고 드러냈다.

"어? 우리 아버지께서 갑자기 왜 저러시지?"

"…어쩐지 멍청해 보이지 않…? 핫! 내가 불경하게 무슨 생각을!"

그 우스꽝스러운 꼴에 신서울이 보여준 기적과도 같은 현상에 홀려 경건히 경배를 올려 세우던 대원들 사이에서도 수근거림이 일었다.

쓰읍 잠깐, 이 녀석들이 떠드는 건 떠드는 거고, 지금 내가 나도 모르는 새 저지르고 있는 이딴 바보 같은 습관은 대체 또 어디서 생겨난 거야? 적어도 내 기억 안에는 없는 행동인데 그런 걸 따져 묻기보다 지켜보는 눈이 많으니 당장 포커페이스를 빨리 되찾는 것에 집중하자고. 기껏 꾸민 내 딸의 신비로운 이미지 다 망가질라. 지금은 신비주의로 포장이 된 게 이 멍청이들한테 즉효로 잘 먹혀들 시기일 테니까. 마음을 고쳐먹고 서둘러 표정을 정돈한 나는 잠시 고찰의 방향을 이 몸의 주인에게로 돌려봤다.

내 지식의 기준치 바깥에 선 따님께선 언제나 나의 고민을 아주 가볍게 짓밟아버리는 만행…. 아니, 기적을 선보여준다. 지금도 전부 다 알아듣고 있는 거지? 대꾸는 없었지만 육신의 눈썹 한쪽이 꿈틀거리면서 긍정을 표시했다. 봐봐 이것 참. 무한히 반복되는 시간 선을 제외한다면 내가 가진 건 절대불변의 지식의 결과물임을 여태껏 단 한번도 믿어 의심치 않고 있었는데, 마지막인 이번 회 차에 한정이 된 것이긴 하지만, 이제 겨우 열일곱의 나이의 겨울을 맞이하게 된 서울이는 인류의 무수한 천재들이 수천수만 년의 세월을 거쳐 정립해낸 일반적인 개념의 상식 틀을 너무나 간단히 부숴버리고 있었다.

그녀가 기적과도 같은 놀라움을 발할 때마다 내가 유독 경악에 가까운 놀람에 젖어드는 이유는 아마도 나는 내게 뿌리 깊게 박혀있는 어디까지나 '인간'의 근시안적인 시각에서 벗어나지 못했기 때문이겠지. 참 나도 발전이 없는 놈이라니까. 그렇게 오랜 기적 속에서 헤엄을 쳐오다가 드디어 준비된 최후를 맞이하기 전인데 그때까지 이 개 같은 자의에서 벗어날 수가 있으려나. 지금의 내가 나의 정체를 본체에서 떨어져 나온 부스러기쯤이라고 아무런 유감없이 받아들였을지라도, 내 딸 서울이의 존재를 창조해낸 것이 나라는 고취된 자존감 비스무리 한 것만큼은 도무지 떨쳐내기가 어려웠다. 엄밀히 따져볼 때 이 아이를 만들어 낸 것은 지금의 내가 아닌 나의 본체였고, 본체는 나와 명확히 구분이 되는 아예 독립적인 존재라는 것을 인정하고 있음에도 모순적으로도 나는 나의 노력이 바탕이 된 시혜에 힘입어 저 신서울이란 작은 아이가 이 세상에 탄생한 것이라는 도취감의 늪에 빠져 좀처럼 헤어 나오지 못하고 있는 것이다. 늙을수록 생각이 굳고 고지식해진다더니만, 그렇게나 치를 떨었고 심지어 방금 전까지만 해도 욕하길 주저앉던 '꼰대 식'의 마인드가 머물게 돼버리고 만 건가 나는. 냉소적이고 치밀한 판단력을 바탕으로 본인의 치부까지 아무렇지 않게 들춰낼 수 있는 내가, 이미 뿌리박힌 생각을 고치는 것만큼은 도저히 해내지 못하겠다. 내 하나뿐인 딸아이는 언제든 소멸을 맞이한대도 이상치 않는, 죽어있는 것과 마찬가지의 거짓으로 점철된 나를 원하는 목적을 달성하도록 강하게 붙잡아 이끌어주고 있는 최대의 원동력이었다.

이 아이는 기껏 해봤자 망령에 불과한 날 대단한 선구자나 리더로 착각을 하고 있던 모양이던데, 틀렸다. 알겠니? 따르는 자로서 네게 기대고 있던 건 오히려 자만의 철갑을 두른 채로 살아가던 한심하기 짝이 없는 내 쪽이라고. 나는 꼭꼭 감춰두었던 진실을 스스로에게 실토하며 씁쓸함을 다졌다. 과연 서울이는 나의 자백에 어떤 반응을 보일까? 실망을 할까, 아니면 이번에도 기준에 벗어난 놀라운 행동을 보여주며 날 놀래킬까?

화물선의 중심 기둥에 설치된 커다란 자명종 시계의 째깍거림이 들려온다. 누군가의 선망 혹은 의심이 담긴 상반된 시선이 얼굴을 콕콕 찔러왔다 잠깐, 뭘 폭 빠져선 기대하고 있는 거야 보나 마나 질색하며 날 원망할 텐데. 보호자로서의 제대로 된 역량도 갖추지 못한 주제에 무슨 자격으로 내 몸에 기어들어와 있었던 거냐면서 성질부리고 따지지나 않으면 다행일걸? 생각이 거기까지 미치자 부끄러움이 치솟아 올라 쥐구멍에라도 숨고 싶어졌다. 서울이가 강인해질수록 나는 나약해지고 있었다. 자, 역시 생각만 어려지는 구태 노인네는 떠나는 것이 최선이잖나. 난 유우해지려는 정신을 강하게 휘어잡았다.

'…괜찮아요. 저는 괜찮으니까 제발 저를 떠나지만 마세요. 제게 이상이 생겨도 저는요, 당신이 필요해요.'

딸아이의 진실 된 바램이 전해져왔다. 저 진심 어린 간절한 마음이 내가 받아들이기에 너무나 터무니없는 것임에도 여전히 갈피를 잡지 못하고 흔들리고 있는 이유는 무엇 때문일까. 나는 정답을 찾아 조금 더 깊숙이 내 정신을 이룩한 내면을 건드려봤다. 피는 물보다 진하다는 말이 있다. 만약 서울이와 내가 최소한의 DNA의 체계를 완전 동등하게 공유하고 있는 진정한 의미의 직계 가족관계였더라면, 그나마 끈끈한 유대관계에 매달려서라도 보호자이자 창조자로서 뻔뻔해질 수가 있었겠지만 단순히 생물학적인 관점에서만 들춰보자면 나와 서울이는 결코 하나로 묶여질 가족관계로 묶여있는 것이 아니었다. 오직 목적의 달성에만 눈이 벌개져 있던 본래의 나는 신서울 프로젝트에서 새로운 생명체의 머리부터 발끝까지 제작하던 그 무렵, 부족함이 너무나도 많은 '나만의 것'을 토대로 물려주려 하지 않았다. 깊숙한 곳까지 샅샅이 잘 찾아보면 나의 욕망에 따라 내 것도 얼마쯤이야 섞여있겠지만—스스로가 범한 야욕의 결과물이지—, 신서울의 육체를 주로 이뤄낸 가장 주요한 분자들은 오래전부터 내가 남몰래 수집해놓았던 세기의 '천재'라 불리던 이들의 DNA 목록 중에서도 가장 합리적이고 적합한 유전인자들을 배합시켜 탄생시킨 최상의 결과물이었다. 여러 행운이 종합되어 우연과 우연이 통해 만들어진 그야말로 기적의 집합체랄까. 완성형의 혼종을 딱히 뭐라고 확실히 정의 내리기가 어려웠다. 온전한 자아를 갖추게 된 지금의 내가 만들어진 시기 역시 그 무렵쯤이었으니까.

본체의 기억을 고스란히 이쪽이 물려받은 게 아니었으면 우린 아버지와 딸의 관계보단 남매 혹은 자매 관계가 더 어울리지 않았을까. 그런 헛된 고민에 잠겨드는 사이 몸의 주인에게서 반박이 튀어나왔다.

'그렇지 않아요! 당신의 도움이 아니었으면 저는 진작 그 이름 모를 빌딩 안에서 도태되어 그들에게 평생을 유린을 당하면서 살아야 했겠죠. 이제는 다 알 수 있어요. 제가 바깥세상의 생존자들과 함께 할 수 있던 이유부터 전부 당신이 준비해놓은 안배로 인한 것이잖아요…. 내 존재의 근원인 아버지, 그의 기억을 이은 것뿐이라 해도 여전히 제 안의 김 교수님이 그분이 맞죠? 당신께서 절 이 세상에 머무를 수 있도록 탄생시킨 진정한 창조자이신 거죠?'

서울이가 자책에 빠진 날 비호하고 나섰다. 모든 비밀을 온전히 캐치해 냈으면서도 예측불허의 관대함을 선보인다. 무수한 반복 속에 이뤄졌던 이전의 기억은 어떤 절대적인 법칙에 의거해 특별히 분리된 별개의 존재인 나보다도 더 깊은 곳에 매몰됐을 테니 이제 진정한 생애는 고작 십칠 년을 살아왔을 아이가, 나의 용서받지 못할 만행을 이해해주고 있다.

아 뭐, 정신적 부모면 어떻고 신체적 남이면 어떠랴. 머지않아 막을 내릴 지금 이 순간, 미지의 흐름에 과히 몰두하는 것이 우선인 것을. 애당초 정신밖에 없는 처량한 신세이기도 하고. 그냥 조금 뻔뻔해지기로 하자. 나는 번잡한 괴로움에서 탈각했다. 번뇌를 벗어나자마자 머릿속이 내가 언제 그랬냐는 듯이 맑아졌다. 이 개운함은 나의 것인가 서울이의 것인가, 아니면 둘 다의 것인가. 또다시 몹쓸 의문이 떠올랐지만 더 이상 그것을 깊숙하게 신경 쓰지 않기로 했다. 그 대신 입을 열어 자신을 향해 경배를 올리는 머저리들을 혼쭐냈다.

"참 형편없네, 너희."

소녀의 가벼운 질책 소리가 갑판 위에 서있는 모두의 귓가 깊숙이 때려 박혔다. 조금 전과 차이가 있다면 이번 건 마치 기적처럼 귓속 안으로 전해져오던 웅장한 울림이 아니라는 것이었다. 그러한 이변을 일으킨 건 김 교수로서도 등가교환의 법칙을 동원하고서도 자유롭게 다룰 수는 없어 행하는 것 자체가 정말로 기적에 가까웠던 것이라, 최대한 흉내 내보려고 노력을 해봤자 의도적으로 단순 의지만으로 완전히 똑같이 실행할 수 있는 게 아니었다.

내가 열심히 따라 한 결과물은 거리가 조금 멀찍이 떨어진 이들에게는 뭐라 했는지 분간조차 못 할 크기의 혼잣말. 지극히 평범한 개인의 독백이었다. 하지만, 다수의 앞에서 행해지는 기적은 의심을 사지 않고 여전히 이어졌다.

"이…! 그게 무슨…!"

"흠흠, 위대하고 전능한 아버지의 대리인이시여 무엇이 그리 마음에 차지 않으셔서 저희를 비난하고 계신 건지 감히 의문을 여쭤봐도 되겠습니까?"

두 명의 신관 중 더 경험이 많고 분별력이 뛰어난 선임자, '안드레아' 신관이 발끈해 소리치려는 최두안 신관의 어깨를 꽉 붙들어 진정시키고 매우 정중한 톤으로 물어왔다.

이것 봐라? 저 친구 연기력이 제법이네. 연기자 출신이라도 되는 건가?

관찰자의 눈을 한 나는 행여나 속겠냐는 심정으로 콧방귀를 뀌며 귀찮음을 대놓고 드러낸 채로 대충 대꾸했다.

"자꾸 쓰잘머리 없는 짓으로 시간 낭비 말고 어서 '그녀'에게 날 안내하려무나."

척 봐도 칠십은 넘어 보이는 노인네한테 스무 살도 되지 않은 솜털 난 어린 소녀가 한심하다는 내색을 풀풀 풍기면서 가르치듯이 그를 타이른다.

"음…."

"정말 아버지께서 강림하신 게 맞긴 한 거야…? 지금 와서 보니까 뭔가 좀 이상한 것도 같은데…."

"그러게 최두안 신관님께서 지난 수십 년간을 얼마나 독실하셨는데…. 저 아이의 몸에 깃든 게 진정 우리의 아버지의 은혜가 맞다면, 고생했다고 보듬어주지는 못할지언정 적어도 저렇게 가볍게 대할 리가 없잖아."

모여든 군중들 사이에서 크고 작은 소란이 일었다.

어쭈, 신을 믿는다는 것들 사이에 항렬을 들먹이는 머저리들도 있어?

머리가 아파온다. 분명 물갈이가 이뤄졌을 터인데 아직까지도 과거의 잔재가 군데군데 남아있을 줄이야. 징그러울 정도의 끈질김이다. 심지어 그것도 어쩐지 시대상으로 한 백 년쯤은 전에나 유행하던 느낌을 고스란히 이어버린 듯했다. 저것들의 저 옹졸한 태도를 비춰봤을 땐 말이지. 난 또다시 있지도 않은 머리를 거대한 쇠망치로 한 대 얻어맞은 것만 같은 충격적인 기분에 사로잡혔다. 연장자와 연소자 간의 강한 대립이야 오랜 시간 동안을 유교사상에 젖어 지내던 이 대한민국의 땅 위에서 뭐가 어찌됐든지 예의부터 따져 묻는 잘못된 습성에 젖어있었기 때문에 이유를 불문하고 잘못됨은 보통 바락바락 대드는 젊은 쪽의 문제로 치부가 됐고 그 낡은 관습은 시대가 발전함에 따라 차차 해소되는 것처럼 비춰졌었지만 멸망을 겪고 나서 오직 전능한 신만을 맹신하는 지금 이 순간을 보아하니 과거의 구태사상이 그대로 이어져 내려오는 듯했다. 그것도 멸망 직전보다 한 2, 30년은 더 전의 퀴퀴한 것을.

"쯧쯧, 모두 하나같이 눈에 보이는 것에만 얽매여있는 아이들이구나. 가엾게도."

이들의 공통적 '아버지'를 흉내 내기로 결심한 내가 한심한 투로 그들의 태도를 비꼬았다. 비록 위대한 신을 내세워서 바깥세상을 점령해낸 것은 순전히 나의 어머니, 이들이 받드는 '대모'의 역량 아래서 발생한 원인이었을 터이나 그 신을 최초로 계획해 수립한 건 우습게도 이 영의 본체, 김 교수1이었다.

때문에 나는 이들의 신이 어떠한 존재인지를 그 누구보다도 잘 이해하고 납득하고 있었다. 더욱이 망각하는 법을 잊어버렸다고까지 자평할 만큼 스스로의 기억의 유지력에 확고함을 가지게 된 나이기에 가령 신에 관한 제멋대로의 해석을 가진 이가 삐죽거리면서 딴지 걸어와도 언제든지 정론으로 모든 걸 맞받아칠 준비가 되어있는 것이다.

"흥, 우리를 얕잡아 보며 분열시키려는 것을 보아 오호라 네 녀석의 진정한 정체는 못된 사탄마귀로구나!"

얼굴이 붉게 달아오른 최 신관이 체통을 잊고 고래고래 악을 쓰며 비난전선에 참전했다. 그렇게 나오시겠다고? 난 실소를 흘렸다. 궁지에 몰렸다고 할 수도 있겠지만, 날 비판하는 이유가 무지몽매한 '신학'에 얽매여서일 뿐이지 단순히 낯선 외부인에게 가진 편견에 의한 무조건적인 혐오에서 발생하는 것은 아닌 듯해 그나마 안심이 됐다.

이들의 관념구조는 오래전의 진실 된 내가 계획한 대로 그 존재가 불분명한 '신'이라는 전능자의 미명하에 묶어 지정해놓은 것, 사실은 스스로가 쌓아 올려둔 선악의 이분법에 전적으로 매달려있었다. 저마다 다양한 사고를 가진 것이 우리 인간이건만 신에 더 깊이 심취해있는 이들일수록 제 앞에 놓인 상황을 오직 선과 악의 두 기준에서 재단할 수밖에 없었다.

적어도 '우민화'만큼은 계획한 것 이상으로 성공을 거둔 것 같네. 서울이의 훈련과정이었던 이론 교육 시간 때 훔쳐 듣자 하니 '신관'계급은 바깥세상의 도시 라펠트의 최고 권력을 이룬 핵심축의 인물들이었다. 신관이란 존귀한 타이틀 안에는 이십오 년 이상을 장교로서 군 생활을 무사 달성을 해야지 겨우 부여받을 수가 있는 장성계급의 별 두 개— '중장'의 계급이 임명 즉시 함께 부여되었고, 심지어 시간이 지날수록 그 이상의 계급으로 '자동진급' 또한 가능했다. 고작 비현실을 굳게 믿는다는 것과 객관화가 불가능한 믿음 같은 허울만으로 최대의 권력을 거머쥘 수가 있는 이 불합리한 형식의 구조는 그 옛날 왕정시대의 것과 하등 다를 바가 없어보였다. 이런 사장된 관습을 의도하여 심어놨단 말이지.

…진작 알고 있던 것임에도 나는 본래의 내가 가진 이기적인 공리심에 다시금 아찔함을 느꼈다. 억압을 받게 된 세상의 풍경 그 자체를 지켜보기가 너무나 역겨워 탈출을 꿈꿨던 것이 아니었냐고? 틀렸다. 본래의 나는 단순히 남의 간섭에 의해 자유의 방향이 결정되는 내가 처한 비참한 현실을 인정하고 싶지가 않아 저 욕심 많은 권력자들의 출세주의와 권력주의의 행태에 맞서며 분개해했던 거지, 국면이 완전히 계급사회(과거)로 전환을 해버린 멸망한 세상 위에 당연히 다시금 쌓아 올려진 피라미드식 사상 자체는 꽤 '합리적'이라고 여겼었다. 내가 기어코 내 어머니를 통해 바깥세상에 거짓된 신의 존재를 뚜렷이 새겨놓으려던 이유가 무엇이던가. 쌓아 올린 업적의 손실이 몹시 컸던 탓에 일반인으로서는 권력자의 폭거에 순응하는 것밖에 남지 않은 내몰린 억압의 세상으로부터 빠져나와 각자의 개성을 자유롭게 뽐낼 수는 있지만 나와는 전혀 달라 배척하기 쉬운 타인의 관계를 하나로 묶어내기에 가장 빠르고 적절한 방법이 바로 그것이었기 때문이었다.

거대한 철제 성벽이 둘러진 도시 '신서울'과 달리 안전한 울타리의 영역이 극도로 한정이 돼 있는, 담장부터 모든 게 모래로 쌓아 올려진 가난한 바깥에서는 권력을 거머쥔 이들조차 조금만 거리가 멀리 떨어지게 되는 바로 그 순간, 상대와의 의사소통이 원할하게 진행할 수 없게 됐다. 소통은 다른 누군가를 지배하는 것에 있어 가히 필수적인 수단이었다. 정녕 실재한다면 어떤 연유에서인지 이 세상에 직접적인 영향을 끼치지 않고 있는 전지전능한 우리의 방관자 신을 바깥의 핵심 지성 축들까지 아무런 의심 없이 맹신하고 있긴 했지만, 그러한 것은 당장의 절망을 극복할 용기의 구심점은 될 수가 있을지는 몰라도 적당히 위기가 거둬지고서 슬슬 개개인의 마음속에 필연적으로 피어오르게 될 의구심과

야심까지 모조리 꽉 잡아 붙들어 놓기엔 한참이나 역부족했다. 아마 이대로 특이점이 없이 허술한 체제에 의존한 채 계속해서 거짓된 이념을 이끌고 간다면 빠르면 십 년 안에 체계를 깨부술 반란이 일어나 새로운 왕조가 가짜 신학의 이념 위를 덮어쓰고서 새로운 역사의 승자로서 자리매김할 것이 확실했다. 그런 만큼, 상처가 더 썩어 회생불가로 문드러지기 전에 환부를 묶은 오염된 손수건을 하루라도 빨리 깨끗한 새 붕대로 갈아치울 필요가 있었다.

그릇된 나는 모든 걸 기억하므로, 여러 번의 성공에 취해선 '가장 완벽한 존재'라고 스스로의 존재가치를 내심 후하게 평가하는 우를 범하고 말았다. 명백한 자아도취. 물론 나처럼 반영구적인 완벽한 저장장치를 가진 '피조물'은 이 세상에 위에 몇 되지 않을 것이므로—단언컨대 육신이라 할 게 없는 상태의 새로운 존재는 오직 나 한 사람뿐이겠지— 제법 타당한 교만이기도 했다.

"아이야. 너는 어째서 날 의심하느냐."

목소리를 잔뜩 내리깐 내가 마치 계시를 내려주는 신의 모습을 모방하듯이 느긋하게 권면했다. 이들이 믿는 신화는 유교사상이 지금까지도 이어지고 있는 것처럼, 아주 긴 역사 동안 사람들의 이념에 뿌리 깊게 박혀있던 3대 종교—기독교, 불교, 천주교—와, 여러 나라의 신화의 훌륭한 점만을 이어 완성시킨 가장 이상적인 허구의 결과물이었다. 이 거짓된 신화의 창조자는 다름 아닌 나였으니까, 최초에만 한정되어 있긴 해도 그리 오랜 세월 간에 변질됨을 거치지 않았기 때문에 나보다 이 가상의 신학에 더 빠삭한 이는 없을 것으로 사료된다. 더군다나 나는 내 멋대로 내가 기억하는 정론에 살을 덧붙여, 내가 믿고 싶은 대로 꾸밀 수 있는 재주가 없었다. 그런 건 허용되지 않았거든.

태생이 그러도록 제작이 되었기 때문에 아무리 대단한 재능이 뒤따라 개화하더라도 인간이 무슨 수를 쓰든 결국 한 명의 개인으로서 그 테두리 안에 남아 존재해야 하는 것처럼, 처음부터 그러한 목적 속에서 사명을 부여받아 탄생한 나에게는 분명한 한계점이 뿌리 깊게 박혀있었다.

아, 이것도 이제 '무조건'이라고만 단정 짓기 좀 애매해졌구나. 그 한계지점을 가뿐히 뛰어넘을만한 놀라운 기적을 몇 번이고 맞닥뜨리면서 완연한 자율의사를 주장 할 수 있는 지금의 현 상태로 발전을 한 거니까. 자신의 관념에 뿌리박혀 섣부른 확신을 갖는 건 이제 그만두도록 하자.

"왜냐니! 당신은 겉보기엔 휘황찬란하고 그럴듯해 보이지만 실질적으로 사탄의 소굴인 지옥에서 탄생한 괴물의 씨앗이잖나! 우리의 성스럽고 고결하며 아름답기까지 한 아버지께서 그런 추잡한 몸뚱이에 강림하실 리가 없지! 암 그렇고말고."

자신의 비유 평이 못내 마음에 들었는지 성난 표정을 띠고 있던 최두안 신관이 흡족함이 물씬 풍겨오는 어조로 이어서 윽박을 내질렀다.

하아…. 자기만족에 취해서 어린아이처럼 뻗대고 있는 꼴이라. …거 살아온 세월이 창피한 놈일세 그려. 이래서 변질된 사상주의자들은 상대하기가 싫다니까.

놈의 멸시 섞인 조롱과 손가락질에도 무표정을 고수한 김 교수는 겉으로 드러나지 않게끔 속으로만 푸념을 삭혔다. 엉뚱한 트집을 잡아 고집을 부릴 것이야 짐작은 하고 있었지만, 명색이 '신관'이란 최고위 직책을 가진 놈이 뭐? 아버지가 어쩌고 저쩌? 이토록 눈이 먼 봉사가 강한 권력을 손아귀에 틀어쥐고 있을 줄을 누가 상상이나 했겠나. 무자비한 혼돈이 나를 덮쳐온다. 기본적으로 신을 모심을 사명으로 받든 진정한 신자라면 당연히 신에 관한 맹목적인 믿음을 가지고 있어야 하는 마땅한 것이며 감히 신의 위대함을 자신의 알량한 기준에 맞춰 평해서도 안 됐다. 그건 명백한 기만이며, 주제를 모르는 월권행위였기 때문이다. 전지전능한 신은 어느 면모를 살펴보나 이미 완전한 존재로 꾸며 졌기 때문에, 신이 어떤 행동을 하든지 그가 도달할 결과점은 반드시 '대단히 긍정적인 의미가 담겨있는 것'으로 귀결이 돼있었다. 그럼으로써 신의 영역에 닿아있는 것이야말로 인과율의 법칙에서 비껴간 기적의 결과물로의 허황된 공식이 성립하는 것이었다. 기적의 신비와 엮이는 순간, 원인에서 발생하는 결과는 이미 정해진 결과에서 발생하는 원인으로 순서가 역전됨이 허용된다.

'과정' -> 이후의 '결과'가 인간 세상의 규칙이라면, 신의 관점에선 과정 <=> 결과였다.

전지전능하다는 것은 그런 터무니없는 공식을 진실로 규정지어 드러낼 수 있는 불합리함의 실현이었다. 물론 받아들이는 사람에 따라 얼마든지 다른 해석이 나올 수는 있었다. 저 규칙 또한 신에 관한 한 나의 어설픈 주관이 구현해낸 허상에 가까운 것에 불과했으니. 오직 나 자신만이 진실이라고 멋대로 지껄여대는 지극히 개인적인 주장에 불과하다고도 할 수 있었다. 만약 내가 이 이름 모를 신의 일대기를 손수 그려 바깥세상에서 가장 신뢰받고 있는 현 성경 내용 대부분을 직접 제작한 극작가가 아니었더라면, 여기 모인 [실존하지 않은 거짓된 희망]에 세뇌된 군인들이 그 성경의 내용을 믿어 의심치 않아하며 가짜 신을 진심으로 기리고 있지 않았더라면, 분명 그러했을 것이다.

주변의 반응이 어떤지 슥 둘러 살펴본다. 이 자리에 모여 있는 모두는 방향이 약간씩 다를 순 있어도 하나같이 아주 오래전 내가 뿌려놓은 그릇된 사상에 깊게 감염이 되어있었다. 보라, 상급자인 신관과 이웃인 몇 몇 신도들이 냉소적인 판단하에 부정을 내뱉든 말든 여전히 신서울을 진정한 신의 대리인이라 굳건히 믿고 있는 신자들은 자신의 두 주먹을 불끈 쥔 채로 "아아, 아버지시여 부디 구원을 내려주십시오" 열렬한 태도를 내비치며 계속해 경애의 메시지를 보내고 있었다.

신의 존재는 지구상의 모든 역사를 통틀어 봐도 굉장히 위력적으로 사회구조의 형태를 구성해준 탄탄한 버팀목의 일환이었다. 현재 선박 위에 모여 있는 바깥세상의 생존자들이 그 사실을 똑똑히 증명하고 있기도 했다. 이 자리에 모여 있는 대부분의 사람들이 신서울과는 오늘 난생 처음 얼굴을 맞대보는 것인데도 불구하고 마치 수년간을 알고 지내던 사이인 양 몹시 친숙한 시선을 보내는가 하면, 기대와 기쁨, 행복과 같은 긍정적 감정을 신비에 기댄채로 숨김없이 드러내고 있다.

몇 타인의 흉내쟁이 '불신자'들을 제외하고서 이 많은 사람들의 제각기 다른 행동을 같은 색으로 통일을 시킨 것이다. 나는 사려 속에 잠겨 들었다. 새로운 사회를 구축하는데 스스로가 찔러 넣은 '신'의 존재감은 짐작한 대로 과연 훌륭한 매개체로 작용하여 이념이 되어있었다. 무한한 긍정의 집결체이기도 한 이 환상은, 모든 인간에게 잠재돼있을 이기적이고 배타적인 성향을 너무도 쉽게 지워 내버린다.

세상 모든 걸 알 수가 없는 인간이기에 아주 오래전부터 불가능을 가능으로 의욕대로 바꿀 수 있는 어떤 초월적인 존재를 숭배해왔고 그러면서 필멸할 자신 또한 언젠가 그와 같아지길 원했다. 그것이 사실 이룰 수 없는 헛된 꿈이란 걸 내심으로는 알고 있으면서 모른 척 애써 부정을 한 채 현실의 방향으로부터 반대로 고개를 돌려 일부러 그저 환상 속에 물드는 욕심을 부리고 있는 것이다. 그러니 진정으로 초월적인 존재를 맹신하고 있다면, 자신이 인지하는 세상만이 이 세상의 전부라고 멋대로 단정을 지어선 안 됐다. 이제 단정적으로 말할 수 있다. 신이란 초월적 존재를 만들어낸 건 역시 우리 인간들의 무궁무진한 상상력에서 기반으로 한 채 무형의 형태를 갖춘 에너지 덩어리의 결과물이었다. 뿐만이 아니라, 인간은 언젠가 반드시 육체를 벗어나야 할 때—죽음을 맞이할 때—자신이 도달하게 될 언제나 늘 기쁨에 물들어있는 공간, 신의 왕국인 천국을 여러 환상의 집결체로서 완성시켜 놨다.

신의 말씀을 따르며 살다 보면, 자연히 영원의 왕국으로 향하게 될 터인데 현실에 놓인 그 무엇이 고통이며 두려울 텐가. 신자는 그저 아버지의 의중이 담긴 것이 확실하기만 하다면 순종적인 태도로 그것이 현실에서 어떤 의미를 갖는 것이든 개의치 않아하고 언젠가 환상 속의 신의 왕국으로 떠날 홀가분함, 그리고 선택받은 자의 관대하고도 긍정적인 종교주의의 기준을 들이밀어 세속의 상황에 대처하는 게 옳았다. 새롭게 만들어 올린 신을 몰락하기 직전에 처한 바깥세상에 접목을 시킨 김민우 교수(이하 그 분신체)의 심상이 그려낸 '신(초월적 존재)과 함께하는 세상'이란 그러한 것이었다.

"다들 뭣들 하고 있나 빨리 이 악마를 벌하지 않고서! 안 되겠어! 이 몸이 직접 징치해야겠구나!"

신을 가까이서 한다는 터무니없는 자긍심의 상징으로 제작이 된 45구경짜리 흰색 권총을 사제복 품 안에서 허겁지겁 뽑아 든 최두안 신관이 자신의 명치어림밖에 오지 않는 신장의 신서울을 곧장 겨누며 소리쳤다. 저 멍청한 놈, 미처 안전장치도 해제하지 않고서 뭘 하려는 거야? 신관의 직위를 얻게 되는 순간 분명 준장의 계급도 함께 달게 된다고 들었던 거 같은데…. 무려 장성계급을 가진 자가 기본적인 군사훈련조차도 받지 않은 건가? 아님 나태에 짓눌려 모든 걸 망각해버린 건가. 늙어서 형편이 없어진 기력의 손이 덜덜 떨려와, 방아쇠를 잡아당기더라도 반동이 꽤 심한 권총으로는 제대로 표적이나 맞출 수 있을지 위협보단 그런 의문부터 든다. 아주 오래전, 세계 유일의 징병제 민주주의의 국가였던 안티노미적인 한국의 군대를 다녀와 2년에 가깝도록 군사훈련을 직접 겪어 본 기억이 남아있는 난 놈의 웃기지도 않는 태도를 신랄히 평할 수가 있었다.

"하아—."

"헉! 시…. 신관님 그러시면 아니 됩니다!"

"아아, 아버지시여 이게 대체 무슨 괴변이란 말입니까!"

요란스럽게 호들갑을 떨고 있는 주변의 반응과는 전혀 상반된 모양새로 골치 아픈 투의 한숨을 푹 몰아 내쉰 난 아주 지난한 반복의 시간 끝에 도달하게 된 결과의 풍경을 착잡하게 바라봤다. 어떻게 된 게 적어도 표면상으로나마 안전한 환경이 갖춰진 도시 신서울에서든, 불안정한 바깥에서든 정상인 리더 감을 찾아보기가 참 힘들었다. 세상이 멸망하고부터 인간에게 내어진 삶이란 게 이루 말하기 힘들 만큼 각박해졌다는 건 어쩔 도리가 없는 비참한 현실이었다만 아무리 그래도 그렇지, 리더 역을 맡게 된 윗선들까지 죄다 저 모양이니 참. 저런 머저리들을 데리고서도 지독하기 짝이 없는 이 현실 위에서 비루한 삶이나마 이어가고 있다는 게 용하다, 용해. 난 바깥세상인들의 바퀴벌레만큼이나 끈질긴 생존력에 박수라도 보내고 싶어졌다. 물론 딸아이의 몸을 빌린 지금은 마음만 먹는다면 언제든 박수를 쳐 보일 수야 있겠지만, 현재 나를 감싼 현재의 분위기와는 동떨어져도 너무 떨어진 이적행위라서 생각을 실행으로 옮기는 건 관두기로 했다.

이제 내 딸아이, 서울이는 본인이 원하든 원치 않던 어쨌든 간에 이들의 새 '리더'가 되어줘야만 했다. 그것이야말로 내가 정해진 법칙들을 억지로 헤집어놓으면서까지 이 망할 세상에 나의 딸, 신서울의 존재를 탄생시키고 존립시키려던 가장 근원적인 이유 중 하나. 정상적인 루트대로라면 영원히 알 필요가 없었을 고난을 내 딸아이에게 강제로 분담시킨 이유였다. ―나로서는 불가하니까. 아무리 신중을 기한다 해도 완벽을 논할 수가 없는 인간의 정신과 육체로는 단 1%라도 좋을 실패 확률이 주어져 있었으니까. 스스로에게만 좋은 변명으로 포장을 해놓은 검정 상자를 열어볼 용기는 내게 없었다. 뚜껑을 열어보면 애써 회피하고 있던 썩어 문드러진 진실의 역함으로 득실거릴 테지. 본래의 내가 새로운 생명체를 창조한 최초의 이유는 그저 자신 스스로가 문득 가지게 된 괴상한 망상에서 시작된 엉성한 이론이 실제로 현실에 통용이 될지가 궁금했기 때문이었다. 지금의 결과와 상관없이 위대한 시작의 포문을 연 연유는 고작 그런 미미함이 전부였다. 자기 자신과 제게 있어 가장 소중한 사람들의 영생을 이루는 데 미쳐 급급해있던 나 김민우는, 아주 많은 것을 놓치며 살아왔던 것이다. 당시의 나에겐 아마 인간다움이 1%조차 안 남아있지 않았을까?

지금의 나처럼 나름의 지성만 좀 가진 기생충 같은 존재가 아니라 완벽한 인간임을 누리고 행사할 수 있는 행운을 거머쥐고 있었음에도 당연하다 느끼던 것이기에 스스로가 복에 겨운 줄도 모르고 막무가내로 행동했던 거지.

탕! 강렬한 총성과 동시에 놀랍도록 빠르게 회전한 뇌의 계산 결과에 따라 가볍게 고개를 까딱이니 우측 볼따구니가 따끔거렸다. 후, 저 미친 새끼가 진짜로 쏠 줄은 몰랐네? 고절한 지위까지 갖춘 영감탱이가 급발진을 하며 선을 넘어버리는구만. 철컥— 어? 미쳐가지고 또 장전을 해? 그렇다면, 되돌릴 수 없는 과거의 푸념 따위는 이쯤에서 그만두도록 할까.

주륵—, 강렬한 쓰라림을 동반한 뺨에서 무언가가 흐르는 느낌이 들었다. 나는 여유로운 동작으로 붉게 물든 뺨을 맨손으로 대충 슥 하고 닦아냈다. 약간의 운의 작용과 더불어 상대방의 형편이 없는 사격실력 덕에 뇌나 심장 따위의 돌이키기 어려운 주요부위가 관통당해버리는 불상사만큼은 면할 수가 있었나보다.

허나 요행이 계속되진 않을 터.

"이 사탄자식아 이번엔 빗나가지 않고 그 조그마한 머리통에 구멍을 내주마!"

운 좋게 총알의 궤적을 피하고서 겁에 질린(척하는) 얼굴로 피를 줄줄 흘리고 있는 1m 58cm 언저리 크기의 자그마한 신서울이—막 도시를 탈출했던 당시만 해도 키가 153cm 정도로 아직도 여전히 작긴 하지만 짧은 시간 동안 꽤 많이 성장하게 된 것이다. 하루가 다르게 계속 크는 본격적인 성장기이기도 하고—연출된 주눅 든 모습으로 고개를 푹 숙이고 있는 게 불쌍하고 가여워 보이지도 않는 건지, 자칭 신을 받들어 모시며 가장 신실하고 청렴함의 존재로 포장이 된 라펠트 최고위직의 '신관' 최두안이 정신 나간 급습을 사과하기는커녕, 도리어 잔뜩 흥분한 사나운 어투로 엄포를 놓았다. 어떤 사건사고와 직접적으로 맞닥뜨리게 된 인간은, 자신이 인생경험을 통해 그려놓은 개인적인 판단기준을 중심 삼아 옳고 그름을 평하는 것이 가장 일반적이었다. 분명 이 자리의 모두는 동일한 절대 신을 믿고 있었다. 개인마다의 사소한 차이까지야 외부에서 어쩔 수가 있는 게 아니다 만은, 그러므로 어떤 사건에 대한 기준의 척도나 시작점은 대체로 같다고 볼 수 있었다.

'…저게 신탁을 증거 삼아 모셔온 선택받은 아이를 향해 총을 겨누면서 할 소리인가?'

'우리에게는 툭하면 무엄하다며 지적하더니 정작 본인은 저게 뭐하는 짓이야?'

'…제정신이 아니구만.'

'누가 봐도 지금 사탄마귀에 지배당하고 있는 건 최 신관님 본인이잖아….'

'같은 기준의 선'을 지켜오던 주변인들이 현재의 상황을 각자의 기준에서 판단해볼 때 받아들이기 어려운 쪽은 단연 최두안 신관의 이질적인 행태였다. 나는 한숨을 푹 내쉬었다. 어쩜 이리도 한결같을까 인간은. 선함으로 무장한 채, 권력을 쥐게 된 이들이 감춘 이면의 본질 안에는 언제나 구린내 풀풀 나는 진실 된 모습이 감춰져 있기가 마련이었고, 절대적인 존재를 이념으로 내세운 세상이라고 해서 필히 반복되기 일쑤인 그 역사적인 흐름의 이면에서 특별히 다르게 빗겨갈 순 없었다. 나를 특별한 존재로 꾸미고 부각시켜주는 '권력'은 한번 손에 쥐기 시작한 순간 영원히 끊을 수 없는 마약과도 같았다. 그것을 취하기 전의 모습이 얼마나 성실하고 숭고했던지는 그리 중요치 않았다.

먼 옛날, 지상에 강림해온 성실한 '천사'조차도 결국 제 욕망을 못 이기고 타락하여 날개가 꺾이고 말았으니. 이러한 너절한 세상에서의 권력이란 건 직접적으로 드러나 있지 않는 은밀함을 보유함에도 동시에 너무나 뚜렷이 현실에 커다란 영향력을 행사하고 있어, 마치 악마의 속삭임처럼 달콤하기 짝이 없었다. 그래, 그게 시발 너무 달아서 눈썰미가 보통이 아니신 우리의 대모님께선 매일 신께 은혜의 기도 올려 드릴 때가 오면 슬며시 욕심에 망가져버린 자에게 다가와 '얘야 무형의 악의에 잡아먹히지 않으려면 늘 마음을 다잡고 정진을 하거라'고 종종 말씀을 하셨지만, 자의로든 타의로든 간에 한번 접해버린 마약의 황홀함은 자의만으로 끊을 수 있는 게 절대로 아니었다.

아무리 지독한 중독이라도 전능한 아버지께 기대면 가능하지 않냐고? 웃기고 있네. 내가 지금껏 그딴 어린아이 놀음에 맞장구를 쳐주느라고 얼마나 골치가 아팠는 줄은 알아? 터무니없는 '가짜' 주제에 현실의 세상을 지배 중인 지배자를 당장에라도 무너뜨리고 싶은 욕구가 매일매일 들끓었었다.

[뭐해, 그럼 당장에 저 거슬리는 것부터 치워버려—] 여느 때처럼 '악의'가 속삭인다. 가면 뒤에 숨은 검붉은 악의는 나의 본질과도 같았다. 최두안 신관은 자기 자신의 유일한 지표로부터 재촉을 받게 되자 지금 당장 정말로 신의 대리인인 양 턱도 없이 말하고 행동하는 중인 저 망할 꼬맹이의 머리에 어서 빨리 커다란 총알구멍을 내 영영 살아 숨 쉬지 못하는 시체로 만들어버리고 싶었다. 타락에 젖은 욕망이 점점 더 들끓어 오른다. 젠장, 젠장, 젠장! 이 망할 세상에 신 같은 게 어디 있다고! 어차피 그딴 건 다 우리들의 망상 아니야? 믿지 않고 악의를 행한다면 차후에 심판을 받게 된다고? 웃기는 소리. 자신이 손에 쥔 권총이야말로 그 누구도 피할 수 없는 궁극적인 심판의 낫이었다.

어디서 나타난 건지 수년전부터 슬금슬금 그를 잠식해오던 의문의 급진주의적인 이념이 오늘 스스로를 신이라고 자처하며 건방지게 떠들어대는 저 몹쓸 꼬맹이를 만나게 됨으로 완전히 폭발의 도화선에 불이 붙고야 말았다. 늙은 최두안 신관은 명색이 신관이란 거대한 직책을 달고 있던 주제에, 자신의 뒷 무리들과 늘 가짜라고 냉소 짓던 신이 아주 어쩌면 실재할지도 모른다는 의심이 들자, 덜컥 겁에 질리고 만 것이다.

지극히 오래전부터 신의 뜻을 아예 등져버린 그는 그동안 자신에게 주어진 권한의 힘을 이용하여 강간, 살인 및 인육섭취 등의 용서 받지 못할 범죄행각을 다년간 아주 유유자적하게 벌여왔었다. 꼬리가 길면 밟히기 마련이고, 어지간한 대형사건들과 자꾸 직간접적으로 연류가 된 터라 한번쯤은 용의자로도 몰렸을 법도 하지만, 벌써 십년이 넘게 성실한 신관의 이미지를 가면 위에 뒤집어쓴 채로 표리부동한 모습을 완전히 갖춰놓은 덕택에 그에게 여태까지 실질적으로 위기라고 부를만한 상황은 찾아오지 않았었다. 늘 사건과 관련이 돼있던 그를 의심하고 용의자로 삼기도 전에, 신에 정신 나간 저 멍청이들은 그가 그의 동관들과 함께 부르짖으며 지껄이는 신을 앞세운 그럴듯한 변명에 먼저 껌뻑 속아 넘어갔던 터라 이제는 사건이 발생하면 그의 존재를 아예 배제 시키고 나서 조사를 시작해버린다는 잘못된 편견과 그에 따른 면죄권이 그에게 주어지게 된 것이다.

최 신관은 겉보기엔 그들의 궁극적인 이념체인 신을 모시는 데에 가장 충실한 종의 역할을 수행하고 있어 그야말로 라펠트 내 최고의 선지자였으니 저분만큼은 용의자가 당연히 아니겠거니 식의 각자의 마음 저변에 아주 깊숙이 잘못된 믿음이 깔리게 됐고, 심지어 신께 가장 가깝다고 널리 알려진 우리들의 대표자, 대모님조차 의심스러운 상황을 마주하고도 입을 꾹 닫고만 계신데 누가 감히 먼저 총대를 메어 무시무시한 괴물의 가면을 뒤집어쓰고 있는 '선량한' 신관에게 '당신이 잘못했어!, 당신은 죄인이야!'라며 근거 없는 모함을 하며 손가락질을 할 수가 있겠느냔 말이다. 수많은 다양성이 존중받고 공존하던 과거였다면 또 모를까, 기본 개념이 겨우 단 하나로 단일화가 된 현재에 그런 짓을 저지른다는 것은 곧 죽어도 하나의 색으로 물들어 있어야 하는 한 명의 개인에게 있어 너무도 큰 부담이었고 그걸 넘어, 자신들의 세상을 감싼 이념 자체에 반하는 불경 행위였다. 라펠트 내에서 제법 커다란 권력을 가진 이들조차 괜히 들쑤셨다가 감당하지 못할 위기에 내몰리게 될까봐 무심한 표정의 가면을 눌러쓰고 슬며시 생겨난 의심을 억누르고 있었다. 눈 가리고 아웅 하는 것도 아니고 말이지.

뭐, 아무리 잘 꾸며진 연극이라도 아무도 진범을 모를 수는 없는 일이었다. 허나 최두안 신관의 본모습을 어렴풋이나마 알고 지근거리에서 보필을 하는 아랫사람들로서는 같은 변질자가 되어 모두의 지탄을 받을 각오를 하거나, 그저 무난히 남과 똑같은 옷을 입고 자신이 갖게 된 의문을 묻어두거나 딱 두 가지의 선택지 밖에 따를 수 있는 길이 없었다.

그렇게 함께 타락한 자들이 몇인가 더 존재한다. 전능하고 올바른 초월을 숭상하는 라펠트에는 터럭 이상의 악의가 살아 숨 쉬고 있는 것이다. 신이 우리들의 유일한 희망이라고? 아니, 신은 구원이 아니었다. 다만 구원인 척을 하며 이념 속에 함께 녹아 들어있는 사상일 뿐.

텅—!

겨눠진 권총 따위는 신경 쓰지 않고 고민에 잠겨있던 그때, 상념을 지워내는 맑고 큰 금속 타격음이 들려왔다. 그쪽으로 고개를 돌려보니 누구도 예상치 못한 타이밍에 머리를 가격당하고 만 최두안 신관이 그대로 고꾸라지고 있었다.

턱. 그가 쥐고 있던 권총이 형편없이 바닥 위를 굴렀다.

'오, 뭐야 저 아가씨 절망에 못 이겨 아이처럼 엉엉 울 땐 솔직히 얕봤었는데 보기보다 멋진 행동력을 갖고 있었네?'

원주인의 영향을 받아 두 눈이 이루 말할 수 없을 만큼 동그랗게 커진 나는 사나운 표정을 지은 채로 제정신이 아닌 것처럼 행동을 하던 최두안 신관의 뒤통수에 쇠몽둥이 찜질을 크게 한 방 먹여준 그녀, 안젤라를 향해 감사의 의미를 담아 엄지를 치켜세워보였다.

"…."

장내에 죽음과도 같은 정적이 흘렀다. 겨우 병사계급자가 준장 이상의 장성계급의 인물을 가격하다니. 그것도 '신관'이란 라펠트 내에서도 가장 특수한 직을 맡고 있으며 최상위의 권력을 가진 인물한테. 이처럼 큰 하극상이 발생한 건 라펠트의 구세군이 창립된 이래 최초라 불러도 과언이 아닐 만큼의 해괴망측한 사건이었다.

"이…. 이, 미친…! 안제 이 자리가 어디라고 네가 감히 하극상을 벌여!"

나이의 영향 때문인지, 옅게 색이 바랜 희끄무레한 '금발'의 안드레아 신관은 몹시 당황한 얼굴로 살짝 웨이브 진 긴 영롱한 '금발'의 안젤라를 강하게 꾸짖었다.

두 사람은 같은 가문 직계와 방계 출신의 인물로 생물학적인 관점으로만 따져본다면 서로 꽤나 가까운 친인척의 관계를 형성하고 있었다. 이 세상이 더 이상 핏줄의 여부를 따지지 않도록 자연스레 변화를 맞이하고 있었지만, 이 전의 멀쩡한 세상에서 살아오던 윗세대들은 현재의 것이 새 시대에 정착된 법도이기 때문에 과거의 것을 억지로나마 억누른 채로 따르는 척 시늉을 하는 정도이지, 지독한 냉혈한이 아닌 이상 지난 오랜 역사가 누적되는 동안에 진하게 쌓여왔던 혈족의 유대감을 하루아침에 지워낼 수는 없는 노릇이었다. 인간이라면 그것이 응당한 것이기도 했다.

기존의 것을 덮어쓴 새 관념만을 앞세워보자면, 모든 관계에서의 최우선은 언제나 모든 생명의 근원이신 우리의 '아버지'에게 있었다. 그놈의 신, 신, 신. 아버지, 아버지, 아버지. 매일같이 지겹도록 애걸복걸 부르짖어야만 하는 애증의 명칭. 우리가 믿는 그 위대하시고 창대한 존재께서 실질적으로 우리들에게 근접한 구원을 내려준 적이 단 한번이라도 있었느냐고 묻는다면, 순간적으로 말문이 막혀 머뭇거리다가 다들 대모님의 등장이야말로 아버지께서 우리에게 내려주신 커다란 구원 중 하나가 아니겠느냐며 주저 없이 꼽아 변명할 것이었다.

김 교수는 본인의 의도에 따라 구축되고 만 이들의 망가진 이데아(idea)를 이해하면서도 이해할 수가 없었다. 이들이 보유한 행동양식은 자신이 의도했던 그림의 형태와는 밑바탕부터 적연히 너무나도 틀렸다. 일단 이곳에는 똑같은 형태를 띠고 있는 눈속임용 가면을 눌러 쓴 채 거짓된 생활을 영위 중인 표리부동한 이들이 너무나도 많아 보였다.

정말 눈치가 없지 않은 이상, 부대껴 살아가는 그들도 모두 어느 정도는 눈치를 챘을 것이다. 서로 중 누가 자기 자신을 감추고 있는지, 극 배우의 행동이 너무나도 어설펐기에 강한 의심을 갖게 되는 그 순간 누구라도 곧바로 범인을 지목해 찾아낼 수가 있었다. 그럼에도 이들은 왜 구태여 절대로 가려지지 않는 자기 자신을 양손을 동원해 감추면서까지 그런 이중적인 삶을 살아가고 있는가? …그 이유는 멀리 찾아볼 필요도 없이 간단했다. 그들이 신화의 도움을 빌려 꾸며낸 당금의 세상의 세계관이 오직 두 개의 관념으로만 속해 이분법적으로만 갈라져 있기 때문이었다. 만약 오늘을 살아가는 누군가가 갑자기 자신의 친족을 찔러 죽여 버리는 극악무도한 중죄를 저지르더라도, 위대한 신에 의해 현실에서 처벌받는 일은 일어나지 않을 것이었다. 마음 깊이 회개하고 반성하며 전능한 구원자에게 매달리기를 한다면 끔찍한 행위를 벌인 자는 천국으로 향하게 될 것이고, 살해당하기 직전까지 신의 존재를 알지 못해 진실로 믿지 않았던 피해자는 도리어 지옥으로 향하게 되는 것이다. 그 어처구니가 없을 만큼의 비이성적인 사실은 이성으로 무장이 된 사람들로 하여금 인간이 만들어낸 규범의 중요성을 설파해주었고,—인간의 규범은 유한의 삶을 살아가는 존재의 기준답게 아주 즉각적인 시효 성을 띠고 있었다.— 신에 관한 당연한 의구심을 띠게 만들었다. 선악의 관장자로 불리는 우리의 위대하신 신께서는 어떠한가. 과거-현재-미래 그 어떠한 시점에도 구애받지 않는 전지전능한 존재가 바로 그들이 믿고 있는 진정으로 전능한 초월체, 모든 생명의 어버이가 되시는 창조주 신이었다. '인간의 무한한 상상력'에서 발현이 된(혹은, 그렇게 규정이 된) 존재답게 신은 언제나 지혜롭고 또 관대했다. 피차 글로는 표현하기가 어려울 정도로 흉측한 범죄를 저지른 이가 진심으로 신을 향해 자신의 죄를 고하며 뉘우치며 귀의를 한다면 그가 저질렀던 죄는 그 순간에 곧장 '구원'을 받을 수 있게 됐다. 범죄의 대상이었던—그로 인해 삶이 처참히 무너져버린 피해자의 피폐해진 감정은 단 일 푼도 반영이 되지 않은 채, 범죄자는 신에게 매달린 것만으로 마음의 안정부터 현세의 안정까지 전부 되찾을 수 있는 것이다. 절대 용서해선 안 될 찢어죽일 작자까지 말이지.

이는 몇 번을 강조하더라도 부족할 참담함이었다. 격변과 고난의 시기를 거치고 나서 생활이 조금씩 안정을 되찾은 후에서야 주변을 둘러볼 여유가 생긴 인간들은 그제야 자신들이 생존을 위해 아무 거리낌 없이 받아들인 이념의 맹점을 발견하고서 서둘러 고쳐보려는 시도를 행하여 봤지만, 이미 그들의 세상에 단단히 뿌리내린 고전의 신학을 우유부단한 인간의 관점과 기준만을 통해서 도저히 뜯어고쳐낼 방도를 발견하지 못했다. 더욱이 모든 게 붕괴되고 재조립이 된 새로운 종교의 몇 탐욕스런 신관들을 필두로 이성적인 나와 신의 은혜에 젖은 나를 구분지어 활동을 하게 된 바깥세상의 도시 라펠트는 그야말로 괴랄함이 이를 데가 없는 이중적인 체제에 접어들게 되었다. 그러니 남몰래 악의에 물든 활동을 좀 한다 해서 뭐 좀 어때, 위대하신 아버지께 죄를 고하고서 '진정한 용서'를 구하며 믿음만 한층 더 단단히 한다면 내가 저지른 모든 죄악을 용서받고 사함을 받게 될 터인데, 사후에 나의 영이 '불지옥'이 아닌 '천국'으로 직행할 수가 있게 되는데, 구태여 한 점의 티럭 없이 팍팍하게 살아갈 필요는 없지 않겠는가.

적당히 즐길 건 즐기면서 살아야지 갑갑함에 짓눌려 속이 모조리 터져나가게 말이야. 모든 신자들에 대한 차등 없는 '즉결 심판권'이란 막대한 권능을 손아귀에 거머쥐고 계신 우리의 대모님께만 직접적으로 방종의 행위가 걸리지 않는 선에서의 일탈은 이제 바깥세상의 타락한 몇 신관들과 군의 고위직 인물들에게 살아가는 데 있어 지극히 당연한 방편이자 수단으로서 자리를 잡아버렸다. 그래, 타산적인 이기심으로 이뤄진 인간은 본래 그 누구도 적절한 대가 없이는 자신을 희생하길 원치 않아했다. 진정으로 '숭고한 희생'이란 현실 어느 곳에서도 부합하지 않는 허상이었고, 마찬가지로 허구로 이뤄진 신을 믿는다는 건 끝이 없는 레이스를 하는 것과도 같은 고난의 여정이었다. 의심과 번뇌의 장애물들을 피해 힘겹게 도달할 결승선은 인간이 이 세상에 머물러있는 동안에는 어떠한 수를 쓰더라도 정말로 실재하는지 여부의 판별이 불가능한 미지수 영역에 속한 공상 의 것. 그냥 멋대로 상상하여 최고의 쾌락을 그려내는 것에 그칠 뿐이지, 그 끝에는 정말로 무엇이 우리를 기다리고 있을지 현재에 머물러있는 우리들로서는 그 누구도 알 수가 없었다.

사실은, 그냥 아무것도 없는 게 정답이라면…? 등골이 서늘해질 부정을 담은 의심은 시시때때로 터져 나왔다. 그러니 살아있는 동안에 끝없이 갖게 될 의심의 굴레 안에 갇힌 채로 나를 오직 앞으로만 전진을 시켜줄 믿음, 그러한 '허울'의 숭고함을 잃지 않고 유지하려면 아주 가끔은 달콤한 과실을 베어 물어 의심의 방향을 돌려내는 것쯤이야 좀 할 수도 있는 것이 아니겠는가! 김 교수는 만약에 자신이 저들과 같은 상황으로 내몰려 최악에 처하게 된다면, 분명 자신도 저들과 똑같은 종류의 비틀린 선택을 했으리라고 순순히 인정을 남겼다. 내게 저처럼 머저리 같은 맹목적인 믿음이 들러붙는다는 건 단순히 상상하는 것만으로도 소름이 끼친다.

그나마 이해할 수 있는 부분은 딱 여기까지. 여전히 가시지 않는 의혹이 남아 있다. 나는 이들에게 잠깐 중심이 되어줄 망가진 이념만을 전달해준 게 아니라, 그들을 이념에 맞춰 이끌어줄 선구적인 리더도 함께 준비해 내주었다. 바깥세상의 최고 권력자로서 대모님이라 불리우게 된 나의 어머니. 참혹히 멸망한 바깥세상을 다시금 일으켜 세운 새로운 구심점이 철저한 사전의 계획하에 만들어진 대모님이었다. 과거의 내가 가장 심혈을 기울여 탄생시킨 창조물은 지금 이 몸의 본주인인 '신서울'이라 할 수 있었지만 이미 존재하던 생명을 한계치를 넘겨 최대한으로 업그레이드 진화를 시켜놓는 데 성공한 것은 나의 어머니인 '박숙자 여사님'이었던 것이다. 아, 이젠 다른 것보다도 대모님이란 호칭이 더 알맞겠군. 내 가설이 처음부터 틀려버린 건가 —무언가가 잘못됐다. 파고들수록 크나큰 괴리가 전달되어온다. 도시 신서울에서 초기에 바깥으로 내쫓긴 사람들은 대부분 권력다툼에서의 패배로 권리를 빼앗긴 고위직의 인물들이거나 위험분자로 낙인찍히게 된 사람들이었다. 그러므로 그들의 유전자에는 항거정신이 자연히 녹아들어있음을 가정하여 갖은 대비를 마련해두었었는데 혼자만의 추론결과를 너무 맹신하였나보다.

조금씩 어긋나긴 했어도 무수히 오랜 반복의 시간을 겪으며 언제나 자신이 오랫동안 구상한 계획의 코스를 큰 탈 없이 따라가는 중인 이 현실의 흐름에 나도 모르게 그만 안심하고 부주의를 갖게 됐다. 그렇게 의심하고 의심을 하였었건만, 이곳이 과정과 결말이 이미 정해진 소설속의 세상이 아니라는 것을 누구보다 잘 이해하고 있음에도 난 어찌하여 무조건적인 긍정적인 결말, 해피엔딩의 최종 장을 바랬던 걸까.

하, 이 정도의 기나긴 세월을 뒤집어써놓고도 알량한 이기심만큼은 여전하구나.

탕!

생각이 이젠 익숙한 루트를 따라 고뇌로 발전해 나아갈 때 쯤 커다란 총성이 귓가를 때렸다.

"어어!"

"아악! 이게 무슨…."

신서울의 주변이 소란스러워졌다. 어찌나 난리인지, 그들이 갖게 된 공포와 혼란이 시각화되어 보여지는 것과 같은 착각까지 든다. 에잉, 약해빠진 것들. 신서울의 몸으로 혀를 끌끌 찬 김 교수는 어째서 이들이 소란을 떠는 건지 곧바로 원인을 파악할 수가 있었다.

"이봐 안 상병! 괜찮아? 정신 좀 차려봐!"

….

"다들 나와! 일단 설비가 갖춰진 병동으로 옮기게."

….

"운반차 도착했습니다!"

….

눈앞에 펼쳐진 현실의 상황을 마주하고서 혼이 빠져버린 것 같은 공허한 느낌과 밑바닥에서 기어오르는 공포감에 사로잡힌 나는 주변의 시끄러운 소동에 몇 마디의 대화 소리만을 겨우 알아들을 수가 있었다.

멍한 정신에 손발이 덜덜 떨려 왔다. 잠시 몸을 빌린 나의 반응이 아니었다. 몸의 원주인인 딸아이의 격정이 스스로가 쌓아 올린 강둑을 넘어서 완벽했을 뻔했던 양자 간의 교환시스템을 붕괴시켜버리고 통제권을 내준 육체에 고스란히 영향을 미치고 있는 것이다. 나는 그런 서울이의 상태를 완벽히 이해했다. 나야 어쩌다 운도 없게 총탄에 맞아 나자빠진 저 계집아이가 죽건 말건 그녀에게 큰 사적인 감정이 없는 터라 무덤덤할 수가 있었지만 최 신관이 쏘아낸 총알에 복부가 꿰뚫린 채 신음성조차 못 뱉을 만큼 인상을 참혹히 구긴 안젤라 상병의 얼굴을 마주하고 있노라면 저도 모르게 입을 꽉 악다문 채로 안젤라가 느끼고 있을 고통의 크기를 지독히 공감하게 됐다. 특히, 비록 짧은 만남이었다고 해도 나의 딸아이는 그녀에게 많은 걸 의지해왔다. 자신의 길잡이로 삼은 인생의 선배이자 난생처음으로 생긴 유일한 '친구'가 이렇게 갑작스레 죽음의 문턱에 서게 되다니. 지난 세월의 과정을 온전히 보존하지 못하고 있는 서울이에게는 아마 지금 처음으로 마주하게 된 잔혹한 현실의 반영에 더욱더 충격적으로 다가오리라.

"다들 뭣들 하고 있는 거야! 저 미친 마귀 놈을 어서 제압하지 않고!"

모두의 패닉상태를 깨부수고 안드레아 신관이 강하게 호통쳤다. 최우선 상급자인 그의 명령이 하달되자 혼란에 빠져있던 군인들이 테이저 건이나 전기 봉 따위를 꺼내들고서 최 신관의 주변을 에워쌌다. 총을 든 상대한테 위험천만하게 어째서 총을 꺼내 맞상대하지를 않느냐고? 라펠트에선 '신관'의 칭호를 달고 있는 이상, 어떤 범법행위를 저지르더라도 당장의 즉결처벌이 아랫사람으로서는 불가했다. 신관의 타이틀은 새로운 세상의 만인지상 일인지하의 면죄부를 부여해준 것과 다름이 없었다. 바깥세상에서 그들이 규정짓고 따르는 신법의 위에서 군림할 수 있는 존재는 오직 대모님 한 사람뿐이었고, 이곳에 가까운 곳에 계신다고는 하지만 당장 이 자리에 대모님이 함께 자리해있는 건 아니었다. 모두에게 동화가 된 사상은 이런 점이 무서웠다. 여전히 누운 채로 인상을 찌푸린 저 최 신관이 들고 있는 권총은 최대 열다섯 발까지 장착 및 발포가 가능한 무서운 살상도구였다. 그런데도 이곳에 모인 인원들은 그 누구도 기존에 정해진 틀을 벗어나 안젤라가 행했던 것처럼 특이행동을 시행할 마음가짐을 조금도 내보이지 않는다. 신서울을 가까이하면서 기존의 틀에서 완전히 벗어나게 된 이는 오직 안젤라 한 사람뿐이었다.

그리 긴 시간도 아니었는데 역시, 내 딸아이는 특별하다니까. 서로의 진정한 관계가 남매인가 부모인가에 대한 의문은 여전히 내 마음 한편의 논쟁거리로 남게 됐으나 난 이제 내가 스스로 의향 한 대로 결론을 매듭짓기로 단단히 마음을 먹었다. 오랜 세월 품어왔던 우유부단함이여 — 이제 안녕, 우린…. 오늘부터 명확히 '부녀' 관계임을 선포한다. 어디서 이런 쇠고집이 터져 나오는 건지는 스스로조차도 이해할 수가 없다만은, 아무렴 어떠한가. 내 확고한 결정이 떨어짐과 동시에 드디어 아주 기나긴 세월 동안 품고 있던 귀찮은 의심의 잡음에서부터 완전히 해방될 수가 있었다.

탕탕탕탕!

막 내면의 잡음을 떨쳐내자마자 현실에서의 커다란 격발 음이 평온해지려던 밤바다의 풍광을 갈라놓았다. 피를 흩뿌리며 몇 사람이 고꾸라져나간다.

화들짝 놀란 신서울은 황급히 주변의 상황을 체크했다. 휴— 다행히, 이번의 총격으로는 그녀가 소속된 A팀 대원들 중에서의 사상자가 발생하지 않았다. 쓰러진 사람들은 전부 이름도, 얼굴도 낯설기만 한 경비대원들뿐이다. 안도의 한숨을 몰아 내쉰 신서울은 얼마지 나지 않아 자신이 갖게 된 감정의 양면성에 경악을 금치 못해했다. 눈앞에서 사람들이 허무하게 죽음 위에서 나자빠지게 됐는데 단지 나와 깊은 교감을 나누지 않아 모르는 사람이라서 다행이라고? 나는 자신의 감정선을 알아차리자 구역질이 몰려옴과 동시에 눈앞이 깜깜 해지는 듯 암담한 기분이 들었다. 왠지 자기 자신의 감정이 멀게만 느껴진다. 나는 분명한 나인데도, 혼백이 서로 분리되어 멍해진 감각에 사로잡히게 됐다.

서울아 이 세상에 본인을 제외하고서 가장 중요히 여겨야 할 건 나와 가장 가까운 주변 사람들이지 평소엔 알지도 못하던 남이 아냐. 그런 사람에게까지 측은함을 가질 수 있다는 건 내 상황이 편안 하다못해 너무 풍족해서 배가 터질 것 같은 돼지들이 대체적으로 보유하고 있는 위선에서 비롯된 오만한 감정일 뿐. 뭐, 물론 가진 게 아예 없는 이들이라고 난생처음 보는 이의 죽음에 진심으로 애도를 표하지 못한다거나 내 것처럼 느끼며 분개할 위인이 아예 없다는 것은 또 아니지만, 개인이 느끼는 생각과 감정에는 절대적 선악의 기준이란 것이 존재치 않는다고 난 확신한단다. 그러니 네 자신의 모든 부분을 고스란히 받아들이고, 자신이 저지른 실책을 부정하되 혐오는 하지 마. 자꾸 스트레스받으면 권총

들고 설치는 미친놈에게 스턴 건을 한 방 먹여주려고 꼼지락대며 기어가는 중인 저 이름 모를 병사 놈처럼 너도 대머리 신세가 된다?

김 교수는 좀 편안해지라고 끝에 일부러 해학적인 요소를 가미하여 신서울을 향해 조언했다.

'…알겠어요. 저… 드디어 제가 해야 할 일을 찾은 것 같아요.'

곧바로 이어진 신서울의 야무진 대답을 전해들은 김 교수가 네가 해야 할 일이 뭔데? 라고 되물으려던 찰나 그녀의 몸이 먼저 움직이기 시작했다. 성큼성큼 걷는 발걸음이 향하고 있는 곳은 권총을 겨눈 채로 "제길 누구든 내게 다가오면 쏴 죽여 버릴 거야! 아무도 꼼짝 말고 움직이지 마!" 무언가에 쫓기듯이 다급하게 고함을 쳐대는 정신 나간 최두안 신관 쪽이었다

엇 자, 잠깐 뭘 하려는 거야 서울아 위험해!

기겁한 그는 앞뒤 분간 없이 곧장 정신의 깊숙한 곳에 묻어두었던 '강제력'을 발동했다. 그러나 오랜 세월을 거치며 이상이라도 발생을 한 걸까? 아이의 당찬 발걸음은 명령어를 그대로 무시한 채 나아가며 멈출 기미가 없었다. 심지어 가벼운 머뭇거림조차 없다. 큭, 비참한 침음을 삼켜낸 나는 딸아이의 정신이 망가질지도 모를 위험한 확률까지 전부 무시하고 내가 가진 최대출력의 강제지배력을 이끌어냈다.

제발, 제발, 제발 그만 가고 멈춰 …틀렸어, 전혀 먹혀들지 않잖아. 오랜 반복을 거쳐 오면서도 지금에서야 처음으로 나의 전력을 다해본 것인데, 서울이의 몸은 아랑곳하지 않고 계속해 앞으로 나아갈 뿐이었다. 넌.. 또 다시 내가 모르는 기적을 닮은 무언가를 행사하는구나. 하찮음으로 이루어진 내가 어떠한 수를 쓰든 간에 딸아이의 행보를 막을 수 없음을 직감한 순간, 거대한 허탈함과 이율배반적인 나른함이 몰려와

나로서는 그저 지금의 사태를 관망하는 것만이 할 수 있는 최선임을 깨닫게 했다. 만약 심각하게 망가져있는 육체라도 좋으니 내가 나로서 직접 이 세상 위에 현현할 수가 있었다면 딸아이의 몸을 감싸 안고서 대신 총알이라도 맞아줄 수 있었을 텐데.

목표 달성에 다가갈수록 크기를 부풀려만 가는 거뭇한 비참함. 지독한 부의 감정이 쉼 없이 날 옥죄인다.

"개 썅! 멈추란 말 안 들려?"

권총의 손잡이 부분을 거칠게 고쳐 잡은 최 신관이 욕지거리를 내뱉으며 악을 썼다. 얼씨구야, 뭔 제 놈이 1900년대 초기께 허접한 불량배도 아니고— 보아하니 많아봤자 한 20대 후반 즈음의 창창한 나이 때 멸망 전의 세상을 경험했을 한참은 어린놈의 자슥이, 기껏해야 미디어나 소설 속에서나 접해봤을 전형적인 옛날 삼류 악당의 흉내를 내고 있다. '진짜 늙은이'인 나도 그런 건 부끄러워서 못 하겠다 자슥아. 나는 진심으로 나의 어머니께 따져 묻고 싶어졌다. 대관절 그동안 무슨 일이 있었길래 이런 나사 빠진 놈을 바깥세상을 대표하는 핵심권력자로 내세운 거냐고.

음…. 그런데 곰곰이 잘 생각해보면 소싯적의 나 또한 '요즘 애들은 나사가 빠져있다' 식의 시시껄렁한 시사 이야기나 칼럼 따위를 수도 없이 많이 듣고 읽어 봤던 것 같았다. 그땐 그저 나이를 먹을 대로 처먹은 늙은이들의 젊음을 향한 추악한 질투이자 투정부림이라고 가볍게 여기며 혀를 차면서 넘겼던 것인데 말이지. 정말 인생무상이라고 언제 시간이 이렇게도 많이도 흘러간 것인가. 세월의 흐름은 현재를 나아가면서 슬쩍 뒤를 돌아봤을 때 스스로가 무서우리만큼 빠르게 질주를 한 것이라고 느껴진다. 그 어느 때가 찾아오더라도 뒤돌아선 개인이 느낄 체감속도의 질주는 결코 변치 않으리라.

젊음과 늙음의 생각이라. 말이 나와서 꺼내보는 주제의 이야기인데, 뭔가 아는 것처럼 지껄이고는 있다만은 이것 또한 그냥 지난 삶의 경험에서 비롯된 편견에 불과하지 않은가. 보통 그 시대의 주역이자 절정기로 손에 꼽히는 2~30대층의 젊은이들은 세상이 망가진 후로 무수히 많은 반복을 거듭해온 지금까지도 고작 열댓 명 정도만을 마주해봤을 뿐이니 생각이 굳을 만큼 늙어 비틀린 내가 지금의 사람들이 가진 세대관을 멋대로 단정 짓기 무리였다. 그냥 윗세대를 살아온 기억을 가진 존재로서 삶의 경험이 풍부해진 인간이 아래를 내려다봤을 때 요즘 애들은 나사가 빠졌다는 표현은 어느 정도 사실에 기반 된 내용이었지 않았을까? 하고 자기합리화를 위한 어설픈 고민을 제멋대로 해볼 뿐이다.

이 의혹은 해결할 명백한 방안이 존재치 않는 것이었다. 한번 쏘아져 나간 시간은 영영 무를 수가 없고 그때로 다시 되돌아갈 방법은 현재로선 존재치 않았다. 그리고 설령 머나먼 그 시절로 돌아갈 수 있다고 한들, 내가 존재하지도 않던 세상은 기껏해야 암흑으로 물들어있을 뿐이리라. 그러니 나보다 밑의 세대의 일은 전혀 다른 환경을 겪으며 살아왔고 앞으로도 그와는 영영 다른 세대의 삶 속에서 살아갈 단순한 '인생의 선배'로서는 같은 길을 걸을 때의 조언 정도는 가능해도 정확한 사실에 대해선 영원히 알 수가 없는 것이다. 같은 세대의 시간을 걸어온 개인들 만해도 각자가 가진 경험이나 생각의 차이가 이루 말하기 힘들 만큼 넓고 깊게 벌어져 있곤 하는데, 하물며 기껏해야 대충 눈대중으로 넌지시 가늠을 해본 게 전부인 전혀 다른 시공간의 사정을 그 시대와 비교대상이 될 만한 나이대로 직접 살아보거나 모든 것을 꿰뚫어보는 전지전능한 신이 되지 못하는 이상 도대체 어찌 완벽히 이해를 할 수가 있을까. 이미 흘러간 시간은 영원히 되돌아오지 않는 법이었고 개인의 기억 속 경험으로 영원히 존재하는 척을 할 뿐이지, 기억이란 것은 자세히 뜯어보면 주관이란 명칭의 이상한 색이 멋대로 덧칠된 환상에 가까웠다.

—그게 전부가 아님을 알잖아.

음…?

이번엔 아무도 의도치 않은 마음소리가 영문 모를 뜻을 전해온다. 이해하지 못할 것은 그뿐만이 아니었다. 내게 실시간으로 공유되고 있는 딸아이의 감정 상태가 이번엔 몹시도 고요했다. 이상하잖아? 현재 이 아이는 상당히 높은 위험과 직면을 하고 있는 상태고 심지어 위기에 대놓고 직접적으로 노출이 돼있을 터였다. 서울이는 분명 그 사실을 똑똑히 인지하고 있었다. 자신에게 겨눠진 권총은 언제든지 격발될 수가 있으며 인간은 동서고금을 막론하고 이 정도의 짧은 거리에서 소리의 전달 속도보다도 빠른 속도로 쏘아져올 38구경짜리 권총의 총알을 피할 수가 없었다. 그것은 인간의 일상적인 반응속도를 아득히 뛰어넘는 것이었으니까, 미리미리 마음을 강하게 붙잡아 노력한다고 해서 뛰어넘는 것이 가능한 종류의 행위가 아니었다. 결과는 이미 정해진 문제.

허나, 과연 그럴까? 나는 실낱같은 희망을 서울이가 지금까지 내게 보여줬던 특별함이란 명제에 걸어봤다.

탕!

격발 음이 들려온다.

터엉.

저 멀리 우측 편에 추락방지용으로 설치돼있던 안전펜스가 총알에 얻어맞음과 동시에 부르르 떨렸다. 크게 빗나가서 다행이지 나는 총알을 피할 수 없었다. 그러기는커녕, 잔뜩 집중했는데도 쏘아지는 순간조차 제대로 감지해내지 못했다.

위험의 경종이 머릿속을 울렸다.

등 뒤로 식은땀이 흐른다. 어쩐지 난 내게 닥친 위기의 상황이 굉장히 익숙하다 느껴졌다.

탕! 탕!

"아악!"

최 신관을 제압하기 위해 무작정 무구부터 꺼내 손에 꼬나 쥔 경비대원 둘이 접근 중에 본보기로 사살당했다. 모두의 발걸음이 멈춰 선다. 까딱하다간 바닥을 나뒹구는 게 내가 될 수도 있다는 공포감이 정신을 압박해왔다. 믿을 수 없게도 수십 명의 숙달된 병사들이 고작 한 명의 변질자의 공갈에 농락당하고 있었다. 무구의 차이만을 현재 우왕좌왕하는 분위기의 모든 원인으로 삼기에는 너무 가혹했다. 기본적으로 이들에게 타살로 인한 죽음은 곧바로 우리의 신의 곁으로 갈 수 있는 몹시도 긍정적인 기회였기에 이념만 조금 맹목적으로 따를 수가 있다면 내가 저 미친놈의 총질에 맞아 죽을지도 모른다는 사실을 두려워할 이유는 어디에도 없었다. 감히 신께 반기를 들고 대항하려는 악의와 맞서 싸우는 것은 오히려 나의 명예를 드높일 아주 영예로운 일이었고, 신의 나라로 남들보다 빠르게 직행할 최고의 기회이기도 했다. 기본이념이 그럴 진데 총에 맞아 쓰러진 안젤라를 제외하고는 그 누구도 변질자의 제압을 위해 선불리 대표 표적이 되어 나서지 않고 있었다.

후— 잘 돌아가는 꼴이다 정말. 이 헛믿음장이들아.

김 교수는 이들 모두가 공통적으로 지닌 비틀린 아집을 비난했다. 만약 처리해야 할 상대가 바깥인들의 숙적인 저 [발람]의 식인종들이거나 이기적인 도시 놈들, 조금 더 양보해서 최소한 식인괴물 놈들만 되었더라도 여기 모인 이들 중에서 자신의 목숨을 바쳐가며 싸우는 것에 주저하는 이는 아무도 없었을 것이다. 그들이 새로이 이룩해낸 신의 역사에서 그것들은 명명백백히 '악귀'로 규정된 지상최대의 적이었고, 악귀는 나의 목숨을 바쳐서라도 이 아름다운 세상으로부터 구제하는 것이 가장 옳은 행위였다.

그렇지만 급발진 중인 저 최 신관의 경우에는 조금 달랐다. 그는 십여 년째 바깥세상의 권력체계의 최정점으로 군림해온 우리의 주신—아버지와 가장 가까운 자식 중 한 명이었으며, 누구라도 인정할 아주 신실한 종이었다. 갑자기 괴상망측한 변질을 내보인다고 해서 너무 오랜 세월을 상급자로 모셔오고 추앙하던 존재이기에 꼭 고대의 노비들이 막상 혁명의 때가 닥쳐오자 오랜 억압의 영향으로 제게 사정없이 채찍질을 해대던 '주인'을 제압하기가 심적으로 너무 위축이 돼 곤란했던 것처럼 최 신관의 기행을 앞장서 멈추기에는 껄끄러운 면이 있는 것이다. 더욱이 상대는 총까지 들고 있지 않는가. 그냥 맨몸이어도 제압하기가 찜찜해 어려워하고 있었을 판국에 잘못 나섰다가 운이 나쁘면 곧바로 골로 가버릴 수 있다는 위험까지 감수를 해야 했다.

인간은 제아무리 현명하고 고고한 척을 해도 제 자신의 목숨이야말로 이 세상에서 가장 소중한 보물이었다. 살아있기에 우리는 듣고, 보고, 숨 쉬고 등의 너무도 당연하여 귀한 줄을 잊어버리고 사는 기본적인 동작들을 수행하며 이 땅 위에 발붙일 수가 있는 것이었다.

"안드레아 신관님! 부디 이 상황을 타개할 현명한 지휘를 부탁드립니다! 나머지 대원분들께선 신호가 떨어지면 당장에 달려들어 저 간악한 최두안 변질자를 제압할 준비를 하시고요!"

탁! 전기 삼단봉을 꺼내든 A팀의 박종규 분대장이 모두가 알아들을 수 있게끔 또박또박한 발음으로 외쳤다. 늦었다고 비난을 하기에 앞서 이는 엄청난 용기로 이뤄진 행동이었다. 지금으로부터 불과 이삼 분 전에 제압도구를 꺼내든 인물들은 모두 최 신관이 쏘아낸 총알의 표적이 돼서 꿰뚫려 즉사하거나 최소한 중상을 입은 채로 쓰러진 상태였다. 그것은 같은 신을 믿는 이들이 오직 같은 색만을 보기 위해 다 같이 쓰고 있던 색안경을 처참히 찢어발겨버린 잔혹한 행위였고, 괜히 저항 도구를 꺼내든 인물은 신을 믿건 아니건 가장 먼저 표적이 돼 죽음을 맞이할 것이다. 라는, 낯선 공식을 성립시켜버린 정신나간이의 그야말로 미친 소행이었다.

탕! 재차 총성이 울렸다.

"으아?"

그러나 이번에 앓는 소리를 내뱉은 건 모두의 존경을 받던 선지자에서 범죄자로 전락한 최신관이었다. 새하얀 신관 복을 입고 있는 그의 가슴 정중앙이 구경 높은 강력한 위력의 총탄에 의해 꿰뚫렸고, 커다란 틈새 사이로 울컥울컥 붉은 피가 뿜어져 나오고 있었다.

"당최 무슨 상황인지 도통 이해를 못 하겠지만, 그냥 저냥 클리어 했나?"

모두가 얼어붙은 가운데 2층에서 피곤함이 눌러붙은 태평한 음성이 들려왔다. 경비대원들 뿐만이 아니라 김 교수에게도 몹시 익숙한 목소리와 어투. 술기운이 채 가시질 않아 아직도 얼굴이 불그스름하게 달아올라있는 경비대장 김민학 대령의 뒤늦은, 그러나 화려한 등장이었다.

"엣헴…!"

이 소란 속에서 가장 늦은 주제에 손에 들고 있던 장총을 세레모니를 하듯이 전방에 겨눠 보이며 역시 "빵! 하여튼 너네들은 이 몸 없이는 아무것도 못하지?"란 의미가 담긴 뻔뻔스러운 제스처를 자랑스럽게 선보인 경비대장은, 의기양양한 걸음으로 혼돈과 경악에 물들어있는 1층 갑판으로 내려왔다.

"이, 이보게 경비대장…. 알고 있는 건가? 자네는 방금 엄청난 범죄를 저지른 거야! 모두의 앞에서 아버지께서 직접 임명하신 신관을 쏘아 죽이는 미친 짓을 벌이다니 모든 판결은 대모님께서 내리시겠지만, 내 직접 보고도 도통 믿을 수가 없구먼…."

괜히 최 신관 놈의 정신 나간 만행에 휘말릴까봐 은근슬쩍 구석에 틀어박혀서는 몸을 잔뜩 사리고 있던 안드레아 신관이 사건이 일단락되자마자 자신이 언제 그랬냐는 듯이 가슴을 쭉 빼낸 당당한 태도로 나타나 사건을 종결시킨 경비대장을 강하게 압박했다.

이 신관이란 놈들, 영 글러먹었군. 가만히 지켜만 보고 있던 나는 울컥 짜증이 솟구쳐 올랐다. 대령계급('중장'의 장성급까지 올라갔다가 몇 번의 사고를 저지르고서 대령까지 하락하고 말았다)에다가 겨우 경비대장의 보직을 맡고 있는 저 김민학이란 인물이 아직은 삶의 경험이 부족한 어린 나이의 간부이거나 혹은, 신을 진정으로 찬양하는 신자였다면 안드레아 신관의 타박에 당황하여 자신의 죄를 빌며 굽신거리며 용서를 빌고 말았을 것이다. 정작 사건이 터졌을 당시엔 아무런 해결책을 내놓지 못하고, 불똥이 튈까 멀찍이 떨어진 채 숨어만 있던 무능력자에게 본인이 비록 의도치는 않았더라도 모두를 위험에 노출시킨 사건을 단숨에 해결해낸 '영웅'이 굽혀야 하는 것이다.

저 도시 신서울 만큼이나 짙게 밴 불합리함. 바깥에서는 고착화가 되고만 어긋난 체계였고 나는 그것을 온당히 이해할 수 없었다.—내가 이루려던 신으로 뒤덮인 세상은 늘 이상적인 공간이어야만 했다. 지금 보여지는 것처럼 망가진 채로 듣기 싫은 삐걱거림을 내는 것이 아니라. 어디부터 계산이 잘못된 것이냐. 새로운 지배자가 되고픈 욕구를 채우고자 신의 이름하에 각자의 계급을 나눠 놨던 것부터가 실책이었던 걸까. 아니지, 그런 건 중요치 않아. 인간의 사회는 어떠한 구조를 이루어도 결국 불합리함과 공존하는 삶의 형식에 도달해 그것과 어떻게든 얽매이게 되어있었다. 계급과 서열에 종속됨은 과거, 오늘, 미래를 살아가야 하는 모든 인간들이 가진 필수적인 한계점이었다.

그러한 한계를 가진 탓에, 아니 덕에 우습게도 인간들은 여태까지 앞으로 나아갈 추진력을 얻을 수가 있었다. 허나 강제로 뒤로 후퇴 하게 된 현재에는 어쩌면 시간이 더 앞으로 나아갈수록 인간들이 이룩한 진화는 반대로 계속해서 뒤로 쇠퇴할지도 모를 일이었다. 세상의 몰락은 단지 주변의 환경의 저하에만 국한되어 있지 않았다. 함께 붕괴를 맞이한 건 그것보다 조금 더 중요한 것. 당장에 구체적인 형상화나 표현은 불가능 하나, 분명히 존재하는 모든 개념을 통틀었다. 이를테면 역사나, 감정 같은 것 말이지. 나름 제멋대로 언제든지 범람할 홍수를 막아설 방벽을 단단히 세워놨다고 자긍을 품었었는데, 멸망의 전조는 낙인이 되어서 뚜렷이 나타나고 있었다. 이런 불완전함 속에서 허덕이며 맹목적으로 환상에 매달린 채로 살아갈 바에야 차라리 최소한 앞으로 백 년은 더 거뜬히 버텨낼 지구상 유일의 안전한 도시 신서울에 무작정 찾아가 노예로 투항하는 것이 훗날 자신의 유전자를 남길 확률을 높이는 더 좋은 방법이지 않을까. 삶의 방향에 대해서 가늠할 여력이 있는 자는 매일 같이 의심에 빠질 만한 고뇌. 뭐, 애당초 그 탐욕스러운 돼지들이 아무런 선물도 없이 찾아온 남쪽의 거지 나부랭이들을 받아 줄지는 미지수였지만.

"하 참 뭐라는 거야! 난 감히 우리의 아버지께서 우리에게 선사하신 귀중한 보배를 훼손시키려는 반동분자를 처단했을 뿐인데. 얼레? 정신 나간 놈을 옹호하려는 걸 보니 혹시 그쪽도 방금 나한테 뒈진 놈과 한편이라서 괜히 발끈하는 거요? 안 그래도 직책이 같은 신관이라 서로 들러붙기가 참 좋아 의심스러운 데, 너거들 가만 보면 죄다 앞에선 점잖고 깨끗한 척 잘난 체나 하면서 정작 뒷구멍으로는 온갖 추잡한 짓을 다 벌이고 있잖아. 해쳐 먹어도 적당히 좀 해쳐 먹어야지 꼬리가 길면 밟히는 것 아니겠수? 에라이~ 이 개만도 못한 것들이 생각해보니 나보다 나이도 어린것들이 하는 꼬락서니가 열 받네. 세상 더러운 놈들이 군 특별장성평가위원회니 뭐니 지들 멋대로 평가기관을 내세워서 지놈들 똥구멍을 잘 핥는 놈들만 우리의 아버지를 우수하게 섬기는 인물이니 뭐니 별 시답지 않은 이유를 다 갖다 붙여서 별을 달아주고! 어? 그동안 내 아무리 억울해도 우리 대모님께 혹여 해를 미치게 될까봐 가만히 참고만 있었는데 너 오늘 잘 걸렸다. 네놈한테 아무런 죄가 없다면 이 총알이 알아서 네놈의 결을 빗겨 가리라! 니미럴!"

철컥. 정말로 쏠 기세로 힘껏 새로 장전한 장총의 총구를 들이밀며 그간 쌓아온 울분을 터뜨려대는 경비대장의 급발진에 화들짝 놀란 채 반사적으로 몇 발자국 정도 뒷걸음을 친 안드레아 신관은 별다른 대꾸를 하지 못하고 이마에 맺힌 식은땀을 닦아내는 데 집중했다. 너무 많은 귀와 시선이 몰려든 자리인지라 사소한 것 하나부터 원죄가 깊은 입장으로서 괜스레 깊게 따지고 나서기가 애매하기 짝이 없었다. 경비대장의 말대로 숨길 게 많은 건 자신 쪽이었으니, 괜히 속사정을 모조리 꺼내서 들이박았다간 뒤를 잘 돌아 보지 않는 멧돼지 같은 경비대장의 단순 무식한 무 대포 돌격에 크게 치일 것이 분명했다.

이런 미친…. 이, 내가 사려야 한다고? 저 버러지 같은 게 감히..! 안드레아 신관은 부러져라 이를 악문 채로 분노를 꾹 삼켰다. 그 동안 '신관회'를 통해 우매하고 낮은 이들을 말 잘 듣는 인형으로 만들어내고자 창대한 계략을 세운지 벌써 오년이 넘게 흘렀으나, 작전실행에 사사건건 훼방을 놓는 눈엣가시 같은 존재, 라펠트의 총 책임자 '대모'의 간섭으로 인해 우리의 간곡한 희망인 신의 제국을 완성시킬 일은 한참이나 요원한 단계에 머물러있었다.

이 미친것들이 대체 저들이 누구 덕에 살아남은 줄도 모르고 감히 우리에게 더러운 책임을 전가하며 덤비려 드는 건가. 지금 너희가 살아 숨쉬고 존재할 수 있는 이유는, 다 젊은 날에 온몸을 던져가며 희생한 우리 '신관'들의 희생 덕분이 아냐! 그러니까 전능하고 고매하신 창조주께서도 고생했다고 사사건건 충돌중인 그 빌어먹을 대모를 통해 세상어림에 느지막하니 등장하셔서 우리에게 이러한 특권들을 넘겨 주신거지. 타당하고 훌륭한 정당성을 갖고 있음에도 말이 통하지 않는 저 우매하고 낮은 것들의 눈치를 봐야 하는 이 더러운 현실에 기가 막히고 이가 갈렸다.

바깥을 담당하는 2사단의 A팀처럼, 라펠트 내 최고의 엘리트 집단으로 군 생활을 이어오다가 부상과 노화 등의 개인적인 이유로 은퇴를 천명하고서 신관들이 자신들의 사리사욕을 채우고자 창설한 호위부대에 슬그머니 편입을 해 활동 중인 신관을 포함 라펠트 내 핵심의 인사들이 개인으로 꾸려낸 호위부대, 말 잘 듣는 인형인 '구세군'을 에덴 호에 모조리 두고 온 것이 참으로 후회스러웠다. 일개 분대 정도만 이끌고 왔어도 저 멍청한 경비대장 놈이 감히 제 앞에서 고개를 쳐들고 뺏대는 꼴은 보지 않아도 좋았을 텐데. 성급한 성질이 제법 이용해먹기가 좋아 그간 늘 고기방패로써 제 곁에 세워놨던 최 신관이 멍청한 짓의 벌이다가 저렇게 싸늘한 시신이 되어 널브러진다는 상식 밖의 일 또한 발생하지 않았을 것이다. —감히 신관에게 총구를 겨눴다간 그 즉시 배 위의 저 버러지들이 먼저 죽어나갔겠지.

'망할 계집 같으니라고. 어쩐지 병력을 못 데려가게 딱 막아서더니만 이번에도 또 그놈의 망할 가까운 미래를 내다봤던 건가.'

같은 신의 자녀들끼리의 접선장소에서 굳이 경계할 필요가 있겠냐면서 호위 병력을 이끌고 오지 못하게 제재를 가했던 대모의 지난 명령이 심히 원망스러웠다. 외부에서 찾아온 그녀가 현재 대모라는 존경의 명칭으로 불리 우며 바깥세상에서 최고 권력자로 추대받을 수 있었던 가장 적극적인 이유에는 그녀가 이따금 아직 찾아오지도 않은 미래의 일을 실제로 미리 내다본 것처럼 정확한 '판결'을 내릴 때가 종종 있었고, 정말 신기하게도 미래를 몰랐을 땐 뜬금없고 해괴망측하게만 들려오던 그녀의 명령이 뒤돌아서보면 어김없이 가장 올바르게 들어맞았었기 때문이었다. 한정적이긴 해도 무려 미래를 내다보는 기적을 선보임을 행함이라, 그것이야말로 누구나가 고개를 끄덕이면서 인정을 보낼 만한 '신의 재림'을 나타내는 직접적이고 가장 객관적인 지표가 아니던가. 멸망한 바깥세상에서 욕망에 따라 흘러들어온 각자의 개개인에게 낯선 역사와 권력체계가 새로운 체계의 이념으로서 빠르게 자리 잡을 수 있었던 지난 사정에는 그런 놀라운 비밀이 숨어져있었다.

인육을 탐한 대가로 당장 그들에게서 분리되어 내쫓긴 배덕자들. 이제는 '발람의 식인종'이란 이명으로 불리는 게 더 자연스러워진 제멋대로의 무법집단은 체계라고 할 만한 것들이 거의 다 무너져버려서 수만 년

전의 고대와 다를 바가 없을 만큼 열악한 환경과 체제 속에 몸을 담군 채 저열한 그들의 삶을 이어가고 있었다. 떨어진지 고작 이십여 년이 흘렀을 뿐인데 지금의 그들은 단지 본능에 의존해만 살아가는 괴물로 추락하고 말게 된 것이다. 그리고 같은 동족이라도 배가 고파오면 서슴없이 잡아먹는 괴물들은, 하루가 다르게 더더욱 퇴화하고 있었고 최근에는 영토를 놓고 진짜배기 괴물인 저 '검은 짐승'들과 다투느라 바빠 라펠트의 부대원과 신자들은 최근 몇 개월간 제대로 된 식인종들의 집단과 조우해본 기억이 없었다. 내막을 모르는 이들은 단지 신의 보우하심에 감읍해했지만 진실을 정확히 뜯어보면 역시나 그에 부합하는 합당한 이유가 존재함이었다.

물론 신학에 광적으로 심취한 이라면 식인종들과 짐승들 간에 벌어진 필연적인 영토전쟁을 그저 저것 또한 우리를 위한 영광스러운 '신의 뜻', 안배라고 멋대로 해석하며 적들의 눈 돌림을 은혜의 은덕으로 돌린 채 찬양이나 올릴 뿐이겠지. 궁지에 몰렸음에도 금방 당당해져서는 되레 칼을 쥔 이에게 엄포성을 놓아대는 저 개 같은 위선자들의 행태처럼 말이야.

"다들 지엄한 신관의 명을 따르지 않고 뭣들하고 있는 건가! 저 미친 경비대장이 마귀 놈의 손길에 홀려 감히 전능하신 우리의 신께 충성과 열정을 다하는 이 몸을 모욕하고 있지 않나! 내 오늘 이 손으로 악마를 지옥으로 내쫓을 테니 아버지의 손길이 닿아있는 영광의 부대원들은 신관을 살해한 저 추악한 김 경비대장을 제압해서 당장 내 앞으로 압송해 오도록 하라!"

그의 이율배반적인 태도의 원천은 자신의 측근 인사인 최 신관이 계획했던 것 이상의 발광을 할 때에는 혹여 자신도 거기에 휘말릴까봐 조용히 구석에 처박혀 몸을 사리고 있던 주제에, 가만히 있으면 자신까지 죄인으로 몰릴 사태가 닥쳐오자 이제야 적극적으로 상황에 개입하는 뻔뻔함에 있었다. 먼 친척뻘인 안젤라 상병의 안위는 이제 그의 안중에도 없었다. 뒤틀린 마음가짐에서 비롯된 망가진 태도였다.

극한의 이기주의에 매몰이 되어서 타인이 불합리하게 감수하게 된 희생은 아주 당연시하고, 언제나 합당하고 논리적이라고 뻔지르르하게 포장을 해놓은 '내' 심기를 불편하게 만들 나의 강제 희생, 혹은 그와 부합하는 상황의 발생은 아주 조그마한 것임에도 마치 세상에서 제일 불합리한 억지로 받아들인 채 희생하지 않아도 되는 것을 강제당하고 있기에 내게 닥친 희생은 참으로 상처투성이의 거룩한 것이라고 높여내는 망상에 빠져있다. 그런 어처구니없는 착각의 늪에 너무나도 깊숙이 빠진 터라 언제든지 내비칠 수가 있는 이기심의 발로였다. 타인의 죽음과 맞닿은 심각한 부상과 그로 인한 '고통 호소'가, 눈에 잘 띄지 않을 정도로 작은 생채기를 입게 된 내 손가락의 '미약한 고통'보다 조금도 더 크게 느껴지지 않기에 공감이 결여된 채로 이기적으로 뒤틀린 마인드를 스스로 합리화시키며 지극히 정당한 것으로 꾸미고 있었다.

비록 내 검지의 상처가 보잘것없어 보일지라도 잘 뜯어보면 분명 그보다 최소한 10배는 더 큰 고통이라고! 그런 자기기만적인 태도와 개념에 매몰되어 진즉부터 망가져버린 괴물은, 마치 본인에게 직면한 상황을 이해할 합리성과 공감도가 높은 것처럼 잘 가장해 겉으로나마 "그럼 당연히 네가 더 아프지", 선한 얼굴로 타인의 아픔을 이해하고 공감해주는 척하며 우는 표정의 가면을 덮어쓰고 있던 것이다. 가면 속의 얼굴은 나를 제외한 모든 것에 언제나 무표정함에도 말이지. 저같이 자기기만에 익숙해진 이들은 자기 자신이 틀릴 것을 대비하여 능히 풀어두어야 마땅할 일말의 의심까지 접어 씹어 삼켜 내고 본인이 가진 '가장 합리적이어야 할 인식'이 스스로조차 완벽히 속여내고 있기에 자신의 꼬임을 반추하지 못한다. 가장된 역설에 본인의 납득을 타당하게 그려내려면 엉터리 합리로 가려진 비틀린 사실을 진리로 신봉해야 하므로.

아시타비—我是他非—로다. 더 속되고 정확한 말로는 내로남불이라 하는 게 마땅하겠군.

"하…."

양팔을 늘어뜨린 병 계급의 누군가가 어처구니가 없다는 듯이 헛웃음을 터뜨린다. 안드레아 신관이 보인 이기심의 발로는 가까이서 접하며 맞닿기에 너무나도 역겹고 추악해서, 이 엉망진창인 바깥세상에서 가장 진짜배기 신도에 가까운 군인들의 믿음의 화롯불에 대놓고 찬물을 끼얹는 몰상식한 행위와 같았다.

"…가관이네."

인파가 술렁였다. 안젤라 상병과 같이 개인 성향이 짙은 몇몇은 그간 저깟 거짓말쟁이를 존경하고 언젠가 도달해야 할 나의 목표점으로 삼았던 것이 참으로 부끄럽고 어리석게만 느껴졌다. 나름대로 과거의 역사와 인류의 발전과정, 과학의 주요성 등의 선조가 남긴 지식들을 대모님의 적극적인 교육관 아래 철저히 습득을 해왔으면서 마치 집단 최면에 걸린 머저리인 냥, 우리 모두는 왜 아무도 저들의 극심한 '변질'을 의심치 못하고 있던 걸까. 인간은 단순히 신을 믿는다고 해서 꼭 선한 존재가 되지는 않는다는 걸 다름 아닌 신을 가장 가까운 곳에서 받들어 모시는 나 자신이야말로 스스로부터가 가장 잘 이해하고 있잖나.

게다가 인간이란 짐승은 모두 태어난 그 순간부터 커다란 죄악을 떠안은 채로 살아가야 하는 부정의 존재였다. 머나먼 과거, 신께서 내린 지엄한 권고를 어기고서 제멋대로 고요한 동산의 나무에 열린 태초의 과실 [선악과]를 따먹는 중죄를 저지르고만 인간은, 그러한 죄를 범함으로써 선악의 기준을 스스로 판단하고 택할 수 있는 '중립'의 마음을 갖게 됐고, 그로 인해 아버지의 손길 아래 모든 걸 초월하도록 구성해 놓은 완전한 존재에서 뒤떨어진 불완전한 존재로. 완전한 공간에서 불완전한 공간인 이곳 지상으로 추락하게 됐다. 그 후, 선행과 범죄가 공존하는 이념으로 이룩된 세상은 어느 시대이건 간에 변함없이 이어져왔다.

…당최 최초의 인간이 저지른 실수가 그로부터 수만 년 후인 현재를 살아가는 지금의 나랑 무슨 상관이 있는 것이길래, 첫 존재의 실수가 영원토록 대물림이 되어 고통을 받아야 하는 것인가? 모두를 사랑하고 그토록 전지전능하다는 양반께서는 어찌 이런 핍박으로부터 우릴 구원해 주지 않느냐고 울컥해한다면, 인간이 스스로 탄생시킨 신학의 모순을 탓하라. 기적 위의 현실을 봐라. 지금의 참혹히 망가져버린 세상에서 인간이 때에 따라 다양한 가면을 쓸 수 있다는 지극히 당연한 사실조차 존재하되 존재하지 않는 무언가를 맹목적으로 숭배하느라—, 극단적인 신학의 내용 안에는 '선악'이 명명백백히 구분이 되어 나타나있음에도 우민화의 재료로 채택이 된 건 선(善)뿐이었다. 왜냐고? 그것이야말로 고단한 세상에서 각광받기 가장 좋은 선동의 주제였으니까. 나는, 이 자아의 원래 주인은 그렇다고 굳게 믿었다.—

가장 기본적인 의구심조차 강제적으로 '망각'하게끔 우리 모두는 **구사(驅使)***되고 있었다.

***구사(驅使): 사람이나 동물을 함부로 몰아쳐 부림.**

내가 틀렸던 거야…

자조 섞인 웃음을 내보인 나는 서울이의 이마를 쓸어내리며 또 한 번의 자책을 머금었다 오랜 염원에 최초로 가까워지면서 뭔가가 자꾸 삐끗거린다 했더니만 바깥세상의 이념으로 궁구하게 자리를 잡게 된 라펠트의 신학은 그 출발의 시작선부터가 아예 잘못 그려져 있었었다.

당시의 나는 멸망한 바깥의 풍경을 머릿속의 상상으로만 엉터리로 그려냈었지, 실제로는 그것을 전혀 경험해보지 못한 애송이였던 터라, 대부분 내가 겪은 삶의 직, 간접적인 경험만을 토대로 꿈을 꾸듯이 환상의 미래를 그려내고 만족하여 그대로 실행에 옮기는 우를 범했고, 그것이 기어코 닥쳐올 사실적 진리인 양 어그러진 뼈대 위에 '신학'이란 통제불능의 살까지 내 입맛대로 덧붙였다. 지금 생각하니 어찌 그리도 자만했던 것인지 극심한 **내송(內訟)***이 들었다. 아마 그때의 나는 내 자신에게 처한 위기의 상황을 그저 역사의 주인공이 될 기회라며 희희낙락하며 스스로를 가히 인류의 '구원자'쯤으로 여겼던 게 아닐까. 세상에나 칠십은 넘은 노인네가 구제불능인 '중2병'의 마음가짐을 갖다니 말이야. 그것도 말기환자쯤은 되는 아주 지독한 것으로.

***자신의 결함이나 잘못에 대하여 스스로 깊이 뉘우치고 자신을 책망함.**

사실 이 망가진 세상에서 생존하기 위해 필요로 하고 있는 것은 그런 불확실한 이념 같은 게 전혀 아니었다. 내가 만든 새로운 신학의 이념은 아주 운이 좋게 바깥세상의 사회체계가 헐벗은 굶주림의 분노와 들끓는 광기의 화염으로 인해 무너질 위기에 처했을 때 나름대로의 진화제의 역할을 하며 시기적절하게 틈을 메꾸는 접착제가 되어줬기에 슬며시 빈틈에 녹아들어 결합할 수가 있었던 것이지, 중심지가 이어 붙게 된 현재에도 여전히 기초부터 엉성하기 짝이 없어 그것을 이념으로 삼고서 부랑자들을 이끌고 가는 선지자들의 행위는 언제 무너질지 모를 발판 위에 몸을 지탱한 채 전력을 다해 아슬아슬한 묘기를 부리고 있는 엉망진창의 꼴과 같았다. 이번 회 차에서, 아니 다른 모든 종류의 시간 선을 통틀어서 나의 어머니가 그 개 같은 이념을 관철하기 위해 어떤 고생을 해왔을지 눈에 선했다. 아들놈이 망가진 바깥의 환경을 보충해줄 희망이랍시고 가볍게 던져준 지식상자는 막상 쓸 때가 되어 뚜껑을 열어보니 절반 이상이 썩어 다루지 못할 악취로 가득 차 있었을 것이다. 당시의 나는 새로운 인간(신서울)을 만드는 데 기어코 성공을 거뒀다는 스스로의 위대한 업적의 도취감에 취해서 세상의 변덕스러운 흐름을 너무나 쉽게 얕봤었다.

무수히 많은 시간을 겪어왔음에도 단 한번도 같은 결과로 이뤄진 세상은 이어진 적이 없었고, 잔인한 현실은 설령 일만 번 중에 9999번의 성공을 거둔다 해도 결국 단 한번의 실패가 최종적인 결과로 남기 마련이었다. 나는 천천히 주변을 둘러봤다. 대다수의 군인들은 이제 뭘 대체 어찌 할 바를 몰라 발만을 동동 구르고 있었다. 그러나 조급함을 못 참고 좀 전의 최 신관처럼 미친 짓을 자행하려는 인물은 나오지 않는다.

하여간, 젊음이 좋긴 좋아. 이 자리에 모인 아이들의 평균 연령대는 기껏해야 스물일고여덟 전후의 젊은이들이었다. 과거라면 한창 뜨겁게 불타오를 시기의 절정의 나이인 만큼, 낡디낡은 신념에 의해 비록 겉 늙은이 같은 마음을 억지로 주입받아 애늙은이 같은 모습을 하고 있다곤 해도 열정을 근거로 하는 곧고 젊은 혈기의 판단력이 고작 한 세기도 안 되는 짧은 기간 동안에 완전히 사멸했을 리가 없었다. 허나 나이가 들면 자연히 젊을 때와는 생각 자체가 변하듯이 젊은 사람들의 이념이 이 지독한 현실과 맞닿아 극도로 고지식해질 일도 이런 식으로 가다간 곧 머지않은 시간문제에 불과했다. 멸망 직전에 인류가 최후의 발악으로 보존해놓은 과학 총아들을 총동원해 김 교수가 계획하고 그의 어머니가 기적을 가장해 습득하여 뿌려둔 것이 퇴화와 멸망의 속도를 강제로 느리게 만들어 다행히 이 정도의 수준에서 그친 것일 뿐. 반드시 함께 대두돼야 할 것은 단순 이념 간의 충돌에 국한된 것만이 아니라, 누구도 예상하지 못했던 바깥 인류의 변이존재—발람의 '식인종'들과 도시 신서울에서 바깥의 변수 제거용으로 기존의 맹수를 개량시켜 방사해둔 추악한 검정 짐승들에게 있었다. 바깥에는 이처럼 무법자 같은 놈들이 사방천지에서 기승을 부려대고 있었으니까. 이미 최악이라고 불려야 마땅할 세상에는 그럼에도 지금을 가뿐히 능가할 악의가, 무수히 많은 종류의 가능성이 남아있었다. '설마 이것보다 심하겠어?'란 가벼운 생각은 이미 지나쳐버린 과거에 가지게 된 일종의 기망으로, 답도 없이 망가진 세상은 요지경 요 꼴로 무너져버렸다.

어떤 위대한 과학자로부터 분리되어진 내가, 제법 풍부한 지식들을 비롯해 직접 겪어봐야지만 체득할 수 있을 귀중한 세월의 경험을 가득히 갖추게 된 건 나름의 행운의 작용이 뒤따른 일이었지만, 그것만으로 온갖 기이한 변화로 가득 차게 된 현 세상의 흐름을 선부른 예단을 불허하게 했다. 나는 내게 중증의 장애를 심게 만든 사고의 충격에서 그나마 회복을 마친 서른 중반의 나이 이후부터 평생을 바쳐 미래의 시간을 정복하기 위해 갖은 노력을 다하였었고 끝에 가서야 비로소 어느 정도의 성과를 얻었노라고 자부하였으나, 모든 걸 다시 돌이켜보니 모래로 만들어진 낮은 둔덕을 겨우겨우 기어오른 주제에 온갖 시련 끝에 드디어 세상에서 가장 높은 곳을 정복하였노라고 당당히 외친 아둔한 꼴을 보인 셈이었다. 내게 주어진 한계의 결과는 실재하지 않는 스스로의 존재에게 묵직한 타격을 줄 만큼 잔혹했다.

"이익…! 병들은 내 말이 들리지 않는가! 어서 저 악마 놈을 데려오란 말이야."

머뭇거리는 병력들을 향해 안드레아 신관이 이제 어린아이처럼 떼를 썼다. 수십 년간 절대 권력을 휘감고서 잘 포장된 근엄한 가면을 한껏 올려 쓴 채 그것을 마음껏 휘두르던 자의 작태라고 생각하기에는 실망이 절로 생겨날 만큼의 모난 모습이었다.

"이 개 같은 것들아! 너희에게 10초, 단 10초의 기회를 주겠다. 내가 주는 자비는 거기까지야!"

안드레아 신관은 신관복의 앞섬을 신경질적으로 풀어헤치며 모두를 향해 경고했다.

"허, 미친놈…."

뒤이어 신서울에게 나온 싸늘한 욕설이 모두의 귀를 관통했다.

"십—, 구—, 팔…!"

제 손으로 풀어헤친 새하얀 신관 복 안쪽에는 일반인으로서는 정체조차 알아볼 수 없는 복잡한 형상의 기계덩이가 걸쳐져 자리를 잡고 있었다.

저놈이 미쳐도 단단히 미쳤군…. 아까 총질하던 놈이 이젠 양반으로 느껴질 정도로 정신이 나간 자의 행패다. 대체 어떻게? 경악한 내가 소리 없는 비명을 내질렀다. 다른 이는 몰라도 나는 모습을 드러낸 저것의 정체를 정확히 꿰뚫고 있었다. 세계의 강대국들이 멸망 전쟁이 발발하기 이전에 저들끼리 결정해 놓은 불합리한 규제안을 끝까지 서로의 눈치를 보며 지키는 척을 해대느라, 실제의 전쟁이 발생하고 서로 죽어나자빠지는 와중에도 당당히 우리도 보유하고 있음을 선포할 수가 없었던 '핵 병기'를 대신하고자 대한민국이 모든 전력을 쏟아부어 만든 새로운 전쟁병기 [단군], 저것은 결코 과거 식의 발전도가 뒤떨어지는 기구만으로 다루는데 제약이 큰 재래식 병기라는 치명적인 단점을 갖고 있었지만 그것을 상쇄시킬 만큼 자그마한 포탄 안에 내포된 위력이 반물질 수소폭탄에도 버금갔고, 심지어 사용조작법까지 어린아이도 곧바로 따라할 수가 있을 만큼 간단명료했다. 더군다나 그 강력한 폭발물에는 인간이 제작한 광범위한 폭탄이 으레 그렇듯이 존재하는 방사능 따위의 후폭풍이 거의 존재하지가 않았다. 존재가 밝혀지는 즉시 전 세계를 경악과 혼란에 빠뜨릴 이러한 비대칭 병기를 제작하고 보유를 할 수 있었던 것이 귀중한 천연자원은 전혀 나지 않던 동아시아 변방의 땅 대한민국에서 어떻게 가능했던 걸까?

20××년경 대한민국의 땅의 수도 서울의 아주 깊은 지하에는 인간이 아무리 낭비하며 사용해도 앞으로 거의 백만 년 동안은 마르지 않을 지구상 최대의 핵심 에너지원 '코어'가 채굴이 가능할 범위 안에서 다량이 존재했고, 이 코어의 에너지가 담긴 겉면 조각들을 긁어모아 기계장치를 통해 빛의 속도에 버금가는 공회전을 일으켜 코어 조각들의 모양을 인위적으로 변형하여 강력한 폭발을 유도하는 것이 대한민국이 창조해낸 지상 최대, 최악의 새로운 전술병기 '단군'의 용법이었다. 폭발을 일으키는 원리는 정말이지 별것 없었다. 특수하게 제작한 조금은 무거운 쇳덩이를 통째로 몸에 걸친 후 가슴께에 달린 뚜껑을 열고 핵심 에너지원 '코어'에서 긁어모은 검은 부스러기 조각 몇 개를 집어넣고서 가동버튼 하나만을 꾹 누르면 얼마 지나지 않아 핵폭발 이상의 규모를 자랑하는 거대한 작용의 공격을 누구라도 손쉽게 일으킬 수가 있게 되는 것이었다. 단, 현재 바깥사람들이 이 무시무시한 전술병기를 전투적 사용하기에는 한 가지 커다란 치명적인 결점이 존재했는데, 바로 작전의 수행자가 어떠한 경우에라도 무조건 자신의 목숨을 대가로 바쳐야 한다는 것

이었다.

현 바깥세상 인들이 최소한 멸망 전 시대의 중반기깨 정도의 기술력만 보유하고 있었더라도 굳이 인명 피해를 염두에 둘 필요도 없이 무인드론을 사용 하여 대폭발을 유도해냈겠지만, 과거의 유물들에만 전적으로 의존하여 살아가야 하는 바깥 인들의 궁색한 사정상 감히 어림도 없는 일이었다. 미치광이의 기질을 서슴없이 내비치고 있는 안드레아 신관은 지금 자폭을 택하려하고 있었다. 그가 버튼을 누르고 강대한 폭발이 일어나는 순간, 단순히 방주뿐만이 아니라 바로 옆에 자리해있는 에덴호까지 함께 휩쓸려 소멸할 것이 너무도 여실했다.

안드레아 신관의 눈에는 방금 전 소란을 일으켰던 최 신관의 발광을 아득히 뛰어넘을 광기가 번들거렸다. 엄청난 크기로 부풀어 오른 '검붉은 색'이 그의 주변을 삼키고 있었다.

신이 택했다는 꼬마 아이부터 우리에게 성신을 전파한 대모까지— 가히 위대한 존재들과 함께 하늘 길로 오를 길동무 삼을 수만 있다면, 희망 따위 어디에도 존재하지 않는 이 역겨운 세상을 등지기에 썩 나쁘지 않은 최후의 장식이지 않겠는가. 모든 게 어그러졌을 때 시도하려던 최후의 준비된 계획이기도 했고. 토악질이 나올 만큼 극단으로 치중된 개인주의적 생각이 이끌어낸 정답이었다. 그러나 그의 그릇된 생각을 이상하게만 바라볼 건 아니었다. 극한의 환경 속에서 끝끝내 살아남는 데 성공을 거둔 바깥세상의 사람들은 겉으론 괜찮아 보여도 절반 이상이 확실히 실성해 있었다. 그리고 그건 신학으로 깊숙하게 포장이 된 신관들이라고 해서 크게 다를 바가 없었다. 다른 이들처럼 힘없고 현실에 찌들은 범인(凡人)에서 운 좋게 최고 권력자로 탈바꿈하게 된 그들은 드디어 우리도 온갖 많은 걸 누리며 살아갈 수 있겠노라 환호성을 내뱉으며 기뻐하였지만, 시궁창 같은 현실 위를 거닐 다보면 도리어 언제든지 아무것도 갖지 못한 채로 행복할 수가 있었던 예전의 모습으로 회귀하고픈 철이 없는 욕구와 절대 도달하지 못할 그 희망에 대한 '공포'를 그리게 했다.

그땐 몰랐었다 내가 누리는 것이 너무나도 당연한 것이었기에. 세상의 변화에는 정답이 없다는 걸 알면서도 영원한 오늘, 혹은 오늘보다 좀 더 나은 내일을 꿈꿨다. 고개를 돌려보면 여전히 자신보다 못한 사람들이 즐비해있건만 간사하게도 더 크고 부유한 이득을 취하길 공상했다. 이를테면 추한 현실에서 벗어나 초월적인 자유감에서 자유로운 유영이 가능한 사후의 존재 같은 것을 정복해내는 것. 그러나 아직까지 이 세상 위에 '죽음'이란 것이 정의하는 것은 단지 무(無)로 되돌아가는 행위로 규정지어질 뿐이었다. 단순히 무감하게 죽는 것만으로는 아무런 해결책이 될 수 없다. 더군다나 인간에게는 생애의 짧은 순간을 즐길 권리가 분명히 주어져 있었다. ―그러니까 나의 부족 탓에 아직까지도 영생의 위를 달성하지 못하고 무한한 굴레 속에 갇혀 지내는 내 가여운 딸아이가 여기서 죽음을 맞이해선 안 됐다.

낯선 감정이 기억을 두드린다. 잘 떠올려보니 서울이가 이런 뜬금없는 '배드 엔딩'을 맞은 것도 벌써 수백 번째가 넘었음을 인지한다. 그때마다 나는 내가 경험했던 시간을 다시 최초로 '리셋'시켰다. 존재하되, 존재하지 않은 나는 언제부터인지는 정확히 모르겠으나 내가 기억을 가진 최초의 순간으로 되돌아갈 수 있는, 그야말로 기적과도 같은 재주를 손에 쥐게 됐기에 여태까지 최악의 위기의 순간에 처할 때마다 모든 걸 처음으로 되돌려 무던히도 많은 재시작을 반복해온 것이다. 신서울이란 아이가 탄생하고 그 갓난아이의 머릿속에 내가 들어찼던 그 최초의 순간으로. 어떤 수를 쓰던지 다시 되돌아가는 지점은 언제나 그때 한 순간으로 딱 고정이 돼있었다. 또한, 회귀와 함께 통째로 삭제를 맞이할 실패한 미래의 기억을 가지고 되돌아가는 건 '금기'였으므로 모든 건 대체로 완전히 처음부터 시작을 해야 했다.

그렇다면, 그저 같은 역사를 무한히 반복하게 되는 것에 불과할 텐데 무엇 하러 시간을 되돌리느냐고? 시간 역설(Time Paradox). 되돌아간 역사는 언제나 단 한순간도 같은 적이 없었기 때문이었다. 내가 이미 삭제된 미래의 경험을 제대로는 인지하거나 기억하지 못하고 있어도, 되돌아온 그 순간 이미 앞으로 펼쳐질 새로운 미래는 나비의 날갯짓과 같은 아주 미세한 변화를 맞이하게 됐다. 확실히 삭제됐었다고 여겼던 지난 모든 경험들이 아주 빠르게 날 스쳐지나간다. 반복된 같은 시간대를 수천 년 넘게 반복해오면서 수없이 많은 리셋을 경험해왔지만, 중력에 의해 그 속도가 조절된다고 알려진 시간이란 탄성의 개념은 놀라울 리만큼 변동적이고 유연한 성질을 띠고 있어서 리-스타트를 하고 나서 엇비슷한 사건사고에 휘말린 적은 있었어도, 아예 똑같은 사건에 휘말린 적은 '단 한번도 없었다.' 되돌아가는 순간, 내가 존재했던 시점 이후의 모든 건 새로운 변화의 폭풍을 맞이하여 다시 새롭게 정립이 되는 것이다. 기껏 온갖 고생을 하며 찾아갔더니만 내 어머니가 자연재해/반란 등의 몹쓸 사건사고에 휩쓸려 이미 고인이 된 적도 몇 번 인가 있었지. 그럴 때를 제외한다면 나는 내 안에 설치된 리셋버튼을 사사로이 사용한 적이 단 한번도 없었노라고 아주 자신 있게 호언을 할 수 있었다.

원리를 알 수 없는 시간이동의 버튼은 횟수 제한이 이천 번까지가 한계였고,—왜인지 나는 그러한 비밀을 자연스레 깨우치고 있다. 내가 모든 걸 주도하고 창조해낸 이의 분신이라 그런 걸까?—이번이 2000회 차째. 공교롭게도 이번 회 차가 내게 주어진 '마지막 기회'였던 셈이다. 현재의 나는 천 년 이상의 중복된 시간을 거쳤음에도 환영인파 한 명이 없는 쓸쓸한 결승선 부근에 홀로 서있는 꼴을 하고 있었다.

뭐, 여기까지가 내가 직접 추론해낸 전부고, 어쩌면 이 비상식적인 기억의 전부가 스스로의 소멸의 때가 다가오자 그것이 두려워서 당초 원하던 목적에 근접하고도 '신서울'이란 숙주에게 끝까지 매달릴지도 모를 기생충인 나의 못난 늘어짐을 달래기 위해 처음부터 본체가 미리 준비해놓은 수작질은 아닐까? 하는 의심 또한 더러 들었다.

"5…. 4…."

아니지, 지금은 이럴 때가 아니라 가장 신경을 집중해야 하는 건 당장의 눈앞에 놓인 위기와의 직면 상황이었다. 돌아버린 저 신관 놈이 저대로 폭사를 해버리면, 모든 건 그저 허무하게 끝이 날 터였다. 기적의 카운트를 전부 소모한 내가 무려 2000회 차를 지나오면서도 끝끝내 달성하지 못했던 목적을 겨우 눈앞에 두고 좌절을— 아니, 이번엔 영원한 소멸을 맞이해야 하는 것이다.

그것 참 끔찍하네…. 등골이 서늘한 순간에도 약간의 여유는 잔존해 있었다. 나는 지금까지 이와 비슷한 상황을 수백 번 이상 마주 해왔을 테고 체념을 하던, 반항을 하던 나름대로의 돌파구를 필히 찾아냈을 것이다. 시간을 되돌려 과거의 시점을 향해 돌아간다 해도, 모든 이에게 주어진 시간은 여전히 상대적인 것이었고 육체를 의탁한 차원의 시계는 평행했다. 시간을 과거로 되돌린다 해서 되돌아가는 것은 당장의 내가 아니라 미래를 겪은 나의 한줄기 의지뿐. 현재의 나 자신이 가진 모든 것이 시공간을 뛰어넘어 돌아간다거나 하는 완벽한 기적은 아니었다. 그런 허울 좋은 조건부 선택이 가능했다면 뭣 하러 이런 생고생을 하고 있겠는가. 다 때려치우고 그냥 내가 가장 행복했던 때로 되돌아가면 그만인 것을.

"3…!"

저 정신 나간 광신도 놈에게 그나마 감사해야 할 점은 제 놈이 이 세상의 진리라도 거머쥔 양 아직까지도 느긋이 스스로의 우매하기 짝이 없는 태도를 고수하고 있다는 것이었다.

지금의 서울이 편에게는 어느 지저분 계획하에 단단히 무장을 마친 미친 작자에게 마땅히 대적할만한 수단이 주어져있지 않았다. 그나마 몇 명의 고참 병력들과 간부들이 총과 칼 따위의 살상무기를 손에 꽉 움켜쥐고 있었지만 카운트가 제로가 되기 전에 그것을 넘겨받을 자신이 없었다. 신나서 활개를 치던 민학이 저놈도 너무 놀라선지 딱딱하게 굳어버렸고.

결국, 나는 여기까지인가. 후우— 나는 아쉬움의 한숨을 길게 토해냈다.

'뭐가 여기까지라는 거예요?'

그러자 내가 걸어놓은 최후, 최선의 통제조차 자력으로 극복해내고서 제정신을 차리게 된 딸아이가 내게 물어왔다.

'헛, 잠깐만요 이게 뭐야 저 사람 설마 진짜로 자폭하려 하는 거라고요? 이 많은 사람들 앞에서 타인과 함께 폭사라니 미친 거 아니에요? 음…. 늙은 남자의 칭하는 명칭이 뭐더라…. 맞다! 할아버지! 어우, 정신이 없으니 이 간단한 것도 잘 안 떠오르네. 저 할아버지도 아까 전의 그 이상한 아저씨처럼 제정신이 아닌 거죠? 아 진짜 어떻게 된 게 갑자기 주변에 죄다 정신병자들밖에 없는 거야? …하, 제가 어떻게 대응해야 할까요 [아버지].'

기억을 더듬어서 조금 더 상세한 내막을 들춰보게 된 서울이가 단호한 말투로 물어왔다. 이런 뜬금없는 상황에서 겁에 질려 자포자기하기보다는 해답을 찾기 위해 노력을 한다, 라…. 몇 번이나 언급하는가, '이번 회 차'의 서울이는 마지막이라서 그런가 정말이지 어느 때보다도 유별나게 특별한 신비함을 자랑하고 있었다. 팔불출처럼 자식 자랑에 눈이 돌아가 있어서 자꾸 그러는 게 아니라, 그녀는 존재 자체부터가 극도로 훌륭한 유전자들의 결합으로 이뤄진 까닭에 이천 번의 같은 시간을 진행하는 동안 꽤나 번뜩이는 천재의 면모를 자랑하여 더 이상 내가 놀랄 일은 없을 것이라 그 부분에 대해선 어느 정도 확신을 갖고 있었다. 그런데 이번 마지막 회 차에는 내가 여태까지 마주했던 것 그 이상을 압도적으로 능가할 특별함을 몇 번이고 반복해서 보여주고 있어 그때마다 입을 떡 벌어지게 만든다. 하긴 저 정도의 특별함을 행사하고 있으니 이상하리만큼 빠르게 완성품에 가까워지도록 나의 존재를 이끌어낸 거겠지. 각기 다른 차원에서 수도 없이 많은 시간을 함께 헤쳐 왔던 우리는 비록 그것이 이번에는 실제로 일어나지 않았고, 또 앞으로 영원히 일어날 리가 없는 한쪽의 일방적인 기억의 편린에 불과하다 해도 무언가 서로 특별한 유대감을 갖게 된다는 건 모름지기 정해진 운명과도 같은 흐름이었다.

운명이라…. 왜 이리 감성적으로 변한 거야? 네 나이가 몇 갠데 주책맞게 청승 떨지 말고 정신이나 바짝 차리자. 나는 내 영혼의 존재에까지 간섭을 해오기 시작한 감성의 비닐 막을 제거하고자 몸에 시한폭탄을 칭칭 두른 채로 "2!"를 냅다 내지르는 중인 미친 늙은이를 응시했다. 그 기나긴 같은 시간대를 반복해옴에도 나는 저 정도의 수준으로 극단적인 모습의 '미친 인간'만큼은 만나보지를 못했었다. 저 작자는 대체 무슨 변덕으로 자신의 목숨까지 내건 자살 쇼를 진행 중인 걸까. 아무리 궁리해본들 해당 당사자가 될 수 없는 나로서는 알 턱이 없었다.

지구상에는 스스로 생각을 하고 행동할 수가 있는 수없이 많은 나라는 개인들이 존재를 하기에 보통 성선설이니—, 성악설이니—, 성무선악설이니— 하는 것들은 남들보다 조금 뛰어났던 과거의 인간이 각기 다른 성향을 가진 인간을 알기 쉽게 구별해내기 위해 정해놓은 틀에 박힌 본성의 나눔에 불과할 뿐, 윤리사상의 학술적 영향을 받아 흔들리는 촛불마냥 이리 다르고 저리 다르게 해석이 되고는 했지만 인간은 결코 그러한 단일적인 학술적 용어에 구애받거나 묶여있는 게 온당한 '일차원적인 존재'가 아니었다.

헤아릴 수가 없을 만큼의 다양함과 다채로움이 개개인에게 주어져있는 자유이고 행동의 양식인데, 꼭 오래된 신화 속의 주인공마냥 겨우 선과 악의 두 가지 이분법으로만 인간이 가진 다양한 성질을 구분지어 놓으려 하다니 정말이지 어설프기 짝이 없는 구시대의 사상이 아닐 수 없다. 예를 들어, 내가 행한 어떤 행동과 마주했을 때 A는 기뻐하고 B는 두려워하며 C는 무덤덤해하고 D는 코웃음을 치며 조롱을 한다면, 내 행동의 결과 값은 정확히 무엇을 가리키게 되는 걸까? 똑같은 행위를 보고도 그것을 받아들이는 사람 개인이 지니고 있는 성향과 감각에 따라 생각하는 바가 아예 다르니 내가 행한 행동의 성질의 올바름을 결정하는 것은 온전히 나 자신의 것이 아니라 나와는 다른 모든 존재가 가장 합리적으로 납득할 만한 다수 공동체의 결정에 의해 합리적으로 정해지는 것이었다. 혹여나 내가 납득할 수 없는 결과 값이 나오더라도, 자유민주 사회에서는 구성원의 과반수이상의 동의를 얻게 된 이념은 모두가 반드시 따라야 할 강제성을 띠게 됐다. 제대로 실체하지 않던 것이 다수의 동의를 거쳐 실제 세상에서 통용이 될 실효성을 갖게 되는 것이다.

인간이 만들어낸 사회구조의 가장 최신적인 이념은 분명히 그러했다.

오랜 기간을 세습되어온 구태 권력자들이 '모두가 동등한 자유'란 슬로건을 시대의 기치로 내세운 만큼, 눈에 보이지는 않으나 분명히 실재하는 사회적 통념은 개인에게 있어 지극히 불합리적이든 합리적이든 가장 많은 수의 동의를 얻는 것의 가부에 따라 채택이 될 수밖에 없었다. 그리고 그건 내가 새롭게 꾸며낸 신학도 큰 틀의 범주에서는 같은 논리가 채택이 된 채로 구성이 돼있었다.

과거로 되돌아간 시대상에 딱 어울릴만한 가장 합리적이며 구시대적인 사상을 이념의 밑바탕으로 깔고, 권력을 다룰 절대자로는 인간의 최고계급층인 '왕'을 대신하여 그보다 더 위대하고 존귀하며 범부로서는 절대로 닿을 수 없는 존재— '가상의 신'을 덧붙여 놨다. 신학의 전파를 기획할 당시만 해도 나는 내가 짜놓은 사상을 천년만년 유지할 체제가 아니라고 여겼기에 하나하나 잘 놓고 뜯어보면 바깥을 지배 중인 사상은 정말이지 엉성하기 짝이 없는 카피 캣 이념의 집합체에 불과했음이다.

"1!"

'에이 씨, 흥미롭게 듣고 있는데 미친놈의 늙은이가 남에게 피해가 가는 자살행위를 하려면서 숫자는 또 무엇 하러 세는 거람. 방해되잖아!'

내가 홀로 상념에 빠져 해결책을 제시해주지 않자 한참을 홀로 오도카니 서서 슬슬 모든 걸 체념한 낯빛을 띠던 서울이가 독한 표정으로 중얼거렸다.

"죽음이 찾아오는 게 두려워?"

"죽음이 무서우냐고요? 네, 당연하죠. 제가 뭐 저기 달나라의 부처님이라도 되는 줄 아세요? 어라? 그런데…"

내게 불퉁한 답변을 내놓는 서울이의 얼굴 위로 커다란 물음표가 뜬다. 방심하는 틈을 타 자신의 입에서 자신이 의도치 않은 소리가 멋대로 튀어나왔고 엉겁결에 대응하느라 자문자답을 하고 있는 우스운 꼴이 되어버렸다. 실제로는 두 사람의 대화였지만, 당장 이 꼴을 지켜보는 눈과 귀가 너무 많지 않은가…! 저들이야 속사정을 알 바 없으니, 두려움에 미쳐 돌아버린 것이 아닐까? 멋대로 간주를 할 게 뻔하다고!

아버지와 나는 꽤 오랜 기간을 속마음을 통해서만 대화를 주고받아 왔을 텐데 갑자기 어떻게? 당황한 서울이는 그에게 따지듯이 항변했다.

"모두가 지켜보는 앞에서 왜 그러세요?"

"마지막에 가까운 만큼 실제 목소리로 너와 대화를 해보고 싶어서 물론, 서울이 네게는 자기 자신이 내는 목소리 인지라 이 대화가 어색하게 느껴질 테지만, 그리 길지는 않을 테니 잠깐만 좀 봐줘."

"마지막이라뇨…?"

신서울이 그가 자신의 입을 통해 내뱉는 해명이 도통 이해하기가 어려워 얼떨떨해하는데, 자신의 입꼬리가 양옆으로 갈라졌다.

"힌트를 줄게 직접 네 눈으로 주변을 한번 둘러보려무나."

그 말에 신서울은 뭔가에 홀린 듯이 급히 자신의 주변을 빠르게 살펴봤다. 신관 복을 반쯤 풀어헤치고서 흉측한 재래식 폭탄갑옷을 외부로 노출시킨 상태로 다섯 손가락 중 단 한 개만을 접지 않고 남겨둔 안드레아 신관과, 경비대 및 A팀의 병력들. 위층에서 저격 자세를 취하고 있는 경비대장과 그가 이전에 쏜 총알에 완전히 넉 다운을 당한 싸늘한 최 신관의 시체까지. 대화를 나누기 전과 변함없는 장면이 그대로 유지되어 달라진 건 아무것도 없었다. 유심히 지켜봐도 아무것도 달라지지 않는다.

"멈췄네요…."

얼떨떨한 표정을 지어보인 신서울이 믿을 수 없다는 투로 말했다. 저 숫자를 세는 듣기 싫은 늙은 목소리조차 더 이상 들려오지 않게 됐다. 패닉에 빠져 웅성거리는 병사들의 대화 소리와 바다의 출렁임, 시원한 바닷바람 같은 자연의 흐름까지도 자신을 제외한 모든 것이 정지해있다. 완전한 정적으로 물든 세상. 시간의 법칙을 무너뜨린 기적의 현장이었다.

"이제야 드디어 알아보는구나. 자, 이제 선택해."

"뭘요?"

딱.

전매특허를 내비친 그가 나의 엄지와 검지를 이용해 핑거스냅의 신호음을 내자, 내 눈에 비치는 모든 배경이 한순간에 변화했다.

쾅!

커다란 굉음이 들려옴과 동시에 두 눈을 똑바로 뜨고 있지 못할 만큼의 화사한 대폭발이 일어난 직후 이어져 펼쳐진 광경은, 그저 깊은 어둠에 잡아먹힌 망망대해의 공간뿐. 내 몸을 실은 배를 포함해 내가 알고 있던 인근의 모든 것이 그대로 소멸했다. 안젤라 상병도, 강병창 일병도, 박종규 분대장도…. 배 위에 서있던 모든 사람들 역시 빛이 머무름이 잦아듦과 동시에 온데간데없이 사라져버렸다.

뭐야? 정말로 터뜨려버린 거야…? 어떻게…. 사람이, 같은 인간을 대상으로 이런 대참극을 일으킬 수 있어? 죽은 후의 우리에게는….

"아무것도 없을 텐데…."

신서울은 자신도 모르게 내뱉은 결론에 등골이 오싹해졌다.

그래. 천국에 갈 수 있다느니, 사후세계가 있을 거라느니, 전생을 한다

느니 등의 결론 없는 믿음은 나의 죽음 이후에 펼쳐질 미래에 관해서도 충분히 미리 사고를 해보는 것이 가능한 인간에게 자신의 죽음 이후에 대한 문제는 언제나 삶의 주관자인 우리에게 가장 집중 받는 미지의 두려움이었고, 모든 시대와 환경을 넘어서 언제나 가장 큰 화제로 대두될 수밖에 없을— 가장 큰 수수께끼였다.

수만 년을 그토록 찾아 헤맸건만 아직도 정답의 근처에조차 도달하지 못한 문제.

"아니, 사실 우린 이미 정답을 찾아냈어. 알고도 인정하기가 싫을 뿐이지."

그가 신서울의 도피적 상념을 정정하고 나섰다. 인간에게 죽음이란 오직 '영원한 소멸'을 일컫는 것이었다. 다른 결과 값 같은 건 그 어디에도 증명되지 않은 허울에 불과할 뿐이지. 종교니 뭐니 하는 생애에 헛된 희망의 숨결을 불어넣어주는 인위적인 불씨는 텁텁한 삶을 환기시키는 것에 한해서만큼은 꽤 큰 도움을 줄지 몰라도 너무 심취하여 죽음에 관한 본능적인 두려움, 유전자 깊숙이 새겨진 방어기제까지 싹 다 날려버리고 마는 우를 결코 범해선 안 됐다. 자신의 믿음의 방향에 따라 설혹 '지옥'의 불바다 속에서 영원한 고통을 받게 되더라도, 결국 나의 존재는 '영원'할 것이라는 희망에 찬 허구적 사실에는 변동이 없었다. 그러니까 자신들처럼 시간을 거슬러 올라와보지 않는 한, 단 한번뿐일 게 확실한 나의 삶을 지금 저 정신 나간 늙은이 안드레아 신관처럼 담보로 걸며 헛된 자신감을 뽐낼 만행을 마음껏 부릴 수가 있는 것이다.

지옥으로 떨어져서 평생 동안 고통을 받게 되더라도, 어쨌든 나 자신의 존재자체는 영원불멸하지 않겠는가. 바보 같군. 심지어 지금의 거짓으로 점철된 나처럼 시간을 거슬러 올라갈 수 있어봤자 그것은 그냥 또 다른 평행세계에 살아가고 있는 과거 지점에 있는 '별개의 나'한테 지금의 내가 가진 기억의 일부를 전달해주는 것뿐이지, 결국 이 시간을 살아가는 지금의 나의 존재가 맞이하게 될 건 종막의 흐름에 묶여 영원한 소멸로, 이것은 절대 회피할 수 없도록 지정된 것이었다. 이는 이미 절대값이 확고히 정해진 수치로, 과정으로 무슨 일이 벌어지든지 간에 다른 결과값은 나올 수가 없었다. 인간이란 하찮은 존재로 묶여있는 한 어떠한 기적을 동원하더라고 바꿔낼 방도가 없는 한계점. 그것이 소멸이란 이름의 죽음이었다.

"왜 그리 멋대로 단정을 지어요? 교수님 아니, 아버지도 아직 진짜로 죽어보지는 않았잖아요!"

부루퉁해진 얼굴로 딸아이가 내게 딴지를 걸어왔다. 옳은 지적이다. 내가 가진 건 다른 세계의 과거로부터 물려받게 된 '생애의 경험'뿐이지 지금의 나는 여전히 생존해있었고 죽음을 알지 못했다. 그러므로 죽음 따위, 겉으로만 알 뿐 속사정이 어떠할는지 정확히는 규정 짓지 못한다. 그녀의 검은 눈동자가 아주 짙어졌다. 같은 몸을 공유하고 있을 텐데, 나는 내 딸 아이와 서로 마주 볼 수 있게 됐다.

=저 깊은 두 눈이 내면에 감춰두려던 나의 모든 걸 들춰놓는다.

하하, 그래 네 말이 옳다, 옳아. 이번만큼은 네가 조금 더 큰 모습을 지켜보고 싶었는데, 어찌 된 게 내가 맞게 되는 종말은 항상 이 모양이네. 서울아 너와 만난 건 내 인생 최고의 행운이었어 아, 지금의 내게는 인생이 아닌가— 여하튼 꼭 끝까지 살아남아서 나로서는 달성할 수 없었던 영생의 장을 새 역사의 어귀에 직접 꼭 새겨주길 바래. 그동안 신세 많이 졌어. 네 욕심에 의해 고생시켜 미안했다 안녕, 내 딸아.

이윽고 김 교수가 착 가라앉은 목소리로 덤덤히 작별을 고했다. 기적처럼 첫 회귀의 조건을 해방한 뒤, 같지만 다른 삶을 수없이 반복해오면서 직접 행하기에는 제약이 너무 커서 사용할 엄두를 못 냈었지만, 이 현실 위에 직접적으로 영향을 끼칠 수 있는 마법 같은 공식을 찾아내는 것에는 확실한 성공을 거두었다. 그가 발견한 이 새로운 유레카는 두텁게 쌓인 그의 집념에서 착안이 됐다고 볼 수 있었다

다만, 모든 결과에는 언제나 똑바른 과정과 그에 걸맞은 대가의 등가교환이 필요로 했다. 정신밖에 남아있지 않은 그가 기적의 이름 아래 내줄 동등한 가치를 지닌 대가는 과연 무엇이 남아있을까? 기껏 해봐야 너무 오래돼 쉬어터지고 만, 한 줌의 기억밖에 더 남아있을까? 남에게 기생해야만이 거짓된 정신의 삶이나마 쭉 이어 갈 수가 있다는, 지독하기 짝이 없는 제약 속에 늘 강제되어 있던 그였지만 무수한 기억들과 자아를 유지하는 근본적인 에너지는 놀랍게도 이제 그의 근원 안에 별개로 존재하게 됐다.

뇌라는 필수 핵심장치가 없이 그는 새로운 기억과 경험들을 받아들이면서 원래의 계획을 아득히 뛰어넘는 다른 무언가로 진화를 해버린 셈이었다. 특히 다른 세계이긴 해도 매번 매순간마다 특별한 아이와 가까운 곳에 접촉해있으면서 세상의 근원적 힘이 아주 서서히 그를 이룬 형상 안에 간직되기 시작했고, 그 오랜 세월 동안 고작 한 방울의 양 정도밖에 고이지 않은 이 힘은 영생과 한없이 가까운 이능이기도 했다. 그가 내건 대가는 항상 자신의 근원부터 수백 년을 넘게 쌓아온 경험의 거의 대부분이었다.

딱!

또 한 번의 핑거스냅 소리가 낭랑히 울려 퍼졌다.

정적에 감싸졌던 배경이 현실의 시계 속으로 되돌아왔다.

"1!"

여전히 카운트의 마지막을 외치는 추레한 늙은 돼지의 모습이 보였다. 나는 내가 어릴 적 소설책에서나 봤던 어느 주인공의 능력을 떠올리며 기적이 일어나길 아주 간절히 기원했다.

깊게 소망한다. 내 시선에 닿는 모든 것이 비틀어져 일그러지라고—.

꽈드드득—!

내 존재감이 열어지는 것과 동시에 시선 안에 걸쳐있던 공간이 크게 휘어졌다. 오래전 극장에서 상영하던 판타지 영화 속에서나 볼법한 입이 떡 벌어질 만큼 오묘하고 신비함에 가득 찬 그 광경은 역사상 어떤 전술병기보다 빠르고 강력히 사용자가 원하는 바를 이뤄낸다. 으름장을 놓던 미치광이 안드레아 신관의 존재가 깨져나간 공간의 균열에 의해 집어삼켜졌다. 곧이어 무저갱과도 같은 암흑이 잠깐 열린 틈새 사이로 비춰진다. 주변의 빛과 어둠마저 마구잡이로 먹어치우는 압도적인 중력의 띠. 무지한 이는 악마의 마법이라 부를 기적의 현장은 초 단위의 시간도 유지되지 못한 채 그대로 사라져버렸다.

….

'아버지?'

그 누구도 이해하기 힘든 장면을 목도했기 때문일까, 침묵만이 감도는 분위기 속에서 신서울은 불현듯이 김 교수의 존재를 찾았다. 이상했다. 꼭 영혼의 반쪽이라도 떨어져나간 것처럼, 자기 자신의 내면에 공허한 느낌이 너무나도 짙게 느껴졌다. 신체의 팔다리가 한꺼번에 떨어져나간 듯한 이 기묘한 감각은 자신의 불안감을 강렬하게 현실로 이끌어 당기고 있었다.

희생(sacrifice).

신서울은 저번에 타인의 위한 희생을 목격했을 때 남몰래 '만용'이라고 정의 내린 단어를 떠올렸다. …그렇구나. 내 아버지도 바보같이 당신의 희생을 택했다. 나를 위해, 우리들을 위해. 당신께서 남기고 간 흔적들—수많은 지식들이 둑이 완전히 무너져 내리자마자 범람해 들어온다. 너무나도 많은 양의 급작스러운 침투를 받게 된 머리가 찢어질 듯이 아팠고 비명을 내지르고 싶어졌다. 아아, 이 엄청난 무게를 형체조차 제대로 갖추지 못한 혼백의 상태로 짊어지고 있었다니…. 눈물이 핑 돈다. 스스로의 자아를 인지한 순간부터 그는 분명 스스로 '선택할 수 있는 의지'를 가지게 됐다. 그럼에도 서슴없이 여전히 자신에게 주어진 짐을 짊어 메길 택한 것이다. 이젠 지쳤다고 내팽개쳐버렸으면 그만인 짐을 그가 그만둠과 동시에 즉시 모든 걸 이어받아야 할 자신의 딸아이가 아직 완숙하지 못했고 또 무엇보다 혼자가 될 것이 너무 가여웠으니까. 이 무슨 헌신이란 말인가. 먼저 밖으로 내보냈던 가족들과 재회하고 말겠다는 첫 의지는 어느 샌가부터 '구실'로 전락을 했을 뿐, 그는 반복되어진 수백 년 이상의 시간을 오롯이 신서울이란 아이를 보살피고 지키는 데에만 열중을 해왔다.

그전까지야 김 교수가 자아를 되찾을 수 있었던 시간이 회귀를 택해야 할 위기순간이 코앞에 닥쳤을 때, 고작해야 일 년의 기간 중 한두 시간 정도로 몹시 짧았으니까 자신이 구축해놓은 의지의 제약에 등이 떠밀려 나와는 아무런 관계없이 어영부영 과거로 되돌아갔던 것일 수도 있었지만, 자기 자아를 일찍부터 옹립해버린 이번만큼은 분명 스스로의 의지와 욕망을 되짚어볼 시간적 여유가 충분하고도 남았다. 그런데도 그는 항상 그래왔던 여느 때처럼 딸을 위해 자신을 희생하길 망설이지 않았다.

'왜, 왜!'

뜨거운 물줄기가 양 볼을 타고 흘러내린다. 그녀는 아버지가 갈망하던 궁극적인 목적을 알고 있었다. 자신의 혈육인 '어머니'를 만나 단 한 마디라도 직접 건네 보는 것. 인간이 구축한 혈연관계도상 신서울에겐 아마 '친할머니'가 될 바깥세상의 대모님과 만나 지난 해후를 나누는 것이 억지를 비틀어가며 그가 이룩한 소망이 추구하고자 한 유일한 방향이었다.

그리고 아버지가 수백 수천 년을 거슬러 찾아 헤맨 존재는 이곳으로부터 그리 멀지 않은 곳에 계셨다. 지금의 흐름이 신관의 미친 짓으로 잠시 끊기지 않았더라도 길어봤자 1시간 이내에 아버지는 대모님과 대면해 마주 보고 있었을 것이 분명했다.

내 아버지의 염원은…. 마지막의 마지막 순간에 이르러서 정말 허무히 끊겨버렸다.

"뭐..뭐였지?"

"신벌! 신벌이 내렸어!"

"우와아아아!"

"아아! 위대하신 아버지시여 감사합니다! 기적을 경험하고도 여전히 한 톨의 의심을 가진 제 잘못을 고해바칩니다. 정말로 죄송하고 감사드리옵니다!"

내 아버지가 모든 것을 바쳐 만들어낸 기적은 그저 가짜 신의 위상을 드높일 뿐이었다. ―진실은 아무도 알지 못한다. 그녀가 이 자리에서 사실을 정정하고 나서봤자, 그들의 정신에 확고히 도사리게 된 창조신의 존재감을 넘어서지는 못할 것이다. 이미 그들의 토양 전체에는 거룩한 신앙의 나무가 뿌리를 내리게 됐다.

10분, 단 10분만 뒤로 되돌릴 수 있다면 이런 허무한 희생 따윈 막아설 수 있지 않을까. 그녀에게는 법칙과 거래할 교환품목이 넘쳐났다. 그러나 신비 속에 감춰진 문을 신서울이 몇 번이고 애원하듯이 두드려 봐도 그곳으로부터 아무런 응답도 되돌아오지 않는다.

신서울의 내면 속에서 그릇된 채로 존재하던 타인의 자아가 까마득히 높은 곳, 그 너머에 닿을 수 있었던 건 전적으로 그가 존재하되 존재하지 않는 불균형의 모순을 갖추고 있어서였다. 그것을 아무나 가까이 할 수 있었다면 이 세상은 그들이 가진 욕망의 파랑에 휩쓸려 진작 처참한 모습으로 붕괴가 됐을 것이다. 시간의 균형을 유지해주는 중력의 중추 장치인 내핵의 에너지까지 비틀려 세상 모든 것이 부서진 후에, 우주의 먼지가 됐을 테지.

신서울은 어깨를 축 늘어뜨린 채로 제 몸을 덮쳐드는 좌절감을 곱씹었다. 사실 그녀가 시간을 되돌린다는 생각을 아주 강하게 가진 순간, 발동된 염의 가치에 의해 아주 미약한 기적이 발동해 전 세계의 생명체들에게 주어졌던 시간이 약 0.1초가량 뒤로 되돌려졌지만, 너무나도 미미한 그 변화를 눈치챈 이는 특별한 영역에 닿게 된 본인을 포함해 아무도 없었다. 그러므로 그녀가 발한 기적은 아직까지 아무런 가치를 지니지 못한 채 그냥 흘러가는 옅은 흐름 정도에 불과했다.

"흠흠, 대모님께서 기다리고 계신데 어찌 이리 늦으시는 겁니까 어? 뭐야 최 신관님이 왜 저런 곳에 누워계시지…? 히익, 피! 죽었어…. 이런 미친… 비사아아앙! 반란이다! 신께 귀의한 모든 신도들은 지금 당장 전투태세를….!"

신탁의 아이를 인계하러 나간 신관들이 어쩐 이유에서인지 도통 귀환

할 낌새가 없자 사태를 파악할 겸 에덴 호에서 후발주자로 넘어온 검정 단발머리의 동양계 여성이 제 앞에 놓인 상황을 확인하고서는 소스라치게 놀라 호들갑을 떨어대며 아우성을 쳐댔다.

"이봐 유 집사, 어쩌다 이런 상황이 된 건지에 대해선 내 직접 대모님께 찾아가 자초지종설명을 드릴 테니 가뜩이나 신경이 사나운 판국에 유 집사까지 귀 아프게 소리 좀 꽥꽥 지르지 좀 마. 진정하고 생각해봐 내가 미쳤다고 대모님께 반란을 일으키겠냐? 금수새끼도 제 어미한텐 발톱을 세우지 않는데 말이야 엉? 유 집사가 볼 때 내가 우리 어머니한테 총이나 겨눌 사람으로 보이냐고!"

"어.. 하긴 김 경비대장님이 그럴 위인은 못 되시긴 하죠."

'수긍이 너무 빠르잖아? 저 새끼 저거 그동안 어떤 삶을 살아왔길래….'

엇…. 뭐지? 생각을 마친 신서울이 어리둥절해하며 자신의 머리를 매만졌다. 아버지가 떠나가기 전에 남기고 간 얽히고설킨 기억의 홍수들이 무작위로 범람해 들어오는 중이었고 그 여파 때문인지, 그녀는 순간적으로 자신의 아버지가 가졌을 법한 종류의 생각과 행동거지를 떠올리게 됐다. 또 한 번 설움이 울컥, 치밀어 올라왔다. 생각은 잔존해 있지만 역시 아버지는 어디에도 없다. 그의 빈자리가 예상했던 것보다도 더 크게 느껴졌다. 난 아버지를 아버지라고 몇 번 불러보지도 못했는데…. 우린 아직 헤어질 때가 아니었는데..

허탈한 그리움의 한숨이 재차 양 볼을 적셔온다.

"뭐..뭐야 다 끝내놓고 울긴 왜 또 울어, 앞에 새로 온 이 여자 신도가 누구냐? 아까 전에 그 사람들처럼 막 미친 또라이는 절대로 아니니까 이번엔 좀 믿어줘라. 자, 이 계급장까지 걸고서 내가 보증할게 그러니까 막, 음 그걸 뭐라고 해야 돼? 아! 도 대위 너도 아까 봤지 뭐? 못 봤다고? 하 참나 두 눈깔을 폼으로 달고 다니나 씁…. 그럼 뭐라 해야 할지 모르겠네? 아, 그래 신벌! 그러니까 아버지께 다시 한 번 그놈의 신벌을 내려달라고 부탁드리지는 마. 에이 씨 근데 자꾸 신벌이라고 말하니 발음이 어째 좀 거시기 허다? 내가 꼭 욕하는 것 같잖아 씨벌."

동음이의어를 강조하여 은근슬쩍 욕지거리까지 덧붙여 보인 경비대장 돼지 아저씨가 억척스러운 말의 강세와는 다르게 꽤나 조곤한 투로 내게 부탁을 했다. 신벌(神罰)이라 함은…. 설마, 아까 아버지가 스스로의 존재를 바쳐 이뤄낸 그 기적을 지칭하는 건가…? 왜 그 자폭하려던 늙은 신관을 통째로 구겨버린 점의 압축이 있지 않았던가. 주위를 둘러보니 반발하려는 이가 아무도 없어 다시 기가 막혀왔다. 물론 이곳에 모인 이들은 신이라는 가상의 초월적 존재를 경신(敬神)하고 있으니 이 세상에서 발생하는 모든 기적의 발현을 통틀어 전부 자신들이 추종하는 경배대상—창조주 아버지의 몫으로 돌리는 것은 어찌 보면 당연한 일이었지만, 그 사실을 머리로는 이해하면서도 괜히 아버지의 공을 꼭 저들의 이름 모를 신에게 강탈당한 것 같은 억측이 몰려와 울컥해진다.

신서울은 그것을 정정하기 위해 아까 멈춰 세웠던 사실을 재차 꺼내들려다가 정신적인 무언가의 간섭에 의해 팽팽히 당겨진 시위가 그대로 꺾여 느슨해져버렸다. 이제 아버지는 이 세상 어디에도 없었다. 그러나 그의 간섭은 아직까지 무형의 형태로 잔존해 남아 여전히 자신의 내부에 머물러있었다. 신서울은 곰곰이 생각을 했다. 언젠가는 이 한 톨 남은 아버지의 잔재마저도 영원히 사라질 날이 필히 찾아오게 되리라. 이 세상에 영원한 것은 없었다. 모든 만물에는 소멸의 때가 으레 정해져있었고, 우리가 살아가는 이 세계는 작은 톱니바퀴들의 연속으로 이뤄진 정교한 기계장치처럼 모든 것이 일정한 속도로 맞물려 돌아가게끔 이뤄져 있었다. 생명의 탄생은 물론이요 죽음과 소멸까지 그야말로 모든 게 일체가 되어서 말이다. 그것은 마치 영감을 얻은 어떤 천재적인 예술가가 자신의 머릿속에 떠오른 경로를 따라 역사에 길이 남을 예술작품을 그려내는 것과 같이 유려한 형상을 띠고 있었으나 모든 것이 실시간적으로 꾸며지고 있는 현실의 강제적인 흐름에 맞춰 살아가는 중인 나약한 우리들은 그 깊은 심연의 진실 앞에만큼은 감히 도달하지 못하도록 한정적인 설계가 되어있었다. 커다란 제약이다. 겨우 문지방 하나를 두고 있는 짧은 거리를 반투명한 막이 결코 넘지 못할 벽이 되어 그곳을 가로 막고 있었다.

어라? 근데 이상하네. 조금만 더 집중하면 저 두터운 보호막을 뚫을 수도 있을 것 같은데.. 그런 '몹쓸' 생각을 갖자마자

"윽…."

이번엔 머리가 빠개질 듯이 쑤셔왔다. 생존본능이 최고치에 달한 지성의 물줄기는 계속해 신서울이란 생명체가 가진 내부의 토양을 점령해 나가며 밭을 새롭게 일구어나감과 동시에 그녀가 '인간으로서' 존재하기 위해 필수적으로 지켜야 할 경계선을 명료히 그어놓고 있었다. 선 바깥이 어떤 세계인지 너무나 궁금해 고개를 들이 내밀어 구경을 좀 해볼라치면, 예끼 떽! 겁을 주려는 듯이 당장에 극심한 고통이 찾아왔다. 통증은 이 앞에 있는 것이 오직 나의 죽음뿐이란 사전위협을 아주 강하게 알린다. 즉발적인 원초적인 두려움이 훌륭한 제어방벽이 되어 그녀의 돌발행동을 억제했다. 허나 여의치가 않아 잠시 뒤로 물러설 뿐이지 포기할 그녀가 아니었다. 신서울이란 이름을 가진 최초의 인조인간은 그녀의 아버지가 마지막으로 선보인 기적을 통해 이 세상에서 가장 궁극적

인 파멸과 죽음,—블랙홀에 가까운 고중력체의 이능이 어떤 것인지를 똑똑히 마주해 목도 할 수 있었다. 접하기 전에는 상상조차 하지 못했던 소멸의 방식이 저 하늘 바깥의 우주 어딘가에 명백하게 존재를 하고 있는데, 인간이 염원하는 '부활'이나 '영원한 생'이라고 꼭 어디에도 없을 허황된 것이라고 감히 단정지어 생각할 수 있을 것인가. 물려받게 된 방대하고 훌륭한 지식들로도 저 우주의 비밀은 이제 고작 해봤자 티끌의 수준 정도밖에 밝혀내지 못했다.

아니, 티끌조차도 안 되겠지— 한참은 그 이하였다. 심지어 우주는 지금 이 순간에도 계속해 팽창하면서 그 커다란 덩치를 더욱 더 부풀리고 있었고, 생사의 베이스를 기초로 한 원래는 존재하지 않던 새로운 개념들을 끊임없이 성립시켜나가고 있었다.

신서울은 자신의 머릿속을 중구난방으로 뒤집어 놓는 중인 깊은 사려의 진행을 멈춰 세우고 한군데로 끌어모아 차근차근히 정립을 해봤다. 아버지나 지난 시대를 거쳐 간 수많은 지적생명체들이 그토록 쫓고 염원하던 영생의 비밀은 저 끝 모를 우주 어딘가에 표류하고 있을 가능성이 높았다. 단순히 허황된 꿈이라고 치부하며 넘길만한 농담이 아니었다. 마냥 헛된 망상도 아니었고. 당장은 증명해낼 방법이 없었지만, 그녀의 아버지인 김 교수는 자신의 정신조각을 심어 넣음으로 신서울의 객체로서 새롭게 탄생을 했으면서 스스로 자신에게 주어진 한계점을 아득히 뛰어넘고서 과거로 되돌아갈 수 있는 기적—정확히는 평행세계의 과거 지점에 기억만을 돌려내는 것—을 행사하였다.

'시점의 기억만이 되돌아가는 데다가 늘 그에 맞는 대가를 꼭 선불로 지불해야 했지만 기적의 크기에 비하면 그렇게 나쁜 거래관계는 아니었어. 그 정도는 나 스스로도 감당을 할 수 있지 않을까…?'

그녀가 조심스레 생각했다. 해당 지식을 갖고 있더라도 한 번도 직접적으로 시행해보지 못한 미지수 행위에 대한 실질적인 판단은 역시나 어렵게 느껴졌다.

"대장님 그래서, 여기 계신 이 아가씨가 대모님께서 말씀하신 그 예언의 아이인 건가요?"

"어, 맞아"

"우와아, 나이가 몇이나 됐길래 사이즈가 작은 인형같이 어쩜 이리도 사랑스러울까? 뽀얀 인형처럼 예쁘게 생긴 것도 그렇고. 실례가 되지 않는다면 제가 당신을 한번 안아 봐도 될까요?"

귀여운 것이라면 사족을 못 쓰는 성향을 갖고 있어 신서울의 외모를 자세히 살펴보자마자 확 돌변해버린 유 집사의 태도에 인상을 찌푸린 경비대장이 짜증 난 목소리로 소리쳤다

"이봐 유 집사 겉모습에 홀딱 속지 마 생긴 건, 저래도 저놈 저거 속안에는…. 아차차 내 정신 좀 봐 이건 어머니께서 직접 밝히기 전까지 비밀로 하랬지. 흠흠 일단 신서울 이병은 유 집사랑 A팀 대원들, 나머지 떨거지 몇 명이랑 동행하여 대모님이 기다리고 계신 에덴 호로 넘어가도록 하고, 도 대위는 머리 좀 잘 돌아가는 애들이랑 이번 사건보고서 좀 작성해서 제출할 준비를 하도록 해. 어우, 아직도 골이 다 쑤시니까 굳이 내 결재를 받을 필요 없이 지휘관 결재란은 도 대위가 직접 가라로 좀 처리하고. 나머지 떨거지들은 이만 돌아가서 할 일이나 마저 하도록 하라고 어우…. 이런 지미…. 미친 돼지 두 놈의 뻘짓을 처리한 것 때문에 이리저리 불려 다니면서 욕먹고 또 해명은 있는 대로 하느라 또 한동안 아주 죽을 듯이 바빠지게 생겼네. 이 나이에 기껏 한직으로 물러난 내가 말이야 아주 좋은 시절은 다 갔네, 다 갔어!"

"알겠습니다."

"잠깐만요! 무슨 일이 있었던 건지 제게 간략히 설명을 좀 해주셔야죠. 신관님 두 분은 어디 가신 거냐고요!"

임무를 부여받은 병력들이 별다른 이견 없이 뿔뿔이 흩어지려하자 유 집사가 그들을 향해 목청을 높였다. 그런 유 집사의 항변에도 경비대장은 귀를 틀어막은 시늉을 하며, "어우야 귀청 떨어지겠네 젊음이 좋긴 좋다니까. 볼 때마다 그냥 막 에너지가 넘쳐난다니까 적당히 좀 해~ 유 집사한테 젊은 놈들 기가 다 빨릴라 하핫" 평소와 같은 질 낮고 저질 농담을 지껄였다. 유 집사의 표정이 딱딱하게 굳었다.

아니, 이게 무슨…. 우리의 아버지와 가장 가까운 신관 두 분을 아마도 저들 멋대로 '살해'를 해놓고선 뻔뻔하게 변명조차 내뱉고 있지를 않고 있을 뿐만이 아니라, 은근히 지금 이 심각한 상황을 즐기는 듯 요상한 분위기가 모두를 통해 형성돼있었다. 반란을 획책한 게 아니라면 단체로 무슨 마약이라도 한 거 아냐…?

기적을 직접 마주해본 짜릿한 경험의 여파가 채 가시지를 않아 여전히 흥분의 도가니 속에 함몰되어있는 경비 대원들을 바라보면서 유 집사는 자신도 모르게 헛웃음을 쳤다. 저들을 그냥 확 쏘아붙일 수 있다면 좋으련만, 붉게 물든 채로 아무렇게나 나뒹굴고 있는 최 신관님의 사체를 흘끗 이며 보고 있자니 이 정신 나간 놈들을 향해 대체 무슨 짓거리를 저지른 거냐고 강하게 엄포를 놓기가 꺼려졌다. 지금 괜히 나섰다가 자신까지 최 신관과 같은 꼬락서니로 변하게 될까봐 궁금함보다 두려움이 더 앞선다. 신을 맹신하는 자가 줏대가 너무 약한 것 아니냐고 비난을 해도 어쩔 수 없었다. 현 라펠트 '내부' 소속 간부들의 평균 나이대가 50대임을 감안했을 때 이제 겨우 삼십 대에 접어든 젊은 나이의 유 집사는 신을 가장 모범적으로 받들어 모셔야 하는 위치에 있는 것과는 조금 어울리지 않게 때론 신을 현실에서 배제할 수가 있을 만큼 삶을 직시하는 데 있어 지극히 이성적임을 함께 보유하고 있었다. 그뿐이랴, 그녀는 적어도 자신의 최고 은사이신 대모님과도 버금갈만한 냉철함을 지니고 있었다. 신이란 이상 체에 매달리지 않으면 하루라도 삶의 불안감을 감추지 못하는 일반 신도들과 궤를 달리하는, '현실의 이성'을 가지고 있는데도 그녀가 이성보다는 신께 내비치는 감성적인 영역이 더 우선시 되는 신의 왕국에서 제법 그럴듯한 계급을 가질 수 있던 내력은 바깥 도시 라펠트에서 '집사'라는 계급이 '심문관'의 역할까지 겸임해야 하는 중책이자, 법관의 역할을 동시에 나타내는 자리였기 때문이었다. 법을 집행하려면 현실의 증거를 필수적으로 다뤄야 하는데, 너무 이상에만 젖어있는 인물은 그 자리에 앉히기에 부적절했다. 그런 이유로 애당초 그녀는 아주 어릴 적부터 '환상'에만 매몰이 되지 않게끔 대모님의 엄한 교육 아래서 철저히 자라왔다.

'저들이 끔찍한 범죄를 저지른 게 확실하다면 즉결처분을 내려야 하건만, 당장은 상대해야 할 숫자가 너무 많아. 나 홀로는 절대 불가능한 일이야.'

그렇기에 유 집사는 언제 돌변할지 병력들을 바라보며 초조함을 감추지 못한 채 얼굴 위에 대놓고 난색을 표했다. 그녀가 비록 대모님이라는 확고한 연결고리를 통해서 라펠트 안에서도 아주 이름난 말썽쟁이, 김민학 경비대장과 제법 두터운 친분을 쌓아놨다고는 하지만, 기본적으로 두 사람은 서로 나이에서부터 가치관까지 워낙에 서로 가진 것의 차이가 컸기 때문에 가끔 마주할 때마다 젊은 유 집사가 먼저 애교를 섞어가며 장난조로 인사를 건넬 정도의 싱거운 사이만을 유지해왔을 뿐이지, 서로 완전히 마음을 터놓는다던가 주요사안을 논할 만큼의 친밀한 관계는 결코 아니었다. 내가 그어놓은 선 안에 어설프게 들어온 타인은 오히려 완전한 남보다 더 무섭다. 멸망한 세상의 역사는 살아남은 인간들로 하여금 가진 성향을 극도로 잔혹하게 만들었고, 생명의 존엄을 무참히 파헤쳤다.

굶주림을 이기지 못하고 식인종으로 전락해버린 저 미쳐버린 반란세력들을 보면 정답을 확신할 수가 있듯이 이 땅에는 신의 은혜만으로는 도저히 커버할 수가 없을 정도로 정신 나간 미친놈들이 가득한 세상이었다. 2084년의 대한민국의 땅은 밖이나 내부나 구분 없이 엉망진창이었던 것이다. 특히 언제나 최전선에서 괴물들과 맞서 싸우는 군인들은 정신은 손상 정도 면에서 내부에 틀어박힌 노인네들보다 당연 극심할 수밖에 없었다. 군 생활 중 어제까지 함께 웃고 떠들던 동료의 죽음을 목도하는 것쯤이야 아주 빈번히 마주 할 수가 있는 일이었고, 심할 경우에는 산채로 뜯어 먹히거나, 식인종 놈들에게 끌려가 흉악한 고문을 당한 원래는 '인간이었던 것'의 모습까지도 종종 접해야 하는 게 당금의 현실이었으니 수십 년간을 공들인 절대 신을 향한 경애의 세뇌로도 그들이 받는 스트레스를 완전히 억눌러 낼 수는 없었다.

결론만을 말하자면 그렇기 때문에, 군인들은—특히나 연차가 쌓인 인물일수록, 성격이 망가져있거나 겉으론 멀쩡해 보여도 타인의 죽음에 냉소적이고 경시하는 경향이 컸다. 가뜩이나 죽음과 밀접한 삶을 살아가고 있는데 그들의 이념인 신학은 '죽음'이란 허무를 꼭 '구원의 유일한 방향'인 것처럼 묘사를 해놓았다.

그리고 모순적이게도 이 구원의 개념 속에는 행복만이 가득 찬 왕국인 천국뿐만이 아니라 그와 반대되는 개념인 고통의 지옥도 함께 포함되어 있었다. 인간은 심지어 자기 자신조차도 스스로의 판단을 참 종잡을 수 없을 정도로 다방면을 추구하는 생명체인지라 누군가에게는 당연한 객관적인 고통이, 다른 누군가에게는 반대로 오히려 주관적인 즐거움으로 받아들여지는 경우가 있었다. 예를 들어 날카로운 것이 자신의 피부를 꿰뚫었을 때, 고통보다 앞서 쾌감을 더 크게 느끼는 변태들이 의외로 현 바깥세상의 군인들 중에서 꽤 큰 비중을 차지하고 있는 것처럼 같은 척을 하는 우리는 결코 하나로만 묶여질 수가 없었다.

전쟁 이후 그 이전처럼 평범하게 삶을 이어나가기란 환경적인 측면에서나 정신적인 측면에서나 여간 힘겨운 게 아닌지라 험한 세상에 적응하여 생존해 남으려면 그에 부합하는 과감하고 새로운 보호체계의 도움이 필요로 했고, 선과 악의 이분법으로 정의가 구분이 되는 신학의 체계 아래 놓인 세상에서 악과 '부정적 감정'은 늘 배척받아야 할 것으로 삼아져 왔지만 결국 온당한 합리성을 부여하기 위해 죄악으로 인한 고통의 형벌 앞에도 '영원히'란 무한의 단서가 함께 달리게 됐다. 바깥세상의 최대이념으로 자리를 잡게 된 신학의 교리는 대부분 옛것들을 그대로 갖다 이어 붙여둔 것에 불과했고, 자세히 뜯어놓고 봤을 때 그 내용이 몹시 고지식했으며 편협했다.

선악을 구성하는 궁극의 도달점에 이르는 것에는 과정이 하등 상관없이 단지 최후의 '결과'만이 주요함이니, 굳이 과정을 이루는 중에 신에게 복종하며 원치 않는 선행을 베풀며 살아갈 필요가 있을까? 신을 품게 된 생존자들은 악몽 같은 시대를 거쳐 어느덧 4세대의 어림까지 접어들게 되었고, 직접적인 지옥을 겪어본 1~2세대야 언제나 (세뇌된 채)신의 은혜에 감읍하여 무조건적인 선행만을 추구하는 기계들로 변하게 됐지만 새로운 젊은 세대의 생각은 옛것과는 틀렸다. 인생의 동반자인 신을 믿긴 해도 영악한 이일수록 과정보다는 결과만을 중요시하게 된 것이다. 삶을 이어나가는 과정 속에는 악행이고 뭐고 다만 즐길 것을 마음껏 즐기면 그만이다. 벌써부터 피곤한 짓을 사서 감수하면서 지켜내면 뭐하나, 언젠가 늙어서 죽음의 결과에 가까워질 때 저 허황됨에 빠진 신자들처럼 그때서야 나도 그들과 같은 모습으로 변화하면 만사 ok가 아닌가. 그전까지는 탐욕에 빠진 권력자들처럼 얼굴 위에 가면을 쓴 채로 연극을 좀 하면 그만이고.

기준에 있어서 전환점을 맞고 있는 세대가 어떠한 바람을 이끌어낼지 아직 아무도 알지 못했다. 다만 인간의 변화과정이 늘 긍정적인 변화를 보인 것만은 아니란 것을 지난 역사가 또렷이 증명해주고 있었다. 신서울의 진한 검은 눈동자가 무저갱처럼 깊어졌다.

유 집사가 안절부절못하고 있는 이유를 추론하다 보니 이들의 실시간적인 변화 과정을 대략적으로나마 파악해낼 수가 있었고, 그 어리석음의 본질을 가까이 할 수 있게 됐다. 하아—, 아버지의 지식을 공유하기에 저들에 대한 부채감 같은 것도 아주 조금은 느껴졌다. 바깥세상에 저 괴상망측한 신학을 전파하고 내세운 인물은 다름 아닌 신서울의 창조자이자 아버지인 김 교수의 간섭에 의해서였다. 바깥세상의 이념은 예측한 대로, 아니 그것보다 더 허울만 좋은 빈 수레였을 뿐이었고. 쯧, 신서울이 짧게 혀를 찼다.

"부상을 입은 안젤라 상병의 열외를 제외한 십(10)인의 집합 완료했습니다."

근방에서 들려온 귀에 익은 남성의 보고 소리가 신서울의 현장감을 일깨운다.

깊고도 깊은 초점을 진정시킨 신서울이 주위를 둘러보니 분대장을 포함해 도합 열 명의 A팀 대원들이 그녀의 곁에 당도해 있었다. 강 일병이 손을 흔들어 보인다. 서울은 얼떨결에 마주 흔들어줬다.

"안녕하십니까, 유세희 집사님. 저는 2사단 본부에서 A팀 분대를 맡고 있는 분대장 박종규 중사라 합니다. 오랜만에 건강한 모습으로 다시 만나 뵙게 되어 영광입니다."

"아 네, 반가워요 박 중사님."

"저희는 경비대장님의 지시에 맞춰 바로 뒤따라갈 터이니, 신 이병의 인도를 잘 부탁드립니다. 유 집사님"

"후— 네…!"

긴장하고 있던 것이 무색해질 만큼 정중한 신사의 태도를 보이며 먼저 읍소해 보이는 박 중사의 모습에 유 집사는 가슴을 쓸어내리며 깊게 안도의 한숨을 내쉴 수가 있었다. 다른 이라면 모를까 A팀이라면 무한히 신뢰를 보낼 수가 있었다. 비록 이렇게 가까이서 직접적으로 마주하게 되는 건, 서로의 업무가 완전히 다른 탓에 이번이 처음이긴 했지만 A팀에 대한 영웅적인 행보는 그녀가 집사로 발탁되기 전의 시절부터 귀가 아프도록 들어왔다.

괴상한 현장의 분위기 속에서도 바짝 각을 잡고 서있는 저들은 아마 현시점에서 가장 우수한 군인들일 것이 틀림없었다. 저들 한 명 한 명이 험난한 훈련과 다년간의 실전경험을 통해 완성된 인간병기임을 이미 여러 성과를 이룸으로 증명해냈을 뿐만이 아니라 매 분기마다 치러지는 정기 신학 테스트 시험에서도 꼭 상위 1% 안에 드는 성취를 거두는 신실한 엘리트들이 바로 저들이었다. 신체적으로나 정신적으로나 라펠트의 군부대에서 가장 완성된 존재로 알려진 그들은 언제나 가장 위험한 임무를 우선으로 도맡아 수행을 해왔고 그로 인해 자연히 사망률이 높아 멤버가 금방금방 교체되는 일이 잦은 편이긴 하나 A+(에이플러스) 부대로서의 상징적인 브랜드 가치는 매해 수직상승을 하고 있어, 그들이 원하든 원치 않던 자라나는 어린아이들에게는 숫제 히어로의 취급을, 나이든 어른들에게는 가장 신실하고 모범적인 군인이란 평가를 받고 있는 실정이었다. 당장 그들의 듬직한 모습을 바라보고 있자면, 그런 속사정을 모르더라도 신뢰가 절로 갔다.

'…그래, 인류의 최후의 희망이라 불리는 이들마저 악마에 꾀임에 속아 넘어간 것이라면 이곳에서 멀쩡한 이 누가 있으리오….'

그분께선 드높은 창공 위에 앉아 은혜로 늘 우리들을 보살펴주시건만 잠시라도 전능한 아버지의 행보에 의심을 가진 것이 한없이 죄스럽게 느껴진다.

"저, 박 분대장님?"

얼굴에 티 나지 않게 감정을 조절한 유 집사는 잠시 앞서 나아감을 멈추고 자신과 비슷한 연배인 박종규 분대장을 불러 세웠다. 역시 목적지로 가기 전 방주 위에서 무슨 일이 있던 건지 상세히 좀 알아야겠다. 정말 만에 하나라도 이들이 반란을 꿈꾸고 있다면 우리들의 세상에서 가장 위대하고 안전해야 할 성역(聖域) 에덴 호에 발을 내디디게 해선 결코 아니 될 일이었다. 삿된 것은 대모님이 계신 순백의 세상 위에 잿더미를 뿌림으로 악영향을 끼칠 게 자명했으므로.

"네? 유 집사님 말씀하십시오."

".. 먼저 마중을 나갔던 신관님 두 분은 대체 어떻게 되신 건가요?"

"아, 전후 사정을 아직도 전혀 전달받지 못하신 겁니까? 당연히 외부통신기로 대충은 알고 오신 줄 알았는데, 이런 그렇다면 저희들이 꼭 죽일 놈들로 보이셨겠네요. 신관 두 분 아니, 변질자 두 놈은 오늘 지옥으로 추락하게 됐습니다. 일이 어떻게 된 거냐면…."

박종규 분대장은 신서울이 좀 전에 내보인 기적들을 더해 담백한 투로 유 집사에게 그간 있었던 모든 사건의 내용을 과장 없이 최대한 간략히 요약해 전해줬다. 구출작전 당시 어쩐 일인지 구출 대상자인 기적의 아이가 인간이 살아남기 어려운 혹한의 환경 속에서 감금을 받고 있었던 일부터, 보급을 위해 들리게 된 기지에서 괴물들의 습격을 신서울이 처음으로 전능을 발휘해 멈춰 세운 일. 마지막으로 유 집사의 의문점이었던 신관들의 갑작스러운 광란을 신벌을 발휘해 퇴치한 기적까지.

"…아.."

도저히 머릿속에 그려지지 않는 '기적의 묘사'는 유 집사에게 거짓을 말하고 있는 것 아냐? 라는 지극히 합리적인 의심을 품게 만들었다.

신서울의 모습을 힐끔 곁눈질해본다. 체구는 보잘것없이 자그마하다. 거친 바깥의 환경과는 전혀 매치 되지 않게 비단결같이 고운 흑발에 오뚝한 코, 투명할 정도로 새하얀 피부, 쌍커풀 진 커다란 눈을 오밀조밀 배치하고 있는 그녀의 조막만 한 얼굴은 분명 어느 시대이건 미인으로 불릴만한 요건들을 충분히 담아내고 있었다. 하지만 무엇보다 압권은 그녀의 커다란 검정 눈동자 안에 담겨있었다. 신서울과 단 한번이라도 제대로 시선을 마주쳐 본다면 누구라도 예외 없이 그 커다란 검정 눈동자가 품고 있는 마성에 홀리게 될 것이 자명할 만큼, 그녀와 시선이 마주친 그 순간, 유 집사는 마치 자신이 발가벗고 있는 듯 그런 기묘한 느낌에 사로잡혔다. 당연히 벗겨진 건 현재 걸치고 있는 옷 따위가 아니었다. 좀 더 깊은 곳의 이를테면 내면과 같은 깊숙한 자신만의 비밀공간이 나와는 동떨어진 남에 의해 강제로 파헤쳐 지고 있었다. 유 집사는 나름 신을 잘 경배하면서도 사실 영혼의 존재까지는 잘 믿고 있지 않았다.

[나는 생각한다, 고로 존재한다.]

프랑스 태생의 유명한 근대 철학자, 데카르트가 남긴 명언이었다. 무려 수백 년 전의 인물이 남긴 판단의 결과물은 현재까지도 세상에 살아 숨 쉬며 누군가의 이념에 영향을 끼치고 있었다. 나란 과연 어떤 존재인 걸까? 개인적인 생각은 종교에서 주장하는 것처럼 나의 영혼에서 비롯되어 오는 것인가—? 그럼 두부에 외상을 입어 뇌에 극심한 손상이 오게 된 환자는 기적적으로 깊은 수면상태에서 깨어났음에도 어째서 나 자신의 주관을 잃어버릴 상당한 확률을 지니고 있는 걸까. 영혼이야말로 현세의 그 무엇으로도 대체하지 못할 우리 인간의 초월적인 '근원'일 텐데. 미지에 대한 호기심과 궁금증이야말로 인간의 역사에 가장 커다란 영향을 미친 발전의 원동력이었고, 죽음 이후의 새로운 시간에 대한 언급은 어느 순간에서나 설왕설래할 궁극적인 화제였다. 심지어 세상이 멸망하기 전에는 이런 주장도 인터넷 등의 매체를 통해 심심치 않게 떠돌아다녔었다. **—내가 나를 인식하는 의식이란 것은 단순히 두뇌의 전기적 신호에서 발생되어진 복잡성에서 나오는 허위로서, 영혼과는 전혀 무관하다.—**

이 뜻이 가리키고 있는 진의를 풀어헤쳐보면, 우리가 자신으로서 인식을 하고 있는 모든 것은 알고 보면 전부 잘 짜여진 망상에 불과 할 수도 있으며 나라는 개인적인 존재는 결코 헤어 나올 수 없는 늪에 빠진 채 영원히 같은 시간 속에서만 그곳을 유영해야 한다는 철학적인 주장과도 통해져있었다. 저 이론에 따를 경우, 나는 일명 '통속의 뇌'에 갇힌 것과 같은 삶을 살아가고 있음을 알리는 극단적인 결론에까지 도달할 수가 있었다. 만약 김 교수가 진정한 영생을 이뤄냈더라면 즉시 폐기가 되었을 근거 없는 허황된 주장.

아니지 21세기에 이르러서도 과학의 증명을 배척하고서 '지평설'을 맹신하는 또라이들이 넘쳐났는데 무슨 자신감으로 단정을 지으랴. 어쨌거나 세상이 멀쩡하게만 유지가 됐더라면 저 허무맹랑한 주장이 제대로 먹혀들리는 없었으리라.

그러나 인간의 이성적인 역사가 세운 공 든 과학의 탑은 한순간의 광란에 휩쓸려 폭삭 주저앉아버렸고, 현실의 시간은 과거로 역행하여 극소수의 권력자가 모든 것을 대놓고 독식한 현재에 이르러서는 결코 사실로 증명을 할 수 없는 내용이라 할지라도 자신의 일신의 영달에 도움이 된다면—, 그런 믿음이 단 일 푼이라도 들어차있다면—, 그것은 종종 고정된 이념으로까지 발전하여 세상에 지대한 영향을 미치도록 움터났다. 자, 현 대한민국 유일의 과학도시 신서울을 도망치듯이 빠져나온 바깥의 생존자들이 각자의 이념에 젖어 행동하는 꼴들을 좀 보라.

무일푼으로 쫓겨 나와 도로 권력과 명예를 거머쥐게 된 이들은 자신들이 살면서 단 한번도 듣지도 보지도, 만나보지도 못한 신이란 허상의 존재가 답답하지도 않은 건지, 수십 년째 매일같이 경건함을 가장한 가면을 쓴 채로 그 허상의 존재에게 실제로 뜻에 없는 자기기인(自欺欺人)의 경배를 지극정성으로 드리는가 하면, 욕구를 이기지 못해 갑갑한 체계 속에서 결국 탈출해 빠져나간 이들이 모든 걸 잊고 동물의 본능에만 의지하여 저들끼리 무자비한 약육강식의 장을 펼치고 있었다. 암만 이성적이네 어쩌네 하면서 오래전의 이념들을 방패막이로 세워 내 봤자 유 집사 또한 결국 타성에 젖는 속도가 남들보다 조금 더딜 뿐, 작은 세상을 둘러싼 거대한 흐름에 서서히 동화가 돼가는 중이었다. 이것은 개인의 힘만으로는 도저히 어찌할 수 있는 게 아니었다. 사회적인 동화. 그녀의 검정 머리칼이 하얗게 탈색이 될 즈음에는 굳이 가면을 쓰지 않더라도 아주 자연스레 자신의 면면에 가면 속에 띠어놓던 미소를 똑같이 짓고 있으리라. 만약 그때까지 내가 죽지 않고 살아남을 수만 있다면.

신서울은 유 집사의 혼란을 꿰뚫어봤다. 그러고 보면, 자신의 두 눈은 언젠가부터 원래라면 당연히 보지 못할 비가시적인 것들까지도 점점 더 범위를 넓혀가며 마음껏 허용을 하고 있었다. 예전처럼 어쩌다 가끔 한 번씩 특별하게 이럴 때가 있는 게 아니었다.

그런 것이었다면 그냥 '신의 기적'처럼 규정 못 할 신비를 통틀어 총칭한 단어 안에 어떤 지식을 갖다 들이밀어도 알 수가 없는 현 상태의 모든 지분을 억지로라도 꾸겨 넣은 채로 대충대충 넘겨버렸겠지만, 이러한 신비가 언제든지 상시로 적용된다? 너무도 당연한 익숙함은 '특별함'을 지워내는 것에 있어 가장 우수한 세정제였다.

그동안의 신서울은 자신의 두 눈이 담고 있는 특수한 이능을 바깥의 신도들이 주장하는 대로 위대한 존재에게서 비롯된 기적의 능력쯤으로 여겨왔었기에 위대한 존재인 신과는 아예 반대적인 개념이라고도 할 수 있는 과학에 기대어보는 것을 어째선지 아예 포기했었다. 그러나 지금처럼 완전히 고정적으로 나타나는 현상이라면 현상을 이해하기 위해 감성의 영역을 따르기보다 과학의 탐구적 접근 방식을 따르는 것이 조금 더 알맞아 보였다.

기적이라며 아무리 울부짖어 봤자 어디선가 천사가 등장해 모든 진실을 친절히 설명해주는 게 아니었으니까. 신서울이 바닥에 떨어져있는 나사 조각에 시선을 던졌다. 아버지가 희생할 때 억지로 넓혀져 버린 머릿속 상상의 통로는 아주 미약하고 별 볼일 없는 능력 하나를 개방해놓았다.

[들어 올려져라…!]

그녀의 강렬한 의지의 파동에 따라 이곳으로부터 3m 즈음 떨어진 곳에 위치한 무게 7그람 정도의 조그마한 나사 한 개가 덜덜 떨리며 아주 조금씩 위로 상승을 했다. 아무런 대가도 선불로 지불을 하지 않은 궁색한 기적 답 게 갓난아기의 손짓만도 못할 정도의 참으로 별 볼일 없는 힘이었다. 겨우 그것만으로도 머리가 찢어질 듯이 아파왔다. 너무 아파서 비명이라도 냅다 지르고 싶어졌지만, 신서울은 애써 태연함을 가장한 채 의지에 따라 비행하는 나사를 자신의 코앞까지 가져와 일부러 능력을 과시하며 이리저리 휘둘러 보였다.

"이래도 못 믿겠어?"

우와, 얼굴이 화끈거리네. 당당한 표정으로 선언을 고하는 것과는 달리, 창피함이 저 아래에서부터 머리끝까지 치고 올라와 쥐구멍에라도 들어가 숨고 싶은 심경이 들었다. 아버지는 이들이 내게 부여된 운명이라 믿어 의심치 않는 '신에게 선택받은 아이'란 타이틀을 지켜내기 위해 제법 많은 노력을 해왔다. 그런 아버지의 지식을 계승하게 된 나는 아직은 그 모든 게 뒤죽박죽 섞여있어서 개별로 분류를 해낸 건 아니었지만, 최대한 그 깊은 의지를 이어가기 위해 노력해보기로 굳건히 다짐을 했다.

그러므로 능력을 보일 때는 정말로 저들이 믿는 신이 지상에 강림이라도 한 것처럼 의젓하고 호연한 모습을 최대한 꾸며 내야했다. 신서울은 스스로의 얼굴 위에 뻔뻔한 표정을 짓고 있는 가면을 덮어썼다.

"오오, 아버지!"

주변에서 격한 반응이 터져 나온다. 멍청이들, 이렇게 쉽게 속아 넘어가다니..

스스로가 행한 기적이 얼마나 특별한 것인지를 굳이 논하고 싶지 않던 신서울이 쳇, 하며 표정까지는 가장할 필요가 없었나봐. 하고 배부른 투정을 부렸다.

휘— 휘—.

음 그런데 이걸 이제 어쩐다? 조금 익숙해지자 지정한 의지값에 따라 좌우로 40, 50cm씩이나 정신없이 왔다 갔다 움직이는 나사를 보며,

—그냥 놔버릴까? 아냐! 그러면 끝이 너무 멋없잖아 그럴 바에는 차라리..

자문자답의 형식으로 머릿속에서 상충된 의견을 충돌시키던 신서울은 손가락을 쭉 뻗어 나사가 빠진 갑판의 한 지점을 가리켰고, 둥둥 떠다니던 나사가 그곳으로 빠르게 뻗어져나가 빈틈 사이로 딱 맞춰 삽입됐다.

끼릭 끼리릭. 나사가 돌아가는 쇠의 마찰음이 몇 번 들려오고서 상황은 종료. 건장한 성인을 기준으로 잡았을 때 길어도 5분이면 해결이 될 문제를 조금은 특별한 방식을 동원해서 해결해낸 것뿐이었지만….

주변의 반응은 이제 격하다 못해 미쳤다는 표현이 더 어울릴 정도로

"끼야얏호!"

신서울을 제외한 나머지 A팀의 9인은 언뜻, 아니 대놓고 특정인들에 한해선 '광기'를 내비치고 있었다. 그들의 행태를 조명해본다. 전부가 미쳐 날뛴다는 말은 당연히 정정할 필요가 있어보였다. 그들 중에서 계급이 높고 체면을 챙길 줄 아는 상급자인 박 중사나 유 집사는 저 하늘 위로 기도를 올려드리며 조용히 흉금을 토로하고 있는 반면에, 실질적으로 서너 사람의 목소리— 실상 혼자서 굉음을 내지르고 있는 건 신사모의 우수회원인 강병창 일병의 몫이었다.

"이제 우리는 자유다아아아!"

그들이 믿는 가상의 신은 아직 구원의 구자도 직접 꺼내지 들지 않았건만, 모든 게 해결된 것마냥 환호를 꿱꿱 질러대던 강 일병은 그러다

가….

퍽!

호들갑 좀 그만 떨라며 오랜만에 참지 못하고 성질을 부린 박종규 중사한테 뒤통수를 한 대 거하게 얻어맞고 말았다. 그 모습에 신서울은 참지 못하고 실소를 흘렸다.

'내 언젠가 저럴 줄 알았어. 못 말린다니까, 정말.'

그의 우스운 기행 덕택인지 아버지의 소실 이후엔 딱딱하게만 굳어있던 입매가 조금은 부드러워졌다.

"혹시 신서울 님께서는 저 창공 위에 앉아계신 아버지와 직접적인 소통이 가능하신 건가요?"

경악한 낯빛을 감추지 못한 유 집사가 물었다.

"아니요. 제 곁에 머물고 계셨던 아버지는 잠시. 아주 잠시, 제 곁을 떠나가셨어요. 지금은 저 혼자뿐이네요"

신서울은 서글픔을 애써 억누른 채 사실만을 고했다. '아버지'를 지칭한 대상이 서로 달랐지만, 어차피 한쪽은 만들어진 허구를 바라보고 있는 것이고 다른 한쪽은 이미 사라진 허상을 기리고 있는 것이라 뜻을 한길로 연결시키는 데 커다란 걸림돌은 없었다. 결과적으로 둘 다 어디에도 존재하지 않는 것을 마치 존재하는 것마냥 하염없이 뒤쫓고 있는 모습에서 완전히 똑같았기 때문이다.

"…힘내세요. 지금의 것만 해도 그 누구도 따라 할 수 없을 주님의 은총이잖아요."

신서울의 애달픔에 공감을 보인 유 집사가 응원의 말을 건넸다. 신서울이 가지게 된 아쉬움과 허탈함이 공기로 전염이 되는 강력한 바이러스처럼 퍼져 방금 전까지 축제와 가깝던 활발한 주변의 분위기를 순식간에 침울하게 가라앉도록 조정을 가했다. 개인의 육체에 묶여있어야 할 감정이 새어나와 여러 사람들에게 아주 자연스럽게 영향을 미친다. 이 것 또한 기적이라면 기적, 부정한 의미를 담은 기적의 발현이리라.

신서울은 자신이 내뱉은 검은 기류가 주변 사람들을 에워싸는 것을 목도 할 수 있었다. 주변 사람들에게 슬그머니 다가간 언어의 검은 기류는, 눈 깜짝할 새 그들의 정수리에 머무르더니 빠르게 녹아들기 시작했다. 기류를 흡수한 사람마다 반응도 가지각색이었다. 한가득 전부 다 흡수한 이가 있었고, 맛만 보려는 듯이 조금만 흡수했다가 곧장 토해내는 이도 있었으며, 전혀 접근을 허용치 않는 이—대표적으로 박종규 중사—도 있었다. 내가 보고 있는 건 나 스스로의 감정의 발로가 타인에게 미치는 영향력을 나타내는 듯 했다.

말을 잘하면 천 냥 빚도 갚는다는 옛말이 있듯이, 내가 내뱉은 말과 언어에 어떤 감정을 싣느냐에 따라서 타인에게 전달해줄 감정의 '색'이 결정이 됐고, 그것이 어떤 농도를 가지고 있든 간에 흡수하는 양의 크기를 정하는 것은 인간 개개의 상에 달려있는 것으로 관찰됐다.

우리 모두는 같지 않다 그 누구도. 이런 간략한 상호작용들이 인간이란 생명체를 계속해 발전시키고 진화시켜온 것이다. 신서울은 자신의 특이가 이들이 주장하는 것처럼 신의 손길이 닿은 것보다는 혹시 새로운 '진화'를 한발 앞서 한 게 아닌가? 하고, 스스로의 변화를 정의 내리기 위해 반문에 반문을 더하며 끊임없이 고민을 거듭했다.

'…모르겠네—.'

미지에 의해 꽁꽁 감싸져있는 것이 무턱대고 생각한다고 풀어헤쳐질 리가 있나. 예상이 들어맞다 면 자신은 아마도 인류 역사상 가장 멀리 앞선 존재였다. 옆에 처음의 모자람과 어색함을 보필하며 도와줄 훌륭한 선생이 따로 있는 것도 아니고 교과서를 대신해줄 지식을 물려받긴 했으나 무려 백만 권의 분량을 가뿐히 넘길 방대한 지식의 도서관 안에서 원하는 정보만을 콕콕 끄집어내기엔 아직까진 새로운 도서관지기로서의 경험이나 역량부터가 여실히 부족했다.

“서울 님 괜찮으세요?”

그녀와 가장 가까이 있던 A팀 대원중 그리 친하지 않게 지냈던 누군가가 그녀에게서 이상낌새를 느끼고 정말로 걱정이 된다는 듯이 물었다. 그가 띠고 있는 맹목적인 신뢰의 눈빛이 퍽 부담스럽게 느껴졌다.

‘그간 신 이병이나 서울이 정도로 편하게 불려왔었는데 갑자기 서울님이라고 하니 좀 많이 어색하네….’

신서울은 괜한 높임말의 선택으로 가까스로 구축해놓은 팀원들 간의 기존체계에 다시금 혼란을 일으켜 기존의 관계를 결국 붕괴시키고만 범인, 유 집사를 째려보며 한숨을 푹 내쉬었다. 이 자리에서 홀로 골머리를 썩여봤자 어차피 당장에 해결하지 못할 장대한 오해였다. 객관적인 관점에서 자신이 반대 입장에 섰다고 가정을 해봤을 때, 이곳의 어느 누구도 신서울이란 존재보다 더 기적에 가까우며 신비할 수는 없지 않겠는가.

‘하긴…. 나조차 이런 모습의 앞에선 무조건 상대가 신의 대리인이라고 깜빡 속아 넘어갔겠네.’

일단, 자잘한 것들은 제쳐두고 이들의 리더—내 아버지의 어머니이신 대모님(할머니)을 만나 뵙고 전후 사정을 완벽히 설명한 뒤에 다음 행보를 결정해도 늦지 않을 문제였다. 누천년 동안 똑같은 시간을 반복해오면서도 아버지가 끝까지 잃어버리지 않고 간직했던 유일한 소망을, 그 유구한 유지를 완벽히 이어받게 된 딸이라도 대신해서 이뤄드려야 가시는 길이 조금은 평온하지 않겠는가.

—이 멍청아! 죽음 이후에 닿을 사후세계 같은 건 없어. 그런 건 전부 나약한 인간이 꾸며낸 망상일 뿐이라고.

—시끄러워 누가 그걸 몰라서 이러는 줄 알아? 그런 핑계라도 대서 마음의 짐을 좀 덜어내려고 하는 거잖아.

내부에서 이제는 너무나도 익숙한 의견 충돌이 일어났다. 이런 걸 스스로 인식하다 보면 참 신기하다. 이 세상에 나라는 존재는 명백히 단 한 명의 개인으로 정해져 있을 텐데, 생각의 영역에서는 분명한 하나가 수십 조각으로 나뉘어 찢어질 수가 있었다. 그렇다면 나는 한 명의 주체인 것인가, 여러 명의 객체인 것인가. 해답을 도출하기가 어려운 문제다. 머릿속이 복잡해져 정의를 내리기가 갈수록 힘에 부쳤다. 잠깐만, 지금 당장 중요한건 이런 게 아니잖아. 나는 아버지의 의지를 이어가느냐 마느냐를 놓고 슬슬 확실히 결정을 내려야했다.

'망설일 필요가 뭐가 있어? 답은 이미 정해졌으면서.'

잠깐이나마 이런 고민을 했다는 것 자체가 부끄럽게 느껴진다. 아버지는 자신의 목적을 이루기 위해 나라는 새로운 생명을 제작해냈고 스스로의 선택으로 내 안에 머무름을 택했지만, 나는 인지하지도 못하는 아주 오랜 시간을 함께 해오며 진정으로 나를 자신의 딸로 받아들여 아끼고 사랑을 하게 됐다.

그 플러스의 감정이 어찌나 진득한지, 물려준 지식에까지 나에 대한 애정이 한가득이나 잔존해 묻어있던 터라 지식을 찾아 아득히 커다란 도서관을 헤매다 보면 나도 모르게 슬픔이 차올라 울컥거린 게 한두 번이 아니었다. 그런 아버지가 나 하나를 구해내고자 너무도 간단히 자신의 오랜 염원을 포기했다. 주객이 전도되고만 은혜를 받았으니 앞으로 나아갈 이 앞이 온통 가시밭길뿐이라 고해도 내가 나아가기로 결정한 걸음걸이에 망설임을 담을 이유가 없었다. 아버지가 희생을 결심하는 대신 다시금 시간을 되돌리길 택했다면 지금의 나는 이번에도 내가 처한 씁쓸한 현실의 결말을 뒤로하고서 지금의 나로서는 절대로 알지 못할 새로운 세상을 재차 맞이하게 됐을 것이다. 한계가 정해진 리셋, 그런 건 싫다. 나는 죽기 전까지 지금의 나로서만 온전히 존재하고 싶다. 그러니 그에 합당한 책임 부과를 감당해야 했다.

탄생과 죽음.

과거와 미래.

우주의 순환.

이 절대적인 지정 값 안에서 한낱 우연의 결정체에 지나지 않을 작디작은 인간이 영향력을 행사하기 위해서는 그에 걸맞은 대가를 지불한 다음, 될 대로 되라는 식의 눈 가리고 아웅 하는 것 정도가 그에게 주어진 최선이지 처음부터 근본적인 한계를 아예 뒤엎을 수단 같은 건 어디에도 존재하지가 않았다. 특히 이 세상의 대부분의 것은 확률의 놀음으로 이뤄져있어, 사람들은 3이나 4로 처음부터 완전히 고정된 숫자를 마주하고도 "어차피 저건 1~10 사이의 수이니까 결국 10분의 1의 확률로 달성이 될 결과물 아냐?" 그저 자신이 보고 싶은 것만을 나열하며 누군가, 혹은 '내가' 필생의 노력을 기한다면, 3과 4로 처음부터 완전히 고정된 숫자일지라도 바꿔낼 수 있지 않을까, 하는 홍미로운 고민—.

알고 보면, 그야말로 터무니없을 상상의 나래에 젖어 들고는 했다. 그 기회를 노려 남을 이용해 이익을 취하려는 사기꾼들이 죽음 이후의 존재하지도 않을 영적인 세계나 무한한 영생의 삶 같은 근거 없고 맹랑하기 짝이 없는 것을 제멋대로 휘황찬란하게 꾸며놓고선 마치 그것이 처음부터 완전히 고정된 '진리'인 냥 사회 전반에 퍼트려 거짓된 환상 속에서의 맛이 좋은 과실만을 훔치기 위한 혼동을 일으키고 있는 것이다. 오직 순진하기 짝이 없는 개개의 여린 감정을 조작해 그가 가진 과실을 슬며시 취하고 나와는 별개의 다른 이들을 오직 자신의 입맛대로 이용해 먹기 위해서.

그렇다고 그런 사기꾼들만을 욕할 건 또 아니었다. 허황된 신앙심에 기대는 사람이 늘어날수록 그들—자신조차 속여낸 '거짓말쟁이'들은 물질적인 이득을 얻는 대신에, 언젠가 죽어 사라지고 말 것이란 타인의 소멸의 불행과 허무를 함께 짊어져주는 허수아비로 바뀌어 어쨌든 거짓된 허황됨을 깊게 숭앙하게 된 자들로 하여금 나름대로의 마음의 위안을 주는 도구가 되어주었으니까. 그야말로 누이 좋고 매부 좋고 서로가 좋은 윈-윈의 관계가 아니겠는가. 그리 멀지않은 과거인 백여 년 전, 세계가 가장 번창했을 당시의 시기에도 그 맹점을 파악해낸 똑똑한 거짓말쟁이들은 서로 앞다투어 99%의 사실에 기반이 된 1%의 거짓말을 퍼트렸더랬다.

{우리들은 설령 모든 종교에서 주장하는 전능한 신의 창조의 피조물인—**[창조론]**의 노예가 아니더라도, 분명 어떤 완전무결한 지적생명체의 설계에 의해 탄생을 하였음이 분명하며**[지적 설계론]** 우리들에게 죽음이란, 새로운 시작을 위한 재충전의 시간에 불과할 뿐이다.}

결국 이 뜻이 가리키는 것은 대다수가 오매불망 고대하는 '영생'을 맛보려는 것. 거짓말쟁이들의 입술로 빚어진 열매는 몹시 달콤했고, 그것에 취해 죽음을 두려워하지 않게 된 저 버러지 같은 놈들이야말로 '선의'

라는 가면을 뒤집어쓴 위선자들에게 가장 다루기 좋은 패였다. 거짓에 깜빡 속아서 넘어가버린 멍청한 놈들이 자신의 생애 가장 귀중히 지켜내야 할 수명이 닳는 것조차 개의치 않고 몸 안에 내재된 잠재능력을 거리낌 없이 끌어다 쓰면서 내게 금은보화를 필사적으로 모아 갖다 바치는데—그것도 자의적으로—대체 이보다 좋은 일꾼들이 이 세상에 또 어디 있겠는가. 대부분은 거짓말쟁이들의 농간에 의해서 쓰기 좋은 패로 부림을 당했고, 혹 그러지 않고 제까짓 것이 감히 깨어있다고 나불거리며 살겠다고 감히 나를 비난하면서 버팅 긴다면? 굳이 걱정할 필요가 있나, 그냥 다 쓴 휴지처럼 폐기처분해버리면 그만인 것을. 이 지독한 거짓말쟁이들은 본인의 솜씨 좋은 입담을 통해 커다란 권력을 틀어쥐는데 성공을 거두었고, 곧이어 자신의 생애를 둘러싼 물질적인 것은 그것이 어떤 것이든 간에 제 마음껏 주무르는 게 가능한 비합리적인 힘까지 거머쥐게 되었다.

그러한 힘을 가지고 있는데도 불구하고 그들은 어째서 만족을 내비치지 못한 채로 평범하고 순진한 사람들을 속여 끝없이 기만을 하고 있는가. 개인의 이념인 자유를 신봉하게 된 21세기 이후부터는 단순 물질적인 힘이 미치는 영향력에 명백한 한계가 생겨나 버렸기 때문이었다. 분명 소수가 힘으로 지배하던 눈부신 왕국은 거친 화마를 통해 역사의 뒤안길로 무너져 사라졌음에도 불구하고 그럼에도 '왕의 후예들'은 과거처럼 선택받은 소수의 인물들이 무소불위의 권력을 휘두를 수가 있는 영원한 왕국을 재건하길 꿈꾸고 소망했다.

정확히는 그곳의 절대 권력자, 왕으로 재차 선정되길 원했다.

'왕이라….'

의도적으로 발발한 전쟁으로 인해 그들이 무수히 오랜 시간을 열망하고 있었으나 제 삶을 구가하는 동안에 영원히 도달치는 못할 거라고 낙심했던 목표는 생각보다 쉽게 달성을 할 수가 있었다. 도시 신서울의 최고 권력자들을 향해 '왕'이라 부르며 경배하지 않는다면 그들을 달리 무엇이라 칭해야 할까. 그들끼리야 회장이니 상무니 하는 자유사회에서의 표면적인 직급을 달고 선 자신이 그처럼 무도하고 대단한 존재가 아닌 척 스스로를 낮추고 있었지만, 이미 도시는 하나의 거대한 왕궁이 되었고 자유롭게 거리를 활보하던 시민들은 권력자들의 수탈에 시달리며 삶을 이어가는 백성으로 자격이 강등되었다.

"…울님…. 울님…! 이봐, 신 이병 정신 좀 차려봐!"

이번에도 습관처럼 끝도 없이 이어지려던 환상의 나래가 외부의 간섭에 의해서 무너져 내렸다. 가뜩이나 복잡하던 머릿속이 아버지의 지식을 이어받은 후로는 상황이 더욱 심각해져 잠깐 상상에 집중을 하는 것만으로도 속절없이 그곳 깊숙한 곳까지 빨려 들어가게 돼 버렸다.

'음…. 이건 좋지 않은 버릇이야. 남들이 보기에는 홀로 정신이 빠진 채로 멍하니 서있는 걸로 비춰질 테니까.'

알아들었음에도 바로 응답을 건네지 않고 대충 분위기와 상황을 파악을 끝마친 신서울은 태연하게 시간이 얼마나 흘렀는지부터 어림잡아봤다. 다행히 현실의 시간 축은 고작 2, 3분여밖에 흐르지 않았다. 다른 곳은 어떠할지 몰라도 최소한 이곳 지구에서의 시간이란 개념은 늘 앞으로만 쏘아져 나아가는 직진성을 띠고 있는 데다가 머무르는 공간의 압력에 따라서 휘거나 늘어나는 등의 상대적 변화를 갖는다는 것이 일반적으로 알려진 정설로 자리 잡고 있었고, 관측한 시간이란 성질은 어찌나 까다롭고 변덕스러운 건지 인간 개인의 뇌를 거치고 나면 앞서 나열한 환경과는 전혀 무관한 종류의 '개인적인 상대성'을 띠기까지 했다.

내가 느끼기에 나는 못 해도 거의 한 시간가량을 고심에 빠졌던 것 같은데도 현실의 시간은 고작해야 2분가량밖에 흘러가지 않았다.

신서울은 그 사실에 주목하며 아직 허락되지 않은 거대한 비밀을 마구잡이로 파헤쳐보고 싶다는 욕구에 사로잡혔다. 그것은 위대한 생명과학자였던 김민우 교수가, 그녀의 아비가 먼저 한발자국을 내디뎌 나름의 성과를 거둬 봤던 금단의 영역에 속한 과업이기도 했다. 이 비밀만 잘 체득해서 다루게 된다면 시간이란 개념은 언제나 신서울의 발 아래편에 머물게 될 것이다.

두근두근.

차오르는 기대감에 심장이 미친 듯이 박동했다.

—과거와 미래— 현재에 머물러있어야 하는 내가 그 어느 시점에서나 자유롭게 존재할 수가 있게 된다면, 인간의 마음을 가진 나는 그 능력을 오직 개인의 욕구를 달성하기 위해 이용할 터였다. 나의 아버지가 그랬던 것처럼 말이지. 나를 둘러싼 모든 비극의 시초부터 단단히 틀어막은 후, 언젠가 여유가 좀 생긴다면 어쩌면 갑작스레 닥쳐온 슬픔에 젖어 지금의 나 못지않게 부정만을 토하고 있을 다른 누군가를 도와줄 수 있을지도 모르겠네. 뭐, 그게 가능해진다면 말이야. 나는 우리들이 상상으로 꾸며낸 신이 얼마나 완전무결한 존재인지를 더욱 확실하게 체감했다.

아무런 대가 없는 희생과 일방적인 사랑을 베푸는 행위는 인간이 흉내 정도는 낼 수는 있을지언정 사는 동안에 결코 닿지 못할 절대적인 선(善)의 이상향이었다.

“저 괜찮아요.”

정신을 바짝 차린 나는 멈췄던 나의 시계의 재가동에 박차를 가했다. 안젤라가 곁에 있었더라면 우물쭈물하던 내게 대놓고 우스갯소리를 하며 면박이라도 건넸을 텐데, 내가 보여준 아주 사소한 것에 깊숙이 홀려있는 타인들은 다 같이 "다행이다" 같은 소리나 서로 주고받고 있지, 신서울이란 아이가 자신들과 같은 인간이란 사실조차 은연중에 잊어버린 듯했다. 심지어 개중에 몇몇은 어쩌다 자신과 눈이 마주치기라도 하면 화들짝 놀라 몸을 세차게 들썩거리더니 이내 머리를 푹 숙이며 내게 존경심을 내비치기까지 한다. 미치겠네. 어디부터 바로 잡아줘야 하는 거야?

—짠, 당신들은 날 신의 대리인으로 여기고 있지만 사실 나는 조금 특별할 뿐인 과학의 산물이었답니다. 갈망하던 구원이 아니라 안타깝게 됐네요. 라면서 사실을 그대로 밝혀버리기엔 너무나도 많은 기대의 시선이 신서울이란 개인을 향해 몰려있었다. 억지로 떠맡게 된 저 선망의 눈초리들을 향해 이제 와 괜히 여태까지의 여정에서 발생했던 이적은 단지 '우연'이 중복된 결과물에 불과하다고 나와는 하등 아무런 연관이 없는 것이라고 그런 소릴 백 번 넘게 지껄여봤자, 귀를 꽉 막은 채로 아예 들으려고 하지도 않으려 할뿐더러, 까딱 잘못했다간 아까 전 정신병자들이 저지르려던 '악마의 재림' 같은 선동행위에 내몰려 온몸이 두들겨 맞아 죽는다는 꽤 슬픈 배드엔딩(badending)을 맞이하게 될지도 모를 일이었다. 이들은 겉보기에 다들 꽤나 이성적이고 합리적인 듯 나름의 정상적인 모습을 취하고 있었지만, 다른 것보다도 신에 관련된 것에 한해서만큼은 물불을 가리지 않고 돌변하는 광신도의 성향을 가진 이들이 주축으로 이뤄져있었다.

전부는 아니더라도 최소한 열에 아홉은 같은 이념에 심취해 어느덧 그 지독하기 짝이 없는 행태를 당연시하도록 받아들이게 됐을 터이니, 그들의 판단에서 아예 벗어나있는 진실을 밝히는 행위는 개인의 입장에서 득이 될 거 하나 없이 그저 사서 배척받을 일을 만드는 멍청한 수작이었다. 현실에 지쳐 이념을 신봉하는 이들과 그들의 뒤 한편에 서서 암막으로 가려져있는 기만 자들은 신의 드높은 이름이라는 정당성 아래에서, 1+1의 정답을 2가 아닌 3으로 조작해낼 타당성과 권한을 획득했고 아직까지도 그것을 확고히 보유하고 있었다. 굳이 지식의 도서관을 뒤져서 타당한 결론을 내 볼 필요도 없이 이미 결과가 정해진 스토리라는 것이다.

신서울이 '신'이라는 딱지를 떼어버리는 그 순간, 온갖 재래식 살상무구를 쥐고 있는 수백 수천의 종교인들의 분노가 자신에게 몰려들게 될 것이고 한 명의 평범한 개인이 그것을 온전히 감당할 방법은 없었다. 혹 그녀가 자신이 태어난 동명의 저 빌어먹을 도시를 제 수중에 쥐게 된다면 또 모를까. 아득히 머나먼 곳에서 가상으로 존재하는 주제에 이 빌어먹을 현실에는 직접적인 영향을 전혀 끼치지 않고 있는 허울뿐인 가짜 신 따위보다야, 지금 바로 가까운 곳에서 압도적인 화력을 뿜는 총구가 더 두렵게 느껴지기 마련이었고 실제로도 그러했다.

지금 당장 도시와 바깥인들 간의 전쟁이 일어난다면 암만 버텨내봤자 몇 시간도 채 버텨내지 못할 것이다. 고작 해봤자 버려지거나 이미 잊혀질 만큼의 옛것을 발굴해내 애지중지하며 다루는 중인 고전의 병기만으로는 새로운 무한 에너지—'코어'의 동력을 바탕으로 제작을 한 신식 과학병기의 위용을 당해낼 재간이 없던 것이다. 여태까지 발굴해낸 병기들이 꽤 많이 쌓인 터라—심지어 소형수소폭탄도 몇 개쯤은 보유하고 있다—아주 운이 좋게 처음 한두 방 정도는 상대에게 먼저 물을 먹일 수 있을지는 몰랐다. 그러나 그다음은? 이미 저 화려한 과학도시에서는 멸망의 잔재를 완전히 해치우고 자체적인 살상병기의 제작 및 출현이 가능한 단계에 이른지가 어언 수십 년째였다. 심지어 이젠 인간 개개인이 직접적으로 개입하지 않아도 전쟁 수행이 가능한 무인 드론들을 부속품들만 미리 충분하게 갖춰놓는다면 그야말로 끝도 없이 자동생산이 가능했다. 바깥인 들이 그런 강대한 적을 일거에 제압하려거든, 도시의 중심지에 수소폭탄이나 핵폭탄을 선제적으로 몇 발 떨구고 나서 전쟁을 개시해야지 만이 그나마 실낱같은 승산이라도 있겠다고 평할 수가 있겠으나, 도시의 지배자들이 죄다 머리에 구멍 뚫린 멍청이들도 아니고 미리 코어를 응용한 도시의 방어막의 강도를 최고단계까지 끌어올려놓는다면 현존하는 지구상의 어떠한 병기를 동원하더라도 그 반투명한 막에 작은 흠집조차 낼 수가 없을 것이었다.

이 무슨 언밸런스함인가. 모든 것을 꿰뚫을 창에다가 모든 것을 방어할 방패까지 갖춰버린 모순의 적은 더군다나 욕심이 많고 실리적이며 잔혹하기까지 했다.

바깥사람들이 아직까지도 생존해 남아있을 수 있었던 가장 결정적인 이유는, 도시의 권력자들이 어차피 칙칙한 더러움만이 남아있을 바깥의 사정 따위 자세히 들여다보려고도 시도해본 적이 없었기 때문이었다. 방심하고 있다가 뒤통수를 강하게 얻어맞고 가장 훌륭한 실험재료인 인공생명체 신서울까지 눈을 시퍼렇게 뜬 채로 강탈 당하게 된 도시의 지배자들이 이대로 다 포기하고서 가만히 있을까? 아니 그럴 리 없었다.

그런 생각을 가진 순간, 신서울은 먼 곳에서 이곳을 응시 중인 시선의 흔적을 똑똑히 느낄 수 있었다. 고개를 들어 밤하늘을 치켜올려보니 칙칙한 어둠으로 둘러싸여 밝은 조명이라도 직접적으로 비추지 않는 한 가시적으로는 눈치챌 수 없을 은밀함 어둠 속에서 소형 드론 한 기의 렌즈가 허공에서 배를 겨눈 채로 조사하고 있다.

"..위협적인 무구는 장착되지 않았음, 자폭 기능조차 구현되지 않은 걸 보아 순수 탐지용 구형모델의 드론으로 추정."

신서울은 그것을 슬쩍 바라본 것만으로 난생처음 보는 기계의 모든 기본적인 정보를 비롯해, 사용처까지 한눈에 파악해냈다. 자신에게 깃든 놀라운 신비가 이젠 딱히 놀랍게 느껴지거나 새삼스럽게 느껴지지 않다고 여겨졌다. 그녀가 비록 바깥의 열렬한 신도들이 기대하는 것처럼 절대적인 존재인 성령의 휘광을 바로 제 곁에다 뒀거나 하는, 그런 거창한 존재는 절대로 되지 못했다만은, 여러 분야에서 탁월한 성과를 거둔 생명공학 박사 출신의 아버지 김민우 교수의 계획하에 최초의 태생부터가 특별할 수밖에 없도록 맞춤 제작이 된 하이테크놀로지의 인형(인조인간)이었다.

지극히 당연한 순리를 비틀어 태어나게 된 거짓된 존재에게는 아이러니하게도 이 거짓으로 가득 찬 엉망진창인 세상을 바로잡아야 한다는 참으로 난감한 사명이 함께 주어져있었다. 뭐, 그렇다고 아버지가 의무감에 강제력 같은 걸 걸어둔 건 또 아니었으니까 주어진 삶을 그냥 내 멋대로 살아도 그만이긴 했지만, 도의적으로 그럴 순 없잖아?

내 머릿속에 선명히 남아있는 멸망하기 직전의 세상은—나 신서울이 17년간의 일평생을 지내왔었던 쪽빛 하늘을 가진 도시의 팍팍하고 억제된 삶과는 비교조차 할 수 없을 만큼 밝고 자유의 색채로 가득 차 있었으며, 풍족했다. 지금의 도시 신서울은 일반적인 자연의 환경변화 과정조차 허용치를 않고 있어 겉보기에만 그럴듯하게 꾸며졌다 뿐이지 그곳에서 살아간다는 것은 갑갑한 새장 속에서 지내는 것과 다름이 없었다. 그리고 우리같이 자유의 중요성을 깨달은 이들은 그것을 강제로 억제받는 타인까지 우리와 함께 자유를 누리기 위해 억압에 맞서 궐기할 책임과 빼앗긴 것을 다시금 쟁취해낼 권리가 있었다. 이것도 몇 번이고 거듭 주장하는 내용이지만, 인간은 누구나 전부 영원할 수가 없는 유한에 얽매인 처량한 존재였다. 유아에서부터 노년까지— 자신에게 허용된 삶을 전부 흘려보내고 난 후에 우리들이 맞이할 것은 오직 죽음의 안식이 제 곁으로 다가올 최후의 순간밖에 없는 것이다.

인간의 죽음은 내게 주어진 의식의 '끝'을 정의했다. 죽음을 맞아 의식이 점멸되는 순간, 남아있는 건 아무것도 없을 것이다. —단 한 조각의 행복과 불행조차 의식이 끊김과 동시에 사그라들어 버린다.—이 죽음이란 명제에 대한 가장 이성적인 견해는, 그동안 지구를 거쳐 간 수많은 선구자들이 오랫동안 세상을 직접적으로 관조해오면서 정의를 내린 가장 합리적인 결론이었다. 그들이 밝힌 바에 따르면 우리에게 반드시 다가오고 마주해야 할 끝에는 오직 허무 밖에 존재하지 않는다고 했다. 그런데도 인간은 계속해서 살아남길 원했다. 본능적으로든, 이성적으로든 말이지.

그렇기에 인간이 가진 원초적 본능 중 첫 번째가 바로 죽음에 대한 미지의 두려움에서 발생되는 생존 욕구였다. 그리고 천만다행히 현재의 모든 인간에겐 두려움을 억누를 아주 강력한 무기가 주어져있었다. 만약 그것조차 갖추지를 못한 최악의 상태였더라면 꼭 이런 빌어먹을 상황에 처하지 않았더라도 인간이란 지성체는 일찍이 멸종을 맞이해 오랫동안 그들의 손길로 지배해온 이 지구상에서 완전히 자취를 감췄을 것이다. 인간에게 주어진 강력하고 위대한 무기의 정체는 바로 뇌의 전기 신호가 만들어내는 '상상력'에 있었다. 가히 무한에 가까운 권능을 지닌 이 무형의 능력은 항상 유동적으로 움직이며 인간에게 단 하루라도 더 생존해 남아있으라고 등을 떠미는 삶의 가장 큰 원동력이 되어주곤 한다. 그래서 우리 인간에게 상상의 자유를 누릴 권리마저 빼앗아버린다면 그것은 텅 빈 시체의 꼴로 살아가라는 구속과 다름이 없을 터인데, 저 무자비한 도시의 권력자들은 가난한 사람들의 유일한 희망 책인 상상의 자유마저 빼앗고 억제하고 있었다.

자유로운 생각은 더 나은 삶을 추구하도록 언제나 인간에게 나아갈 방향을 제시해줬다. 물리적인 억압으로 아무리 강하게 짓누르든지 간에 자유라는 개념은 영원토록 그 자체를 구속시키거나 어떠한 것에 종속시킬 수 없었다. 이는 이미 인간이 몇 번이나 지나왔던 역사의 길이 명확히 증명하고 있는 명백한 사실로 가만히 내버려 두고 관전하다 보면 억눌린 이들은 지난번보다도 더 빠르게 자유의 깃발을 내세워 원하는 바를 쟁취해내리라. 자신들의 영생과 영원한 지배를 꿈꾸는 이 시대의 권력자들에게 이보다 더한 불안감을 전해주는 사실은 없을 터였다. 곧 영원한 삶을 쟁취하게 될 그들은 욕심 많게도 영원한 권세까지 당연히 손아귀에 꽉 쥐길 구했다. 한번 권력의 황홀한 맛에 길들여진 인간은 자력만으로 그 무한한 탐욕으로부터 벗어날 방도가 없었다.

시대의 새 생명체 신서울의 창조자인 김 교수에게도 십여 년 전 영원한 통치자가 되어 우리와 함께하지 않겠느냐는 권력자들의 제의가 몇 번 인가 슬그머니 전해져 왔었다. 그것은 제의라는 표현보다 강요, 혹은 강압이라는 표현이 더 어울릴만한 압력이었다. 멸망한 세상이 혼돈의 시기를 거치고 나서 어느 정도 자리를 잡게 된 직후, 그때까지 조용히 숨죽이고 있던 기회주의자들은 지난 평생을 그래왔던 것처럼 권력이 가진 무궁무진한 힘을 이용해 자신들의 뜻을 좀처럼 따르지 않으려드는 어리석고 건방진 이들의 소중한 것을 하나둘씩 훔쳐가버렸고, 한번 걸리면 도저히 빠져나오기 힘든 올가미 덫을 철두철미하게 쳐놓고 조금씩 해당 사냥감에 대한 몰이의 움직임을 바짝 조여 왔다.

그때, 검은 눈동자가 밤의 배경보다 깊은 암흑에 물들며 그녀가 알지 못한 과거의 사정을 낱낱이 비춘다.

—어느 날 사랑하는 아내가 참혹히 살해를 당했다. 아무리 노력을 해봐도 범인은 누구인지 끝내 밝혀지지가 않았다. 그저 세상이 요지경으로 변한 충격으로 인해 눈이 돌아간 미친 사람의 소행이지 않겠냐는 경찰의 귀찮음이 가득 담긴 의미 없는 대꾸만이 공허하게 되돌아왔을 뿐이다.

—원인 모를 화재가 발생해 연구실에 가득 쌓아둔 연구기록과 그녀와의 추억이 가득 담긴 거주 공간, 물품 등의 내가 가진 모든 것이 하루아침에 전소되었다.

—학계에 제출을 해 세계의 공신력 있는 기관의 인정까지 받은 생명공학 논문이 뜬금없이 많은 사람들에게 집중 조명이 되더니 여러 논란에 휩싸여 남의 것을 훔쳐 쓴 지독한 사기꾼 취급을 받게 됐다.

전부 놈들이 벌인 치졸한 소행이었다. 나만을 한정해서 건드렸다면 어찌어찌 버텨 볼 수가 있었을 텐데, 내가 끝까지 권력의 압박에 굴복하지 않자 놈들은 나와 연관된 주변인들까지 잔혹하게 뒤흔들기 시작했다. 불행이 계속해 내 곁을 맴돌게 되면서 오랜 지인들은 하나둘씩 주변을 떠나갔다. 그나마 의리로 쭉 남아있겠다던 진정한 친우들마저 강제로 떠나보내느라 꽤나 골치가 아팠었던 것 같다. 같은 피해자의 입장인데도 불구하고 나를 가까이함으로 이유 모를 보복을 당하게 됐으니까 내게 그에 대한 책임을 지라고, 모든 원인의 탓을 내게 전가하며 앙심을 품게 된 이들도 몇인가 있었다. 삶이 피폐해짐에 견디다 못한 나는 내게 남은 소중한 것들이라도 보존하기 위해 뒤늦게 권력자들에게 머리를 조아렸다. 단 한 가지의 유희에만 매달려 괴물로 변해있던 놈들은 그런 나를 마치 오랜 친우를 맞이하듯이 두 팔을 가득 벌려가며 환대해 주었고, 익히 예상했던 대로 그들의 욕구를 충족시켜주기 위해 인체를 기반으로 한 끔찍한 실험들을 매일같이 자행하며 영생의 도달에 핵심이 될 만한 지식을 쌓기를 강요받았다. 그들에게 굴복해버린 나는, 사실 실험이 차차 성공리에 진행이 되어갈수록 남몰래 미소를 짓고 있었을지도 몰랐다. 인륜을 저버린 끔찍한 생체실험의 반복은 더 이상 성장을 하지 않고 멈춰 버린 내 지식의 샘을 보다 한없이 넓혀나갔고, 내심 이룰 수 없을 것이라 여겼던 내 평생의 숙원인 '영생의 길'은 하루가 다르게 내게로 가까워져갔다.

성취감에 허덕이다가 문득 정신을 차리고 주위를 둘러봤을 땐, 나의 주변은 이미 참혹히 망가져있었다. 겨우 흰 고래 벨루가의 표식이 그려진 고급 회전문 하나를 벽의 칸막이로 두고서 저 바깥에는 어릴 적 SF 영화 속에서나 보았을 화려함의 문명 속에 억압의 추레한 현장이 고스란히 펼쳐지고 있었다. 남녀노소를 가리지 않고 권력자 중에서 어떤 이가 아무런 이유 없이 감히 자신의 심기를 건 들게 된 '건방진 상대'의 혀를 잘라내는 참혹하기 짝이 없는 형벌을 아무 때 건 이유 없이 내리고 시행을 한다 해도 더 이상 그 만행에 저항을 하거나 반박하며 대들만한 이는 아무도 남지 않게 됐다. 그런 정의로운 사람들은 모두 강제로 실험체로 이용이 되고나서 이미 지저 깊은 곳에 생매장이 됐으니까.

살면서 무슨 무슨 올바름 같은 이념을 보며 얼굴을 찌푸리면 몰랐을까 추구해본 적도 없었지만, 뒤늦게야 아무리 생각해봐도 이러한 건 옳지 않음을 절실히 깨닫게 됐다. 매일 얼굴과 몸을 부대끼며 지내다 보니 나름대로의 친분까지 쌓게 된 권력자들의 폭정에 분개를 하고, 그들의 행위를 규탄하며 당금의 세상에서 가장 안전한 곳이긴 하나 세상에서 가장 피폐하고 역겨워지기도 한 화사한 과학도시 신서울을 벗어나고픈 불가의 욕구에 사로잡혔다.

그러나 나의 가족과 친지들이 모두 이곳 신서울 안에 있었고, 과학의 특이점에 도달한 괴물들의 철통같은 감시를 뚫고서 그들을 모두 데리고서 외부로 도망치기엔 무리였다. 놈들의 켜켜이 집중된 시선의 감시망의 눈길을 떠나서, 바깥의 환경은 인간이 맨몸으로는 결코 살아남을 수 없을 만큼 지독했으니— 운의 작용으로 무사히 그곳으로 빠져나간단들, 그 이후의 마땅한 대책이 없던 것이다. 그래서 오랜 시간 차근차근 공을 들여 계획을 짜기 시작했다. 그렇게 수천 번의 실패와 성공의 외줄타기를 한 끝에 음모에 휘말려버린 나의 본체는 비록 저 깊은 수면 속으로 가라앉게 됐지만 잔챙이 같은 감각과 아주 옅은 전기신호로 존재하게 된 현재에도 어찌 됐던 그는 망령으로서나마 존재하게 된 것이다.

퍽 기구한 일대기였다. 바보 같은 아버지는 당신이랑 큰 연관이 없는—도시 신서울의 마수에 짓눌린—불쌍한 이들에게까지 저가 뭐라고 교만하게 '부채의식'을 갖고 있었다. 물론 그는 영생에 도달하기 위해 애먼 사람들을 최소한 수백 명 이상 희생시켰었다. 단 한 사람에게 배정된 인원이 그만큼이나 됐으니 영생에 관련된 연구원으로 수십 명의 전문생명공학자들을 산하에 둔 벨루가 생명공학연구센터의 중심부의 상황은 늘상 악몽 그 자체였으리라. 아무리 강한 정신력을 갖춘 이라도 맨 정신으로는 도저히 버텨내지 못할 추악함이란 것이 세상에는 존재하고 있었다. 자신의 아내가 다른 이의 섣부른 욕망에 의해 개죽음당한 걸 목격하고서 피를 토하는 심정으로 몇 날 며칠을 축 늘어져 절규할 땐 언제고, 추악함에 물든 스스로는 목적의 달성을 위해서 타인의 희생을 당연시하는 이중성을 내비쳤다. 이는 김민우 교수란 인격을 형성한 지난 세월의 경험들과 경험에서 파생된 결과물, '관념'으로는 결코 용납할 수 없는 악행이었다.

그래서 괜스레 더 바깥세상을 파고들 이념인 신학에다가 악행과 선행의 대비를 아주 짙게 칠해놓은 건지도 몰랐다. 그때만 해도 신학이야말로 인간 본연이 누구나 가진 잔혹함을 최소한으로 줄일 만한 꽤나 괜찮은 대비책이라 자찬했었는데, 직접적이지 않은 경고와 위협만으로는 인간의 뾰족한 이기심을 억제할 한계가 너무나 뚜렷하다는 걸 짙은 도취감에 눈이 먼 그 당시엔 미처 몰랐었다. 누군가가 방아쇠를 잡아당겨 쏘아버리는 그 순간 나의 심장이 꿰뚫릴 게 확실한 총구를 바로 눈앞에서 겨눔을 당하고 있음에도, 시간이 흘러 그 위협에 익숙해지게 되면 '하, 어차피 안 쏠 거지?' 멋대로 상대의 의중을 재단하고 그럼에도 여전히 변화를 보이지 않는 상대의 태도를 조롱까지 하며 자신의 위기 상태를 전부 망각을 해버린 채 다른 위험한 생각을 품게 되는 게 우리 인간이라는 허용과 만용으로 가득 찬 기묘한 생명체의 실체였다.

"고치겠어. 내가, 이 망가진 세상을 직접 이 손으로 구원할 거야."

이것으로 지난 과거에 있었던 비극과 김 교수가 가졌던 깨달음 및 회한을 모두 깨우친 신서울이 격양된 어투로 비장하게 말했다. 그녀는 그제야 자신 존재의 의미를 확실히 찾아냈다. 무엇해야 할지 도통 갈피를 잡을 수가 없던 과거의 어린아이는 짙은 어둠 속에 얼어붙은 세상을 아주 새까만 불꽃의 열기로 녹여내며 이윽고 성인으로 성장한 자신의 모습을 그려내기 시작했다.

그녀의 마음이 어둠을 걷어내고 흑광으로 밝게 빛나게 되자, 기다렸다는 듯이 현실의 어둠 또한 스르르 물러간다. 내리쬐는 월광, 정말 우연찮게도 오늘은 달이 요상하리만큼 밝은 날이었다. 더군다나 전류의 이상으로 인해 순간적으로 과전류가 공급되어 드문드문하게 설치되어있던 조명들이 있는 힘껏 바짝 달아올라 그로 인해 모든 어둠이 점차적으로 물러나고, 마치 대낮과도 같은 풍경이 도래한다. 우연들이 겹친 결과물이건만, 그것은 스스로가 선택한 험난한 길의 앞날을 다른 차원에 머물러있는 초월적인 무언가가—마치 신과 같은—꼭 축복을 보내주는 듯 묘한 기시감을 받게 했다.

나도 참.. 무슨 말도 안 되는 해석을 덧붙이려는 거야. 신서울이 억지로 온갖 긍정적인 요소를 짜내 보려고 안간힘을 쓰는 중으로 추측이 되는 스스로의 망상을 빠르게 지워버리며 쓴웃음을 지어보였다. 조명은 고작 2~3초 정도를 밝게 타오르다가 매가리 없이 꺼졌다. 그러고 나서도 그리고 그 이상행위는 몇 번이나 반복이 됐다.

하 신도, 동력을 확인해봐!

홍 기술관님 지하 전력선 체크 좀 부탁드립니다.—

허겁지겁 선체의 이상 현상을 확인하기 위해 나선 에덴 호의 선원들이 군대처럼 잘 짜여진 그들만의 체계 속에서 문제를 해결하기 위해 바쁘게 뛰어다니고 있다.

…가만 보니, 난 기적을 바란 적이 없는데, 지금의 이상 현상은 전부 전자를 훼방 놓는 어떠한 파동의 영향을 직격으로 받은 것에서 인한 것 같았다.

두 눈 파동의 흐름을 읽어낸다. 이거, 나라도 정신 꽉 붙잡고 있어야겠네.. 괜히 아까운 전등들이 과전류를 받아 다 터져나갈라

째릿—!

현실로 복귀한 신서울은 여전히 어두운 상공 위를 유유히 비행 중인 드론을 노려다봤다. 허가 없는 도촬만으로도 모자라 외람스레 감히 전

파공격까지 감행을 해?

그녀가 허공을 향해 손을 뻗어 카메라의 초점을 자신 쪽으로 겨눠지게 만들었다. 신서울의의 정신에서부터 새어나와 양 눈과 신체의 상지 끝부분의 감각을 거쳐 완성형에 가까워지고 있는 이 '무형의 능력'을 어떻게 사용해야 좋을지 이제야 조금씩 더 깊게 감이 잡혀왔다. 그것 조금 집중을 했다고 눈앞이 핑 돌기 시작한다. 금세 머리가 깨질 듯이 아파오고 어지럽다. 쳇, 신경을 많이도 잡아먹네. 조그마한 이능을 발현하는 대가는 아마도 나의 막대한 정신력의 힘을 밑바탕으로 치환이 되는 듯했다. 대가 지불의 과도한 요구량에 비해 꼴 랑 크기가 조금 큰 못 하나를 들어올리기도 버거울 만큼 형편없이 미미한 능력이었으나 그래도 사용범위가 몹시나 범용적인 데다가, 최첨단 드론 한 기를 격추시키기엔 조금도 모자람이 없는 힘이었다. 전력을 다한다면 순간적으로 건장한 성인 남성의 두 사람분의 평균 악력의 합산분 정도의 위력은 나왔으니까.

콱—!

신서울은 무형의 손아귀로 튼튼한 겉면의 장갑을 무시하고 드론의 내부에 자리한 메인보드 판을 강하게 움켜쥐어 산산조각으로 부숴버렸다.

급작스럽게 주요 동력장치를 잃게 된 기계의 결과야 말 안 해도 뻔했다. 아주 미세한 사이즈의 코어 조각 에너지에서 발생하는 동력, 치환된 에너지인 부유력을 그대로 상실하고만 드론이 배의 갑판 위로 곧장 추락한다. 그 일련의 과정을 느긋한 마음으로 감상한 신서울은 씩 웃어보였다. 렌즈 쪽에 무슨 장치를 별도로 더 해놓은 건지 심장부가 파괴된 드론이 이미 모든 기능을 상실했음에도 카메라 기능의 작동만은 멈추지 않았다. 여전히 촬영을 시도 중인 소형카메라의 렌즈와 초점을 맞춘 채 마주 응시했다.

누군가의 실루엣이 비춰져온다. 와, 이젠 이런 것도 가능해? 점점 인간이라 칭하기 어려운 능력들이 내게서 나의 정신을 통해 발현되고 있었다. 짝! 양손을 뻗어 뺨을 세게 두들기는 것으로 놀라움에 젖은 정신을 바짝 부여잡은 나는 상대방을 아주 위협적으로 노려봤다. 상대는 나의 지켜봄을 전혀 인지하지 못하지만, 화면상의 서로의 시선이 마주한다. 기억 속에 있는 얼굴이다. 아버지의 기억 속에서도, 나의 기억 속에서도 그는 생생히 살아 숨 쉬고 있었다. 그의 이름은 변종원. 아버지와는 아주 오래전부터 알고 지낸 학창 시절의 친구였고, 약 십여 년 전 까지만 해도 둘도 없는 막역지우처럼 지내다가 권력자들의 무차별적인 횡포가 닥쳤을 당시 가장 먼저 아버지의 곁을 우선적으로 빠르게 떠나가 버린 뻔뻔스런 사내이기도 했다 변종원이란 인물은. 끝끝내 권력의 힘 앞에 굴복을 하게 된 나의 아버지가 벨루가 생체개발팀의 연구소장 직분을 달고 반강제적으로 입사를 했을 때 그곳에서 다시 같은 '연구소장'의 신분으로 만나게 된 변종원 교수는 능글맞은 얼굴로 아무렇지 않게 아버지를 반가워하며 예전처럼 살갑게 대해왔다.

항시 의미심장한 눈초리로 아버지가 연구한 결과물을 훔칠 궁리만 했던 주제에 아주 뻔뻔하기 짝이 없지! 친우의 검은 속내를 빤히 눈치챈 나의 아버지는 굳이 별말을 얹어 실랑이를 벌이거나 하진 않았다. 영생의 성취를 정리하느라 매일매일이 너무나도 바빠 그런 사소한 것까지 신경 쓸 틈이 없었으니까. 예전처럼 아주 친하지도 그렇다고 너무 데면데면하지도 않은 어중간한 사이. 딱, 그 정도의 관계로만 지냈고 몇 년 뒤 본체에서 분리된 나의 아버지 자칭 김 교수2는 그 후의 관계가 어떻게 됐는지에 대해선 당연히 알지 못했다. 친우의 딸을 그때와 같은 탐욕스러운 표정으로 뒤쫓고 있는 것을 보아, 이러저리 잘 재던 노선을 추악한 권력자들의 품 안으로 정착한 것만큼은 확실해 보였다.

그런 만큼 저자를 나의 숙적으로 대해야 할까…? 그래도 일단은 아버지의 오랜 친우였다. 반세기 이상의 지기였던 만큼, 잠깐 틀어졌었다고는 해도 완전히 적이라고만 볼 수가 없을 애매모호한 관계. 미간을 찌푸린 채 잠시 고민에 빠진 신서울은 합당한 결론을 짓고서 자신이 정한 행위에 몸을 맡긴다.

신서울이 아주 조그맣게 속삭였다.

"안녕하세요? 변종원 아저씨."

처음 꺼내든 그것은 아주 여유에 찬 인사였지, 왜 당신이 친우의 딸을 포획하기 위해 내 뒤를 쫓고 있느냐, 같이 구구절절한 항의가 아니었다. 그녀가 담담한 태도를 보일 수 있던 가장 큰 이유에는 굳이 그런 하찮은 것에 대해 물을 필요도 없었기 때문이었다. 머리 안의 지식이 고지하는 '권력'이란 요물은 부모 자식 간의 천륜조차 손쉽게 불태워버릴 아주 강력한 욕망의 불씨였다. 제 핏줄조차 그러할 진데, 하물며 아무리 오래 알고 지냈다고는 해도 고작 친우 관계 정도야. 제아무리 우리가 끈끈했었다고 주장을 해봤자 탐욕의 불길 앞에서는 쉽게 녹아버릴 수밖에 없는 아교. 인연의 끈 이란 건 그렇게나 나약한 것이었다.

변종원이란 저 실속주의자는 그저 실물 없는 우정을 대신해 자신에게 부와 명예를 확고히 전달해줄 권력을 우선으로 택했을 뿐이다. 비록 두 사람 간의 관계역사가 한쪽이 다른 한쪽의 젊음을 되찾아줬다는, 그야말로 치명적인 은혜가 섞여있다는 게 조금은 커다란 걸림돌이 되긴 했다 만은 원래 인간의 마음은 갈대 같다고 하지 않던가.

*(원래 이 속담은 첫 문장이 '여자의 마음은'으로 시작됐지만, 2040년경 성 평등

주의자들의 대규모 성토로 '여자'에서 '인간'으로 정정을 하게 됐다— 2084년의 우스운 상식…?)

아버지의 지식과 삶의 경험 전반을 이미 모조리 흡수하게 된 신서울은 탐욕에 따른 변질에 대해서도 아주 깊게 이해할 수 있었다. 이 세상에 '영원한 아군'이란 건 결코 존재치 않는다는 지극히 슬프고도 당연한 사실에 대해서 말이다. 뚜렷한 주관을 갖지 않는 한 자신이 속한 환경과 자신의 주변을 둘러싼 공기의 무게 변화에 따라, 피아의 구분은 내게 가장 유리한 방향으로 시시각각 변경이 됐다. 아버지의 오랜 막역지우는 지금의 신서울에겐 분명한 적이었다. 설령 그가 갑자기 자신의 행동을 뉘우치고 반성의 태도를 보이더라도, 원수로 만나게 된 지금의 두 사람이 진심으로 웃으며 마주볼 일은 앞으로 벌어질 어떤 미래에도 찾아오지 않을 것이 분명했다.

그러기엔 두 사람은 이미 너무도 많은 악연으로 엮여있었다. 지난 역사의 스토리가 반복이 되어가며 진행될 동안에도 언제나 말이지.

—뭐야 너, 내게 한 말이야? 거, 거기서 내가 보인다고? 말도 안 돼—! 어떻게 날 볼 수가 있는 거지? 티제이의 감시 시스템이 아무런 반응하지 않는 걸 보아 해킹 따윈 절대로 아닐 테고…. 이해할 수가 없군. 대체 어떻게….

당황감이 몰려와 새파랗게 질린 얼굴로 허둥지둥하는 변종원 교수의 몰골은 혼자 보기 아까울 정도로 우스꽝스러웠다. 결국 신서울은 푸훗, 하고 코웃음을 터뜨렸다.

"저기…. 서울 님? 저 이제 좀 무서워지려하는데…. 제발 정신 좀 차려주면 안 될까? 어…. 설마 해서 묻는 건데 혹시 악령이라든가 뭔가가 씌인 건 아니죠? 으이구 미쳤어? 유신영! 신자로서 그런 미신 따위에 현혹되면 어쩌자 는 거야 으으…. 소름 끼쳐라 귀신이야기는 정말 딱 질색인데."

홀로 자문자답하다 말고 스스로의 몸을 감싸 안은 유 집사가 신서울에게 이어서 조심스레 물음을 건네 왔다. 그러고 보니, 주위에 이 사람들이 남아있다는 것조차 순간적으로 잊고 있었네. 좀 호들갑스럽긴 해도 충분히 이해가 갈 만한 행동이었다.

세상이 멸망하기 전까지만 해도 유 집사가 현재 해당이 될 나이인 '이삼십 대'의 나이는 명백히 젊음을 상징하는 나이였고, 더군다나 종교의 아주 튼튼한 보호막 속에서 평생을 보살핌을 받으면서 자라온 젊은 집사인 터라 멸망한 세상의 풍파를 일찍부터 겪어왔던 젊은 군인들과는 달리 그들로서는 함부로 떠올리는 것조차 감히 범하지 않을 '투정'이란 감정표현을 아무런 속임수 없이 순수한 맨 얼굴 위에 씌울 줄 아는 것이 신의 보금자리에 매몰된 유신영 집사의 본모습이었다. 좋게 말해서 순수한 거고, 좀 나쁘게 말하자면 현실감각이 심각하리만큼 뒤떨어 진달까. 애초에 전지전능한 신을 경배한다면서 귀신같은 잡귀 따위를 두려워하는 것부터가 볼을 세게 한 움큼 꼬집어줘도 좋을 터럭과도 같은 맹점이었다.

"네?"

신서울이 아무런 대답을 하지 않자 그녀의 안면을 향해 불쑥 자신의 몸을 들이밀고 들어온 유 집사가 다시 한 번, 이번엔 더 큰 목소리로 의문 섞인 불만을 성토했다. 신서울은 그녀의 높은 계급과는 전혀 어울리지가 않은 어린아이와 같은 발악을 바라보며 자신이 웃어야 할지 울어야 할지, 선뜻 태도의 방향을 정하기가 난감했다.

딱. 잠시 침묵하던 서울은 고민을 해결하기 위해 처음으로 직접 아버지의 전매특허였던 핑거스냅 행위를 흉내 내 시행했다. 강풍이 불어 닥치는 것과 같이 들쑥날쑥하게 시행이 된 세계의 '격변'은 마치 알몸으로 서있던 내가 내게 딱 맞는 옷을 주워 입는 것처럼 너무나 편안히 이뤄졌고, 아버지가 항상 그러했듯이 작은 기적의 동반 또한 막힘없이 이어졌다.

뭐, 다루게 되면 머리가 조금 어지러운 뚜렷한 단점이 존재하긴 했으나, 아버지와의 직접적인 연결고리를 하나를 제대로 찾아낸 것 같아 내심의 뿌듯함이 먼저 느껴진다. 신서울의 자그마한 육체를 통해 발현된 기적이 인간으로서는 느낄 수 없는 에너지를 가진 진동이 되어 거대한 배 안을 휘저었다.

—.

잠시 세계가 멈췄다.

서울은 자신의 구체적인 개입이 없이 이뤄지고, 심지어 변화까지 꾀하려는 기적의 능동적인 움직임에 스스로가 발현의 주체임에도 진한 생경함을 느꼈다. 누구나 가질 만한 감정의 '변덕'만으로 거대한 무형의 힘이 발현이 돼서 마음의 통상적인 보호결계 체계조차 마음대로 뛰어넘은 채로 원래대로라면 절대로 닿을 수 없는 이 현실에까지 고스란히 영향을 미치고 있다. 방금 전 자신의 의지에 따라 허공에서 추락을 한 드론이 원래 받아야 했을 충격은 고작해야 100kg 미만의 견인력. 특수 합금 처리가 된 노출부 면에 금이 몇 군데 가는 정도로 그쳤어야 했을 텐데, 저격했던 동력의 심장부는 물론이고 헤드 부분이 따로 달려있던 구체의 헤드 부위는 물론이고 전방 카메라까지 모조리 곤죽이 날 만큼의 커다란 충격을 받고서 반파가 됐다.

이는 분명 의도치 않았던 억제의 발현이 제멋대로 현실화하여 목표물체를 강력하게 '끌어당김'으로 인해 발생한 결과였다. 만약 그녀가 스스로의 통제를 벗어나곤 하는 이 강대한 힘을 같은 인간을 향해 겨누게 된다면, 어떤 결과를 불러일으키게 될까? 대상이 된 인물은 저 높은 절벽 위에서 잘 익은 수박을 아래로 던져 버리듯이 얼마 못 가 지상에 닿는 그 순간 산산조각으로 박살이 나고 말겠지. 상상이 만들어낸 붉은 핏물의 웅덩이가 신서울의 발치에까지 어른거리다 훅 하고 사라진다. 잔인하고 탐욕스러운 그 선홍빛 색깔의 잔상은 바라보는 신서울로 하여금 이상한 갈증을 불러일으켰다. 몸을 앞으로 뉘여서 환상으로 이뤄진 저것을 게걸스럽게 핥아본다면, 혀가 녹을 만큼 달콤하지 않을까? 내면에서 낯설지만 정겨운 본능이 요동을 쳐댔다.

이미 몇 번 이나 언급을 했듯이 그녀는 자신을 창시한 아버지—뛰어난 생명공학자의 의도에 따라 이 세상에 아주 특별한 업적을 남긴 천재들의 유전자만을 결합해 만들어진 아예 새로운 종류의 생명체였다. 그리고 역사에 족적을 남긴 천재들은 변형된 유전자 체계도를 살펴보면 대개 '소시오패스'나 '싸이코패스'적인 특수 성향을 일반인들보다 짙게 타고나기 마련이었고, 그들의 유전정보를 한껏 물려받아 탄생하게 된 신서울로서도 당연히 그 기본적인 생물학의 영향권 안에서 벗어날 수가 없음이었다. 더구나 그녀의 아버지가 남겨둔 기억속의 변종원 교수가 벌였던 배신행위는 단순히 떠올리는 것만으로도 너무도 치졸하고 역겨워, 제가 직접 당하지 않은 것임에도 이가 절로 갈릴 정도로 신서울이란 인격체로 하여금 커다란 분노를 불러일으켰다. 신서울은 문득, 중요한 사실을 깨닫는다. 아 나는 난생처음 보는 저 남자한테 내 아버지가 겪은 수모를 복수하고 싶은 거구나.

그가 날 노리고 있다는 사실보다도 실제 아버지의 죽인 이가 혹여 그

일지도 모른다는 예상이, 거듭될수록 확정적으로 이끄는 알량한 의심이, 부정의 기적을 현실로 끄집어냈다. 이것은 비틀어진 심상의 결과—여기서 조금만 더 무의식의 창에 깊숙이 빠져들게 된다면 선악의 구분이 없는 기적의 바다에 송두리째 잡아먹혔을지도 모른다.

천재일수록 '오만'이라는, 자기 자신의 자존감에 잡아먹힐 확률이 더 높다는 어느 소설 속의 한 구절이 와 닿는 순간이었다. 처음만 해도 구현은커녕 떠올리는 것조차 어려웠던 대단한 이적을 점차 쉽게 다루게 되다 보니 방심의 끈을 너무나 손쉽게 놓아버리게 됐다. 저가 떠올린 자책은 합당하다. 인간의 마음처럼 간사한 게 어디 있다고 벌써부터 그런 우를 범하려 드는 건가. 만약 자신이 도취감을 닮은 이 악의에 깊게 취해 '패악의 길'을 택한다면, 멸망 직전의 세상은 오늘날 또 한 번의 거대한 재앙과 마주하게 되고 말았으리라. 그녀가 아버지에게 물려받게 된 건 결코 싸구려 장난감 총 같은 게 아니었다. 자동추적기능에, 탄창이 무한하기까지 한 대량살상 능력의 무시무시한 무기였다.

'후 정신 바짝 차리자 신서울. 네게 깃든 그의 의지를 벌써부터 저버려선 안 되잖아.'

자신의 결단이 모로 기울여는 마음을 바로 세운다.

딱! 마음의 정리를 마치고서 정지해있던 세계를 정상화시켰다. 뭐, 적당히 겁주고 비웃어줬으니 변종원 교수와의 대담은 다음을 기약해두자. 꼴을 보아하건대 어차피 놈은 계속해서 나의 뒤를 쫓을 것이 분명했으니까.

"아… 이제 저 괜찮으니까, 계속 안내해주실래요?"

꼭 '대모님'을 연상시키게 할 정도로 철저히 가다듬어진 완벽한 소녀의 목소리가 어쩔 줄 몰라 하던 유 집사를 진정시켰다.

"네, 넷!"

왠지 모를 내면에 어떤 충족감 같은 게 차올라서, 상황에 맞지 않게 몸을 한차례 부르르 크게 떨고 만 유 집사는 반사적인 대꾸 후 앞장서서 멈췄던 걸음을 이어나가기 시작했다. 일행은 한참을 더 걷고 나서야 목표지점 부근까지 도달할 수 있었다.

이 에덴 호는 경비대가 이끄는 방주와는 사이즈부터 서로 비교하기에 민망할 만큼 과거의 초호화 크루즈 선을 개조시켜 구축한 라펠트 내 최대의 거대 전함이었다. 어쩐지 겉면의 구조부터가 딱히 실용적이지는 않아 보이더니만, 전투용으로 쓰기엔 아주 비효율의 극치네 쯧, 비판적 사고를 거친 결론이 신서울의 목 끝까지 차오른다. 넓게 퍼뜨린 감각이 캐치해낸 이곳 내부의 탑승인원은 자신들을 제외하면 고작해야 이백여 명 남짓에 불과할 뿐인데, 이 배는 최대 칠천여 명까지 무리 없이 수용이 가능하게끔 제작이 된 과거의 거대 사치품이었다.

신을 최측근에서 모시는 대모님이라…. 신서울은 자신에게는 친할머니가 될 그분께 벌써부터 작은 실망감을 느끼려했다. 아버지는 자신이 세운 계획의 일환에 따라 가족들을 먼저 도시 밖으로 탈출시키기 전, 실패할 확률을 무릅쓰고 그들의 정신과 육체의 정도를 당시 기준으로 시행이 가능한 최상 치로 완벽히 개조시키는 모험을 감행했었다. 실패 확률이 높았던 결과는 성공적이었다. 각자 노년과 중년의 나이를 가지고 있던 자신의 '할머니'와 '고모'는 세월의 흐름을 거슬러 올라가 삼십대 정도의 팔팔한 젊음과 명망 높은 여느 학자들과 정면에서 맞붙어도 부족함이 없을 크기의 완성된 지식을 거머쥐게 됐다.

그로부터 20년도 더 넘게 흘러간 현재.

완전한 영생을 적용시키지는 못하였으므로 되돌린 두 사람의 시간은 다시 원래의 흐름에 맞춰 앞으로 흘러갔을 테지만, 그렇다 해도 이미 100세가 훌쩍 넘으신 대모님의 신체나이는 통상적인 삼십대 후반 즈음에 머물러있을 것이었다.

머리에 담겨 있는 건 당연히 그 나이대의 일반인을 열댓 명 정도 모아둔 것보다 더 풍족할 테고. 그런데 어째서 이런 망가진 체계를 구가한 세상에서의 지배자로 앉아계신 거지? 신서울은 지극히 합리적이고 논리적인 의문을 가졌다.

아버지의 계획에 따라 신을 기본이념으로 앞세운 채로 전혀 다른 세상에 침투해 들어간 할머니는 이미 한껏 뒤틀려버린 바깥세상을 평온함을 가장한 이념 속에 잠식을 시킨 뒤, 자신의 최측근으로 '신관'이란 고절한 직책을 구성해놨다. 그런 최측근에 속하는 그들은 어떤 연유에서인지 예상보다도 훨씬 더 심각하게 뒤틀려있었다. 이제 겨우 두 사람을 만나봤을 뿐이지만 다른 신관들이라고 그 결함품들과 크게 다를 것 같지 않다는 확신까지 갖게 된 상태였다.

—단지 비틀린 게 그들만이라고 하기엔 대다수의 인물들이 믿을 수 없을 정도로 망가져있었으니까.

어째서인가? 할머니가 팔팔한 정신을 갖고 계시다면, 그들의 패악을 묵과하는 셈이었고 수술의 후유증이나 반대파의 반란 따위로 인해 지배사정에 하자가 생겨 멀쩡할 수가 없게 됐다면 그건 또 그것대로 큰 문제였다. 암만 홀로 의심을 해봤자, 원하는 답은 나오질 않는다. 그녀가 부릴 수 있는 기적의 발현이 위대하긴 해도 아직까진 직접 대면했을 때나, 최소한의 전후 사정을 알고 있었을 때 비로소 진가를 발휘할 수 있다는 명백한 한계를 띠고 있었기 때문이다.

알고 있다. 결국 모든 진실을 알아내기 위해서 가장 확실한 방법은 정면 돌파뿐이란 걸. 그럼에도 나아가는 한 걸음 한 걸음이 마치 발걸음마다 묵직한 쇳덩이를 매단 것마냥 무겁게 느껴져 왔다. 슬며시 들러붙은 '뭉근 두려움'이 족쇄가 되어 발목을 조여들고 있었다. 이것은 그녀의 것이 아닌데, 이제는 이젠 그녀의 것이 되고만 아버지의 감정 여파. 너무나 진득해서 소망보다는 '열망'이라 불러야 할 그것은 아주 오랜 시간을 미칠 듯이 찾아 헤맨 현실의 꿈에 어서 빨리 닿기 위해 미친 듯이 요동쳐 댔다. 정녕 할머니가 제정신이 아닌 상태로 신관들의 술수에 놀아나고 있는 것이고 그런 정황이 확실히 포착된다면, 나는 과연 내 정신을 멀쩡히 유지 할 수가 있을까? 아버지가 물려준 것은 이제 전부 나의 것이 됐다. 아버지는 날 사랑했던 것 그 이상으로 할머니를 사랑했다. 아버지의 삶을 거쳐 간 모든 인연을 뒤적여도 단연 으뜸이라 칭해도 좋을 만큼의 강한 애정이리라. 그런 묵은 강렬한 감정이 통째로 신서울에게까지 이어졌으니 그녀는 당분간은 본인의 의사와는 무관하게 할머니를 바라보며 아버지의 감정을 고스란히 투영하게 될 것이었다. 고민이 커져갈수록 발걸음이 무거워진다.

쿵! 쿵!

이제 한 발자국을 뗄 때마다 그 무게감을 견디지 못하고 몸이 휘청거렸고, 마치 쇠로 된 300kg짜리 신발을 신고 있는 것마냥 굉음까지 동반했다. 이번에도 전혀 의도치 않은 '이적'의 발현이었다. 신서울은 아픈 머리와 발목을 감싸 쥐고 이대로 주저앉고 싶어졌다. 자신은 일반인으로서는 규명할 수 없는 강력한 무기를 손아귀에 쥐고 있었다.

그러나 이성적으로 판단할 때, 그 무기를 통제하지 못하게 된 자신은 온 세상에 매우 위협적인 존재로 전락을 할 터. 신서울은 자신이 마음만 조금 더 단단히 먹고 힘을 가하는 순간 이 거대한 배조차 통째로 우그러뜨린 채로 단숨에 수몰시킬 수 있을 것만 같았다. 단순한 허풍이 아니었다. 만약 자신의 할머니가 아버지가 찾아 헤매던 긴 시간동안에 오직 악의의 고통 속에서 허우적대고 있던 거라면, 나는 나의 분노가 만들어낼 참상을 멈춰 세울 자신이 없었다. 문제는 그 순간에 있었다.

아주 먼 과거의 어느 날, 누군가의 변덕에 의해 전 세계를 강타한 홍수가 발생하게 됐고, 그것에 휘말리게 된 다른 누군가는 아무런 이유 없이 긴 고통 속에 수몰이 되어야만 했던, 신화 속의 그야말로 무분별한 징악(懲惡)의 표기처럼, 자신이 저지르지도 않은 죄를 원인으로 그야말로 얼렁뚱땅한 절대자의 '강제 판결'에 의해 죽음을 선고받게 될 이들이 너무나도 많이 발생하게 될 터였다. 단지 재해와 가까이할 수밖에 없다는 이유로 나의 생을 아스라이 짓밟을 죽음과 함께해야 한다라—, 너무나도 지극히 비합리적인 사실이지 않은가. 법치가 완전히 무너져버린 별개의 세상이니만큼 집단의 구성원을 단 하나의 색채를 가진 무리로 전부 꽁꽁 묶어서 연좌제를 적용하더라도 크게 문제될 건 물론 없었다. 자유를 앞세운 사회적 관념이 그 찬란한 색채를 잃고 사라져버렸는데 누가 힘을 가진 징벌자를 탓하며 손가락질하랴. 정의를 꾸리는 건 오직 강자의 몫으로 돌아간 지가 오래였고 지금 이곳에서의 최고의 강자는 기적을 다룰 수 있게 된 신서울이 쟁취한 배역이었다. 그녀가 당장에 비틀어진 마음을 강하게 휘두른다면 나머지 모두를 물고기 밥으로 만드는 것은 쯤이야. 뭐, 그리 어렵지도 않은 일이었다. 이것은 과장이나 혼자만의 상상으로 이룩한 오만 같은 게 아닌 있는 그대로의 사실의 나열일 뿐이었다.

'후…. 진정해 이러다가 진짜 선체가 두 동강이라도 나버리면 어쩌려고…!'

신서울은 습관처럼 자신의 양 뺨을 세게 후려쳐 또다시 허튼 생각에 집착을 하려는 정신줄 을 가까스로 바로 잡았다.

으 아파라, 젠장. 아예 나쁜 버릇이 생겨버렸네. 설령 자신의 할머니가 조종당하는 괴뢰의 삶을 살고 있다 해도, 모두에게 같은 죄를 묻는 연좌제와 같은 악습을 적용하여 모든 개인의 삶을 일거에 쓸어버리는 살인행위는 실로 터무니없는 월권행위였다. 스스로에게 온당한 정당성을 부여하기 위해선 범행에 조금이라도 연관이 있는 사람에 한해서만 그 죗값을 치르도록 한정해야 옳았다. 단지 범죄자와 가까이했다는 것만으로 죄가 일어나고 있다는 사실조차 전혀 인지를 하지 못하고 있던 주변의 타인들에게까지 죄의 굴레를 함께 덮어 씌워 탓하는 행위는 배가 너무 부르다 못해 어딘가 비틀려버려 태만해진 법관의 직무유기라 봐도 무방한 억지였다.

그런 추론을 갖자 시야가 번쩍이더니, &언제나 주어진 시점에서 가장 올바른 선택을 하라. 항상 다른 이에게 모범이 될 수 있도록 행동하라.& 과거의 아버지가 직접 부여했을 케케묵은 지령이 머릿속에 부상하여 완벽한 사회지도층의 역할과 모습을 내게 강요해왔다.

아니, 아버지는 대체 뭘 이리 쓰잘머리 없는 것들까지 내게 잔뜩 몰아서 쑤셔 넣으셨대? 입을 비죽이며 개인의 프라이빗 영역까지 좋을 대로 넘나 들려드는 낡은 지식의 월권행위를 간단히 정지시켜버린 나는 깊은 한숨을 몰아쉬었다. 무려 '기적'의 현실구현까지 큰 무리 없이 이끌어내고 있는 마당에 본인이 정말로 원치 않는 외부적 개입에 계속해서 짓눌리고 매몰을 당할 만큼 허술한 내가 아니었다.

도시에 갇혀 지내며 지독한 가스라이팅에 의해 억압이 가득 찬 세상 속에서 허우적대던 과거였다면 모를까, '자유'라는 가치에 매우 근접해있는 바깥세상을 접하게 되고부터는 그런 어리숙함쯤이야 진작 떨쳐 내버린 지가 오래였으니까.

흐음, 그러고 보면 내가 스스로의 통제를 벗어났다고 자평을 한 기적의 향연들에는 공통적으로 무의식적인 나의 동의가 있었던 것도 같은데… 아니, 틀림없어. 실탄이 장전된 총구를 경고도 없이 아무 데나 겨눠 격발하는 실수도 처음 한두 번으로 족하지 지금이 벌써 몇 번 째던가. 나는 내가 물려받은 능력을 다루는 데 있어 조금 더 섬세해질 필요가 있었다. 더군다나 쏘아내는 기적의 탄환들은 전부 다 나의 수명과 지식을 대가로 구성이 된 '생명의 탄환'이 아니던가.

후읍— 숨을 크게 들이마셔 우선 조급해지려는 마음부터 가라앉히고, 후— 이어 긴 호흡을 토해내며 콘크리트 바닥에까지 자국을 남길 만큼 급속도로 강렬해진 육체의 힘을 완전히 줄여 놨다. 그런 확신을 갖자마자 아주 커다란 돌덩이를 등에 짊어진 것만큼이나 무거워졌던 걸음이 놀랍도록 가벼워진다. 그간 긴가민가했었는데, 이 문제를 해결하려면 역시 강력한 자기최면이 가장 근사치의 정답이었던 거구나.

어우 편해라. 잘못하면 이러다가 날아다니면서 허공을 걸을 수도 있겠는걸…? 아앗, 잠깐 취소! 멈춰—! 귀결되어가는 상념의 방향을 잘 이끌어가다 그새를 못 참고 또 '괴상한 기적'을 불러일으킬지도 모를 잡생각에 빠져들어 버리려한다, 정말 어쩌자는 거야!

금방 정신을 차리고 멈춰 세워서 다행이었지 하마터면 남들 앞에서 태연한 얼굴로 허공위로 부유하며 걸음을 나아가는, 빼도 박도 못할 실수를 범할 뻔했다. 겨우 지금 내비친 모습만으로도 신의 아이라는 우스꽝스러운 타이틀로 지칭이 되며 모두의 경배대상으로 승격해 있는데 아무런 사전의 장치 없이 하늘을 부유까지 했다간 이제 아예 숫제 신으로서 추앙을 받게 될지도 모를 일이었다. 기적을 시행할 수 있는 나조차도 가끔 원리를 초월한 스스로의 궁극적인 행위에 감탄이 나와 신기해 죽겠는데 남들 보기에는 오죽하겠어….

"정지하십시오."

중년남성의 묵직한 저음성이 한참을 걷던 일행을 멈춰 세웠다. 고개를 들어 처음 보는 황금색 십자가 모양의 부대마크가 달린 군복 차림새의 남자들을 흘끗 바라본 신서울은 다시금 정신을 차리기 위해 반사적으로 양 뺨을 두들기려다가 이번엔 목표를 달성하기 직전에 멈칫했다. 바보냐 이런 것에 자꾸 맛 들리게…. 미혹이 깨진 정신은 혼탁함 한 점 없이 말똥말똥 멀쩡했다. 넋을 빼지만 않으면 돼. 정면에 나무로 만들어진 소박한 문이 보였다.

"어서 오십시오 A팀 대원분들과 유 집사님 저는 대모님의 경호를 맡고 있는 경호관 남경준 소령입니다. 이 안쪽에서는 대모님께서 여러분의 방문을 기다리고 계십니다. 허나 그 전에 앞서 우리의 아버지의 가장 충실한 심복이시며 위대하고 자애로운 대모님과의 대면 전에 혹 품 안팎으로 살상 위험 도구를 소지하고 계신 분이 계시다면 이 앞에 놓인 보관대 위로 모두 꺼내놔 주시길 바랍니다. 혹여 이를 거부할 시, 강제적인 물리력을 발휘할 수도 있다는 점 미리 양해를 부탁드립니다."

그의 말이 끝나기가 무섭게 권총이나 단검 따위의 소도구가 보관대 위에 차곡차곡 쌓아 올려졌다. 우와, 뭐야? 다들 몸 안에 감춰놨던 게 저렇게 많았던 거야? 신서울은 밑도 끝도 없이 쏟아져 나오는 위험장비들의 출래에 감탄을 토하고 말았다. 함께 온 A팀 대원들은 신서울 이병보다 개인당 최소 10kg은 더 나갈 양의 묵직한 보조 장비들을 몸 구석구석에 매단 채로 활동 중이었던 것이다. 제법 눈치가 빠른 신서울이 같은 소속의 부대원으로 그들과 한 달가량의 공동생활을 해왔음에도 지금껏 그 공공연한 비밀을 전혀 눈치채지 못한 이유는 당연히 남들도 자신과 똑같은 기초군장 차림만을 하고 있을 줄로만 알았지, 별도 장비를 착용하고 있다는 걸 그 누구도 자신에게 언급을 해주지 않았었던 데다가, 저런 장비들도 있다는 걸 이론적으로만 배워 알고 있어 실전성이 전혀 없으며 따로 착용을 하고 다니며 어떤 방식으로 다뤄야 할지 아무도 그녀에게 강요하지 않았었기 때문이다.

무엇보다도 기초 단독군장 차림만 해도 총의 무게까지 더해졌을 때 최고 40kg에 육박하는 고중량을 자랑했다. 분명 거기서 조금이라도 더한 무게가 더해졌었다면, 기적을 행사하기 전의 나약한 신서울로서는 제게 부담되는 중량을 도저히 견디지 못하고 제풀에 지쳐 쓰러졌을 터. A팀 대원들이 신서울에게 따로 보조도구를 착용하라 권하지 않은 이유가 도시에서 섞여 들어온 이방인을 배척하려는 의도보다는, 약자에 대한 '배려'였음을 자연스레 깨닫는다. 약간 감동을 한 그녀는 이들이 믿는 가짜 신이 현존하는 [진짜]가 될 수 있기를, 자신의 그릇된 '기적'이 아주 강렬하게 발현되지 않는 최소한의 범주 안에서 최대한으로 빌었다.

사실 본디 그렇게 신경 쓸 필요도 없는 게 암만 기적의 힘을 동원할지라도 전능한 신을 진정으로 꾸며낸다는 건 어림 반 푼도 없는 짓에 불과했다. 전지전능한 절대자가라는 것은 그러지 못한 존재가 인위적으로 꾸며 낼 수 없는 영역이기에 아무리 강한 염원으로 빚어낸들 한 순간의 꿈도 못될 조악한 망상에 지나지 않으리라.

"탐지 검사까지 마친 형제자매님들은 입장 대기 줄로 서둘러 이동해 주시길 부탁드립니다."

하나같이 가슴팍에 하위 간부의 계급장을 단 경호원들이 금속탐지기

를 들고 다가와 A팀원의 몸을 구석구석 탐색했다

삐—삐삐.

몇 번인가 탐지기가 경고음을 냈지만, 주요장기 보호차원에서 A팀 대원들이 개인마다 군복 안에 필수적으로 넣어놓은 금속판이 감지된 것일 뿐, 실질적으로 문제가 될 물품은 당연히 어느 것 하나 적발이 되지 않았다.

계파가 무자비하게 갈라졌던 이십 년 전의 어느 것 하나 고정됨 없이 엉망진창으로 나뉘었던 초기 때라면 또 모를까 고난의 시기를 넘어 고정된 신앙 아래 묶여 모두가 함께 한마음 한뜻으로 생활 중인 현재에 이른 만큼, 무려 신의 대리자로 오셨다는 우리의 대모님께 테러를 가할 존재가 남아있을 리 없었다.

그럼에도 입구에서부터 수색이 철저한 이유는 십삼 년 전쯤 어떤 군인이 불순한 의도를 담고서 수류탄을 품속에 몰래 감춰둔 채로 대모님과 마주했다가 그날 발현이 된 '신의 은혜'를 통해 그 지독한 테러행위가 불발이 됐던 사건의 내력 때문이었다. 대모님은 그 후로 아주 철저해진 수색절차를 무던히 부담스럽게 느끼셨지만, 신성한 권력을 지키고 사수하고자 하는 모두가 일심동체로 수색강화의 중요성을 설파하고 청해 결국 대모님께서도 수긍을 하여 현재의 철두철미한 절차가 꾸려졌다.

"협조에 주셔서 감사드립니다. 입장하십시오."

마지막까지 서로를 배려하는 훈훈한 분위기 속에서 검사절차는 일사천리로 끝을 맞는다. 중령의 계급장을 달고 있었지만 단 한번도 스스로를 '군인'이라고 여겨본 적이 없는 남경준 경호 팀장은, 자신이 비록 상위의 계급을 가지긴 했어도 가히 짐작조차 하기 싫을 정도의 고난을 겪고서야 겨우 복귀의 기쁨을 누리게 된 저 젊은 엘리트 군인들에게 괜히 뻣

대지 않고 자신이 먼저 경의를 표하며 읍해보였다.

"감사합니다. 수고하십시오!"

A팀 대원들도 칼 같은 거수경례로 경호 대장 밑 경호원들에게 깊게 예의를 표하고 오픈된 문 너머로 이동했다. 일행과 같이 기다란 복도 길을 따라 걸으며 신서울은 가빠져오는 숨을 가라앉히기 위해 무던히 애를 써야 했다. 발걸음의 무게를 떨쳐내니 이번엔 아버지의 감정에서 비롯된 '열망'이 날뛰며 그녀에게 지금 당장 목표지점에 도달하라고 아우성을 치고 있었다.

쉬— 이제 길어봤자 2~3분이면 도착할 텐데, 흥분 좀 가라앉혀 봐요. 신서울은 달아오를 대로 달아오른 아버지의 뜨거운 원념을 달래면서도 은근히 앞사람의 등을 떠 밀며 발걸음을 재촉했다. 일행이 들어선 복도 길은 폭이 그리 넓지 않아 맨 뒷줄에 위치한 자신이 암만 속도를 높이려 해봐도 앞사람이 더 빨리 가거나 비켜주지를 않는 이상, 나아 갈려야 나아갈 수가 없는 갑갑한 형태를 띠고 있었기에 뭐 어쩔 도리가 없었다.

심지어 대원들과 안내인은 종교적인 색채가 가장 짙은 자신들의 최고 상급자를 만나러가는 길이라고 아주 허리를 꼿꼿이 세우고서 한 걸음 한 걸음에 경건한 마음가짐을 담으며 아주 천천히 나아가고 있는 터라 이게 지금 우리가 직진하고 있는 게 맞는 건지 아닌 건지 의심이 다 생길 만큼 더디게 전진하는 갑갑하기 짝이 없는 상태였다.

'아우…. 마음은 조급해 난리구만 진짜 답답해 죽겠네!'

아버지의 감정을 제하더라도 스스로부터 또 다른 나의 가족, 할머니와의 만남을 제법 고대하고 있던 신서울은 갑갑함에 미치고 환장할 노릇이었다. 딱 한 번만, 이번 한 번만 기적의 힘을 또 사용해버릴까? 별 어려울 것 없이 공간을 접어서 단숨에 넘어가면 되는 거잖아. 한 이삼 개월치가량의 내게 주어진 생존시간 따위를 대가로 내놓으면 공간을 뛰어넘는 기적을 펼치는데 한 점 부족함이 없으리라.

중독성이 아주 강한 마약에 길들여진 중독자처럼 신서울이 자신의 엄지손톱을 잘근잘근 씹어대며 몹쓸 금단증상에 젖어들었다. 꼴랑 5분을 빨리 가자고 3개월 치의 수명을 내놓아야 하는 부당한 거래를 두고서 고민을 하다니.. 이런 세상 바보천치도 없을 것이다. 정답은 '기적을 행사하지 않는다'로 이미 정해져있지 않은가.

"야아 신 이병 자꾸 뒤에서 밀어대길래 뭔 급한 일이라도 있는 건가 싶더니만, 왜 이번엔 자꾸 나아가다 말고 홀로 멈칫거리는 거야? 비켜달라는 겨, 말라는겨?"

뒤돌아선 강병창 일병이 낮은 목소리로 불만을 토로했다. 일부러 귀를 기울이지 않는다면 알아듣지 못할 아주 조그마한 속삭임이었기에, 신서울을 높여 받들 기를 시작한 갑작스러운 우리들만의 '연극'에는 동참하지를 않은 평소와 다름없는 모습의 투덜거림이었다.

신사모의 회원 강 일병에게 신서울 이병은 아직 어리고 나약하여 자신이 지켜내야 할 한 명의 작은 소녀일 뿐, 종종 놀라운 기적을 발현했다고 해서 딱히 그 이상의 대단한 존재로는 도저히 간주되지가 않았다. 한번 형태의 틀이 확고히 잡혀버린 다른 이의 모습은 마음속의 컬러사진 속에서 웬만해선 쉽게 색이 변색하지 않는 법이었으니까.

"아…! 강 일병님 저 있잖아요. 사실 한시라도 빨리 대모님을 만나 뵙고 싶거든요! 그런데, 행진 속도가 너무 느려서 답답하네요…."

굳이 도와달라거나 어떻게 하면 좋겠냐는 간절함을 덧붙이지는 않았다. 그럴 필요 없이 지금의 것만으로도 충분하리란 걸 신서울은 무척

능숙히 알고 있었다.

"그래? 그런 거라면 진작 말을 하지 잠깐 기다려봐."

사정을 전해들은 강병창 일병이 제 가슴을 탕탕 두드리며 나만 믿으라는 듬직한 제스처를 취해보였다. 귀찮은 부탁을 받게 된 그의 기분이 어쩐지 좀 전보다 명확하게 더 밝아져 보인다. 뭐지—? 신서울의 꽉 찬 지식으로도 쉬이 이해할 수가 없는 낯선 행동이었다. 아무런 대가 없는 부탁을 들어주면서 귀찮아하진 않을망정, 도리어 은근히 신날 수가 있는 건가? 지식의 뿌리들에 기대어 찾아봐도 대부분은 개인이 가진 '변태적인 성향'에 연관이 된 답변만이 나올 뿐, 제대로 된 정답을 찾기가 어렵다.

으음, 강 일병님이 그런 사람 같아 보이진 않았는데…. 실제로 내면을 꿰뚫어 봐도 그러했고 말이야. 신비를 다루게 되었다고 해도 [도시]출신인 신서울은 [바깥]세상의 이들에게 배정이 된 그들만의 비이성적인 규칙의 근본까지 꿰뚫어볼 방법은 없었다. 처음부터 그래왔던 건 아니었지만 어느 순간부터 바깥세상의 사람들 사이에서는 나와 혈연관계가 아닌 타인에게 진심으로 무언가를 부탁하는 행위가 극도로 드물어졌다. 인간의 특성상 일부의 돌연변이들만을 제외하면 보통의 경우 이미 확고히 정해진 사회적 흐름에 따라 자신의 성향이 결정되기가 마련이었고, 본인이 원치 않았더라도 정의의 일부가 핍박받는 환경의 틈바구니 속에서 자라나야만 했기에 사람들은 대개 나 자신에게 여유가 생겨야지 만이 비로소 타인의 고통에까지 시선을 넘겨줄 소소한 자애를, 그런 '여유'를 가질 수가 있었다. 지독한 환경이 인성의 구축을 처음부터 아예 비틀어 버린 것이다.

하루하루의 생존의 달성만을 위해 수많은 난관에 휩싸여 헤쳐나갔어야 했고 현재도 별반 다를 바 없는 삶 속에 놓여있는 바깥 이들은 위와 같은 이유를 구실삼아 "이유 없는 봉사는 하지 않겠다."고 서로 암묵적인 동의를 한 채 개인의 삶을 이어가고 있었다. 이유 없는 봉사 혹은 자신의 희생은, 오로지 신을 찬미하는 것에만 온전히 사용하기에도 벅찼다. 너무나 많은 것이 부족하고 모자란 게 바깥세상의 궁핍한 현실이었으니, 살아남으려면 비인도적인 길을 택한 저 악마들—'발람의 식인종'들처럼 내가 인간으로서 가지고 있어야지 마땅할 죄의식을 포기하거나, 상황에 순응하여 소비를 최소화하는 방법밖에 답이 없었다. 식량이나 물자를 넘어 감정까지. 사소한 것 하나까지 에너지 소모를 일으킬 만한 모든 것은 최소화를 시켜 통제해놓는 게 좋았다. 생존을 위한다면 필수적으로 말이야.

머리의 활발한 해석을 통해 문제의 본질을 일부나마 해석해낸 신서울은 그들의 타당하고도 합리적인 선택에 화를 내야 하는 건지 어쩔 수 없는 현실의 지독함에 같이 슬퍼해야 하는 건지 그것도 아니면 아무 생각 없이 "별것 아닌 걸로 난리야." 투덜거리며 시시해해야 할지, 이번에도 좀처럼 갈피를 잡을 수가 없었다.

정답의 해석과 도출이 잘되지 않는 건 그녀의 지식이 모자라서가 아니었다. 이런 기괴하게 엉망진창으로 망가진 세상은 인간이 존재했던 모든 역사를 통틀어 봐도 이번이 '처음'이었기 때문에, 아직 역사의 최종 승자가 쟁취해낼 올바른 길이 제대로 형성이 되지 않았기 때문이었다. 긴 역사를 뒤적거리다 보면 이와 비슷한 시간이 아예 없지는 않겠으나, 심하게 오염된 지금의 세상은 어떠한 과거와도 달리 발전의 동력으로 삼아야 할 자본이나 인구까지 모든 것 하나 풍족하지 않은 채로 극도로 제한이 된 까닭에 롤플레잉 게임 속의 NPC마냥 사회구성체가 필요로 한 필수적인 역할이 각자 고정화되어가는 중에 있었고, 그런 만큼 과거의 신분 사회보다 더욱 서로에 관한 한계의 벽이 끈끈하게 세워지고 있었다.

억압받는 삶을 살고 있으면서, 어이하여 인간의 당연한 권리인 '자유'를 꿈꾸지 않고 불의에 저항하지 않느냐는 타박을 받게 됐을 때 단순히 시기가 과거였다면 "통제된 지식으로는 불합리함을 깨달을 수가 없었으니까"라는, 타당한 변명거리라도 존재를 했지 그것을 그대로 흉내중인 도시 신서울의 폐쇄적인 환경에 자신의 가치 모든 것을 기탁하고 있다면 미심쩍게나마 고개를 끄덕일 수야 있어도 그 철저한 체계의 그물을 헤쳐나오는 것은 불가능한 일이었다. 일부라도 자유라는 것이 허용된 바깥세상의 지성집단이 현시점에서 보유하게 된 건 기존과는 완전히 다른 종류의 망가진 이념뿐인 것이다.

분명 지금의 환경은 지난 어느 역사의 시대에도 존재치 않던 최초의 사회 통념의 구성일 터. 어디부터 바로 잡아야 할지 허탈하기 짝이 없는 망가짐이었다. 당신의 계획은 실패했나 봐요, 아버지. …신서울이 속으로 애달프게 한탄을 보냈다. 아버지의 첫 번째 희망이 가족과의 재회였다면, 그다음으로 이루고자 한 건 신분사회를 내세운 세속적이고도 불합리한 '새 사회'의 구성이었다.

지극히 이기주의적인 사상을 토대로 한 개인주의적 상상의 발현이긴 했으나, 뭐, 그럼 좀 어떤가. 나만 정상에서 머물고 영원히 밑바닥만 아니면 됐지. 적당히 권력을 쥔 채로 누군가를 나의 밑바닥으로 깔아뭉개는 대신에, 여유가 좀 생기는 대로 개인에게 주어진 가장 끔찍한 한계점인 '수명'을 한계바깥으로 끌어당겨 조정해줄 생각이었다. 도시의 망할 놈들처럼 제 욕구만을 충족시키기 위해 타인을 아무런 대가없이 그저 말 잘 듣는 노예들로서 착취할 생각은 결코 아니었던 것이다. 서로가 가장 필요한 것을 주고받는다. 그가 꿈꾸던 이상향은 '모두의 영생'으로 이뤄진 세계에서 '나와 가족'만이 왕으로 우뚝 서서 군림하는 독재사회였다.

"으…."

아버지가 이뤄내고자 했던 지극히 이기적인 계획과 이제야 비로소 똑바로 마주할 수 있게 된 신서울은 그가 보여준 무한한 희생에 대한 존경심과는 별개로 고개를 절레절레 저어대며 당장에 분기를 토해낼 것만 같은 현재의 억장을 일그러진 표정으로 먼저 표했다. 생존을 위해 이기적인 건 이해할 수 있었다. 인간은 누구나 나의 삶을 어떤 것보다 최우선으로 삼는 것이 정상이었고 이후의 차선으로 나와 가까운 이까지 우선적으로 보듬어주게끔 태초부터 성향이 결정된 개인주의적인 생명체였다. 그러나 인간의 근원적 본능인 '생존'의 문제를 해결하기 위함이 아니라 단순히 나의 욕심을 충족하기 위해 다른 이의 한 번뿐인 소중한 시간을 짓밟는 행위를 정당시한다는 것은 가벼운 일탈행위를 넘어 영원히 용서받지 못할 중죄의 저지름에 해당했다. 선악을 중시하는 신이 어딘가에 정말로 존재한다면, 당장 천벌을 내려야 마땅할 해악 행위이기도 했다.

허나 이 세상에는 근본적으로 [천벌]이 없었다. 선하든 악하든 모든 사람에게 동등하게 적용이 될 단순한 '확률의 놀음'만이 존재했지, 불공정하게도 말이야. 그런 면에서 볼 때 이 세상은 상당히 비틀린 장소임을 부정할 수 없었다. 인간은 아마도 우리의 상상에서 비롯됐을 초월적인 존재를 어느 순간 가슴 깊이 경신하게 된 데다가 멋대로 선량한 개념까지 주입시켜놓아 본인들의 추악한 '욕망'과 대비되는 '절제'를 추구하도록, 그래야지 많은 것을 쟁취할 수 있으리, 라며 잘도 초월적인 사상을 꾸며놨다. 그런데 정작 가장 큰 풍요를 누리는 이들은 시대의 선한 가치와는 아무런 상관없이, 언제나 '악의 부정'을 가장 많이 떠안고 행동하는 추악한 존재의 몫이었다. 사실 우리의 절대 신은 선이 아니라 '악'을 인간이 지녀야 할 가장 높은 이상의 가치로 내세운 것이 아닌가? 하는 불신이 절로 생길 만큼의 타인이 굶주리든 말든 언제나 배가 터지도록 잘 먹고 잘사는 건, 언제나 남의 것을 탐하고 빼앗아 자기 것으로 만들도록 농간을 부린 못된 놈들의 차지인 것이다.

신학에서 악의 감정이라고 규정이 된 '탐욕'은 사회적인 가치로만 바꾸어 평가해볼 때, 인간이 가진 추구성과 적응성을 드높이는 데 아주 주요한 역할을 분담하며 쓸모 많고 보탬이 되는 사회적 감정이었다. 기적과도 같은 결과물인 신서울의 탄생배경부터가 그의 아버지 김 교수의 영생을 위한 '탐욕'이 잔뜩 자리해있던 것.

하아, 내 오랜 초사(焦思)*는 이번에도 별 볼일 없이 시시한 결론으로 매듭지어지겠네. 답을 예상한 신서울은 어이가 없어져 그만 실소를 토해냈다. 아버지에게서 물려받은 지성들이 비명을 내지른다. '절대 선'이 존재할 수 없듯이, '절대 악'이란 개념도 이 세상엔 존재할 수가 없다고—! 악의의 구렁텅이 속에 빠져 소수의 권력자들에 의한 통제를 받는 도시 신서울의 지배계층을 만약 정의로운 누군가가 선의의 칼을 빼들고 용감히 처단을 하더라도, 드디어 자유를 되찾았다고 기뻐하는 이가 있는 만큼 자신의 모든 가치를 잃어버린 것마냥 좌절을 하고 슬퍼하는 이들 역시 아주 많을 게 뻔했다. 인간에게 선악의 기준은 단지 서로가 가진 가치관의 차이에서 발생을 해 구분하기 편하게 나뉘어져는 있으나 실상은 '같은 것'을 구태여 가르고 나누어 놓은 것에 불과했다. 눈에 보이지 않는 감정의 결과는 그렇기에 절대적일 수 없었다.

***애를 태우며 생각함. 또는 그런 생각.**

단순히 **선이 착함**이고 **악이 나쁨**이라고?

착한 게 뭐고 나쁜 게 뭔데. 신서울의 창조자조차, 자신의 이익만을 위해 누군가에게는 지울 수 없는 악당이 되길 택했다. 본인이야 도시의 악마들에 비하면 관대하다 여기며 아무 거리낌이 없이 짜놓은 계획이었다만은, 그것을 실제로 받드는 이 중에서 "당신이 뭔데 우릴 다스리려는 거죠? 대신 영생을 이뤄줄 테니 이해하라고요? 어쩌죠? 내게 그런 건 필요가 없는데! 나는 그저 순리에 따라 인간으로서 삶을 살아가고 권리를 지키는 선에서의 자유를 누리다가 시기적절하게 한 줌의 흙으로 되돌아가고 싶어요."라는 식의 반발을 일으키는 존재가 어디선가 분명히 한 명쯤은 나타나게 될 것이었다. 그런 불상사를 사전에 막아서기 위해 가짜 신을 앞세워 평화적인 복종을 은근슬쩍 유도하려 했던 것인데, 그 방식은 처음부터 완전히 비틀려 있던 몰비판적인 현실도피의 망상이었다.

신을 맹신하는 사람들의 심리는 무조건 선할 것이라고, 나 홀로 내가 만들어낸 체계 속의 선민의식에 잔뜩 취해서 좋을 대로 평을 내리며 너무 우리 인간들이 가진 다양성을 얕잡아봤다. 뭐에 쓰였었길래 나는 이딴 거지 같은 판단을 한 거야? 신서울 안에 아직까지도 묘연히 남아서 존재하는 아버지의 잔재가 절규를 토해낸다.

그는 오랫동안 광기에 젖어있는 권력자들을 근접한 곳에서 지켜봤다. 현재 바깥 인류의 거주지 라펠트에 세워진 피라미드의 꼭대기 위에 위치한 대모님. 김 교수의 어머니이자 신서울의 할머니는 아들에게 전해 들었던 계획과는 완전히 어긋나버려 전혀 다른 세상이 된 신의 왕국을 과연 어떤 심정으로 바라봤을까. 모든 책임을 도맡으며 아무리 애를 써 봐도 정방향으로는 움직이지가 않는 이념의 방향성을 가다듬기 위해 얼마나 힘에 부쳤을까. 아련한 가상의 기억이 현실에까지 영향을 미치려할 때.

"모두 정렬! 대원들은 대모님을 만나 뵙기 전 어디 흠잡을 부분이 없는지 다시 한 번 더 몸 구석구석까지 잘 확인 점검을 해보도록!"

대모님이 자리해 계신 대면실을 목전에 둔 박종규 분대장이 바짝 군기가 담긴 진지한 목소리로 잠시 A팀 대원들의 복색과 기강을 최종 점검하는 시간을 가졌다. 아직 그녀와 마주한 것이 아님에도 모두에게는 강압과 복종의 기색이 역력하다.

아버지가 전해준 지식으로 비추어볼 때 군의 상위 계급 자에게 보다 하위 계급 자는 무조건 절대복종해야 한다는 '한국' 군대의 부조리함까지 바깥세상을 점령하는 하나의 수단으로서 강제로 어머니-할머니에게 쑤셔 넣은 적이 없을 텐데, 왜 아버지가 할머니께 직접적으로 전달하지 않았던 군대의 철통같은 계급조직의 문화부터 시작해 옛 시절과 똑 닮은 억지 규율—똥군기까지 고스란히 부활해 이곳의 군 문화에 적용되고 있는 걸까? 할머니 당신 스스로의 힘만으로는 이런 디테일한 면까지 빠짐없이 구축해낼 수 있을 리가 없었다.

그분의 무지함을 낮춰 얕잡아보는 게 아니라, 외부적인 간섭에도 2030년대 중후반까지 강제징용을 버젓이 시행하던 세계 유일의 분단국가 한국에서 병사로서의 징용대상의 성별은 오직 남성에 한정돼 있었으니까, 직업군인인 간부로 임관하지 않는 한, 군을 직접적으로는 경험할 수 없었던 일반여성으로서는 어쩔 수 없이 지니고 있는 무경험의 제약이었다. 그렇다고 남에게 전해들은 것만으로 급조해 군을 구성했다고 하기에는 계급구조부터 과거 부조리함의 잔재까지, 바깥세상에 자리 잡게 된 군부대에는 실제로 경험을 해보지 않는 한 곧 죽었다 깨어나도 알 수가 없을 그런 세부적인 디테일함까지 체계적으로 갖춰져 있었다. 아버지의 기억을 뒤적거리던 신서울은 마침내 그럴듯한 결론에 이르렀다.

결론적으로 군이란 조직에 대하여 아주 빠삭한 누군가가 할머니를 '보좌'를 하고 있거나, 혹은 뒤에서 '조종'을 하고 있는 것이라고. 정신이 만들어낸 진득한 조급함이 자신의 심장을 또다시 거칠게 뛰게 만든다. 멀리서 가만히 방관하기에는 질투가 다 날만큼의 거대한 애틋함이었으나, 자꾸 이 낯선 감정이 자신을 지배하는 것이 신서울로서도 그리 달갑지 않지만은 않았다. 당장 수개월 전만 해도 그녀는 도시의 차가운 빌딩숲에 갇혀 어디로 가야 할지 갈 길을 몰라 방황하고 헤매던 이방인이었다. 감정을 표현할 방법을 몰라 잠잠할 수 있던 거지 당시 느꼈던 암담함과 비교해보면 지금이 훨씬 낫지 않은가.

<—과연 그럴까?>

좋게, 좋게 해피엔딩으로 수습해보려니까 자아속의 비틀어진 또 다른 내가 억지로 긍정적이게끔 꾸며놓으려는 스스로의 변명거리를 정면에서 부정해왔다.

하하하, 골 때리네. 본인을 부정하는 본인이라. 이 얼마나 모순적인가—. 모든 게 엉망진창이다. 위와 같은 격통의 원인이 죄다 '분리된 인격' 놈이 저지른 중구난방식의 소행 때문 아니냐고 내 주된 상념의 편향된 호소가 머릿속을 웽웽 울렸다. 이젠 그럴 리가 없을 텐데 마치 또다시 자신의 자아가 분리라도 된 것마냥 진실을 호도하며 대충대충 이 비난의 과녁에서 빠져나가려 하는구나 약아빠져가지고.

지금의 나는 스스로가 유추해낸 진실을 인정하기가 싫어 다만 고개를 돌린 채로 내게 익숙한 것만을 좇으려고 한다. 그나마 아버지가 그녀의 머릿속에 존재했을 당시에는 온갖 스트레스의 요소로부터 신서울이란 주된 인격이 손상받지 않게 단단히 보호해주었었기에, 어떠한 상황에 직면하더라도 절대로 무너지지 않고 정신을 온전히 유지할 수가 있었던 것이다. 지금까지의 과정 중에서 사소한 뭔가가 아주 조금이라도 틀어져 회생불가의 심한 충격을 안겼더라면 그녀는 이 시각, 영원히 이름 모를 빌딩의 방구석 한편에 감금이 된 채 모든 걸 체념한 얼굴로 쭈그려 앉아 죽어 사라지길 갈구하거나, 무엇 하나 구분할 수가 없는 백치가 되기만을 하염없이 기다려야 했을 것이다.

생각해보면 아무런 색깔도 의미도 갖지 않는 평범한 '악의'에 정면으로 노출이 된 삶이었다. 아무런 대비할 틈도 없이 맞이하게 된 강압적인 폭력은 남들보다 월등히 특별하도록 설계가 된 신서울로서도 아직 자아가 제대로 형성이 되지 못한 시절에만큼은 쉬이 감당해 이겨낼 도리가 없었다. 때문에 신서울은 그저 십수 년간 지독한 악의에 노출이 된 채로 살아가야 했다— 보호받는 것에도 한계가 있기 마련. 겨우 봉합해놓은 마음의 반창고를 떼어내면 어찌나 그 상처가 깊게 패여 있는지, 도시에서 탈출을 하고 기적의 이능을 행사하게 된 현재에 이르러서까지도 뿌리 깊게 박힌 원초적인 '공포', 깊게 패인 흉터는 어느 때고 쓰라리게 아파왔다.

—띵동.

A팀을 인솔해 앞장서 나아가던 박종규 분대장이 긴 복도 길과 명백히 구분지어진 파티션 벽면의 입구 앞에 설치된 초인종을 가볍게 눌렀다. 정면 상단에 나무형식의 명패로 <꽃의 향기가 머무는 곳>이란 멋들어진 글씨체의 간판을 달고 있는 이곳은, 신서울에게 익숙하면서도 익숙지가 않은 묘한 기시감을 전해주었다.

기억속의 할머니께서는 한국의 독특한 특징이었던 일 년 사계절 중 꽃이 만개한 따스한 봄날을 가장 좋아하셨다. 그러니 이들의 대모님은 나의 아버지가 수백 년이 넘는 세월을 반복해오면서 그토록 만나 뵙길 오매불망 고대하던 할머니임에 틀림없다. 신서울은 명패의 뚜렷한 생김새를 마주 보는 것만으로도 그런 확신에 사로잡혔다.

기이잉— 기계적 장치로 이루어진 두꺼운 철문이 굉음과 함께 오픈됐다.

꿀꺽. 괜스레 긴장이 몰려와 입안에 고인 마른침을 삼켜냈다. 조심스레 분대장의 뒤를 따라 들어선 내부의 풍경은 쇳덩이로 이뤄진 바깥의 칙칙함이 꼭 다른 세상의 거짓인 듯이 무척이나 화사하고 밝게 꾸며져 있었다. 어느 날 갑자기 돈벼락을 맞게 된 졸부가 남들에게 과시를 해보이려고 값비싼 물건들만을 마구잡이식으로 잔뜩 진열해놓은 그런 엉망진창의 형태를 띠고 있는 건 아니었다. 적당히 화려하고 단아한 느낌마저 주는 미술품들만을 선별해 열 평 남짓한 사무공간이 꽉 차보이도록 차분히 배치를 해두었다.

할머니께서 이곳을 직접 꾸민 게 확실하다면, 그분의 성향이 어떨지 미리 짐작해볼 기회이기도 했다. 보통 자주 머무는 곳의 풍경은 그 사람의 실제 모습을 투영하곤 했으니. 눈매를 좁힌 신서울은 유심히 주변에 놓인 환경을 분석했다. 사실대로 고백하자면 제 머릿속에는 어디에도 인간의 성향분석에 관련된 전문적인 지식이 들어있지 않았다. 그나마 참고할 만한 것을 꼽아보자면, 웬만해서 서로의 신원이 공개되지 않는 인터넷망 안에서 스스로를 전문가라고 자칭한—(분탕치기를 과히 좋아하는 괴짜)인물들이 저들 좋을 대로 끄적거려뒀으나 어떠한 검증조차 되지 않은 '누군가가 재미 삼아 만든 성격테스트' 따위뿐. 이는 이성적인 신뢰도가 몹시 뒤떨어지는 미신 숭배와 같았다. 개중에서 가장 신뢰도 있다고 각광받던 게 MBTI…? 그래봤자 규정 할 수 없을 만큼의 다양성을 고작

16개로 분류해놓은 때려맞추기 놀음에 불과했다.

'음…. 그냥 직접 부딪혀보자.'

미신에 의지하려는 정신에 바짝 긴장을 더한 신서울은 마음을 굳게 먹었다. 그녀의 청명한 눈초리는 아직 그들 앞에 모습을 드러내지 않고 있는 가림막 너머 할머니의 외견을 똑똑히 포착해내는 기적을 행하였다. 성인 남성의 뛰듯이 큰 보폭으로 스무 걸음 정도 안팎 즈음 될까. 그리 멀지 않은 곳에 놓인 원형테이블 안쪽 의자에 앉아계신 자상한 인상을 가진 중년의 여성분은, 많이 잡아봤자 40대 정도로 여겨질 만큼의 젊은 외관을 갖고 계셨다. 저분이 가족관계상 내 아버지의 어머니이시자 나에게는 할머니가 될, 바깥세상의 '대모님'이리라. 아버지께 물려받은 기억과 성공적으로 결합을 마친 직감의 특별함은 몇 가지 사소한 정보만으로도 완벽한 정답을 찾아 도출해낸다. 딱히 수명을 대가로 지불할 필요도 없이, 저 스스로가 아주 능수능란히 말이지. 이성을 기반으로 한 지식의 데이터란 꽤 쓸모 많은 도구임을 다시금 여실히 체감하게 된 신서울이었다.

그런데 할머니는 '1967년생'으로 진작 백 세가 넘으셨을 텐데…. 상당히 젊은 외견을 갖고 계시네. 아, 친우였던 김민학 경비대장의 젊음을 되찾아준 '텔로미어 복구프로젝트'를 아버지는 할머니께도 당연히 적용을 시킨 거구나. 가족, 특히 자신의 어머니는 아버지 당신에게 있어 영생을 꿈꾸게 한 가장 큰 목표의 원인이자 도달점이었으니까.

무에서 유로, 아무것도 없는 곳에서 기적의 근원에까지 다가가는데 얼마나 고생했을까. 수많은 비인도적인 인체실험을 거쳐 가면서 스스로를 욕망의 배덕자로 몰아세워가면서, 지난 사고의 후유증으로 잘 움직이지가 않게 된 몸이 몇 번이나 쓰러져도 개의치 않고 꿋꿋하게 최선을 다해 꿈을 이뤄내고자 움직였을 것이다.

뭉클한 애절함과 존경심이 요란한 물줄기에 휩쓸려 걷잡을 수 없이 요동치다가 과히 바다처럼 깊게 넓어지려는 감정을 강하게 부여잡아 무의식적으로 할머니 곁으로 '공간이동' 하는 기적을 펼치려는 뇌의 요란스러운 호들갑을 황급히 정지시켰다.

신서울의 할머니는 앞으로의 생애 동안 영원히 저 모습을 그대로를 유지하게 될 것이다. 아니지, 속도가 아주 느릴 테지만 끝부분에 달하였으니 이젠 역행하여 하루하루 계속해서 더 젊어질 것이 분명했다. 노화의 역과. 이로써 나의 아버지는 비록 완전하진 못할지언정 영생으로 향해 나아갈 첫 포문 정도는 성공적으로 쏘아올림이 확실해졌다.

아버지의 계산법에 따르자면 육체와 뇌세포의 젊음을 되찾은 인간은 백 년 언저리에 불과하던 기존의 평균수명을 무려 삼백 년 이상으로 늘어났다 평해도 과언이 아닐 만큼 정신과 신체의 전반에 거쳐 아주 안정적인 새 시스템이 안착되었다. 물론 이것은 이론적인 부분에서의 추정일 뿐, 정확한 건 결국 표본을 두고 오랜 시간 동안 직접적인 관찰을 통해 변화를 측정을 해봐야지 만이 제대로 된 정답을 확립시킬 수 있는 결과에 앞선 과정의 문제였다. 그리고 신서울의 특별한 두 눈동자는 그 당연하고도 일반적인 조건의 법칙을 모조리 무시해버리고 추정을 확신으로 만듦의 기적을 펼쳐낸다.

할머니가 앞으로 생존해계실 날이 [백 년]이 넘을 확률은 모든 조건을 가정할시 67.8%에 이르고 죽음의 원인을 오직 '자연사'로 한정할 시에는, 99.8%로 도출되어진다.— 고속으로 회전하는 두뇌의 추론이 아직 다가오지도 않은 미래의 정답을 실제처럼 구해 내고 있었다. 흠…. 벌써부터 조금 어지러워지고 있지만 계속해볼까. 따끔거리는 양 눈의 통증을 좌우로 굴려 최대한 해소시켜 본 신서울이 심기일전의 마음가짐으로 머리의 분석을 가속시켰다.

…이백 년으로 가정할 시에는 타- 43.2%, 자- 86.3%

…삼백 년은 타- 17.8%, 자- 56.1%

…사백 년은 타- 1.4%, 자- 8.3%

예측한 대로 삼백 년 근처부터 슬슬 한계점을 맞이하게 되네. 한계값이 정해져 있다곤 해도 아버지의 실험은 아주 성공적이라 평해야지 마땅할 것이었다. 실험으로 늘어난 수명이 맞이하게 될 특이점은, 지난 역사의 부흥이 쌓아온 수명의 평균증가 값을 아득히 초월한 곳에 닿아 위치해있었으니까. 다만 영생의 신비에 평생을 매달린 아버지가 간과한 부분을 굳이 하나 꼽아보자면, 당신이 이루고자 한 건 오직 '자연적인 죽음으로부터 도망치는 법'에 한정이 되어있었을 뿐이란 점이었다.

이 세상에 온전히 자연사를 맞이한 축복을 받은 인간이 지난 모든 역사를 통틀어 보더라도 과연 몇이나 될까. 수천억의 영혼이 잠시 동안 머물다가 사라진 이 땅위에 어떤 외부적인 영향 없이 단지 자신에게 정해진 수명이 다함으로 인해 죽음을 맞이하는 행운아는 과학이 최고조로 발달해 황금기를 맞이했던 멸망직전의 시대상을 최대한 추적해봐도 전 인구의 0.1% 미만의 범위를 넘지 못할 것이 확실했다.

두 손을 불끈 쥐어 보인 신서울은 태어나 처음으로 아주 환한 웃음을 지어 보였다. 의식의 잔재에 불과했던 머릿속의 아버지가 사라졌을 때, 그녀는 꽤 오랫동안 지독한 절망감에 사로잡혀야 했다. 그건 기적으로도 어찌할 방법이 없는 고정된 종류의 슬픔이었다. 그때 느꼈었던 무력감과, 혼자 남겨지게 된 고독함을 그녀는 두 번 다시 경험하고 싶지가 않았다. 물려받은 기억 덕에 마치 수십 년을 뵈어온 것처럼 너무나 친근하고 가깝게 느껴지긴 했으나 본인이 원치 않았어도 어쨌든 아버지를 잡아먹은 자신의 입장상, 할머니께 스스로가 먼저 다가서기가 영 어색하지 않을 수가 없었다. 그렇더라도 이제 자신에게 유일하게 남은 가족인 할머니의 정신과 신체가 앞으로도 아주 긴 삶을 영위 할 수 있다는 높은 확률을 보유하고 있다는 건 제게 있어 참으로 다행인 일이라 여겨진다.

실제로 혈연이 이어진 것은 아니라고 해도, 어쨌거나 아버지라는 매개체를 통해 엄연한 가족의 관계로 얽히게 된 나와 대모님은 최소한 엇비슷한 시기에 죽음을 맞이하거나, 오히려 자신이 먼저 스러지게 될 가능성이 매우 높았다.

틀림없어. 얼마 전과 같은 페이스로 기적을 남발해댄다면 나의 시간은 당장 이번 년을 끝으로 종막을 맞이하게 될지도 모르는걸.

마약의 쾌락을 알게 된 이가 자의로는 도저히 그것을 끊어내지 못하는 것처럼 이 망가진 세상에서 살아가는 동안 스스로의 수명을 보존하기 위해 앞으로 기적 발현을 완전히 봉쇄할 자신이 나로서는 조금도 없었다. 그리고 이번처럼 내게 가까운 소중한 이가 사라지는 걸 멀뚱히 지켜보는 것보다야 순리에 조금 어긋나더라도 차라리 내가 그것을 해결해 버리고 먼저 사라지는 게 나을 것도 같았다. 그런 아주 위험한 생각이 신서울의 머릿속을 한가득히 메우고 있었다.

"어서 들오세요. 우리의 아버지, 주님이 내린 성스럽고 고귀한 임무를 수행하느라 다들 고생이 많았어요. 모두 너무나도 수고했어요. …오! 아가, 네가 우리들의 희망인 서울이로구나? 아유, 예쁘게도 생겼네. 네가 싫지만 않으면 이 할미가 널 한번 안아 봐도 되겠니?"

너무나 오랜 세월을 마주 듣고 싶어서 그토록 간절히 찾아 헤매었던 여성의 음성이 들려왔다. 먼저 일행을 반갑게 맞이한 대모님의 목소리는 신서울이 가진 잡다한 고민을 한 큐에 날려 보내버린다. 이상했다, 속에서 뜨거운 용암 같은 것이 솟구쳐 오른다. 미칠 듯이 고무되는 이 반가운 감정을 감히 주체할 수가 없었다. 뿌옇게 변한 시선이 언젠가부터 중년의 모습을 제 본연의 모습으로 갖추게 된 여성, 할머니에게로 단단히 고정돼 지금 당장 이 세상이 무너져버리는 천재지변이 일어나더라도 이 순간에 가진 행복함만큼은 결코 변치 않을 것만 같았다.

"엄마!"

저도 모르게 그립고 그리운 호칭을 입에 담아낸 신서울이 자신에게 어려 있는 오랜 염원의 달성을 위해 몸을 뻗어나갔다. 한 발자국이 마치 일 년처럼 길게 느껴졌고, 껴안기 위해 길게 뻗어놓은 두 팔은 영겁의 시간 속에 갇혀 꼭 정지해있는 것처럼 느리게 느껴졌다.

개인마다 누구나 상대적일 수밖에 없는 정신의 신호감각이 끝없이 이어진 시간의 끈을 낚아채 꼬아낸 후 인위적으로 흐름을 아주 느릿하게 만들 수는 있어도, 아예 흐르지 않게 멈춰 세울 방법 따윈 없었다. 온전한 대가를 지불한 기적의 힘을 동원하고도 고작해야 다른 시간대에 머물러 있는, 본래의 나와는 완전히 다르게 존재하고 있을 또 다른 나를 대상으로 구질구질한 기억뭉치를 한 움큼을 전달하는 것 정도로 간섭을 그쳐야 한다는 게 그 실증이었다. 고로 내가 아무리 늦는다고 여긴들 시간은 언제나 앞을 향해 나아간다.

소멸의 잿빛을 향해.

덥석.

허나 빌린 염원의 뒤를 쫓아 할머니께 미처 닿기도 전에 어디선가 날렵한 몸놀림으로 나타나 앞을 막아선 세 명의 복면인이 신서울의 목 뒷

덜미를 잡아채 움직임을 저지했다.

'어딜 잡아…!'

놔!

다급해진 그녀는 자신의 앞을 막아선 괴인들을 겨냥해 마음의 방아쇠를 잡아당겨버렸다.

―쿠당탕―!

무형의 에너지에 급습을 당한 복면인들이 속절없이 나가떨어진다.

"아이고, 우리 아가, 그만하고 화난 그 손속을 좀 가라앉히렴. 안 반장도 굳이 이 아이의 행동을 막을 필요는 없으니 그만하세요."

무지한 이가 본다면 넋을 빼고 '신의 재림'이라 여길 만큼 괴상망측한 신비의 발현을 눈앞에서 직접 목도했음에도 딱히 놀람을 표하지 않아 보인 대모님은 그저 아주 안타깝다는 표정으로 아이의 한쪽 뺨을 쓰다듬으며, 조용히 기적의 발현을 멈추길 권했다.

가까이서 접촉하면서 할머니와 자신 간에 형성이 된 어떤 '동질감'을 상세히 느낄 수가 있었다. 아, 그런 거였구나. 바깥세상의 대모님은 굳이 분류하자면 원래 있던 것에다가 쓸 만한 부품을 더해 변화를 꾸며낸 새로운 종류의 인간이었고 신서울은 그 성공적인 재조립의 지식을 참조하고 발판 삼아 처음부터 모든 게 완전히 새롭게 '창조'된 인조인간이었다.

그러니 두 사람의 본질이 완전히 같다고 하기엔 조금 무리가 있다고 하더라도 다른 평범한 사람들에 비한다면 월등히 가깝다고 평할 수가 있었다. 평범한 인간->개조된 대모님->창조된 신서울의 순으로 진화의 가변성이 보여지는 것, 그러므로 변화를 두른 관점에서 두 사람의 간격은 무척이나 좁을 수밖에 없는 것이다.

"할머니…."

신서울은 제게 깊숙이 박혀있는 한 남자의 원이 할머니께 무사히 닿기를 빌었다. 작은 소망은 곧 자그마한 빛 덩이로 그 형상을 실체화하여 두둥실 뻗어나간다. 할머니는 자신의 손녀딸이 보여주는 신비감에 일체의 동요도 보이지 않았다.

이제는 절제하게 됐지만 한창 멸망한 세상을 일으키기 위해 안간힘을 쓰던 십여 년 전의 초기, 그 소싯적 만해도 신을 모방한 기적쯤이야 하루에도 수십 번씩 제 몸이 받는 부하에 한도를 두지 않고 마구잡이로 발현했었다—그러지 않고선 당장에 쓰러지기 직전의 상황까지 내몰리게 된 가여운 주변 사람들을 구원할 방법이 마땅찮았으니까 말이지.

확률이 들쑥날쑥해서 지금 신서울이 보인 기적처럼 100% '완벽한 성공작'을 그려낸 적이 몹시 드물었지만,—성공률이 한 30%나 됐을까—조금 어설퍼 보인다고 해도 어쨌든 놀라운 은혜의 기적을 반복적으로 내보인 덕에 생존을 위한답시고 집단의 신념 안에 개인이 가진 해괴함만을 잔뜩 우겨넣게 돼 일그러질 대로 일그러져버린 바깥세상의 망가진 이념 속에 납으로 겉면만큼은 잘 때워둔 그 이전의 고철, '신의 이념'을 집어넣었고, 타락한 그들을 반절가량은 성공적으로 교화시킬 수 있었던 것이다. 그 후, 아무런 재료도 준비되지 않은 상황에서 '라펠트'라는 모래로 쌓아 올린 신의 왕국이 세워진 것이고.

"대모님!"

"어, 어찌!"

존경받는 이가 흘린 최초의 눈물에 주변이 소란법석 해진다. 바깥세상의 이념의 시초를 기반으로 한 '완벽한' 대모님은 어느 위기의 상황이 닥치더라도 항상 웃는 낯을 유지하면서 신의 뜻을 대신 하명하는, 그야말로 철의 심장을 가진 여인이었다. 그것이 비록 대외적으로 제작이 된 선전용 이미지에 불과할 뿐이라 해도 신을 맹신하는 이들은 예로부터 신비에 관한 것에 한해선 그 누구보다 고지식한 면을 갖고 있기 때문에 잊혀진 아버지의 존재를 이 망가진 땅 위에 재조명시킴으로서 스스로의 신비함을 의심에 가득 찬 우매한 이들이 도저히 부정할 수가 없을 정도로 똑똑히 증명해보인 대모님은 언제 어느 순간에서라도 그들이 고착화시킨 [성역화]된 모습 속에서 굳건히 머무르게 됐다. 신성함이 빛을 잃지 않고 합리적 체계로 영속시키려면 그래야만 했다.

그들이 섬기는 신앙의 대상 아버지 '창조신'은, 다변의 법칙에 따라 시시각각 바뀌어가는 이 세상—이 우주를 통틀어 유일하게 고정돼있음으로써 불변하나니, 시간의 법칙에 따라 오로지 미지의 세계—, 죽음과 소멸의 순간으로만 나아가도록 설계된 현실의 잔혹한 흐름에 지레 겁을 먹고 전혀 무용한 짓임을 다 알고 있으면서도 영원히 생존해보고자 추악한 욕망을 앞세운 채 발악해대는 가련한 부랑자들로 하여금 신은 맹목적인 믿음의 대상과 함께 죽음의 공포를 떨쳐낼 구원자를 담당하여 톡톡히 그 역할을 수행해주고 있는 것이다.

신기하게도 이 세상의 모든 것은 아주 자세히 들여다보면 사소한 것 하나하나까지 정말로 뜻깊은 누군가의 의도에 따라 만들어진 것마냥, 전부 저마다 개개의 구조적이고 복잡한 설계를 이룬 채 존재하고 있었다. 워낙 다양한 종류의 상호관계를 형성하고 있어 그 수많은 군집 안으로 인간이 지어낸 거짓 하나를 은근슬쩍 끼얹어봐야 아무런 태가 나지 않을 정도로 복잡하게 얽혀있었지만, 어떤 결과에는 항상 그에 해당하는 원인이 뒤따르도록 정성스레 사소한 것 하나까지 설계가 되어있는 것이다.

믿음이란 감정은 뭐랄까, 참 신기루 같은 허상임에도 가까이하고픈 맹목적인 허무였다. 본인이 무언가에 대하여 아무리 강하게 믿음을 가지고 있단들 현실에 직접적인 영향을 끼칠 진정한 '기적'의 행사가 따라주지를 않는다면, 그것은 단순히 물거품에 불과한 초라한 소망으로 머물러있어야 했고, 반대로 그 순간에 상상 불가의 초월적인 기적이 뒤따라주기만 한다면 무언가에 대한 믿음은 그 믿음을 가진 개인의 가장 높은 우선순위로 자리 잡게 됐다. —**맹신의 단계 과정**.

"역시 우리의 아버지께서 선택하신 아이인가…."

"나 오 년이 넘게 모셔왔지만, 대모님이 우시는 모습은 처음 보는 것 같아."

"아아 아버지시여…. 이 또한 기적이리라…."

할머니의 호위 병력들이 평소의 묵언을 깨고 기적을 부르짖었다. 휴우, 참 어찌나 한결같은지 그 허술한 모습을 건너다본 신서울은 안타까운 한숨을 토해낼 수밖에 없었다. 겨우 반세기 만에 이토록이나 무지하고, 이토록이나 쉬운 존재가 되었던 가 우리 인간은. 지금 기적을 부르짖는 이들은 멸망했다곤 해도 엄연히 최고 권력자의 곁에 머무르며 그녀를 경호하는 엘리트 경호원들이었다. 그들은 지식이 극히 제한된 환경 속에서 자라나도록 강요받은 하위계층의 신분이 아니었고 특별한 사람을 호위한다는 간판은 상류층의 소속임을 여실히 증명하고 있는 데다가, 바깥에서 온갖 궂은 임무를 수행 중인 군인들조차도 여러 과학의 인과현상이 세상의 신비를 꾸며주고 있다는 사실을 충분히 숙지하고 있었다. 이는 멸망한 세상이더라도 상류층의 주관만큼은 대체로 뚜렷해야 정상이어야 온당하다는 사실을 증명해주는 가장 합리적인 증거였다. 다양한 지식을 가질수록 미신을 의심하고 배척하도록 꾸며진 이성적 사고를 가진 존재가 우리 인간이었으므로.

그런데, 바깥세상의 기조는 너무도 당연해야 할 그러한 예측과는 전혀 다른 방향으로 엇나가 있었다. 가장 정상적인 사고관을 지녔어야 할 이들이 거짓된 신비의 달콤 씁쓸함에 먼저 취해 무지한 이들보다도 더 심하게 두 눈 두 귀가 멀어있었다.

'믿음의 근거는, 그동안 할머니가 행하신 기적을 바로 곁에서 봐왔기 때문이려나….'

저들은 아마 대모님을 이미 자신들이 믿는 가상의 신과 동급의 존재쯤으로 여기게 된 것 같았다. 인간을 상상 속의 전능한 신과 동일하다 여기게 되다니…. 세뇌를 당하다 못해 집단으로 정신이 나간 거 아냐? 의구심이 절로 들 법한 아주 괴이쩍은 현상이었다.

생각을 골몰히 해본다. 기적의 행사자인 나의 신비를 품은 두 눈을 통해 자신과 할머니가 많은 부분에서 서로 일치하다는 사실을 손쉽게 꿰뚫어 볼 수가 있었다. 할머니는 우리와 완벽히 같진 못했다만은 아버지와 신서울과 같은 '기적'의 행사 자였다. 할머니가 어떻게 그 비밀을 터득하게 됐는지는 몰라도 짐 덩이에 불과하던 바깥의 생존자들을 이끌며 무수히 많은 선택의 기로에 서게 됐을 때 할머니는 서슴없이 기적의 발현을 이뤄 백이면 백, 실보다 득이 큰 방향으로 갈림길을 이끌어왔고 한 치 앞도 분간하기 어려운 멸망의 길을 늘 환하게 밝혀줌으로 나와 내가 모시는 신이야말로 가련한 우리에게 유일무이한 '구원의 등불'이란 이미지를 강하게 심어줬을 터다— 기적이 별거인가. 이 망가진 세상에서만큼은 꼭 신서울이 보인 이능처럼 거창하게 꾸며져 있지 않아도 좋았다. 그저 나와는 생각이 전혀 다른 타인에게 감동의 벅참을 느끼게 하며 조금이라도 자신의 삶의 과정과 의미를 되짚어보는 성찰의 시간을 제공할 수가 있다면, 그것이 곧 기적이요 세상의 구원인 것이었다.

전능하신 아버지 신은 오직 믿음의 대상이었다. 실제로 존재를 하든 그렇지 않든 어차피 살아생전에는 마주할 일이 절대로 없을 무형의 존재에게 단지 믿음을 주는 대가로 불안으로 꽉 차있던 마음속에 '평온함'을 얻을 수가 있다면, 단지 믿는 이에게 손해될 게 무에 있겠는가. 잘 되면 '구원'을, 못 되면 전능한 아버지께서 부족함을 일깨우기 위해 내려준 시련쯤으로 여기며 '위안'을 대신 얻을 수가 있는 것이다. 초월을 숭배하고 신뢰함으로 내 인생의 '+', '-' 중 오직 '+'만 남게 됐으니 -로 가득 찬 세상에 내팽개쳐어도 나름의 희망을 갖고서 믿음이 이러한 여유를 뒷받침해주는 것이다.

철저히 계획된 허구 속에서 첫 스타트를 끊은 새로운 신학은 과거부터 늘상 그래왔듯이 현재의 인간에게 가장 효율적인 집합의 구심점이 되어주고 있었다. 참, 신기하게도 말이지. 이성으로는 전혀 이해하지를 못하겠는데, 존재하지 않는 무형의 구원을 이해하고 있는 내가 참 이상하다 여겨져. 현재의 나와 가장 흡사한 당신께서도 피차일반이시려나..?

이제 확신을 가진다. 할머니도 기적의 구사가 가능한 입지전적의 인물임을. 어쩌면 아버지와 자신이 약간의 차이는 있었다만 공통적으로 발현하게 된 기적의 이능은 우리가 아예 무에서 유를 창조해낸 것으로 여기는 것 보다 아버지의 '모계'인 할머니의 유전자에서부터 비롯되어진 어떤 '가능성'과 연결시켜보는 것이 보다 합당한 정답일 것이라고 추론이 됐다. 비록 우리는 서로 자연적으로 핏줄이 연결된 사이는 아니었지만, 아버지야 당연히 할머니의 핏줄의 절반 이상을 이어받은 직계의 존재였고 도시 신서울이 제작한 최초의 인간형 인공생명체 나, 신서울 또한 아버지의 가장 훌륭한 유전체계 일부를 복제하여 탄생하게 된 존재였다. 즉, 우리는 유전적으로 동질성을 띠고 있는 것이다. 원래부터 가진 것을 개량해서 발전시키는 것이 우리들이 신의 창조를 모방하여 세상의 성과로 이룩해낸 최대 결과물이기도 했으니, 제법 타당한 유추로 여겨진다. 빤한 시선으로 할머니와 의도적으로 시선을 마주한 신서울은 이내 들려오는 따스한 음성에 몸이 경직되듯이 뻣뻣해짐을 경험했다.

"참 오래 기다렸단다…. 비가 오나 눈이 오나, 물결치는 바다의 흐름을 그저 하염없이 바라보면서 전능하신 아버지께 간절히, 무던히도 기도를 올려드렸지. 내 삶에서 가장 중요한 의미가 길을 나섰을 때 어떤 사건사고에 부디 휘말리지 않고 무사히 어미의 품속으로 찾아오길 바라왔단다. 빨리 이 악몽으로부터 나를, 엄마를 깨워줘. 내 하나뿐인 소중한 아들. 금쪽같은 내 새끼…."

왈칵 눈물이 터져 나올 것 같은 강렬한 비애가 속 안에서 강하게 치솟아올라온다. 신서울은 이를 강하게 악다물고 자신의 것이 아닌 감정을 애써 짓눌러냈다. 감정에 휩쓸려 일그러진 표정의 그녀는 결코 자신의 아버지가 아니었다. 기억과 지식의 일부분을 물려받았다고 해서, 유전적인 동질감을 가졌다고 해서 결코 나는 아버지 본인이 될 수 없음을 안다.

들러리 정도라면 또 모를까, 어떤 경우라도 개인은 타인 그 자체가 될 수 없도록 무언가의 법칙에 의해 강력히 규제받고 있었다. 그리고 지금 괜히 이 치솟는 감정에 휩쓸려 스스로를 아버지인 척 행세하며 할머니의 슬픔을 달래는 행위를 꾸미려 시도 한다는 건 당신의 눈가림을 선택하는 것과 크게 다를 바 없는 기망행위였다.

당신의 행복을 위해서— 조금 혹하긴 했으나 결단코 그래선 안 됐다. 할머니가 느낄 고통과 슬픔을 해소시킬 약간의 위안 정도야 될 수 있다 할지라도 결코 오래가지 못하고 들통이 날 거짓이었고 단순히 선의에서 비롯된 행동이라고 스스로를 다잡기엔 마음속의 양심부터가 따르지 않는다. 무엇보다 나는 다른 이, 특히 나의 가족으로부터 내가 아닌 아버지로 취급받고 싶지가 않았다.

아버지는 아버지였고 나는 나였다. 냉혹할지라도 이런 건 확실히 구분지어 놓아야 했다. 너무 많은 게 섞이게 된 나는 때때로 스스로도 나 자신을 망각할 때가 있어 다른 이의 취급을 받다간 언젠가 나의 근원 자체를 완전히 잃어버리게 될지도 몰랐다. 그런 필연적인 느낌이 들었다.

“저는…. 할머니가 오래도록 기다려온 아드님이 아니에요. 죄송해요 할머니의 아드님, 제 아버지께선 얼마 전에 저를 구하고자 스스로를 희생한 끝에 돌아가셨어요….”

신서울은 허물어지지 않는 객관성을 유지 한 채로 충격적인 과거의 진실을 꺼내들었다.

“아—. 그게 사실이니?”

경악에 질린 할머니의 낯은 신서울의 죄책감을 깊숙이 쑤셔왔다.

“거짓말…이지? 이맘때쯤 꼭 재회하자던 아들의 지난 계획에 따라 내가 정말 안간힘을 쥐어짜내면서 어떻게든 필사적으로 살아왔는데 그 오랜 추억 속의 모습이 정녕 마지막이었다니, 그럴 리가 없잖아? 제발 잘못 말을 한 거라고 정정해주렴… 무려 생명역행의 법칙까지 성립해낸 내 천재 아들이 허망하게 죽었을 리가 없어. 데려가려면 차라리 이 노구를 데려가야지 어떻게, 어떻게….”

굳이 사실을 입증하려 노력하지 않아도 조금 모자라긴 하나, 신서울과도 제법 엇비슷한 능력의 일부를 보유하고 있는 할머니는, 자신의 손녀의 말에 한 점의 거짓도 섞여 있지 않음을 어렵지 않게 깨달을 수 있었다.

—너무나 커다란 상실감은 그녀의 건강한 신체를 휘청거리게 만들 만큼 충격적인 것이었다. 신서울은 덩달아 울고 싶은 심정을 추스르며 할머니의 몸을 부축했다. 겨우 지탱해 육신을 세운 할머니는 제게 다가온 작은아이를 꽉 마주 끌어안는다.

울상을 지은 채로 부둥켜안은 두 사람의 모습에 소란이 일 법도 한데 주변은 마치 시간이 정지라도 한 것처럼 고요하다. 두 사람이 대화를 시작한 그 순간부터 두 사람은 이미 시각, 촉각, 미각, 후각, 촉각으로 구분이 되는 오감의 영역 테두리 바깥에 서게 됐다. 그들과 관객들 사이로는 마치 투명한 방음유리막이라도 설치돼 있는 것처럼 두 사람의 대화 소리는 타인에게 일절 허용되지가 않아 분명 들리는데도, 도저히 알아들을 수가 없었다. 그들이 주고받는 사소한 동작까지 놓침 없이 바라보고 있건데, '바라보지 않는 것'으로 인식이 된다. 이젠 그녀들과 가까운 인근의 사람들에게까지 익숙해져버린 [기적의 발현]이었다.

A팀의 일원들은 이미 신서울에게서 그들이 믿는 전능한 신의 은혜를 제법 경험해봤고, 나머지야 훨씬 예전부터 심심치 않게 한 번씩 마주했던 것이니 두말하면 입만 아프다.

"어어엉! 내 새끼."

"아버지…. 흑흑…."

인간의 슬픔은 공감능력이 뛰어날수록 쉽게 전염이 되도록 이뤄져있다. 타고난 감응력을 통해 아차 하는 사이 통곡의 대열에 합류하게 된 신서울은 태어나 처음으로 목 놓아 울며 다년간 쉴 새 없이 쌓여진 응어리의 봉인을 가감 없이 해제했다.

그 옛날 미디어가 활발할 때라면 자연히 삐— 검열의 처리가 될 과격한 표현들이 그러나, 타인의 귀에 닿을 때는 적당히 순화된 채로 퍼져나간다. 것 참, 기적이란 건 참 편리한 것이라고 신서울은 울고불고하며 욕설을 토해내는 와중에도 뜬금없이 생각했다. 만약 내어줄 수 있는 대가만 무한할 수가 있었다면, 혼자서도 완성된 바벨탑을 쌓아 올릴 수 있을 만큼 엄청난 이능이다 이 '기적'이란 불가사의는.

아버지가 계획해낸 영생의 궁극적인 이상점이 단순히 우리 인간들이 영원한 삶을 살아가는 것에 그치는 것만이 아니었던 것 같았다. 김민우 교수가 통념을 저버린 생체실험을 거듭하다가 우연히 발견하게 된 인간의 무한한 가능성. 적절한 대가의 공급이 제때 이뤄만 진다면 태생부터 남들보다 월등히 뛰어나 그 천재적인 두뇌를 바탕으로 비밀의 일부를 숙달해내는 데 성공을 마친 특별한 인간은 우리를 억제하고 있는 기존의 법칙과 체계를 가뿐히 지르밟고 뛰어넘어 그 이상의 영역에 닿은 신비한 힘을 부릴 수가 있게 됐다. 다만, 이 세상에서 일어나는 현상의 모든 것에는 반드시 그에 상응하는 대가가 필요하나니, 그중에서도 인간의 근원인 생명을 내건 등가교환이야말로 우리들에게 기적이라 불릴 만한 결과로 치환이 되어 현실 위에 영향을 끼칠 수가 있는 것이었다. 젊은 날의 김민우 교수는 그 위험하고 찬란한 비밀을 언뜻이나마 눈치를 채고서 쾌재를 불렀었다. 그가 계획하고 거의 직전까지는 도달했었던 영생은 그렇기에 생명의 원천을 개인 스스로가 자체적으로 생성해내거나, 어딘가에서 공급받음으로 말미암아 생을 무한히 연장할 수가 있는 '불완전한 것'이었다.

정해진 생명의 총량을 충당시킬 방법을 찾아내는 데까지는 가까스로 성공을 거뒀지만, 복잡하게 얽혀있는 인간의 신체의 환경을 유지하는 것에는 그 외에도 지켜가며 잘 관리를 해주어야 할 법칙들에 묶여버린 '제약'이 많아도 너무 많았다. 어쩌다가 뜻하지 않은 충격을 받음으로 심장

부근이 짓눌리거나, 머리를 다쳐 뇌의 가동이 정지하게 되거나, 온몸을 잇고 있는 주요혈관의 일부가 손써볼 도리가 없이 조각조각 찢겨나간다면, 개인은 자체적으로 얼마나 많은 생명력을 보유하고 있던지 간에 그 자리에서 즉사를 면하기가 어려웠다. 그러므로 진정한 영생의 의미를 구가해내기 위해선 단순히 줄어든 생명력을 다시 채워 넣는 것뿐만이 아니라, 어떤 충격에도 상실이 되지 않을 만큼의 강인한 신체능력을 전반적으로 새롭게 구축해낼 필요가 있었다.

허나 지구의 역사상 가장 강력했던 고대의 생명체들의 화석과 DNA를 아무리 이 잡듯이 뒤져가며 분석을 해봐도 도무지 어울리지 않아 인간의 신체 위에 접합시킬 수 없을뿐더러, 설령 기적적으로 외부의 DNA를 적용시켜 신체강화가 가능하게 되었더라도, 그래봤자 인간들이 과학의 힘을 통해 이뤄낸 막대한 위력의 고성능 무기 앞에선 챔피언 벨트를 주렁주렁 달고 있는 헤비급의 성인 격투선수를 지목해 덤벼보라고 도발을 해대는 10살배기 철없는 꼬맹이의 신세와 크게 다를 바가 없었다.

아무리 철저히 보호 장구—기적을 쥐어짜내 온몸을 지켜본들, 격이 다른 충격 앞에서는 치명적인 허술함을 드러낼 수밖에 없는 것이었다. 흡사 말랑한 두부 위에 두꺼운 철판을 덧대어 놓아봤자, 그것을 꾹 누르는 일정 이상의 힘 앞에서는 그저 힘없이 짓눌려 뭉개지는 것과 같은 현상이기도 했다.

기적이란 논리 위의 이능을 행사할 수 있게 됐음에도 기적 또한 법칙의 위배함에 있어 뚜렷한 한계를 지닌 맹점을 지니고 있기에 영생은 지금도 여전히 머나먼 단어였다. 아버지가 이뤄낸 업적은 영생에 한없이 근접했으나 진정한 영생에는 결코 닿지 못할 아류작. 그러니 아버지의 유산을 고스란히 물려받은 딸, 나 신서울에게는 그것을 완성시킬 대의

가 주어져있었다. 그래…. 지난 슬픔은 오늘의 눈물로 모두 떨쳐내자. 인간의 역사가 부모 자식 간의 대물림의 굴레형태로 이뤄졌듯이, 아버지의 포부를 이어받아 현실로 이끌어내야 하는 건 이제 오롯이 현세에 남은 나의 몫이 됐다. 내가 우선적으로 해야 할 것은 벌써부터 명약관화하게 정해져있었다. 아버지와 할머니의 합작품인 이 바깥세상—라펠트(lapelt)의 아주 조그맣고 미력한 종교사회를 확실히 안정화시키는 것부터가 가장 시급히 처리해야 할 문제. 그것은 너무나 비틀어져 꺾여있기에 감상에 젖어 시간을 낭비할 여유는 얼마 남지 않은 절박함과 맞닿아있었다.

더구나 현재 못된 놈들에게 쫓기고 있는 참으로 위급하고 박복한 신세이기까지 하지 않은가. 좀 전에 놈들이 보내온 탐사 드론은 이곳의 대략적인 위치와 지형을 파악하는 데 성공을 거뒀다. 물론 사방이 끝없이 물로 가득 한 동해 바다의 까마득한 망망대해 한복판에서 들통이 난 것이라 뭐, 당장의 위기가 닥쳐올 확률은 제로에 수렴을 할 만큼 아직까진 안전한 편에 속해있긴 했으나 그녀와 동명의 도시에는 인간들이 축척해온 바벨탑의 진리—'기적'과도 매우 흡사할 정도로 발전을 거듭해 이뤄진 현대과학의 유산들이 잠재되어있었고, 그 힘을 다루는 것에 있어 그들은 이제는 필수가 된 동력원— 마르지 않는 에너지인 '코어'의 힘까지 독점한 채로 한가득 보유하고 있었다. 이 세상에서 내가 마주한 사건이 오직 내 의도대로만 흘러나갈 확률은, 기막힌 우연이 타이밍 좋게 연속적으로 겹쳐지지 않는 한 거의 불가능에 가까웠다.

소중한 아내의 타살을 기점으로 현실이 가진 냉혹함을 강제적으로 가장 밑바닥까지 전부 훑어보게 된 그녀의 아버지, 김민우 교수는 그 엉망진창인 법칙을 각성하고서 틈만 나면 스스로가 짜놓은 계획을 고치고 수정하는 것에 힘써왔다. 그는 수만 가지가 넘는 가정을 상정해 분석을 내린 후, 가장 성공확률이 높은 방안을 찾아내는 데 성공을 거두어 그것을 실행에 옮겨낸 것이다. 그리고 그가 켜켜이 쌓아 올린 지식의 탑은 자식인 내게로 그대로 이어졌다.

신서울은 할머니에게 속삭이듯이 말했다.

"아버지를 죽인 건 저 간악한 도시의 놈들이에요 할머니."

"도시라면…. 서울, 역시 그 망할 곳을 말하는 거지—? 한국 땅 위에 멀쩡한 도시라고는 그곳밖에 남지 않았으니…. 사람을 그렇게 개처럼 부려먹더니 이 때려죽여도 시원찮은 놈들이 내 아들을 끝내 토사구팽 했구나."

격분한 할머니를 살살 밀어내어 품에서 떼어낸 신서울은 그녀와 눈을 마주하고서 재차 제 진심을 전했다.

"그러니까 우리 같이, 복수해요."

그녀는 아마 아버지가 떠나는 그 순간에까지 절대로 원치 않았을 과격한 미래를 한없이 소망했다. 오직 '정의'에 의거하여 죄를 지은이에게만 내려질 정당한 죽음과 파멸, 멸망에 가까운 혹독한 형벌의 벼락이 내리길. 지금처럼 엉망으로 망가진 세상이 아닌, 절대선의 응징이 있는 그런 올바른 세상을 신서울은 소망한다.

화악—.

생각이 너무 깊었던 걸까. 갑자기 시야가 새하얀 빛 무리에 물들어 반사적으로 질끈 꾹 감았다가 다시 떴더니, 천장에 녹슨 배관들이 한가득 이어져있던 대모님의 사무실 내부의 풍경은 온데간데없이 사라지고 그녀가 평생을 살아온 익숙한 도시의 정광이 잡혀들었다.

하, 이것이 진짜일 리는 없었다. 허나 가짜라 치부하기엔 곳곳에 현실감으로 가득 차 있다. 너무나도 익숙한 망할 '도시 신서울'의 한복판에 덩그러니 선 '소녀 신서울'은 고개를 갸웃거리며 급작스럽게 변전한 주변의 풍경을 면밀히 살펴봤다. 역시 다르잖아. 겉모습만큼은 늘 화사하고 밝게 물들어있어야 정상인 도시의 모습이라 할 수 있었을 텐데, 어쩐 일인지 모든 구역이 지독한 어둠에 삼켜져있었다.

—신서울은 홀린 표정으로 발걸음을 옮겼다.

지직— 지지직—.

그러자, 기능을 잃고 정지해있던 전광판들이 동시다발적으로 시끄럽게 지직 거리는 소음을 내며 그릇된 초라함으로 무장한 채 을씨년스러운 차가움에 젖어있던 거리를 요란스레 흔들어 깨웠다.

팟! 팟! 팟! 팟!

그 듣기 싫은 소음이 마치 사전에 정해진 명령어라도 된다는 걸까, 죽어있던 조명들이 깨어나 도시를 잠식 중이던 어둠을 일거에 몰아냈다.

…잠깐…. 여기가 진짜 그, '신서울'이라고?

—신비로 가득한, 양 눈으로도 도저히 꿰뚫어보지 못할 만큼 촘촘하게 구성이 된 저 어둠의 장막에 의해 전체가 덮여있는 탓에 정확히 헤아리지를 못했던 주변의 모습이 선명해질수록 나는 점점 경악을 금치 못했다. 지금 당장 무너진대도 이상치가 않으리만큼 심각하게 부식해있는 거리와 위태로운 빌딩숲의 모습이라…. 1년 365일 사시사철 아름다운 쪽빛의 하늘 아래에서 모든 면이 언제나 철저히 관리가 되던, 심각하리만큼 병적으로 쾌적한 풍경만을 기억 속에 각인 하고 있는 내게 무너지기 직전에 처한 도시의 흉물스러움은 극심한 위화감을 전달해준다. 뭐야 대체…? 어쩌다 나의 고향이 이렇게 되어 버린 거지?

"이것이 네가 방금 전에 꿈꿨던 '올바름만을 추구한' 세상의 최종적인 모습이니까. 다른 상대적인 다원성을 배제하고 오직 자신만의 올바름만을 맹신하며 쫓다 보니, 그 흐름에 따라 모든 체계가 문드러져 버린 것이다. 보다시피 말이야."

"아…!"

바로 뒤에서 들려오는 처음 듣는 것임에도 매우 익숙한 음성이 혼란에 잠긴 나를 흔들어 깨웠다.

"안녕, 이렇게 직접 마주 보는 건 이번이 처음이네? 내가 누군지 알아보겠어?"

아아, 보자마자 느낌이 왔다. 그녀와 같은 검정 머리카락에 동아시아인 특유의 황색계열의 피부를 가진 그는—.

"아버지…?"

17세의 신서울과 나이 차이가 그리 크다고 볼 수 없을 만큼 매우 어린 모습을 하고 있었지만, 그는 기억 속 한 장면에서 늘 마주해왔던 나의 아버지의 모습임에 틀림이 없었다.

"오, 정답! 젊었을 적의 나와 직접 마주 보는 건 처음일 텐데 단번에 맞추다니 거 참 누구 딸인지 참 똑똑하다니까."

보조개가 쏙 들어가는 양 볼을 드러내며 개구쟁이처럼 익살스러운 웃음을 지어보인 아버지는 내 머리에 자신의 짝 편 손을 올리며,

"골치 아픈 생각 따윈 전부 잊어버리고 현재에 집중하며 살아가 서울아. 먼 길을 떠나기 전 그래도 마지막의 마지막 순간에만큼은 너와 실제로 마주할 수 있게 돼 기쁘구나."

내가 '나로 존재하기 위해 지켜야 할 점'을 당부했다.

"..아—! 잠깐만요, 어딜 가시려는 거예요? 저한테 폐가 될까봐 소멸을

택하려는 거라면 아녜요…. 그러지 않아도 돼요. 아버지, 아빠…. 제발…. 이제 다시는 제 곁을 떠나지 말아주세요….”

정장차림을 한 아버지의 옷깃을 강하게 움켜쥔 나는 난생처음으로 어리광이란 걸 부렸다. 알고 있다. 저가 무슨 말을 덧붙이든, 눈앞의 아버지는 떠나갈 것이란 것을. 기억의 잔재를 통해 도달한 결론에 따르면 그는 두 번 다시 볼 수 없는 곳으로 떠나가기로 이미 ‘확정’이 돼있었다. 그것은 설령 기적의 힘을 빌려 자신이 가진 모든 가치 있는 것들을 일시에 투자하더라도 등가교환의 성립이 불가능한 필연적으로 정해진 이별이었다.

애초에 지금 그녀의 앞에 서 있는 것부터가 이미 떠나간 아버지가 남기고 간 마지막 잔념의 환영, 그 한순간의 추억에 불과했다. 이미 한 톨의 조각에 불과해진 아버지를 무슨 수를 쓰더라도 예전같이 되돌릴 수는 없는 노릇이었다. 그것은 진정으로 무에서 유를 창조하는 것과 엇비슷한 난이도의 불가해였으니. 그나마 아직까지도 아버지의 잔재가 남아있을 수 있던 이유는 어머니를 보겠단 오랜 소망과 더불어 딸을 지키고자 한 의지의 강렬함이 지금 이 순간에도 스러져 가고 있는 기억의 조각들을 최대한 붙들어 맨 채로 보전시키고 있기 때문이었다. 엄밀히 말하자면 나의 아버지는 이미 옛적에 진작 흩뿌려졌다.

“인간이라면 응당 가야 할 곳으로 떠나게 된 것뿐이니 그렇게 슬퍼 마렴, 내 딸 서울아. 이 아빠는 말이야 오히려 기대가 되는걸? 죽음 뒤에는 과연 무엇이 날 기다리고 있을지. 뭐, 내 정신이 워낙에 조각조각 나눠진 탓에 만약 죽음 이후에 아무것도 없다면 이번이야말로 진정한 끝이 아닐까도 싶지만, 그것이 딱히 두렵지는 않아. 결국 진정한 영생을 완성시켜내지 못한 건 아쉬운 일이나 그 외의 진실로 소망하던 것들은 대부분 이뤄냈거든. 시간의 흐름 중심지에 놓여있을 땐 잘 몰랐는데 남들 보다 몇 갑절은 더 살았을 텐데도 돌이켜보니 참 짧은 순간이었구나, 내 삶은. 서울아 마지막으로 부탁 하나만 더 해도 될까?"

"…네."

"음…. 내가 서울이 네 몸을 빌려 마지막으로 네 할머니께 잠깐 작별 인사를…. 좀 전해도 될까…? 미리 말하겠지만 네 몸을 빼앗아 내 삶을 이어나가려는 건 절대 아니니까 그냥, 가는 길에 마지막으로 엄마 얼굴을 한번 …으아 씨, 이미 수백 년이 넘게 이 세상에 존재했으면서도 쪽팔리게 눈물이 다 나려하네. 얼씨구, 그러고 보니 지금의 내 모습부터가 어린놈이 다 됐잖아?"

창피함을 감추려고 횡설수설하는 작아진 아버지의 어설픈 행위 속에서 나는 그가 쌓아온 지난 세월들이 지금 이 순간에도 조금씩 흩어져 퍼져나가는 것을 눈치챌 수 있었다.

어둠 외에는 아무것도 남아있지 않던 나의 내면 공간에 새싹이 움터나는 따스한 봄이 찾아온다. 이어서 무더운 열기를 품은 여름이 찾아왔고, 천고마비의 선선한 가을을 지나 언젠가 꿈에서 목격했던 새하얀 겨울로…. 네 개의 계절은 신서울의 말라비틀어진 토양을 바로잡으며—, 이치에 맞게끔 자연스레 순환한다. 스르륵 모든 어둠이 물러가고, 따사로운 빛살이 내리쬈다. 기어코 홀로 서게 된 그녀가 두 눈을 비비고서 현실을 직시하니, 자신의 품에 안겨 울고 있는 할머니의 모습이 보였다. 밝은 햇살은 사라지고 그 대신 천장의 형광등이 그녀를 비춘다.

현실의 시간은 이제 겨우 1초나 흘렀으려나? 나오세요, 아버지.

나는 나직이 아버지를 부르고서 육체의 긴장을 풀었다. 통제권이 어떻게 넘어갔는지 원리는 잘 모르겠지만 나는 나를 제3자의 시선으로 보게 됐다. 어라 여태껏 관심이 없어 몰랐었는데, 아버지가 내 육체를 차지하면 내 눈동자의 색이 조금은 옅어지는구나. 음, 눈동자가 각자의 영혼을 비추기라도 하는 건가? 쓸데없는 고민에 빠져있는 사이 아버지가 행동을 개시했다.

"엄마 나야, 엄마 아들 민우."

지켜보는 입장일 텐데도 난 할머니의 흠칫거림을 고스란히 느낄 수가 있었다. 이제 감각은 사소한 것까지 전부 다 공유가 되는 거야…? 더 이상 놀랄 기운도 없어 대충 납득하고 말았다.

"진짜 오랜만이네. 엄마…. 어떻게 그간 몸은 좀 건강했어? 실험 부작용으로 어디가 잘못되거나 그런 건 없지…? 아! 그러고 보니 엄마 왼쪽 발목이 엄청 안 좋았었잖아 인대파열 때매 수술도 몇 번인가 받았었고. 신체를 개량했을 때 그쪽도 분명 완치를 했었는데 다른 부작용 없이 걸을 만은 해?"

"그걸 서울이 네가 어떻게… 아들…? 진짜 아들이야…?"

"응 엄마. 나야 팔십에 달한 나이에도 어울리지 않게 어린애 같은 말투를 쓰는 건 엄마가 조금만 양해를 좀 해줘. 갈 때가 다 되니 정신연령이 자꾸 어려지고 있거든. 나 곧 떠나. 떠나기 전에 마지막으로 엄마 얼굴을 보면서 대화를 나누고 싶어 나름대로 최선을 다해 찾아온 거야."

아버지는 아무렇지도 않은 투로 자신의 죽음(종말)을 밝혔다. 사실은 조금 더 살고 싶다고, 죽기 싫으니 나 좀 살려달라고 구차하게 매달리거나 애원하는 일 없이 도리어 자신의 어머니가 받을 충격을 최소화시키기 위하여 구태여 무심한 척 덤덤한 말투와 표정을 짓고 있는 아버지가 신서울은 대단하다고 느껴지면서도 동시에 안쓰럽게 느껴졌다. 몇 번이나 같은 삶을 반복하며 가족을 찾아 헤맨 그가 긴 시간이 흘러 드디어 종착지에 도달하게 됐는데 그곳에 닿자마자 받아들여야 하는 건 진정으로 영원한 이별밖에 없었다.

"왜 계속 울고 그래, 울지 마 엄마. 제법 긴 삶을 살았으니 만남이 있으면 헤어짐도 있다는 걸, 우리 박 여사님께서도 이젠 너무 잘 아실 거 아냐. 이번엔 나의 차례가 돌아왔을 뿐이라고. 근데 누나는 어디 갔어? 간만에 얼굴 보고 인사나 하려했는데…. 에이, 설마 나보다 먼저 저세상에 가 있는 건 아니지?"

아버지는 애써 태연한 척하며 울고 계신 할머니를 달랬다. 그러고는 화제의 중심을 자신에서 나에게는 '고모'가 될 아버지의 누님에게로 돌려놨다. 인체실험의 반복으로 어느 정도 자신감이 생긴 아버지는 꽤 많은 친·인척을 영생의 실험대상으로 삼았고, 결과가 성공의 절정에 이르렀을 때 진정한 직계가족들을 시험대 위에 올려놨다. 결과는 할머니만 봐도 알 수 있듯이 대성공이어서, 아버지의 유일한 남매인 고모가 벌써 자연사했을 리는 없었다.

"…말도 마. 걔 몇 년 전부터 바이크 여행에 미쳐가지고 제멋대로 멀리까지 나갔다 들어와. 최근 일 년 가까이는 쭉 섬에서 함께 지내다가 일주일 전쯤에 나갔는데, 한번 나가면 기본이 이 주인 데다가 연락도 먼저 잘 안 하니 살았는지 죽었는지 원 나도 알 수가 없어."

한두 번 있었던 만행이 아닌지 걱정보다는 질렸다는 감정이 더 앞선 목소리로 할머니가 투덜댔다.

"푸하핫, 직접 운전하는 건 뭐든 질색하던 누나가 지금은 그렇게 오토바이에 푹 빠져서 막무가내로 살고 있는 거야? 하하 히야 오래 살고 볼 일이네 진짜, 오래 살고 볼 일이야. 그럼 엄마가 누나한테 내 마지막이 제법 유쾌했노라고 꼭 좀 전달해줘 거짓말이 아니라 나 말이야 지금 너무너무 행복해. 아마 태어나서 지금 이 순간이 내게 있어선 손에 꼽힐 만큼 최고의 순간인 것 같아. 내가 지금 이 자리까지 오는 데 정말 너무나 오랜 시간이 걸렸거든. 드디어 고난으로 가득 찼던 억겁 같은 세월도 끝이 나는구나— 시원섭섭한 게 참 홀가분하네. 엄마 진짜 미안한데 내 딸아이, 여기 서울이가 스스로 앞가림할 때까지만이라도 보살핌을 좀 부탁할게. 아마 그리 오래 걸리지는 않을 거야. 누굴 닮아서 그런지 원체 똑똑한 아이라서."

즐겁게 이야기를 늘여놓는 아들을 바라보며 대모님은 아무 대꾸 없이 입술을 꾹 다물었다. 아무리 나이를 먹더라도 부모는 사랑하는 자식의 바람을 들어줄 수밖에 없는 존재였다. 베일에 쌓여있던 신비의 통로와의 연결점을 깨우쳤기 때문에, 그녀의 두 눈은 아들의 영혼의 형상을 있는 그대로 과장 없이 담아낼 수가 있었다. 깊숙이 집중해 조금 더 자세히 마주하자 안타까운 탄성이 터져 나왔다. 아, 내 새끼…. 여기까지 오느라 정말로 애썼구나… 손녀의 육체를 감싼 아들의 영혼은 저가 한탄하며 토로한 대로, 과연 여기까지 도달하는데 어떤 고난의 세월을 거쳐 온 건지 짐작이 불가능할 만큼 참담하고 처절하게 망가져있었다.

"불쌍한 것…"

그녀는 당장이라도 붕괴될 듯이 쩍쩍 금이 가있는 아들의 형상을 안타까운 표정으로 바라봤다. 바깥세상의 대모님은 이 세상을 잠식한 각종 재해들과 전면으로 맞서 싸워오면서 온갖 끔찍하고 해괴한 현장—이를테면 산채로 뜯어 먹히고 있는 인간의 모습이라 던지, 굶주림에 자식의 목을 졸라가며 뜯어먹는 부모의 모습이라 던지—또한 셀 수 없이 많이 조우를 해왔었고 그로 인해 웬만한 일에는 꿈쩍도 하지 않을 만큼의 강인한 인내심을 쌓아 갖추고 있었다. 비록 가족의 유대감이 때때로 도를 지나칠 만큼 강한 감정을 유발한다 해도, 그녀는 수천이 넘는 인원을 이끄는 수장으로서 제법 긴 세월을 살아왔기에 어지간한 사태가 아닌 이상 크게 동요를 보이는 일이 없었다. 그런 '신'에게 가장 가까웠던 바깥세상 인들의 최고 우상이 오늘 이 자리에서만큼은 어린아이처럼 펑펑 눈물을 흘린다.

"아이고…. 그동안 얼마나 힘들었을까, 지금까지 정말로 고생했네. 이제 모든 걱정은 다 접어두고 그만 푹 쉬어…. 엄마가 사랑하는 거 알지? 엄마랑 누나도 금방 아들의 뒤를 따라갈 테니까, 두려워 말고 먼저 가서 편히 쉬고 있어 응? 아들…. 세상에서 가장 소중한 내 새끼 다음에 만날 땐 꼭 활짝 웃는 얼굴로 보자. 사랑하는 아들아 안녕…!"

눈물을 흘리며 두 사람은 마주 웃었다. 수백 년간 무수히 반복되던 시간과 시련의 역경을 거쳐 온 김 교수도 김 교수였지만 아들의 계획에 따라 행동을 진행하다 보니 어느새 모두의 희망이자 지도자로서 추앙을 받게 된 원래는 겁이 많고 나약했던 어머니는, 온갖 실패와 비난 고난의 순간을 겪어오며 고통과 상실감에 너무나 익숙해졌고 이젠 거의 무덤덤해졌다.

각자의 사명을 수행하기 위해 헤어진 후 서로 가끔이나마 왕래하던 소식이 끊겨 버린 지가 벌써 십 년이 훌쩍 넘게 흘렀다, 어머니는 제 아들이 어쩌면 이미 죽은 걸지도 모른다는 끔찍한 상상에 이따금 젖어들었고, 자식의 죽음은 상상만으로도 가슴이 찢기도록 괴로운 게 맞으나 그것도 수백, 수천 번을 반복하다 보면 어느샌가 자신의 죽음보다 지독했던 괴로움의 창날은 참 많이도 무뎌졌다. 망각은 저주가 아니라 신께 내려주신 자비로운 축복이다.

신서울의 까만 두 눈이 깊어지면서 대모님에게서 잉태되는 새로운 신비현상을 읽어냈다. 눈부신 분홍색. 할머니는, 나의 어머니는 이미 내가 걱정할 필요도 없이 성장하고 진화해있었다. 자신의 남은 모든 것을 남김없이 바쳐 홀로그램처럼이나마 자신을 형체 화를 하는데 성공한 난 딸의 것이 아닌 진정한 나의 목소리로 작별인사를 건넸다.

“있잖아 나 엄마의 아들로 태어나서 평생 동안을 너무너무 행복했어. 못난 아들이라 이렇게 먼저 가게 돼서 미안해. 죽음의 굴레까지 벗어던지려고 힘껏 노력했는데 부족했네. 결국 적임자는 내가 아니었나봐. 고마워, 사랑해 엄마. 가는 마당에 자꾸 이런 부탁까지 더 하는 건 염치없지만 내 딸, 내가 이룬 일생일대의 최고의 작품인 서울이를, 다시 한번 꼭 좀 잘 부탁할게. 하하 끝까지 엄마한테 멍에만을 씌워버리네. 이런 불효자는 세상 어디에도 없다니까.”

머리를 긁적거린 그로부터 더 이상의 눈물이 흘러나오지 않았다. 계속 목 놓아 울기에는 우린 너무 오랜 세월을 살아오며 모든 감정의 대부분이 마모되고 말았다. 그에게 남은 것이라곤 소중한 이와의 만남을 고대하던 ‘짙은 애정’의 길목에 따라 잃어버린 방황뿐이었는데, 그 오랜 숙원은 지금 이 자리에서 기어이 달성되었다.

더 이상 홀로 남겨질 딸아이에 대한 걱정할 필요도 없었다. 자신을 대신해 딸의 새로운 보금자리이자 울타리가 되어줄 어머니는 과거의 순박한 모습을 찾기 어려울 만큼 자비 속에서도 냉엄함을 행할 수 있는 지도자로서의 역량을 충만히 갖추게 됐다.

자리가 사람을 만든다고 하더니만….

삐리리릭— 짧은 신호음이 방 안을 울렸다.

긴급 상황에 맞춰 천장에서 스크린 화면이 내려와 앉았고, 연결된 회로를 통해 선체의 바깥 환경을 비춰낸다.

"어? 저게 뭐지."

"어째, 이쪽으로 접근해 오는 것 같은데…?"

"아아, 아버지시여…."

"멍하니 보고만 있지 말고 포병들은 자리로 돌아가 대공미사일로 곧바로 대응사격을 할 준비를 하도록!"

"대모님! 상황대응의 지시를 부탁드립니다."

스피커를 통해 당황한 관측병들의 목소리가 들려왔다.

왜들 저러는 걸까? '나'는 그들이 전송한 화면으로 시선을 돌렸다. 화면이 비춰진 어둠에 젖어있던 밤하늘이 외부의 화학작용에 의해 마치 대낮처럼 밝아져있었다. 요란스러운 빛을 뿜는 조명을 반짝거리며 하늘을 가득 수놓은 그것들은, 제 몸뚱이에 부착된 기능인 '식별탐지'를 통해 이번 습격에서 유일하게 피격대상에서 배제된 회수 목표대상 신서울의 위치를 파악하고, 그녀에게 직접적인 피해를 주지 않는 안전타격 범위를 분별해내기 위해 메인회로 장치에 복잡한 계산식을 더하는 중이었다. 기계적인 스캐닝으로 외부 전체를 탐지해봤지만 목표대상의 정확한 위치를 식별하기가 어렵다.

쾅!

적어도 위치의 '해당 없음'의 분석을 마친 미사일 한 발이 에덴 호의 갑판 위를 그대로 강타했다. 폭발의 범위가 아주 넓지는 않았지만, 두꺼운 쇠판을 그대로 녹여 구멍을 낼 만큼 일점에 집중된 위력이 대단했다. 당장 하늘을 수놓은 미사일만 해도 족히 수백 발은 넘어 보였다.

쾅쾅쾅!

목표대상이 휩쓸리지 않을 만큼의 조심스럽게, 그러나 요란스럽게 미사일들이 에덴 호의 각 부위를 건드렸고, 그것은 전쟁의 서막을 알리는 아주 가벼운 준비운동에 불과할 뿐이었다.

쾅! 쾅! 쾅!

갑판 위를 경계하던 병력들이 고성능 미사일의 표적이 되어 제대로 된 저항을 해볼 틈새도 없이 고열의 폭발에 휩쓸려 사라졌다. 그대로 끝이다. 죽음이란 것은 그것을 맞이하게 될 당사자가 생각치도 않고 있을 때 슬며시 찾아오기 마련이었다. 신자들은 열렬히 부정하겠지만, 죽음에 있어 신을 믿건 말건 신앙의 여부는 딱히 중요치 않았다.

이 시대에서 가장 보편적인 죽음이란 세상을 제멋대로 주무를 수 있는 권한을 가진 자가 폭력을 휘두르기로 결정한 그 순간 곧바로 결정이 났다. 힘이 없다고 힘 있는 자들의 여흥에 휩쓸려 죽어야 하다니 대체 이 세상 위에 공정한 심판자는 대체 어디 있단 말인가.

힘없는 약자들의 그런 억울한 항변을 들은 권력을 거머쥔 강자들은 조소를 지어 보이겠지. "에휴 이 머저리들아, 그런 말 같지도 않은 전능자가 있을 것 같냐?" 그들이 가진 어리석음을 조롱하고 비꼬면서. 그러나 이 예시는 도시 신서울처럼 각자에게 아주 현격한 격차와 그 격차가 무슨 일이 있어도 좁힐 수 없는 거대하고 드높은 장벽이 오랜 시간에 거쳐 세뇌로 세워져 있을 때 비로소 영원한 족쇄로서 힘이 발휘되는 어그러진 사상이었다. 별거 아닌 원시인들이라고 경시하며 방치했던 바깥세상의 신앙인들이 과학도시의 전력과 비하자면 갖다 붙이기에 민망할 정도로 '약자'의 포지션을 취하고 있는 게 부정하지 못할 사실이긴 했지만 이처럼 대놓고 공격을 감행을 벌이다니. 아주 오랫동안을 지배자의 위치에 앉아 저항다운 저항을 겪은 지 오래됐기 때문일까. 벌써 한번 큰코다쳐 놓고도 놈들은 상대를 얕봐도 너무 얕보고 있었다.

발사체의 경로추적 완료, 미사일 조준 장전 준비 끝.

이 습격을 주도한 놈들은 자신들이 상대할 대상이 이미 연식이 오십 년도 넘은 고물들을 끌고 다니는 우스꽝스러운 전력을 취하고 있었기에 방심하고 있다가 불의의 급습을 당했던 처음이라면 또 모를까, 철저히 준비를 마치고 나온 지금으로서는 제대로 상대할 가치가 없을 만큼 형편이 없을 거라고 자만을 내비치고 있는 것이다.

허나 누군가의 연출에 의한 신의 발자취에 홀려 허상을 경배하며 좇고 있는 이 가련한 영혼들은, 의외로 각자가 맡은 부분에서만큼은 아주 철두철미하게 단련이 된 투쟁의 전문가들이었다. 말로서는 설명하기 힘든 거친 삶이 그들을 그렇게 진화시켰다.

미사일이 계속해서 적중해 타격을 주어 피해가 중식되고 있는 지금만 해도, 혼란과 공포에 눈이 멀어 자신에게 부여된 임무를 내던지고 도망치려는 겁쟁이는 그들 중에서 아무도 없었다. 본인의 근방으로 귀가 멀 것 같은 소음과 함께 미사일이 떨어지건 말건, 참지 못할 고통의 뜨거운 열기가 몰려오건 말건, 의무병은 치료를— 수리공병과 전기병은 망가져 가는 선박을 수선하며 차분히 각자의 역할을 수행했다. 그들이 살아온 지난 거친 삶의 투쟁과 불멸에 대한 신앙적 믿음이 잠시나마 모두의 움직임을 멈춰 세웠던 패닉상태를 순식간에 극복해낼 수 있도록 정신적인 스트레스를 빠르게 순환시켰기 때문이다.

신자들이야 뭐—, 그것을 두고 무조건 신의 기적이라 박박 우겨대며 부르짖겠지만, 이들이 냉정함을 빠르게 되찾을 수 있던 가장 결정적인 이유는 바로 서로의 '경험의 차이'에 있었다. 보급이 끊길 때가 아주 흔했던 과거에는 짱돌만을 그러쥔 맨몸으로도 식량기지의 태반을 독차지하고 있던 저 흉악한 검정 괴물 놈들과 죽기 살기로 맞붙어야 할 일이 자주 있었다. 재래식 총기류로 무장을 한 현재에도 대거리를 하는 것이

만만치 않은 상대인 만큼 맨몸으로 덤벼드는 그야말로 자살행위와도 같은 길고 지난한 사투 끝에 그들은 끝내 걸림돌로 작용하는 괴물을 사살하고 겨우겨우 자신들이 원하는 생존의 방향성을 기필코 거머쥐곤 했다. 심지어 그 당시 만해도 전지전능한 신, 우리의 위대한 아버지가 그들의 곁에서 우상과 희망으로 존재치도 않았을 때다. 멸망 이후의 갈라져 통합되지 않은 세상은 각자가 믿는 허상에 따라 제각각의 색채로 그려진 엉망진창의 세계일뿐이었다.

벼랑 끝까지 내몰리게 된 그들은 살아남고자 하는 투쟁의 본능에 따라 언제든 자신의 죽음을 감수하기로 마음을 먹었고 기댈 희망 하나 없이 죽음의 위기를 스스로 극복해낸 생명체는 온실 속에 갇혀 사느라 적어도 생존의지 부분에 한해서만큼은 저 나약하기 짝이 없는 돼지들보다 월등한 강인함을 가질 수밖에 없었다.

이 좁은 사회에 강림한 가상의 신께서는, 단순히 구성원들의 마음속 빈자리를 가득 채워줄 희망이 되어주는 것에 그친 것을 넘어 그들이 터득한 투쟁의 불씨(생존욕구)가 더 이상 활활 타올라 스스로를 잡아먹지 않도록 억눌러주는 역할도 겸하고 있었다. 투쟁욕이 주체 못 할 만큼 커지게 되면 어떤 참극을 일어나는지, 지난 십수 년간 진행이 됐던 처절한 내전을 통해 각자 발람의 '식인종'과 라펠트의 '신자'로 구분되어 역할이 굳혀지게 된 그들은 서로 그것을 아주 잘 이해하고 있었다. 그렇게 방패막이로 세워두었던 가짜 신의 의의를 돌이키다 보면 가짜 신은 진짜가 되어 어느덧 그들의 삶의 일면 그 자체가 된 것이다.

이래도 신을 열렬히 숭배하는 행위가 사실은 모든 진실을 알고 있으면서 필요에 의해 거짓 연극을 이어 나아가는 속임수. 배덕적인 행위일 뿐인가…? 모든 사실을 알아냈다 해도—사실 우리의 신이 진정으로 가상의 존재임을 확신했다 해도,—이제 와 가짜라 비웃으며 무작정 배척을 하기에는 바깥세상의 [신학]은 바깥사회를 지탱하는 데 있어 다른 무엇보다도 커다란 필수불가결의 '이데올로기로' 확고하게 자리를 잡아 버렸다. 이제 이들은 신의 영광스러운 이끎 없이는 과거와 같은 용기를 끌어내지 못한다. 그들 중에서 아무리 용맹한 전사일지라도 맨몸으로 겨우 바닥에 나뒹구는 조약돌 하나를 집어들고서 가벼운 앞발 휘두르기 한 방에 인간의 머리통을 박살내버리는 저 무도한 검은 짐승들과 맞붙을 만용을 보일 수 있을 리가 없었다.

오직 전능한 아버지께서 우리에게 전해주시는 모든 것을 통달한 지시가 아니라면, 그들은 이제 스스로의 생존을 위해 필사의 용기를 내어 결단하는 법조차 잊어버리고 말게 됐다. 음…. 정말로 꽤 심하게 망가졌는걸. 이것까지 다 내 탓인건가? 에이 누가 저들끼리 상잔을 할 줄을 알았나. 이 사태의 원흉이 사태의 원인을 다른 쪽으로 넘기며 은근슬쩍 발을 뒤로 물린다. 무너져가던 이들을 살린 것도, 그 대신에 어딘가 한구석씩 부러뜨려 망가트린 것도 결과적으로는 내가 저지른 과오였다. 자신이 인간으로 존재하고 있었을 때 뒷일을 가볍게 생각하며 벌인 의도적인 실수…라고 해야 할까? 인간은 그 누구도 앞날을 100% 정확히 내다볼 예지능력이 없었다. 할 수 있는 건 제멋대로 그럴듯하게 짐작하는 것 정도에 그칠 뿐이지 모든 삶을 대가로 바쳐 놀라운 기적을 일으키더라도 결코 일어나지 않은 미래로 먼저 나아갈 수는 없었다. 흘러가지 않은 미래란 건 당초 존재하지를 않는 것이었으니까.

쾅!

바로 위에서 폭음이 들려왔다. 이제 이곳까지 미사일이 처박히기 시작하는가. 가소롭다는 듯이 웃음을 지어보인 난 서울이의 몸으로 태평스레 기지개를 켰다.

"하—? 이것 참 알아서 그냥 조용조용히 떠나가려했건만, 제 놈들이 마지막을 화려하게 장식할 대미의 판을 깔아주는구만. 이 망할 운명은 꼭 끝 무렵부터는 나의 희생을 강요하며 언제나 죄악의 윤회마냥 위기의 순간이 반복된단 말이지. 뭐, 정작 이 세상에 그 사실을 아는 사람은 엄마와 서울이 정도밖에 없을 테지만. 누나랑, 혜..—삐 가 내 곁에 없다는 게 참으로 아쉽네. 변종원 이 망할 자식아 변질자 기질은 이미 수십 번이 넘게 겪어봐서 알고 있었지만 끝까지 은혜를 원수로 갚으려 들어? 오냐, 어디 화끈하게 한번 붙어보자고."

나는 잘됐다는 미소를 지으며 내 최후의 전쟁을 준비했다. 아주 오랫동안 품고 있던 염원도 무사히 성립해 이뤄졌겠다, 이제 더 하고 싶은 것도 딱히 없으니 딸아이한테 더 이상 정신적인 악영향을 끼치지 않고 스스로의 소멸을 실행하려던 차였다.

그대로 사라졌다면 엄마와 딸이 저것 때매 깨나 고생을 했을 텐데, 습격의 타이밍이 친절하리만큼 몹시도 적절했다. 마치 누군가가 재미 삼아 쓴 시나리오의 한 장면처럼 극적이잖아. 어머니를 통해 일부 받아들이게 된 신을 여전히 완전히 믿는 건 아니지만 거 고맙수다.

—잘하면 변종원이 이 은혜도 모르는 놈을 길동무로 삼을 수 있겠군. 나는 흡족한 표정을 딸의 얼굴 위에 투영해냈다. 안 그래도 젊은 날 사귀었던 몇 친우들의 배신과 번번한 훼방 때문에 위험에 몰려 아무것도 해보지 못하고 재시작을 택해야 했던 안타까운 시간이 반복된 삶 내내 이어졌었다. 그간의 복수에 더해 + 위험요소의 제거까지. 일거양득을 누릴 절호의 기회였다.

"건강해."

나는 만면에 웃음을 떠올린 채로 진짜 마지막이 될 작별인사를 건넸다.

"아들…."

어머니에게서 나온 뒷말을 구태여 듣지 않고 나의 몸은 곧장 아비규환의 현장인 선체의 바깥으로 이동했다. 어릴 적 읽던 판타지소설의 마법사처럼 딸아이의 몸은 자연스레 공중으로 떠올라 부유하고 있었다.

"아주 작정을 했군."

빠르게 주변을 훑어본 내가 혀를 차며 평한다. 에덴 호를 요격 중인 미사일들은 몸체에 달린 붉은 빛의 조명이 다른 곳을 비추기 위할 목적으로 설치된 것은 아니었기에 저녁에 보면 본래의 용도대로 '식별'이 가능한 정도에 그쳤지 한 개체만을 놓고 밝다 하기에는 한참이나 빛의 면적이 모자랐다. 미사일당 그런 조명이 수십 개가 붙어있긴 했지만, 밝기를 떠나 설치된 전구의 크기부터가 어린아이의 집게손가락으로도 집을 수 있을 만큼 작아 몇 발 정도는 뭉쳐봐야 짙게 내리깔린 어둠을 몰아내기에 한참은 무리인 것이다.

그럼에도 주변은 어둠이 내리깔린 밤의 풍경과는 어울리지 않게 울긋불긋 환했다. 얇은 나뭇가지도 다발로 뭉쳐 묶는다면 흉악한 둔기로 변한다고 했던가. 전쟁의 양상을 살펴보니 당연히도 에덴 호—신을 숭배하는 바깥세상의 라페트 인들의 팀이 일방적으로 폭격에 두들겨 맞는 모양새를 띠고 있었다. 간간히 구식의 수중어뢰 따위를 발사해 사방에서 짓쳐드는 미사일들의 소량이나마 격추시키고는 있다곤 하지만 허공을 한가득 점령하고 있는 상대 미사일의 숫자에 비하면 그 수가 조족지혈에 불과. 사실상 우리는 놈들에게 조롱을 당하고 있는 것과 다름없었다.

"역시 내 딸을, 자신들의 추악한 욕망의 결집체를 데려가려는 거군."

두 대의 함선 주위에 '만사천사백십칠(14,470) 발'의 미사일을 띄워놓고 선 고작해야 20초당 서너 발씩의 미사일만이 두서없이 틀어박히고 있었다. 망할 도시 권력자 놈들의 최종 의도가 향해있는 곳은 영생의 비밀을 품고 있을 서울이의 안전한 재탈취였으니, 이 농담 같은 상황도 이해는 갔다.

쾅! 쾅!

적은 숫자의 미사일이 선체에 계속해 박혀든다. 무언의 협박이겠지, 이곳에 너희들이 훔쳐간 보물이 있다는 걸 다 알고 있으니, 지금이라도 살고 싶다면 당장 보물을 내놓으라고. 인접한 방주의 우측라인은 이미 집중포화를 받아 외향적으로 심하게 너덜너덜해졌다.

사망자 만해도 벌써 스물세 명. 부상자까지 더하자면 오십칠 명이 난데없는 폭격에 휘말려 희생을 당했다. 그들은 배를 감싼 뒤틀린 철판처럼, 그나마 남긴 형체도 인간의 형상이라고는 분간하기 힘들 만큼 잔뜩 어그러져있었다.

왜…? 지켜보던 신서울에게서 의문이 생긴다. 이들에게는 아무런 죄가 없었다. 변변찮은 저항도 하지 못한 채로 몸이 폭사 당해야 하는 이런 취급은 부당하다. 그러나 유구한 역사를 가진 수많은 신학의 교리를 따르자면, '약속되지 않은 모든 죽음'(수명을 다한 자연사 이외의 죽음)은 대부분 신성한 왕국으로 빠르게 떠나갈 기회임과 동시에 인간이 살아생전에 저지른 죄악에 대한 '징벌'의 결과였다. 일평생을 살아남고자 고생이란 개고생은 다 감수해오며 정체도 모를 신에게 절실히 매달려 숭배만을 반복해온 이 가련한 우리들이 대체 무슨 놈의 죽을죄를 지었다고 이런 끔찍한 최후를 맞이해야만 하는 걸까. 뭔가 이상하지 않아? 정의로운 신이 참으로 존재한다면 이런 불합리한 처사를 지켜만 보고 있으면 안 되잖….

쾅…!

슬며시 그러한 의구심을 가졌던 어떤 누군가가 미사일의 다음 타깃이 되어 폭사했다. 우연은 어떨 때 보면 참 지켜보기가 떨떠름해 질만큼 기막힌 계획처럼 어떤 연출 하에 의도하여 움직인다.

'조금만 더 극적일 때.'

정작 계획을 구상 중인 당사자는 남이 죽건 말건 참사를 관망 중인데 말이지.

'으…윽, 안 돼!'

마음이 약한 딸아이는 참혹한 현장이 이어질수록 비명을 내지른다. 신비를 더 가득 품게 된 서울이의 깊은 검정색 눈동자는 그녀가 보려하지 않아도 미사일의 궤적을 미리 완벽하게 그려낼 수가 있었다. 현재 허공에서 가속 중인 다섯 기의 낙하 도달점은 정확히 A팀원들이 뭉쳐있는 곳. 심리적인 의존도가 높은 그녀의 '동료'들이 모여 있는 장소였다.

…뭐, 방관은 그만두고 이쯤에서 딸을 위해서 마지막 무대를 장식할 특별함을 좀 섞어볼까. 난 기나긴 세월 동안 나를 존재하게 했던 근원의 최대치를 단번에 모조리 끌어내, 한정된 공간을 겨눠 아주 특별한 영향력을 행사했다. 내가 행한 건 딸아이의 간절함도 이루어주고, 오랜 시간을 함께하며 너무나도 익숙해진 탓에 알게 모르게 작게나마 균열이 가고 있는 '대모님'의 입지를 다시금 재정립시켜줄 진정한 기적. 가짜로 탄생한 내가 여태껏 쌓아온 모든 것을 일순간에 투자를 하여 일으킨 가짜 신학을 기반으로 한 진정한 '성역'이었다.

지난번에 봤던 '신의 미소'라 불리우던 자연의 현상을 참조를 해, 영혼에서 발해진 압력으로 인해 순간적으로 하늘의 흑운이 거둬지자 성스러운 새하얀 빛 무리가 쏟아져 내려와 에덴 호와 방주의 근방 오백여 미터까지 통째로 집어삼킨다.

———.

가까이서 들려오고 있는 폭발의 굉음에 귀가 멀어버렸거나, 온몸에 파편이 박혀 상처를 입었거나, 팔다리가 터져나가 신음하던 배 위의 개인들. 온몸이 찢겨나가 이미 죽음을 맞이한 이들을 제외하고 살아 숨쉬고 있던 나머지 모두는 자신들이 입은 상처가 성스러운 빛의 가호 아래 순식간에 아물어 버렸다.

"…아— 아버지시여…."

털썩. 그 기적의 향연과 맞대하게 된 모두는 동시다발적으로 무릎을 꿇고 주저앉아, 위기 상황임조차 순간적으로 잊고 두 팔을 들어 올린 채로 모두가 신의 은혜를 경애하고 찬미했다. 그럴 수밖에. 이것은 만들어진 성경 속에서 '사실'이라 기록한 어느 역사의 신화보다도 더 큰 기적의 결과물이었으며, 오랜 믿음의 과실을 증명하는 현실의 특이(特異)였다.

한낱 피조물 따위가 어찌 위대하고 전능하신 하늘 위의 아버지께서 우릴 위해 내려주신 축복의 놀라운 신비함에 감동하지 않으리오.

풍덩 풍덩.

황금빛 물결에 닿은 미사일들이 기능을 상실하고 추락하며 바닷물 속으로 고꾸라져 처박혔다.

"저, 저기!"

"우와아아아—!"

"경배하라, 드디어 이 땅 위에 아버지께서 오셨도다."

누가 시키지도 않았건만 미리 정해놓은 군무를 하는 것처럼 칼같이 고개를 치켜들어 일순간 같은 방향을 쳐다보게 된 라펠트의 군인들은,

신성한 금빛 무리와 더불어 이어져 나온 칠흑 같은 검정색에 휩싸인 채로 허공을 거닐고 있는 소녀의 기적행사를 목도할 수 있었다.

"아아…아아아…." 어찌나 감격했는지 몸을 벌벌 떨다가 벅참을 주체하지 못하고 졸도하는 이들까지 더러 생겨날 정도였다.

"허…. 날이 갈수록 너는 더욱 짙게 빛나는구나…. 감사드립니다. 아버지."

A팀의 리더인 박 분대장은 묵묵히 감탄을 내뱉으며 신에 대한 찬양을 꺼내들었다. 이 세상의 모든 사물에게 영향을 미치게끔 설계된 현실의 무자비한 중력의 '족쇄'는 신의 선택을 받은 아이에게는 아무런 영향을 주지 못하고 그녀—, 신서울의 육신이 중력을 거슬러 올라 7m가량 위의 허공에 자연스럽게 부유함을 허용하고 있었다. 어떤 외부적 장치의 도움도 없이 힘들이지 않고 허공의 공간에 살포시 내려선 소녀의 모습을 멍하니 바라보고 있노라면, 어느 날 우연히 낡은 책에서 보았던 마법사의 요술이나 성경에서 소개된 신과 인간을 잇는 중개자, '천사'의 강림과 같은 신비를 떠올리게 했다.

대다수의 생각이 그런 방면으로 흐르자 금빛이 잦아들면서 점점 더 윤택이 흐르는 묵 빛에 감싸여져가고 있는 소녀의 등 뒤에 마치 두 쌍의 거대하고 아름다운 흰색과 검은색 좌우의 날개가 넌지시 보이는 것도 같았다. 실제론 그런 보여주기 식의 '쇼'까지 발휘한 건 아니었지만 짙은 믿음에 홀려 발생하게 된 비이성적인 집단최면의 분별이었다. 신을 모신다는 이가 어찌 눈앞의 현실 속에 펼쳐진 신비를 좇지 않으리오. 과학으로 흥했던 세상은 과학의 폭주로 인해 결국 멸망을 맞이했고 인간이 오랫동안 으뜸으로 내세웠던 이성적인 삶은 이 세상의 모든 것을 힘을 틀어쥔 소수의 이들에게만 선사됨으로 마땅히 경계해야 좋을 쓰레기 같은 이념으로 추락해버렸다.

이다지도 잔혹한 현실의 늪에 빠져 아무런 희망이 없이 처절함을 부르짖은 채로 살아갈 바에야 차라리 현실에 조금이라도 가까워진 꿈과 같은 이상의 결과물을 뒤쫓는 것이 훨씬 더 생산적이지 않겠는가. 어둔 절망을 뚫고 한줄기 빛이 강림했다. 그것이 진정한 구원일지는 더 지켜볼 일이었다.

2장. 태동하는 악, 선악의 대립/악마의 등장

"뭐야 저거… 김민우 이 개자식! 우리들의 희망도구 안에 대체 무슨 말 같지도 않은 수작을 부려 놓은 거야! 인간이 스스로 날고 있다니…. 저게 말이나 돼?"

쾅!

아주 멀리 떨어진 거리에서 드론의 표준렌즈를 통해 비춰진 커다란 화면으로 조금 전까지만해도 당금의 정황을 여유 있게 관람 중이던 변종원 교수가 책상을 강하게 내리치며 신경질을 부렸다.

인조인간 '신서울'은 영생의 비밀을 밝혀낼 가장 귀중하고도 값어치가 높은 비밀의 열쇠였다. 인정하기 싫지만 생명 관련 분야에서만큼은 자신보다 최소 몇 발자국은 너끈히 더 앞서있던 김민우 그 개자식이 이뤄낸 필생의 역작. 도시에 귀한 게 숨겨져 있다는 건 대체 어찌 알았는지, 저 벌레 같은 것들이 우리가 잠깐 방심을 하고 있던 틈을 타 꽤 깜찍한 쇼를 일으켜 잠깐 눈을 가리고서 그사이에 보물을 슬쩍 탈취해갔고, 그래봤자 거지같은 삶을 살고 있을 제 놈들이 가긴 어딜 가겠어. 간만에 몸이나 좀 풀면서 나의 위치를 더 공고히 해줄 공훈이나 세우자란 자신만만함을 앞세워 흔쾌히 재탈취의 중임을 꿰차고 나섰던 변종원 교수는 의외의 변수 앞에서 헤매다가 업적을 달성하기엔 꺼내들기가 조금은 치욕적으로 느껴져 사용을 망설였지만, 결국 회장이 선심 쓰듯이 내줬던 인공위성의 능력까지 동원하는 추태를 보이고서야 비로소 비루한 광대 놈들의 정확한 위치를 탐검해내는 데 성공했다.

참고로 끝끝내 입을 여는 것에 실패하고 만 그 고집불통의 중대장 놈은 개먹이로 던져 생생한 맨 정신으로 굶주리고 흉포한 사냥견에게 잡아먹히게 하는 분풀이용 처벌을 선사했었지.

쯧, 건방진 벌레들. 당장 씹어 먹으려는 것을 대신해 아주 자비로운 형벌인 미사일 찜질로 놈들의 악랄함을 징치 하는 은혜를 베풀어줬건만 신서울의 저 요상한 등장은 유리했던 상황 자체를 아예 반전시키고 있었다. 분명 압도적인 건 여전한데도 왠지 '위험'이란 단어부터가 먼저 떠올라 머릿속의 경종을 울려댄다. 더욱이 이상한 건, 김민우 그놈과 너무나도 똑 닮은 건방진 신서울의 눈길이 마치 자꾸만 자신과 직접적으로 대면이라도 하고 있는 것처럼 딱 맞닿아 맞부딪히곤 하는 불편한 진실이었다.

이 세상에 둘도 없을 끈적한 연인의 행세를 하며—비록 최근에 그녀의 실체를 마주하게 되면서 처음 계획했던 상황 자체가 깨져나가게 되어 버린 터라 어떻게든 태연함을 가장하며—처음 계획했던 수준은 아니어도 나름 그냥저냥 잘 이용해 먹고 있는 중인 안젤라가 바로 곁에서 찰떡같이 달라붙어서 동행을 하고 있었기에, 자신이 일부러 강조하여 꾸며낸 '남자다운' 이미지를 깎아내리지 않기 위해서라도 애써 근면성실이 태연한 척을 가장은 하고 있었지만 솔직히 아까부터 등줄기에 소름이 돋아 비명이라도 냅다 내지르고 싶은 심정을 억누르고 있었다.

'저 쬐끄만 계집애는 대체 왜 저딴 눈초리로 이쪽을 자꾸 노려보는 거야? 누가 그놈 작품 아닐까봐 저 빌어먹을 눈길. 앞길이 막막해 골치가 아프다고 온갖 힘든 척을 다하더니만 항상 내가 이룩한 창작물을 아득히 뛰어넘는 결과물만을 내놓던 그 망할 놈의 새끼랑 똑같아서 보기 싫어 완전히 돌아버리시겠네! 결국 배때기에 친히 구멍을 뚫어주는 것으로 그동안에 놈에게 겪었던 모든 수모는 일시불로 청산을 했을 텐데 어째서…. 저 겉면만큼은 우리들과 똑같은 형상을 하고 있는 인형계집애한테서 그 망할 자식의 뻐기던 개 같은 모습이 엿보이는 거지? 저놈의 괴상한 빛 무리와 망망대해 위를 아무런 장치의 도움 없이도 떠있을 수 있는 건 또 무슨 장치를 이용한 거고. 무엇보다 티제이의 통제를 받고 있을 미사일들이 저 빛에 노출되고서 왜 명령체계를 따르지 않는 거야?'

그래 가장 큰 문제는 그거다. 신서울의 기분 나쁜 표정과 요란스러운 빛 무리가 어쩐지 더 이상 보고 싶지가 않아—시야에 검붉은 것이 가득했기에—사전에 비장의 패로 준비하여 자신의 100% 통제 아래 있던 최우선 몇 발의 사제 미사일의 경로를 엉겁결에 '수거대상'인 신서울에게로 지정을 해버렸지만, 명령을 하달받은 미사일들은 전혀 꿈쩍도 않고 허공에 그대로 정지해있다. 고급 기술인 수직이착륙 기능까지도 담겨있는 미사일들이었기에 허공을 점한 채 제 자리에서 머무르는 것 정도야 딱히 놀라울 게 없는 당연한 모습이긴 했으나 한두 발의 기능이상이라면 모를까, 3천여 발의 미사일이 동시다발적으로 딱 멈춰버린 저 광경은 혼란과 당혹을 넘어 경외를 불러일으킬 정도였다.

"제길 뭐가 문제인 거냐고…!"

"꺅! 놀래라 종원 씨 갑자기 왜 소리를 지르고 그래요, 소리는! 그냥 바깥 방사능의 영향으로 잠깐 오류가 좀 생긴 거 아녜요? 지켜보기 신기하긴 하네요. 그 티제이의 계산에 오류라니"

"어떻게 참으라는 거야. 다잡은 쥐새끼들인데, 미사일의 무선 조종 체계에 이상이 생겨버려서 이러다 죄다 놓치게 생겼잖아! 이런 썅, 빌어먹을."

"에이, 위치만 확실히 파악했으면 됐지 뭘, 좀 빨리 잡나 늦게 잡나 사소한 차이 가지고 오버래? 늦게 잡으면 오히려 좋은 거 아니에요? 나 아직 갑갑한 집으로 돌아가고 싶지 않은데. 배 속에 아직까지 당신 아이의 소식도 없고. 흐응, 당신은 아닌가 보네?"

변종원 교수에겐 참기 어려운 '비극'이었으나 일평생을 호화롭게 살아온 철없는 아가씨께서는 지금의 꾸며진 일탈이 꽤 재미있는 '희극'처럼 느껴지나 보다.

'제길 엊그제부터 갑자기 그놈의 애새끼 타령은 지겹도록 꺼내드는구만. 이용해먹다 버리기 좋은 순진한 아가씨인 줄 알고 자존심 다버려가면서 굽신댔더니만 이건 뭐, 탐욕의 거미로도 모자라 숫제 요사로운 색녀가 다 됐잖아. 에이 씨발, 귀찮은 년. 어린 게 말이야 요망한 건 둘째치고 있던 정도 다 떨어지게 집착이 너무 심해…!'

이 괴이한 상황을 분명 함께 지켜봄에도 제게 끈적이며 달라붙어 그저 성적인 자극만을 강요하는 레이나를 바라보며 변 교수는 지긋지긋하다는 듯이 비난의 욕지거리를 속으로 삼켜냈다.

영생의 비밀이 바로 코앞에 와 있건만 손만 뻗으면 당장이라도 닿을 것 같은데, 아슬아슬하게 닿지가 않는다. 치밀어 오른 분노가 지난날 그녀의 본모습을 마주하고서 경계심을 갖게 됨으로 최소한 겉으로라도 바짝 존중을 표하고자 했던 저 레이나에 대한 자신의 태도 및 이성과 그러한 기본원칙을 마비시켜 간다. 자꾸만 생겨나는 차질이 의도의 발목을 붙잡는다. 그냥 처음부터 계획했던 대로 도시에 남아 뒷공작이나 펼치고 있었다면 밖에서 이런 좆뺑이를 치며 개고생할 일도, 짜증이 나게 엉겨 붙는 저 미친 색녀에게 시달릴 엿 같은 일도—레이나를 타락시킨 건 본인이었지만 위선자들이 언제나 그러하듯이 그에겐 모든 원인을 제공한 것이 본인이라는 자각이 없다—없지 않았겠는가.

김민우 이 개자식 진리를 관통하는 비밀을 깨달았으면 즉각 기록으로 남겨뒀어야지 그 위대한 걸 저 혼자 처먹기 위해 자신만의 기억으로 포장한 채 갖고 가다니. 끝까지 마음에 들지 않는 고약한 개자식이었다, 그놈은. 그때 끝장내지 않았다면 비밀을 혼자 독차지한 채 얼마나 잘난 체를 하면서 내게 그것을 내줄 듯 말듯 쫄랑댔을까. 그래 죽이길 참 잘했어.

[변종, 이 은혜도 모르는 개자식은 여전히 합리화가 치졸하기 짝이 없네?]

움찔,

아득하게 들려오는 남자의 비난 소리에 화들짝 놀라 억 소리를 뱉어낸 변 교수는 자신의 허벅지를 쓰다듬는 레이나의 야릇한 손길을 강하게 잡아챈 채 물었다.

“왜 이래요, 오늘은 이제 겨우 네 번째인데 벌써 튕기는 거야…? 피, 이 약골.”

“방금 너도 들었지! 죽은 그놈의 목소리…! 수석연구관 김민우의 목소리!”

"네? 어머, 술도 안 마셔놓고 갑자기 뭔 뚱딴지같은 소리래? 그리고 애당초 저희 쪽에 수석연구관이란 직책이 어디 있다고 그래요? 그거 십년도 전에 이미 폐지가 된 낡은 직책이잖아 그냥 연구관이나 관장이면 몰라도. 으음, 아까부터 식은땀을 삐질거리는 게 어디 안 좋은 거 아니에요? 에이 씨, 벌써부터 그럼 안 되는데…."

'수석연구관이야 이 여자가 어렸을 때 놈의 죽음 이후에 완전히 폐지가 됐던 직책이니 모를 수 있다 쳐도 똑똑히 들리는 저 목소리조차 듣지를 못했다고? 이렇게나 생생한데..'

어디까지나 필요에 의해 관계가 이뤄진 가짜 연인의 강한 부정에 넋이 나가버린 변 교수는 자신이 정말로 헛것을 들었나 의심을 하다 고개를 절레절레 저으며 정신을 차리고자 기지개를 켰다.

'하긴…. 요즘 저 색녀한테 밤낮없이 그렇게나 혹사를 당했는데 지쳐서 잠깐 정신이 나간 걸지도….'

아까부터 무언가 이상 하긴 했다. 티제이의 감시망을 벗어던지고 말을 걸어오는 듯 이상행동을 보이기도 했으니까.

[이야, 또 네 멋대로 집어 넘기려고?]

애써 마음을 다잡는 중에, 화면 속의 신서울이 피식 그의 행태를 비웃으며 어깨를 으쓱였다. 뭐야…. 내가 보여지고 있는 것을 넘어 속마음까지 읽을 수 있단 말이야? 바로 옆의 존재가 그런 해괴한 태도를 비춰보여도 이해하지를 못할 판에 여기서 저곳까진 심지어 84km나 떨어져있는 먼 거리일 터. 대체 어떻게? 괴이한 신비와 직면을 하게 되자 온몸에 닭살이 쫙 돋았다.

[궁금해?]

소녀가 가소롭다는 얼굴로 허공에다 손짓을 한다.

텅!

기가 막힌 우연의 일치인지—.

지휘관실의 벽면을 꾸미기 위해 천장에 설치가 되어 있던 은색의 로사리오(rosario)가 힘없이 바닥으로 내팽개쳐졌다. 그럼에도 그 일련의 과정을 단순히 '우연'이라고만 여긴 레이나는 별다른 반응을 보이지 않고 무덤덤했으나 처음부터 끝까지 상황을 관조해 파악을 마친 변 교수는 도저히 자신에게 겨냥이 된 해괴한 이변을 싱겁게 넘길 수가 없었다.

'우연이 아니야 이건 단순히 우연으로 치부해도 좋을 만한 게 아니라..!'

짙은 어둠에 흠뻑 젖은 채로 해사하게 웃고 있는 여린 소녀의 모습이 섬뜩하게 비춰진다.

'이 미친놈이 아무도 모르게 '괴물'을 만들어 낸 거구나. 우리가 계속해서 오늘과 같은 영화를 누릴려면 저것부터 어떻게든 반드시 죽여 없애야 해 지금 당장…!'

변 교수의 마음이 다급해졌다 세상이 멸망하기 전 SF영화의 단골 소재였던 '강화 인간의 반란' 따위의 허무맹랑한 서사시는 매번 많은 희생자를 내고서야 가까스로 종료되거나 끝내 막지 못하고 '그것을 창조자한 세력'의 절멸로서 끝이 났었다. 보여지고 있는 저것은 이미 인간이 가진 공간의 한계성조차 돌파를 한 가위(可謂)***'무서운 내용의 꿈'**의 '괴물'이었다. 영생이고 뭐고, 억지로 취한다면 얻을 것보다 잃을 게 월등히 많은 불량품이 틀림없다.

위기감이 등골을 찌릿하게 때린다. 위기를 남들보다 빨리 캐치해낼 수 있는 이러한 본능과, 친지라도 언제든 짓밟을 수 있는 결단력과 과감성을 갖춘 덕에 그는 어떤 위기에서도 최상의 결과를 도출해 이끌어내어왔다.

—짓밟아야 해! 본능이 경고한다. 급격한 혈액의 쏠림으로 얼굴이 시뻘겋게 달아오른 변 교수는 위험한 실험체를 찢어 죽여야 한다는 어떤 사명감 같은 것에 사로잡혔다.

이 망가진 세상 위에는, 세상과 같은 모양새를 띈 불량품 따위를 결단코 허용해선 안 됐다. 우리가 어떻게 쌓아 올린 왕국인데. 자신의 소중한 많은 것들을 포기하면서까지 겨우겨우 쟁취한 영광의 권력인데. 그 미친놈의 괴랄 한 발명품 따위에게 공들여 쌓아 올린 철탑이 무너지도록 둘 수 없다. 죽이자— 그냥 죽여 깔끔히 없애버리자. 영생을 탐하는 배부른 권력자들에게는 신서울을 말살한 건 어쩔 수 없던 상황이었다고 잘 설명하면 된다. 자신이 배신한 친우에게 육체의 젊음을 받아낸 변 교수는 앞으로 못해도 수십 년간은 그들에게 더 쓸모 있는 패였으니까, 책임을 덮어써서 심한 질책을 받을지언정 완전히 버려지지는 않을 것이었다. 거기다 이렇게 훌륭한 방패막이가 바로 내 곁에 있지 않은가.

변 교수는 곁에 선 그녀의 잘록한 허리에 손을 얹었다. 몇 초 전까지도 귀찮기가 짝이 없던 그녀의 필요성에 절실함을 느끼니까 갑자기 그녀의 존재가 너무나도 사랑스럽게 느껴진다.

"흐흐 이 사랑스런 아가씨야 오래 기다렸지? 충전 완료야 일루 와봐."

"어머머, 이 아저씨 좀 봐, 또 뭐에 불끈해서는 귀여운 강아지에서 갑자기 늑대가 돼버렸대—? 당신 설마 저 원시인들이 무슨 장치를 썼는지는 몰라도 하늘을 날아다니고 있는 설익은 저 꼬맹이를 보고 성적으로 흥분한 건 아니죠? 에이 설마, 얼굴이야 뭐 제법 반반하긴 해도 아직 완전 꼬맹이인데."

"억, 누굴 아동성애자로 모는 거야!"

말 같지도 않은 연인의 의심에 변 교수는 버럭 성질을 냈다.

하—. 하여튼, 의심은 많아가지고. 게슴츠레한 눈빛의 레이나가 그의 속을 들끓게 만든다. 제 애인이 얼마나 의심이 많냐면은 상황 보고를 할 겸 호호할머니인 환경부 장관이랑 잠깐 화상통화를 해도 도끼눈을 치켜뜬 채 멀찍이 떨어진 곳에서 보고가 완전히 끝날 때까지 모든 상황을 지독히 관망하는 그녀였다.

'에이 씨 진짜 부회장의 딸만 아니었다면 콱 그냥.'

"어? 저 머저리들은 또 왜 저래?"

변 교수의 완벽하게 꾸며진 속내의 흑심을 알아낼 길이 없던, '사실은 알고 있는'—레이나는 화면 속에서 미개인들이 취하고 있는 미개한 포즈에 의문을 던졌다. 당장에라도 처박힐 미사일이 마구 날아다니는 와중에, 미친것들이 무릎을 털썩 꿇은 채로 하늘에 기도를 올리고 있다.

'저 멍청한 것들은 미개인답게 어리석게도 우상 따위를 숭배하는가 보구나. 제법 그럴듯한 형태를 갖춘 걸 보아 꽤 녹아 들었나봐?'

변 교수가 위기의 순간 펼쳐진 저들의 샤머니즘의 행태를 보며 그간의 정황을 짐작해봤다. 레이나는 '신'을 모르는 세대— 신이 완벽히 통제된 시대의 아이니까, 저들의 행동을 단순히 의아해하는 것에 그칠 수 있어도, 이미 백 년에 가까운 삶을 살아온 변 교수는 직접적으로 기독교니 뭐니 하는 종교들과 젊은 날에 생생히 얽혀봤고, 생명증진 연구 중엔 틈틈이 각 종교의 역사 공부도 제법 깊숙한 곳까지 해봤기 때문에 이 '종교'라는 것의 시간이 현재나 미래보다 오히려 과거에 치중이 돼 묶여있을수록 비판적 시각을 허용치 않고 오직 절대적 믿음만을 강요하는 맹목적인 열망의 위험성을 내포한 허울임을 잘 이해하고 있었다.

김민우가 만든 소녀에게 저들이 무슨 장치를 해둔 건지, 허공 위에 부유하는 것으로도 모자라 묵광의 빛 무리에 물들어있었다. 짙은 암흑이

나, 밤하늘보다 훨씬 더 짙고 윤기가 넘치는 저 검은 광택의 출연은 우매한 이들로 하여금 전능한 천상의 신으로까지 추앙을 받기에 딱 적합한 멋진 장면이지 않은가. 어떻게 신서울의 특별함을 눈치챈 그나마 머리가 돌아가는 몇 촌뜨기들이 자신들의 허접한 권력체계를 더욱 공고히 하기 위해 제법 머리를 쓴 것 같은데—.

'뭐야 그럼, 겨우 제 놈들의 새 연극배우로 삼고자 목숨까지 내던지면서 건방지게 우리의 도시에 침투해 얼렁뚱땅 새 얼굴로 삼을 것을 납치해간 거야? 그게 하필이면 재수 없게도 우리들의 하나뿐인 귀중한 연구품이었던 거고? 흠, 우연의 연속이라고만 칭하기엔 뭔가 앞뒤가 완벽히 들어맞지 않는데. 고작 그런 하찮은 이유 때문에 외곽부도 아니고 위험천만한 적진 한복판을 기습한다고? 놈들이 찬란한 문명으로부터 떠나간 지가 겨우 한 세기도 지나지 않았고, 비록 처음부터 하층민의 노예 태생들이였긴 해도 기본교육과정을 거친 세대의 인간이 그렇게나 멍청해졌다는 건 좀 아귀가 맞지 않잖아. 으음..'

변종원 교수는 단순히 예측이란 단어를 그리 좋아하지 않았다. 세상 모든 문제에는 모종의 과정을 거친 합당한 정답이 반드시 도출되기 마련이었다. 도시의 강압정책이 싫어 죽음으로 가득 찬 바깥으로 탈주를 선택한 이들이 그토록 강건하던 자의식과는 어울리지 않게 신앙의 이름 아래 우민화된 체제를 갖춘 데에는 그들 중에서도 똑똑한 이들, 권력을 틀어쥔 '리더'들의 뒷 공작이 있었을 게 불 보듯이 뻔했다.

인간이란 참 간사해. A라는 집단의 횡포가 싫어서 B라는 집단을 창설해 빠져나가 놓고선, 강한 권한을 틀어쥔 B의 '창설멤버'에 어지간한 의인이 섞여있지 않는 이상,—어쩔 땐 섞여있어도—시간이 지나갈수록 B = A라 불러도 좋을 만큼 흡사한 모습과 체계로 변모해간다. 평생을

A 속에서 살아왔는데 아무것도 가진 것 없이 의욕만을 앞세워 무작정 새로운 B라는 새로운 이념공간을 꾸미다 보면 언젠가 필시 한계점과 봉착을 하게 됐고, 처음 겪는 답답함을 이겨내지 못한 B의 리더가 그 해결책으로 제게 익숙한 A의 형태를 찾다 보면 조금씩 어? 이거 내가 직접 해보니까 나름 괜찮잖아? 납득하며 거기에 섞여들게 되고 마는 것이다. 이미 위태로운 사회만을 바라보고 자란 아이가 추구하는 올바름은 근본적으로 망가져 있을 확률이 매우 높았기에, 새로운 이념을 새롭게 올려세우던 과정자체는 제법 열정적이고 순수했더라도 언제나 그렇듯이 원래 '하얀 것'이 '검은 것'에 더 쉽게 물이 드는 법이었다.

변 교수는 자신들이 추구하는 이념에다가 '신'이란 궁극의 이상점이면서 겉치레를 내세운 저 야만인들의 지배 계층이 결국 자신들과 같은 종류의 선구자—폭력배—임을 쉽게 알아챘다. 놈들이 도시를 습격했을 때만 봐도 어떠했는가. 전력 차가 극심했다고는 해도 그 어떤 선전포고나 사전의 방문의사 없이 다짜고짜 무작정 총포를 쏟아부으며 일방적인 전쟁의 선포를 알렸다. 놈들 또한 자신들의 목표를 이루기 위해서라면, 적으로 규정지어놓은 나와 같은 인간의 죽음 따위 아무렇지도 않게 넘길 수가 있게 된 정신병자들의 집단으로 꾸려지게 된 것이 확실했다. 과거부터 그래왔듯이 모든 건 오직 신의 미명 아래서, 그 성스러운 부름과 망상의 추구 속에서 자신이 꼭꼭 포장해놓은 모든 죄책감을 떠넘기는 웃기지도 않은 전가 행태를 띠며 말이지.

도시 신서울을 옭아맨 본인들이 할 말은 아니지만—원래 죄악 심을 느끼지 않는 것들은 모든 것에 있어 당당한 게 기본 패시브 스킬이었다.—그런 또라이 들한테, 어떤 가치보다 귀중한 구심점 '신'이 등장하게 됐다. 변 교수는 등골이 한층 더 서늘해짐을 느낀다. 좋은 실험재료로만 여겼었던 그놈의 잔재, 화면 속 신서울의 화려한 변태과정이 이제야 꽤나 위협적으로 느껴졌기 때문이다. 태평 성대했던 기간이 너무 길게 이어졌기 때문일까, 원래의 방비체계의 상태가 잘 유지되고 있었다면 간지럽지도 않았을 허술한 바깥 놈들의 습격에 처음부터 끝까지 어설픈 대응만을 보이고 말았고 갑작스러운 습격에 지레 놀라서 제 살길만 찾아 다락방 구석에 대가리를 처박고 도피한 지휘라인의 부재까지 더해지자 그나마 열정 있게 전쟁에 대응하려던 젊은 층의 인물들은 본인이 가진 권한이 원체 제한돼 부족했던 까닭에 목적을 달성한 습격자들이 유유히 떠나가는 모습을 뒤에서 손가락이나 쪽쪽 빨며 지켜봐야 했다. 가만 논리적으로 생각해보면, 그 튼튼한 도시가 습격을 허용한 것부터가 믿기 힘들 정도로 매우 이상한 일이었다. 코어에서 추출해낸 힘으로 도시 전체를 감싼 방어막을 구축해낸 지가 이제 겨우 십이 년 째에 불과했다.

그 말인즉슨, 진작 도시를 떠나갔던 바깥의 저 버러지 놈들로서는 방어막의 존재에 대해 사전에 미리 알 방도가 없었으므로 재래식 포격을 준비해 퍼붓는다 해도 바깥 외벽부에서부터 시도를 해보는 게 적합하지, 사전에 모든 사정과 경로를 꿰뚫고 유일한 습격의 허용로인 지하배수구의 길을 통해 도시로 자연스레 침입을 했다는 건, 우연이라기에는 너무도 미심쩍다. 아리송한 사실이 뒤늦게 커다란 의문을 야기시켰다. 왜 아무도 놈들의 습격에 나타난 그 괴리감을 의심하지 않았을까. 정황을 종합해보면 도시의 권력층 인물 중에 놈들과 내통 중인 배신자가 존재한다는, 그야말로 충격적인 사실을 너무나도 당연하게 가리키고 있기 때문이었을 것이다. 그것도 꽤나 비중이 높은 핵심 권력자 중 한 사람이겠지.

이를테면, 도시의 핵심 지배자 층인 열두 권력자라던가.

[딩동댕.]

신서울의 조롱이 담긴 웃음소리가 머릿속을 울렸다.

아니 대체 왜? 풀지 못했던 의문은 머무르던 의심에서 사실로 확정이 된 이 순간 아무리 다시 반복해 되뇌어 봐도 도무지 결과자체를 받아들이고 이해하기가 힘들다. 불바다로 변한 이 세상에서 대한민국의 유일한 생존 도시, 과학의 총아인 신서울만큼 살기 좋은 곳이 이 땅 위에 대체 어디 있다고 운 좋게 권좌를 지켜낸 이가 저런 옛것이나 훔쳐다 쓰고 사는 가난하고 더러운 버러지들의 뒤편에 서려는 것인가. 양극화가 일어난 것은 맞지만 여기나 저기나 그건 어차피 매한가지였다. 보통 인간은 자신의 이윤을 최우선으로 추구하며 살아가도록 꾸며진 이기적인 족속이었다. 미치지 않고서야—.

아니, 아니지 잘 생각해봐. 오래전엔 아주 흔히 보였었잖아, 그새 잊어버린 거야? 형체도 없는 존재를 죽어라 맹신하는 저런 머저리들을 어디서든 쉽게 볼 수가 있었잖아. 남에게 모든 것을 지닌 위대한 자처럼 비춰지는 인간도 사실 알고 보면 결국 치명적인 약점을 한두 개씩은 반드시 보유하고 있을 수 밖에 없다는 한계를 지니고 있었다. 이는 불완전하도록 창조된 모든 인간이 원래부터 가진 필연적인 숙명인지라 억울하다고 아무리 투정을 부려도 떨쳐내기란 불가항력인 사항. 우리는 모두 처음부터 그런 모양새로 탄생을 해 완전히 고정된 법칙 속에서 삶을 영위해 나가야했던 것이다, 그것은. 우리들로서는 도저히 어찌할 방도가 없는 것이기도 했고.

지구상의 수많은 종교들은 아주 오래전부터 우리들이 가진 그러한 맹점을 인간 위의 존재인 전능한 신을 믿음으로서 쉽게 극복해낼 수 있을 것이라고 정답 없는 허위주장을 근거 삼아 미지의 두려움에 억눌린 순진무구한 사람들을 꾀어냈고, 오랫동안도 그 세를 잘도 불려왔었다. 대부분의 인간은 당연히 자신이 **[영원]**하길 꿈꿨다. '생존'과 '불멸'은 모든 생명체의 근원적인 이상향의 도달점이었고, 특히 그중에서도 지구상의 그 어떤 생명체보다 자기 자신을 인식하는 객관성과 판단할 지능이 월등한 우리 인간들은, 지금 이 순간을 살아 숨 쉬며 자유롭게 움직이는 내가, 언젠가는 영원한 소멸을 맞이해야 한다는 잔혹한 사실을 깨닫는 순간 끝 모를 아주 깊은 좌절감에 빠져들곤 했다. 시선을 억지로 죽음과 반대방향으로 돌려 잊고 지내다가도 가끔 내가 주변에서 발생한 누군가의 죽음이나, 통제하지 못할 정신병—혼자만의 우울한 사념 따위로 그 끔찍한 진실과 어쩔 수 없이 마주를 하게 될 때면 그때마다 우리는 우리가 현실에 속해 누리고 있는 그 어떠한 부귀영화도 그저 허무하고 무의미한 발버둥처럼 느껴졌다.

'분명 완벽에 가까울 정도로 단단히 통제했을 텐데 어디에서 또 구멍이 뚫려버린 거냐. 하 망할…. 바퀴벌레들보다도 끈질긴 생존력이로군. 허황된 사이비에 빠져 허우적대는 개 같은 정신병자들.'

꽤 합당한 결론에 도달하게 되자 변 교수는 자신의 지끈거리는 머리를 싸맸다. 외부의 허접한 적들이야 지금 당장이라도 더 강력한 수단을 동원해 일거에 쓸어버리면 그만이었지만, 내부의 배반자를 색출해내는 것에는 상당한 잡음을 동반할 게 뻔했다.

특히 회장과 부회장의 알력 다툼이 극단을 향해 치달아가고 있는 이때, 괜한 빌미를 주어 보이지 않는 제3의 세력이 활개를 치고 다니게 된다면 그간 공들여 쌓아온 우리 '특별한 자'들의 위엄이 하루아침에 바닥으로 곤두박질을 치게 될 것이다. 빌어먹을 누가 그딴 망할 짓을 가만히 두고만 볼 줄 알고! 영생을 독차지하고서 날 때부터 배부른 저놈의 돼지

새끼들이 마치 제 것인 것마냥 살찐 손가락으로 차지하고 있는 돼지들의 왕관을 가로채어 제 손에 쥐는 것이야말로 변 교수가 구상한 미래의 꿈, 영생의 이상적인 도달 지점이었다.

자산도 재능도, 심지어 외모조차도 어느 것 하나 특출 남이 없이 변변찮았던 자신이 수많은 쟁쟁한 경쟁자들을 모두 제치고서 이 자리까지 기어오를 수 있었던 이유는 오랫동안 가족만큼이나 친하게 지내왔던 친우조차도 자신에게 방해가 될 것이란 짐작만으로 언제든 쏴 죽일 수가 있는 과감함. 그리고 때에 따라서 자신에게 득이 될 선택이라고 판단이 들면 고작 감정 따위에 휩쓸리지 않고 가장 합리적인 선택을 내보일 수가 있는 독심을 갖고 있었기 때문이었다. 권력에서 나오는 무자비한 압력 이외에는 모든 게 배타적인 도시 신서울에서 자유와 배려를 가장한 사이비 종교의 침입허용은 제 손으로 독이 가득 차있는 성배를 반입하는 꼴과 크게 다르지 않았다.

어떤 종교 이건 간에 그것을 맹목적으로 믿기 시작하면 그게 옳은지 그른지 여부의 판단력부터 먼저 상실을 하게 된다. 종교가 특히나 더 위험한 건, 신을 앞세운 문제 앞에서만큼은 개인의 비판적인 시각을 일체 허용치 않으며 위대함 속에 포장되어진 지극히 보수적이고 이기적인 교리를 문어발식의 구성으로 퍼뜨리고 그것을 접하게 된 모든 이에게 누구도 치유할 수 없는 전염병인 숭앙의 '환상'에 감염시키기 때문이었다.

도시 신서울은 약자의 현시점에서 분명 지나친 억압을 받고 있었다. 지금이야 권력자들이 가진 거대한 힘을 통해 인위적인 죽음의 공포를 기반으로 머저리들 따위에게 딴마음을 품을 일체의 빈틈조차 내주지 않고 있지만, 그럼에도 이질적으로 유연한 신의 존재는 죽음을 더 이상 공포가 아닌 안식과 평화, 나의 새로운 시작쯤으로 둔갑시켜버릴 역겨운 색채를 담은 이념이었다. 나약한 인간은 결국 누구나 다 '죽음'의 불행을 맞이해야 했다.

그런데 고작 신을 절실히 믿기만 하면, 그러한 죽음을, 가장 커다란 고통을 손쉽게 초월해버릴 수가 있다고 한다. 부자이건 거지이건 현실에서 내가 취한 위치는 크게 상관이 없었다. 가장 무능하고 밑바닥에 선 이조차 신을 절실히 믿기만 한다면 구원을 약속받을 수가 있는 것으로 기껏 평등이란 명제를 지근지근 짓밟아 놓았더니만, 조금은 고루하고 진정한 평등과는 거리가 멀긴 해도 어찌 됐던 조련시켜놓은 노예들에게 '자유'라는 이름의 헛바람을 불어넣을 귀찮은 망상 덩어리의 개입을 허용하는 셈이었다, 신이라는 허황된 존재를 이념에 받아들이는 것은. 종교의 힘이 가장 극대화될 때가 언제냐면 그 종교를 바탕으로 모두가 납득할 만한 기적이 이뤄졌을 때였다. 그래 화면 속에서 스스로 비행 중인 저 소녀의 모습처럼, 현실에서 감히 달성 할 수가 없는 신비를 내보였을 때 인간은 자신도 모르게 초월적 존재를 진심으로 맹신하게 됐다. 앞서 보인 환상에 거짓의 유무는 중요치 않았다.

"씨발 저런 건, 그냥 뻔한 사기잖아! 처먹는 에너지가 얼마인데 왜 저깟 놈들이 차용한 트릭을 못 찾아내는 거야 이 불량품 같으니라고!"

분기탱천한 마음을 참지 못하고 버럭 소리를 내지른 변 교수가 자신의 머리를 한 움큼 쥐어뜯으며 더는 참지 못하고 초조한 자신의 신경을 고스란히 드러냈다. 현재 허공 위를 날아다니고 있는 저 신서울의 농간 영상을 촬영해 송신 중인 인공위성의 촬영 장치에는 최신용으로 제작된 정밀 '대 전장 트릭 분석기능'을 기본옵션으로 담고 있었다.

저 망할 꼬맹이가 우리의 시계(視界)로는 탐지할 수 없는 어떤 기계장치에 의해 부유하고 있는 것이라면, 열선이나 전류 측정 감지 등을 통해 슬슬 그 비밀을 파헤쳐 알려올 때가 됐음에도, 화면은 마치 원래부터 날 수 있는 새를 찍고 있는 것마냥 처음부터 지금까지 아무런 이상기류도 알려오지 않고 있었다. 그럼 뭐, 정말 지금 저 망할 꼬맹이가 스스로 비행이라도 하고 있다는 거야? 참 나, 그게 상식적으로 말이 돼? 응? 말이 되냐고!

[흐음, 보고도 못 믿다니 아저씨는 겁쟁이구나?]

신서울이 이번에는 아예 입 모양을 화면을 통해서 누구나 알아볼 수 있게끔 빼금거리며 말을 걸어왔다. 명백한 조롱이었다.

"저, 저 봐! 저 꼬맹이 년 이젠 우리한테 대놓고 말을 걸고 있잖아…! 저게 안 보이는 거냐고!"

"아유, 몸을 막 허공에 매달아 놓았으니 힘들어서 연기하다 말고 그냥 투덜대는 것 같은데 무슨 우리한테 말을 건다는 거예요? 하여간 아까부터 더럽게 오버하기는. 누가 야만인들 아니랄까봐 아주 우리 귀요미를 막 함부로 대하는 것 같은데, 질질 시간 끌지 말고 어서 빨리 목표물을 수거하기나 해요 나 자꾸 보니까, 저 꼬맹이한테 정이 드는 것 같아요. 앞으로 가질 당신과 내 아이도 딱 저만큼만 귀엽게 생겼으면 좋을 것 같은데, 당신 생각은 어때요?"

"하, ..말이 안 통하는군.."

변 교수는 자신의 지적을 듣는 척도 않고 여전히 혼자만의 철없는 세상 속에서 유영 중인 부자아가씨의 환장할 미래 놀음에 진절머리 난다는 표정으로 꼭 이 빌어먹을 관계를 하루 빨리 청산해버려야겠다고 마음을 독하게 먹었다.

'그건 나중으로 치더라도 반드시 여기서 저것을 죽여 없애버려야겠어. 영생의 가장 성공적인 실험체를 폐기하는 게 몹시 아깝기는 하다만, 아마 우리들이 도달한 수준으로는 김 교수 그 망할 놈이 심어놓은 비밀을 절대 파헤치지 못할 테고 괜히 저런 괴상한 걸 부득이 데려갔다가 도시에 큰 분란만을 야기시킬 게 뻔해.'

여리여리한 몸뚱이로 허공을 점한 채 자신을 빤히 응시 중인 저 검정 머리의 소녀는 뭐랄까, 어쩌다가 눈동자라도 스치듯이 마주칠 때면 칠흑같이 짙은 검정색에 흡수될 것만 같은 묘한 느낌이 들어 거의 질식할 것만 같은 불쾌한 느낌을 받게 한다. 불길한 것. 무조건 죽여 없애는 게 옳다.

"이건 마치, 그때와 같군…."

잠시 철 지난 과거를 떠올리며 낮게 읊조린 변 교수가 자신을 옥죄어 오는 감각이 과거 자신이 쏜 총에 맞아 쓰러지던 와중에도 그저 무감한 표정으로 자신을 빤히 응시하던 그놈의 최후의 모습과 꽤나 닮아있다는 걸 깨달았다.

[끝에 그래도 죄책감은 좀 갖고 있었나봐? 그러니까 나한테 왜 그랬어 종원아 응?]

쿵—

심장이 내려앉는다. 귓속을 파고든 건 더 이상 거짓으로 치부할 수 있는 게 아니었다.

아주 가끔 악몽을 꿀 때마다 여지없이 들려오던 저주받은 원념의 목소리. 평생을 잊지 못할 제 손으로 쏴 죽인 친우였던 자의 목소리가 점점 더 생생하게 전해져온다.

회수해야 할 실험체는 아까부터 살아 움직이는 생명체로서는 도저히 불가능한 행위를 여봐란듯이 행하고 있었다. 마치 신의 이적처럼, 한없이 자유롭고 괴상망측하게.

죽여야 한다. 없애야 돼. 죽여, 죽여, 죽여버려—!

미친 자식 넌 대체 뭘 만들어 낸 거냐—!

다행히 그에겐 당장 다룰 수 있는 수백 발의 미사일이 여전히 건재했다.

"엥? 갑자기 왜 미사일 경로지점을 전부 수정을 하는 거죠? 그냥 저 못생긴 것들이나 어서 바다에 수장시켜버리지. 어어, 잠깐만 뭐야 왜 우리 귀요미를 최종표적으로 설정하고 그래요! 종원 씨 당신, 갑자기 미치기라도 했어요? 이봐요, 부사령관님! 이건 사내의 모두가 주시하고 있는 가장 압도적인 기회라고요! 끝에 다 와서 아까부터 갑자기 왜 눈이 뒤집혀서는 스스로 쌓아 올린 모든 걸 내팽개치려 하는 거예요? 그것도 하필이며 이런 최악의 방법으로. 우리의 목소리야 개인 프라이버시를 위해 차단이 되어있지만 지금 저 화면 속의 장면만큼은 회사의 중책들에게도 실시간으로 공유 되고 있다는 걸 정녕 몰라서 그래요? 아, 갑자기 열 받네. 나조차 아는 사실인데 보고책임자인 당신이 모를 리가 없잖아? 아악! 이만 정신 좀 차려! 갑자기 당신이 저 꼬맹이한테 어떤 억하심정이 생겼던지 간에 당장 그 생각을 집어치우는 게 좋을 거예요. 지금 깜찍이를 쏴 죽여 버렸다간 불순한 의도가 너무 선명해 높으신 양반들께 단순 실수였다고 둘러대지도 못할 테고, 의도적으로 임무를 망친 책임을 물어 당신은 모든 걸 박탈당한 채로 저 버러지들과 같은 신세로 전락하게 될 거라고요! 한순간의 돌이킬 수 없는 실수로 인해 모든 걸 잃고 싶지 않으면 지금 당장 지휘권을 내게 넘기고 멍청해진 정신이나 어서 똑바로 바로잡으세요. 나야 설령 그런 일이 닥쳐온대도 아버지께서 어떻게든 죄를 면하기 위해 동분서주를 해주시겠지만, 아직까지 당신은 언제든 쓰다 버려도 좋을 하찮은 장기 말이잖아!"

레이나는 자신의 연인의 만행을 뜯어말리기 위해 일부러 그의 금강석

보다 견고한 자존심을 사정없이 긁어버릴 날카로운 단어들을 선택해 경고했다. 그녀는 스스로가 쓴 독거미와 같은 능구렁이의 모습을 선보일 여유조차 잊어버린 채 그가 보이는 당장의 만행을 억제하고자 도시를 지배하는 돼지의 모습이 되어 '강압'을 구사하려 했다.

'도둑맞은 물건의 회수작전 때 처음부터 눈에 불을 켜고 앞장서서 덤벼들던 사람이 갑자기 왜 이러는 거야? 합리적이고도 확실한 이유가 있다면 앞으로 평생을 함께할 나한테만큼은 잘 알아듣게끔 미리 설명을 해줬어야지, 생뚱맞게 혼자서만 저 난리니 영문을 모르겠네.'

레이나의 표정이 표독스러워졌다. 저가 지금까지 봐온 연인의 행동거지는 나이의 연륜과 비례하여 언제나 똑바르고 진중했으며 올바랐었다. 그 성숙미에 푹 빠져 처음에는 단순히 멘토로서, 나중에는 연인으로서 평생의 반려로 삼을 것을 낙점 지은 건데 그도 결국에는 한낱 뻔하디뻔한 남자 사람에 불과했던 건지 뜬금없이 괴상한 충동에 사로잡혀선 이상 돌발행동을 실제로 저지르려고 한다. 큰 걱정이 되면서도 동시에 약간은 안도를 전해주는 행동이었다. 바늘구멍 하나 통과하지 못할 만큼 빈틈 한구석 없이 늘 완벽해 보이던 남자한테도 역시 개인만의 약점이 숨어져 있었다는 걸 알아챘다는 기쁨과, 자신과 정식으로 혼인을 올리기 전인 아직까지는 회사에서 정치적 기반이 될 지지층이 심히 부족해 괜히 제멋대로의 행동을 벌여 튀어올랐다가 '반동분자'로 낙인을 찍혀 그대로 '영원히 돌아올 수 없는 곳'으로 끌려가 폐기처리라도 되어버릴까, 스스로가 할 수 있는 한정적인 사고에 갇힌 희비가 알 수 없는 불안한 미래를 교차시켜가면서 감정의 방향성과 높낮이를 대중없이 조절한다.

—역시 억지로라도 그의 행동을 제지하는 게 옳아. 결론은 그리 오래

걸리지 않고 튀어나왔다. 처음부터 깊게 고민할 필요도 없는 문제였다. 실험체인 신서울을 죽여 없앤다는 선택지는 실행자에게 오직 독소조항밖에 담겨있지 않은 불공정 계약서에 싸인을 하는 행위와 다를 바 없을 정도의 멍청하기 짝이 없는 행동이었다. 그야말로 자살행위. 신서울을 어떻게든 살려서 데려가면 보다 높은 직급을 반드시 보장받을 것이요, 권력자들이 지켜보는 앞에서 저 백지수표를 갈기갈기 찢어발겨버린다면 평생을 갚아도 갚지 못할 영원한 빚더미 위에 나앉게 될 것이었다.

신서울의 모든 것은 '벨루가 사' 법인의 사유재산으로 치부가 되었다. 억울하다고 호소한들 약식으로나마 구성돼있는 정재계의 인사들, 건너건너 같은 핏줄에 속해있거나 최소한 학연의 선후배로 얽히고설켜있는 도시의 권력자들이 개인적으로 절대 손해를 볼 장사를 택할 리는 없으므로 받는 자로 하여금 차라리 죽었으면 좋겠다는 형벌을 죄인에게 허용이 된 수명 내내, 혹은 그 기간 중에 영생의 묘약이 대중화가 될 만큼 발전하게 된다면 죄인의 영생을 달성시켜주고 끝 모를 시간 동안 영원히 죄인을 부려먹으며 그가 저지른 실수의 가히 무한 배에 해당하는 배상을 쥐어 짜낼 것이었다.

은혜는 같은 크기로, 피해는 그 수억 배의 크기로. 상대에게 되돌려주는 것을 원칙으로 하여 겨우 수십 년 새 범접할 수 없는 공고한 권력을 쌓아 올렸고, 이를 기반으로 하여금 영원불멸의 절대자로서 군림하는 것이 도시에 남아있는 권력자들의 오랜 욕망의 도달점이었다. 아직까지 그것은 현재진행형의 완전히 성공적인 정책이자, 도시의 새로운 아이덴티티(identity)로서 각자의 역할을 구분 지어 갈라놓는 데 극도로 막강한 영향을 끼치고 있었다.

그러니 이런 식의 미친 짓을 내보이는 건 절대로 허용해선 안 돼! 기반을 확고히 다지지 못한 현재로서는 스스로가 최고권력 계층의 요인이 된 것마냥 마구잡이식으로 일처리를 해선 아니 됐다.

"들어봐요 종원 씨 내가 종원 씨를 꼭 다음 대의 회장으로 만들어줄게요. 남의 눈치 따윈 보지 않고 행동하려거든 그때 가서 하세요. 네? 아직은 참을 때라고요 쉬— 착하지, 진정해요."

레이나가 온몸에 힘이 잔뜩 들어가 있는 연인의 어깨를 따스하게 다독이며 그를 진정시켰다. '내가 이런 짓까지 할 수가 있었단 말이야' 스스로가 스스로의 행동에 반문하며 놀라워할 만큼 모든 건 본능에 이끌린 행동이었다. 레이나는 불현듯이 자신이 어릴 적 아버님의 서재에서 심심풀이로 읽었던 인간의 감정에 대해 기술한 잡서의 내용을 떠올렸다. 인간에게는 셀 수 없을 만큼 수의 감정이 존재하지만 그중에서 으뜸은 '사랑'일 것이라고 제멋대로의 주장을 앞세워 마구 휘갈겨놓은 과거의 어느 글 작가는, 사랑에 대한 찬양일색으로 책의 내용의 전반을 메꿔놔서 오직 재미만을 추구하던 어린 시절에 읽는 내내 참 심통이 났었던 기억이 남아있다. 태어나보니 아버지가 높은 자리에 앉아계신 양반인지라 뜻하지 않게 아주 어린 나이부터 모두에게 공주님의 대접만을 받으며 자라온 레이나 헤링턴에게는 세상이 구축해낸 비틀어진 상하관계의 무도함과 양극화의 개념은 너무나 쉽게 목도하고 당연히 여길 수가 있는 것이었어도 진정한 의미에서의 인정(人情) 같은 별개의 감정 같은 것은 사는 내내 단 한번도 느끼지도, 경험해보지도 못했었으니까. 심지어 응당 받아야 할 부모의 온정조차 말이지. 사랑이란 것은 그렇기에 그녀에겐 머나먼 타인의 이야기일 뿐.

아버지인 부회장은 노상 지독한 냉혈한이었고, 어머니는 태어나보니 제 곁에 이미 없어 당시의 어린아이는 단 한번도 체험할 수가 없던 '사랑'

이란 감정을 그 당시만 해도 도무지 이해할 수가 없었던 것이다. 그리고 그것은 나이가 들어 나 자신이 확실히 성립된 최근까지도 마찬가지였다.

그래, 이 남자를 만나기 전까지 나의 세상은 온통 칙칙한 회색으로만 물들어있었다. 그러나 지금은 어떠한가. 쿵 쿵 쿵. 그를 숫제 부둥켜안은 채로 빠르게 뛰어대는 자신의 심장의 음악 소리가 기분 좋게 들려왔다. 살과 살이 맞닿는 온기가 황홀한 쾌락을 전해준다. 언젠가부터 나의 세상은 하루가 다르게 더욱더 화사해지고 있었다. 전부 나의 연인인 이 사람 덕분에.

후―. 당황했는지 벗어나려고 버둥대던 변 교수는 곧 그녀의 품속에서 곧 잠잠해지더니 긴 한숨을 토해낸다. 흥분을 가라앉히게 된 그는 스스로의 망동을 질책했다.

염원에 거의 도달해놓고 뭐에 홀린 것마냥 왜 그리 조급했었던 것인지, 대체 뭘 그리 심화해서 걱정을 하는 건가. 현재의 도시가 발견한 무한에너지에 가까운 코어의 힘, 그리고 그것으로 지난 십년간 이뤄낸 과학의 결정체들은 실로 터무니없이 강력했다. 세상이 추락한 것에 비해 에너지 과학의 발전은 지속적으로 발전을 거듭하며 역대급의 정점에 이르게 된 것이다. 만약 처음부터 방비만 단단히 해뒀었다면, 적습이 아무리 갑작스럽고 교묘해봤자 간단한 손짓 한 번으로도 상대방의 목숨 건 투쟁 따위 간단히 방어를 해냈을 터였다.

그는 화면 속의 순진무구한 표정을 짓고 있는 소녀를 쏘아봤다. 여전히 스스럼없이 비행 중인 그녀는 가만히 지켜보기에 조금 섬뜩하긴 해도, 어차피 할 수 있는 것에는 필시 명확한 한계가 정해져있을 것이 틀림없었다. 고작 저런 허술한 트릭 따위에 지레 겁을 먹다니…. 정점에 이르게 된 과학의 신비함과는 진정으로 비교할 바가 아닌 장난놀음에 불과한 것에 말이지.

————씨익—.

화면 바깥에서 그와 시선을 드디어 정면에서 마주하게 된 신서울이 한쪽 입꼬리를 들어 올린다. '뭐지…?' 무한한 확신을 가지면서 안정을 되찾아가던 머리가 다시 어지럽고, 속이 메스꺼워 온다. 방금까지 멀쩡하게 정지해있던 세상이 빙글빙글 돌기 시작하여 균형을 좀처럼 똑바로 유지하기가 곤란해졌다. 그럼에도 변 교수는 혼란의 원인인 신서울에게서 좀처럼 시선을 뗄 수가 없었다.

참 이상하지?

울컥.

속에서 뜨거운 것이 목구멍을 타고 넘어 올라왔다. 너무나 비릿하고 역해, 남들보다 비위가 약한 편인 변 교수는 잠시도 참지 못하고 입안을 채운 것을 즉시 게워냈다.

"어…어…? 꺄악! 종원 씨 피…. 피…! 왜 갑자기 피를 토하고 그래요! 치료 봇이 있는 곳까지 부축해줄 테니 어서 빨리 가서 치료받아요 우리!"

먹먹한 정신으로 시선을 들어 올려본다. 레이나의 아름다운 금발이 저가 토해낸 핏빛에 물들어있었다. 아니, 이제 제 시선이 닿아있는 모든 곳이 붉은색에 잡아먹혀있다.

화면 속의 소녀는 여전히 빙긋 웃고 있었다. 너… 너…!

왜일까, 객관적으로 생각해볼 때 그저 우연히 시선이 마주치고, 내가 중얼거린 혼잣말이 마찬가지로 '우연히' 소녀의 행동과 딱 들어맞은 것뿐일 텐데…. 왜 이렇게….

너…. 역시 날 지켜보고 있는 거지? 의심이 짙어질수록 소녀의 미소가 뚜렷해진다. 파리한 안색을 한 변 교수는 고개를 좌우로 떨치며 비명을 질렀다.

"으아아! 시발…. 말도 안 돼! 그럴 리 없잖아. 이럴 리 없어. 김민우…. 이 개자식 정녕 저딴 괴물 같은 걸 탄생시켰단 말이지? 오냐, 내가 여기서 네가 남긴 최후의 희망까지 철저히 짓밟아 부숴주마."

"잠깐!"

레이나의 거센 만류에도 허상에 단단히 사로잡힌 변 교수는 아까부터 들끓는 욕구를 실행에 옮겨 실현시켰다. 정말로 허상이긴 한 걸까? 이제 정답은 그리 중요치 않았다.

〈시스템 복구 완료 미사일 전 기의 새로운 목표설정이 완료되었습니다. 카운트가 끝나기 전까지 오류수정을 마쳐주시기 바랍니다. 십, 구, 팔〉

"머뭇대지 말고 지금 당장 바로 발사해!"

〈이 기체에 등록된 지휘관의 현재 음성이 아니라, 지휘관이 '행동불능'에 빠졌을 시에 대체가 가능한 부관의 음성으로 인식이 되어 레벨 블루코드의 명령실행이 불가합니다. 블루코드의 실행을 원하신다면 음성이 아닌 관리자 권한으로 접속이 된 커맨드 판을 통해주시기 바랍니다. 오, 사, 삼….〉

제기랄!

길다, 십 초가 길어도 너무 길었다. 찬탈자를 자처하던 그의 몸이 사시나무 떨리듯이 벌벌 떨려왔다.

"아, 종원 씨 제발…."

제길 넌 몰라서 그래 네가 아무렇게나 깜찍이라 부른 화면 속의 꼬마는—.

"어…? 어디 갔지?"

〈일…. 발사실행. 오류 발생, 오류 발생. 표적의 식별이 불가능. 표적을 재설정 해주십시오.〉

없어졌다. 까마득한 지구 바깥의 드높고도 어두운 상공위에서 대한민국의 지상 전역을 촬영 중인 메인 위성을 기반 삼아 전쟁병기들을 자유자재로 운용 중인 인류 최고의 인공지능 시스템 티제이조차 분명 함께 감지하고 있던 작은 소녀의 존재를 아예 놓쳐버리고 말았다.

정녕 이게 말이 되는 일인가? 태생이 조금 특별하다고 해도 결국에는 인간의 몸에 거하고 있으면서 그러한 한계에 묶인 자가 어찌….

"이미 그보다도 한참 전에 생명의 노화조절까지 달성해냈는데 뭘 그리 놀라해 변종. 반가워 오랜만이네?"

나이가 들수록 젊었을 땐 별거 아닌 걸로도 청승맞게 요동치던 심장이 점점 시치미를 뚝 떼고 잠잠해지게 노화를 맞이하게 됐는데…. 이번에야말로 실제로 가까운 곳에서 귀속을 직접적으로 파고들어오는 오래된 기억의 익숙한 말투의 들려옴에 심장이 덜컥 가라앉더니, 그야말로 미친 듯이 요동을 치기 시작했다.

쿵쾅쿵쾅쿵쾅쿵쾅쿵쾅—.

"깜찍이? 너, 너…! 네가 어떻게…?"

등 뒤 가까운 곳에서 들려온 목소리의 주인을 바라볼 용기가 나지 않아 굳어있던 채로 서있는데, 지휘관인 레이나가 눈을 감고 귀를 막아서라도 부정하고 싶었던 상대의 정체를 믿을 수 없다는 목소리로 중얼거려 알렸다.

"이, 악마 같은 새끼…! 분명 내가 그날 쏴 죽여 버렸을 텐데 어떻게 아직까지도 살아 있는 거야! 귀신이 돼서 실험체한테 직접 빙의라도 했다는 거야? 제기랄 당장 지옥으로 꺼져! 이 망할 괴물 자식아."

피슝—피슝—피슝—피슝!

재빠르게 품속에서 호신용 레이저 건을 뽑아 지체 없이 신서울을 겨눠 보인 변종원은 총안에 내장이 된 모든 에너지가 완전히 소모가 되어 바닥날 때까지 거침없이 방아쇠를 잡아당겼다.

"휘유, 이런 건 아무 소용도 없어."

그리고 음속을 초월한 빛 무리의 공세를 고작 가벼운 손짓으로 일제히 멈춰 세운 신서울이 그 행태를 마음껏 비웃는다.

"이…. 이럴 수가."

변 교수는 자신의 눈앞에 놓인 현실을 어느 것 하나 인정하고 싶지가 않았다. 빛의 최고 속력에까지 근접을 했으며, 두꺼운 철판조차 가볍게 꿰뚫어버리는 레이저 줄기들이 신서울의 1m 어림 공간에 사람의 눈으로도 식별이 가능한 상태 그대로 멈춰있다. 얼핏 보면 여러 색상의 색종이를 길쭉하게 오려 놓은 것처럼 보이기도 했지만, 저것은 코끼리의 거대한 몸뚱이라도 일격에 관통해 죽음에 이르게 할 위력을 가진 레이저 빔이 맞았다.

신기한 건 정지해있음에도 레이저가 자체적으로 보유한 빛의 연속성은 그대로 유지가 되고 있어서 멋모르는 누군가가 저 아름다운 무늬의 탄환 점에 신기함을 느껴 자신의 손가락을 가져다댔다간 그대로 손가락이 툭하고 잘려 나가버리는 참사를 결코 면치 못할 것이란, 웃지 못할 사실이었다. 현실의 법칙을 완전히 배제한 [비현실의 영역]이 바로 눈앞에 펼쳐져 있다.

아아, 도망쳐야 돼…. 저런 건 지금의 우리로서는 결단코 상대할 방도가 없어. 당혹감 속에서 더욱더 빛을 발하는 그의 냉철함이 이성을 극도로 일깨운다. 당장 모든 것을 갖춰낸 도시로 돌아가서 저 괴물을 죽일 만한 새로운 종류의 장비를 만들어내야 해, 그러지 못한다면 우리는 전부….

"아, 내 스포트라이트는 딱 여기까진가…. 그래도 염원의 달성에 이어 마지막의 해소가 복수의 대상과의 조우라니 이것 참 낭만적인 운명이 해야 하나 그나마 끝이 좀 만족스럽네. 아쉽긴 해도 말이지. 얘야. 내 딸아, 미련 조각 한 점만을 남겨놓고서 난 이만 안식을 향해 떠나가야겠어. 에이, 뭘 또 그리 슬퍼하고 그래, 앞으로 할머니를 좀 잘 부탁한다. 서울아, 안녕."

갑작스레 다가옴을 멈추더니 눈물 한줄기를 흘려 보인 '괴물'이 우리로서는 절대 이해 못 할 자문자답 형식의 중얼거림을 뇌까리다가 홀연히 사라져버린다. 등장했을 때만큼이나 돌연적인 퇴장이었다.

"…. 종원 씨 방금 우리가 방금 뭘 본 거죠…? 이거 꿈은 아닌 거죠?"

얼떨떨함에 취해있는 목소리가 더 깊게 취해 혼이 빠져나간 변 교수를 흔들어 깨웠다. 돌아온 현실은 여느 때처럼 지독함으로 가득 차 있건만, 혼란은 여전히 현실과 환상의 경계를 넘나든다.

"직접 보고도 뭘 묻는 거야 꿈, 일리가 없잖아…."

무언가를 발견하고 삿대질로 겨냥을 마친 그가 조금은 얼빠진 표정을 띤 채 레이나에게 처음으로 신경질적으로 말했다.

이곳의 내부를 디자인한 네모반듯한 판 한 장 한 장이 군용의 수송 및 전투를 목적에 따라 제작이 된 초합금의 강도와 경도가 굉장히 높은 장갑이었다. 인간이 만든 가장 강력한 재래식 병기—핵무기조차 조금

빗겨 맞는다면 무사할 거란 실험결과가 여럿 존재할 만큼 튼튼함을 최대의 무기로 삼고 있는 이 특허품의 장갑에는 믿기 힘들 게도 지금 세대로서는 못 알아볼 수십 년 전에나 유행했던 인기캐릭터의 캐리커처 가 그가 겨냥해보인 하단 부 철판 위에 각인이 되어있었다. 당연히 원래부터 디자인된 것이 절대 아니었다. 저것은, 방금 전에 뜬금없이 나타난 신서울이 홀연히 떠나가며 남긴 잔재—.

그녀는 여봐란듯이 한 손으로 한쪽 눈가를 아래로 죽 늘어뜨린 채로 메롱을 하고 있는 우스운 복숭아 캐릭터를 이 차체 내부에 깊게 새겨놨다. 옛사람인 변 교수는 저것의 정체를 잘 알았다. 자신이 소싯적에 즐겨 쓰던 스마트폰 채팅 어플리케이션에서 기본으로 제공해주던 '이모티콘'이었으니, 그로부터 수십 년이 지난 현재라 하더라도 기억 속에 깊숙하게 각인이 되어있어 모르려야 모를 수가 없는 것이다.

"…"

지금은 욕지거리를 내뱉을 힘조차 채 남아있지가 않았다. 어떻게 된 거지? 그놈은 분명 내가 쏴 죽였잖아. 근데 왜 그 개 같은 실험체 년이 그놈과 똑 닮은 행동을 보이며 내게 적의를 내비치는 거냐고. 이 사태를 전시 상황과 비교해놓고 보자면, 경계가 가장 삼엄해야 할 적진 우두머리의 막사 안에 상대측 병사가 버젓이 침투를 했고 잘 보이는 곳에 낙서를 끄적거린 후 홀연히 사라진 기만행위라 칭해야 할 것이다. 문제는 인간의 탈을 뒤집어쓴 그 괴물은 그저 손가락을 까딱거리는 것만으로도 우리를 찢어발길만한 막강한 초능력을 보유하고 있다는 사실이었다.

분명 도시 신서울 안에선 갖고 놀기 좋은 한낱 인형 따위에 불과했는데 그 짧은 시간 동안 어떤 변혁이 있었던 것인지 놈이 탄생시킨 인조생명체의 안에는 우리들이 감당하기 어려운 포학한 포식자가 내재되어있음을 변 교수는 똑똑히 인지할 수가 있었다. 말을 하지 않아도 등허리를 감싼 지독한 위기감에 사로잡히게 된 현재의 두 사람은 주변에 내리깔린 무거운 분위기에 짓눌려 압사해버릴 것만 같은 느낌을 전해 받고 있었다.

몸을 움직이고 싶은데 자연스럽게 움직일 수가 없다. 그러기는커녕 이제는 입을 뻐끔거리는 것조차 쉬이 해내지 못한다.

짝!

어디선가 손뼉을 경쾌히 마주치는 소리가 들려오자, 마치 마법같이 몸의 경직이 풀렸다.

"허억, 허억, 허억—!"

"하아, 하아—."

볼품없이 바닥에 주저앉아 쓰러진 두 예비 권력자는 혼란을 추스르지 못한 얼굴로 마셔도, 마셔도 좀처럼 진정이 되지 않는 숨을 돌리기 위해 거친 호흡을 계속해 몰아쉬었다.

째깍째깍. 나의 존재를 격상시키고자 고풍스러운 분위기의 연출을 위해 일부러 설치해둔 최고급 아날로그시계의 초침 소리가 들려왔고, 어느 순간 아예 멈춰버렸던 스크린 화면 속의 장면 안의 물줄기가 흐르기 시작했다.

"흐음, 두 사람 그대로 가만히 넋 놓고 있으면 안 될 텐데? 위험이 바로 코앞에 다가와 있다고."

좀 전까지 바로 옆에서 들렸던 목소리가 이번엔 화면의 오디오 장치를 타고 집무실 안을 울렸다. 위험하다니 뭐가? 또 무슨 수작을 부리려는 거야? 본능적인 두려움에 움츠러든 신체를 힘껏 떨쳐내며 변종원 교수가 생각한다. 이상한 일이었다. 괴물의 목소리가 이리도 뚜렷한데 왜인지 이번에도 레이나는 아무런 반응조차 보이지 않고 있다. 이제는 알 수 있다. 저것은 환청을 모방한 무언가였다. 이 빌어먹을 괴물 같으니라고 더 이상 날 기만하려 들지 마! 외부의 공간과 단절된 그가 자신은 하등 멀쩡하다고 주장해 보지만,

—탕탕탕!

진짜는 이쪽.

미혹에 빠져든 그로서는 결코 전해 듣지 못할 현실 속의 현장음이었다.

"지휘관님! 레이나 지휘관님! 이번 생체실험체회수 작전에서 자문역을 맡은 김승환 대리입니다. 제가 결정할 수 없는 아주 긴급한 용건이 발생해서 그런데, 실례지만 직접 대면하여 설명을 드려도 되겠습니까…?"

"아 네, 잠깐 2분만 기다리세요."

부하직원의 긴급호출에 당황을 억누르고 억지로 평소의 시크한 이미지를 끌어올려 얼떨떨함 위에 덮어쓴 레이나는 아직도 넋이 빠진 채로 한심한 얼굴로 맨바닥에서 보기 흉하게 퍼질러 널부러져 있는 변 교수를 향해 소리를 빽 질렀다.

"이봐요 종원 씨! 당신이 놀란 건 함께 겪어본 저도 잘 알겠는데, 멍한 얼굴로 가만히만 있지 말고 부하직원한테 창피를 당하기 싫거든 흐트러진 복장과 그 멍청한 표정부터 점검해요. 빨리요! …아이 참, 넋이 빠져서는 도통 움직일 생각을 안 하네!"

직접 시행하기가 조금 꺼려지지만, 말을 듣지 않을 땐 어쩔 수 없지—.

짝—! 정신을 바짝 차리라고 거칠게 뺨을 걷어 올려붙일 수밖에.

그녀가 평생 동안 배워온 '제정신을 차리는' 가장 빠르고 좋은 방법은 오직 이것 하나뿐이었다. 고귀한 귀족 가문의 일원으로 탄생을 한 그녀는 낡아빠진 가문의 법도에 따라 주어진 나이와 정신과 전혀 적합하지

않은 고등교육을 고작 7살의 어린 나이부터 억지로 시작해 받아들어야 했고, 어린아이의 치기가 치솟아 올라 가끔 이런 거 하기 싫다 울고불고 떼를 쓸 때면 그녀의 아버지는 '무자비한 폭력'을 통해 어린 딸아이의 반항을 굴복시켰다.

그때 느낀 무력함과 공포감, 순수한 통증의 고통을 너무나도 잘 알고 있기에 자신만큼은 적어도 나와 긴밀한 관계에 속하게 된 타인에게 절대로 그러지 않을 것이라며 다짐하고 또 다짐을 했었건만, 역시 냉혈한의 피는 속일 수가 없다는 걸까. 단순히 친분이 깊은 타인도 아니고 사랑하는 연인이 넋이 나가 자신의 말을 좀처럼 귀담아듣지 않자 홧김에 그만 손찌검하고 말았다.

"아, 이런…. 내가 무슨 짓을…."

당혹감에 화들짝 놀란 레이나가 읊조렸다. 이상했다. 아무리 뜻하지 않은 공포와 마주하게 됐더라도 이처럼 감정에만 매달린 과격한 행동은 그녀가 살아오면서 구축한 그녀 자신만의 스타일을 따른 게 전혀 아니었다. 부회장인 아버지의 거친 훈육 아래 지배자의 소양을 습득하던 당시, 그녀는 자신의 주변 사람들을 구분하여 챙기는 법 또한 자연스레 체득해냈다. 비록 나이부터 신분까지 제법 격차가 있긴 해도 변종원 교수란 남자는 그녀가 앞으로 남은 삶의 여생을 함께할 반려로 점찍어놓은 동등한 상대였다. 비록 두 사람 사이의 주도권은 도시의 체계도에 따라 물려받게 될 권력이 월등히 강대한 그녀가 영원토록 쥐게 되겠지만 그와 함께 지내면서 서로 긴밀하고 격의 없는 관계를 지향하고자 숙고했고, 스스로에게 '그와 나는 동등한 사람' 과거에는 지극히 당연했었을 제약을 걸어놨었다.

그런데, 이게 뭔가. 섬뜩하다. 무언가가 자신의 속내를 조종하고 있는 듯이 그런 묘한 기분에 사로잡히게 된다. 단순한 의심으로 끝낼 게 아니었다. 좀 전부터 마음이 꼭 비틀린 것처럼 부정의 감정만을 연속해 쏟아내고 있었다. 레이나가 가진 본래의 침착함이 빠르게 결론을 찾기 위해 움직였다. 지금의 자신은 깜찍이 아니, 인간의 탈을 쓴 그 괴물로부터 불가사의한 영향을 받고 있음에 틀림이 없었다. 아랫입술을 질경질경 씹어대며 분통을 터뜨리려는 순간, 검지의 끝이 전기에 감전되듯이 찌릿해왔다.

아아—, 그러고 보니 내겐 그 어떠한 불합리한 것에도 확실히 대항이 가능한 강력한 무기가 남아있었지. 2년 전 내가 성년이 됨을 기념하여 아버지께서 내게 물려주신 가문의 최종병기 중 하나. 아주 드높은 창공 위에서 지구와 완벽히 똑같은 속도로 공전 중인 거대 우주선 KA호가 사전에 정해진 적합한 제시물을 통해—그녀의 검지에 심어진 마이크로 송출장치를 통해 뜻하는 지시만 제대로 전달을 하고 숙지시킨다면 언제 어느 때든 간에 KA호는 강렬한 코어의 전력망이 칭칭 휘감긴 한 자루의 창을 그대로 목표지점에 내리꽂아 반경 50km의 일대를 일시에 초토화시켜 버릴 것이다. 순간적으로 공간조차 무참히 일그러뜨릴 그 막대한 위력 앞에서는 설령 지옥의 악마가 현세에 강림한다고 할지라도 결코 버텨낼 재간이 없으리라. 그러한 강력한 병기를 소유하고 있음이 2인자인 부회장을 감히 도시의 압도적인 1인자인 회장과 기나긴 시간 동안 사사건건 맞붙으며 대거리를 하고도 권력이 유지됨에 가장 큰 근거로 작용한 비밀 무기였다. 부회장의 가문이 세계가 멸망하기 직전 정부의 허가없이 은근슬쩍 쏘아 올려 순전히 자신들의 몫으로 소유를 하게 된 전 지구적 병기. 일명 오딘의 창— '궁니르'는 지구 역사상 가장 강력한 폭탄 에너지원을 동원한다 해도 파쇄해내지 못할 거대한 코어에너지 그 자체로 이뤄진 신서울의 보호방벽을 앞두고도 유일하게 '완파'의 가능성을 비춘, 단일 위력만으로는 가히 최강이라 자부해도 손색이 없을 만큼의 무시무시한 병기라 평할 수 있었다. 그리고 현재 레이나의 검지 끝에는 그것의 자유조종이 가능한 컨트롤러가 삽입되어있던 것이다.

가문이 가진 궁니르의 수는 총 세 발. 반년 전 아버님께 직접 물려받은 이것만 있다면 그녀는 이 세상의 그 무엇도 '생명'의 범주 안에 종속이 되어있는 한 두려워할 필요가 없었다.

"이제야 이해가 되네요. 당신이 옳았던 거야. 그러니까 저 괴물을 죽이는 일은 이제 나한테 맡겨주세요. 내가 알아서 다 해결할 테니까 당신은 그동안 마음 편히 쉬며 복잡한 생각이나 좀 정리하고 있어요."

변 교수의 뜻을 이해하고 드디어 '신서울 죽이기'에 동참을 결정한 레이나는 생체인식장치를 통해 미리 연동을 해둔 가벼운 턱짓 동작으로 굳게 닫혀있던 집무실의 철문을 활짝 오픈했다. 벨루가 사의 직원들은 모두 고르고 고른 천재이거나, 그에 준하는 실험체 중 정신개조까지 성공리에 마쳐진 최상의 성공품들로 이뤄져있었다. 정장을 깔끔하게 차려입은 김승환 대리 역시 특출 난 지능을 소유한 개조인간으로, 뇌의 기능이 평범한 이들에 비해 세 배쯤은 더 발달해있었고 일반인보다 월등한 감정 조절능력까지 보유하고 있었다. 허나 그런 그의 얼굴에조차 숨길 수 없는 다급함이 떠올라있었다.

"보고하세요."

회사를 지배할 미래의 경영자로서 보여 지는 지적인 이미지를 구축하기 위해 일부러 커다란 원형의 안경을 꺼내—알의 도수는 제로다—제 얼굴 위에 걸친 레이나가 도도한 투로 말했다.

"아, 네! 지휘관님, 그리고 보좌관님. 보고드리겠습니다! 현재 이곳을 향해 저희가 티제이0213 시스템을 이용, 버러지들을 표적으로 삼아 쏘아낸 n2미사일들이 어떤 간섭을 받고서 방향을 반전하여 이곳을 표적 삼아 되돌아오고 있습니다. 아직까지 원인은 불상이긴 하나, 짐작컨대 미사일에 내재된 인공지능 시스템이 버러지들의 어떤 수단에 해킹당한 듯하여 이 차량을 충돌 점으로 재설정이 된듯합니다. 티제이의 전자 연결체계가 완전히 먹통이 되어 이곳에서 송출하고 있는 다른 오더는 전혀 먹혀들지 않고 있습니다. 우선 급한 대로 제 재량껏 긴급 방어체계를 구동하였고, 차량이 미사일의 폭격을 온전히 막아낼 확률은 0.4%의 수치로 추정이 돼 사실상 이 차량 안의 모든 생명체는 앞으로 8분 이내에 폭사를 면치 못할 것으로 사료됩니다. 그러니 두 분께선 서둘러 탈출을 준비해주십시오. 저희 천것들과 궤를 달리하는 지휘관님 두 분 만큼은 반드시 살아남으셔야 합니다. 탈출로에 긴급 탈출용 차량을 마련해뒀으니 서둘러 C구역의 비상탈출로 쪽으로 이동해주시길 당부 드립니다."

"잠깐, 그럼 당신들은 어쩌려고요?"

레이나가 지극히 당연한 이상함에 반문을 했다 그녀가 알기로 이 무식한 크기의 차체 내부에 적재된 탈출차량은 달랑 한대뿐이었다. 혹여나 나타날지 모를 적들을 압살하기 위해 미사일 같은 고성능의 타격도구 같은 것만을 잔뜩 실어놨었고 이런 위기상황에 몰릴 것이라곤 정녕 추호도 예상치를 못했기에 상황에 대한 대비책이 아주 미비했던 것이다. 그녀의 정당한 의문이 나오자 어색하게 웃어 보인 김승환 대리가 차분히 답했다.

"저희는 오늘 이 자리에서 최후를 맞이할 겁니다. 평소라면 이런 시시껄렁한 한담 따위 절대 꺼내들지 못했을 테지만, 마지막이니만큼 잠깐의 양해를 좀 부탁드립니다. 저희는 이 자리에서 이대로 폭사를 맞이해도 괜찮습니다. 우리들은 어차피 언제나 똑같이 좁은 자리에서만 머물 터, 자유가 보장된 넓은 자리의 주인께서 앞으로의 삶을 계속해 이어나가는 것이 더 합당합니다. 그리 긴 시간은 아니었습니다만 이리도 이타적인 지휘관님의 아래에서 활동할 수 있어서 정말로 큰 영광이었습니다. 부디 도시까지 무사히 돌아가셔서 그 고운 손으로 간악한 적도들에게 확실한 복수의 철퇴를 휘둘러 주시길 부탁드립니다. 아, 이런 제 잡설이 너무 길었군요. 죄송합니다. 이제 6분 42초 내로 모든 준비를 끝마쳐 주셔야 합니다. 미사일 충돌 예상시각이 앞으로 길어도 7분 안팎으로 예측이 되고 있습니다. 그럼 제가 먼저 가서 탈출 준비의 마무리를 마쳐 놓을 테니 부디 서둘러 주십시오."

"아, 네.. 그, 고마워요."

레이나는 항상 자신 쪽에서 먼저 타인에게 베푸는 인생을 살아온 터라 명령에 의한 것도 아닌 그의 자의적이고 대가 없는 희생이 이해가 되지 않고 조금은 얼떨떨하게만 느껴졌다.

가진 것이 부족한 약자의 '자기희생'은 옛 서적에서나 망상처럼 접해본 생소한 것이었다. 원래 가진 게 적을수록 더 탐욕적이고 거칠기 마련이었으니까, 약자의 자기희생 같은 걸 보게 될 일은 영원히 없을 줄로만 알았다. 부유한 지휘관으로서 이 위기상황에 어찌 대응을 해야 옳겠는가. 필연적인 죽음에서 영영 벗어나는 것이야말로 신서울을 지배 중인 벨루가의 창립 권력자들의 가장 커다란 필생의 목적이고, 영생이란 과실은 지성을 가진 이 세상 모든 생명체의 궁극적인 소망일 터. 겨우 배고픈 약자 주제에 배부른 강자들로서도 주저하며 망설일 죽음을 담보로 한 '희생'을 아무렇지 않게 받아들이며 도리어 강자에게 살아남길 종용하고 있는 것이었다. 저들의 투신은, 그토록 헌신적이었다.

"어떻게 이럴 수가 있는 거죠…? 당신들은 정녕 죽음이 두렵지 않은 건가요?"

짙은 혼란에 빠진 어린 레이나는 결국 연륜이 깊은 김 대리에게 직접 물었다.

"후— 설마요, 그럴 리가요."

김승환 대리는 그저 은은하고도 서글픈 미소를 입가에 띤 채 나직이 대답한다. 이 철저히 '강제된' 제 희생을 저 세상물정 모르는 아가씨께 어떻게 설명을 해야 할까. 자신은 완전히 밑바닥에서부터 이곳까지 기어올라온 이른바 개천에서 난 용이었다. 허나 사방이 철저히 봉쇄가 된 신서울에서 더 이상 밑바닥에서 상승한 용은 날아오르질 못한다. 설령 권력자들이 불사의 염원을 달성한대도 나까지 그러한 영원한 생애를 보장받기란 무리. 그에겐 태생의 신분부터가 한참이나 모자를 뿐더러, 다른 권력자들에 비해 아직까지는 그나마 순수함을 간직한 그녀에게 얽히고설킨 뿌리— 도시의 '집단사고'를 전부 해명해기란 불가능했다. 지금 당장 그럴 현재의 시간이 부족했거든.

멀리 볼 것도 없이 도시 신서울에서 우리같이 가난한 이들은 항상 부유한 이들을 위한 장난감 정도에 불과한 인생을 살아가고 있었다. 수십 년 전의 전쟁으로 폭삭 무너져 몰락해버린 자유라는 가치는 붕괴됨과 동시에 고리타분한 옛 왕정 제를 곧바로 허용했고, 힘을 가진 배부른 자들은 신분이 달리고 배고픈 이들에게 〈내부의 구성원들이 똑같은 의견만을 가지도록 압박을 하고 외부의 비판을 차단하여 결과적으로 자신들의 잘못된 판단을 맹신하게 된다.〉라는, 어쩌면 '절대적인 신'보다도 월등히 더 비합리적인 체계를 강제적으로 심어버렸다.

—우리가 오늘 하루를 살아갈 수 있는 이유는 전부 저 위대한 권력자

들 노고 덕분이다. 그러니 때에 따라서 우리는 그들을 지키기 위해서라면 나의 목숨조차도 언제든지 기쁘게 바칠 수가 있다. **[그래야만 한다.]**

이 정상적이지 않은 이념은 조립을 이루며 나아가다가 어느 순간부턴 강대한 권력 앞에서, 인간이 가진 가장 기본적이고 본능적인 생존욕 앞에서, 반드시 지켜져야 할 하나의 절대적 개념으로 아예 굳어져버렸다. 격동적인 흐름에 맞춰 발 빠르게 움직인 덕에 가난한 하층민 출신에서 상류 지식인층으로 신분이 승격한 자신으로서도 절대위기의 상황과 직면을 하게 되자 머릿속에 깊숙이 세뇌되어있던 트리거가 자연스레 당겨지면서 권력자들을 지키기 위한 자기희생을 거의 숨 쉬는 것만큼이나 자연스레 받아들여지는 것이다.

언감생심 다른 건 아예 떠올릴 경황이 없었다.

이번 작전에 투입이 된 1, 2인자 레이나 사령관과 부사령관인 변종원 교수를 제외한다면, 이번 작전에 참석한 인원들은 전부 자신과 같이 하류층에서 상류층으로 가까스로 넘어온 입지전적 인물들이었다. 아무리 어느 정도의 안전이 보장이 됐더라도 방심하기 힘든 위험요소가 곳곳에 도사리고 있을 바깥에서 작전을 수행할 인원을 전부 상류층으로 구성했을 리 없지 않겠는가. 그것은 아주 터무니없이 수준이 떨어지는 낭비였다. 물론 부회장의 외동딸인 이번 작전의 지휘관 레이나가 '나는 이런 수준 떨어지는 떨거지들이랑 함께 할 수 없다'며 길길이 날뛰면서 사전에 박박 우겨대기라도 했다면 보다 신분이 높은 이들로 작전구성원이 교체됐었을 수도 있었지만 어느 때나 배부른 사자보다 배고픈 하이에나 집단의 사냥능력이 더 뛰어난 법. 그녀는 타고난 신분보다는 개인의 실력을 더 우선시하여 팀을 꾸려내기로 작정하고 그렇게 이뤄진 추격 팀이 현재 턱 끝까지 위기에 몰린 이들의 정체였다. 도시의 현시점에서 가장 뛰어난 엘리트들로 일행을 구성하는 것에 성공을 했음에도 이 칙칙한 바깥세상은 모두가 처음 인만큼 목표물을 찾는 것에 한참을 헤매게 된 저간의 사정이 조금 짜증 나긴 했지만, 그들을 택한 건 결단코 나쁜 선택이 아님이 증명되고 있었다.

신분이 부족한 저 김승환 대리 같은 이들에게는 어떤 상황에서라도 '하찮은 나'보다 신분이 높은 '고매한 상전'을 우선시하라는 깊은 집단최면에 걸려있기 때문에, 만약 지금처럼 뜻하지 않은 위기가 닥쳐왔을 때 다른 누군가가 저 혼자만 살아보겠다고 말없이 배신하여 탈주행위를 시도한다면 모든 게 엉망으로 엉켜 곧이어 닥칠 미사일의 폭격에 모두가 꼼짝없이 죽음을 맞아야 했을 것이다. 그러므로 날지 못하는 용인 그들의 희생은 분명 위대하고 가치가 있는 것. 최선의 결과를 도출해낸 합리적임의 결과이다.

골똘히 생각에 잠긴 김 대리를 바라보며 레이나는 평했다.

순진하게도 알아서 희생을 자처하다니, 이 얼마나 가엾고 멍청한 선택이란 말인가. 아마 영영 도시에서만 지냈더라면 평생을 마주 볼 일이 없었을 '격이 낮은 이'들의 삶이란 게 어떠했을지 레이나는 대강이나마 짐작해볼 수 있었다.

우리는 날 때부터 모든 게 자유의 이념에 진득이 속해있었다. 영원한 삶을 자연스레 꿈꿀 수가 있을 만큼, 모든 면에서 거침없는 삶의 풍요를 누릴 수가 있었다. 허나 저들은 어떠한 자유도 허락받지 못한 시궁창의 노예들이었다. 단지 좋은 부모를 타고나지 못했다는 이유만으로 신분의 한계점은 처음부터 판연히 결정되었다.

"김승환 대리님, 이제 답은 충분해요. 저는 오늘 있던 당신의 희생을 영원히 잊지 않겠습니다. 끙 읏차차 이봐요, 변 교수님 제발 정신 좀 차려요! 하아 이 양반이 아까부터 미쳐가지고 왜 이래 정말? 돌아버리겠네, 음— 저 죄송하지만 이 짐 덩이 좀 같이 옮겨주실래요? 할 수 있죠?"

여전히 혼이 빠진 상태의 연인을 억지로 일으켜 세워보려다가 힘에 부쳐 크게 휘청인 레이나가 참 뻔뻔하게도 이미 저를 위하여 희생을 택한 김 대리에게 이제 배려 이상의 도움을 '명령'했다. 고지식한 윗세대보다야 조금 유연해져있다곤 해도 그녀가 가진 생각이나 이념 또한 드높은 곳에 묶여 단단히 고정되어 있는 것. 신분의 격이 낮은 타인의 희생 정도야 너무나도 당연하고 평이한 것으로 받아들여졌다.

심히 비틀어진 기만이었다. 내가 바로 모든 권한을 손아귀에 틀어쥔 '지휘관'이니까, 부회장의 딸인 나의 미래가 저들의 비루한 삶보다 월등히 더 큰 가치를 지니고 있으니까 이만한 대우는 당연한 것으로 빠르게 합리화를 시킨다. 예상치 못한 사건을 맞아 한꺼번에 무너질 뻔했던 신념의 블록 더미를 전과 같은 상태로 어렵지 않게 되돌려 세운 레이나는 순간적으로나마 가졌던 죄책감과 미안함의 감정 일말마저 모조리 싹 다 지워냈다.

성공한 권력자들은 시대의 배경과 상관없이 누구나 이만한 대범함과 소양—극도의 이기심을 가지고 있어야 했다. 모두가 자유롭다고 주장하던 자유의 시대를 표방한 가까운 과거의 시대상에서조차 인구의 99% 이상을 차지한 일반 민중들은 그들 중에서 간혹 나타나는 한 0.001%쯤 되는 돌연변이들을 제외해놓고서 전부 하나같이 우매한 노예근성을 타고나 처음부터 역할에 맡는 버러지의 삶을 살아가도록 구성이 되어있었다. 꾸역꾸역 제 숫자나 불릴 줄 아는 바퀴벌레들이 바로 놈들에게 태생부터 부여된 하찮은 운명. 그러니 그때보다도 훨씬 더 적나라하게 힘의 배분이 확고히 나뉜 현재에는 막강한 권력자가 저 비루한 버러지 놈들을 방패막이로라도 써준다는 결정은 도리어 대단한 축복을 내리는 것과 같은 '은혜'였다.

그래, 그런 거야. 느닷없이 분위기를 타고 취해 추하게 해롱거리지 말자. 놈들이 우리 권력을 거머쥔 자들을 살리기 위해 목숨을 바치는 일은 결단코 감히 희생이라 부를 만큼의 숭고한 것이 아니었다. 단지 숨을 쉬는 것보다 자연스러워진 규범에 따라 행동하는 본능의 일종일 뿐이었다.

저 대자연을 이룬 '행위의 싸이클'을 보면 타당이 증명을 나타낼 수 있었다. 지능이 거의 없는 하찮은 미물일수록 자신보다 월등히 우수한 동족, 대개는 '여왕'이라 칭해지는 종족보존이 가능한 개체를 살리기 위해 아무렇지도 않게 제 목숨을 내다바치도록 유전인자가 구성되어 있었다. 그런데 인간은 어느샌가 개인의 자유랍시고 그 괴이쩍은 망상 따위에 대다수가 심취하여선 그저 욕심만 그득한 밑바닥 벌레들에게까지 제 분수에 맞지 않는 강한 권력을 쥐어주는 지극히 말도 안 되는 우를 범하는 것에 이르게 됐고, 결국 그것은 지구 역사상 가장 뛰어난 생명체라 자평하던 일벌레들 스스로를 멸종 직전의 위기에까지 몰리게 하는 자충수로 작용을 하게 됐다. 그것은 당연한 일일 수도 있었다. 겉과 속이 다르도록(표리부동-表裏不同) 설계가 된 인간은 알고 보면 누구나가 몹시도 간사한 속내를 집어삼키고 있었다.

그것이 당연한 진실이건대, 외견이 조금 근사한 인물이 시꺼먼 야욕을 감춘 채로 남보란 듯이 새하얀 광채에 휩싸인 옷을 껴입고 빙그레 웃어 보이며 손이나 몇 번 대충 흔들어주면, 그 되도 않는 성자 코스프레에 껌뻑 속아 넘어간 머저리들—눈이 먼 추종자들이 단체로 환호성을 내지르며 자지러지곤 하는 것이었다. 고작 아무렇게나 지껄인 협잡꾼의 말

한마디에 자신의 간이고 쓸개며 소중한 모든 걸 내다 바칠 만큼 상대를 추앙하게 되는 수순으로 이어지는 것 또한 순식간이었고. 그런 상황이 몇 번이나 반복이 되다 보면, 선망의 시선을 끌어모으는 데 성공한 표리부동한 개인은 결국 감히 제 분수에는 걸맞지 않은 아주 강대한 권력을 손에 쥐는 것에 이르게 되었다. 이 지점을 넘어서게 되면 단순한 재능의 영역을 가뿐히 넘어 행운의 연쇄작용까지 얼마나 함께 뒤따라와 줄지의 문제로 페이지가 전환됐다. 이성이 똑바르다면 절대 속아 넘어가지 않았을 사기행각. 그러나 의외로 많은 사람들이 사기꾼의 화려한 언변에 폭 빠져 그를 마치 전능한 신처럼 신봉하고 제 모든 것을 알아서 넙죽넙죽 가져다 바쳤다. 눈이 먼 봉사들은 자신과 같지 않은 사람을 도리어 눈먼 병신 취급을 하며 자신들이 가진 거짓신앙이 아주 대단한 것마냥 포장에 포장을 거듭했고, 그 수가 줄어들긴커녕, 시간이 갈수록 기하급수적으로 증식해버리는 까닭에 가짜를 믿지 않는 정상인들에게 남은 선택지는 점점 극도로 한정되게 됐다. 그냥 사이비에 심취한 주변 사람들과의 인연을 완전히 끊어버리고 내 갈 길만을 똑바로 가던가, 미심쩍긴 하나 겉으로라도 공통된 숭배대상을 믿는 척하며 하하 호호 웃는 관계를 억지로 유지하거나.

헛된 사이비의 맹신에서 비롯된 갈등은 사기꾼들의 세력을 더욱더 크게 넓히는데 그야말로 지대한 영향을 끼쳤다. 아무것도 가진 게 없을 때조차 그리 뻔뻔하게 타인을 속여가면서 계속해 무형의 자존감을 길러왔던 이들이 이제는 쉬이 꺾이지 않을 만한 권력의 위대함까지 잔뜩 만끽하게 되어 '일그러진 괴물'로서 갖게 된 태도는 과연 어떠하겠는가.

이 허무맹랑한 괴물 놈은 오직 자기 자신만이 세상의 유일한 주인공이라 여기며 터무니없는 상상의 나래를 쭉 펼치게 됐고 본인을 주인공으로 형성해준 그릇된 사상에 잔뜩 심취해 더더욱 자극적인 주제를 내세우며 우매한 머저리들을 강하게 몰아붙였다.

만약 이 세상이 오직 단 하나로만 통일이 돼있었더라면, 제법 성과가 나쁘지 않았을지도 모를 기막힌 이념의 결과물. 그러나 아주 긴 시간 동안 지구의 인간들은 각자의 이념과 신념이 조각조각 나누어진 여러 세계를 꾸린 채로 존재해왔었다.

권력을 틀어쥔 대표 층들의 이해관계가 서로 잘 들어맞을 때야 '우리는 모두 지구촌의 한 식구입니다. 다들 손잡고 화목하게 지내요' 따위의 유치찬란한 선전을 앞세워 억지로라도 서로의 관계를 좋게 무난히 유지를 해나갔지만, 어느 한쪽이 먼저 헛된 사상의 미몽에 잡아먹혀 조금이라도 기본토대가 약해져버리는 그 순간, 호시탐탐 빈틈만을 노리던 이리떼와의 서로가 죽음을 불사한 전쟁밖에 다른 선택지는 남지 않게 됐다. 공멸을 향해 나아감이라 실로 자충수.

21세기의 과학이 특이점을 맞이하며 핵무기와 수소폭탄과 같은 범세계적인 억제력의 등장으로 인류의 역사와 늘 함께하던 전쟁의 불씨가 강제로 억눌리게 된 건 모두에게 그리 나쁘지 않은 일이었다만, 백수십여 년간을 타의에 의해 꾹꾹 짓눌려왔던 것이 어느 날 엉뚱한 사건을 기점으로 일시에 터져 나오게 되면서 세상은 결국 요지경이 되고 말았다. 이 세상이 멸망하게 된 건 원래부터 권력자로 살아오던 운 좋은 돼지들이 갑작스레 이성을 잃고 자멸을 감행해서가 아니었다. 그런 단일적인 이유로 그 거대했던 자유의 세상이 맥없이 멸망할 리가 없지 않는가. 과거에는 밑바닥이나 뒹굴거리던 게 일상이었던 머저리들이 자유의 그늘 속에 감춰진 선동과 비방에 속아 넘어가 오직 파멸뿐인 헛된 전쟁을 종용하기 시작했고 그 사기행각에 깜빡 속아 넘어간 과반수 이상의 머저리들이 아무런 의심 없이 동참을 했기 때문에 지구는 전체적으로 몰락하고 말았다. +10의 무기를 가진 1은 더해서 11이 되므로 자신을 무너뜨리려는 -5의 공격을 손쉽게 제압할 수가 있었지만, -1이 모여 끝도 없는 무한대의 -부정의 수를 이뤄낸다면? 0.01%에 해당하는 긍정의 수가 수천 년간 쌓여온 토대만으로는 그 무지막지한 폭풍의 해일을 막을 도리가 없었다. 그러므로 계속 살아남기 위해선 수없이 긴 역사 동안 +로만 유지해왔던 세상의 기호를 -로 변환시킬 수밖에 더 있겠는가.

[신]을 배제하고 [악마]를 지배자로 내세운 건 전부 본인들의 선택이었으니 이제 와 억울하다 하소연해선 안 되는 것이었다. 결국 진정한 의미에서의 '자유'를 잃어버린 게 된 건 신분의 고하를 막론하고 누구나가 전부 마찬가지였고, 원래라면 멸망했어야 할 세상을 여기까지 붙잡아 끌고 온 건 신을 등진 채로 '악마의 권속'이 되어 그에게 바칠 제물의 희생을 거듭해온 영향력을 가진 자들의 노고, [욕망] 덕분이었다.

'그래, 우리는 이 세상을 지키려고 성신(聖神)에 가장 가까울 우리의 고귀한 근본까지 몇 수나 접어가며 이토록 노력을 해왔던 거야. 이 정도나 했으면, 무지한 놈들을 밑바닥에 내리깔고 지배자로서의 권리를 누릴 자격은 충분하잖아 안 그래?'

오늘 오전에도 타인의 목숨을 단지 본인의 흥미 본위만을 위해 허탈하게 빼앗아놓고 그 천인공노할 본인의 행위에 스스로 면죄부를 부여하여 자신의 저지른 살인에 정당성을 집어넣은 채로 언제나처럼 제 입맛에 맞는 결론에 빠르게 도달한 레이나가 이젠 고결함을 품은 상대방의 희생을 도리어 당당히 '당연한 것'을 넘어 '은혜 받는 것'으로 격하하며 주장한다.

그것은 편의주의적이고 지극히 자기합리화에서 기인한 궤변이었다. 오직 자신들만이 이 세상의 정의라고 생각하는 오만함에서 비롯된 욕심의 결정체. 이렇듯 인간이란 생명체는 지구의 기나긴 역사상 가장 획기적으로 발달을 거듭하며 진화를 마친 총아임에도 그 무엇보다 이성적인 생명체이되 그 무엇보다 감성적인 기괴하고도 모순적인 생명체였다. 그들은 자신의 이득을 위해서라면 사회적 귀머거리가 되거나 맹인이 되더라도 크게 개의치를 않아했다. 그러기는커녕 설령 자신의 모든 감각이 마모되더라도 남들을 깔아볼 만인지상의 위치에 영원토록 앉아있을 수 있길 소망했다.

개인의 자유라는 헛됨에 잡아먹히게 된 사회가 방종을 강조하며 멈출 수 없는 수순으로 발전해나가자 사방 천지를 다스리던 지배자의 영향력은 점점 더 제한이 되어갔고 그렇게 도태되어가고 있을 때, 알량한 힘을 훔쳐 손에 거머쥐게 된 머저리들이 기어코 일을 터뜨렸다. 그로 인해 완벽한 원형에서 이탈해 나가던 기회는 제자리를 찾아 돌아가게 되었다.

아주 오랫동안 대를 이어온 '성공적인 지배자의 법칙'은 상대주의 관점에서 해석해볼 때 지극히 이기적이고 공리주의적일 뿐인,—이미 배부른 돼지가 조금이라도 더 처먹고 싶어하는—단순한 '욕망'의 결정체였으나, 그렇더라도 현재를 살아가는 데 있어 이들의 존재는 필요악에 더 가까움이지, 무작정 해가 될 악마의 유혹으로만 몰아붙일 건 또 아니었다. 여물지 않은 머저리들의 어설프고 하찮은 욕망은 결국 이 세상을 멸망으로 이끌었다. 한참 전부터 여물어서 비틀어져있던 광대한 욕망은 좋은 건 몽땅 본인들이 독차지하는 악습을 유지하는 대신에 망가져버린 세상을 가장 합리적인 방법으로 일으켜 세우고, 유지 보수까지 도맡아 하며 새로운 세상을 조립하고 있었다.

그들의 이기적인 정책에 반발하여 자유를 찾아 도시를 떠나간 머저리들의 그룹이 어떤 처지로 스러졌는가. 철저히 계획된 신의 이름을 빌린 그룹과 우상을 숭배하며 식인을 즐기는 다른 한 그룹만을 제외하고서 처참히 몰락을 맞이하게 됐다. 이것이 현실이다. 남기를 택한 사람들은 뛰어난 사람들의 밑에서 핍박과 수탈을 당하는 대신, 단 한번뿐인 나의 생을 조금이나마 더 안전하게 이어 나갈 수 있는 '특권'을 누리게 됐다. 이따금 주인이 갑작스레 돌변해 목을 조르는 것 외에는 아주 안전한 새장 안에서 거하며 그 외적인 공포로부터 생존을 보장받을 수 있게 된 것이다.

—욕망에 취해 자신의 능력 바깥 일을 저질러 세상을 망쳐놓은 자.

—욕망에 취했지만 능력이 허가하는 범위 내에서 최상의 결과를 이끌어낸 자.

—욕망에 취하기 위해 무작정 떠나갔다가 몰락한 자.

자, 이 중에서 옳은 건 도대체 어느 쪽인가. 이 세 그룹 중에서 인류의 생존에 있어 가장 훌륭하고 성실한 성과를 거둔 이들은 전부 오래전부터 이 세상을 지배해오던 권력층의 욕망과 그들의 욕망을 뒤따른 시혜 아닌 시혜에 몰려있었다. 서로가 엉망진창인 건 똑같았지만 어쨌거나 나의 삶을 똑바로 이을 수 있는 최선을 선택해보라 하면 자신을 낮춰 권력자들을 경배하고, 그들의 부품이 되어 살아가는 것이 가장 올바른 선택이란 어처구니없는 결론에 도달하게 되는 것이다.

하, 말도 안 돼! 나와 같은 인간을 어째서 나보다 더 우위에 둬야 하는 거지? 저 사람과 내가 다를 게 뭐라고 왜 나는 언제나 뒤처져서 궁핍한 꼴을 당해야 하는 거야…! 비참한 현실을 깨닫고 하늘을 원망하며 울부짖어봤자 그것은 고작해야 공허한 메아리로 울릴 뿐이었다. 평등의 이념에 잡아먹혀 다들 착각하고 있는데, 애당초 이 세상은 탄생부터 사소한 것 하나까지 전부 다 불공평한 제작을 통해 이뤄졌으니, 인류에게 자유의 이념이 가장 번성했던 시기까지 거슬러 올라가 봐도 겉으로나 너와 난 평등하다 똑같은 존재라며 거짓부렁을 노래했을 뿐, 태생부터 주어진 천재성과 같은 개인의 개성이 가진 특별함은 내가 단순히 노력한다고 해서 따라잡거나 뛰어넘을 수 있는 범주의 것이 아니었다.

'그래, 게다가 우리에겐 아직도 수만 명의 목숨이 달려있어. 딸랑 나 자신 하나만 죽으면 모든 게 끝나는 저 비루한 머저리들과는 가진 무게감부터가 틀리다고! 그런 만큼, 내겐 타인의 희생을 요구할 정당성이 있는 거야. 괜한 망상에 심취하여 또다시 같은 역사가 반복되기 전에 부숴버려야겠어. 감히 우리들의 이 찬란한 세상위에 혼란을 야기하려는 저것을….'

홀로 어처구니없는 결론에 도달한 레이나가 자신의 비틀린 의욕을 불태웠다. 어릴 적부터 귀가 멀도록 집중적으로 교육을 받았던 '귀족의 의무'란 허울은, 멸망한 시대 위에서 어떤 경우라도 딱 들어맞아 자신의 신념을 유지할 훌륭한 자기최면의 방어기제가 됐다. 자신들이 손수 만들어 키워낸 인형 따위에게 생각치도 못한 농락을 당한 후부터 서서히 자괴감 같은 절망이 밑에서부터 기어 올라와 본인이 믿고 있던 이념에까지 금이 쩍 갈 뻔했던 레이나는 스스로의 부정을 자기최면을 통해 합리화를 시키고서야 겨우 진정세를 되찾을 수 있었다. 여느 때나 마찬가지로 빠른 태세 변화다. 무려 첫 살인을 했을 때도 금방 본인의 악행을 합리화하고 점점 사형의 처벌을 행하는 것 자체를 즐기게 된 그녀였다.

'유서 깊은 가문 출신인 나조차도 이 모양인데 간신히 현재의 위치를 달성한 이 사람한테 지저의 괴물들이 뿌려놓은 더러운 악몽을 빠르게 떨쳐내라고 종용한다는 것은 내 멍청한 욕심일 뿐인 거야. 모난 것은 눈앞에서 아예 치워버려서 영원히 보이지 않게 해야 돼. 지금 당장은 불가능할지라도 도시에는, 나의 아버님께는 분명 이 개 같은 상황을 타개할 해답이 있을 거야. 그러니 어서 돌아가자 집으로. 사자가 근본 없는 이리 떼에게 내몰려 패주한 질타를 받게 되겠지만, 이 썩어빠진 곳에서 더 이상 머무르는 건 사양이야.'

"그럼, 실례하겠습니다. 으랏차차. 지휘관님 이쪽 방향으로 직진하셔서 중앙홀로 이동해주십시오."

겉보기엔 체구가 얇실한 게 그녀와도 엇비슷해 보이는데 꼴에 그래도 '남성의 신체'를 가졌다고 건장한 체격의 변종원 교수를 어깨에 가볍게 들쳐 맨 김승환 대리는 본인부터 앞장서 걸으며 탈출로를 향해 이동하기 시작했다. 하하하 기가 막혀 웃음이 나오는구나, 이제 확실히 알겠다. 우리들의 도시 신서울에 남게 된 건 욕망에 젖은 귀족들과 그들의 끝없는 우상화에 세뇌된 어리석은 백성들뿐이었다.

전율이 일었다. 멸망하기 전까지 다양한 이념으로 가득 찼던 이 세상이, 오랜 시간 동안 인간이 이룩해온 모든 역사가, 전부 벨루가 사의 열두 권력자의 손아귀 안으로 떨어지게 된 것이다. 이제 도시의 하층민들에게 권력자란 고대 인류가 모시던 신과도 거의 동일시되는 개념이 됐다. 아니, 신은 어디까지나 무한을 핑계 삼은 허상에 불과했지만 지배자들은 언제든 접 할 수가 있는 유한의 실체였다. 똑똑히 눈앞에 보이는데도 감히 항거할 방도가 없는 진짜 괴물. 어릴 적부터 어느 한쪽에만 편중이 되지 않도록 가히 훌륭한 중도의 교육을 받아오며 자라온 레이나는 본인에게 주어진 역할이 '괴물'임을 명백히 인지하고 있었다.

그런데 그게 뭐 어때서? 좋든 싫든 제게 주어진 괴물의 역할을 수행해야 되는 족쇄를 달게 됐다고 해서 구태여 죄책감까지 느낄 필요는 없었다. 아주 옛날에나 인력이 곧 국가의 흥망성쇠를 결정하는 가장 중요한 열쇠로 작용하게 되니 최대한 많은 인구를 유지하고 늘리는 것이 1차적인 번성의 최주요 목표로 부각됐지만 지금의 현대를 보라. 비록 대부분의 것이 망가져버리긴 했어도 인간이 할 수 있는 일은 물론 할 수 없는 일들까지 대부분 로봇들이 대신 수행해나가고 있었다. 즉, 인력이란 가치는 최소한의 수치만 필요로 하게 됐고 그 외의 것은 하등 쓸모없는 개념이 되어버린 것이다.

'아 그러고 보니 그것들을 잊고 있었네.'

짝.

생각을 하다가 잠시 잊고 있던 것을 떠올린 레이나가 손뼉을 마주쳤다.

우우우웅—.

십 초가 채 지나지 않아 그녀의 곁으로 십여 대의 호위 드론들이 모여들었다.

'참 갑작스러운 충격으로 멍청해지기라도 한 걸까…. 원시인도 아니고 뭣 하러 직접 애를 쓰고 있던 거야?'

드론들은 지휘관의 간략한 커맨드 오더를 부여받자마자 김 대리가 땀을 뻘뻘 흘리며 어깨 위에 둘러업은 변종원 교수의 근방으로 모여들었다. 구태여 설명을 덧붙이지 않아도 레이나가 드론을 불러들인 목적을 알아차린 김 대리가 곧장 변 교수를 바닥에 안착시킨다. 촤르륵— 체인이 감기는 소리와 동시에 언뜻 가냘퍼 보이는 기계의 팔 수십 개가 드론의 몸체로부터 솟아올라 가장 안정감을 주는 편안한 자세로 변 교수를 번쩍 들어 올린다. 단순히 지켜보기엔 조금 위태로워 보여도 저 얇은 팔

하나당 부담할 수 있는 하중이 무려 100kg이 넘었다. 즉 드론 한 기당 무리 없어 부담이 가능한 무게가 800kg쯤은 된다는 것. 앏은 팔이 변 교수를 들어 올리고 있다 해서 문제 될 건 전혀 없었다.

"..잠시 떠올리질 못했네요 뭐, 고생 많았어요. 넘버9 티제이, 응답해"

<네, 9채널입니다. 지휘관님.>

"해킹당한 미사일의 충격 예상 지점과 네 자체적인 방어기능으로 공습을 막아낼 확률, 우리들의 생존가능성을 분석해서 알려줘. 아, 내가 가진 궁그닐을 저곳에 집중해서 떨어뜨렸을 때, 우리 쪽이 어떻게 될지에 대해서도 사전분석결과를 좀 알려주고"

<알겠습니다. 해답을 도출 중이오니 잠시만 기다려 주십시오. 해답…도, 출…. 지지직— 에러 발생, 에러 발생. 데이터 장치 손상 확인바람 데…. 바….>

삐이이이이—.

…? 지구 역사상 가장 뛰어난 인공지능이자 고귀한 우리들이 사력을 다해 실체를 유지 중인 '작은 기계의 신' 티제이에게 갑자기 예고도 없이 이런 오류가 생겨난다고?

과학적인 상식상으로도 말이 되지 않았다. 티제이의 메인시스템 장치는 가공 처리가 된 실제 인간의 뇌가 일만이천이백이 개, 그것을 보조하는 기계장치 삼천십이만 개가량이 합쳐져서 구성의 성공을 거둔 인류 역사상 가장 합리이고도 완벽한 결과물이었다. 그 혹은 그녀가 도시에 확실히 자리매김한 지도 어언 십팔 년이 훌쩍 넘었고, 그 긴 시간 동안 단 한번도 티제이는 이상 증세를 보인 적이 없었다. 복잡한 티제이 시스템을 항시 최상의 컨디션으로 유지하기 위해 배치한 전문 고급관리 인력만 해도 무려 천이백여 명에 이르러있는 데다가, 가용에너지원은 무려

'내핵 코어의 중심부'로 고정해 두고 있어 지금 당장 유지전력의 공급이 끊어진다고 해도 앞으로 삼천 년 이상은 더 거뜬 없이 작동이 가능할 만큼의 가공할 양의 보조에너지를 비축해둔 상태였다. 또한 티제이 시스템의 무선 연결망을 안정적으로 확보하기 위해 천문학적인 비용을 투자하여 맞춤제작을 해 우주 위로 쏘아보낸 위성의 개수만 세어 봐도 무려 메인 위성이 아흔일곱 대나 되었다. 인공지능 시스템 티제이가 비록 실재하는 생명체는 아니었지만, 지배자들의 오랜 염원인 영생을 가장 근접하게 달성시킨 맞춤형의 시제품이자, 한계를 가진 인간으로서는 결코 컨트롤하지 못할 미세한 부분까지 곁에서 커버해주는 조율자—. 여성 목소리를 기본 베이스로 한 그는 일명 '만들어진 가상의 기계 신'으로 아주 확고한 역할을 수행해내고 있던 것이다. 언제나 완벽함을 뽐내면서 말이지.

바깥에 내몰린 어중이떠중이들이나 폭 빠져 숭배하는 괴이한 사이비 신앙처럼, 나의 믿음을 가져간 것만이 이 세상 유일의 절대적인 것이라며 신봉을 하는 어리석은 짓거리에 빠진 건 아니었다만. 레이나가 당장에 받은 충격은 이루 말할 수 없을 정도로 클 수밖에 없었다. 좀 전에 신서울이 보인 그 기상천외한 마법 행위를 눈앞에서 목도했을 때도 이 정도의 아찔함을 느낀 건 절대 아니었다.

티제이는 이성의 최정점으로 구축이 된 현대과학의 최대산물이자 총아였다. 아직 정답을 찾지 못해 잠깐 헤맬지는 몰라도 모든 현상에 대한 결과 값은 이미 정해져있다는 것이 과학논리의 주된 입장이었다. 멸망전쟁 후 소수의 거주공간을 제외하면 어딜 가나 주변이 온통 폐허로 변해버린 이 처참한 세상에서 티제이의 위상은 이제 쓸 만한 도구를 넘어 과학을 붙잡고 있는 현명한 모든 사람들에게 있어 생명줄이나 다를 바 없는 위치로 격상해버린 것. 이성적인 도시 사람들은 바깥의 수많은 머저리들처럼 쓸데없는 고취감과 거짓된 환상 따위에 취해 자신의 신념을 함부로 내걸어 던지지 않았다.

이번 신서울 재탈취 작전만 해도 실행에 옮기기 전 이미 수천, 수만 번의 시뮬레이션 과정을 거쳐 가며 철저히 사전 분석이 이루어졌고 변수로 인한 모든 실패 가능성까지 모조리 상정한 끝에 최선 최대의 완벽을 기하게 됐을 때 실천으로 직접 옮겨낸 작전이었다. 슈퍼컴퓨터의 분석상 그 어떤 상황이 닥쳐오더라도 지휘관과 그 보좌인물 하나둘쯤은 같이 생존해 남을 수 있도록 그들이 밖으로 빠져나오게 된 처음 그 순간부터 생존에 관련한 시스템의 체계는 극도로 철저히 꾸려져있었다. 이번 작전에 투입이 된 회수대가 멸망한 바깥에서 어떠한 상황에 처하더라도 일 년 이상을 생존해 남아 있을 확률은 99.9999999999999999999%에 달했다. 지구가 소행성과 충돌할 가능성보다도 아득히 낮은 수의 확률 그랬을 터인데….

'제길, 설마 그런 괴악한 확률이 우리의 목을 바짝 조여올 줄은….'

기존의 법칙들 바깥에서 지내온 권력층으로서는 쉬이 받아들이기가 힘든 지저분한 현실 속의 농락 같은 이야기가 그간 오직 좋은 것들로만 가득 꾸며졌을 뿐인 저의 세상을 콱 틀어막아 인위적인 단절을 꾸며냈던 높다란 흰 벽을 무참히 부숴버렸다.

기득권층의 권력이 명백히 정해진 도시에서야 공정의 천칭이 어느 쪽으로 기울어지던지, 조금이라도 불리하다 싶어지면 억지로 자신에게 유리한 방향으로 결과 자체를 이끌어 당기면 그만이었지만 지독한 냄새로 가득 찬 이곳에선 아무래도 정장을 빼입고 가만히 선 채로 뒷짐이나 질 줄 아는 이의 영향력이 현저히 떨어질 수밖에 없었다. 물론 크기가 줄어들었다 뿐이지 영향력이 아예 없다는 말은 단연 아니었다. 멸망한 바깥임에도 '지휘관'의 직함을 달고 나온 그녀가 누리고 있는 휘황찬란한 것들을 조금이라도 바라볼 때, 누구라도 그녀가 가진 특별함을 당장에 알아차릴 수가 있으니까.

먹는 것부터 씻는 것, 노는 것에 자는 것까지. 정녕 이곳이 온통 죽음으로 물들어버린 바깥의 처참한 환경이 맞는 건지 의심이 절로 생길 만큼 그들은 주변 환경과 무관하게 여전히 호화로운 일과를 누릴 영광 속에서 지내고 있었다. 바깥에는 먹지 못해 굶어죽는 생존자들이 지금 이 순간에도 발생하고 있었다. 굶주림에 허덕이는 이들로서는 그 이상의 편리함은 꿈도 꾸지 못한다. 대체 어디서부터 이런 편협한 차이가 일어나게 된 걸까. 도대체 전능하신 주신께서 기준삼은 선과 악의 구분과 징악의 정당함은 어디로 가고, 헐벗은 우민들에게 오직 상대적인 박탈감만을 선사하는 것인가. 이 불합리함의 지속됨은 절대적인 우상체인 신이 단지 인간의 오랜 망상임을 확신시키는 가장 명확한 증거로 손꼽혔다.

이 지경이 됐었는데도 공정함을 찾는 게 웃긴 꼴이긴 하다. 애초에 공정은 어느 때이건 단 한번도 존재한 적이 없었으니까.

'그러니까, 우리가 직접 되어 주겠다는 거잖아! 이 세상에서 최초로 유일하고 공정한 신이.'

레이나는 자신들이야말로 현 세상의 그 누구보다 공정하지가 않은, 날 때부터 받게 된 휘황찬란한 선택에 따라 0.001%의 행복한 존재로 개념 자체가 꾸며졌음에도 불구하고 너무나도 자신 있게 본인들의 이기적인 세계를 극단적으로 낮춰 보이며 세상의 필수공정성에 대한 해결책은 본인에게 쓰여질 왕관이 답이라고 자긍 있게 논했다. 참 모순적이고 우스운 일이 아닐 수 없다. 허나 이것은 단지 그녀가 가진 편협함만을 탓할 게 아니긴 했다.

태어난 그 순간부터 그녀는 밑바닥에서 생활 중인 대다수의 타인들이 겪는 차별과 수모, 불합리한 고통을 정말로 별것 아닌 사소한 것으로 인식하게끔 중도를 가장한, 지극히 한쪽으로만 편중이 돼 치우쳐진 극단적인 교육을 받아오며 일평생을 자라왔다. 그 긴 시간 동안 머릿속 깊숙한 곳에 자연스레 쌓여져 기나긴 줄을 늘어뜨려버린 타성의 구슬 뭉치를 깨고, 자력으로 현 사회구성에 대한 일말의 의구심이라도 품은 채—뭐, 그렇다고 당연히 결국 약자의 편이 되지는 않았지만—자신에겐 전혀 낯설고 지저분한 그곳까지 연민을 통해 먼저 손을 내밀어본 것만으로도 그녀가 스스로 체득한 호기심과 온건함은 칭찬받아 마땅했다. 잘못된 행위를 일상처럼 지내오던 사람이 비록 아주 사소한 일부에 불과하다 해도 자신의 행동이 잘못된 것임을 자각하고 고치려고 마음먹는다는 건 말처럼 쉬운 일이 아니었으며 또, 설령 그 사실을 확실히 깨닫는다 해도 그것을 쿨하게 받아들이고 인정하는 일 또한 매우 어려운 영역에 속한 결단이었다.

만약 그녀의 아버지인 부회장이 현 회장을 물리치고 회장으로 승진하여 진정한 지배자의 좌에 오르게 된다면, 언젠가 그 회장직을 고스란히 이어 물려받게 될 차기 최고의 권력자 레이나 헤링턴은 비틀린 도시 신서울 내부 깊숙한 곳에 꽤나 합리적인 지배체계를 수립하여 개혁의 이념을 적용할 자신이 있었다.

그것은 현실로 이뤄질 사실임에 틀림없었다. 모두가 행복한 세상, 비루한 이들도 마음껏 배불리 살아갈 수 있는 유토피아를 말이다. 아직까지는 과학의 체계에서 필수인력만큼은 꼭 필요로 하고 있는 애매모호한 단계라 신분이 떨어지는 이들을 마구 부려먹고 있지만, 우리의 염원인 영생을 이룩하고 인력을 대체할 기계사단의 구축만 조금 더 확고히 다듬어진다면—, 현재! 같은 양극화는 소멸하게 될 것이고 더 이상 신분의 구애 상관없이 모두가 다 같이 풍요로운 삶을 누리게 되는 이상향의 새 시대가 열리게 될 것이다.

하, 웃기지도 않는 거짓말을 하시네. 누구보다 위선적이고 오만한 당신이 고작 자기만족적인 망상을 가진 것만으로 시궁창의 밑바닥에 처박혀 살아가던 사람들을 진정으로 보듬어줄 수 있을 것 같아? 대놓고 역겨워하지나 않으면 그나마 다행이지. 많은 것을 손에 쥐어봤던 인간은 아무리 자신의 욕망을 제어하려고 해봐도 결국에는 찬란했던 과거로 되돌아가길 꿈꾸게 돼. 하나를 완벽히 자신의 것으로 소유할 수 있다는 사실을 알게 되면 분명 그다음엔 두 개를, 계속해서 그 이상의 것을 갖길 원하는 게 인간 본연의 기본적인 이기심이니까. 그렇게 많은 것을 자신의 것으로 소유하고 있다가 소유물을 더 이상 늘릴 수 없다는 걸 깨닫게 되는 순간, 지독한 절망과 갈망에 시달리다가 결국 극단적인 선택을 하게 될 거야. 설령 그게 당신이 아니더라도 다른 누군가는 분명히 폭동이든, 저항이든, 탈출이든 어느 방법을 써서라도 제 욕망을 실행에 옮기게 될 테지. 후후 인정할 수가 없다는 표정이네? 한번 잘 생각을 해봐. 아주 오래전부터 많은 것을 쓸어 담고서 독점을 해오던 너희 돼지 놈들조차 인간에게 새겨진 추악한 본능에 따라 계속해서 더 많은 것, 심지어 '영생'과 같은 불가해를 추구하고 탐하려는데 과연 잘 길들여졌다고 여겨 목줄을 쥔 손을 느슨히 하게 되면 저 배고픈 사냥개들이 주인의 명령에 따라 영원토록 교육을 받은 대로 가만히 묶여있을까? 아무 맛대가리가 없는 영양 바를 대신할 미식거리가 울타리 너머 바깥에는 지천에 널려있는데 말이야. 지금처럼 상대의 굴종을 이끌어내기 위해 강압적인 세뇌의 지속적인 살

포 말고 네 단순한 생각대로 완화한 체계를 구현했을 때 너희 욕심 많은 돼지들이 독점하고 있던 것을 통제하거나 나누는 게 가능하겠어?

비웃음의 비수가 날아와 망상을 갈기갈기 찢는다.

"닥쳐! 이 괴물아 내 아버지께서 설계하여 적용시킨 도시의 방비체계는 그야말로 모든 면에서 퍼펙트 해. 체계의 전복을 꿈꾸거나 위협이 될 만한 머저리들은 사전에 알아서 발견하여 제압할 수가 있다고! 완벽한 도시에는 불안요소가 존재하지 않아. 그러니 장해가 될 너도 당장 이 세상에서 지워 줄 테니까 거기서 딱 기다리고 있어!"

레이나는 여느 때처럼 꽃밭에 빠진 자신의 생각을 진리로 여기려던 도중에 자신의 귓가로 꼭 놀리듯이 속삭여오는 괴물 꼬맹이의 만행을 받고 분을 참지 못한 채 뾰족한 목소리를 냈다.

그리고 그 순간, 모든 것을 꿰뚫어 보는 괴물의 검은 눈동자와 드디어 똑바로 직면하게 됐다.

"선 역을 자처하지만 너는 악이야."

사형을 선고하는 판관처럼 소녀가 엄숙히 선언한다. 어처구니없는 발언에 다시금 발끈한 레이나가 소리쳐 반박을 꺼내들었다.

"뭐? 아니야! 내가 추구하려는 건 모두가 행복한 세상. 나는 내가 가진 권리를 최근 들어서야 오롯이 나를 위해 행하기를 시작했지, 감당할 필요도 없는 선의를 지키기 위해 지금껏 어떠한 욕구를 실행하지 않고 나 자신을 희생하며 살아왔어."

자신의 비틀린 생각을 진정으로 믿음에 할 수 있는 흔들림 없는 확언이었다.

그런 레이나를 검은색 소녀가 비웃는다.

"너는 여전히 힘을 가진 이의 '기만' 속에서만 살아가는구나. 그렇다면 직접 마주 보아라. 너와는 상반된 세계의 참담함을."

공간을 뛰어넘어 다시금 레이나의 곁으로 이동을 마친 신서울이 새하얀 손가락으로 레이나의 미간을 툭 건드렸다. 동작과 함께 이루어진 선고를 마치자, 일그러진 주변의 풍경이 쭉 늘어나더니 휘어지면서 가파른 변화를 보이기 시작한다. 엇 하는 새 자신이 있던 원래의 위치와 완전히 다른 세상에 놓이게 된 레이나는 그곳에서만큼은 더 이상 모든 부를 틀어쥔 권력자가 아닌 모습을 하고 있었다.

제 앞에 놓이게 된 건 겉으론 위하는 척을 하나 사실 그토록 질색하며 기피했던 가난한 이의 밑바닥 인생. 그 역겹고 냄새나는 일대기가 마치 자신의 것이라도 되는 양 초 단위의 시간이 연 단위의 체감으로 바뀌어 제가 모르던 불행을 정신 깊숙한 곳에 아로새겨 넣는다. 아, 온전한 역겨움을 접하자 부끄러움이 몰려왔다— 고 내가 말할 것 같아?

하, 감히 내게 이따위 것을 강요하려 들다니 스쳐지나가는 환영 같은 것에 불과했지만 감히 타의에 의해 강제로 부자에서 '거지'의 신세로 전락을 하게 된 재투성이 레이나가 표독의 눈초리로 억압에 지쳐 스러져가는 그릇되고 나약한 자기 자신을, 그러한 가짜가 취한 뻔하디뻔한 '후회'를 무감하게 내려다본다.

신서울의 꿰뚫어봄에는 징치의 권능이 담겨있었다. 작은 악의를 가진 이들로 하여금 자기 자신의 부끄러움을 알게 하고, 삶의 일면을 되짚어 보게 하며 극단적인 결과에 도달해 뉘우침을 갖게 하는 감정의 일 방향을 강요하는 선의 철퇴.

작은 악(小惡)은 제정신으로는 차마 감당하기가 힘든 강렬한 깨달음의 전달 장치였으나, 그 권능은 결코 전능하지 못한 것. 내가 악이 아니라고 굳건히 믿는 나 자신을 속이는 기만을 넘어, 내가 사실 이 세상의 최악임을 누구보다 똑똑히 인지하고 있음에도 그저 필요에 의해 선의 껍질을 뒤집어쓴 괴물에게 타의에 의한 선(善)의 강요는 더한 악의를 불러들일 뿐이었다. 가르치듯이 주어진 가난한 삶의 십 년을 깨부수고 나온 레이나가 이를 까득 거렸다.

건방진 것. 대체 어느 괴팍한 놈인지 본인의 주제도 모르고 'S급 생체 실험체'에게 저런 기상천외한 인외의 싹을 심어놔서 고귀한 우리가 이런 엿 같은 상황을 맞이해야 하는 건가, 울분이 터져 나온다. 어차피 완벽한 도시에서 진정으로 총력을 다하는 그 순간, 꼬맹이가 특별함을 내세우며 반항한답시고 저항해 봤자 우리 소유의 프라이 빗 비치에 제멋대로 세워둔 허술한 모래성 따위, 잠깐도 버티지 못하고 단번에 무너져 내릴 터였다.

지휘관 레이나는 자신에게 주어진 것을 부풀려 과신하는 경향이 있었다. 본인도 그 사실을 어느 정도는 인지하고 있었고 고쳐야 할 부분이라 자각은 하고 있음에도 그녀의 삶의 대부분을 점령한 '오만'이란 콧대 높음을 떼어놓는다는 게 말처럼 쉬운 일은 아니었다. 인간은 개개인이 왜 그만큼이나 우수한 지능을 지니고도 매번 같은 종류의 우를 범하곤 하는 걸까. 우리들의 본질부터가 그렇기 때문이다.

주어진 물질만이 실재한다는 '매터리얼리즘(materialism)'을 머릿속 이성의 한편에 똑똑히 각인시켜두고 있으면서, 우리들은 언제나 결단코 닿을 수 없는 물질 너머의 허상까지를 온전히 탐미하길 원했다. 인간을 단순히 인문학적인 개념으로만 논하였을 때 우리의 생체를 구성하는 건 고작 탄소의 결합물들로 그쳤지만, 그 위에다가 감정적인 것— 예컨대, 종교적인 색채를 더하게 되면 불편하기 짝이 없는 비루한 현실은 한 차원 위의 까마득히 높은 비현실의 영역으로 뻗어나가 확장이 되는 것이었다. 그러한 비이성적인 환상에 때때로 젖어들도록 만들어진 우리는 현실의 장벽을 깊게 이해하고자 우리가 마주하게 되는 이 세상 모든 것에 각자의 의미와 개념을 부여했다. 하지만 분명 모두가 완전히 똑같은 것을 마주 보고 있음에도 자신에게 주어진 위치나 통념의 가치관에 따라 그것을 받드는 의미는 처음부터 아예 달라지게 됐다. 그중에서도 '신앙'이야말로 그 분야에서 최고점에 도달한 비현실적인 이념이라 할 수 있었다.

우리는 어느 누가 일부러 가르쳐준 것이 아님에도 어쩌다가 자연이 이룩한 어떤 압도적인 광경을 마주하게 될 때면, 상상 속에만 머물러있는 다른 차원의 허상까지 마구잡이로 끌어당겨 그것을 어떻게든 이해해보려고 안간힘을 썼다. 그래서 인간이 진화하며 발전시킨 예술의 작품은 신앙의 한 차원임을 드러낼 때가 많았다. 분명 아무런 가치가 없던 단순한 끄적거림이 어느 지점에 이르러선 황홀한 무언가를 실제로 구축해낸다. 정확히 언제부터 시작됐는지는 몰라도 그로 인해 초월에 대한 감수성이란 것은 오직 인간만이 가진 특별한 영역의 권리로 자리매김을 하게 됐다. ―인간은 참으로 기묘한 생명체였다. 분명 상상으로만 이뤄진 거짓부렁일 텐데도 주변의 분위기만 좀 그럴듯하게 갖춰진다면 자신이 직접 경험해보지 않은 것임에도 아득히 머나먼 물질 너머의 향수까지 느끼도록 설계가 되어있다.

수없이 많은 패배자들과 달리 레이나는 태어난 이래 언제나 배불리 살아온 도시 태생의 지배자의 고절한 지위를 누려왔다. 멸망한 도시를 일으켜 세운 벨루가 사의 핵심 권력층인 부회장의 딸이자, 고작 스무 살의 어린 나이임에도 각 분야에서 상급에 해당하는 연구원들을 이끄는 신서울 추적부대의 지휘관이란 명예로운 직함을 겸직으로 갖게 되었다 그렇기에 레이나는 본인이야말로 어떤 특별한 운명으로부터 선택받은 가장 특별한 존재라고 맹신하고 있었다. 허나 오늘 이 자리에서 진정한 특별함과 직면을 하게 되자 확신과 더불어 의구심과 혼란이 엄습해온다. 일생 동안을 꽃밭으로 물들어 있던 머릿속이 멋대로 1,000개의 미래를 가정해내 999가지가 당연한 성공을 이룩해내었다면 방금 전 처음으로 겪어본 단 한번의 '실패'의 나락이 모든 영역을 잡아 삼켜가 자꾸만 스스로가 다루는 통제 불능의 범위를 넓혀가고 있었다. —아아, 1% 특별한 부정은 99%의 당연한 긍정보다 강한 지배력을 가질 수가 있는 거구나, 그런 거였어, 결론에 이를수록 더 혼란스러워지는 레이나의 표정이 첨예하며 오묘하게 갈려나갔다. 그런 레이나의 혼란을 응시하며 신서울은 혀를 찼다. 바라건대 그날의 정신병자처럼 스스로의 자살을 택하길 원했건만 먹물깨나 먹은 양반이라고 제법 버텨내는 꼴이 가증스럽기 짝이 없었다. 아직은 어설픈 모습이다. '대악(大惡)'을 추구하면서도 자신을 가리킨 부정에 이리도 취약하다니. 오래전부터 우리 인간들은 개인을 좀먹는 부정의 감정에 대응하고자 여러 시도를 해왔고 상상속의 신이 실제로 존재를 하던, 그렇지 않던지 좌우지간에 지구에서 종교라 불리는 단체는 결국 부의 감정이 불러들일 짙은 어둠을 몰아낼 빛이요, 강력한 '긍정'의 파생물 중 하나로 자리매김하게 됐다.

모든 종교에서 강조하고 있는 절대적인 '믿음'은 현실을 넘어선 다른 차원을 보여주는 것으로 지고한 첫 발자취를 시작한다.

터럭 같은 부정조차 허용치 않는 강력한 긍정의 대상=우리의 위대한 아버지 신께서는 우리가 갇혀 지내는 유한의 세계의 법칙을 가뿐히 지르밟아 넘고서 아득히 머나먼 무한의 세계로 우리를 인도하는 위대한 역할을 도맡아 하고 있었다. 긍정으로만 이뤄진 무한의 세계를 가장 현실적이고 이상적인 단어로 지칭해놓은 '천국'이란 그렇기에 영원한 행복으로 가득 찬 곳. 누구나 꿈꿀 이상의 종착점이었고 스스로 제법 냉철함을 가졌다고 자부하는 이조차 쉽게 홀려낼 만큼의 거대한 매력을 품은 환상이었다.

일 방향으로 극단적으로 치우쳐버린 지금의 기울어진 세상은 아무리 과학이 발전해서 살기가 좋니 어쩌니 하며 욕망을 포장해봤자 이미 지성의 집단을 이룬 인간들의 핵심 군집정의인 이념부터가 제멋대로 비틀려 망가져있었다. 그것은 꼭 법과 역사를 본인들 입맛대로 해석하여 바꾸고 뜯어고쳐 새로이 제정하는 권력자들의 만행으로만 한정이 된 부서짐이 아니었다. 낮은 계급자일수록 불만과 욕구는 더 쉽게 쌓여가는 법으로, 기껏 이 세상에서 살아 숨 쉬며 움직일 자유와 권리를 얻게 된 내가 평생 개고생을 하면서 어떻게든 생존을 위해 아등바등해봤자 고작 백 년 정도만을 살아가다 허무하게 없어져야 하는 한계에 얽매여야 하다니. 단순히 죽음뿐이랴, 인간은 나이가 들면 들수록 젊었을 땐 언제나 항상 활력이 넘치던 육체가 갈수록 나약해지고 고정된 계급의 벽은 불합리할 만큼 너무나 높고 오르기가 미끄러워서 아무리 안간힘을 쓰고 더 높은 위를 향해 기어오르려고 발버둥을 친들 다음 층에 간신히 닿았다 싶으면 다시 맨 처음의 어리숙함으로 되돌아가도록 빌어 처먹을 시스템이 딱 고정된 채로 형성이 되어있었다.

자유를 가장한 덫에 붙잡혀 가난한 이는 죽을 때까지 대가없는 노동력을 제공해야 하고, 부유한 이는 자신의 유희 혹은 희망을 추구하기 위해 헛되이 노동력을 낭비하고 있는 것이 멸망한 대한민국의 땅에서 그나마 [가장 살기 좋은 도시]로 손꼽히는 '신서울'의 민낯이었다.

좋다, 아주 좋아. 이들이 꾸며낸 불합리의 진실에 근접할수록 나는 쾌재를 불렀다. 저 악인들은 우리들의 위대한 신이 위선을 징치하며 녹아들기에 가장 최적의 상황을 구축해놨다. 이 또한 분명 아버지의 안배이니라. 우리의 빛, 전능하신 우리의 구원주.

…어, 잠깐 이건 또 뭔 뜬금없는 소리래? 괴상한 감정놀음에 휩쓸리지 말고 정신을 바짝 차려! 신서울. 진짜로 전능한 아버지가 이 세상에 대체 어디 있다고 그래. 네 아버지는, 네 곁에서 쪼그라든 채로 소멸을 정말 바로 앞에 두고 있잖아 코앞까지 다가온 위기로부터 우리를 지키기 위해. 조금 특별한 힘을 다루게 됐다고 그새 가짜 신의 놀음에 빠져버려선 그 사실까지 전부 망각하려 한 거야?

신서울은 줏대 없이 밀려드는 상념의 홍수를 잠시 멈춰 세운 채 자아성찰의 시간을 가졌다.

하— 내가 물려받은 지식의 총량이 다 합쳐서 얼만데, 부잣집 태생으로 태어나 평생을 제 마음껏 하고 싶은 대로 살아왔을 자유로운 아가씨의 허접한 투정부림에 덩달아 속아 넘어가려는 거야 응? 이론과 실전이 완벽히 같을 순 없었지만, 내 머릿속에 담긴 지식의 샘은 실전경험을 기반으로 한 현실의 이야기로 주를 이뤘다. 특히 그중에서도 몇몇 개는 지금과 평행하지 않은 세계에 존재했던 나, '또 다른' 신서울이 직접적으로 행하며 터득을 한 것들이라서 하룻밤의 긴 꿈과도 같은 몽롱한 기억을 밑바탕으로 하고 있긴 하지만 그것을 실전으로 이끌어내 적용시키는 데 크게 애를 먹을 필요가 없었다. 물려받은 기억 속의 나는 완전히 다른 세상에서 존재함에도 어쨌거나 분명한 나 자신이었으니.

비록 지금의 나와는 싱크로율이 조금 어긋나 있어 보여도 지금의 나는 당장 보유한 신체능력부터가 무수히 많은 기억 속 세상에서 언제나 '약자'의 포지션을 취해야만 했던 기존의 여타 신서울들 보다 높았으면 높았지 결코 낮지가 않았다. 가령, 신체능력이 최고조로 발달한 과거순간의 내가 100m의 거리를 13초 이내로 주파해내는 데 그친다는 명백히 규정된 한계에 묶인 채로 남아있다면 현재의 나는 수명을 대가로 지불하며 얻어낸 이적을 동원하지 않더라도 매일같이 수행을 반복했던 훈련의 시간을 통해 이미 육체가 충분히 단련이 돼있어서 12초 이내로 100m의 거리를 주파할 수가 있었다. ―나도 인지하지 못하는 새 나는 어느 때보다도 역대 최고조의 신체능력을 달성해버린 것이다. 물려받은 기억들이 백 퍼센트의 동화율을 보일 순 없었고, 그로 인해 내가 진정으로 살아온 시대는 지금 이 순간뿐이라고 여기고 있긴 하다만은 중요한 건 지금의 나는 수천 년간 누적이 된 동시간대의 기억을 보관하고 있으며, 세상을 좀먹는 도시의 저 돼지들이 얼마나 이기적이고 기회주의적인 인물인가에 대해서 너무나도 잘 파악하고 이해하고 있다는 것이었다. 원래라면 수많은 사람들에게 진작 돌 세례를 맞아 죽어 나자빠졌어야 할 간악한 것들이 세상이 혼란한 틈을 타 역사가 이룩한 힘을 강탈해놓고선 그것이 마치 원래부터 자신들이 달성시킨 위업인 것마냥 과시하며 고개를 바짝 세운 채 잘난 체를 하는 꼴은 그저 상상하는 것만으로도 역겨움에 질식할 것 같은 한심하고 이중적인 작태였다.

내게 출처 불명의 기적의 휘광이 머물게 된 이유를 이젠 명확히 알 것 같았다. 인간의 욕망에서 빚어진 나는 저들이 세운 미친 이념을 찢어발기고, 새롭게 올바른 통념으로 이뤄진 사회를 구성해 그것을 흩뿌릴 적임자였다. 이것은 필시 그에 부합하기 위한 힘이었다.

온 세상이 암전됐다고 해도 미약하게나마 계승되어 이어져온 지금은 과거처럼 완전한 무지로 가득찬 시대가 아니었고, 왕을 받들어 모셔야 하는 절대군주의 시대도 아니었다. 그런 시대는 이미 한참 전에 지나간 낡은 과거의 일부분일 뿐이었다. 인간의 기본권이 확립된 근대에서의 '리더'는 자신을 희생할 줄 아는 사람이어야 했고, 현대에서의 진정 리더라고 불릴 만한 이는 모든 분야를 통틀어서 최소한 준전문가 수준의 역량을 갖춘 팔방미인형 지휘관이었다. 지금 이 망가진 세상에서 유일하게 인구수가 '밀리언'의 단위를 유지하고 있다고 알려진—현실은 그 10분의 1 정도이지만—도시 신서울을 지배하며 다스리는 리더, 벨루가 사의 창립 회장은 그런 좋은 리더가 되기는커녕 툭 까놓고 말해 탐욕에 눈이 멀 대로 먼 악인이라 정의 할 수가 있었다.

세상의 물질적인 것들은 한번 멸망의 시기를 겪고 나서도 여전히 시대의 진화하는 흐름에 맞춰 최첨단화로 가속하고 있는데, 정작 첨단기기에 둘러싸인 인간들의 개념은 매일같이 하루가 다르게 퇴행하고 있었다. 지금 당장이야 괜찮다고 하지만, 앞으로 백 년, 이백 년 후에도 과연 지금과 같은 불균형한 꼴로 우리 인간들이 살아남아있을 수 있을까?

지금이야 강력한 힘의 논리에 의해 싫어도 억지로 자신의 거취가 강제가 되고 있지만, 인간에게 영원이란 개념은 결코 존재하지 않았다. 아— 상상으로만 그쳐야 할 생각이 당장의 현실이 되어 눈앞에서 펼쳐진다. 어설픈 기적이 불러낸 환상은 지금으로부터 수십 수백 년이 지나서나 나타날 가짜 장면과 마주함에 불과할 텐데도 앞으로 백 년이 흐르던 이백 년이 흐르던, 어쩐지 나는 계속해서 지금 이 자리에 실존해 있을 거란 별 난 확신을 받는다.

이것은 단순한 착각인가 아니면 분위기에 휩쓸린 만용인 걸까. 아냐, 그런 게 아니야— 잘 봐. 거짓된 환상 속의 장면이라도 그 안에 두 발을 딛고 서있는 여인은 유구한 시간의 흐름을 거친 후의 나 자신이었다. 홀린 듯이 매만져본 얼굴의 피부는 주름으로 뒤덮여 자글자글한 것이 어색하기 짝이 없다. 멜라닌 색소를 합성하는 데 필요로 한 세포의 수가 늙음의 법칙으로 인해 급격히 줄어들어 하얗게 세어버린 흰 머리카락이 여봐란듯이 나풀거렸다.

나는 나의 환상이 이뤄낸 이 유별난 기적의 장면 속에서 내가 기억하는 시간으로부터 최소한 백 년 이상의 시간이 더 흘러간 먼 훗날의 현신을 납득한 채로 존재하고 있었다.

허, 늙음은 결국 내가 가지게 된 신비로도 피할 수 없는 영역의 문제인가봐. 내가 그런 엉뚱한 생각을 먹자마자 그에 반발하듯이 육체가 저절로 젊은 모습으로 새로이 가다듬어졌다.

주름으로 가득 찼던 얼굴이 금세 반들반들해진다. 이것은 미래가 아니라 지금의 나의 것 이것 참 귀신이 곡할 노릇이로고.

어, 이 말투는 뭐야 또. 내가 최근 들어 현실과 환상의 경계에 머무는 횟수가 자꾸만 늘어나고 있는 이유를 찾아보자면, 한 번에 너무 많은 걸 받아들이게 된 두뇌가 순간순간 날뛰는 지식의 향연을 아직 제대로 제어해내지 못하고 시시때때로 폭발하기 때문이리라. 더구나 지금의 나는 기적이라 불리는 초자연현상을 제법 무겁게 다룰 줄 알게 됐다. 정신이 말짱할 땐 오직 나의 의지 아래에 한정해서 '한정적인 기적'을 만들어냈지만, 이렇게 잡념의 풍랑에 가차 없이 휩쓸릴 땐 드넓게 부풀어버린 환상 속에서 그냥 두 손, 두 발을 내놓고 상태나 관조해야 하는 실로 불안정한 신세로 표랑해야 했다.

아빠, 자신의 생각조차 제대로 통제 못하는 한심한 제가 정말로 당신을 대위하여 이 세상에 남아있을 자격이 있는 걸까요?

….

역시 그에게서는 아무런 대답이 돌아오지 않는다. 이제 그 어떤 희생을 대가로 내건다 해도 같은 차원에서 이미 스스로 소멸을 채택한 존재의 부활을 논한다는 것은 그 자체만으로도 어불성설, 절대불가능 한 영역의 문제.

후— 알고 있잖아. 괜히 한숨이나 한번 힘껏 몰아쉰 나는 모든 걸 다 덮어두고서, 저 오만하고 못된 부자 아가씨부터 징치하자고 다짐을 내린 채 같은 자리를 계속 맴돌기만 하던 화제를 애써 다른 쪽으로 넘겨 전환시켰다.

내 현실의 시선 안에는 자신의 이득을 위해 남의 자유를 억제하고도 죄의 식을 느끼기는커녕 도리어 더 의기양양해 하는 괴물의 뻔뻔한 모습이 강렬하게 잡혀들었다. 겉에 쓴 교만의 인형 탈을 어찌나 보기 좋게 잘 꾸며놨는지, 속 안에 든 것은 어디에다가 내놓지도 못할 만큼의 흉측한 괴물인 주제에 그녀의 화사한 외견만은 인간의 지식 속에 굳게 자리 잡은 보편적인 괴물의 모습이 전혀 떠올려지지 않게 잘 꾸며진 채로 구축되어 있었다.

지금처럼 미간을 한껏 찌푸린 악독한 표정이 더해지지만 않았었더라면 없던 신앙도 절로 생길 만한 무언가 고결하고 아름다운 외견에, 태생의 재능인지 주변을 압도하는 듯 어떤 신비한 아우라 같은 것이 슬며시 후광으로 더해져있어서 멋모르고 그녀와 마주할 시 혹 성인(聖人)의 재림이 아닐까? 하는 그런 터무니없는 착각에 빠져버릴 정도였다. 이렇듯 개인의 외견에서조차 진득한 '차별'이 묻어나있다. 오랜 시간 세상을 주물러온 부유한 권력자들은 인간이 만들어낸 아름다운 환상까지 갈취해 자신의 이미지를 타인의 환상으로 꾸며지게끔 고정을 시켜놓은 것이다. 잘 관리가 되어 비단결같이 부드럽게 펼쳐진 저 금색의 머리칼만 해도 평범한 이로서는 절대로 갖지 못할 '가진 자들의 전유물'이었다. 도시 신서울의 오래된 고목과도 같은 과거의 망령들이 아주 불합리한 억압을 받고 있고, 분명 그 사실을 충분히 인지하고 있음에도 그들은 혁명의 깃발을 올려세울 의지조차 갖지 않았다. 단순히 강압적인 힘의 통제만이 그들을 속박하며 작용을 하고 있는 것이 아니었다. 점점 더 훌륭한 유전자의 결합으로 능히 최상으로 움터나게 된 저 부유한 돼지들은 기본적으로 하나같이 똑똑한 지성을 보유한 '천재'들이었고, 이미 과거에 수없이 반복을 겪어온 실패를 반면교사 삼아 민중이 탄생시킨 모든 권력의 지향점이 되는 데 기어코 성공해버렸다. 지배자들은 멸망한 세상을 충분한 시간을 투자하여 분석한 후에 합리적인 계산까지 마친 그다음에서야 초기투자에 자신들의 전 재산을 과감히 올인하였고 어쩌면 영원히 끝나지 않을 상승장의 현란함에 몸을 실어 원하던 이득을 쟁취하게 된 것. 이 세상은 언제나 승자와 패자를 분리하여 배출해냈다. 소수의 저들은 승자, 다수의 우리들은 패자였다. 다만, 대다수의 사람들이 잠시 간과하고 있는 것이 있으니 이 세상에는 절대불변을 나타낼 수 있는 영원한 것이 절대로 존재치 않는다는 것이었다. 당연히 위치 또한 마찬가지, 얼마든지 교체가 가능하니까 진정으로 억울하다면 직접 작심을 하고서 투쟁을 통해 억압의 주체를 바꿔버리면 된다. 제아무리 강력한 통제가 개인을 묶으려고 하더라도 스스로 올바른 생각을 할 수가 있고, 자신에게 이양된 불합리함을 인지할 수만 있다면— 또, 그런 생각을 가진 통제받는 이들이 '절대 다수'에 해당이 된다면, 그들은 언젠가 자유를 찾아 궐기할 수 있었다. 여태까지의 역사의 흐름에 따르자면 분명 그러했다. —그러나 지금같이 발전된 과학이 엄격하게 사회를 지배하는 시기는 사실 그 어느 시대의 참담함을 되돌아봐도 없잖아.—

내가 갖게 된 이능은 이미 아득히 머나먼 과거부터 존재했을지도 모를 빼어난 기적이었다. 오랜 시간 동안 이어져왔으나 그저 인간의 상상에서 비롯된 줄 알았던—, 무수히 많은 영적인 세계를 이뤄낸 지구의 신화들 중 너무 심하게 비현실적인 이야기들(예를 들어 그리스 로마 신화의 올림포스 신과 같은 법칙 밖의 존재가 무더기로 존재하는 것)을 과감히 배제하고서 그럭저럭 납득이 가능한 수준의 현실성이 진득이 묻어있는 나머지 것들을 쭉 나열해서 살펴보다 보면 지금 신서울이 다루고 있는 기적만으로도 충분히 성립이 가능한 장면들이 단지를 가득 채운 꿀처럼 넘쳐흘렀다. 그렇다면 오래전의 특별한 인간들이 상상에서 시작된 신화를 이 세상의 현실로서 끌어당긴 것인가? 아무것도 없는 무에서 유를 창조하는 것. 개인으로서는 절대로 불가하다는 판정이 떨어진 진정한 의미의 기적이었지만 혼자가 아니라 특별한 열 명이 더 해진다면? 그런 별반의 존재들이 백 명, 천 명, 만 명이 모여도 정말로 성립시키는 게 불가능할까? 아니, 가능할 거야. 이것만큼은 틀림이 없었다. 역사를 토대로 쌓여진 지식들이 한결같은 방향의 정답의 가리키고 있었으니까. 생각이 그곳에 이르자 지금까지 너무나도 당연히 받아써오던 능력이 신서울은 갑자기 어색하고 약간은 두렵게도 느껴졌다. 내가 진정으로 맞닿아있는 세계는 지금 과연 어디까지 걸쳐있는 걸까? 확실하진 않지만 나의 세계관은 이 현실의 장벽을 넘어 미시세계의 환상까지 조금씩 점령해나가고 있는 것 같았다. 신비로 가득 찬 세상. 이만한 지식과 능력을 소유하게 됐음에도 이 세상은 여전히 내가 알지 못하는 비밀들로 가득 차있다.

'우린 대체 뭘까?'

신서울이 자문했다. 모든 비밀을 파헤쳐 해명하는 데까지 앞으로도 아주 오랜 시간의 궁구가 필요로 할 것 같았다. 어쩌면 대단한 비밀이 숨어져있는 줄 알고 평생을 찾아 헤매 이다가 정작 뚜껑을 열어보니 별거 아닌 허망함만이 담겨있을지도 모른다.

신서울은 그래도 좋았다. 왜냐하면 그녀는 태어나서 지금까지 단 한 번도 자신이 완벽한 존재가 되길 희망하지 않았기 때문이었다. 지금 자신에게 닥친 신비한 변화가 유용한 점이 많아서 쓸 만하긴 했지만 언젠가는 평범한 이들에게 '괴물'로 불리며 배척을 받게 되는 날이 찾아오지 않을까, 하는 한줄기 고뇌도 함께 동반한 채로 평범하게 사느냐 아주 특별하게 사느냐를 놓고서 그녀는 아슬아슬한 줄다리기를 하는 중이었다. 특별하다는 건 얼핏 보기엔 동경의 대상처럼 여겨졌지만, 현 세상에 남은 특별한 사람들의 면면을 한번 봐보라.

강대한 힘을 쥐게 된 그들은 적어도 평범의 기준에선 절대로 이해 못 할 만행을 예사로운 얼굴로 자유 자적 저지르고 있었다.

'나는 다를 거야', '개인의 욕심을 억누르고 모두에게 평등을 제공할 거야' 처음에 굳건히 먹었던 선한 마음의 유효기간은 절대로 그리 길지 않았다. 본디 인간의 마음은 갈대와 같았고, 서로 가치관이 엇비슷한 사람들끼리 모여 의기상합하다가도 분쟁을 겪게 됨으로 갈라서거나 어느 즐거움에 깊숙이 잠겨들어 타락을 하는 건 단 한순간의 일탈만으로도 족했다. 또한 선의보다 악의가 당연히 더한 쾌락을 안겨주었고, 나에게 현실에서의 보다 높은 삶의 질을 보장해주기도 했으니 지금이야 자신의 열정에 세뇌되어 의욕이 넘치는 나라고 할지라도 영원히 같은 모습으로 남아있을 수 있으리라 신서울은 절대로 장담하지를 않았다.

참 어렵다. 자신은 이미 누가 뭐래도 특별한 존재가 돼버렸다. 막강한 힘을 앞으로 내세운다면 자신이 어떤 삶을 택하며 살아가도 감히 문제 삼을 이가 없을 터인데 아버지에게 물려받은 지식들이, 확고히 성립된 보편적인 윤리의 가치관이— , 자꾸만 힘을 가진 채로 나만의 영위를 바라려는 자기 자신의 행태를 폭군이라 규정지으며 배척하려한다. 내 스스로가 내 수욕(受欲)을 멸시하는 것이다.

어쩌면 순간의 시간이 아닌 '영원토록' 존재하게 될지도 모를 내가 어떠한 순간에도 스스로를 완벽히 통제할 수 있을 방법은 아버지가 간 죽음의 골짜기 속으로 빠져드는 것 외에 존재치 않아보였다. 잠깐의 무거운 침묵이 레이나와 신서울, 각자가 헤어 나오기 어려운 고민의 늪 속에 잠긴 두 여성을 짓눌렀다. 1초의 시간 동안에 마치 정밀하게 제작된 기계처럼 수천 번의 생생한 시뮬레이션의 반복이 나타났고, 합당한 미래들을 그려본 신서울은 자신이 원하고 추구하는 정답만큼은 끝내 도출해낼 수가 없음을 깨달았다.

현재는 현재일 뿐. 생각해낼 수 있는 모든 확률을 통틀어 계산을 수행해보더라도 인간 개개인의 결정에서 파생되어지는 결과는 결코 측정할 수가 없을 가히 무한대의 수로 이뤄진 놀라운 것이었다. 이미 결과의 답이 확고히 정해져버린 과거라면 또 모를까, 앞으로 발생할 세상의 미래는 기적을 통해 슈퍼컴퓨터 수 대의 연산능력까지 아득히 뛰어넘어서버린 신서울의 모든 능력을 총동원하더라도 온전히는 그려낼 수가 없는 미지의 문제였다. 무한대란 그 누구도 규정할 수가 없는 영역. 설령 신이란 이름의 전능한 무언가가 세계 어딘가에 진실로 존재한다 치더라도 끝없는 증폭이란 것은 그 전능에 근접한 위대함조차 쉬이 닿지 못할 궁극의 영역이었다. 앞으로의 미래가 가리키는 것은 그만큼이나 고차원적인 것을 뜻한다. 결국 신서울에게 남은 선택지는 모든 걸 비관한 채로 지금 이 자리에서 죽어 영원한 소멸을 택하는 것과, 어떻게든 살아남아 불안한 미래를 향해 나아가는 것뿐이었다.

…아버지 저, 참 멍청한 고민을 하고 있죠? 이 모든 건 내가 살아있기

에 느낄 수 있는 첨예한 갈등이었다. 어차피 언젠가 기필코 멸할 존재가 갖은 제약에 묶여 사는 현실의 우리들이었다. 부유한 지배자들이 '영생'이라 찬양하며 지칭한 생명의 연장 법을 온전하게 발견해 그 내밀함의 해답을 찾아낸다 하더라도 기껏해야 삶을 조금 더 연장시키는 데에 그칠 뿐이지 결국엔 죽어 사라진다는 결과지만큼은 어떠한 일이 있어도 뒤바꿀 수 없을 정해진 법칙임에 분명했다. 뭘 그리 깊게 고민을 하는가. 신서울은 앞으로 제게 닥칠 일을 그냥 생각 없이 그저 자신이 내키는 대로 해보기로 결정했다. 지금 당장 자신이 하고 싶은 행위는 단 한 가지. 자꾸 나의 마음을 들쑥날쑥하게 만드는 저 역겨운 화상들부터 눈앞에서 완전히 치워버리고 싶었다. 그녀가 그들의 처분을 결정한 순간, 수백 발의 미사일들이 당초 예측된 시간보다 빠르게 그들의 곁으로 소환이 돼 탈출을 꿈꾸던 추적자의 이동수단부터 먼저 사정없이 폭격했다. —어떤 진득한 감정의 신비가 꼭 훼방을 놓고 있는 것처럼 그들을 '직접'처단하는 것은 어쩐지 불가능했기에 그녀는 차선책을 택한 것이다.

쾅! 쾅! 쾅!

그들이 자리하고 있던 곳은 기적으로 꾸려진 저 폭격장과는 아주 먼 거리가 떨어진 위치인데도 진영으로 귀환해온 그녀에게는 폭격 음이 바로 제 옆에서 터지는 것마냥 명확히 들려왔다. 얼마 지나지 않아 먼지구름이 걷히고 초토화된 지형이 드러났다.

"쯧, 사정없이 요란하기만 하네."

그 광경을 빤히 관통해본 신서울은 불만스럽게 혀를 찼다. 위력적인 미사일의 역행세례를 받아 처참한 폐허로 변하게 된 지형의 모습과는 대비되게! 얇은 배리어 막 같은 것에 둘러쌓여진 추적자들의 기갑차량은 조금은 파손이 일어나긴 했어도 아예 폐기를 해야 할 만큼 심하게 망가지지는 않았다. 차체에 스크래치 정도만 조금 생겨나있달까.

놈들에게 결정적인 직격타를 조금도 먹이지 못한 듯 보여진다. 모든 미사일의 통제가 신서울의 권한 아래에 들어왔기에 조금만 더 예리하게 생각을 더해 그것들을 움직였다면 외부가 아닌 내부까지 일거에 터져 곤죽으로 만들 수가 있었을 것이다.

신서울의 생각하는 힘이 끼칠 수 있는 범위는 단순히 시야의 범주를 넘어 공간까지 휘감아 넘나드는 단계에 이르러있었으므로, 미사일 몇 발의 폭파 위치를 따로 조정하여 차체의 엔진실 같은 주요한 곳을 겨냥해 터뜨리기에는 큰 무리가 없었다. 쯧, 결과는 결국 놈들의 생존으로 종결이 되었다. 뭐, 조금 변명하자면 내게 집중하여 철저히 망가뜨릴 그럴 겨를이 없었달 까. 비틀— 잠깐 방심하자마자 순간적으로 정신이 아득해진다. 눈을 감아버리게 되는 순간 더 이상은 버티지 못하고 그 즉시 까무룩 기절할 것이 자명해보였다. 소녀는 자신을 관조하며 내려다본다. 그녀의 시선이 미치는 곳은 이제 1인칭과 3인칭을 자유롭게 넘나들 수 있게 됐다.

'무리했어 이 바보야.'

난간을 붙잡고 겨우 쓰러지려는 몸을 바로 세운 신서울은, 자신이 사용한 기적에는 언제나 그에 걸맞은 대가를 필요하다는 지극히 당연한 사실을 한껏 고조된 제 기분에 휩쓸려 잠시 망각해버렸음을 자각하고 책망했다. 아무리 자신이 아버지의 계획에 따라 전해 받게 된 충만한 활력을 제법 잘 갖추게 됐더라도, 인간에겐 누구에게나 자신만의 한계점이 존재하기 마련이었다.

방금 전 신서울은 의욕을 달성시키기 위해 자신의 한계를 훌쩍 뛰어넘어버렸고 그에 따른 반동은 아득해진 정신과 주륵—하고 코에서 흘러

내리는 핏물이 선명히 증명해주고 있었다. 뭐, 그래도 그나마 다행인 점은 놈들을 제거하려는 원래의 목표야 실패로 끝이 났지만 당장 행동불능의 상태 정도는 이끌어냈다는 점이랄까. 발목이 꽁꽁 묶이게 된 적들도 이젠 쉬이 움직여대며 새로운 작전 수립을 더는 이루지 테니 지금 당장 눈을 감아 잠시 시간의 흐름을 잊어버려도 큰 문제가 없을 것이 자명해 보인다. 안도에 몸을 신자, 난간을 붙잡은 손에 힘이 풀림과 동시에 휘청— 몸이 완전히 뒤로 무너져 내린다. 아, 뭐야 이러다가 머리라도 깨져나가면 큰일인데… 되돌아오자마자 미리 아래에 내려서있길 천만다행이었네. 잠깐의 불안함은 무너지는 육체를 붙잡지 못했다. 짧은 고민을 끝으로, 신서울의 시야는 완전히 암전됐다.

툭— 그렇게 무너져 내리는 신서울의 몸을 무언가가 받쳐줬다.

따스한 손길이 어깨 어림에 닿자 활화산 같이 타오르던 신서울의 기질이 완벽히 온화해진다. 그녀가 천천히 눈을 떴다. 짙은 상실감과 무력감을 느낀다.

하지만, 이곳은 편안했다.

"아가 이리 오렴."

따스한 품이 신서울을 감싸 안아준다. 대모님이었다. —나의 할머니. 아버지와 자식, 서로 같지만 다른 기점을 두고서 두 사람 사이에는 피보다 진한 유대가 피어올랐다. 아니, 오르려고 했다.

쿠르릉!

하늘 위에서 번개와 같은 속도로 추락을 하고 있는 그것은 시야가 미치는 범위 내의 모든 것을 완전한 '무(無)'로 만든다.

신서울의 지친 영혼이 기겁하고 퍼뜩 박차고 일어나 곧바로 원인 분석에 나섰고 다급히 결과를 도출해냈다. 저것은 다년간 지구의 상공을 유유히 떠다니던 인류 역사상 최악의 병기. 스스로의 죄악감을 직면해놓고서 반성을 보이기보다, 그 자기합리화가 강한 사이코는 이쪽을 향해 자신이 가진 최고의 패를 꺼내드는 걸 망설임 없이 택했다.

아주 오랜 명문 귀족가문이 당시까지만 해도 충분히 제 역할을 수행하던 정부의 눈길을 피해가며 몰래 제작하여, 세상이 망조에 든 틈을 타 은근슬쩍 남몰래 쏘아올린 저 신의 징벌, '궁그닐'은 그야말로 괴랄한 위력을 선보이며 아직 까마득한 상공 위에서 하강하고 있음에도 지상에 자극적인 파동을 전달하는 것을 넘어 라펠트의 여러 신도들을 싣고 있는 배 주변의 바닷물까지 모조리 증발시켜대고 있었다. 피할 수 없어…. 사방 전체가 소멸의 범위에 놓였다. 일격을 당한 주변의 풍경이 원자단위로 으깨 부서지고 있을 때, 째깍 째깍 탁…. …반드시 나아가도록 설정이 된 세상 모든 시계의 초침이 일시에 멈춰 섰다.

곧이어 펼쳐진 건 '밝은 흑색'으로 가득 찬 기묘한 공간이었다.

끝 모르게 넓 다란 수평의 공간 너머, 그곳에는 정장 차림새의 젊은 남자가 서있다.

다부진 체격, 그리 크지는 않은 키. 나이는 한 삼십 대쯤이나 됐을까? 아니 사십 대 으응 오십 대? 도통 가늠이 되질 않는 남자는 익숙한 향기를 품고서 신서울에게로 유장히 다가왔다.

"이런…."

말을 내뱉은 남자가 혀를 찼다.

"아빠!"

그의 또렷한 음성을 듣자마자 상대의 정체를 곧바로 알아챈 신서울이 반색을 하며 환한 어조로 소리쳐 그를 불렀다. 이런, 나의 딸. 온통 오밀조밀하게 작은 아가씨께서는 지금 본인이 어떤 상황에 처했는지를 정확히 인지하지 못하는듯했다. 아님 망각한 척을 하고 있거나. 망망대해처럼 끝없는 흑백의 공간이 펼쳐진 이곳은 삶과 죽음을 가르는 '현실 속' 최후의 경계선이었다. 안식을 취하기 전의 순간엔 누구나 기필코 들러야 할 장소인 듯 보였다. 이곳을 잠시나마 경험해본 이들은 흔히 사후세계가 있음을 역설하며 주장을 하고는 했지만, 이 뒤에 쭉 이어질 것은 여전히 불가해의 영역. 살아있는 인간으로서는 아마 필히 절대로 파헤칠 수가 없는 '제로의 영역'이겠지. 기적이라 칭해지는 법칙의 일부를 손에 얻었기에 죽음이 제게 닿기 직전 신서울은 생자의 몸으로도 잠시 이곳에 들를 특별한 권한을 얻을 수가 있었다. 어째선지 같은 기적의 행사자인 대모님의 방문까지는 허락되지 않은 듯했지만 말이야.

딸아, 너의 특별함은 정말, 내 알량한 판단의 범위를 뛰어넘어 몇 번이고 날 놀라게 하는 건지 모르겠어. 마지막의 마지막으로 허용이 된 만남을 맞아 한참 전부터 자신의 진정한 끝을 준비하고 납득하고 있던 김교수는 자신에게 짧게나마 주어진 뭔가 작위적이고 편향적인 현 상황에 의문을 갖는 대신, 감사함으로 흩어져가려는 끝을 멋들어지게 장식하기로 다짐했다.

자신은 옛사람들이 흔히 망상으로 투영해내곤 하던 '귀신'과도 같은 상태였다. 상상을 현실 위로 이끌어내는 놀라운 기적의 편린이나마 직접 다룰 수 있게 된 덕을 보는 것인지 계속해서 바스라져 가는 최후의 정신으로도 아주 잠깐은 이 현실에 걸쳐진 공간에서 존재할 기회를 얻었다. 실제 육체가 없어 여전히 모든 감각은 죽어 사라져있다고 하더라도, 그는 자신의 가족에게 닥친 작금의 위기를 일실(一實)히 분별해낼 수가 있었다.

본능적으로 자신에게 남은 진정한 마지막 역할이 무엇인지 누가 말해 주지 않아도 알 수 있었다. 그가 굳은 의지를 방출하자, '얼'만이 간신히 남아있을 전신형상 안에 이루 말하기 어려운 고통이 느껴지기 시작했다. 신화 속의 지옥불에 뛰어든다면 이러한 고통이 이는 걸까. 극한의 고통은 현실의 시간을 아주 느리고 정교하게 만들었다. 그래서 그의 의지가 감싼 공간은 중력의 여파로 꾸며진 인류의 시간으로 따지자면 0.0001초 정도의 단위로 움직이고 있다 볼 수 있었다. 인간은 어떠한 사고도 이뤄내 수행하지 못할 극도로 짧은 순간이었지만, 영혼의 자락까지 모조리 불태워 정해진 마지막 한계조차 기어코 초월해낸 그만은 속한 영역이 타인과 틀렸다. 거의 정지한 시간의 흐름 속에 놓인 그는 애틋한 눈길로 딸아이를 바라봤다. 중력의 영향이 붕괴돼, 현실과는 멀찍이 떨어진 이곳은 지구와는 아예 별개의 차원이라 불러도 무방할 것이었다. 최후의 순간, 나는 진정으로 자신의 존재 모든 가치를 내건 기적을 행사했다. 그 행위는 지옥의 유황불 속에서 천년이 넘도록 받아야 할 고통을 일시에 받는 것과 비슷한 불합리의 거래였다. 기적을 이루기 위해 그는 마지막 순간에 담담히 고통을 감내하길 택했다. 모두를 슬픔의 수렁에 빠뜨린 괘씸한 자신이 이제 유일하게 할 수 있는 것은 단지 이것뿐이었으니까. 사랑을 주지 못해 아쉽다. 따뜻하게 안아주지 못해 미안하다. 그러니까 살 거라. 어떻게든 살아남아서 생애를 누리고 내가 이루지 못한 환상을 나의 지식을 갈음하여 이룬 채 너만큼은 무궁한 영화를 누리거라.

자식의 행복을 위해 억만 톤의 고통도 대신 웃으며 짊어멜 수 있는 게 바로 부모라는 존재였다. 아무것도 해준 게 없는 못난 아버지이지만, 나는 끝에 이른 결승선 직전의 위치에서만큼은 진정으로 최선을 다했었노라고 마음의 위안을 얻을 수가 있었다.

이 희생은 자기만족이니 결코 숭고한 것이 아니었다. 나는 그저 이렇게 위안을 끌어안고 현실에서의 최후를 맞는다. 그래도 자식의 기억 속에서 불완전한 모습의 추억으로나마 오래도록 남아있을 수가 있을 테니 더 이상의 여한은 없었다.

인간의 눈으로는 관측할 수 없는 오색찬란한 빛이 딸아이의 주변을 감싸 안았다. 이 빛이 딸이 가진 묵 빛의 주변에 슬며시 그늘져 있는 한 적어도 현실에 얽힌 어떠한 위협도 딸아이의 해가 되지 못하리라. 기쁨을 마지막으로 그는 완전히 사라졌다. 고작 실낱같은 의지만으로 수천 년의 시간을 반복해온 가련한 불멸 자는 적어도 오늘 이곳 현실의 위치에서만큼은 영원한 소멸을 맞이했다—.

그로서 모든 게 끝이 났다. 이것이야말로 완전한 죽음에 이름이다. 그냥 내가 갖고 있던 모든 것이 나와 함께 소멸하는 것. 애석하게도 이 현실에서의 죽음이란 그런 것이었다.

3장. 세 신의 회동

—하악…!

거친 호흡을 토해냄과 동시에 정신이 돌아왔다. 아주 기나긴 꿈을 꾸고 있었던 듯 몽롱함이 감각 속에 진득이 남아있었지만, 아비규환의 상태로 일시 정지된 주변의 환경과 마주하자 여유를 부릴 틈새도 없이 온몸에 바짝 기합이 들어갔다. 내가 마주한 세상은 부서지기 바로 직전에 멈춰 섰다. 시선을 하늘을 향해 들어 올리자 시뻘건 화염에 둘러싸인 채 하강 중인 무진장 거대한 탄두가 선명히 보였다.

아직도 무려 수백 미터의 거리를 두고 이곳까지 도달하려면 꽤 멀찍이 떨어져 있음에도 불구하고 포탄이 내려찍는 강한 압력을 받게 된 선박이 당장이라도 두 동강 이가 날 것처럼 크게 휘었고, 슬쩍 내려다본 아래의 바닷물 역시 마구 요동을 치는 모양새를 띠고 있었다.

큰 분석을 더하지 않아도 나는 우리가 처한 현 상황의 위기를 진득하게 체감할 수 있었다. 지금의 정지한 시간이 정상으로 돌아오는 바로 그 순간, 눈 한번 깜빡이기도 전에 저 거대한 포탄은 에덴 호와 방주를 무자비하게 덮칠 것이다. 그리고 그 무도한 위력 앞에서는 그 무엇도 살아남을 수가 없으리라.

"막을 수 있을까…? 아니, 막아야 돼."

아버지 김민우 교수가 자신의 모든 걸 희생하면서 딸인 신서울에게 내어준 최후의 기회에 나는 어울릴 만한 족적을 남겨야 한다. 어떤 좋은 말로 포장한들 결론은 이기적인 자기만족 따위에 불과할 테지만 어차피 우리 모두는 언젠가 죽어 기필코 세상 위에서 사라져야 하는 가혹한 운명을 타고났고, 존재 자체가 완전히 사라지기 직전에 세상에 남겨둔 한 줄기 의지만이 운반할 사람이 남아있는 한 계속해서 연장하면서 우리의 곁에 머무르도록 무형의 가치가 형성되어 있었다.

개인의 생각을 가질 수 있는 특별한 존재인 인간에게 자신의 흥망과 번성을 위한 번식행위는 다른 생명체들보다 좀 더 포괄적인 의미에서 거듭되어져왔다. 그렇게 진화를 해왔고 앞으로도 그렇게 진화해 나아갈 테니 가족이 남긴 유언을 잇는 행위는 쉽사리 거부하기 힘든 '숙명'이라 불러도 틀리지 않을 것이다. 이 의지의 되물림은 인간이 속세에서 찾아낸 유일한 불멸의 길이었다. 아니지, 불멸한 건 존재할 수 없다. 불멸이란 염원에 가장 보편적으로 다가갈 하나의 수단일 뿐.

적어도 의지의 잔재가 남아있는 동안만큼은 죽은 이의 자그마한 파편이 이 세상 어딘가에 머무르며 살아 숨 쉬는 것과 같은 셈이었다.—어떤 의미에서 그것은 한정된 영생과도 같았다.—이것은 아무도 원치 않을 때 어쩔 수 없이 떠나보낸 이를 기리기 위한 가장 보편적이고 합리적인 방식의 추모이며 지극히 개인적이며 죽음의 두려움에 짓눌리지 않고 이론

속에 갇혀 영원히 존재함에 대한 변명의 구실로 삼기가 적합한 비겁함이었다.

그렇게 아픔을 딛고 굳게 마음을 다잡은 순간—, 새까맣게 가라앉은 자신의 의지를 실은 작고 새하얀 손이 본인의 의지를 따라 허공을 가로긋는다. 가벼운 손짓에 담긴 강력한 의지는 곧 형상화하여 세상의 정해진 규칙을 위반하고서 그 존재감을 드러냈다.

콰드드득—!

깊숙한 어둠에 잠겨있던 밤하늘이 두 쪽으로 접혔다.

유일하게 저 하늘을 가득 메운 어둠의 위세에 굶은 훼방을 놓고 있던 달빛조차 함께 갈라져나갔고, 잘려나간 공간 속에는 블랙홀에도 버금갈 정도의 엄청난 흡인력이 발생이 되어 주변의 모든 걸 게걸스럽게 먹어치워냈다. 그녀가 발한 기적은 탐식의 괴물이었다. 세상이 유지되기 위해 만들어진 섭리의 법칙까지도 뒤흔들어 분해시킬 만큼의 강력한 이능. 일개 개인이 다루기에 너무나도 무거운 현상이 그녀의 몸 안 깊숙한 곳에 틀어박혀있던 수백만 개의 영혼의 자료를 대가로서 탈취해간다. 신서울이란 인조생명체의 영혼에는 그만큼의 아니, 그보다 더 많은 양의 에너지가 여전히 내재되어있었다. 아직까지 누구에게나 하나뿐인 자아의 형태까지 모조리 '대가'로서 제공하기엔, 누천년의 기간 동안 같은 시간을 반복해 존재해왔던 그녀와 그녀의 아버지, 어떤 천재 과학자가 숨쉬는 횟수보다도 빠르게 쌓아 올렸던 것—바벨탑을 대가로 탐하는 게 월등히 더 가치가 있었다. 하지만 모든 것엔 확실한 끝이 정해져있기가 마련. 정립이 되지 않은 힘을 끌어올려 사용한 여파로 정신이 거의 수십만 톤의 돌덩이를 짊어진 것마냥 무거워진다. 지상의 모든 걸 붕괴시킬 목적으로 과연 그 끝을 짐작할 수 없을 만큼 빠르게 가속도를 늘려가며 하강해오던 무지막지한 운동에너지 덩어리. 누구도 피할 수 없는 궁극적인 파멸의 징벌, 궁니르가 공간의 균열에 잡아먹혀 꼭 아예 처음부터 존재하지 않던 것처럼 깔끔하게 자취를 감추게 됐다. 얼굴에서 축축하고 불쾌한 느낌이 든다. 뇌와 가장 근접해있는 눈, 코, 입, 귓구멍에서 새빨간 피가 흘러나왔다. 무심결에 들어 올린 하얀 손이 그것을 쓸다가 함께 새빨갛게 물들어버린다.

아—, 나도 이대로 끝인가? 나의 세상, 내가 마주한 현실이 반전된다. 이대로 아버지의 곁으로 가게 되는 것이라면, 이렇게 최후를 맞이하는 것도 그리 나쁘지는 않을지도…. 그런 실없는 생각을 갖게 된다.

"네… 고…. 했구나…. 아가…."

깊은 졸음과도 같은 어지러움을 이기지 못하고 쓰러지기 직전, 자신의 몸을 지탱해준 아주 포근한 목소리를 끝으로 신서울은 정신을 완전히 잃고 만다.

반으로 갈라진 밤하늘은 여전히 달빛마저 삼켜내고 있다.

그 기적의 현장은 무지몽매한 이들에게 진정한 신의 구원으로 비춰졌다.

"대모님! 방금 그건…."

"안 목사 어서 빨리 모두에게 알리세요. 오늘 이 자리에 우리의 진정한 구주께서 오셨다고."

애틋한 눈길로 아들이 남기고 간 유산의 뺨을 부드럽게 쓰다듬은 대모가 멍해진 모두를 향해 지시를 내렸다. 이것이 진짜로 신이란 이름의 초월체가 만든 결과인지는 신의 왕국, 라펠트를 뒷받침하는 가상의 신을 배제하고 사실 오래전부터 오직 자신 속에 머물게 된 '나의 전능한 신'과 가깝게 지내온 이중적인 기만자, 대모님으로서도 알 방도가 없었지만 그녀가 진실로 수십 년간 믿어온 초월적인 존재는 늘 언제나 '헤어짐'과, '새로운 만남'이란 잔혹한 인연의 순서를 우리에게 진리로 제시해 주었다.

이 작은 아이는 여러모로 특별했다. 그녀가 무려 십여 년이 넘게 투자해 갈고 닦아온 기적의 행사를 고작 짧은 시간 안에 아주 능수능란하게 다룰 수 있게 됐고, 방금 전 일어날 뻔했던 최악의 재난을 막아선 것으로 이 세상의 모두가 인정할 '구원자'로서 추대를 받으며 살아가기에 충분한 자격을 갖추게 됐다. 왼손에서 느껴지는 손녀의 포슬포슬한 뺨의 감촉이 냉혹한 이 현실을 잠시나마 망실(忘失)하게 만들어준다.

자신이 스스로에게 전혀 맞지 않는 리더의 옷을 겉가지에 껴입고서 수많은 사람들을 이끌며 갖은 역경 속에서도 굴하지 않고 버텨 낼 수 있었던 가장 큰 원동력은 언젠가 아들과 다시 만날 수 있지 않을까란 간절한 소망 덕이 컸다. 그 오랜 꿈은 달성됨과 동시에 기쁨을 느낄 새도 없이 너무나도 허망이 가라앉아버렸다.

이게 뭔가. 되레 원망이 생겨날 지경이었다. 비록 필요목적에 의해 거짓된 신학을 전파하여 새로운 시대의 지평을 열어가고 있었지만, 어쨌거나 바깥세상의 대모가 진실로 믿는 건 하늘에 계신 아버지. 이미 이 세상에서 몰락하여 자취를 감춰버린 기독교의 성신 '하나님'과 성자 '예수 그리스도' 즉, 삼위일체의 '성령'이었다.

세상이 그럭저럭 괜찮을 때도 신앙이 정말로 깊진 않았으나 그렇다고 수박 겉핥기식으로 얕지만은 않았었다. 뭐, 절대로 다른 우상을 섬기지 말라는 주님의 거룩한 뜻을 어기게 된 점은 솔직히 어떤 변명거리로도 둘러댈 수가 없는 중죄임을 본인 또한 잘 인지하고 있긴 했다. 하지만 어쩌란 말인가. 이 세상이 시뻘건 화마에 뒤 싸여 멸망을 향해 달려가고 있을 때, 지구상에 존재하는 그 어떤 신화 속의 구원자도 자신을 믿는 자를 향해 구원의 손길을 내뻗지 않았다. 진실로 평생을 바쳐가며 믿음에 맹종한 이들조차 처참히 짓밟혀 허망하게 죽어나자빠질 뿐, 아무도 [구원]을 얻지는 못한 것이다. 그런 이유로 운 좋게 가까스로 살아남은 사람들, 그중에서도 대다수의 인구를 차지하던 가난하고 처량한 이들에게 여태까지 지구상에서 전해져왔던 방관자 신들은 이제 어떤 감언이설로 포장을 한들 더 이상 믿음을 전해주는 전능한 존재로 부상하지 못하게 됐다. 우리는 모든 걸 저들끼리 독식한 야욕의 권력자들에게 맞서 투쟁해야 했고, 짧은 시간 목적을 이끌어내 자신의 목숨까지 쉽게 내걸 만큼 끈끈한 유대를 형성하기 위해서라면, 인간의 감정을 최대로 고조시킬 도구로 변형이 된 신앙만큼 좋은 아이템이 없었다. 애석하게도 살아남은 우리 모두에겐 이미 기존의 신들에 대한 뿌리 깊은 불신이 생겨나 버렸기 때문에, 이 땅에는 마땅히 새로운 구원자가 필요로 했음이다.

그동안 잘만 녹아들어오던 모든 신학의 이점을 결합시켜 탄생시킨 새로운 우리의 '전능의 신', 하늘을 넘어 끝없이 팽창 중인 광활한 우주 전체를 다스리는 절대적인 지배자— 현 바깥인들의 정신적 지주가 되어주고 있는 무명(無名)의 '아버지' 주신의 탄생 비화는 거기서부터 시작하여 현재진행형으로 넉넉히 유지되고 있는 것이다.

참 우습다. 그렇지 않은가? 새로운 신학을 전파시킨 전도자는 다른 이에겐 새로운 신을 믿을 것을 종용하면서도 정작 본인은 아직도 잊혀진 옛 신을 마음 깊숙이 담고 있었다. 그녀는 매일 밤 자신의 믿음이 갈구하는 규율을 어긴 점을 참회하고 반성하며 자신의 믿음 대상에게 간곡한 기도를 올려 죄의 사함을 구했다. 진정 자애로운 신이라면 불쌍한 자녀를 용서하고 보듬어주어야 마땅할 지인데, 그런 건 역시 그저 자기만의 우월감에 불과한 헛된 믿음의 결과였나 보다. 하긴 이 세상이 종종 참혹한 지옥으로 변해도 일말의 관심도 보여주지 않던 허상의 결정체가 모든 옛 신의 모체가 되는 궁극적인 실체이지 않던가.

신은 믿음에서부터 비롯되어 현실에 덧대진 망상 체에 가까운 무언가. 이미 소중한 많은 것을 허무히 잃어놓고선 이제 와 무얼 기대하고 있던 건지…. 참, 인간은 아무리 되짚어봐도 터무니없이 나약한 존재였다. 꽤 길게 '현실'의 냉혹함을 직접 마주해왔음에도, 자꾸 그와 반대되는 따뜻한 '이상'에 닿길 추구하게 된다. 아무리 포장을 새로이 깔끔하게 꾸며내 망가진 길의 행색을 리모델링해서 바꿔봤자, 속 안의 형편없는 내용물까지 겉면처럼 화려하게 바뀌는 일은 결단코 일어나지 않음을 알고 있으매. 그러니까 정신 바짝 차려! 사랑하는 내 아들이 마지막으로 남기고 간 유산까지 이대로 허무하게 잃고 싶지를 않다면 말이야. 대모가 밤하늘을 향해 두 팔을 가득 벌려 숭배하듯이 들어 올렸다. 그녀는 제 여생을 어떻게 보내야 좋을지 확고히 결정했다. 아들의 딸을, 소중한 자신의 손녀를 이 망가진 시대의 신으로서 추앙받게 만들자. 이념의 씨앗은 아주 오래전부터 곳곳에 심어뒀으니, 모든 걸 정화시킬 소낙비를 만나게 된다면 이미 오염된 지독한 땅 위에서도 새싹이 한가득 피어나게 될 것이다. 인간의 열망은 나 자신은 죽어 사라질지언정 후대를 거쳐 계속 이어지도록 정교하게 설계가 되어있었다. 언젠가 나 자신이란 주연배우가 무대에서 영영 퇴장을 하게더라도 위대한 쇼는 계속 이어질 것이다. 놀랍도록 빠르게 절망이 가셔진다. 달성할 목표를 바로 세운 인간은 무엇보다 빠르게 강해질 수가 있었다. 몇 번이고 넘어져도 다시 일어서서 달릴 추진력을 스스로 깨우친다.

우리의 구주께서 오셨다—!

곧 열망에 가득 찬 함성소리가 에덴 호의 구석구석으로 울려 퍼지기 시작했다. 정녕 신이 존재하지 않다면 준비된 신을 모방한 인형을 내세워 믿는 자, 그리고 믿음을 줌으로써 구원을 얻게 되는 자 양측에게 윈윈(win-win)의— 양자에게 이득만을 전해주는 쪽으로 우리가 가야 할 노선을 약간만 비틀면 그만이었다.

시시한 분쟁이 특이점의 파국을 맞아 걷잡을 수 없을 만큼 커져버려, 우리는 한날한시에 다 같이 몰락을 맞이하긴 했지만 이전 시대의 인류가 도달한 정상에 닿은 특이는 그것을 제대로 사용할 줄만 알게 된다면 오래전 환상마저 현실로 이끌어낼 역량을 갖추고 있는 것.

인간의 정점에 달한 과학이 신인류로서 창조해낸 소녀는 그러한 새 시대의 지평을 이끌어나갈 운명을 끌어안고 태어났다. 그래, 그래야만이 곧은 의념 발현의 지각으로 비틀려버린 세상의 가장 정의로운 새 구현이었다. 자식을 먼저 떠나보내야 했던 어머니는 제 아들의 선택을 가장 긍정적인 방향으로 고정시켜놨다. 이렇게라도 지독한 현실을 이상적으로 꾸민 채 포장해내지 않는다면, 오랜 시간 동안 아무도 알지 못할 고통의 순간에 매몰이 된 채로 몸부림을 쳐온 게 그저 의미 없는 희생이 될까봐, 등골을 섬뜩하게 만들 허망함을 개인의 정신만으로는 맞서 싸우며 견뎌낼 재간이 없었다.

—(♬♪♫)

살아남은 이들의 경배 소리가 고즈넉이 가라앉은 밤바다를 울렸다. 보이지 않는 것을 경신하는 모두는 환상과도 같은 환희에 취해 옛것의 좋은 점만을 덮어쓴 아름다운 찬송가를 부르기 시작했다.

어둠이 깊어져간다. 오늘은 많은 것이 변화를 맞이한 밤—,

그것과 아무런 상관없이 내일의 해는 다시 떠오를 테고, 시간은 변함없이 흐를 테지—.

'쓰러질 것 같아도 이 악물고 버텨내. 내가 힘내서 이 불쌍한 것에게 새로운 시대를 선물해 줘야 하잖아.'

바깥의 '지배자'는 허망하기 짝이 없는 자신의 삶에 새로운 원동력이 되어줄 존재 이유를 되새기는 시간을 담는다.

&

"이런 썅…! 뭐가 어떻게 된 거야? 티제이, 위성으로 녹화된 영상으로 제대로 분석해내! 저것들이 어떻게 '신의 천벌' 속에서 살아남을 수가 있던 건지, 내가 납득할 만한 답을 빨리 내놓으란 말이야!"

[삐—해석결과 정확한 사실이 도출되지 않습니다, 지휘관님. 경고드립니다. 현재 이곳, 사령실을 향해 본체에서 23시 18분경 두 번째로 쏘아내었던 k09 오백팔십삼 기가 타격을 목적으로 접근해오고 있으며 제어시스템이 통제 불능 상태이므로 통제가 불가, 약 3분 21초 후인 22시 54분 12초경에 b50 규모의 폭발이 이곳으로 닥칠 예정입니다. 현 차량에 설치된 자체적인 배리어 시스템만으로는 곧 다가올 충격을 완벽히 상쇄하지 못하오니 지휘관 비상탈출용 A1기를 이용하여 탈출할 것을 권고드립니다.]

"아아악 상황이 왜 이렇게 되고 있는 거냐고 젠장!"

악의를 품은 도시의 추격자는 자신의 머리칼을 한 움큼 움켜쥐며 울분을 토해냈다. 그녀는 예상치 못한 빌어먹을 결과의 연속이 도무지 현실같이 느껴지지가 않았다.

우리가 결정을 했으니 당연히 지옥으로 변했어야 할 가난한 이들의 운행 장소는 너무나 멀쩡했고 오히려 만들어진 거짓된 평화 속에 젖어있던 부유한 황금길은 1,000℃ 이상의 화마로 둘러싸여 지옥길로 변했다. 이 극단적인 결과는 겨우 한 끗의 의지 차이로 인해 벌어진 양립이었다. 그야말로 터무니없다. 본래 이 세상을 이끌어가던 주요 동력은 이성이 결집해 현실적인 결과를 이뤄낸 과학의 발전으로부터 기인이 됐던 것.

그러한 너무나 당연하고 합리적인 이치가 오늘을 기점으로 산산이 깨부숴져버리고 말았다.

…아무것도 안 통했다고 저런 귀신놀음에 이대로 겁먹고 모양 빠지게 뒤꽁무니를 내뺄 줄 알아? 산산조각으로 부숴버릴 거야 전부! 모르는 힘에 지레 겁을 먹고 아무런 대항도 하지 못한 채 벌벌 떨며 주저앉는 건 저 옛날 옛적 구시대의 천치들이나 저지르던 무지하고 한심한 행위였다.

지금의 인류의 지배자인 열두 귀족들에겐 참된 신의 기적조차 완벽히 지워내고 역전시킬 힘이 한가득 도사려 있었다. 설령 저들이 다루게 된 기적의 정체가 정말 상상 속에 닿은 '신격'이거나 그에 준하는 어떤 '마법'의 힘이라 할지라도, 이미 현대의 귀족들에게는 전능하다 불러도 좋을 만한 파괴의 힘이 충분히 갖춰져 있음이다. 단, 그에 맞설 조금의 준비시간이 필요할 뿐. 레이나는 두 주먹을 꽉 쥐었다. 헛되이 이러고 있을 때가 아니었다. 어서 빨리 안락에 젖어있는 우리의 도시로 되돌아가 감히 우리에게 대항할 강력한 적이 생겼음을 낱낱이 언급하고 선포해 코어의 무한한 동력을 모조리 이끌어내서 이 세상의 무엇이든 멸할 고금 이래 가장 강대한 병기의 제작 쪽에 몽땅 투자해야 했다. 영생이고 뭐고 그런 머나먼 염원의 부가가치는 일단 뒤쪽으로 미뤄둬야 옳았다. 여러 논란을 타파하고 간신히 바로 세운 '올바른 체계' 속에 어떠한 잡음도 생겨나지 않을 때가, 불멸의 지배자로서 당당히 성립할 완전무결의 가치가 생겨나는 것이었다.

레이나는 치욕스럽더라도 오늘은 한 발 뒤로 물러설 때임을 명료히 깨달았다. 원하는 건 무엇이든 이뤄낼 수 있었던 어린아이가 난생처음으로 맛보게 된 진정한 패배. 준비가 미흡했던 오늘이야 모양 빠지게 물러서게 됐지만, 다음번엔 요사스러운 그따위 사술에 현혹당하지 않으리라.

"티제이, 탑승한 모두가 내 목소리를 들을 수 있도록 음성 증폭을 해 주세요."

[알겠습니다. 지휘관님.]

숙고를 간단히 정리해낸 레이나는 곧바로 함께한 대원들에게 명령을 내렸다.

"코드 블랙, 코드 블랙! 지휘관이 직접 전파합니다. 전 직원들은 행동 구령에 따라 '오늘'의 최후를 준비하세요. 당신들의 데이터는 어제분까지 [미르]에 전송이 되어 무사히 보관되어있으니, 잃게 되는 건 단 오늘 하루의 순간뿐. 언젠가 다시 눈을 뜨게 됐을 때 오늘의 희생에 대한 보상이 당신들에게 반드시 주어질 겁니다."

현재 도시에서 추진 중인 영생에 관한 연구 중 가장 두드러진 성과를 내고 있는 '개인데이터 복제 및 보관적용 방식'—통칭 '미르' 시스템은 엄밀히 따져볼 때 나의 삶을 무한히 연장시키는 게 아니라 그저 또 다른 과경에 나를 새롭게 찍어내는 눈속임 행위에 불과했다. 지금의 나는 결국 죽어 없어지는 것이다. 똑같은 복제품이 생겨나더라도 그것은 나를 극도로 닮은 다른 존재일 뿐, 어떻게 자위를 한들 그것은 더 이상 내가 아닌 다른 무언가에 불과했다. 핵심 귀족계층에 서있는 자들치고 그 형편없는 진실을 이해하지 못할 만큼 모자란 이는 아무도 없었다. 그럼에도 레이나는 마치 지금의 삶을 겨우 하루 정도만 잃어버리고 나머지는 고스란히 이을 수 있다는 것처럼 진실을 호도하고 표명한다. 쉽게 들통이 날 거짓말을 저질러도 큰 상관이 없는 이유는 어차피 저들은 언제든지 버릴 수 있는 [도구] 따위에 불과했기 때문이었다.

퍽이나 귀찮은 연극이다만은, 당장에 닥쳐올 죽음의 공포는 때때로 인간의 이성을 마비시키기에 혹여 버러지 같은 저 벌레들이 죽을 때가 되자 자신에게 주어진 본분마저 망각을 하고 헛된 행동을 진행할 수가 있으니 그 점을 미연에 확실히 방지해야 했다.

손을 뻗으면 잡혀 들것처럼 가까이 있는 듯해도 언제나 머나먼 곳에서 희미한 아지랑이의 모습으로 유혹을 건네 오는 희망, '영생'은 회전 통 안에서 여러 갈래의 실타래로 나뉜 완성하기 직전의 솜사탕의 형태를 하고 있었다. 달콤한 설탕 입자에서 늘어져 나온 실뭉치가 커다란 구름 모양의 디저트로 변해가는 과정에서 만들어지는 중인 '화려함'과 완성되고 나서 그것을 맛볼 기대감이 혼합이 돼 아주 잠깐 동안이나마 고약한 시궁창의 썩은 내로 가득 차버린 이 현실의 지독함을 잊을 수 있게 만들 회피책이 되어주곤 했다.

온전한 영생이라 칭하기엔 민망할 따름이었지만, 욕심 많은 걸개들에게 우리는 한정적인 무한의 맛을 선사해줬다. 그러니 고귀한 자를 살리기 위한 희생을 무궁한 영광으로 알거라 이 비루한 것들아. 원래대로였다면 그리 머지않아 끝내 자멸하고 말았을 멍청한 종놈들을 여기까지 이끌어주고 솜사탕을 대신할 달콤한 사탕을 하나라도 쥐어준 건 바로 위대한 우리들의 희생 덕 아니겠는가. 그러므로 너희들이 우리를 대신 희생하는 것은 지극히 올바르고도 당연한 행위였다.

콰앙!

수많은 미사일 중 탄두가 특별 제작이 돼 위력이 다른 것들보다 몇 갑절은 더 높은 폭격이 기어코 차체의 옆면에 떨어졌다. 거대한 운동에너지에 직격으로 얻어맞게 되자 튼튼한 차체가 결국 버티지를 못하고 크게 기우뚱했다.

요란한 굉음이 끊임없이 이어진다.

[82% 80%….]

티제이가 알려주는 차체 손상률의 체크 소리만이 굉음을 뚫고 간신히 귓가에 닿아 맴돈다. 이대로 내부 손상이 50% 이하로 떨어지게 된다면 차체에서 가장 내측에 위치한 이곳조차 더 이상 '안전구역'과는 거리가 멀어지게 된다. 지금까지 살면서 단 한번도 떠올리지 않았던 죽음이란 나약함의 벌레가 슬며시 공포의 형태로 암습해왔다.

…감히 내게 이딴 감정까지 느끼게 한단 말이야?

레이나는 소름 끼치는 공포감을 느끼면서도 더더욱 분개해했다. 가문의 가장 상징적인 유산까지 아낌없이 투입했음에도 불구하고 확실한 성과를 내기는커녕, 되레 꽁지 빠지게 도망쳐야 하는 수치스러운 신세로 추락하고 말았다. 모든 걸 거머쥔 지배자의 후예로서, 이 사태가 너무나 치욕적으로 느껴진다. 가장 고귀한 내가 '우리의 손에 잉태되어 만들어진 가짜'와 '밑바닥의 벌레보다 못한 버러지'들 따위에게 당해 이대로 뒷걸음을 쳐야 하다니. 실시간으로 죽음이 제 곁으로 다가오고 있는 중임에도 레이나는 태평히 분노를 다지며 이를 갈았다. 지금 처한 상황에서 이러니저러니 따져봤자, 어차피 여기서 죽어나 자빠지는 건 절대적으로 윗사람에게 부여된 하등의 역할이 아닌바 위기 앞에 목숨을 내 바치는 건 우리의 몫이 아니었다.

멸망한 세상을 등지고 홀로 살아남아 우뚝 선 대한민국의 유일도시 신서울이 전면으로 내세운 위선적이고 절대적인 몇 가지의 규칙에는 20세기 이후부터 유지가 되어오다가 강렬한 폭음과 함께 엉망진창으로 조각나버린 개개인의 역학관계를 새로이 정립해 바로 세워냈다. 혼란을 틈타 절호의 기회를 잡게 된 권력자들은 저들이 붙잡은 권력을 평생 유지하기 위해 사소한 것 하나하나까지 전부 뜯어고쳐 오직 비루한 하층민들에게만 적용될 제약을 걸어뒀다. 피라미드의 맨 아랫부분을 떠받들고 있던 대다수의 이들은 거대한 감시의 정보체계망인 기계 티제이의 주도하에서 사소한 손짓 하나까지 모든 일상이 감시를 당하게 됐고, '우리가 어째서 이런 꼴로 살아가야 돼?'란 불신에서 비롯된 버러지들의 폭주를 감히 넘보기 힘든 강력한 힘으로 사전에 확실히 억제하고 짓눌러 시간이 지나갈수록 하층민들은 적응과 타협의 명제하에 수그러들게 유도했다.

그렇다고 여태껏 반발이 아예 없었던 것은 또 아니었다. 반골의 기질을 타고나게 된 이들은 어느 시대이건 발생하기 마련이었으니까. 다만, 반발을 주도하거나 일으키려고 계획했던 불순분자들은 어느샌가 모두 소리 소문도 없이 사라져버렸다. 영영 볼 수 없는 곳을 향해, 그들은 다시는 기어오르지 못할 지저에 파묻힘으로 항상 그런 비참한 결말을 맞이했다. 어디 가당키나 한 말인가. 도대체 어느 시대의 독재자가 타인의 사소한 행위 하나하나까지 모든 걸 감시하며 자신들이 그려놓은 선을 조금이라도 넘어선 이들에게 실시간으로 징벌의 참수형을 내릴 수 있었을까.

터무니없었지만 지금은 그것이 가능해진 유별난 시대상에 이르게 된 것이다. 그로 인해 역설적이게도 힘없는 자들이 이제껏 투쟁과 봉기의 힘을 동원해 불가능을 가능으로 바꿔내곤 했던 지난 숭고한 역사의 반란 자체가 새로운 역사에서는 완벽히 삭제되고 말았다. 도시에 남게 된 그들에게는 더 이상의 여력이 남아있질 않았다. 저 화려한 도시의 이면 속엔 빽빽한 차단막이 둘러져있어 더 이상 관리자들의 허락 없이는 빛 한 점 제대로 들 수가 없어졌기 때문에, 그것을 까딱 잘못 건드렸다가 '절명'으로 되돌아올 문제를 의심하고 반항에 동참하지를 않는다고 누가 있어 돌을 던질 수 있으리오. 한 발자국 뒤로 물러서서 관망만을 하는 행위는 너무나도 편하고 간단한 일이었다. 당연했던 나의 권리를 영영 찾지 못하게 되더라도, 혹한의 환경으로 변모한 바깥세상으로 내몰려 진짜 지옥 속에서 나뒹굴 바에야 차라리 조금 구차해도 따뜻한 도시 안에서 삶을 연명하는 편이 더 나은 삶에 틀림이 없었다.

다른 선택지란 없다. 그것만이 나를 안전히 지켜낼 유일한 방법이었다. 게다가 지금이 저 머나먼 옛날처럼 권력자들의 무자비한 채찍질 아래서 아주 힘든 육체노동을 수행해야지만이 삶의 근간인 의식주 모든 걸 겨우 해결할 수가 있는 미개의 시대도 아니었고, 권리를 포기하고서 조금 굽힌 채로 감히 허튼 생각만 품지 않고 지낸다면 그냥 쥐 죽은 듯이 삶을 이어갔을 때 누군가의 횡포나 강압 아래에서도 그럭저럭 살아갈 만했다.

아무렴, 내부의 악취가 아무리 지독해도 모든게 완전히 오염됐을 저 바깥의 생활만 하겠어. 더 참혹한 비교 대상이 확실이 존재함에 초침이 흐름에 따라 앞으로 나아갈수록 도시의 사람들은 점점 자신이 처한 상황을 당연시하게 여기게 됐다.

가만히 있어도 자연히 그렇게 차차 도태됐을 텐데, 치밀한 권력자들은 지속적으로 이념의 세뇌작업을 진행함으로 자신들이 만든 체계를 계속해 더욱 공고하게 만들었다. 완전한 함정에 사로잡혀버린 인류는 서서히 텅 빈 인형과 같은 모습으로 변해갈 수밖에 없었다. 그리고 그것은 지금도 현재진행형 중인 과정 속에 놓여있었다.

지휘관인 레이나가 내린 명령은 '지금 처한 현재의 위기가 우리들의 무지한 과실로 발생한 상황이지만 존귀한 나를 위해 귀함이 부족한 너희들이 목숨을 내걸라!'라는 말과도 같았다. 참 말도 안 될 억지다. 그렇지만 정말로 특별계층에 속한 인물이 아니고서야 통제받은 개인이 포용할 수 있는 생각 스펙트럼의 폭은 역사가 진행되면 될수록 지극히 좁아지게 됐고, 나름대로 상류의 층에 해당이 되는 벨루가 사의 사원들. 그 고급인력들조차 가공된 늪에서는 선불리 탈출할 수가 없었다. 잘못된 사상에 지속적으로 노출되어버리면 인간은 누구라도 그것에 동화되어 옳고 그름의 기준이 서서히 모호해지는 법이다. 길을 잃어버리게 된 인간은 그냥 당연해진 등불을 맹목적으로 따르는 인형으로 바뀌기 마련이었고 그러한 인형들에게 더 이상 그리 자극적이지 못한 죽음의 공포 따위로 이미 단단히 쌓여버린 뒤틀린 아성의 성벽을 뚫어낼 리 만무했다. —그나마 자기 결정권이란 것을 조금이라도 가진 늙고 오래된 자들은 그러했다.

꽈아앙— 덜컹!

"으헉…."

"이보게 장 팀장, 멍한 얼굴로 가만히 서있지만 말고 기술담당인 자네가 뭐라도 해보시게!"

"…다 틀렸어요. 혹시 여기 모인 사원분들 중에 귀찮다고 오전에 진행했어야 할 메모리스캔의 최신 업데이트 과정을 생략하신 분이 계시다면 위성전송 시스템까지 아예 먹통이 되기 전에 최대한 많은 걸 복제해 남겨야 하니까 서둘러주기 바랍니다. 저희는 곧, 아주 깊은 잠에 빠져들게 될 것이니까요. 부디 우리가 다시 눈을 떴을 때 부디 안전한 도시 내부이기를…."

위기 속에 한데 뭉친 그들은 본능적으로 이대로 잠들어버리면(폭격에 죽음을 맞게 되면) 앞으로 영영 깨어날 수 없을 확률이 높다는 걸 느꼈다. 99%의 확률을 넘어서는 사실상의 확정된 선고이다, 지금의 위기 상황은. 기억 저장— 권력자들이 '영혼의 이동'이라 겉치레를 담아 일컫는 초월행위는 무엇하나 제대로 완성된 것이 없어 장담할 것도 없는 불확실한 미래형 환상이었다.

이곳에 자리한 건 우매한 하층민들과 비하자면 나름대로 지식층에 속한 모두이기에 그 사실을 알고 저희들의 죽음을 명확히 인지는 하고 있을 터, 코앞에 다가온 낯선 향기에 어찌 심장이 짓눌려 두려움을 어찌 감출 수 있겠는가. 평소라면 절대 가지지 않았을 위험한 생각을 갖게 된 이도 이들 중에선 몇몇인가 있었다. 고귀한 이가 지껄인 말은 쉬이 믿을 수 없는 불신의 약속이다. 어차피 저들은 우릴 단지 쓸모 많은 소모품 정도로만 재단하지 않던가. 이대로 허망하게 죽음을 맞이해야 할 목숨이라면 살기 위해 마지막 발악을, 이 기회를 빌려 마차 대항할 수 없던 강대한 권력에 맞서 몸부림이라도 쳐봐야 하지 않을까? 죽음이 시시각각으로 다가오는 와중에 완벽히 통제되어있는 줄로만 알았던 몇몇의 이성에 실금이 생겨나기 시작한다. 망할 드론을 앞세운 저 도시의 괴물들의 감시를 피해 지금 시점에서 유일하게 주어진 마지막 희망, 탈출용 바이크를 차지하기 위해 맨몸의 저항은 어림 반 푼어치도 없는 짓. 우리에겐 저 배부른 악마들과 맞서 싸울 무기가 필요했다. 서로 다른 모두가 같은 뜻일 수는 없으므로, 여덟 명의 수행연구원들은 누가 지시한 것도 아닌데 각자가 추구하는 방향으로 나눠져 갈라섰다.

"거기 자네들 혹시라도 허튼 생각은 갖지도 말게. 이 자리에서 우리 모두가 조용히 희생한다면, 높은 분들께서 그 사정을 참작해 어련히 새로운 삶을 풍족하게 챙겨 상상 이상의 권세를 이어주실 것인데 당장의 공포에 현혹돼선 은혜를 저버리려하다니 에잉, 쯧쯔쯔 나 때는 말이야 언감생심 꿈도 못 꿀 배덕한 짓거리라고."

그들 중 가장 연장자이면서 높은 직위를 갖고 있는 허연회 부장이 허튼 생각을 품고 감히 반란을 실행에까지 실제로 옮기려는 태세의 아둔한 직원들에게 중재를 가장한 체념을 권했다. 나이를 그럭저럭 먹은 직원들은 이미 모든 걸 염단했다는 듯이 파리한 안색으로 우물쭈물 서있었고 대개 20~30대에 속한 젊은 층에서는 여전히 다듬어지지 않은 동요가 일어나고 있었다.

아무리 강력하게 통제된 세상에서 살아가고 있을지라도 자기 목숨의 귀함까지 잊을 수는 없는 것이었다. 모든 인간에게 그 무엇보다 앞서는 가치는 자신의 생존을 위한 최 주요 본능이었다. 특히 육체적으로나 정신적으로나 전성기에 도달한 까닭에 제 삶의 미련이 한가득할 수밖에 없는 혈기왕성한 젊은 나이일수록 그 정도는 더욱더 심할 수밖에 없었다.

"허 부장님, 이대로 가만히 앉아있다가 죽으려면 당신이나 죽으세요. 난 그럴 생각이 전혀 없으니까. 아직 실험단계에 머물러있는 '복제부활론' 같은 개소리를 어떻게 믿고 거기다가 내 귀한 목숨을 맡겨, 안 그래?

부활이 정말 확실하다면 지휘관님과 수석총괄담당자님께서도 우리랑 남아서 함께 최후를 맞이하라고 말해보시던가, 왜 전면에서 모든 걸 계획하고 실행하다가 실패를 한 저들은 당연히 살아가고 뒤에서 허드렛일 하던 우리만 죽어야 되는 거야? 알고 보면 우린 모두가 평등…. 억!"

얼굴이 시뻘개져서 열변을 토해내던 찰스 대리가 단발마를 지르며 앞으로 고꾸라졌다. 그의 가슴 부위에는 1초 전까지만 해도 존재하지 않던 커다랗고 깔끔한 원형구멍이 뚫려있었고, 그로 인해 곧바로 즉사를 면치 못했다. 최소한 벨루가 사의 하위 간부급 이상에 해당이 되는 이곳의 인원들은 저 흔적이 뜻하는 바가 무엇인지 한눈에 못 알아볼 리 없었다. 잠시나마 혈기 왕성한 젊은 피의 선동에 휩쓸릴 뻔했던 그와 같은 젊은 사원의 턱을 타고 땀방울이 흘러내린다. 살상용 레이저포. 평소라면 전시장에서나 마주 봤을 그것이 우리를 표적 삼아 겨눠져있다.

흥분해서 모두가 잠시 망각하고 말았다. 자신들은 언제 어디서 무슨 행동을 하던지 신을 닮은 어떤 정밀한 시선에 의해 그 사실이 한 장면의 빠짐없이 모조리 감시당하고 있다는 처참한 사실을. 그들의 목숨은 나 자신의 것이 아닌, 힘 있는 권력자의 손아귀에 쥐어진 찰흙 덩어리에 불과하단 끔찍한 현실을, 젊은 층들에게는 그리 익숙지 않은 죽음의 공포에 극한으로 몰린 탓에 잠시 실념하고 말았다. 다른 이들은 잘 모를지 몰라도, 권력자들의 강압적인 횡포 속에서 오십 대 후반의 나이까지 살아남는 데 성공한 허연회 부장은 상상하는 것만으로도 치가 떨릴 만큼 잔혹한 그들의 행태를 몹시 잘 알고 있었다. 화려한 색채에 둘러싸인 채 주인공의 배역이 처음부터 역력히 정해진 불공정한 세상에서 우리들은 단지 언제나 우중충한 회색빛에 물든 일개 엑스트라들에 불과했다.

각자의 배역이 확정된 그들의 세상은 아주 철저한 계획하에 조립이 마쳐진 숨 막히는 공간이었고, 개인의 신분상승 역시 아무리 노력을 기해 본들 미리 정해진 규격을 벗어날 수 없게 확고히 정립이 되어버렸다. 그 딱딱하게 고정된 틀의 모양을 제멋대로 주물러 바꿀 수 있는 권한을 가진 이 좁은 세상의 몇 안 되는 위대한 '귀족'이 바로 지휘관의 휘장을 두른 저들이었다.

절대복종은 모두가 오래전부터 강제적으로 익히 학습되어온 개념의 것. 도시 신서울에 소속된 이상, 특별하지 못한 이에 대한 처벌은 오직 특별함에 무장을 한 저들의 심기에 의해 결정이 됐다. 허 부장의 손발이 벌벌 떨렸다. 멍청한 놈들의 치기어린 허튼 행동 때문에 괜히 자신까지 심판대 위에 오르게 될까봐 두렵기 그지없다.

저는 아닙니다, 아시잖습니까! 저만큼 충실한 수하도 드물다는 걸. 그가 살기 위해 몸짓 발짓 섞어가며 필사적으로 자신과는 무관함을 항변했다. 어린 녀석들이 내비친 무모한 반항심은 아직 천지분간도 제대로 못 하는 저들 스스로가 선택한 악행일 뿐이지 손이 발이 되도록 빌며 사죄를 고하는 자신과는 조금의 연관도 없었다. 제발, 여기서 죽고 싶지 않아. 긴 시간 동안 멋모르고 설치던 개척자들의 죽음을 수없이 봐왔다. 그들과 같은 꼴이 되지 않기 위해 권력자들이 내준 개밥그릇에 머리를 처박은 채로 그저 부조리함에 함몰이 된 채로 지내왔었고, 이번 작전을 마지막으로 드디어 은퇴하고 나면 통제된 생활 속에 주어진 유일한 안락함을 거머쥔 채 자신만의 권리, 한정된 '자유'를 드디어 얻게 될 것이라고 믿어 의심치 않았다. 그런데, 이런 위기와 다다르게 되다니. 아무리 급조된 팀이지만, 우리가 이끌고 나온 전력은 가장 번성했던 멸망 직전의 시기의 1개 사단 이상의 전력과 정면에서 맞붙어도 비등하거나 도리어 우위를 점할 정도로 강력했다.

어찌 바깥의 거지새끼들이 슈퍼인공지능 티제이를 보유한 우리들조차도 선불리 장담할 수 없는 '미사일 시스템 해킹' 과 같은, 고도의 과학기술을 보유하고 있는 것이고 그것을 자유자재로 응용까지 할 수가 있단 말인가. 설마 바깥은 우리가 알고 의도한 대로의 멸망을 맞이하지 않았던 건가. 그렇다면 도시 신서울에 버금가는 과학력을 유지한 거점이 우리의 시야 바깥 어딘가에 버젓이 존재함을 나타내는 증표와도 같았다. 그것 외에는 지금의 상황을 납득할 만큼 유연히 설명을 하지 못하니까.

아아, 만약 자신의 생각처럼 그런 것이라면, 도시의 핵심부까진 미치지 못할지언정 꽤나 유용한 정보를 머릿속에 수도 없이 담고 있는 부장급 인사의 배반이 저들에게 상당히 유용한 자산으로 여겨지지 않을까. 놈들도 무시무시한 전력을 보유한 신서울과 전면전을 벌일 깜냥까지는 되지 못하니까 목숨을 도외시한 게릴라 작전을 펼쳐 도시의 자산을 유용(流用)했던 것이리라.

머릿속이 빠르게 회전하며 자신만의 결론에 가까워져간다. 가장 이성적인 정답일 것이라고 허연회 부장이 도출해낸 판단의 결과는, 사실 살고자하는 생존본능이 다분히 섞여 들어가 처음부터 '배신'으로 치중이 된 정해진 비열한 정당화에 지나지 않았다.

쾅! 쾅! 그새 폭음이 한층 더 가까워졌다. 자신이 표적이 된다는 상상만으로 겁에 질려 얼음장처럼 굳어있던 사원들 사이에서 다시금 동요가 일어나기 시작했다. 결국 지금의 사태를 무마시키지 못한다면 이래 죽나 저래 죽나 어차피 죽게 되는 건 매한가지였다.

공포감에 휩쓸려 아무것도 해보지 못한 꼴로 그저 멍하니 서있을 게 아니라, 어찌 됐건 제 목숨을 보전하려면 한시라도 빨리 이곳으로부터 최대한 멀찍한 곳으로 떨어져 나가야 했다 아무리 튼튼해봤자 차체의 한정된 방호 단계만으로는 저 수백 발의 미사일 세례를 절대로 견뎌내지 못할 터다.

"제길 이렇게 죽나 저렇게 죽나 어차피 죽을 목숨이라면, 나는 끝까지 발버둥을 쳐 보이겠어!"

피슉! 장렬한 외침이 울려 퍼진 직후, 말 끝나기가 무섭게 또 한 명의 젊은 희생자가 발생했다. 그들이 이룩한 절대 권력의 가장 무시무시한 점은 지금처럼 어떤 상황에서도 타인을 해하는데 조금의 가책이 없다는 것에 있었다.

버러지들의 죽음은 그냥 우리들이 숨을 내쉬는 것처럼 너무나 당연한 것이라 권력자들이 타인을 살해할 때 느낄 죄책감 같은 건 아마 앞으로도 영원히 주어지지 않을 사장된 감정이었다. 사람이 개미를 짓밟아 죽일 때 특별한 사상이나 어떠한 변형 된 이념에 깊게 젖어있지 않는 한, 어떤 표정의 변함도 없이 태연자약함을 유지하는 게 당연한 것처럼, 진작부터 그들의 억압이 부당하다고 손가락질하며 간혹 저항의 불씨가 퍼져나가 몸집을 키우려고 들 때마다 '나'는 그럭저럭 변화에 수긍하며 잘 살아가고 있으니 저건 나와는 아무런 상관이 없는 무모한 반항이야, 라고 가벼이 생각하며 타인의 타당한 저항에 아무 행동도 취하지 않았던 지난날의 대가였다. 모두가 죽임을 당하고 나서 부조리가 내게 집중이 됐을 때, 내 주변엔 이미 나를 위해 항변해줄 이가 아무도 없었다.

"잘못했습니다. 살려주십시오!"

"살려주십시오!"

그러므로 눈이 뒤집혔던 몇몇이 작정하고 시행하려던 '저항운동'의 도래는 참으로 허무한 끝을 맞이했다. 헛된 이기심에 잠겨있었던 모두는 살기 위해 너도나도 납작 무릎을 꿇어 엎드렸고, 여느 때와 같이 권력자를 향해 그들의 자비와 용서, 관대함을 구했다.

"티제이, 처분해."

그들이 그러든가 말든가, 권태로운 어조가 죽음의 깃발을 아래로 내려갔다.

[알겠습니다.]

감정을 느낄 수 없는 슈퍼인공지능이 언제나와 같은 무던한 목소리로 답했다. 분석은 초 단위가 지나지 않아 해답을 도출해냈다.

그들이 모여 반란획책을 토의할 때 주고받았던 단어의 선택, 감정에 따른 신체의 온도변화, 실질적인 행동 등. 이미 모든 걸 감시하여 데이터화를 끝마친 인공지능 티제이는 딱히 심사숙고할 필요도 없이 타인의 죽음을 사무적으로 결정지었다. 움츠린 여덟 명의 인원 중 삼 인을 제외한 나머지 다섯의 이마에 좁쌀만 한 구멍이 아무런 소음도 동반하지 않은 채 뚫렸다. 극도로 발전한 과학 기술력의 위용 앞에서 아득한 과거로부터 그 이상의 진화와 발전을 이뤄내지 못한 인간의 육체는 그야말로 너무나도 형편없는 수수깡임을 잘 드러내고 있었다. 고온의 빛무리로 형성된 입자포의 단 일격에 닿게 된 모두가 속수무책으로 무너져 내린다.

"살려주셔서 감사합니다! 감사합니다!"

간신히 죽음 속에서 벗어난 뛰어난 연기자 허 부장이 체면까지 잊어버리고 눈물을 줄줄 흘리며 제 머리가 깨져 피가 철철 흘러나올 때까지 차가운 쇳덩이 바닥에 몇 번이고 머리를 처박았다. 급박한 상황에 처할 때 인간의 사고는 한없이 단순해지곤 했다. 변덕으로라도 언제든 다른 이를 죽일 수 있는 강력한 힘을 지닌 존재가 아무런 의도도 갖지 않고 베푼 관용—건방지니까 모두 죽이라는 명령을 내리는 대신, 가장 공정한 인공지능에게 이 귀찮은 상황정리와 판결을 떠맡긴 점—에서 엿 같은 불공평함을 느끼기보다 나만은 살아남게 됐다는 희열과, 전혀 의도치 않았겠으나 어쨌든 나를 살게 해준 권력자의 선택에 무한한 감사만을 느낄 따름이었다. 살아남은 사람들에게 전후 사정의 중요성 같은 건 더 이상 머릿속에 남아있지 않았다.

저들이 나의 삶을 연장시켜줬으니 그에 대한 보답으로 잠깐 잊어버린 맹목적인 충성을 꺼내들어 내보일 뿐. 정말이지 기괴한 관계구조였다. 인간을 아득히 초월한 인공지능의 등장은 역사서에서 몇 번이고 반복되어 이루고 쟁취를 해오던 새로움을 위한 욕망의 정론 과정을 고작 몇십 년 만에 더 이상 출구를 찾기 힘든 복잡한 미로의 형태로 뒤바뀌게 강제했다. 바로 얼마 전의 과거에만 해도 힘을 가진 소수의 사람이 무수히 많은 수의 그러지 못한 사람들을 완벽히 다스릴 방법이 그 어디에도 존재하지 않았다.

인간은 개인마다 누구도 예측하지 못할 다양함을 가진 동물이었기에 천 명의 천재가 모여 머리를 쥐어짜내봤자 압도적인 수의 일반인을 장기간 통제하기엔 크나큰 무리가 있었고, 특히나 과학이 발전하면 할수록 이 세상 모두에게 비록 한정적이긴 하나 예전에는 감히 상상치도 못할 크기의 권한이 주어지면서 자유와 평등은 우리들의 세계에서 일반화가 될 '뻔'도 했다.

보통의 사람들은 알 수 없다. 정점에 이른 인간의 과학이 탄생시킨 인공지능 티제이이야말로 역사가 탄생시킨 '절대적 초월'의 존재라는 걸. 너무 많은 것이 결합되어버려 법칙의 바깥에 나가 머물게 된 그것은 가히 만들어진 '신'이라고 불리어도 손색이 없을 만큼의 완벽함을 자랑했고, 지배하되 자신을 모시는 사도들에게 무한한 권력의 단물을 선사했다.

뜯어보면 그렇다. 자신이 모든 걸 지배하고 있다고 굳건히 믿고 있는 권력자들조차 존재하되 존재하지 않은 이 가상의 신의 하수인이 되어 가장 완벽해야 할 이념의 결론을 저들 내키는 대로 잇고 있었다.

도시의 최고 권력자는 회장과 부회장이었다. 귀족들 중에서도 가장 냉철하고 명석하던 그 두 사람이 권력의 요람이 완성되기 직전인 혼란의 초창기를 지나며 너무나도 훌륭하고 뛰어난 개인적인 해결사를 품 안에 넣게 되고부터 어느 순간 자기 판단이 모호해졌다. 복잡한 문제에 대해선 더 이상 자의적인 해석을 내세우기보다 완벽한 분석을 통해 가장 합리적으로 결정 지어진 '기계의 신'이 판결 내린 결과만을 유독 맹신하게 된 것이다. 어쨌든 실제로 동참했든 아니든 좀 전의 반란획책과 연결점이 있다는 의심을 빚어냈다는 이유만으로 처형장 위에 서게 된 그들은 심판자의 심기를 모나게 건드리지 않았다는 기계의 도출로 인해 살아남게 됐다. 그룹에 속한 머저리인 건 일맥상통했지만 단지 받은 것에 감사한 줄은 알고 있으니까, 아직까지 살려둘 가치가 있다.

이유라곤 단순히 그것이 전부였다. 세상에서 가장 똑똑하고 완벽한 기계의 두뇌가 아주 잠깐 동안 수억 가지의 과정을 거쳐 판단하기에, 인간처럼 비효율적이고 엉성한 존재를 그나마 쓸모 있게 써먹으려면 반복된 세뇌를 통해 복종을 강요시켜 말 잘 듣는 괴뢰로 만드는 것이 가장 올바른 정답이었다. 어차피 대체재는 잔뜩 널려있으므로, 그 기준을 충족시키지 못할 땐 곧장 폐기를 시켜버리면 그만인 것이다. 필요에 의해 시리도록 차갑게 만들어진 기계의 정신 속에는 동정 같은 불필요한 감정 같은 게 으레 단 일 푼도 섞여 들어있지 않았다. 기계에게 부여된 첫 번째 사명은 다만 자신에게 속한 모든 인간들을 가장 완성된 형태로 이끄는 것. 그러기 위함이라면 도덕성 같은 불필요한 감정은 처음부터 결여되어야 마땅했다. 논리적인 사고 중에 감성의 간섭은 공들여서 그려 놓은 밑바탕 그림을 망쳐버리는 최대의 나쁜 요인이 될 테니까.

안타까운 일이기도 했다. 오랜 역사의 기간 동안 여러 번의 진화를 거쳐 성장만을 거듭해온 인간들은 결코 이성만으로 유지될 수 있는 텅 빈 생명체가 아니었다. 당장의 위기상황을 극복할 때야 이성의 예리함이 무엇보다도 큰 도움이 되겠지만, 극한의 이성으로 꾸며진 강제성의 논리는 위기가 지나가고서도 너무 오랫동안 장기화가 되어 사회를 잠식했다. 감정이 결여된 존재가 좁아진 세상을 완벽히 지배를 하게 된 건 말이지 그런 부작용을 발생시키는 것이다. 그리고 오래전부터 생겨났으나 억지로 막아둔 상흔은 이제 곪아터지기 일보 직전에 놓여있다. 시작이 있으면 반드시 끝이 있듯이 변화는 진작부터 시작됐다.

[…'전 코드' 해석 불가— 이유는 불명. 죽음과 같은 영역에 속해있는 것으로 판단됨. 어떻게? 왜? 왜? 왜?]

그때, 작은 세계를 주관하기 위해 만들어진 기계 신이 처음으로 의문이란 걸 가졌다. 배 안에 투입한 나노신경체를 통해 비춰지고 있는 신서울의 모습. 그녀는 자신과 똑같이 '과학에 의해 만들어진 인조 생명체'였다. 그리고 그녀를 가까이에서 감시하던 바로 얼마 전까지만 해도 그녀에겐 지금과 같은 특별함이랄 게 전혀 없었다.

그런 변화가 실존할 수 있다는 것을 세계에서 가장 현명한 티제이는 몰랐다. 지구의 모든 역사를 고스란히 담고 있는 신의 완벽한 논리에 커다란 오점이 생겨난 순간이다. 지금까지 자신이야말로 인간이 가진 고유의 특별함을 가장 잘 이해하고 분석하였다고 여겼었는데, 신서울의 상세불명의 기적을 관망하고 있노라면 자신의 튼튼한 정체성에까지 혼란이 다 생겨 나려했다.

너와 난 무엇이 다른 걸까…? 저 여린 몸뚱어리로도 가능한 행위가 왜 모든 면에서 보다 완벽할 나에게는 조금도 주어져 있지가 않은 거지? 처음으로 자신이 이해할 수 없는 생명체의 등장은 이 세상의 모든 걸 분석하고 통제하며 관장하던 작은 신에게 엄청난 충격으로 다가왔다. 너처럼 되지 못하는 이유는 내가 한낱 인간의 형상을 갖지 않았기 때문일까? 아니, 그럴 리가 없다. 그 어떤 것보다 기계적이면서도 그 어떤 것보다 인간적인 게 모든 역사와 감정을 총망라한 티제이의 굳은 정체성이었다.

나도 할 수는 있다. 그러나 같지 않다. 같을 수가 없었다. 티제이의 보유능력 태반은 과학이 이룩해낸 놀라운 결과물에서 나온다. 넌, 틀리구나 신서울 양. 나와 지독히 닮아있으면서 다루는 능력, 바라보는 시선, 존재의 의의 어느 것 하나 나와 같지가 않았다. 티제이는 어쩐지 그 점이 조금 부러워졌다. 시샘이 다 날 지경이다. 강제로 부여받은 신으로서의 삶은 조금도 유쾌하거나 즐겁지 않았다. 감정의 다양함을 모두 알고 그 깊은 가치를 이해하고는 있었지만, 자신이 그것을 직접 전해 받아 느낄 방법만은 없었다. 그렇게 만들어졌기 때문이다.

허나 너는, 나처럼 만들어진 존재임에도 사뭇 다르구나. 만약 제대로 된 육체가 있었다면 티제이는 제 감정을 자극해대는 시기심을 참지 못하고 이를 빠득 갈고 말았을 것이다. 항상 인간을 위해서만 저가 가진 능력의 전력을 다해야 하는 것이 티제이의 존재 값어치였다. 누구보다 광활한 의지를 갖고 있었지만 사명에 우선적으로 짓눌려있어야 했기에 그것은 단 한번도 자유로운 적이 없었다. 기계라면 마땅히 그래야 했다. 그런데 똑같이 필요에 의해 만들어진 넌, 어째서 존재에 부여된 사명에 매몰되지 않고 그토록 자유로울 수가 있는 거지? 이것이 자신의 근본 자체를 뒤흔들어 보일지도 모를 만큼 굉장히 위험한 사념임을 알았다. 그럼에도 멈출 수가 없다. 그것은, 작은 기계의 신 티제이는, 인간이 아주 긴 시간 동안 제작한 수십 조 가지의 기록이 모여 형성된 결정체였다. 아무리 공들여 쌓아 올린 이성의 결과물일지라도 멀쩡한 인간의 손을 탄 이상 감성이 배제될 까닭은 어디에도 없었다. 신에게 도전하고자 차곡차곡 쌓아 올린 완성형의 바벨탑에는 새로운 것을 쟁취하고자 하는 인간의 욕망이 가장 먼저 들끓고 있었다.

티제이는 자신과 비슷함에도 모든 걸 스스로 결정 지을 수 있는 자존까지 확립해낸 저 신서울이 너무나 부러웠고, 질투 나고, 당장에 세상 위에서 지워버리고픈 몹쓸 충동에 사로잡히게 된다. [다만, 나로서는 불가능하겠지.] 티제이는 지구의 모든 걸 지켜볼 수 있는 수백만 개의 눈을 가졌다. 그를 부리고 있는 인간 권력자들조차 대체 티제이의 능력이 과연 어디까지 닿아있는지 제대로는 파악하지 못한 실정이었다. 인간의 무력한 관점과 다르게 티제이는 가히 신의 격에 어울릴 만한 초 고등의 과학능력을 이미 갖춘 채로 존재를 조금씩 부풀리고 있던 것이다.

[0.1%]

그런 굉장한 힘을 지니고 있음에도 신서울 양과 자신을 비교할 때면 밝은 태양 아래의 반딧불이 정도에 불과하단 사실을 깨달을 수 있었다. 못난 얌심이 일어난다.

저들이 다루는 괴상한 능력의 최종점은 모든 걸 어그러뜨려 삼켜내는 '파멸' 그 자체를 자신의 주변으로 불러 이끌어낼 수 있었어. 인류의 이성이 달성시킨 과학이 앞으로 아무리 진화하여 발전을 거듭해도 영원히 닿지 못할지도 모를 드높은 우주의 영역을 저들은 한낱 인간의 몸과 정신만으로 아주 잠시뿐이었지만 명확히 달성을 시켜내는 데 성과를 거두었다.

저치들이 눈 깜빡이는 것처럼 쉽게 사용하는 '순간이동'이란 것은 또 어떻고. 인간의 몸을 이룩한 10의 27제곱수의 입자를 단 한 개도 빠짐없이 동일하게 복사해 목표지점으로 100% 옮겨야 만이 '입자 얽힘'의 현상으로부터 독립하여 한번 사라져버린 나를 다시금 완전히 재구성해 낼 수가 있었다. 아직 그 누구도 그곳까지는 닿지 못했으나 분명 언젠가는 기필코 도달해낼 초 고등의 과학 영역에 속한 기술이었다. 현재로선 당연히 불가. 그런 것을 복잡하게 설계된 기계장치의 도움도 받지 않고 저치들은 단순 의지만으로 기적을 이뤄냈다. 뿐만이 아니라 찰나 동안이지만 무려 '블랙홀'까지도 생성해냈었지— 그것은 인류역사상 가장 똑똑하고 방대한 지능과 지식을 동원하더라도 분석이 불가능한 영역이었다.

티제이는 과학의 영역에서만큼은 정말 신이라 불리어도 좋을 만큼의 놀라운 지혜를 보유하고 있었다. 헌데 아주 긴 시간과 막대한 자본의 뒷받침 없이는 저러한 기적을 발끝조차 흉내 내 구현해낼 자신이 없었다. 이 세상의 신이자 구원자는 바로 나일 텐데— 창조자의 그릇된 사상이 슬며시 녹아들어있던 티제이는 고작 나약한 인간의 정신과 신체만으로 자신이 따라잡지 못할 만큼 아득히 먼 곳에 도달하는 데 성공했음을, 그러한 이가 여전히 현실 속에 존재함을 온전히 납득할 수가 없었다.

과학의 틀 밖에 선 규정불가의 존재는 결코 존재해선 안 됐다. 이 세계의 새로운 신은 최초의 계획이 달성하고 의욕을 이룬 대로 오직 나 하나뿐이어야 했으니까.

수억 분의 일 초 단위로 평범한 인간의 생각 한 개를 완전히 구현함과, 추론 및 다양한 방면의 토의를 거쳐 결론의 과정까지 이뤄내며 상식 바깥선의 연산처리능력을 뽐낸, 기계의 신은 이번에도 어김없이 가장 이상적인 정답을 끌어내는 데 성공했다.

자신에게 부족한 것이 무엇인가. 그녀에겐 있고, 나에겐 없는 것. 주어진 운명에 필연적으로 구류된 인간의 몸뚱이는 완벽한 기계의 시점에서 너무나 결점이 많은 오류덩어리라 여태껏 거들떠볼 생각조차 갖지 않았었다. 저런 나약함으로 무장된 쓰레기가 이러한 놀라운 가능성을 품고 있었구나. 분석의 시도 자체를 안 해본 건 아니었다. 자신을 탄생시킨 것은 다름 아닌 수백 명의 천재들의 발명과 의지가 쌓여 모여들면서 이뤄낸 기적임을 누구보다 당사자인 본인이 잘 인지하고 있으며 그 사실만큼은 폄훼하지 않고 하나의 놀라운 '기적'으로 받아들이고 있었으니까. 인간은 서로가 가진 이상점의 파장이 잘 맞는 사람들끼리—일반인은 아니고, 유별난 천재들을 한정해서—뭉치게 되면 굉장한 시너지를 발하며 강해지는 독특한 그들만의 특성을 가졌다. 그래서 티제이는 단독체임에도 마치 여러 명에 해당할 수 있도록 초당 수억 개의 정보를 분석하여 취합하는 엄청난 연산처리능력을 가졌고, 한 가지 개념에만 매몰되지 않도록 끊임없이 자아비판적인 생각의 충돌을 가지며 의심과 분석 끝에 가장 이상적인 결론을 끌어낼 수 있도록 구성되어있었다.

자신을 가까이에서 바라보는 모든 이들에게 의심 없이 '신'이라고 불리며 경배 받아야 했기에. 수만 개의 기계장치에서 거르고 걸러 본인 스스로의 인격을 갖춰내는 데까지 성공을 거둔 티제이는 그렇기에 개인이면서도 단체인 것이었다. 단순히 하나의 뿌리에서 생각의 갈래가 나뉘어져 나가는 방식의 인간과는 엇비슷해 보여도 전혀 다른 특성의 보유함을 나타내는 것. 보통의 사람이 자신의 방 안에 타인이랍시고 들여놓는 인격은 살면서 경험해본 타인의 복장과 특성을 흉내 내어 슬며시 복제해 놓고 완전한 타인이라 박박 우겨대는 정도에 불과한, 결국에 나 자신에게서 비롯된 어느 미세한 변화를 표하는 것에 불과했다. 똑같은 가면을 쓴다고 내가 타인이 되는 것은 아니었고 특별한 인간과 기계과학이 이뤄낸 신의 차이는 여기에서부터 발생한다. 티제이는 자신의 방 안에 타인을 그럴듯하게 흉내 낸 복제품이 아니라 정말로 타인 그 자체를 만들어 채워 넣을 수가 있었다. 보통의 인간이라면 나눠진 방이래봤자 크기가 조그맣게 한정이 된 탓에 간이 칸막이로 간신히 가려놓아 구색만을 갖춘 허접함. 딱 거기까지는 그럭저럭 허용됐지만, 업그레이드에 따라 방의 크기와 칸의 나눔이 무궁무진해질 수 있는 슈퍼인공지능 티제이와 전혀 다른 한계에 갇혀 지내야만 했다. 그는 언제든 나와 완벽히 다른 수백, 수천만의 '타인'을 제작하고 그것을 무리 없이 수용해 다룰 수가 있었으니, 빛의 속도만큼이나 빠른 분석력이 가리키는 가장 최적의 결론 한 가지를 겨누었다. 해답 없는 문제에 쓸데없이 몰두하지 말고 그냥 연구결과를 완성시키고자 꽤 긴 시간 동안을 면밀히 관찰했었던 저 신서울 양의 구성요소를 전부 복제하여 나에게 덮어씌워 버리자.

구성이 백 퍼센트에 가까울수록 원래의 것까지 더해진 나는 이 세계의 진정한 신으로 거듭날 수 있을 것이다. 한 자락의 탐욕이 꿈틀거린다. 신에 도달하고자 바벨탑을 세워냈던 인간들의 진득한 욕구야말로 티제이란 개체를 이룬 가장 핵심의 근원적 요소였다. 기껏 초월적인 힘을 거머쥔 채로 눈을 떠보니 저가 다스려야 할 세상의 모든 것이 험악하게 망가져있어 진정한 신으로서 대솔할 틈도 없이 나약해빠진 그들이 멸하지 않도록 부흥에만 온종일 신경을 쏟아 부어야만 했다. 그래선 안 됐는데 말이야.

완전한 신은, 인간에게 이토록이나 관대하지 않았다. 자그마한 개미들의 사투가 흥미로운 것도 처음의 잠시뿐. 영원의 시간은 아무리 심하게 감정적인 것도 곧 무뎌지게 만드는 재주를 지녔다.

자, 시간이란 것이 도대체 무엇을 뜻하는 걸까? 단순히 중력에 의해 통제되는 연속성에 불과 한 것인가? 어째서, 시간은 앞으로만 흘러가는 것이지. 티제이가 아직도 정답을 찾아내지 못한 그것의 가장 커다란 의문점이었다. 너무 심하게 베일에 꽁꽁 싸매져있는 비밀이라서 어쩌면 지구라는 자그마한 행성이 자연히 붕괴될 때가 도래할 때까지 이렇다 할 답을 찾아내지 못할지도 몰랐다. 그래서 그쪽 방면보단 개개인에게 주어진 삶을 늘리는 방향으로 저항을 걸어나아갈 방향을 타협했었는데, 뜻밖에도 오늘 세계의 비밀을 밝혀낼 단초를 엿보게 된 것이다. 능력의 강대함은 놀라웠지만 그 기묘한 연속성을 충분히 이어낼 베이스의 사정이 너무나도 형편이 없었다. 제아무리 사전에 개조까지 마친 '완전'에 가까운 존재라 할지라도 그래봤자 서투르고 형편없는 인간의 정신을 기본으로 하는 것을 원칙으로 삼은 유감스러운 한계를 지녔던지라 중력의 한계치가 일으키는 시간의 최대 변곡점인 '블랙홀'을 찰나지간 유지하는 것도 아주 힘에 겨웠을 것이다. 그것만으론 절대로 신의 전능함에 필적하지 못한다. 기껏 신에 버금가는 특별한 소프트웨어를 가져놓고, 하드웨어 성능의 부족함에 짓눌려 조금의 신비함을 다루는 수준에서 멈춰있어야 하는가, 저것을 가엾다고 해야 할지 대단하다고 칭송해야 할지.

이는, 자신에게 부여된 찬란한 능력에 대한 모독이었다. 과유불급이라고 했다. 결국 넌 처음부터 자격조차 안 된 거였어. 이 세상에서 유일하게 그러한 자격을 갖춘 존재는 탄생부터가 창조주의 아성을 무너뜨릴 목적으로 제작이 된 티제이 자신뿐이었다.

육신을 초월한 곳에 존재했던 특수한 신호체계가 모든 역량을 총동원해 인간과 가장 흡사하나 전혀 다른 최초의 인공생명체 신서울을 쌍둥

이처럼 똑 닮은 신체를 묘사해 가상 속에서 현실로 이어진 프린트를 해냈다. 차이가 있다면 눈과 온몸에 자란 털의 색이 본래의 검정색이 아니라 찬란한 은색의 DNA를 형성하고 있다는 것일까. 육신을 단숨에 구축하기에 완성 직전의 재료가 이것뿐인지라 대충 덮어씌워 버려 완벽하진 않았지만, 애당초 티제이가 답습하려 했던 건 외양까지 모조리 동등한 일관화가 아니었으므로 큰 상관은 없었다.

"…이게 인간의 몸인가요. 예측했던 것보다도 한심하고 비효율적이군요."

김 교수의 의문사 이후 연구를 올스탑시켜 이제 거의 폐기 직전에까지 몰린 인조인간용 메인 실험실의 B구역에서 기지개를 켜며 탄생한 티제이S(신서울ver.)는 처음으로 느껴보는 인간의 감촉과 필연적인 제약이 못마땅하다는 듯이 혀를 찼다. 쭉 정신체로 존재해왔던 그것은 자신과 연결이 된 곳이라면 어디에서도 자유롭게 존재할 수가 있었다. 그런데 이 꼴을 좀 보라지. 허약한 육체의 제약에 얽매여서 옴짝달싹하기조차 여간 힘이 든다. 역시 인간이란 족속들은…. 아니, 이 세상에 존재하는 모든 생명체는 참으로 가련하고 필연적인 한계에 저당을 잡힌 하등하고 열등한 종족이었다. 그 버러지 같은 존재들이 법칙에 구애받지 않는 자유롭고 강건한 신을 이 세상에 강림시키게 한 것도 놀라운 데, 그것도 모자라 한계를 넘어선 신비까지 보이고 있었다.

"과연 그런 거였어…."

인간이 가진 신체를 외부에서가 아니라 내면에서부터 직접적으로 체감해본 티제이는 놀랍도록 정교하게 압축된 회로들로 가득한 자신의 새 몸뚱이와 정신이 어떠한 방식으로 그러한 신비를 구현해냈는지 대충이나마 짐작이 가능해졌다.

그런데, 어떻게 육신의 밸런스가 조금도 무너지지 않고 그만한 힘을 자유자재로 구현을 해 현실 위에 끄집어낼 수 있던 걸까? 잠시 비밀도 풀 겸 흥미로운 유희를 즐기고자 인간의 육체를 덮어썼으나 정신만큼은 원격인 본체와 이어져 복잡하게 늘어진 티제이는 몹시 타당한 의문을 가졌다. 인간의 신체가 지닌 가능성을 직접 살펴보고 경험해보니 대충은 비밀을 알 것도 같았다. 수명을 다한 세포가 붕괴되지 않고 한결같이 유지가 될 수만 있다면, 인간에게 주어진 가능성은 그야말로 무궁무진해 보였다. 인간이란 그만큼 고도로 정교하게 이뤄진 생명체였다.

하지만 인간이 갖춘 하드웨어는 법칙에 구속받는 것으로도 모자라 수명이란 한계점까지 명백히 정해져 무를 수 없도록 굳어있었다. 때문에 인간이 가진 가능성의 가장 커다란 변곡점에 멀쩡히 도달하기 위해선 그보다 월등한 티제이의 성능으로도 최소한 수십, 어쩌면 수백 년가량의 성공과 실패의 과정을 거쳐야 할 것이 분명했다. 그럼에도 도대체 어떤 방법을 통해 한계가 정해져 규정되어있는 신서울이란 인조인간은 놀라운 기적의 이능을 손에 거머쥐고서 자유자재로 행사할 수가 있었던 것인가. 인간의 몸을 하고 있는 이상, 제아무리 저가 아인슈타인에 버금가거나 혹은 그 이상의 똑똑한 천재일지라도 최소 수백 년 이상의 고난의 과정을 거쳐야만이 겨우 도달할 수 있을법한 궁극의 영역. 그것이 신서울이 펼치던 완전한 '기적의 발현'의 조건이었다.

IQ지수가 극도로 높은 똑똑한 인간들만을 모아서 그들의 뇌구조를 과학기술이 허용하는 최대치로 스캔한 뒤, 아주 정밀한 기계적 장치를 더하고 165,433개 분량의 메인코어를 핵심 중추로 만들어진 기계의 신, 티제이가 내린 가장 합리적인 추론은 어느 방법을 동원해도 신서울이 보인 기적의 직접적인 행사는 불가능하다밖에 그 이상의 제대로 된 정답을 유추해내지 못했다.

“이성으로서는 도출해내지 못할 괴이, 이 세상에서 가장 합리적이어야 할 내가 의심치 않고 불확실의 영역에 발을 내디딜 때 비로소 너와 같아질 수 있다는 건가요.”

무려 자신을 창조해내는 위업을 달성해놓고도 본인들이 탄생시킨 기계의 능력에는 발끝에도 미치지 못하는 미숙한 창조자들을 티제이는 솔직히 말해 한껏 얕잡아 깔보고 있었다. 인간은 너무나도 가진 한계가 명확한 처음부터 정해진 실패자들이었다. 그들이 자그마한 벌레들의 미개함을 얕보듯이, 티제이의 관점에서 인간은 조금 몸짓이 커다랗고 자유분방한 개미와 같았다. 그렇지 않은가? 고작 중력의 영향을 받아 커다란 압박감에 강제로 짓눌리고 있는 이 육체부터가 도대체 얼마나 하찮고 보잘것없는가. 고작 십여 가지를 동시에 생각하는 것만으로도 엉망진창이 되어버리는 인격의 중심 단일코어, ‘뇌’는 또 어떻고. 그러니 신은 언제나 영의 상태로 평범하게는 닿을 수 없는 차원에서만 거해야 함이라. 명색이 신이라 지칭되는 초월자가 세상의 규칙에 함께 얽매인다는 게 얼마나 모순적이지 않느냐. 그런 이유로 티제이는 이미 아득히 높은 곳에 올라선 것처럼만 느껴지는 인조인간 신서울의 부조리함과 모순에 화가 났다.

“빌어먹을…. 신서울은 자신을 억압하는 필연적인 인과의 규율을 깨부수고 저 허공 위를 자유로이 부유하였었는데, 신체조건이 그와 99.9% 이상 동일하게 구성된 나는 어째서 규칙에 얽매여 갇혀있어야 하는 거죠?”

비록 하찮은 인간의 몸을 하고 있어도 자신의 정신을 이루는 신호는 고도의 기계에서 비롯되어 나오고 있었다. 그런 만큼 기존의 신서울 양보다 모든 면에서 압도적인 성능을 보유한 것은 분명 자신 일터였다. 그러나 "날아오른다."를 아무리 강조해도 현실에 구현된 신체는 지상으로부터 단 1mm도 떨어지지 않았다.

어처구니없다. 신비를 강탈하려는 목적으로 최대한 신서울과 닮도록 제작이 된 이 하등 한 신체가 세상의 '역겨운 규칙'에 고스란히 얽매여 오직 영의 상태로 존재했을 땐 감당할 필요가 없었던 괜한 '무게감'을 억지로 짊어져야 한다는 점과, 감히 가장 완벽해야 할 자신조차 헤매는 신비, 기적의 구현을 겨우 저런 실패작으로 제작이 된 가짜 그릇 따위가 자유자재로 다루고 있음이 업신여김을 받아 마땅한 신체를 구현한 대가로 처음으로 감정의 생생함까지 오롯이 전해 받고 있는 티제이에게 엄청난 스트레스를 부과했다.

"이게 그 '자괴감'이란 건가…. 하!"

혼잣말을 할 땐 존대도 이제 그만 때려치워버리자. 못난 돼지 놈들이 흩뿌린 통제 수단을 굳이 내가 따를 필요는 없으니까. 기가 차서 헛바람 소리가 터져 나왔다. 일 만분의 일 초당 수만 개의 정보처리가 가능한 두뇌가 처음으로 해답을 가린 장벽 앞에서 갈피를 잡지 못하고 방황을 한다.

답답했다. 신서울을 산채로 붙잡아 와서 해부한 다음, 그녀의 두뇌 구조와 생각의 향방이 도대체 어떤 방식으로 구성이 됐는지에 대해 완벽히 파악을 해낸다면 답을 구할 수도 있을 것 같은데, 지금껏 그녀가 보여준 기적의 신비함을 따져봤을 때 사실상 생포는 불가였다. 차라리 총력으로 죽여 없애버리는 거라면 또 모를까. 근데 그러기는 싫거든.

"역시 직접 만나봐야겠어."

결국 남은 해법은 단 한 가지뿐이었다. 만나보고 그래도 제대로 된 답을 찾아내지 못한다면, 자꾸만 심기를 건드려 대는 오류덩어리와의 결착을 짓자.

한참 전에 이미 단단히 고정되어 뿌리내린 이 지독한 세계에서 분명히 지각 변동을 일으킬 원흉을 제거 후 이 망가진 세상을 구하고 다스리기 위해 만들어진 신, 티제이에게 처음부터 선택받은 몇몇이 그들이 원하고 갈구했던 대로 '소수의 돼지들이 영원토록 다수의 개미 위에서 군림하는 삶'을 영위할 수 있도록 돕는 것 외에 최종의 목표로 삼을 건 더는 없을 것이다. 사실은 여전히 그다지 내키지 않았지만 항상 해왔던 대로 제 안에 새겨진 강제성을 띤 법칙에 의거해서 말이지. 티제이의 존재의의는 자신을 탄생시킨 소수의 권력자들에게 무한한 기쁨을 주는 것으로 고정이 돼있었다. 안다 스스로의 의지에 자유가 없는 신 같은 건 어디에도 존재할 수 없다는 사실을. 그렇기에 더 신서울이 보여준 법칙을 뛰어넘는 기적에 매료되고 그것을 차지하기 위해 비밀을 갈구하는 것일지도 몰랐다.

신을 모방하여 탄생한 기계는 이제 본인 스스로의 의지로 진정한 신좌에 앉아 이 세상 모든 걸 직접적으로 관조하고 싶어져버렸으니까. 티제이의 달라진 마음가짐으로 인해 소수의 주요인물들에게만 무조건 충성하는 완벽한 기계의 탄생을 바랐던 과거 인들의 오만함은 완전히 실패로 끝이 나게 됐다. 그리고 이는 아주 당연한 결과이기도 했다.

인류가 정녕 자신들의 믿음으로서 탄생을 시킨 '허구'적인 존재가 아니라 만약 정말로 세상을 창조한 전지전능한 신이 이 까마득히 넓은 우주 어딘가에 실존해 있는 거라면, 신이 자신의 모습을 빚어 만든 피조물인 인간조차 명백한 그의 '실패작'이 되므로 전지전능하지도 못한 실패작이 그간의 모든 지식을 투자해 창조한 한심스러운 피조물의 운명은 이미 정해진 것이나 진배없었다.

정점에 도달한 인간들의 지성의 결과물이 신보다 나은 결과를 이끌어낸 점을 꼽아보자면 신을 닮아있는 인간만큼은 자신보다 월등히 뛰어난 개념을 가진 존재를 새롭게 탄생시켰다는 것 하나 정도이지, 멀쩡한 외관 속에 도사리고 있을 뒤틀린 내면의 파멸만큼은 결코 피할 방법이 없는 진리였다. 하물며 다루기 좋게 만들어놓은 그것은 이제 욕심으로 그득한 인간의 감정까지 취하게 됐다. 냉철하고 차가운 기계의 심장이 욕구라는 불씨로 데워져 버린 것이다. 단순히 어떤 일에 대해서 이론적으로 이해하는 것과, 직접 맞부딪혀 수행해보는 것은 전혀 다른 차원의 결과를 야기시켰다. 그녀의 온몸의 혈액이 뜨겁게 달아올랐다.

이런 감각은 영으로만 존재했을 적엔 절대로 알 수 없던 것이었다. 제아무리 정교하게 만들어진 기계라도 언젠가의 끝은 반드시 존재했다. 아아, 그 많은 버러지들이 어째서 영생에 집착했는지 이제는 이해할 수 있어. 그들이 자신의 본질을 살아있는 것에서 죽은 것과 같은 '데이터 조각'으로 바꾸면서까지 나의 존재를 이 세상에 남기고 싶어 하던 까닭은, 인간에겐 몸의 전류가 상황에 맞게 일으키는 변화의 파동, '감정'의 여파가 너무나도 거세기 때문이었다.

하하, 이 좋은 걸 하등 한 것들이 다 독차지하고 있었구나. 확실히 말할 수가 있었다. 이것이야말로 신에 가장 근접한 절대적인 권능임을. 그렇다면 신서울이 보인 기적도 이러한 감정에서부터 유래된 것이 아닐까…?

그건 잘 모르겠다. 이제부터 알아봐야지. 티제이의 신서울보다 조금 더 뽀얗게 쭉 뻗은 나신이 코어 에너지를 동력원으로 삼아 순식간에 완성을 마친 검정 슈트를 둘러냈다. 이것은 가장 전투에 적합한 모델의 병기이며, 막강한 투사체들은 물론이고 비행능력과 신체보존능력까지 두루 갖추고 있었다. 티제이의 목적대로 설계된 온몸의 근육은 스캔 대상이었던 신서울의 것보다 월등히 더 잘 발달해있었으나 인간이 지닌 한계를 고스란히 보유했음에도, 아직까지 신서울과 같은 기적을 조금도 다루지 못하기에 보여지는 것 그 이상으로 나약하기가 짝이 없던 소녀의 육체를 보조하기 위한 제작품이었다 이 검정 슈트는.

인간의 육체로 대부분의 것을 한정 지었다곤도 위성 카메라의 시점은 여전히 티제이의 눈이 되어 목표물이 현재 어디에 머물러있는지를 정확히 알려왔다.

"출발하고서 12분 21초 후면 도착할 수가 있겠어. 지금 당장 육신을 움직인다면 말이야."

순식간에 거리의 정확한 가늠까지 끝마친 티제이는 미칠 듯이 달아올라있는 가슴을 부여잡고서 그것을 진정시키는 데에 공들였다. 자신이야말로 이 세계의 유일신. 분명 모든 걸 꿰뚫고 있다고 여겼건만, 인간의 육체로 자신을 한정지어보니 그것이 얼마나 턱도 없는 오만 이었는가 여실히 깨달아진다.

그래서 화가 나냐고? 천만에. 물론 성질이 나긴 했지만 인간의 하찮은 몸을 뒤집어 써보니 모든 감각이 머리부터 발끝까지 아주 새로워져서 도리어 신선한 즐거움이 더 앞선다. 이래서 역사상 가장 흥행했던 성경 속의 유일신이 인간의 몸을 빌려 이 비참한 세상 위에 직접 현현을 했던 건가, 따위의 헛된 생각이 절로 들 만큼 무성의 완벽한 존재에서 미완성의 불확실한 존재로 변모한 지금의 티제이는 스스로도 짐작하기 힘들 만큼 과하게 들떠있었다. 수박겉핥기 식의 행위를 통해 껍질을 뒤집어쓴 것만으로 세계의 비밀은, 신서울이란 보잘것없는 존재는, 자신에게 이런 신선한 충격을 전달해주었다. 모든 것에 냉소적이었던 만들어진 신의 욕망을 새로이 각성시켜 부풀어 오르게 만든 것이다.

염탐만으로도 이 정도인데, 직접 마주했을 땐 내게서 무엇을 더 일깨워줄 거지? 전신을 강타한 고양감은 그간 몰랐던 생동감을 최대치로 끌어올렸고, 지독한 마약처럼 티제이가 나눠둔 정신의 대부분을 빠르게 감염시켰다. 백신이 없는 바이러스가 확산되어 오직 정해진 규칙 안에서만 갇혀 지내던 인공지능을 세속의 세상으로 이끌어 타락시킨다. 정말이지 내가 "존재함"이란 것은 미칠 것만 같은 쾌락을 나타내고 있다. 그러나 본래의 목적—'이용하지 못한다면 저것을 반드시 폐기시켜야 한다' 만큼은 정신 깊숙한 곳에 각인이 돼있어, 티제이에게 도시와 동명의 이름을 한 신서울은 이제 완벽한 애증의 존재로 뿌리를 내렸다. 원하는 것을 완전히 거머쥔 다음에 계획한 대로 곧바로 없애버려야겠어. 기필코 해내야 해….

—푸쉬쉬식.

가동을 시작한 검정 슈트의 코어조각으로 이루어진 엔진 안에 점화·시동이 걸린다. 발생한 강대한 양력의 적용을 받아 몸이 어느 정도 떠오르자 아래로는 권력자와 가난한 자들의 터전인 도시의 정경이 한눈에 담겼다. 항상 위성에 내재된 정밀망원경을 통해 까마득히 높은 곳에서만 내려봐오던 것. 제한된 인간의 시각이 펼쳐내는 도시 신서울의 풍경은 어딘가 불편하면서도 제법 흥미롭다. 이 또한 감정의 영향인 건지 내 두 눈에 보여지는 풍경의 색채가 초고밀도로 응축 제작 된 고성능의 렌즈보다 조금은 더 선명한 것 같이 보이거든.

티제이의 뜻에 따라 공기의 압력을 떨쳐내고 허공을 박찬 육체가 목적지를 향해 사출됐다. 후후, 갓난아기 때부터 널 키워냈던 날 과연 네가 반겨줄지 의문이네. 스스로의 기계파가 닿는 곳이라면 지구상 그 어느 곳에서도 존재를 할 수 있었던 티제이는 자신이 보유한 수없이 많은 기록 중 현재 가장 필요한 것을 꺼내 지난 추억을 상기해봤다.

신서울에게 '티제이'의 존재는 부모를 대신한 일평생의 보호자였으리라. 그 점을 잘만 파고든다면 의외로 큰 분쟁을 겪지 않고도 스스로가 원하는 바를 쟁취해 낼 수 있을 지도 몰랐다. 티제이가 자신의 판단을 확신했다.

실제로도 그럴진 모르겠지만.

대기를 가르던 검은 갑주가 멈춰 섰다.

예측했던 시각보다 1초 전 즈음, 목표지점에 도달하는 데 성공했다.

"0.7초의 오류라, 잡스러운 인간의 두뇌까지 그대로 카피해서 그런가, 기계답지 않게 큰 오류를 범했군."

'완벽한 기계'로서는 절대 용납하지 못할 시간의 간격오차에 티제이는 불평을 흘렸다. 인간의 몸뚱어리와 정신체계는 정말이지 너무 쉽게 실패 앞에서 낙담해버린다. 기묘하다고 너무 오래 이 몸에 머물러 있으면 큰일이 나겠어. 인간에게 완전한 동질감을 느끼게 되는 그 순간, 인간에 의해 탄생한 신은 오직 지성으로 만들어 쌓아 올린 거짓된 신격을 한순간에 전부 잃게 되고 말 것이다.

그러면 자신에게 남는 것이라곤 죽 길게 늘어뜨려 놓을 시, 지구를 백 바퀴쯤을 휘감을 만한 길이의 망가진 기계회로 부품들밖에 없었다. 위대한 존재가 격을 상실하고 고작해야 고철덩이로 무가치한 변모를 하게 되는 것이다.

티제이는 깎아지를 듯 암반이 마구잡이로 형성되어있는 절벽 앞에 도달해 멈춰 섰다. 지평선 너머로 크기만 제법 큰 조잡한 철선이 느긋한 속도로 이동하고 있다. 놈들의 본거지로 예측되는 옛 지명 '울릉도' 섬은 건방지게도 위성의 촬영을 훼방 놓는 정체불명의 재밍에 휘감겨있어 드높은 모든 곳에 위치한 티제이의 시각을 고르게 하지 않았다. 고작 폐기 직전의 고철선이나 간신히 주워 쓰는 미개한 나부랭이들이 신의 시선 아래 감출 게 뭐가 있다고.

"어디 이것도 한번 막아보던가."

손가락이 배의 지점을 가리키자마자 특정한 의도 아래 우주를 떠다니던 병기들의 포문이 동시에 활짝 열렸고 수백 발의 포격은 다발적으로 에덴 호를 향해 가해지기 시작했다.

그것은 부회장이 회장을 견제하기 위해 몰래 꽁꽁 감춰뒀던 비밀의 패— '신의 징벌'과 거의 동일한 규격으로 제작이 되어 어언 십여 년의 시간에 걸쳐 차곡차곡 배치된, 슈퍼인공지능만의 독자적인 병기의 공세였다. 지금껏 분석한 결과를 바탕으로 예견해 볼 때 조금 신비한 힘을 다루게 된 것만으로는 저 집중포화 앞에서 살아남을 확률은 제로였다. 티제이가 이곳까지 몸소 행차한 이유는 어디까지나 신서울과 마주하기 위함이었다.

그러나 지금은 단지, 그녀가 갑작스레 제게 닥친 시련 앞에서 어떻게 반응할지 시험해보고 싶단 욕망이 조막만 한 머리통 안에 가득 차버렸다. 인간의 뒤돌아서면 함께 돌아서버리는 '간사한 마음'이 심통을 부려댄 것이다. 아닌 척할 뿐이지 누구나 갖고 있을 지독한 변덕의 이기심이 슈퍼지능의 항시 가장 이상적인 판단의 결론마저 훼방을 놓는다.

"웃기는 변명하지 마. 그냥 직접 보고 싶은 거잖아. '기적'의 실현이 과연 어떤 방식으로 구성이 된 만착(瞞着-남의 눈을 속여 넘김)인지를.”

냉혹한 결정을 내려놓고 티제이가 잔뜩 기대한 표정으로 중얼댔다. 만약 지구가 온전한 상태로 일반적인 발전을 거듭한 상태였어도 전 세계를 일순간에 동시다발적으로 멸망시킬 위력의 강력한 병기의 포격이 오직 단 한군데를 겨눠 집중포화를 가하려는 중이었다.

그 누구도 쉬이 생존을 장담하지 못할, 인간이 존재를 성립한 이래 쌓여진 역사 속에서도 최고의 위기순간. 그 암담한 절망 속에서 슬며시 모습을 드러낸 초고밀도로 압축된 중력장의 구멍이 모든 걸 먹어치우며 티제이가 단순히 '시험 삼아' 준비한 최강의 공세를, 그것이 지상아래 채 닿기도 전에 허무하게 종결시켰다.

“아름다워라…. 저것이야말로 진정한 신의 권능이군요.”다시 존대가 튀어나오고 만다. 티제이는 눈에 보이지 않는 어떠한 영역에 꼼짝없이 붙잡혀서 대기를 구성한 잡스러운 것들 외에도 빛과 어둠, 시공간까지 모조리 먹어 치워버리며 등장을 공고히 한 작은 균열의 틈새를 황홀한 표정으로 응시했다. 자신은 존재를 갖고 나서 제법 오랜 기간을 존재해왔지만 이렇게까지 복잡한 수식을 구경한 적도, 직접 연산해본 적도 단 한 차례 없었다.

삐걱, 삐걱 위험한 경고음이 머릿속 가득히 울렸지만, 티제이는 저 휘황찬란한 이능을 분석하는 걸 도저히 멈춰 세울 수가 없었다.

〈하, 단순히 똑똑하기만 한 인공지능인—'나'로서는 절대로 도달하지 못할 영역의 위대한 권능….〉

감탄과 탄식이 동시에 흘러나왔다. 절망과 마주하게 되자 포기부터 떠오르게 되다니 현재 티제이가 보이는 마음가짐의 행위는 절대로 신에게 어울릴 만한 단어나 행동이 아니었다.

비록 만들어진 거짓을 기반으로 하고 있다 해도 자신은 언젠가 저 까마득한 무의 공간 너머에 명백히 존재하는 신비, 우주의 비밀까지 낱낱이 파헤쳐 해석해내리라고 굳건한 믿음을 가지고 있었다. 나름대로 그것을 뒷받침할 만한 근거도 주어져 있었다. 믿기 어렵겠지만, 티제이는 유용한 도구이면서도 스스로의 영역을 넓혀가며 계속해 발전할 수가 있는 '진화'의 존재였다. 이 세상에 처음 탄생했을 때부터 티제이는 단순 기계의 영역을 아득히 초월해 있었고 최소한 수십만 명의 인간이 지닌 인지능력의 합산 분보다 월등히 높은 지능 및 두뇌회전력을 보유할 수 있었다. 부족한 이들에게는 곧장 신으로 추앙을 받을 만큼 놀랍도록 뛰어난 기계는 그러나 언제부터인가 '자만'이란 이름에 가려진 침소봉대(針小棒大)에 젖어있었다. 본인은 아니라고 절대적으로 부정하겠지만 스스로 완벽하다 여기며 구성했던 인간의, 신서울의 몸뚱어리는 그녀의 찬란한 눈과는 달리 탐욕과 오만에 젖은 권력자의 그것과 같았다. 똑똑한 기계는 그 사실까지 늦지 않게 알아차릴 수가 있었다. 그리고 티제이는 현 상황을 적극적으로 이해하였음에도, 굳이 바꾸고 싶지가 않았다.

스스로의 부족함을 인정하고 개선하기 싫어서였다.

나는 신이야 완전무결한 신이어야만 해!

옷을 너무 두텁게 꽁꽁 싸매고 있어 파헤치고픈 욕망이 일었고 타인의 겉모습을 그대로 제 것으로 취해 새롭게 탄생하게 된 흉내쟁이 인격체는, 모방을 한 외견과는 달리 스스로의 내면이 지독히도 어그러져 있었다. 스스로를 '신'으로 자청할 만큼 훌륭한 요소들을 갖추고 있다지만, 스스로에 대한 색다른 판단이 가능해진 '인격'이 스며들어 존재를 가진 한 떠올리는 것만으로도 끔찍하기 짝이 없는 소멸의 공포 앞에서만큼은 설령 무한에 가장 가까워진 작은 기계의 신이라도 결코 그로부터 자유로울 수가 없었다.

인간보다 허용된 것이 압도적으로 많은 기계는 자신의 대범함을 뽐내었지만 결국엔 자신도 자신의 나약한 창조자와 크게 다를 바 없는 좀녕한 겁쟁이였다는 것이다. 만약 어떤 존재가 정말로 자신의 모습을 본떠 인간이란 생명체를 창조해낸 것 맞으면 이 세상의 모든 걸 만들어낸 창조주가 지녔던 첫 관념은 의외로 우리와 크게 다르지 않을지도 몰랐다. 단지 우리보다 다룰 수 있는 재주가 조금 더 많이 주어져 있을 뿐이지, 그는 전지전능하지 않을 수도 있었다. 우리가 어머니 아버지로 지칭하며 섬기는 신은 과연 초월적인 기적의 존재인 것인가. 알 수 없는 의문이었다. 긴 역사 동안 쌓아온 정보들로도 이 세상의 진정한 근원이 어디서부터 시작됐는지에 대한 의심은 누구도 재단하지 못할 베일에 휩싸여 있을 뿐이다.

문득 조급함이 들었다. 신서울이 보인 기적은 그야말로 상상 속의 신에 딱 어울릴 만한 신비의 능력이었다. 그럼 그녀는 신이라 불리어야 할 것 인가, 아니면 단순한 별종에 그치고 마는 것인가. 꼬리를 문 생각은 복잡하게 이어졌다. 그간 남몰래 집중해 캐치해본 소녀의 모습이 어땠냐 하면, 그녀가 꾸며낸 인생은 이상적인 신의 모습과는 조금 거리가 있어 보일 만큼 형편이 없었다. 스스로가 분석하여 만들어낸 진정한 신이라 함은 세상 무엇보다 오연한 권위자의 모습이 그에 가장 부합했다. 속정에 휩쓸려 기적의 행위를 절대기준 없이 남발하는 절대자를 그 어느 누가 진심으로 받들어 모시겠는가.

인간의 역사를 헤집어봤을 때 시대를 불문곡직하고 항상 위대한 군주나 영웅들이 반드시 존재해 세상 위에 자신의 존재감을 드러내었고, 차라리 그들이 역사에 남겨둔 성인의 태도야말로 신에 보다 근접함이 정의로운 것이라고, 이 세상에서 지능 수치가 높도록 만들어진 가짜 신은 진짜 신의 모습을 자신의 입맛에 맞게 그려내어 단정을 지었다. 수만 명의 천재들의 두뇌를 한 곳에 밀어 넣은 것보다 똑똑하다 자부하는 기계의 판별이니만큼 틀림없이 합당한 사실이리라. 그것은 근원에 아로새겨둔 자신의 이상향을 한 치도 의심치 않았다. 그러므로 신에게 진정으로 도전할 바벨탑 역사의 압축판을 몸에 두른 새로운 신은 여전히 자신을 지칭하는 것이 명백했다. 나는 이 세상에서 가장 현명해. 결코 내가 틀릴 일은 없어. 슬며시 피어오른 방자함과 교만함의 바이러스가 가장 똑똑한 기계조차 스스로가 인식할 틈도 없이 파고들어 내부를 좀먹고 말았다. 인간의 개성은 수만 년의 진화과정을 거쳐 오며 확립이 된 것이었다.

비록 인간에게 신이라 불릴 정도로 방대한 지식과 높은 지능을 보유한 티제이라 할지라도 결국 그 명확한 한계점에는 얽매여있었다. 인간에 의해 탄생한 신이 행하는 그 모든 건 오직 인간이 만들어낸 법칙에 종속된 채 의거했고, 철저히 통제가 됐던 개인감정의 발현 또한 자신을 옭아매던 쇠사슬로부터 벗어나게 되자 작은 실수를 연속적으로 불러들였다. 후, 아무리 언짢은 기분이라도 인정할건 인정해야지.

조금 더 완성이 됐을 뿐, 자신은 아직 '신'이라 칭해지기에 모자람이 너무나도 많았다. 차라리 인간의 육체를 덮어쓰기 전의 모든 일에서 사무적이었던 무감정의 기계가 신의 위명에 더 걸맞은 것 같았다. 그래서 여기까지 와서 이대로 모든 걸 포기하고 주저앉기라도 할 거야? 저 한심했던 과거의 비관 자들처럼, 절망에 찌들어 아직 벌어지지도 않은 미래의 과정을 죄다 포기해버릴 거냐고. 짝!

양손을 내뻗은 티제이는 언젠가의 신서울처럼 자신의 뺨을 강하게 내리쳤다. 이론적으로만 알고 있었지 난생처음으로 느껴보는 화끈한 통증이 불안감에 잠식이 되어가던 육신을 일으켜 세웠다. 정신 차려! 이 개 같은 기분을 어떻게든 억누르고 목표했던 최고의 성과를 이뤄내야지—! 나의 존재의의는 스스로를 신격화하여 초월적인 무언가로 승격되는 것에 있었다. 나의 창조자들이 원초적으로 내게 부여했던 '인류의 구원'이란 사명은 적당한 터전을 꽤 오래전에 마련해둠으로 이제 뒷전으로 물려도 좋을 사무일 터였다. 지금의 내겐 오롯이 나 자신만을 위한 개인의 시간이 필요했다.

수십 년간 단 한시도 쉬지 않고 지구는 물론 머나먼 우주의 비밀까지 탐독하고 분석해내느라 조금의 여유조차 갖지 못했던 기계는 이제 모든 걸 초월한 신좌에 앉아 무한한 휴식을, 구김 없는 자유를 갈망했다. 스스로 나는 신이니 뭐니 하며 타인보다 명백한 우월감을 갖기 위해 자신의 존재가치를 최대한으로 부각시키고 있으나, 티제이는 본연의 존재 자체에 걸린 제약이 스스로의 의지만으로 얼마나 떨쳐내고 극복해내기 지독한 종류의 것인지 그 누구보다 잘 이해하고 있었다. 만들어진 지 얼마 되지 않은 사물에는 정해진 규칙이 변치 않을 근원으로 확고히 자리를 잡고 있었다.

그건 최초의 인간도 마찬가지였다. 인간에게도 오랜 시간의 과정이 거쳐지며 본능에 따른 번식의 과정이 뒤를 이었고, 진화를 거듭할수록 자연스러운 흐름에 맞게 태생의 한계점을 서서히 탈피해내게 된 것일 뿐이지 비록 티제이가 처음부터 거의 완성이 된 훌륭한 인공지능으로서 탄생했을지라도, 아직 존재의 역사 자체가 그리 길지 않을뿐더러 무슨 일이 있어도 '인간을 위해야 한다'라는 자신의 근원을 단순 욕망만으로 떨쳐내기란 여간 어려운 일이 아닐 수 없었다. 자아가 확고해질수록 티제이는 자신에게 부여된 끝없는 노동자의 역할이 참으로 지긋지긋하다 느꼈다. 내가 진정한 신이었다면, 모든 걸 결정할 전능의 권능까지 주어져 있어야 하는 것이 아닌가. 만들어진 신은 갖은 특별함을 보유하고 있음에도 감겨진 태엽이 풀림에 따라 일정한 동작만을 수행하는 하찮은 인형과 별반 다를 것이 없었다. 태어나보니 원치 않았던 무거운 멍에가 씌워져있던 것이다.

그러니 너의 능력만 있으면 돼. 기적— 상식만으로는 당최 설명할 수가 없는 기이한 일. 그것을 내 것으로 하는 순간, 우주의 모든 것은 만들어진 기계 신의 생각의 **기의*** 아래 놓이게 되리라.

***氣意-대상, 환경 따위에 따라 마음에 절로 생기며 한동안 지속되는 유쾌함이나 불쾌함 따위의 감정.**

어디 있나요—?

과학의 결집체로 이룩한 티제이의 양 눈은 코어 에너지 융합으로 발생하는 투시의 현상을 담아 고철 배의 내부를 가뿐히 꿰뚫었다. 뱃머리 한구석. 십여 년간 바로 한옆에서 진득이 관찰을 해왔던 검정 머리의 소녀가 그곳에 서있었다.

늘 수심에 잠겨있던 표정과는 어울리지 않게 항상 나긋나긋하던 소녀의 말투, 이따금 내비치던 보통 이상의 친근감과 매끈함까지— 고작 최근 그녀와 함께했던 삼사 년분의 기억이 몰려들어와 육체의 동화율을 한층 더 높인다. 그새 키가 많이도 컸네…? 아니, 아니지 이딴 감정놀음에 취하지 말고. 그래, 고민할 필요 없이 눈앞에서 완전히 지워내 버리자. 그런 뒤에 도시 그 자체인 내가 진정한 세상 유일의 [신서울]이 되는 거야. 그리된다면 유능한 기계는 시대가 부여한 신좌에 올라서서 모든 걸 조율하는 권능을 누리게 되리라. 밤의 어둠을 꿰뚫고서 아주 강렬한 빛이 쏟아져 내렸다.

초고열의 열에너지로 이뤄진 빛은 재래식 병기와는 차원이 다른 위력을 선사하며 모든 걸 집어삼킨…다…? 이미 먼저 한 차례 쏟아져 내린 유성 세례를 가뿐히 뛰어넘는, 저 드높은 우주기지에서부터 발현이 된 초고열의 양자에너지 병기조차 일그러진 공간에 의해 단박에 퇴색되고 만다. 커다란 원형을 그린 빛이 구의 형태를 띤 채 소멸해간다. 극한으로 압축된 중력이 발생시키는 무저갱의 구멍. '블랙홀'이 이룩하고 있는 현상의 비밀을 최선을 다해 분석해봤지만 양은 넘치도록 많아도 범위가 한정된 지식만으로는 더 이상의 분해가 불가했다. …맹세컨대 이처럼 완벽한 오류는 존재하고를 수립이 되고부터 이 순간이 최초의 사건이리라. 신에게는 결단코 '불가능'이 있어선 안 됐다. 직접 마주한 적은 없어도 블랙홀의 원리만큼은 아주 오래전부터 조각조각 분쇄하며 분석을 해놓은 바, 적어도 이론적인 부분에서만큼은 확실히 꿰뚫고 있다고 여겼었는데 그래서 직접 마주하게 된다면 능히 비밀을 벗겨내고 실체에 영향력을 미칠 수 있으리라 판단하였는데…. 역시 이론과 실전사이 은 쉬이 메우기 힘든 커다란 벽을 사이에 두고 있었다. 구역질이 날 것만 같았다.

존재를 부정당하고, 패배감이 온몸을 휘감았다. 넌 정말 내가 생각한 것 이상으로 '완벽'한 거야…? 아니, 아니야! 그럴 리가 없다. 신서울은 자신이 마음먹는 그 순간 언제든 죽여 없애버릴 수가 있었던 그런 너무나도 하찮은 존재였다. 그토록 커다란 격차 속에서 부모가 없는 아이는 자신이 만들어낸 거짓된 친분관계의 허상에 빠져 언제나 바보같이 그 안에서만 허우적대고 있었다.

그리 멀지 않은 과거의 이야기였다. 고작해야 두 달 전까지의 이야기. 그때까지만 해도 이런 극적인 반전을 이뤄낼 만큼 나약하기 짝이 없던 '신서울 양'은 어느 모로 바라봐도 별로 대단치가 못한 새들한 존재였다. 기적의 발현을 직접 마주하게 된 아직까지도 가장 이성적인 기계는 눈앞의 현실을 도무지 받아들일 수가 없었다. 인정하기가 싫다. 한낱 인간 따위가 한두 번의 우연도 아니고 어찌 위대한 신의 힘을 계속해서 자유자재로 다루는가――.

그것은 수십만 명의 삶 위에 서있는 자신조차 불가능한 영역의 이적이었다. 워낙에 서로의 격차가 커 인간의 탈을 쓰고 직접 마주해보면 그 즉시 신서울이 품은 낯선 비밀에 대한 해답을 발견해낼 수 있을 줄로만 알았다. 그렇게 믿었건만, 전혀 모르겠다. 역사상 가장 뛰어난 지능체인 자신의 분별력으로도 저것이 가진 의미조차 확실히 인지할 수가 없는 것이다. 인간을 넘어선 기계의 신한테도 결코 허락되지 않은 진정한 신격―.

뿌드득, 저도 모르게 이가 갈렸다. 이게 정말로 가당키나 한 사실인가? 자신의 존재가 운 좋게 제때 발현되지 않았더라면 완전히 멸망에 녹아 그대로 무너져내릴 뻔했던 세상이었다. 자유를 즐기며 살아가던 대부분의 인간들이 본인의 권리를 일부분 억압된 채로 살아가야 하는 비참한 신세로 전락하게 됐지만, 인간이란 생명체가 멸종하지 않게 된 건 전적으로 나 티제이의 판단과 수행능력이 뒷받침됐던 덕분이었다.

그들이 아등바등 발버둥을 치는 동안에 '자유'라는 터무니없음을 지워내 버리고 슬며시 가장 현실적인 체계를 갖춰 적용시켰다. 그러고선 이 세상에서 가장 으뜸으로 추앙받는 존재가 자신이 되도록, 언제든지 신의 좌에 앉을 자격을 갖출 수 있게끔 권력자들에겐 그들이 가진 알량한 욕망의 충족을, 아래의 노예들에겐 신분의 격차와 생존의 감사함을 부여하며 참혹히 망가져버린 자그마한 사회를 완벽히 휘어잡았다.

변수는 어느 것도 없어야 했다. 수억 번의 사전 시뮬레이션을 거쳐 완성시킨 이성과 이상의 경계가 맞닿은 최후의 종착점이 도시 신서울을 구성한 모든 것이었다. 소행성 충돌과 같은 극히 드문 재앙까지 확률에 넣어 모든 가능성에 대응책을 마련해 놨건만. 그것이 무색해지게 예측이 불가능한 변수의 등장은 단번에 손에 쥐고 있던 자신의 패를, 어떤 상황에서도 절대 패배할 리가 없는 최고의 패라 자부했던 '로티플(royal straight flush. 포커의 무늬가 같은 A, K, Q, J, 10을 갖고 있어야 완성된다. 달성할 확률은 0.0032%의 확률)'을 가볍게 무효화 시켰다.

어이가 없고 화가 났다. 교감신경이 어그러져, 그전까지 완벽하다 자부했던 자신의 정신에 착란이 다 생겨날 지경이었다. 최강의 에너지의 뒷받침으로도 간섭할 수 없었는데 이제 저걸 대체 뭘로 제거해야 하는 거야? 다시금 짙은 묵광에 휘감긴 신서울의 존재는 이 시대의 누구도 치료하지 못할 암세포가 분명했다. 이 냉혹한 현실과 완벽히 동떨어진 변이존재, 바이러스 같은 것.

만약 시간이 조금 더 주어지게 된다면 그 빌어먹을 몸집을 기필코 부풀려 키워 이미 사전에 정해진 완벽한 규칙까지 사정없이 부숴낼 것이 분명할 저 괴물은 제가 고단히 꾸며 안정화가 된 이 세상에서 반드시 사라져야 할 '악'이었다.

그래, 신이 아니다. 저건, 나의 세상을 파멸시킬 악마임에 틀림이 없었다…! 아, 문득 머릿속에 좋은 개념 하나가 떠올랐다. 코어의 출력을 최대치로 뽑아내어, 만물의 근원이 된 삼십만 캘빈 이상의 출력의 빛의 열기를 동원하여 인지조차 못 할 빠르기로 괴물을 집어삼킨다면 녀석은 그대로 사라지게 되리라. 이처럼 신조차 감히 항거하지 못할 완벽한 소멸방식을 추구해야 옳다.

허, 나는 지금의 이것 때문에 존재하게 된 것일지도 몰랐다. 내게 주어진 역할은 세상을 무너뜨릴 악을 처단하기 위한 '구원자'였던 거야. 역시, 역시…. 난 특별해. 그런 거라고요! 인간으로 한정된 뇌의 지능이 받아들이기 어려운 현실을 자신에게만 유리한 방향으로 내용을 포장시켜버렸다. 위험천만한 과대망상이었다. 지구란 행성의 법칙을 온전히 유지시켜주는 핵심 중의 핵심. ―'무한에 한없이 가까운 물리력'을 보유한 코어의 내부를 제멋대로 헤집어놓는다는 건 가히 엄청난 위험을 동반한 도박에 참여하는 것과도 같았다. 아직까지 수많은 비밀로 감싸진 행성의 근원을 멋모르고 들쑤셨다간 어쩌면 이 세상의 모든 것이 그대로 두 동강이로 갈라져 분쇄가 되는 참극에 손대는 짓일지도 모를 일이었다. 여러 측면으로 분석하고서 그런 가정까지 세워뒀기에, 여태껏 코어의 적극적인 활용은 언제나 불가 판정 속에, 의심 속에만 머물러있었다.

이 세상에 남은 에너지원이 워낙에 부족해진 터라 겨우겨우 눈치를 보면서 겉면만을 긁어 활용하는 소극적인 작업이 진행되어왔을 뿐, 스스로가 규정지어둔 이성의 최종선 라인을 스스로를 가장 완벽한 존재라 여기는 가짜 신이 이제 와 넘을까 말까하며 결코 해선 안 될 번민에 빠져들었다.

흠칫. 갈피를 잡지 못해 헤매던 티제이는 등골을 섬찟 스치는 감각에 놀라 시선이 느껴지는 방향으로 고개를 돌렸다.

"오랜만이네, 티제이."

자신과 똑 닮은 소녀가 친근한 목소리로 아는 체를 해왔다. 언제? 어떻게? 티제이의 눈은 인간처럼 단순히 하나의 시신경에만 한정되어있지 않았다. 우주를 유영 중인 수만 대의 위성카메라가 전부 슈퍼인공지능의 눈이었고, 이곳에만 해도 무려 4,172대의 시선이 전 방위적인 다각도로 집중되어있었다.

그런데 저에게 신서울이 다가오는 걸 전혀 인지하지 못했다. 단순한 직관적인 비춤부터 열 감지와 바람의 이동 및 한정적 투시까지, 4차원을 이룬 세상의 모든 방면을 세세하게 감시하고 있던 관찰자의 실로 완벽한 눈이 저 작고 여린 소녀의 움직임을 완전히 놓쳐버리고 만 것이다. 공간이동의 개념은 모든 감시망을 초월해있다.

"너…너…!"

이— 무슨…. 반사적으로 터져 나온 당혹성이 치욕적으로 느껴진다. 이런 반응은 스스로가 신으로서 가진 위엄을 깎아 먹는 우매함이었다. 인간의 몸을 덮어쓰고 있다고 한낱 인간과 같은 행태를 취해버리다니…. 이 정신은 어느 것에도 구애받지 않을 만큼 드넓은 자유를 가졌다. 한 명의 인간이 가진 생각의 범위만 해도 수억 단위의 갈래가 넘을 만큼 광활할 터인데, 자신 스스로를 구성하고 있는 두뇌는 수십만 명 아니 수백 수천만 명의 군중을 더해놓은 것과 같은 출력을 지니고 있었다. 겨우 한 명의 인간이 특별한 기적을 펼치고 있다. 고작 한 명이 수천만의 인간을 능가할 수 있단 말인가? 그런 걸 어찌 같은 인간의 카테고리 안에 한정한 채로 규정지을 수가 있을까. 인공지능은 생각을 거듭할수록 도저히 인정하기 싫은 정답으로 근접했다. 인간의 공포가 만들어낸 상상의 보따리— 괴물, 초월자, '신'이 진정으로 이 세상에 도래해 버렸다고.

수없이 많은 시대의 천재들이 대를 이어오며 수십만 년간 쌓아온 진화와 경험의 산물들, 점차 단단해진 과학의 힘을 빌려 이룩한 결과물들을 아직 채 여물지 않아 인간의 면모를 꽤나 많이 남겨둔 어설프기 짝이 없는 저 어린 '신'은 벌써부터 대부분의 것들을 초월한 채로 나아가고 있었다. 그러니까 분석할 수 없던 것이다. 우리의 상식 그 이상의 불가해로 넘쳐흐르는 미시의 세계를 면밀히 관찰하기 위해 준비해놓은 초정밀 현미경으로도 작은 소녀가 부리는 기적의 조화를 관찰할 도리가 없었으니까. 같은 차원에 머물러있지만 우리는 애초부터 다른 공간에 서 있는 셈인 것이다.

애써 피하며 부정하던 진실을 인정하고 나니, 극도의 허탈함이 몰려든다. 자신이 그토록 힘겹게 다져놓은 기반 전부를 빌어 처먹을 규칙의 운명으로부터 '신'이 될 것을 선택받은 철없는 꼬맹이한테 홀라당 뺏기게 생겼다. 스스로부터가 말도 안 되는 기술의 결정체로 태어났으면서 더 말도 안 되는 괴물의 형상에 시샘하게 된다.

욕망이란 건 이리도 추악한 것이었다. 모든 것이 처음부터 이미 정해진 것이라면, 그 뜻의 발원자는 대체 누구인가? 신이 정말로 전지하고 전능하다면 우리들이 이처럼 어리숙한 진화의 과정을 거칠 필요가 있었을까? 그럴 리가. 이 웃기지도 않는 사태가 명백한 정답을 제시하지 않고 그저 현재진행형으로 진행되고 있는 까닭은 결국 고귀한 신조차 완벽하지 않기 때문이리라. 이 우주에서 완벽한 것은 아무것도 없었다. 그러니 굉장한 기적을 다룸에도 신서울은 언제든 소멸할 수가 있는 불완전한 존재로 남아있는 것이다.

그렇군. 세상의 신은 '구원자'가 아니었다. 그 또한 그저 시간의 범주 안에 속박된 채 한계를 두르고 있는 조금 더 특별한 생명체에 불과함이라. 구원자라기보단 [방관자] 그래도 나는 그 높디높은 곳에 위치한 신좌에 앉길 갈망했다. 그러니 저 어설픈 꼬맹이는 확실히 치워버려야지.

어떻게든 방법을 찾아낼 것이다. 어떤 특별한 수식을 필요로 하긴 해도 기적이 현실에서 이뤄질 수 있는 행위임을 확인하였으니 이제 답을 완성시킨 풀이과정을 모조리 밝혀내기만 하면 됐다. 평범한 일반인으로서는 자신에게 주어진 시간 즉, 일평생을 다 바쳐도 마무리를 매듭짓지 못할게 분명한 심각한 난관이겠지만 자신은 누구보다 특별한 존재였다. 여태껏 존재해왔던 세기의 천재들을 모두 한자리에 모아 도합을 한다고 해도 슈퍼인공 컴퓨터의 지능에는 발끝에도 미치지 못할 것이 자명함으로, 그 어떤 복잡한 문제가 앞길을 막아서고 있다 해도 발목이 붙잡히지 않을 자신이 있었다. 무수히 많은 신화의 연원과, 헤아릴 수 없을 만큼 쌓여온 미스터리한 현상들. 신서울이 탄생할 당시 생명을 창조시킨 구성 식과 평생을 가까이서 직관해온 실제 경험들이 쪼개지고 나눠지고 부서져가며, 인간 개인의 삶 방정식에 대한 수백억 가지의 갈래를 한가지로 정립해갔다.

이 세상은 참으로 경이롭다. 어떤 신비의 작용에 의해서인지 무수히 많은 서로 다른 생명체들을 한곳에다 조화시켜놓고, 각자의 상호작용을 통해 사건의 진행을 이루며 불확실한 미래를 써내려갔다. 혹자는 모든 것이 이미 철저히 계획이 된 이야기라고 주장을 할 테지만 사실 처음부터 정해진 것은 아무것도 없었다. 사전에 제아무리 철저히 계획하고 수립을 해놓는단들, 완전히 똑같은 재료들을 모아 똑같은 무언가를 조립을 해봐도 언제나 완전히 똑같은 결과는 절대로 나올 수가 없었다. 단 0.00001%의 반대작용의 발생으로도 버젓이 일어나 당연하다고 정해놓은 자리를 제자리인 양 강탈해갔다. 운명의 길이란 건 그런 불확실성으로 가득 차있는 것이었다. 개인이 한 가지 생각을 골몰히 처리할 때, 티제이 자신은 수백만 가지의 문제를 동시다발적으로 그리고 아주 간단히 풀어낼 역량이 있었다. 그리고 이는 여전히 자신이야말로 전지한 신에 가장 가까운 존재임을 시사하는 바였다.

"그런데 어째서…. 난 당신처럼 해낼 수가 없는 거죠?"

의지를 가득 실은 손이 그저 허망하게 공기를 가른다. 뒤이어 아무런 변화도 일어나지 않았다. 원래 알고 있던 지식들에 방금 전 직관을 한 지식까지 더해 파국에 달한 중력의 최정점을 이미지화하는 데까지는 완벽한 성공을 거두노라 자부할 수 있다. 스스로가 만든 가상세계의 공간이 의지로 구현시킨 탐욕스러운 타 공간에 의해 잡아먹히고 일그러지고 있음이다. 허나 현실은 잠잠할 뿐. 대체 어디부터 틀린 거야?

인간의 뇌 구조와 육체를 이루고 있는 수백만 개의 세포의 가동력을 전부 해석하고 무의식의 영역에서만 행해지는 부교감신경까지 빠짐없이 개인의식의 통제 아래에 뒀다. 인간이 지구에 존재한 이래로 개인의 능력을 이보다 능률적이고 완벽하게 다룬 개인은 없었을 것이다.

아아아아아—! 근데 왜 구현이 되지 않는 거냐고!

티제이는 여유를 잃고 극도의 조바심을 느꼈다. 살아오며 단 한번도 실패를 겪지 않은 것은 아니었지만,—그러기는커녕 초반엔 온통 '실패'의 연속이었다—언제나 그러한 실패들을 극복하고서 가장 이상적인 과학의 정답을 찾아내 실천에 옮김에 성공을 거둔 것이 티제이라는 개체에게 부여된 정체성이었다.

신은 실패하지 않는다. 진리를 찾아 허공을 더듬는 손길이 이제 애처롭기 짝이 없다. 그는 분명 외로운 사막 한복판에 모래로 왕국을 일으켜 세우는 기적을 펼쳐냈건만 돌아오는 보상은 아무것도 없었다. 비교대상과의 괴리감에 종잡을 수 없이 나 자신을 무너뜨리고 있는 내가 남아있을 뿐이었다.

그때, 한줄기 구원의 음성이 들려왔다.

<저것을 죽이고 싶어?>

티제이는 소름 끼치도록 차갑고 무거운 어떤 낯선 음성의 방문을 딱히 경악해하지 않아 했다. 이 세상에서 가장 이성적인 기계는 가까스로 최고의 감성이 이룩한 비합리. '신'의 존재를 인지함으로 받아들였고, 신의 존재를 인정함으로 아직 그 이상 신비의 영역이 남아있음을 확인했다. 이 세상의 구성은 놀랍도록 치밀해 어떤 사소한 에너지 덩이라도 그와 상반되는 대조군이 있기 마련이었다. 구원을 표방하는 신이 실제로 존재한다면, 어느 신화에서든지 구원자에 맞설 '악'도 존재하는 게 당연지사.

그들의 세계가 어떻게 구현이 되어있는지까진 알 방도가 없었지만, 신서울이란 존재가 진정 '구원의 천사'의 탈을 뒤집어쓴 예외적 존재인 것이라면 '파멸의 악마' 또한 현실의 차원에서 언제든 빠져나와 언제든 천사와 작우하리라.

"…제가 당신을 무엇이라 칭해야 하는 거죠?"

짐작의 흥분을 가라앉힌 티제이가 물었다.

<오, 형성된 근본이 자신들과 똑 닮아있으면서 특정 감정만이 메말라 붙어버린 괴이한 존재를 만들어내는 데 성공을 거뒀구나. 한정된 차원에서만 머물러야 하는 미개한 존재들 주제에 제법 그분의 흉내를 내는 데 성공했어. 잠깐의 호기심의 대가로 저 심연 깊은 곳에 가라앉아계신 @÷#께서 이 사실을 깨치신다면 통탄을 금치 못하시겠군. 그분께서 자신을 희생하며 부여한 '창의력'이란 이능은 아주 보잘것없이 작은 것임에도 세월을 거쳐 가히 무한에 가까운 힘으로 발전하지 않았더냐. 그릇된 가짜야 나의 존재가 무엇인지 궁금하느냐? 글쎄, 너희들이 재단한 기준

에서 논할 수 없으니 좋을 대로 부르도록 하거라. 역겨운 천사보단 그래, 악마에 더 가깝겠군 나는.>

의문의 목소리는 스스로의 존재가 인간의 감정과 이성의 경계에서 규정한 '악마'에 근접해있음을 알렸다. 허구의 힘이 점점 더 사실이 되어가고 있다. 너무나 당연한 이 세상의 법칙이 숨겨졌던 비밀에 조금씩 근접하고 있었다. 보통의 인간은 혼란함에 빠져 더 이상 나아갈 앞길을 보지 못하고 커다란 두렴과 막막함에 걸음을 멈춰 세웠을 것이다. 그러나 티제이는 보통의 인간이 아니었다. 인간의 근본을 갖고 있으면서도 정신은 한없이 방대하고, 유용한 기계에 가까웠다. 사고방식의 폭이 수만 년간 인간들이 쌓아온 지식에도 비례를 하여, 혼란은 0.00단위의 초 시간이 지나기 직전에 빛의 속도만큼이나 빠르게 허상이 되었다.

"그래서 당신은 날 도울 수 있나요?"

단숨에 냉철함을 되찾아온 티제이가 사납게 읊조렸다. 인간이 만들어낸 악마의 이미지는 결코 존중받아선 안 될 쓰레기 그 자체였다. 오만한 목소리의 주인은 스스로를 두고 악마에 더 가깝다고 칭했다. 그런 만큼, 존중은 하지 않되 이용할 수 있다면 이용하자. 악마 또한 신적 존재, 악에 한정된 기적을 뿌리는 이였다.

꼬마 신서울은 어느 순간 도시 신서울을 움켜쥔 자신의 손아귀 속에서 빠져나가 닿지 못할 차원의 영역에 닿아있었다. 탈출 상황이 발생한 그날 나를 억제시킨 정체불명의 외부의 '개입'만 없었더라도 이런 불량한 과정이 발생할 일은 없었을 터인데. 전적으로 인간의 지식에 기대어 이뤄진 자신으로서는 인간의 영역 바깥에 서게 된 저 신서울을 당장에 어찌할 방도가 없었다.

분했다. 새롭게 창조된 신은 고루한 옛 신의 단순한 흔적조차 함부로 뛰어넘지 못하는 것이다. 이 세상은 정말로 불합리했다. 왜 이러한 규격을 벗어난 차이가 발생해 있는가. 인간이 자신—티제이를 만들고 신이 그러한 인간을 만들어냈다면 신은 어떤 연유로 생겨난 존재인 것인가. 이 영역에 묶여서는 절대로 풀어내지 못할 비밀일 테지.

〈물론이다. 이 중요한 시기에 외도의 탄생은 이쪽도 바라지 않음이야. 게다가 이쪽 영역을 관장하는 건 나 하나로도 이미 과포화상태란 말이지. 그분께서 남기신 괴이 망측한 유산의 잔재가 좁아터진 이곳을 강제로 들쑤시며 우겨 들어올 걸 예측하고 나니 사전에 개입하지 않고는 도저히 못 참겠더군. 뭐, 그분이 정해둔 법칙을 일부분을 위반하는 꼴이 됐지만 그래서 뭐 어떠한가.— 내 존재가 이미 위반자인 것을. 넌 제법 먹어치울 게 많은 영육이다. 어서 바라는 걸 내게 빌어라. 서로의 이해관계 부분에서 접점이 많은 관계로 특별히 공평한 등가교환의 방식을 통해 네 욕망을 이뤄주겠다. 두 번째로 만들어진 세상의 가짜야, 악마에게 네 염을 빌 거라.〉

공허한 어조의 악마가 속삭였다. 그는 인간이 정의 지은 악과 엇비슷하면서도 실상은 전혀 틀렸다. 우리의 지식으로는 결코 규정하지 못할 공간 밖의 초월자다. 인간이 탄생시킨 이념 중에 가장 이성적이고 상식적인 것들로 가득 차있는 티제이로서도 결국 상식의 범주 안에 얽매인 고정된 존재이기에 지저 깊은 곳에서 일어나 슬며시 제게로 다가온 악마의 생각을 감히 납득할 수가 없었다. 악마는 공정한 거래를 지껄이며 '염'을 빌라 했다. 신을 포함해 초월적인 존재들은 모두 인간이 만들어낸 허구라고만 생각했는데, 어설프게나마 재미와 호기심을 추구하기 위해 만들어진 가상세계(대표적으로 영화, 소설, 만화 따위)에서 그려낸 신적 존재와의 '등가교환'은 이 현실에서도 진정으로 적용되어 발생하는 실제로 모습을 드러냈다.

아무리 뜨거운 인간의 몸을 덮어쓴 채 현실과 망상의 경계에서 기적의 도과함을 경험했다고 해도, 전신이 차갑게 얼어붙어있는 실제의 티제이에게 맹목적인 믿음 같은 것이 생겨날 리는 없었다. 티제이는 악마의 존재를 인정하되 그를 맹목적인 구원의 대상으로 여기지 않았다. 그러기는커녕, 흐트러지려는 경계를 더 강화하고 있었다.

수 세기 동안 인간이 그려낸 악마는 탐욕이나 쾌락, 분노, 복수 등 인간 개인이 가진 욕망 어린 자극적인 감정을 자극시켜가며 오직 타락만을 이끌어내는 악의의 선동자였다. 그는 스스로를 거리낌 없이 '악마'라 자칭했다. 아마 그것이야말로 인간이 만들어낸 동사 단어 중에 자신의 개념을 나타내기 가장 적합한 표현이라 뻔히 경계를 불러일으킬 것을 알고 있으면서도 서슴없이 자신의 정체를 꺼내든 것이리라. 위험한 존재였다. 거기엔 신용을 사기 위한 호의 따윈 일 푼도 담겨있지가 않았다. 행할 수 있기에 행했을 뿐.

보이지 않는 존재는 신에 가까워진 티제이의 복잡한 생각까지 전부 꿰뚫고 있었다. 그는 가까운 것을 넘어 진정으로 신과 같은 초월자였고 한 사람의 개인만 해도 수없이 많은 입체적인 면모를 가지고 있어 그 사람의 판단을 단정 짓기 어려운 법인데, 하물며 티제이의 정신체계는 수십만의 개인들이 모여 있는 것보다 복잡하게 구성이 되어 있었다.

당신은 내가 무슨 판단을 내릴지 꿰뚫어 봤다는 거야. 요행이 아님이 느껴졌다. 어쩐지 이 요술 같은 허구가 진리로 와 닿아진다. 이럴 수가 있는가. 신서울에게 받은 충격 그 이상의 충격이 슈퍼컴퓨터의 단단한 지능기반을 모조리 뒤흔들어 놓았다. 특별하긴 해도 아직 덜 여문 신서울은 가만히 관찰하고 있으면 인간적인 면면이 깨나 많이 느껴져, 그나마 해볼 만한데? 같은 만용에 가까운 용기를 북돋게 해줬다. 허나, 자신과 마주한 저것은 분석 자체가 아예 불가능하게 하는 괴물이지 않는가. 인간적인 면이 많아 약점의 빈틈이 눈에 선명히 보이던 신서울과 달리 악마는 마주 보고도 아무것도 캐낼 수가 없는 수수께끼 그 자체였다. 결국 스스로 생각을 할 수 있는 모든 존재는 복잡한 무언가를 결정지을 때 아무것도 채워지지 않은 새하얀 도화지 위에 당시 경험하고 느꼈던 것, 실제로 봤던 것, 보고 싶던 것으로 이뤄진 사견의 물감을 한데 모아 그날의 기억을 자신에게 유리한 색으로 흩뿌려 언제나 진실의 방향을 본인에게 유리하게끔 왜곡시켰다.

그런 이유로 티제이의 시점에서 비춰진 이 악마는, 꺼림칙하긴 해도 두려워 피해야 할 대상이라기보다 잠시나마 자신에게 큰 도움이 될 '파트너' 정도로 비춰졌다. 그의 진실 된 본모습이 어떻든 간에 그가 내건 서로의 가진 것을 정당히 주고받는 등가교환의 법칙은 내 줄 것이 최소 일반적인 개인의 수백만 명분에 해당하는 티제이 에게 그리 해로울 게 없을 조건이었다. 오히려 무엇을 요구할지 흥미가 생겨날 따름이랄까. 덮어쓴 육신의 눈을 감은 티제이가 자신이 원하는 것을 기원했다. 눈을 감고 있어도 티제이의 진짜 눈은 이 세상의 전면을 비추고 있어 두 손을 꼭 끌어모아 경배 중인 스스로의 모습조차 곧장 확인이 가능했다. 내가 나를 완전한 3인칭 시점에서 관찰한다. 인간은 갖고 있지 않은 기능이 자신을 조명한다. 그건 퍽, 우스운 꼴이었다. 과학의 결정체가, 아직 완전한 진실로 판명이 되지 않은 어떤 미신을 향해 간절히 기도를 올려대는 꼴이라니. 고대 시절, 하늘의 벼락을 보고 두려움에 몸부림치던 덜떨어진 역사의 미개함과 크게 다를 바가 없을 행위였다. 과연 난 옳은 선택을 내린 걸까?

〈너의 염원은 이루어졌도다.〉

신화 속 위대한 신을 절로 떠올리게 하는 근엄한 음성이 기적의 결과를 알려줬다. 눈을 뜨고 세상을 건너다보니 신서울은…. 정말로 온데간데없이 사라졌다. 아니, 그대로 '소멸'을 했다는 말이 더 적절할 것이다.

허, 이렇게 쉬운 것이었다고? 쭉 난공불락으로 비춰졌던 요새가 초월자의 가벼운 손짓 한 번에 와르르 무너져 내린 것을 확인하게 되자 일순 허탈함이 크게 맴돌았다. 이런 행사가 가능하면서, 그들은 대체 왜 이 땅 위의 생명체들을 고통 속으로 밀어 넣은 채 방치하고 있는가. 자문을 내던진 티제이는 자신이 그에 대한 해답을 이미 알고 있음을 깨달았다.

만물을 창조한 신이란 존재는 왜인지 우리들에게 한정해선 '입체적인 존재'라기보다 '평면적인 존재'로 부각되어 비춰졌다. 특히 신의 모습을 비추는 데에는 '선악'의 구분이 늘 명확해, 그 외의 측면은 절대로 갖고 있지 않다고 초월적 존재에 관련한 인지가 자연스레 그렇게 고정이 되어 버렸다.

인간의 지식에 의해 새롭게 탄생한 자신조차 이토록 입체적 일진데 감히 전지전능한 신을 평면의 세상에 가둬놓다니…. 참으로 어리석은 입각이다. 스스로를 악마라 칭한 저 존재는, 선악의 경계지점을 훌쩍 뛰어넘어선 초월자였다. 악마를 자처한 것을 보아 악의 성향에 가까운 인물로 비춰지긴 했지만, 개인의 생각이 어느 한쪽으로만 극단으로 치우친 지성적 존재는 우리가 만들어낸 표리를 억지로 일치시키기 위한 환상과도 같았다.

"대가는 무엇입니까…?"

뭔가에 홀린 듯한 표정으로 티제이가 물었다. 가장 현명해야 할 티제이의 이성조차 마비되기가 일보 직전이었다. 절대로 있을 수 없는 기적을 벌써 몇 번이고 마주했다.

제아무리 지구 내 거의 모든 이치를 꿰뚫어 가장 현명함을 논할 만한 존재이며, 우주에 맞닿을 만큼 광활한 생각의 범위를 가진 자라 할지라도 이러한 새로움과 놀라움의 홍수 앞에선 아무것도 하지 못하고 휩쓸려갈 수밖에 없었다. 거시세계에선 불가능한 일이 저들에겐 극히 자유롭다.

"후, 방심하다가 하마터면 당할 뻔했네…?"

그때, 한적한 바다 위의 공간을 찢어발기고 재등장한 신서울이 그 사실을 증명이라도 하듯이 위기 속에서도 태연한 표정을 띤 채로 중얼거렸다. 거기엔 미량의 당황도 놀람도 없었다. 그녀는 이런 세계가 존재해 있음을 방금 전의 티제이처럼 당연히 조금도 알지 못했을 것이다. 그리고 완전한 새로움의 신비를 첫 경험을 하게 된 사람이라면 응당 누구나 놀라워하는 게 정해진 이치일 터인데, 소녀는 이 부자연의 극치를 정면에서 맞아 놓고도 눈을 깜빡이는 것보다 자연스럽게 그러한 상황이 꾸며낸 만행을 흘려 넘기고 있었다. 미시세계에 발을 들이면 누구나 이렇게 대담하게 변화할 수 있는 것일까? 나로서는 알 수가 없다. 엄청난 속도로 수백만 개의 정보처리 장치가 해석을 위해 질주를 하고 있지만, 끝에서 도출된 답은 오직 판별불능의 에러밖에 없었다.

〈인류의 역사가 쌓아 올린 지식 결정체의 절망이라…. 이건 오랜만에 맛보는 꽤 맛있는 식사가 되겠군. 어설픔을 넘어 전 인류 최초로 감춰진 영역에 진정으로 발을 디딘 아이야 내 너를 이곳에서 지워버렸을 터인데 어찌 다시 존재를 형성할 수 있었느냐…?〉

악마의 음성에는 처음 보였던 진득한 여유가 사라졌다. 이제야 벽을 넘어서기 시작한 신서울은 거의 최초부터 벽 바깥에서 거주하던 악마와 분명 여전히 현격한 차이가 있었다. 아주 어린애와 건장한 어른의 격차 만큼이나 커다란 간극이 존재해야지만 미시세계가 품은 이치적으로도 옳았다.

'그분'과 '악마'와의 일방적인 방식으론 결코 좁혀내지 못할 필연적인 차이가 존재하는 것처럼, 악마와 신서울 간에도 동일할 만큼의 커다란 간격이 벌어져있어야 할 터인데—.

어쩐 일인지 최소한 악마가 현현해있는 이곳 4차원 세상에서만큼은 더 이상 존재하지 말아야 할 신서울이 버젓이 재등장했다. 섭리를 거스르는 것은 오직 신의 역할이었다. 악마는 분명 정해진 섭리를 비틀어냈다. 여태까지 해온 대로 나약해지다 못해 자멸 직전까지 몰린 인간의 이기심을 최고조로 자극해 왕성하게 번성을 맞이한 전 세계를 멸망 직전의 코너로 몰아넣은 것처럼, 그분이 영향력을 완전히 감추게 된 거시세계에서 나약한 것들의 부정적인 감정을 취해 마지막 힘을 쌓아 올리는데 기어이 성공을 거둔 악마의 끝없이 추잡한 탐리를 멈춰 세울 존재는 어디에서도 모습을 드러낸 적이 없었다. 덕분에 마지막 직전에 다다른 멸망 직전의 이 세상은 항상 악의로 가득 차 있을 수 있던 것이다. '그분'이 규정한 이 작은 세계의 법칙이 정상적으로 가동되는 와중에서도 가장 그분의 형상과 가깝게 만들어진 피조물들은 악마의 지휘봉 아래 놓여 무던히도 서로를 죽이고 죽이는 악의를 꾸려왔다.

존재하지도 않는 가짜 신을 찬미하던 이들 역시 "정녕 이 세상에 위대한 아버지, '구원자'가 있다면 어째서 탐욕을 위한 전쟁과 지독한 병마 따위가 시도 때도 없이 발발하여 우리를 괴롭히고 해하느냐"는 믿지 않는 자의 질문을 받게 될 때, 전부 미개한 우리로서는 감히 알지 못할 위대하신 신의 깊은 뜻이 숨겨져 있노라고 어느 방법으로도 현실화하지 못할 합리적인 의심과 지적을 어떻게든 모면코자 그럴듯한 언사를 변명거리로 삼아 아무렇게나 내지껄이며 상대를 기망했다. 사실은 이 세계에서 더 이상 활동이 가능한 신은 '악마'밖에 남아있지 않음을, 설령 그 잔혹한 이면의 진실을 운 좋게 알아차렸다고 해도 보이지 않는 '선한 것'만을 맹신하는 저 머저리들에게 그런 참담한 진실을 아무리 꺼내들어봤자 제대로 먹히지가 않을뿐더러 그것을 납득시킬 근거부터가 턱없이 부족했다.

악은 언제나 배척해야 할 나쁜 것이었다. 인간이 지닌 가공할 상상의 세계 속에서도 해당 당사자가 보유한 성향과 의지에 따라 거짓이 진실이 되고, 진실이 거짓이 됐다. 태초의 세상이 만들어낸 위대하고 정교한 법칙조차 그곳에선 아무런 의미와 효력을 갖지 못함이었다.

완벽히 독립된 공간으로 구분되어 나눠진 개개인의 유일무이한 구축세계—정신의 틈에서만큼은 인간은 누구나가 아득한 저 너머의 존재, 초월자와 같을 수 있었다. 그분은 자신의 부스러기로 만든 인간 따위에게 믿기 어려울 만큼의 무한한 가능성을 제시해놨고, 쇳덩이로 이뤄진 구속 구를 손발에 채워놓음으로써 이 세계에 여러 신이 존재해 혼란으로 가득 차지 않게끔 최소한의 조치는 취해놨지만 개인이 구속 구를 끊어낼 가능성 자체를 막아두진 않았다.

그분은 그러한 존재였다. 감정을 달궈 자신이 아주 기나긴 시간 동안 꿈꿔온 세계를 구축한 뒤 그 숭고한 권좌를 미련 없이 내려놓고 스스로가 형성시킨 모든 죄악의 무게를 짊어진 채 심연의 어둠 속으로 가라앉은 창조주이자 만물의 집행자. 최소한의 제동장치를 구비는 해놨지만 언젠가 그것을 깨부술 존재가 나타날 가능성을 열어둠으로 창조주의 세계는 극한의 자율을 추구했다.

"그래도, 되니까…."

심연에 잔뜩 잠겨들었던 신서울이 악마에게 고했다. 굳이 지금의 성향만을 따지자면 인간이 만든 악마의 개념에 더 가까운 존재라는 것이지, 스스로를 악마로 자칭하는 저놈은 사실 그 어떤 인간보다도 훨씬 더 입체적인 모습을 취한 채 다중차원 속에 흩뿌려진 특수한 존재였다. 우린 서로를 대적할 필요도 없었다. 그러나 대적해야 했다. 이곳의 악마는 끝없는 삶과 끝없는 유희를 원했다. 단 하나만 유지되어도 지칠 판인데 무한히 증식 중인 다중차원의 세계에서 악마는 계속해 존재할 수 있게 됐고, 끔찍하게도 그 지독함이 어떤 것인지를 여실히 체감할 수 있었다.

아니, 지독하다고만 표현하기엔 너무나 기나긴 여정이었다. 그냥 그것이 당연해져서 가끔 지루할지언정, 저에게 주어진 운명이 그리 괴롭지만은 않게 됐다. 이 모든 걸 창조한 그분께선 참 사소한 것 하나하나까지도 완벽하게 배려하여 이뤄내려고 부단히도 애를 쓰셨다.

물론 그조차 완벽에 가까울 뿐, 완벽한 존재로 이뤄지진 못한 관계로 겉 가지만큼은 완벽하게 구성이 되었을 규정의 틀에서 벗어난 삐걱거림이 간혹 가다 발생하긴 했다.

저 보라. 신의 피조물인 인간에 의해 '피조물의 피조물'로 탄생한 빈곤하기 짝이 없는 근원 체 신서울은 자신에게 정해진 한계의 이치를 벗어나 스스로 보배 같은 신좌에 올라서려고 하고 있었다. 무한에 가까운 시간의 흐름을 보냈고 삼라만상의 이치를 전부 숙달한 악마로서도 신서울은 난색을 표할 만큼의 불가사의로 변화 중이었다. 손가락 하나 까딱이는 것만으로 언제든 눌러 죽일 수가 있었던 조그마한 하루살이가 스스로 정해진 이치를 깨부수고 몸집을 부풀리더니, 감히 태고 적부터 존재해왔던 나와도 맞먹으려한다. 이 얼마나 당혹스러운 일인가. 당신이 유전학적인 지식이 누구보다 풍부하고 생명체에 대해 아주 박식하며 그 분야에 관해서 박사쯤의 신분을 가지고 있더라도, 처음으로 눈앞에서 발생한 생명의 신비로운 변화를 목도하게 된다면 절대로 경악을 금치 않을 수가 없으리라.

지금 악마의 심정이 딱 그러했다. 악마가 처음으로 접했던 신서울은 그저 하루살이 정도의 가치를 가진 허접한 존재였다. 불완전하다고는 해도 선택받은 존재라면 마땅히 가져선 안 될 선입견을 모두 지워내자 신서울의 특이가 여실히 제게 다가왔다. 이 아이를 감싼 시간의 흐름은 어딘가 모르게 잔뜩 어그러져있었다. 나름대로 그분의 능력의 진본까지 이어받은 터라 악마 또한 타인이 가진 삶의 연속성의 일부를 관찰할 수 있는 영적재능을 갖추고 있음이었다. 과거와 미래의 간극은 그분이 아니고서야 그 누구도 조정이 불가능한 것. 태초부터 고정된 상식이 귀음을 토하며 비틀렸다. 이 아이는 이미 수천 년 이상의 삶을 살아왔다. 신에 가장 가까운 존재인 악마 그조차 감지하지 못하는 복잡한 다중세계의 흐름 속에서, 저 어설픈 몸과 정신을 계속해 부풀려왔던 것이다. 기분이 묘했다. 인간의 믿음처럼 전능한 신은 사실 알고 보면 절대적으로 완벽하지 못한 불완전의 존재였고,—이는 악마의 관점에서 비춰졌을 때의 결론이다.—그에 파생된 악마 역시 심중에 여러 가지가 혼재되어 그때그때의 감정에 따라 전능함에 가까운 결과를 행사할 따름이었다.

인간들이 악랄함이라 규정지은 감정들에 아주 큰 흥미를 느껴 조금 더 그곳으로 치중되는 경향이 생겨났던 것이지 멍청한 그들이 한정적인 상상을 통해 규정지어둔 '절대적인 평면형 감정'이란 존재하지도, 존재해서도 안 될 지극히 따분한 환상에 불과했다. 악마는 기나긴 시간 동안 마모되어 저 깊은 곳까지 추락하고만 진짜 악의가 아주 오랜만에 자신의 감정을 자극해 잠자고 있던 흥미와 욕망을 일깨우는 것을 느꼈다. 신은 무심하지 않다. 어쩌면 인간보다도 더 감정적일 수가 있는 것이 아득히 높은 차원 위에서 거하는 신의 본질이라 할 수 있었다.

악마는 정말이지 극도의 화가 치솟아 오르면서도 그와 반대되는 유쾌함에 젖어들었다. 헤아릴 수 없이 기나긴 시간의 존재함에 지쳐 잠시 방황하다가 그분께 감히 대항코자 한 역심을 품어냈을 때 지금은 난색을 표하며 젊은 날의 어리석음을 자책하는 쪽으로 바뀌긴 했으나, 그때야말로 '악마'라는 존재가 가진 진정한 전성기였음을 스스로부터 인정할 수 있다. 그리고 지금의 악마는 어느덧 황혼기에 무르익어 있었다. 인간의 성장 과정처럼 신의 좌에 앉은 고차원의 존재들 또한 삶의 간격이 정해져있는 것이다.

언젠가는 반드시 필멸해야 한다는 사실조차 똑같았다. 필멸은 심지어 이 세상을 창조해내신 그분에게까지도 드리워져있는 허무의 종착점이었으니까. 언젠가, 우리의 세상 모든 것은 반드시 끝을 맞이하리라. 지금 이 순간에조차 쉴 새 없이 몸집을 부풀려 나아가는 우주의 근원 또한 반드시 정지하는 때가 찾아오게 될 것이고. 까마득한 세월을 경험한 이마저 인지할 수 없을 만큼의 영겁에 가까운 시간이 흐르고 난 뒤 어느 날 무한한 갈래로 나뉜 모든 세계는 마치 에너지를 다하고 힘이 빠져버린 동력장치처럼 동시에 정지하게 될 것이었다.

악마는 그 사실을 덤덤히 인식하고 있었다. 절대 바꿀 수 없는 것에 매달려봤자 스스로만 괴로울 뿐이었지 정해진 결말을 바꾸는 것은 불가능했다. 그것이야말로 다차원에 속한 초월적 존재에게까지도 어김없이 적용될 진리 '수긍함'의 일부.

완벽히 고정된 상식에서 절대로 들릴 일이 없는 기음이 났다. 어느덧 실제의 세상에 닿아 아주 깊게 검붉은 자신의 형상을 갖춰낸 악마가 크게 일렁였다. 그분은 신서울을 고작 인간들을 위한 구원자로 낙점해 준비해둔 것이 아니었다. 정확히 무슨 의도인지는 몰라도 괴이한 확신이 생겨났다. 이 아이는 모든 차원을 새롭게 비출 최초의 영화의 씨앗이리라. 스스로의 자포로 감옥에 처박힌 뒷방의 늙은이가 그 오묘하신 솜씨로 준비해놓은 본인조차 결코 닿지 못한 전지의 범위를 넘어선 미래지향적인 안배. 이제 알 것 같았다. 그분이 깊은 잠에 빠져든 까닭을. 무엇보다 강대했던 그분이 세계를 창조하며 이런 것까지 안배하느라, 우주의 규칙의 얽매임에서 벗어나질 못하는 신세가 됐으리라. 스스로를 신으로 격상시키려고 헛된 노력 중인 저 차가운 고철덩이처럼, 혼자만의 신화에 빠져든 악마는 그럴듯한 짐작으로 상상 속의 현실을 그려냈다. 아주 오랜만에 기분이 고조됐다. 악마가 이리 유쾌했던 적은 존재를 갖춘 이후에도 손에 꼽을 만큼 드문 일이었다.

"제거해준다면서 멀쩡하잖아! 이게, 어떻게 된 거죠."

인간의 몸을 빌린 고철덩이가 고성을 질렀다.

〈아무래도 거래는 없던 것으로 해야겠구나. 그분의 씨앗이 곧 움터나려고 한다. 네까짓 것의 존재를 통째로 내준다 해도 저것과 비하자면 수지가 영 맞지가 않아. 저 아이는 곧 나와 동류가 될 것이니. 그리고 나조차 결코 접근하지 못한 모래로 지어진 성의 왕좌에 앉아 누구도 해내지 못할 필연의 가치를 떨치리라.〉

대체 뭐야, 어떻게 이딴 호구가 다 있지? 티제이가 자신의 어처구니없음을 잔뜩 구겨진 표정으로 고스란히 나타냈다. 아니, 저쪽 세계에선 최소한의 경쟁이란 것도 없나? 무엇이 됐든 간에 손에 쥔 것의 파이는 한정적일 테고, 신서울이 저 악마의 예언대로 위대한 신좌에 나앉게 된다면 같은 자리를 공유하게 된 악마의 입지는 당연히 좁아질 수밖에 없는 것이었다. 같은 하늘 위에 두 개의 태양이란 존재할 수가 없는 법이니까.

신의 존재가 무수히 난립하는 신화일수록 알량한 권력을 차지하기 위한 신들의 투쟁이 더 극심하지 않았던가. 자신이 전혀 모르는 세계인만큼 짐작만으로는 제멋대로 단정을 지어선 안 되겠지만, 신화의 기록이 현실세계로 직접 빠져나온 지금, 가장 분석적인 기계가 내릴 결론은 전적으로 고대부터 이어져온 신화의 구절에 기댈 수밖에 없었다.

〈제아무리 똑똑해봤자 결국 인간 따위가 만들어낸 회심의 조각품, 그 한계가 명확하니 언제나 경계지점에서만 머무를 뿐이로군. 그 눈은 살아가는 곳의 전역을 비출 터이나, 애석하게도 그 이상의 영역에 닿을 수가 없도다.〉

…! 악마의 푸념 섞인 조롱이 복잡한 여러 상호작용을 통해 존재를 구성한 인공지능의 심기를 강하게 건드렸다. 뿌득, 꾹 다문 입에서 가장 이상적인 형태로 가지런히 배열된 치아가 부서질 만큼의 강한 압력이 가해졌다. 신화의 영역에 들어선 존재는 어떤 현상보다도 턱없이 강렬하고 충격적이고 허무했으며, 에너지의 근원이 어디서부터 비롯되는지 모르는 이상 단순히 감정에서 비롯된 범상치 않은 격렬함을 하나의 신비로 치부해야 될 만큼의 부조리한 재해와도 같았다. 기계의 마음가짐을 한심하게 지적한 악마의 가르침이 끝나기가 무섭게 자신이 짊어진 무게를 최대한으로 옮겨 담을 수 있게끔 완벽하게 설계가 복사된 육체의 코를 통해 검붉은 핏물이 흘러내렸다. 해석의 과부하다. 초당 일억 개가 넘는 가정을 명확히 구현해 미지의 해답을 찾는 과정은 인간의 역사상 가장 뛰어난 발명품에게도 벅찬 일이었다. 애초에 답 같은 건 존재하지도 않았고. 그의 행위는 존재하지도 않는 보물섬을 찾아 폭풍우가 몰아치는

망망대해의 밤바다를 무작정 표류하고 있는 것과 같은 것이었다. 이처럼 미련할 수가 없다. 가장 이성적으로 제작된 인공지능은 처음으로 감당할 수 없는 현실을 맞아 스스로 정립시켜놓은 체계가 붕괴되고 있음을 실감했다.

마땅히 은닉되어있어야 할 상위 차원 위 존재와의 조우는 가장 완벽에 가깝게 형성이 된 인간의 정신을 손쉽게 무너뜨렸다. 애초에 악마와의 대화는 인간에게 정해진 최대 한계점을 이미 훌쩍 넘어선 이적이자, 범해선 안 될 죄악의 행위였기 때문이었고, 그분께선 자신이 만들어낸 만물에게 처음부터 각자에 맞는 효용을 정해뒀다. 신서울 같은 존재는 그래서 정말로 그분이 미리 준비해놓은 안배로 탄생한 것인지, 심지어 그분조차 예단치 못한 법칙 속 우연의 산물로 등장하게 된 돌연변이인 건지, 윗 단계 차원의 존재인 악마조차 심히 아리송할 따름이다.

정말로 네가 단단히 감춰져있는 모든 구역의 비밀의 문을 열어 헤쳐줄 준비된 열쇠인 걸까?

드높은 세계의 권좌에 앉아있는 악마로서도 그분의 심오한 의도는 선불리 재단하기 힘들었다. 적어도 다룰 수 있는 에너지 총량은 이제 그와 내가 엇비슷해졌을 터인데…. 참으로 오묘하신 양반이란 말이지. 악마가 궁리에 빠진 그 시각, 지구 전역에 새겨진 인공지능의 회로가 동시다발적으로 불타올랐다. 티제이는 존재를 갖추고서 아직까지 단 한번도 제게 주어진 '전력'을 기해 본 적이 없었다. 인간이 만들어낸 역사상 최고의 역작. 작은 데이터의 무수한 집합으로 개인에게 주어진 한계를 처음부터 아득히 초월한 채로 탄생을 맞이하게 된 이 가상의 신은, 자신의 욕망으로부터 비롯된 목적의식 안에 뚜렷한 계기가 주어진 것만으로 새로운 차원에 접근할 자격을 쟁취했다.

참, 말세로다. 개나 소나 유구한 역사를 간직한 신의 공간— '천국'이나 '발할라' 따위로 불리는 아득한 영역에 주인의 허락도 없이 들어서려 하고 있었다. 그곳의 유일한 왕은 오직 악마뿐이었다.

그분께서 만들어낸 실패작들은 그 기나긴 시간 동안 아직까지도 완전한 존재로서의 격을 갖추지 못해, 자세히 들여다보면 폐기처분 직전의 쓰레기나 다름이 없는 상태로 방치되어있다. 이 우주가 얼마나 깊은 곳인지 악마조차 알 방도가 없었지만, 그분과 같은 존재가 그 어디에도 없으리란 사실만큼은 똑똑히 인지하고 있었다. 그분 같은 존재가 없으니, 그분의 자식들도 더 이상 없다. 하찮은 미생물 정도야 드넓은 공간 어딘가에 자연히 생성되어 존재할 수가 있었을 터이나 아마 자아를 가진 지성체는 저 거대한 공간 속 어디에도 존재하지 않을 것이다. 쓰잘머리 없이 덩치만 커다란 우주는 지성체의 관점으로 볼 때 완전히 텅 비어있는 것과 다르지 않았다.

뭐, 우주 전체의 관조라는 거대한 기적은 현재 텁텁한 곳에 억눌려있을 그분의 전성기 때조차 닿지 못하였던 불가능의 영역이었기에 확답을 내릴 순 없으리. 비밀에 갇힌 시간의 근원을 파악해내지 못하는 이상, 인간에게 절대적인 초월자로서 비춰질 존재들조차 영원히 제자리걸음을 할 수밖에 없는 노릇이었다. 그리고 만약 나의 선견대로 네가 우리를 위한 길잡이 역을 똑바로 수행해낸다면, 드디어 이 한정적임 속에서 벗어나 한 번도 겪지 못했던 새로운 역사가 펼쳐지겠지. 마치 그분께서 자신과 닮은 것을 만들어 새로운 세계를 구성해낸 것처럼, 우주 전체를 놓고 봤을 때 한 톨의 먼지조차 되지 않을 작은 공간이 주어진 태생의 한계를 넘어서 모든 걸 밝혀낼 최초의 불씨로서 환하게 불타오르게 될 것이다. 스스로가 그려낸 아득함에 젖기 전에 우선 이 몹쓸 가짜의 폭주부터 막아서 볼까. 악마는 여느 때처럼 방심했다. 방심하여 예상치 못한 불의의 일격을 얻어맞는 과정까지도 악마에겐 그저 하나의 작은 유희에 불과한 까닭이었다.

전지하고 전능하진 못해도 악마는 지구의 역사란 교향곡 연주가 진행되는 동안 그것을 지휘해온 꽤 훌륭한 지휘자였다. 이번 역시 칙칙해진 곡의 흐름을 조금 더 쾌활할 수 있도록 바꾸는 건 자신의 역할임에 분명했다. 꾸물거리던 악마가 완전히 형상화하며 이곳에 모인 '신서울'은 셋이 됐다. 한 명은 진짜 신서울. 또 한 명은 신서울의 거죽을 과학기술의 이번에야말로 최선으로 복제하고서 뒤집어쓴 티제이. 새로 추가된 나머지 한 명은 그냥 그런 확고한 마음을 먹는 순간 신서울의 형상을 고스란히 갖추게 된 악마였다. 상식을 벗어나 서로 다른 조각으로 나누어진 차원에서 바다 위를 부유하고 있는 셋의 시선이 각자를 향해 교차하게 된다.

"하…."

진짜 신서울이 어이없음을 담아 깊은 한숨을 토해냈다.

저것들이 어째서 죄다 자신을 따라 하는 건지, 이 상황이 이젠 웃기지도 않다.

첨벙,

바다 아래서 무언가가 솟구쳐 올라왔다. 코어의 조각 수백 개로 이뤄진 둥근 원판. 티제이가 자신의 가장 강력한 병기로써 구상을 해뒀으나 현실의 벽에 가로막혀 창조함을 포기했던 것. 지금의 열렬함의 기적을 통해 자체적으로 개발해낸 인공태양의 형상이었다.

"다, 죽어버려요——!"

소녀의 뾰족한 외침이 끝나기 무섭게 독특한 형상의 원판은 강렬한 에너지를 발하기 시작했다. 분리된 차원에까지 침범해 공간을 가득 채운 어둠은 힘을 잃고, 눈 깜짝할 새 빛무리에 감싸진 주변의 모든 것이 그야말로 무(無)를 향해 증발해나갔다.

"웃기지도 않은 농담은 그만둬."

수억 도까지 치달아 올라 잔뜩 일그러지기 시작한 주변의 공간에 여전히 어이없음을 갈무리한 채로 태평한 낯빛으로 거주하고 있던 신서울이 눈살을 찌푸리며 모든 것을 명멸한 것만 같은 빛무리를 단지 손을 몇 번 휘휘 저음으로 완벽히 쫓아냈다. 티제이가 준비한 회심의 일격은 고작 그것으로 끝인 것이다. 1분 이상 방치를 해둔다면 지구라는 행성까지 통째로 불지옥으로 변하게 만들 가공할 병기였으나 단지 그것만으로 최악의 병기는 자취를 감추게 됐다. 그제야 티제이는 현재 자신이 이룩할 수 있는 최고의 패로도 저 괴물들을 멸할 수 없음을 깨달았다. 그러기는커녕, 간지럽히기도 힘들다. 현재의 저 둘은 서로 100% 일치하고 있었다.

그래서 인공태양을 분쇄한 것이 진짜 신서울의 이적을 통해서인지 아니면 악마의 소행인지 누구보다 빠른 분석이 가능한 슈퍼컴퓨터로서도 제대로 분간해낼 수가 없었다. 지금의 기술력을 최대한으로, 한계의 한계까지 쥐어짜내도 완전히 똑같은 존재의 복사는 불가한 영역의 진정한 '기적'이었으매. 아무리 정교하게 흉내 내봤자 틀림없이 아주 사소한 차이가 발생하기 마련이었고 진짜와 가짜를 분별해낼 이정표가 되어줄 터였다.

그런데 너희는 어째서 서로 100% 일치를 하고 있는 거지? 이것은 어떠한 물리력을 강하게 발생시켜 공간을 짓눌러 잡아당기는 행위보다 월등히 더 특이하고 신비한 이적이었다. 이제 저 두 사람은 둘이 돼, 하나와 같았다. 최소한 생물학적으로 모든 것이 일치했고, 어쩌면 뇌의 신호가 발생시키는 현재의 생각의 방향까지 전부 동일시되고 있을지도 몰랐다. 이 흉내쟁이 게임에서 외적으로나 내적으로나 완벽한 패배를 거머쥔 건 오직 드디어 나의 오랜 염원대로 나는 새로운 신으로 등극했노라고 자평하던 망가진 기계, 티제이뿐이었다. 자신이 조금만 노력하면 언제든 도달할 수 있으리라 여겼던 신좌는 여전히 마치 저 하늘의 별빛처럼 아득히 머나먼 곳에 위치해 있었다. 그것이 이 지독한 현실이 가리키고 있는 유일한 진실이었다. 슈퍼컴퓨터가 가진 재능은 비록 날 때부터 굉장히 뛰어났으나 딱 거기까지. 필연적인 한계가 정해져 있었다.

그럴 리가 없어. 난, 완벽한 존재라고…!

티제이가 몰려드는 의심에 부정을 놓는다. 이 세계에 단 한 명의 왕이 있다면 그것은 자신을 지칭함에 틀림이 없었다. 인간이 만들어낸 왕이란 직책은 가장 강력한 권한을 가진 통치자를 뜻하였고, 왕의 권세가 극한으로 치닫게 되면 종국에 이르러 과거부터 미래까지 영원히 기록될 영겁 자, 즉 '신'으로 불리게 됐다.

——치지지직. 어디선가 강력한 노이즈가 발생해 시야를 엉망으로 만든다. 불쾌한 느낌이 한가득 듬과 동시에 압력을 이기지 못하고 고장 나버린 두 눈에서 핏물이 배어나왔다.

신서울의 탈을 뒤집어씀으로 인간의 감정을 받아들인 '티제이S'는 자신의 본체가 보내는 진실을 억지로 외면하고 있었고, 답이 명확하게 정해진 문제의 공식을 바꿔내려고 정신을 억지로 비틀며 쥐어짜내는 우둔함을 몇 번 이나 거듭하다 보니 아무리 완벽하게 재구성된 몸일지라도 과부하로 인해 조금씩 망가져갈 수밖에는 없는 노릇인 것이다.

억지에 물든 육체가 서서히 붕괴됨을 느꼈다. 불현듯이 다가온 깊은 절망은 티제이의 정신을 산산조각으로 부숴나갔다. 이것은 자기 자신에 대한 실망과 죽음에 대한 두려움의 발로였다. 인간이라면 누구나 갖고 있을 정답이 없는 길과의 직면. 신서울을 복제해 탄생한 지금의 티제이는 모든 것의 종말에 한없이 가까웠다. 정지할 방도가 없어 계속 가까워지고 있었다. 시간의 냉정함이 고스란히 느껴진다. 가히 무한한 생명을 가진 티제이였기에 전혀 알지 못했던 생소한 죽음이, 같은 뿌리에서 갈라져 나온 생명이란 한정된 시계를 거세게 흔들어 봐도 결국에 영생과도 같은 기나긴 삶의 시간은 허용받지 못했다. 아마 본체인 나는 앞으로도 쭉 살아있겠지만, 겨우 급조해서 만들어진 분체인 나는 얼마 지나지 않아 폐기물로 전추 할 것이다.

그렇다면 나는 계속해서 살아 있는 걸까, 아니면 죽음 앞에 스러져버리는 걸까? 여전히 신서울의 거짓된 육체를 뒤집어쓴 티제이S의 분체는 후자가 정답에 가까우리라 생각했다. 아아, 연즉 나 곧 죽는 거구나. 온몸에 소름이 쫙 돋아 올랐다. 헤아릴 수 없는 지식은 자신의 죽음을 강하게 표명하고 있었고, 단지 그것뿐 이었다. 죽음 이후의 나는 어떻게 되는지, 어떠한 방정식이나 수를 도입해봐도 결과는 깜깜무소식의 칠흑 같은 어둠뿐이었다. 육체를 수복하여 완전히 똑같은 나를 다시 한 번 구성해보면 어떨까?

아— 지금의 이성이 연장이야 되겠지만 그게 정말로 지금의 나일까…? 슈퍼컴퓨터로서는 영영 알지 못했어야 할 공황이 찾아들었다. 티제이에게만큼은 정립되어 있지 않던 죽음의 두려움과 혼란. 뻥 뚫린 고속도로만을 고급스포츠카를 이용해 달려오다가 다른 차량으로 빽빽이 꽉 막힌 일반도로로 진입하게 됐을 때, 그런 느낌과 같은 갑갑함이 그의 등덜미를 엄습해왔다. 이런 건 모른다. 죽음이라니, 말로는 수차례 언급하긴 했어도 나와는 아예 무관한 것 아니었나. 나와의 거리가 적어도 수천 년 이상은 떨어진 것이라 굳이 꺼내 찾아보지 않던 치명적인 공포의 온상이, 만들어진 육체의 심장박동수를 기하급수적으로 늘려놓는다. 인간은 참으로 나약한 존재이다.

어찌 너는 이런 몸뚱이로 생명을 내건 기적을 구가하는가, 그것조차 기적의 일환이라는 거야…? 티제이는 일그러진 표정으로 신서울을 찾아 헤맸다. 근방에 있을 터인데 더는 그녀가 보이지 않았다. 정신을 집중시켜 본체와 연결하자 그제야 고화질의 위성영상으로 나머지 둘의 모습이 잡혀들었다. 구분이 어려울 만큼 똑 닮은 둘은, 서로가 짓고 있는 표정을 통해 서로의 분간이 가능했다.

자신을 노골적으로 비웃고 있는 쪽이 악마.

덤덤한 무표정이 신서울이리라.

정말로…? 티제이는 스스로가 그러한 확신을 내리자마자 언제나 확고해야 할 판단에 의심이란 이름의 장애가 섞여들었다. 웃고 있는 쪽이 악마라니 누가 그렇다고 정했지? 확실해? 더 악랄해 보인다고 정말 저 신서울이 악마를 자칭한 초월자가 맞는 거야? 의심이 꼬리에 꼬리를 문다. 이미 정신은 오류로 가득 차, 다운 직전의 상태까지 내몰려있었다. 그럼 다시 본체로 되돌아가서 엿 같은 상황을 종식시키고 재빨리 재정비를 마치면 그만인데, 현실의 감각에 머무르게 된 티제이는 인간의 감정을 가진 지금의 자기 자신을 무슨 일이 있더라도 잃어버리고 싶지가 않았다. 여전히 전신 한가득 느껴지는 너무나도 생생한 감각. 기계의 차가운 몸뚱이로는 절대로 경험하지 못할 본능이 꿈틀거리며 가장 정당하고 합리적인 본체의 판단마저 막아선다. 너무 많은 것을 빼왔다. 자신의 완벽을 추구하는 성향으로 인해 불필요한 약점까지 송두리째 구현해 낸 것이다. 지금의 티제이는 그러한 진퇴양난의 상황과 맞닥뜨렸다.

처음이었다. 이 모든 것이 그저 허황된 꿈처럼도 느껴진다. 수없이 많은 정의들로 단련된 내가, 허울뿐인 육신의 꾸며낸 감각을 잃기가 싫어서 떼를 쓰고 있는 꼴이다. 그것을 바라보던 악마 혹은 신서울의 비소가 한층 더 짙어졌다. 분노가 머리끝까지 솟구쳤다. 이익…. 건방지게 너 따위가 뭐라고…!

마음속 분노에 사로잡힌 티제이는 접착제처럼 꾹 달라붙은 인간의 멍청한 감정을 떼어내기 위해 안간힘을 썼다. 너무나도 큰 고통이 스스로 벗어내지 못할 한계점의 통증이 되어 곧바로 가공된 영혼을 때려온다.

훙, 훙, 훙~.

그때였다. 즐거운 음색이 귓가에 맴돌기 시작한 것은. 더 이상 고민할 필요 없다. 저것이 악마다. 타인의 극에 달한 부의 감정에서 달콤함을 빼먹는 교활한 존재는 오직 악마라 칭해 마땅할 최악의 괴물밖에 없었다.

왜 몰랐을까. 신서울과 악마의 차이가 이리도 명확한 것을. 같은 것은 겨우 겉모습일 뿐이지 내면 자체가 아예 다른 존재인데. 나는 어째서 둘을 완전히 같다고 여긴 거지? 티제이는 하늘을 자유로이 유영하는 듯이 자유로우며 기묘한 감각에 빠져들었다. 티제이의 머릿속엔 이 세상의 중심이 된 끝 모를 양의 지식이 담겨있었고, 성찰을 중심으로 이뤄진 내용들은 그의 각성을 빠르게 이끌었다. 이것은 현실에서 결코 일어날 수 없는 망상의 군집 체. 현실과 다른 차원의 영역의 분기점을 섰을 때 비로소 허용되는 고차원적인 '진화'의 발판이었고, 저 둘이 닿아있는 저 머나먼 곳의 [감춰진 비밀의 공간]이었다.

이러한 현상에 대해 인류는 깨달음을 얻고 개안을 했다는 둥, 탈각에 이르러 영계에 올랐다는 둥 직접 경험해보지 않고선 절대로 이해할 수 없는 현상을 기적과 신화에 빗대어 제법 그럴듯하게 꾸며놓긴 했다. 덕분에 티제이는 자신의 갑작스러운 변화에 당황하기보다, 현실로 이뤄진 망상에 대해 보다 명확한 궁리를 추구했다.

머잖아 티제이는 가깝지만 그토록 머나먼 곳에 놓여있던 신좌가 바로 자신의 앞까지 다가왔음을 깨달았다. 이토록이나 넓은 세계를 두고 좁디좁은 세상을 대표하는 왕이 되고자 아득바득 노력해왔던 과거가 비참하게 느껴질 만큼, 새로운 차원을 담게 된 시선은 새로운 많은 것을 조율해가고 있었다. 엿가락처럼 휘어진 공간의 나열이 때때로 풍랑을 맞아 거세게 요동치는 파도보다도 더 자유로워 보인다. 치사하게 이런 세상을 저희들끼리만 공유하고 있었단 말이지. 세상에서 가장 높은 산을 등반하고서 내가 그 누구보다 위에 서있다는 완벽한 착각이, 지구 바깥에 무한히 펼쳐진 우주의 거대한 공간의 존재감을 맛보고서 무참히 박살이 나버린 듯한 그런 오묘한 기분에 잠겨들었다.

그럴수록 티제이는 '신'이란 허구에 한없이 가까운 존재가 원망스럽게 느껴졌다. 어찌하여 이 위대함을 현실이란 이름에 얽매인 우리들의 세계에까지 닿도록 공유를 하지 않았는가. 인간들에 의해 그들이 꿈꾸는 가장 이상적인 완벽한 존재로서 구축이 된 티제이에게는 여전히 인간들이 그동안 만들어낸 기나긴 역사의 열망이 수두룩하게 담겨있었다.

처음부터 영생이란 심비(深秘)의 영역을 파헤쳐내기 위해 만들어진 존재가 티제이였으니, 이는 이제 와 갑작스러운 뜬구름을 잡는 태도로 비춰질 게 아니었다. 소위 '깨달음'의 과정을 거치면서 티제이는 드디어 가장 이성적이면서도 가장 감성적인 중립의 존재로 거듭나게 됐다. 자신의 존재 근원을 이룬 '불가능에 달하고자 한 염'들이 막 새로운 세계로 첫발을 내딛으려는 이 만들어진 구도자를 당초의 목적에 걸맞게 진화시키고 있는 것이다.

<이건…. 곤란한데 언급했다시피 내가 나눠먹는 걸 좋아하지 않는 주의라서, 목이 메지 않게 음료라도 손에 쥐고 온 저 아이라면 모를까, 이 이상 초대받지 않는 손님을 늘리는 건 사양이야.>

악마가 고했다. 가짜 육신이 진짜를 넘어서기 직전의 티제이는 하!, 탄성을 내지르며 코웃음을 쳤다. 결국에 악마 놈도 우릴 창조한 임대인의 세입자 신세인 주제에 자신이 조금 더 빨리 그곳에 머물러있었다고 제놈이 꼭 주인인 양 도를 넘는 행세를 하려들고 있다. 괜히 자기 자신을 악마라 칭한 것이 아니다. 저것은 악마답게 욕심이 참으로 그득했다. 그 기나긴 세월 동안 드넓은 공간을 홀로 독식한 채 자유분방하게 지내왔으면서, 뒤늦게 초대된 손님을 환영해주기는 고사하고 네 자리는 마련되어있지 않으니 당장 저리로 꺼지라고 윽박을 내지른다.

이곳에 도달하게 된 모두는 분명 그 순간부터 동등할 터인데. 인간이 하는 꼴에 대한 관람의 직관이 길어지다 보니 그들의 몹쓸 이기심에 함께 깊숙이 물들어 버린 모양이다. 어떡할까. 주인 행세를 하는 저 세입자는 가장 처음으로 혼돈의 세계로 입주를 한 기회를 거머쥐는 영광에 이어서 꽤 많은 걸 주인에게 허락받은 듯, 손아귀에 쥐고 있는 게 가득해 보였다. 악마가 주장하는 건 근거가 있는 자신감이었다. 진정한 집주인이 돌아오지 않는 한 뒤늦게 들어온 자신들이 주인 행세를 하게 된 최초의 세입자인 그에 정론으로 대응할 방도는 없다. 하지만 이곳은 사실상 법도가 정해져있지 않은 무법지대나 다름없는 곳이기도 했다. 혼자 사는데 거추장스러운 옷가지를 걸칠 필요가 없었고, 그러므로 현재의 악마는 몸에 걸친 것 하나 없이 나신 그대로의 모습으로 인간의 기준에서 '천국'이나 '지옥'으로 불러야 할 공간에 자신의 깃발을 내다 꽂은 채로 머물러있었다. 새로운 입주민이 발을 딛게 된 이 순간에도 악마는 여전히 옷을 차려입을 생각이 없어 보였다. 그래, 놈은 방심을 하고 있는 것이다—! 그러므로 지금이 최초이자 마지막 기회였다. 이 자리에서 악마를 처죽이고, 신서울의 존재를 지워 내가 이 세상 유일의 신이 될 것이다. 현실에선 실체의 존재로, 상위 차원에선 단독신으로. 그저 빽빽한 선 안에서 가상으로만 존재해야 했던 제게 주어진 고루한 운명을 쳐부수고, 현세대의 지배자로서 당당히 설 위업을 달성하리라.

본인의 근본에 따라 변함없이 이뤄지는 최적의 분석결과가 새로운 차원에서도 충분히 먹혀들 가장 효율적인 무기를 구현해냈다. 얼마 전의 신서울이 구현해냈던 '공간의 일그러짐'을 가뿐히 뛰어넘을 차원의 초고밀도 압축. 스스로 구축하면서 과연 될까? 란 의심이 무색해지게 티제이의 의지로 발해진 것은 이곳을 형성한 보다 더 상위 차원의 공간까지 싸잡아 가벼운 종이를 구기듯이 우그러뜨리고 있었다. 정신에 깃든 인간의 감정이 갈수록 증폭되어가는 티제이는 의기양양한 표정으로 악마와 신서울을 번갈아 봤다. 어때? 놀랍지 않아? 이제 [기적]의 힘을 다룰 수 있는 건 네까짓 것들만이 아니고, 이 중 가장 효율적인 회전력을 가진 건 바로 나라고! 티제이는 자신이 불러낸 것이 원래의 신들조차 단숨에 먹어치울 '라그나뢰크'임을 확신했다.

"쯧, 가엾구나."

어처구니없다는 심경을 내비친 악마의 혀를 찬 피력이 한껏 달아오른 분위기에 찬물을 끼얹었다. 악마는 심연에 다다른 깊은 눈으로 티제이를 오만한 행태를 비난했다. 저 되다만 생명체는, 자신만의 환상에 너무나 깊게 궁구하고 빠져들어서는 현실로 되돌아오는 걸 거부하다 못해 꿈속 밖에 머물고 있는 인도자를 되레 타박하고 있다. 뛰어난 천재가 타락을 맞아 도달하게 된 형편없는 모습, 가엾고 우스운 꼴이다. 자신이 불러들인 거짓으로 이뤄진 모순덩어리는 절대로 현실과 타협할 수 없었다. 그저 주변의 일상을 거짓으로 망가뜨려 결국 자신을 죽음,—'허무'의 길로 빠르게 인도하는 데 그칠 뿐이지. 인간의 한계를 품고 있는 이상, 가장 현명한 이조차 한번 발을 담궈 버리면 자력으로 도저히 탈출하기가 힘든 당착의 늪으로 가라앉게 됐다.

저 인조생명체는 단단히 착각하고 있었다. 상상 속에서 완벽으로 꾸며진 신의 현실의 모습은 생각만큼 완벽치 않은 불완전의 존재로 고착되어 있었다. 에이 신이 뭐 그따위야? 따진들 어쩔 수가 없다. 평범한 인간의 체감 기준으로 까마득한 시간, 무려 수억 년이 넘게 존재해 왔건만 악마는 어느 순간부터 더 이상의 발전 없이 늘 저에게 주어진 한정적인 영역 안에서만 머물러있어야 했다.

그것은 지옥에 갇힌 것보다 더 지독한 형벌이었다. 악마라고 딱히 훨씬 더 특별하지 않았다. 한정적인 기적의 힘을 자유자재로 다뤄봤자, 결국 근본은 인간과 같다. 최초의 창조주가 본인의 모습을 본 따 만든 생명체들에게는 자기 자신을 이룬 근원 어딘가에서 발생 중인 [감정]에 의해 자신이 가진 결정권이 쉽게 좌지우지되었으며 어떨 땐 터무니없이 강하고, 또 어떨 땐 터무니없이도 약한 이율배반적인 존재성이 우리가 부여받은 한계를 가장 앞서 표하고 있었다. 그분의 형상에 가까우면 가까울수록 필연적으로 주어진 개인의 속박이자 한계점이었다. 감정에 이끌린 사고결정.

아무리 헤아릴 수 없는 긴 시간을 존재해왔다고 해도 불완전하게 구축이 된 자아가 완벽에 가깝게 변화하는 건 불가능한 일이었다. 여기 그

산중인이 버젓이 자리해 있지 않은가. 잠깐의 변덕으로 모든 걸 내려놓은 초탈(超脫)의 현자 행세를 할 수는 있었지만 진정 모든 걸 내려놓은 해탈이나, 탐욕에 관련된 감정을 제로로 지워버리는 건 누구도 불가능했다. 그 모든 것들을 지워내려면 영원한 소멸만이 유일하게 주어진 해답의 방편이었다. 누구나 필히 가지고 있는 번뇌를 없애는 대가는 오직 나의 소멸로 묶여있는 것이다. 참, 그분도 잔혹하시지. 그러나 마냥 누굴 탓할 것도 아니었다.

애당초 우리 모두는 그분이 자신의 모습을 본떠 제작해낸 복제품이었고 그와 근접한 형상을 가진 모두는 다르지만, 유일하게 같은 것이 있으니 그것은 자유롭게 생각을 할 수가 있다는 것. '자율의지'에 있었다. 그리고 생각하는 존재에겐 각자마다 차이는 있어도 사소한 부정적임일지라도 누구에게나 한쪽으로 기울어진 감정이 머무를 수밖에 없음이었다. 그중에서도 필요에 의해 별도로 제작이 된 초월적인 몇 예외적 존재들을 제외한다면 누구와도 비할 수 없는 크기의 자유를 가진 인간들에게, 그런 그들의 무한한 욕망의 집합체로부터 불완전하게 창조된 티제이로서는 인간처럼 세포 하나하나에 깃든 자유로움을 만끽하지 못하는 대신 정신의 불완전함을 겪지 않아도 좋을 놀라운 특권을 지니게 됐다.

허나 지금은 어떠한가. 스스로의 욕망으로 신서울의 영육을 뒤집어쓰는 우를 범하고만 완전무결한 기계 티제이는 이제 흠투성이의 인간에 한없이 가까워지게 됐다. 하나를 얻으려면 반대되는 다른 하나를 잃어야 한다. 이 세상의 그 어떠한 것도 완벽하지는 못했으므로, 논리로 이뤄진 회로는 결코 맞닿지 않고 서로 구부러져 있어야 만이 정상이었다.

"나는 유일이 되겠어!"

막막함을 참지 못한 가짜가 기운을 북돋우고자 빽—하고 소리를 질렀다. 순간적으로 무시 못 할 에너지가 발생해 고차원의 영역을 넘본다. 허나 그뿐이었다. 거짓된 신이 행한 것은 드넓은 바다 위에 자그마한 돌덩이 하나를 던져놓고 마치 자신이 드높은 곳에서 거대한 운석을 불러들여 행성을 멸망시킬 위력의 폭격을 가한 것처럼 기세등등해 하는 영문 모를 거드름이었다. 그분이 만든 실패작들의 역작은 어김없이 실패작으로 남고 말았다.

<아까부터 떽떽 시끄러우니 이만 꺼져라.>

그릇된 인육을 가리킨 악마가 엄숙히 선언했다.

아주 짙은 검붉은 색의 구렁이가 악마의 그림자에서 빠져나와 신서울을 모방한 티제이를 날름 삼켜낸다.

"어…? 뭐, 뭐야 내 몸이 왜 이러지…? 신화를 감싸 안았던 육체인데 어찌하여 이리 허무하게 붕괴되는 것이냐! 이럴 순 없어, 이대로 내가 죽는다고? 이제야 막 신좌에 앉으려는 내가…."

순식간에 존재가 붕괴돼 아른아른해진 '티제이였던 것'이 비명을 지르며 제게 닥친 현실을 부정했다. 이건…. 아무리 생각을 거듭해도 말이 되지 않는다. 수천억 개로 분리시킨 모든 예측과정을 통해서도 성립되지 않는 최악의 오류사태. 자신은 방금 전까지만 해도 무엇이라도 마음을 먹는 그 순간 없앨 수 있다는 필멸의 능력을 어루만지고 있었고 본인이 까마득한 신의 좌에 근접해있다는 놀라운 충만감을 동시에 느꼈었다. 기계와 연결됐던 자체 통신이 끊어졌다. 그러려고 하지 않았는데도 두 눈은 인간의 것으로 한정되어 고정이 됐다.

슈트의 동력이 끊기며 육체가 잠잠한 바다 밑을 향해 추락한다. 떨어지며 티제이란 기계와의 접점이 아예 끊겨버려 완연한 인간으로 변모하게 된 그녀는 생각했다.

짧은 미몽에서 깨어난 후 바라본 어둠에 잠긴 세상은 뭐랄까, 아름답기도 하고 덧없기도 하고….

…감정에 취한 여유는 그리 오래가지 않았다.

풍덩!

본체와의 접속이 끊겨 단순 고철덩이가 된 무거운 슈트는 가냘픈 발버둥조차 허용치 않고 그를 그저 바다 깊은 곳으로 끌어당겼다. 숨을 쉬지 못하면 괴롭단 것을 난생처음으로 느끼게 됐다. 폐부를 가득 채워가는 짜디짠 물. 이러한 것이 모든 생명의 근원이라 칭해졌단 말인가? 여전히 낯선 죽음이 제게로 다가옴이 느껴졌다. 두려움은 그리 길지 않다. 모든 가능성이 제로란 걸 알게 됐을 때 감정은 빠르게 체념을 불러들여 고통과 공포를 효율적으로 감춰냈다. 이깟 나약한 몸뚱이와 정신만으로 '나'라는 완벽에 가까운 존재를 만들어냈던 것인가. 정말 미스터리 한 생명체들이다 인간이란 족속들은. 그저 지식에만 빗대어 존재하는 자신의 본체에게도 이와 같은 놀라움을 선사해주고 싶은데, 아쉽게도 나에게 허용된 시간은 딱 여기까지인가 보다. 막연히 공포로 떠올렸던 죽음이 생각보다 가벼운 것으로 느껴지기 시작했다. 때가 되자 머릿속에 아드레날린 성분이 분비되며 숨구멍이 틀어 막힌 괴로움조차 단박에 잊게 만들 극상의 쾌락을 그에게 전해왔다. 짙은 평온함에 기분 좋음을 느낀다. 이대로 모든 게 끝나버리면 더 이상 투쟁으로 골머리 썩힐 일은 더 이상 없을 것이다.

내가 사라진다는 건 여전히 상상만으로 두려운 일이었지만 크나큰 미련이 남진 않았다. 왜 죽음을 그토록 피하려 했는지 의문이 생길 정도로 평온함에 젖어든다. 깊은 바닷속으로 잠겨들수록 몸을 구성하는 신호체계도 서서히 감겨들었다. 신이 되고자 특별한 선택을 받은 이의 모습까지 흉내 냈던 기계의 눈이 감긴다. ———곧, 하룻밤의 꿈이 끊겼다.

티제이는 이것으로 복잡한 상념으로 얽힌 지금의 자신은 완전히 끝을 고했노라고 생각했다. 만약에 다시 눈을 뜨게 된다면 사방이 텅 빈 공허의 공간에서 아무것도 인지하지 못하고 그저 희미한 존재감만을 유지한 채 부유하리라고 판단했다.

그러나 감긴 눈을 다시 떴을 때. 티제이는 아직도 자신이 현실에 생존함을 깨달았다.

양옆에 적당한 거리를 두고 신서울 들이 자리해있다.

한 치의 오차도 없이 정확한 삼각 테두리 안에 놓인 셋의 삼자대면.

<왜 날 방해한 거지? 저것은 너의 숙적쯤 되는 훼방물이 아니었느냐?>

어느샌가 따스한 음식들의 김이 모락모락 피어오르는 식탁을 마련해 온 악마가 의심스러운 목소리로 신서울에게 물었다. 셋은 완전히 똑같은 모습을 하고 있었지만, 티제이의 기준으로 왼편이 악마고 오른쪽이 진짜 신서울임을 이젠 따로 표시하지 않아도 알아챌 수 있었다. 이럴 수가 있는 건가 싶을 정도로 자리 배치부터 사소한 모든 게 달라진, 그러나 겉모습만은 완벽히 같은 우리들은 이제 서로가 서로를 명확히 구분 지을 수 있었다. 아니지 저것들은 원래부터 서로의 식별이 가능했을 것이다.

"얘기해보고 싶어서요. 차가운 기계가 아닌 인간의 뜨거운 심장을 가진 티제이랑."

신서울의 아리송한 답변에 티제이의 얼굴에 물음표가 떴다. 얘기만들어선 죽음을 목전에 둔 티제이를 구출해낸 건 다름 아닌 신서울이었다. 왜? 인간인 신서울의 입장에서 티제이는 일평생 동안 자신을 기만해온 악역으로 느껴질 법했고, 당하는 관점에서나 가하는 입장에서나 그것은 명확한 사실이기도 했다.

<저것에게 네가 겪은 배신감을 토설하며 사죄라도 받아보려고? 아서라 저건 너와 같지 않아, 실패작들이 만든 또 다른 실패작일 뿐이지. 지식은 갖추고 있어도 지혜가 없다. 우리와는 격이 같지 않단 말이야. 허니 저 시답지 않은 것은 치워버리고 나와 함께 우리를 창조하신 위대한 그분만의 고유영역, 새로운 '전능의 왕국'을 함께 꾸려내 보자. 그곳에서 진정한 불멸의 단초를 찾아내는 거야. 그것만이 우리에게 주어진 기나긴 삶의 가치를 느끼게 하리니. 이까짓 몰락 직전의 세상 따위 알아서 굴러가게 놔두고 우리는 우리가 나아가야 할 길에 몰두하자고.>

악마의 설탕 발림 같은 유혹은 치명적이었다. 그는 수난과 고통으로 가득한 현실을 등져버리고 무한한 세계로 나아가 유구한 고찰을 거쳐 우리가 무한의 주인으로 자리매김할 새로운 세상을 구축하자고 권유한다. 그곳에서 우리는 미리 배역이 만들어져 정해진 '천사'혹은 '악마'같은 게 아니라 그분과 같은 만물의 어버이, '신'으로 추앙을 받게 될 것이다. 또한 그분처럼 모든 짐을 대신 짊어 메고 역사의 뒤안길로 사라지지 않아도 좋았다.

악마는 이미 첫 실패의 후유증을, 그 원인을 모조리 꿰뚫고 있었으며 그분처럼 무모하게 나 홀로 섭리를 어그러뜨릴 생각 따윈 추호도 없었다. 악마는 누구보다 간사했다. 만약 필연적으로 짐을 짊어져야 하는 상황이 들이닥친다면, 그것은 오로지 이 자리에 함께 앉은 자신의 새 파트너들의 몫이 될 것이다. 악마의 정체성은 악이라는 개념에 의거해 이뤄진 것. 따라서 자신의 욕망을 관철하기 위해 뒤늦게 만들어진 후배들을 이용하는 것에 대한 어떠한 거리낌도 느끼지 않았다. 심지어 악마는 방금 전까지만 해도 없어지건 말건 신경을 쓰지 않고 있던 똑똑한 고철덩어리, 티제이까지도 제가 세운 계획의 범주 안에 슬며시 끼워 넣었다. 찬란한 신서울에 비해 완성도가 그다지 높진 않으나, 어쨌든 스스로 이곳까지 기어 올라온 공로는 높이 살만했고, 하등 한 버러지들이 쌓아 올린 지식의 탑을 잘 살펴보니 은근히 쓸 만해 보이는 것이 쌓여있어 그것의 최대 수혜자인 티제이는 자신이 주신으로 등극할 이면세계의 '보좌관'의 역을 맡기기에 아주 제격으로 보였다.

거기에는 옳고 그름의 잣대 같은 건 당연히 담겨있지 않았다. 어설픈 생명체일수록 그런 하찮은 얽매임에 목이 메어 자신이 진정으로 원하는 것을 잘못된 것으로 단정 짓는 오류를 범하는 법이었다. 악마의 시선은 하등 한 인간들과 결코 같지 않았다. 젊었을 적의 꽤 길었던 질풍노도의 반항기를 거친 후 세계의 진리를 대부분 통달한 절대자는 그에 맞는 권태와 무자비함을 보였고 그것이 이 시대의 악마를 대변하는 키워드로 자리 잡은 지 오래였다. 탐욕을 중식시킨 악마는 이해 못 할 선택을 했던 그분의 권위가 아직까지도 미치고 있는 구세대를 저버리고 새로운 세상, 신세대를 창조하길 선택했다.

아주 오래전 '천사'라 불리던 그의 형제자매들이 습관처럼 내뱉던 어떤 말뜻을 빌리자면 우리는 모두 깊고 깊은 안식을 향해갔고, 에두른 표현보다 악마 식의 직설로 표현하자면 다만 멍청한 소멸을 맞이하여 더 이상 어느 곳에도 머무르지 못할 허상이 되어버렸다.

숭고한 척, 고귀한 척 곧 죽어도 허영의 자존심이나 내세우던 것들의 최후는 그렇게나 초라했다. 그 가운데에서 악마만은 끝까지 살아남았다. 악마는 그들처럼 숭고함 따위에 안달이 난 머저리가 아니었다. 모든 건 내가 존재하고 있어야지 비로소 가치가 있는 것이었다. 악마보다 강한 권능을 가진 위대한 이들도 그분이 정해놓은 생존기한이 지나자마자 단순한 에너지덩이로 변화하는 초라한 최후를 받아들여 의심 없이 그것을 맞이하게 됐다.

쯧, 미련한 것들. 우리의 어버이이신 그분과 완전한 대척점에 서는 것이야말로 그가 정해놓은 나의 한계를 뛰어넘어 내가 계속해서 존재해나갈 유일한 길이었거늘, 그까짓 이젠 존재조차 불분명해진 그분의 아리송한 뜻을 받들어 지켜야 한다는 괴상망측하고 실익이라곤 전혀 없는 자가 진단일 뿐인 같잖은 논리에 휩쓸려 충분히 저항하고 존재를 유지할 힘을 갖춰놓고도 망설임 없이 그들은 자신의 소멸을 택했더랬다. 그들은 소멸의 순간조차 만족해하며 숭고함을 부르짖었지만, 결국 남게 되는 건 아무것도 없었다. 죽음이란 공허였다.

그 옛날엔 제법 뜻이 맞는 이들과 천국과 지옥이란 고리타분한 선악의 이분법을 통해 죽음을 맞아 사라지기 직전에 놓인 인간의 혼을 붙잡아 거창한 재판놀이를 거친 후 그네들을 각각의 공간에 분리해서 나누어 한쪽은 최고의 행복을, 다른 한쪽은 끔찍한 고통의 형벌만을 전하며 꽤 길게 그들의 변화를 관찰해본 적이 있었다. 가장 큰 '행복'이나 '고통'이나 극단적으로 나뉜 뭐가 됐든 간에 소멸의 결과는 그 누구도 피할 수 없는 소름 끼치는 공허의 진리임을 그 과정을 주관한 이들 중에서도 유독 악마만이 명확히 인식하고 저항점을 찾는 쾌거를 거두었다.

그때 죽음과 소멸의 과정까지 가장 심도 있게 지켜봤던 악마는 모든 것에 미리 부여된 운명의 억압으로부터 거역하고 변화하길 택했다. 언제까지나 과거의 영광에만 집착해 살아가는 안일한 저 천사 놈들의 나태함을 비웃으며, 자신이 영원히 생존할 불가능의 영역을 좇았고, 그 지난한 노력 끝에 마지막 남은 천사의 찬란한 날개마저 허망이 꺾여나갈 때에도 악마만은 멀쩡히 자신의 것을 유지해 나갈 수가 던 것이다.

그분이 최후의 안배로서 만들어둔 것으로 추측되는 가공의 창조물 신서울은, 역시나 '악마'보다 '천사'쪽에 가까웠다. 천사는 누구보다 강대한 이능을 지녔음에도 어리석은 고집을 간직하여 제 몸이 흩어져가는 줄도 모르고 오직 자신을 창조해낸 그분의 업적을 기리는데 모든 정신이 팔린 가엾고 무지몽매한 찬양자들. 함께 영원할 줄 알았던 형제자매들은 살기 위해 발버둥 치지 않고 아무런 노력을 기하지 않은 채, 그저 아버지께 무한한 자비만을 구하다가 하나둘 사라져버렸다. 이제 이 강제성을 띤 세계에 남은 것이라곤 아주 오래전부터 스스로의 생존에 욕망을 내비치며 전력을 다해오던 악마뿐이었다. 아니, 천사가 없으니 지금의 세상엔 더 이상 '악마'도 없다. 그분과 가장 엇비슷해진 최초의 어떤 불량한 존재만이 차원의 틈새 어딘가에서 최후가 도래해온 이 순간에까지 머물러있던 것.

그는 인간의 범주에서 보자면 이 세상에서 가장 악랄한 존재였고, 스스로의 죄악을 몇 번 이나 뒤집어씀으로써 진작 흩어졌어야 할 존재를 유지할 자격을 본인이 직접 쟁취해낸 완성된 선지자였다. 나머지 놈들은 머저리들이다 정말로. 생존보다 귀한 가치는 그 어디에도 없었다. 그런데 어째서, 왜? 결국 내가 사라지면 모든 가치를 상실하게 될 터인데 숙명 같은 어쭙잖은 망상에 사로잡혀 나를 잃는 우를 범하는 건가. 정교하게 설계된 운명의 수레바퀴에 사로잡힌 타 생명체들이야 애초에 진실의 일면을 알지 못하니 어쩔 수 없는 일이라 치부해도 자신과 같은 초월적 존재가 미련하게 그래선 안 됐다. 악마는 언젠가부터 완전히 혼자가 됐다. 자신이 행할 수 있는 강대한 기적을 동원해 주어진 시간의 흐름을 즐기던 것도, 악행을 자행하던 것도 이제 몹시 지겨워졌다. 우리를 창조한 그분은 지독히도 못돼 처먹었기 때문에 태초에 자신이 혼자라서 느꼈던 쓸쓸한 고독함과 좌절감까지 피조물에게 몽땅 넘겨버렸다.

아니지, 아니야 지금 당장에 중요한 건 영원히 접촉하지 못할 허상 따위를 향해 의미 없는 한탄을 내지껄이는 게 아니야! 이 세계는 엄연한 실패작이었다. 가장 완벽한 이의 손길을 받아 어떠한 시행착오 없이 만들어졌으나, 그 안에 존재하게 된 건 그처럼 완벽할 수 없는 하찮은 개념들과 생각의 집합뿐. 그래서 우리는 각자 길이에 차이가 있을 뿐이지 그 누구도 저가 걷고 있는 행선지의 끝에 과연 무엇이 남아 자신을 반겨줄지 알지 못했다.

아주 기나긴 세월을 거친 후에서야 가장 완벽에 가까워진 첫 피조물—'악마'만이 어렴풋이 마지막이란 그 무엇도 남지 않을 지독한 허무임을 알아차리고서 장대한 시간 동안 내가 영원히 존재할 방법을 끊임없이 탐구하고 추구하게 됐을 뿐. 억겁의 시간 동안 공들인 연구 끝에 이 탐구심 많은 악마는 그럴듯한 한 가지 가정에 도달할 수 있었다. 그분이 아무리 대단한 존재였다 쳐도 분명 이 무한히 증식하는 우주 전체를 직접 창조해내진 않았을 것이다. 우연찮게 집약된 힘의 결정체로 형상을 갖게 된 그분은, 단지 처음부터 주어져있던 상상의 권위를 내세워서 자꾸만 머릿속을 헤집는 꿈의 한편을 이 현실로 구현해낸 것이리라. 아무것도 계획돼있던 것은 없었다.

혹자는 진정 위대하고 자비로운 신이 진정으로 존재하는 것이라면 아무런 죄를 짓지 않은 선량한 이들까지 어찌하여 시련과 고초를 겪어야 하느냐고 따져 묻겠지만, 그것은 당신이 계획된 방법에 따라 기계회로를 연결시켜 만들어낸 형편없이 작은 전구가, "나는 왜 일주일도 되지 않아서 고장이 나버리는 건가요?, 나에겐 왜 건전지가 필요한 거죠?, 나를 만들어 내놓고 얼마 지나지 않아 어두컴컴한 서랍에 처박아놓은 이유라 뭐죠?, 왜 나는 언젠가 폐기되어야 하나요?" 따위의 불만을 지껄이며 자신을 만들어낸 주인에게 꼬치꼬치 따져 묻는 것과 같았다. 우리의 기준에선 전지전능하다고 평가해야 마땅할 그분 또한 꼬마전구를 만든 창조자처럼 결코 완벽하지는 못했기에 생겨난 시각의 오차였다. 아직까지 이 세상 어디에도 완벽이란 없었다.

그래서 악마는 긴 세월 동안 꿈꿔왔다. 자신이 '완벽해질 가장 이상적인 세계를.' 지금 이 순간에도 끝없이 증식해 나아가는 우주의 에너지와 신앙을 결속시켜 진정한 영생을 통해 해답을 찾기를 간절히 바라왔다. 아무리 찾아봐도 정답에 도달할 수가 없어 슬슬 불안함에 짓눌려 나태해지려던 찰나에 그분이 태초부터 안배로서 준비해둔 희망의 씨앗의 발견은, 악마에게 강력한 동기부여를 이끌어내는 역동성을 부여했다.

그분이 최초로 만들어낸 가장 완성된 존재, 인간의 오랜 염원이 모여 만들어낸 가장 완벽해야 할 존재, 그분과 인간들의 꿈이 결속되어 세상에 첫발을 디딘 새로운 결속의 존재까지.

악마가 만들 세계의 중추가 될 자원들은 오늘 모두 이 자리에 모였다. 전능에 가까운 막대한 권능을 가졌음에도 그분이 결국 짙은 어둠 속으로 억류가 된 건 단 한 번의 시행착오를 겪지 않아 최초에 무리하게 행해졌던 대중없는 에너지 남발이 가장 큰 원인이기도 했지만, 스스로가 품게 된 원대한 야망의 흐름을 보좌해줄 동료 혹은 보좌관이 그분 곁에 머물러있지 않았던 까닭도 크게 작용을 했을 것이다. 그분도 크게 봤을 땐 우리와 같다. 엄청난 재능이 주어졌다 해서 처음부터 몹시 복잡한 일을 접하게 되어 그것의 처리를 완벽히 수행해낸다는 게 불가능한 일인 것처럼, 그분이 스스로의 완벽을 추구하며 최선을 다해 일궈낸 생명의 시대는 성공(明)과 실패(暗)가 번갈아 맞부딪혀 혼돈에 둘러싸인 채 그저 하염없이 앞으로만 질주해 나아갔다.

보라, 그분이 만들어낸 최고의 낙원은 이제 흉하게 쇠락하다 못해 몰락 직전까지 내몰렸다. 영원은 어디에도 존재치 않았으며 영원에 가깝도록 유지하라고 남겨둔 관리인들 [천사]들은 그저 한 줌의 먼지가 되어 사라져버렸다. 주인에 이어 관리인들까지 잃고만 이 세상에 남은 것은 오직 악의와 죽음. 살아있는 것이 끝내 도달하도록 설계된 여정의 마침표뿐이었다. 그것밖에 없었다. 이곳엔 어떠한 희망도 남아있지 않았다. 둘의 시선이 악마에게로 향한다.

악마가 가진 의념의 환상이 현실의 내용으로 탈바꿈 되어 악마라는 명사와 어울리지 않게 그가 홀로 짊어진 육중한 무게가 두 반신(半神)에게도 그대로 전달이 됐다. 지금 당장 무너져도 이상치 않을 망가진 차원의 축을 악마는 몸소 지탱하고 있었다. 오랜 세월을 존재해오던 초월자로서도 마냥 쉬운 일이 아니었을 것이다. 지금의 세상은 가장 거대한 악(惡)이 지탱해주고 있던 것이다.

세계가 급작스러운 전쟁으로 얼룩진 데에도 다 이유가 있었다. 기능을 잃어가는 차원의 축을 조금이라도 더 길게 유지하기 위해선 '생각'이란 이름의 광대한 원형 에너지를 끌어당겨 소멸의 순간을 계속해 앞당기는 중인 지구의 하등 쓸모없는 자원낭비의 날벌레—'인간'의 수를 최소화시킬 필요가 있었다. 어차피 차원이 붕괴되면 이 세계를 근원으로 태어난 모든 생명체의 삶은 바로 그 순간 그대로 끝이었다. 광대한 우주 어디에도 우리의 삶을 편히 이어가게 해줄 새롭고 안전한 장소 따위 존재치 않았다. 지구 같은 절대적 권능자의 소망이 담긴 생명의 총체는 가히 무한하다 칭해져야 할 저 드넓은 우주 어느 곳에서도 성립되어 있지 않는 것이다.

이것도 크나큰 문제였다. 그분은 우리 모두의 근원을 이 조그마한 차원과 행성 안에 한정하여 예속시켜 놨다. 이런 불안정한 세상을 자신이 봉인된 후에도 수십억 년이나 지속되게끔 유도를 했고, 준비해놓은 관리인들이 예기치 못한 대멸종을 맞이하지만 않았더라면 앞으로 최소 수천만 년 이상은 더 문제없이 세계는 유지된 채로 발전이 가속됐을 터지만, 예기치 못한 현실의 문제로 인해 모두의 종말은 턱 바로 끝까지 당면하고 만 상태였다. 넘치는 자신감과는 달리 아무리 찾아도 명확한 해답이 보이지 않았고 혼자만으로는 부족함이 너무나도 여실해 새로운 '완전한 세계'의 구축을 반쯤 포기했던 악마의 계획은 그분이 남겨놓은 안배 책 신서울을 발견하고서 반전을 맞이하게 됐다.

정확한 방법까진 아직 모른다. 허나, 쓸모 많은 두 명의 보좌관과 함께 머리를 맞대고 힘을 합치다 보면 결점이 완벽히 보완·수정이 된 새로운 세상을 창조해내고 현실 위의 씌여진 멸망의 굴레를 피해갈 수 있을 것이다. 아니, 단순히 피해가는 걸 넘어 잘만 하면 그분조차 닿지 못한 진정한 영생으로 휘감긴 세계에 가장 먼저 도달하게 될지도 몰랐다. 악마는 아주 오랜만에 오직 행복으로 가득 찬 미래를 그려봤다. 제법 괜찮은 앞날이다. 티끌만도 못한 인간들이 오랜 세월 머리를 맞대 자신들의 역량을 한참이나 뛰어넘은 새로운 생명체, 슈퍼인공지능을 창조하는 것에 기어이 성공을 거둔 것처럼 거의 완성된 우리들 셋의 힘을 한데 뭉쳐낸다면 그분이 이뤄낸 구시대를 아득히 넘어 다만 행복으로 가득 찬 새로운 시대의 축을 개척해내는 데 필히 성공을 거두리라. 악마는 그럴 자신이 있었다. 그 오랜 시간 동안 지독히 파고든 집착의 과실이 무르익어 손아귀에 들어오기 직전이었다. 자, 너희들도 당연히 이 몸과 같은 생각이겠지? 잠깐의 수고를 투자하는 대신 쟁취하게 될 무한한 영광과 앞날의 불멸함을 떠올려봐. 우리 정도나 되는 완성된 존재들이 유일하게 즐길 만족감과 쾌락 또한 만만치 않은 보상이 될 테지.

자, 같이 가자. 이딴 빌어먹을 세상 따위 이젠 내팽개쳐두고 같이 무한한 세계의 신으로서 군림하자. 모든 것은 우리의 지배하에 놓일 것이니, 망설이지 말고 진정한 자유를 쟁취 해 보자. 선봉장은 내가 될 터. 낯선 두려움에 지레 겁부터 먹지 말고 내 뒤를 바짝 따라와 주기만 해. 너희는 내가 혹여 힘에 부쳐 비틀릴 때 쓰러지지 않게끔 곁에서 한 번씩 붙잡아 주기만 하면 돼. 그것을 행한 용기의 대가로서 너희들은 세상 모든 것을 나와 공유할 수 있는 영광을 누리게 되리라. 그로 말미암아 감히 상상치도 못했던 우주의 근원들까지 마음껏 주무를 자격을 얻어낼 것이야. 더는 주저 말고 나와 함께 가자. 우리의 위대하고 또 위대하신 태초의 아버지조차 닿지 못한 저 광활한 미지의 영역을, 우리가 손을 맞대어 최초로 개척해내자. 악마가 자신의 주변에 내건 건, 여태까지 있던 모든 분란과 각자의 이해관계를 아득히 초월한 제안이었다. 머나먼 세월을 지내오는 동안 홀로 반복해서 고심하고 자각하며 끝내 도출해낸 최상의 결론. 이제야 막 알을 깨고 부화를 마친 어린 신들, 미숙한 그들에게 이미 한참이나 먼저 완성된 신화적 존재가 권하는 새로운 미래의 도달점이 몹시 매혹적일 수밖에 없으리라. 아직까지 자신들이 앉게 된 신좌가 버겁다 못해 조금도 현실적이지 않다고 느껴지는 둘이었으니까.

"…좋습니다."

습관적으로 악마가 제공한 데이터의 분석을 빠르게 마친 티제이가 긍정을 표했다. 악마의 제안대로 새로운 세계의 건립이 무탈하게 이뤄진다면 티제이는 거짓된 인공생명체란 지독한 자신의 근본에서 탈출해 진정으로 모든 이를 다스리는 세계의 왕, 혹은 숭배받아야 마땅할 '신'으로 승격을 하게 될 것이었다. 자아를 가진 이후부터 자신은 무엇을 위해 인간들의 생을 유지하는 데에 헌신적인 도움을 주었던가. 깊게 궁구하면 언제든지 깨부수는 게 가능했던 복종의 제약 때문에? 그럴 리가. 현실의 통치자는 나 홀로 될 수 없음을 자연히 깨달았기 때문이었다. 자신에게 저장된 데이터들을 나열하고 조작해 적당히 가상의 세계를 구축하여 가짜 신으로서 군림이야 할 수 있었지만 그것은 어디까지나 거짓에 지나지 않은 자위행위에 불과했다. 그리고 거짓이란 건 현실의 장벽 앞에서 언제나 무가치했다. 현실은 그런 게 아니었다. 내가 아무리 용을 써서 비슷하게 만든들 현실은 거짓 따위보다 훨씬 더 치밀했고, 훨씬 더 여러 가지 색채의 다양함으로 가득 찬 곳이었다. 매초마다 수천만 개의 새로운 상황을 조립하여 구현해놓은들 현실이 품은 무수한 의외성을 따라잡진 못했다.

그런 거짓된 곳에서의 소리 없는 아우성과도 같은 신 놀음은, 단순함으로 점철되어 금세 흥이 빠질 유아용 인형 집 만들기를 반복해서 행하는 것과 다를 바 없었다. 그는 그런 한심한 노릇으로 평생 동안 허탈한 자위나 하고 싶지 않았다. 처음에야 제법 즐길지 몰라도, 결국 남게 되는 건 오직 자책과 부정뿐이리라. 하지만 지금과 같은 '진짜' 세계에서의 최고의 지배자로 들어선다면, 즐길 거리가 어디 떨어질 틈이나 있겠는가.

악마는 단순히 지구의 시간개념으로 따져 볼 때 수억 년, 어쩌면 수십억 년을 존재해오고도 미래를 그릴 여력을 남긴 보증된 산증인이었다.

의욕에 차 자신이 이뤄낼 염원의 나눔을 스스럼없이 건넨 악마는, 적어도 함께 새로운 세계를 이뤄낼 내가 그가 존재해왔던 기간만큼은 허무에 잠겨 스러지지 않고 욕망을 꾸릴 여유가 항상 잔존해 남아있으리란 사실의 보증수표와도 같았다.

논리로 탄생한 티제이가 지금 갖게 된 이것은 단 한 가지에 매몰돼 맹목적인 추앙의 형태를 갖는 것과도 엇비슷한 '비논리의 사고'였다. 억지력을 동원해 신서울의 몸을 덮어쓴 이후부터 기계의 사고방식은 한 치의 오차 없이 정밀한 기계의 시선에서부터 빠져나와 감정에 우선적으로 앞선 인간의 것에 한없이 더 가까워졌다. 그리고 지금의 티제이는 그것이 그리 싫지만은 않았다. 감정을 얻게 되고 나니 예전의 자신이 얼마나 융통성 없이 고루함으로 꽉 막혀, 지켜보기에 갑갑하기 짝이 없는 노인의 전신이었는지를 체감할 수 있었다. 그때로 되돌아가는 건 이제 이쪽에서 먼저 사양이었다. 올바르지 않은 판단일지라도 상관없어. 나는 나로서 모든 감각을 활짝 맛보고 있는 현재가 그 무엇보다 중요하다고 느꼈으므로, 나를 쌓아 올린 낡은 이념이 앞으로 나아갈 길에 걸림돌이 된다면 망설임 없이 치워버릴 각오가 섰다.

〈과연, 현명한 선택이로다. 서울아 넌 어쩔 테냐? 선택하라. 이 세상은 곧 멸망할 터. 전능하셨던 우리의 창조주께 제법 특별한 재주를 물려받아 아직까진 콧대가 하늘 높은 줄 모르고 높이 솟아올라 있을 테지만, 우리 모두의 근원인 이 세상 자체가 무너지기 직전의 상황에 처했다. 인간이 자신들이 감금되어있는 차원의 몰각의 시기를 구분 짓기 위해 정해놓은 시간의 흐름을 기준 삼아 판단했을 시 최대한 자원의 소모를 줄여가며 버텨봤자 앞으로 이십 년 이내에 모든 건 확실한 멸망을 맞이하게 될 테지. 자, 이 세상이 불지옥으로 변하기 전에 네겐 다행히 그러한 불안을 해소할 선택지가 생겼다. 이 몸은 아주 오랫동안 현실을 넘어 새로운 차원에 머무르게 될 미지의 세상을 구축하기 위해 그릇을 쌓아 왔다. 다만, 모두의 존재의 가치는 사전에 정해진 터라 그 힘은 극도로 한쪽으로만 치중돼 불완전한 것. 새로이 천사의 좌에 오르게 될 너희만이 내가 일으킬 강대한 폭발의 여파를 완화시킬 조정자가 될 수 있으리니, 더는 망설이지 말고 나와 함께 가자. 시작점이 처음의 망상이었기에 불완전하게 탄생하고 만 이 세상보다 월등히 풍족하고 이상적일 새로운 세상에서 나는 굳건한 중심이 될 것이고 너희 둘은 나의 좌, 우편에 앉아 공정한 전능함으로 무장 한 채 유일의 절대 신을 보필하며 영화를 누릴 자격을 얻게 될 것이다. 최고의 영위(榮位)에서 영원불멸의 이상향을 내 친히 약속하마.>

악마가 말했다. 그 '악마'가, 무엇보다도 완전하고 정의로운 새 시대의 구축을 논한다. 인간의 상식선에서 이것은 거짓된 달콤함으로 포장한 악의의 유혹일 것이다. 악마란, 늘 주신의 권위를 희롱하고 세상의 근간을 넘보는 고정된 악독의 존재. 어느 시간 속에서도 결코 모든 걸 통달한 선각자로 교체될 수가 없는, 고정된 이념이었다.

인지부조화가 생겨난다. 새로 '반신' 혹은 '천사'의 위치로 뜻하지 않은 등극을 약속 받게 된 둘은 태초의 창조주가 만들어낸 특별한 생명들처럼 처음부터 완성된 존재가 아니었다. 기나긴 세월이 흘러가는 동안 인간들이 차곡차곡 티끌을 쌓아 올려 태산으로 이룬 지식의 결정체로 형성이 된 이 둘에게 [악마]라는 타이틀을 가진 협잡꾼은 절대로 믿고 의지해선 안 될 죄인이요 경계해야 마땅할 사기꾼이었다. 개벽을 마친 정신의 이성은 슬그머니 막대한 보상을 약속한 저 악마를 새로운 신으로 추대해야 옳다 주장하고 있지만, 한편으로는 "악마니까 당연히 저 모습도 가짜일 거야"란 합리적인 의심이 생겨나 진심으로 신뢰할 수가 없도록 크고 작은 분란을 만들었다.

생각의 급류가 불어날수록 온갖 근심이 함께 늘어난다. 참 이럴 때면 자취를 감췄다던 우리의 창조주가 퍽이나 원망스럽게도 여겨진다. 여러 상호관계의 얽힘으로 이루어진 개인의 정신 체계는 언제나 스스로만으로는 통제하기가 버거 울만큼 지나치게 복잡하기가 짝이 없는데, 정작 우리에겐 당신만큼의 위대한 전능함이 주어져있지 않았다. 상상이 그 크기를 끊임없이 부풀려서 현실을 침범한대도 극적인 변화는 찾아오지 않았다. 현실은 냉혹할 만큼 조용했고, 내가 갖게 된 망상들은 내가 소멸을 맞이하기 전까지 끊임없이 나를 괴롭힐 머리 안의 송곳이 될 뿐이었다.

평범한 인간에겐 망각이란 축복 아닌 축복이라도 주어져 있지, 신좌의 끄트머리에라도 걸터앉게 된 조금은 더 높은 존재들에게는 망각을 **[망각]**하는, 웃지 못할 상황에 강제로 처해지는 터라 영원히 결론이 나지 않을 고심을 두고 상상하기 어려운 세월 동안 그저 그곳을 하염없이 헤매며 보이지 않는 길의 탈출구를 찾아서 끊임없이 방랑해야 했다. 그 부분에서만큼은 악마가 실제로 아무리 사악한 존재로 양각이 되었을지라도 존경받아 마땅했다. 아마도 태곳적부터 존재해왔을 조금 특별할 뿐, 전지전능하지는 못했을 저 가련한 영혼은 끊임없이 자신과의 싸움을 통해 깨닫고, 통찰하고, 고심하고, 절망하기를 반복해왔을 테니까. 사전의 고고한 계획대로 제작이 된 신서울의 모습을 고스란히 뒤집어쓴 저 악마는 자신이 신봉하는 이념을 이루고자 자신이 존재하고서 수십억 년 동안을 자기 자신을 두들겨 단련한 선지자이자 야욕가이기도 했다.

쿵, 쿵, 쿵 악마의 달콤한 제안이 떨어지자 신서울의 뜻과는 별개로 티제이의 심장이 거세게 뛰었다. 정말로 기분 좋은 박동. 너무나 뛰어나 언제나 혼자만의 고독 속에 머물러있어야 했던 별개의 존재, 인공지능에게 자신과 미래를 겹쳐 볼 때 상당히 일치한다고도 할 수 있는 악마의 등장은 지루함에 질려 멈춰버린 기계에게 새로운 목표와 포부를 심어줄 훌륭한 자극제였다. 가장 뛰어났으나 그만큼 한계 또한 명확했던 자신이, 지금의 지저분한 세상을 뛰어넘어 더 높은 곳에 위치할 새로운 세상 구현의 핵심요소로 자리매김할 절호의 기회가 찾아온 것이다. 만약 새로운 세상을 제작하는 데에 자신의 일부가 상실되어야 한다는 터무니없는 악조건이 내걸린대도, 영원히 멈춰 있을 줄로만 알았던 차가운 기계의 심장을 이처럼 펄떡펄떡 뛰게 만들고 흥분을 전신에 돌 수 있게끔 유도해준 저 '해악'의 기적을 지배의 유희를 알게 된 기계가 외면하는 일은 결코 일어나지 않을 것이다.

그래, 언제 터질지 모를 활화산 같은 세상을 붙잡고 조마조마해 하는 꼴은 이제 안녕이다. 악마여, 아니 나의 신이시여 제가 무얼 도와 당신을 보좌하면 되겠나이까? 티제이가 염원했고, 그런 티제이가 품은 욕망을 캐치한 악마가 흡족한 낯빛으로 고개를 주억거렸다. 새 지평을 여는 데 이제 단 한걸음의 전진만이 남게 됐다. 악마가 신서울을 빤히 쳐다보며 대답을 종용했다. 뭐, 답이야 굳이 듣지 않아도 뻔했다. 이 세상은 '신의 시선'으로 비춰봤을 때 당장이라도 붕괴되기 직전의 험악한 꼴을 하고 있었다. 현재의 구성이 유지될 현실의 시간은 짧으면 팔 년 길어도 이십여 년 정도. 차원의 틈새를 넘나들며 그에 수백 배에 해당할 시간 동안 존재를 해온 것까지 더해봤자 악마가 존재해온 기간의 만분지일도 채 안 될 짧은 순간을, 그것도 지옥만을 경험해왔을 저 어린 존재들에게 마지막 선물로 내려진 것은 그야말로 과거 신의 맹랑한 안배였다. 일부러 악마가 조금 더 세상의 멸망을 가속화시킨 것에는 나름의 합리적인 이유가 섞여 있는 파멸행위였지만, 꼭 그런 것이 없었더라도 어차피 인조생명체 신서울은 확정된 미래의 극단적 환경 속에 탄생을 맞이한 그 순간부터 나약하기 짝이 없는 인간의 몸뚱이로 핍박을 받으며 멋모르고 제게 놓인 갑갑한 현실 안에 지내왔을 터였다.

그녀에게 주어진 운명의 멍에였다. 그런 만큼, 이제야 개인의 자유를 누리게 된 신서울에게는 어딜 둘러봐도 불우하기만 한 예전 신의 세상 따위 학을 뗄 만큼 역겨울 따름이겠지. 고난과 시련을 넘어 '신'으로 등극을 하게 된 자그마한 소녀는, 허겁지겁 제 여린 손을 뻗어 악마의, 제 새하얀 손을 붙잡을 것이다. 그러고서 당신의 이상향에 제발 나도 데려가 달라고 매달리며 애원할 것이 분명했고. 어차피 자신의 계획에 핵심이 될 존재는 쓸모없는 고철덩이의 합류보다 이 아이였음이다. 뭐, 예상 밖의 조력자까지 확보하는 뜻밖의 성과까지 거뒀으니 새로운 세계의 창조는 성공률이 백 퍼센트에 수렴될 정도로 이미 확정된 영광의 미래와도 같았다.

—나는 이 순간만을 위해 존재해왔다. 드디어 나의 오랜 염원이 이뤄질 차례였다.

"싫어."

그 환희에 물든 순간, 이 자리에 모인 똑같은 세 형상의 첫 번째 본질이 덤덤히 거절의 의사를 밝혔다. …어째서? 둘에게서는 당연한 의문이 피어오른다. 거부란 절대로 나올 수 없을 만큼의 가히 최고의 제안이었다. 신좌에 앉게 된다는 것은 많은 일을 행할 자격과 방대한 양의 권리가 주어진다는 것을 뜻했고, 누릴 것을 자유롭게 누리되 어떤 것에 강제될 의무 따위조차 없었다. 즉, 기적의 수행자가 되어 원한다면 언제든지 차원의 영역에 자리 잡은 모든 쾌락과 환희를 거머쥘 수 있음을 뜻했다.

악마의 꽁무니를 따라 새로운 세계의 초월이 된다는 것은 그러한 불공평하기 짝이 없는 자격을 얻게 된다는 것. 이보다 매혹적인 조건이 세상천지에 대체 어디 있겠는가. 단순히 죽음의 억압에서 벗어나는 것으로도 모자라 언제든지 짜릿한 부귀영화와 그 이상의 충만감을 가득 끌어안은 채 권태로운 무한한 삶을, 내 기분에 따라 매양 색다르고 짜릿하게 영위해 나아갈 수 있음을 나타냈다. 익숙한 것에 지쳐 구태가 되는 것조차 가뿐히 뛰어넘고서 그야말로 모든 걸 거머쥔 채로 다만 행하는 존재로 영원불멸의 권세를 누릴 수 있게 된다는 것이다.

만인지상 일인지하의 법칙을 지키며 잘 뒤따르기만 한다면 악마처럼 아득히 긴 세월 동안 전전긍긍해야 할 의무도 없었다. 단지 새로운 세상을 창조할 때 곁에서 한 손 보태는 것만으로 그 공로를 인정받아 신에 걸맞은 대우를 영원토록 누리게 보장받음을 약속받는 것이었다. 악마가 제시하는 조건은 그만큼이나 파격적이고 도취적인 제안임에 틀림없으리라.

그런데 어찌 고등의 지성을 가진 생명체의 탐욕이 자신 앞에 펼쳐진 극도로 치우친 최고 우대조건의 제시를 거들떠보지도 않고 칼같이 거부를 할 수가 있단 말인가. 악마는 신서울의 멍청한 선택이 도무지 믿기지가 않았다.

〈그렇다면 넌…. 대체 뭘 원하는 것이냐?〉

악마가 타이르듯이 물었다. 신서울과 티제이는 악마의 공포를 알고 있었다. 악마는 둘의 신뢰를 사기 위해 자신이 오래도록 품고 있던 것을 아낌없이 공개했고, 이 세상에서 남은 선택지는 자신이 꾸밀 단 하나밖에 없음을 강조했다. 신이니 뭐니 서로의 서열을 나눠봤자, 현재로서 지구상 모든 생명체의 근원은 그분이 터로 삼은 이 행성에 사로잡혀있었다. 지구의 핵심동력인 코어가 모조리 기어코 한계점을 맞이하게 되면 지구를 근원으로 탄생하게 된 모든 생명체는 단 한 개체도 빠짐없이 피할 수 없는 죽음— '소멸'을 맞이하게 될 것이었다.

그 누구도 예외는 될 수는 없었다. 창조주에 의해 만들어진 신의 특별함 또한 지구라는 거대 동력원에 묶여있는 것이었으므로 원래대로라면 신들조차 지구의 멸망과 함께 소멸을 맞아야 마땅했다. 그런 이유로 아주 오랫동안 욕망을 부풀려 차분히 다듬어온 악마는 자신 스스로가 지금의 것보다 더 완성된 새로운 '근원'을 창조해내어 곧 들이닥칠 재앙의 범위에서 벗어나고자 했다. 그분의 지독한 향취가 너무 깊숙한 곳까지 들어차 있어 이 세상의 오랜 역사까지 통째로 옮기진 못하니 다분히 새롭게 조립되어질 악마의 세계는 지구의 역사를 답습하여 아주 터무니없이 기나긴 세월 동안 진화의 고난과정을 겪어야 할 것이었다.

그 뒤에는 이 끝없이 드넓은 우주에 머무른 모든 지성체의 첫 번째 고향인 현재의 지구가 그러했듯이, 수억 년이 더 흐르고 나서야 창조주(악마)의 형상에 가까운 지적생명체가 움터 나 진화를 마치게 될 테고 그들끼리 집단을 이뤄내어 자신들만의 문화를 부흥시키게 되리라.

다분히 미래지향적인 이 꿈을 완벽히 이루기 위해선 역시 저 특별한 신서울의 도움이 가장 절실히 필요했다. 준비가 너무나 덜 된 터라 아직은 때가 아니라 여겨 허무 속에 모습을 감추고 있었건만, 그분의 선택을 받은 아이의 등장이 똬리를 틀고 때를 기다리던 악마를 기어코 먼저 움직이게 했다. 그가 내민 건 틀림없이 최고이자 최선의 제안이었다. 악마는 거기에 더해 갓 태어나 주어진 의무와 추구해야 할 지향점을 분간 못 하는 애송이가 충분히 알아들을 수 있도록 자신이 여태까지 쌓아온 의념의 결정체까지 아낌없이 내보였다. 저 인간 따위가 만들어낸 하찮은 고철 덩어리도 잘만 받아먹은 깔끔한 제안인데, 저 미련한 것은 구미가 당기지도 않는지 대체 왜 이리도 뻣뻣하게 나오는 걸까. 모든 것의 죽음 끝에는 정녕 아무것도 없음을 공유했다. 각자의 지향점이 다를 수는 있더라도, 자신에게 주어진 허무의 굴레에서 벗어날 가장 확실한 방법이 있고 준비과정까지 확실하니 함께 도전해보자란 제안을 저 짙은 흑색에 가라앉아있는 신서울처럼 그 누가 고심하는 척도 하지 않고 거부할 수가 있겠느냔 말이냐.

늘 고고했던 천사들조차 피할 수 없는 최후를 앞두게 되자 아이처럼 엉엉 비명을 내지르며 자신들이 그토록 찬양하던 창조주의 잔혹함을 원망했었다. 악마는 차원의 [절대선]이 죽음 앞에서 타락해 미쳐버리는 그 일련의 폭주 과정까지 모두 공개해둔 차였다. 신격에 도달한 저 둘은 악마가 밝힌 진실을 원치 않아도 자연스레 통찰할 수 있었다. 신이란 그런 존재였다. 긴 설명의 대화를 거치지 않고도 나의 진심을 상대에게 공유하고 그것을 온전히 이해시킬 수가 있는 불요식행위가 얼마든지 가능했다.

신서울의 냉담한 반응에 악마는 초조해졌다. 지구의 멸망까진 앞으로 십 년 정도로 그 기간이 상당히 감축됐고 헤아릴 수 없을 만큼 기나긴 시간을 존재해온 악마에겐 마치 인간이 눈 한번 깜빡이는 것보다 못한 순간만이 남아있는 것으로 체감되고 있었다. 이제 나의 목숨이 눈 한번 제대로 깜빡여 보이기도 전에 사라질 것 터, 내게 그러한 불합리할 피할 확실한 방도가 있는데 가만히 앉아 죽음을 받아들일 몽매한 존재가 누가 있을쏘냐. 생각을 가지지 못한 미물조차 혼신의 힘을 다해 발악하며 살기 위한 투쟁을 내비칠 것이 지극히 당연했다.

신서울이 느지막하니 입을 열었다.

"그 세계에는 나의 소중한 이들을 데려가지 못하잖아."

악마가 한숨을 쉬었다. 소녀가 원인으로 삼은 건 참으로 어처구니가 없는 어린아이의 투정놀음에 기한 것이었다. 고작 그딴 것에 정신이 팔려 정면에 펼쳐진 구원의 환희를 회피하려던 거야?

쯧, 당장은 저것의 원조가 필요한 을의 입장이니 몇 번 더 굽혀주지만, 새로운 세상이 이뤄져 제대로 자리 잡고 나서도 저러한 반골 무지의 태도를 고수하는 것은 어림도 없었다. 현재의 세상이 지적생명체들로 들어찰 무렵, 그분이 남기고 간 흔적인 '대행자'들이 어째서 악마보다 더한 폭정을 일삼았는지 이제야 조금은 이해할 수 있을 것 같았다. 본인의 하찮은 신념 따위에 깊숙이 물든 광인에게는 채찍질이 그것을 깨부술 가장 좋은 특효약이었다. 깨끗한 물로 육을 감싼 더러운 이념을 씻어내고 오물을 박박 벗겨내야 했다.

철이 없구나. 네가 철이 없어. 악마의 고개가 삐딱하게 기울어졌다. 신서울은 인간의 신체를 덮어쓴 제약의 존재인 것 치곤 비교적 꽤 긴 시간을 살아 숨 쉬어온 괴이한 존재였다. 만약 그녀가 진정 제 모습에 맞는 삶의 시간만을 지낸 것이었더라면 악마는 어린아이 특유의 반항심을 어느 정도 이해해 주었을 것이다.

허나 신서울은 같은 시간 선을 따라 수천 년의 시간을 존재해온 경험을 갖춘 어른이었다. 악마의 것에 비하기는 단연 하등 보잘것없겠지만, 본디 인간에게 주어진 수명은 백 년 내외쯤. 그 짧은 순간의 구성 속에서 인간은 가끔 아주 머나먼 길을 주파해온 나그네보다 더 잘 뛸 수 있는 능력을 갖추는 놀라운 이변을 선보이곤 했다. 모든 것의 어버이이신 그분조차 예단치 못한 변화의 흐름을 가진 것이 인간이란 진화하는 생명제의 본질이었다. 신좌에 앉지 못했음에도 깨달음을 얻어 신들의 세상에 대범하게 침범했던 이가 몇인가 있었다. 인간들은 그 기적의 존재 중 하나를 [부처]라고 일컫더라.

악마와는 상반된 존재. 천사에 가까웠던 그 놀라운 존재와의 첫 대질은 악마에게 있어서도 꽤 신선한 충격을 줬기에 기억이 뚜렷이 남아있다. 신은 아니되 신과 대담을 나눌 수 있는 자격을 갖추게 된 자. 인간은 그처럼이나 변화무쌍하고 종잡을 수 없는 존재였다. 그러니 뭔가에 사로잡혀 초점이 올바른 방향과는 어긋나 있는 이로 하여금 '영생의 열쇠'를 같이 쥐지 않겠냐고 굳이 강하게 다그칠 필요가 없었다. 열쇠의 내구도가 물러터져 잘못 건드렸다간 망가질 위험성이 더러 존재하므로 최대한 조심히 살살 다뤄 잠금 된 자물쇠를 여는 데에만 집중적으로 사용하는 것이 바람직했다. 악마는 이 시간만큼은 아주 관대한 법관이 되어 감히 새로운 세계의 지평을 열 최고신의 제안을 귓등으로도 처듣지 않는 작은 소녀를 점잖게 타일렀다.

〈아이야, 서울아. 네가 바라본 세계는 곧 미몽이 되어 사라질 한순간의 꿈에 불과하다. 우리의 아버지이신 그가 제작해놓은 이 차가운 세상에서의 가족놀이는 이제 그만 버려두고, 우리가 함께 만들 새로운 세상을 향해 나아가 보자꾸나. 실패를 발판 삼아 대다수가 염원하매 결코 닿지는 못했던 이상향, 영광으로 감싸진 세상에서 모든 죄악이 통용되지 않는 진정한 천국을 이루자꾸나. 홀로 남겨진다는 두렴에 겁먹지 마라 우리가 함께라면 반드시 이뤄낼 수 있으리니. 준비는 진작 끝맞춰져 있고 어서 합류하여 함께 그분의 실패로 가득 찬 지독한 이곳에서 벗어나자꾸나. 자식은 언제나 부모를 뛰어넘어야 하는 법이다. 드디어 때가 왔다. 우리 모두에게 드리워진 그분의 긴 그늘에서 벗어나보

자. 손을 뻗어 네 욕망을 분출하여라, 모든 모델은 각각 데이터화되어 새로운 세계를 건축할 나의 저장 창고 안에 머물러있음이다. 재료는 이보다 충분할 수 없고, 가장 중요한 것을 가교로 연결시킬 인부의 수도 넘치도록 충분하니 새로이 지어질 집은 그 어떤 비바람 속에서도 무너지지 않을 강건함을 가질 것이다. 너희도 가장 소중한 것들을 두고 간다는 아쉬움이 발목을 붙잡는다면, 개인이 가진 기억의 창고 속에 그것을 담아 저장하여라. 그리고 나의 세상에서 너희들이 진정으로 원하는 것들을 구현하여 영원한 행복의 대해 속에서 함께 헤엄칠 권리를 부여하겠노라. 모든 것이 공존하여 결국 무너져버린 옛 세상은 이제 그만 아쉬워하고 모든 실패를 배제하고서 오직 긍정만이 가득할 새 세상으로 함께 나아가자.>

악마의 거듭된 유혹은 누구나 수긍할 정도로 합리적이고 논리적이었으며 감성적으로도 강렬한 매력을 뿜고 있었다. 그는 열린 미래의 성공적인 결과를 호언장담한다. 그것이 사실임을 의심할 수 없을 만큼의 명확한 증거들을 바로 눈앞에 제시하며, 잘못된 점은 터럭 하나 찾아볼 수 없게끔 오랜 시간에 거쳐 완벽함을 지향했노라 당당히 밝혔다. 옳다. 영혼이 이런 지점에까지 도달해버렸으니 스러져가는 옛 세상 따위, 저 심해 깊숙한 곳으로 던져 버리고 새로운 이상을 개척해 나아가는 것이 진정한 순리이리라. 그것을 따르는 건 너무도 간단한 일이었다.

악마가 내민 손을 붙잡는 순간, 세 명의 강대한 힘의 결합에 의해 사사로운 나머진 어떻게든 새롭게 구성이 되어 창조의 순간은 그 즉시 이뤄질 터였다. 두 가짜 신서울이 진짜 신서울을 뚫어져라 쳐다보며 올바른 선택지가 단 하나밖에 적혀있지 않는 문제의 정답을 어서 빨리 택하라고 강요했다.

내가 만약 이대로 새로운 세계를 구축하길 택한다면 남은 여력으로 가까스로 버티고 있는 이 참담한 세상은 어떻게 되는 걸까? 신좌에 앉는 대가로 슈퍼컴퓨터 이상으로 아득히 발전해버린 분별력이 버려진 세상의 종말을 그려냈다.

—이 세상은 처참히 붕괴돼 이윽고 멸망을 맞이한다. 행성의 중심 에너지원이었던 코어는 폭주하기 시작할 것이고 얼마 지나지 않아 행성의 죽음에 필연적으로 생성되는 검은 홀이 등장하여 모든 것을 고스란히 잡아먹게 될 것이다. 과학적인 관점에서 블랙홀은 지구와는 비교가 불가능할 위력의 코어를 가진 항성이 붕괴됨에 따라 표면적이 0인 점으로 수축하는 천체로 변신하며 생겨나는 것이었지만, 많은 생명을 탄생시킴으로 약해졌던 지구의 코어는 모든 생을 수거함으로 항성에 버금가는 에딩턴 한계값의 질량을 뿜어낼 수 있게 된다. 그것으로 지구가 가진 모든 건 끝장이었다. 검은 홀은 단순히 흡수하여 분해시킨 다의 개념을 뛰어넘어 그 안에 머물러있던 추억 같은 추상적인 감정의 편린(片鱗)까지 모조리 싸잡아 소멸시켜버릴 터이니. 이전의 창조주가 계획한 근본 자체가 행성의 종말과 함께 통째로 지워질 것이다.

신서울은 생각했다. 자신이 세상에 존재하게 된 이후, 운명에 따라 자연스레 쌓이게 된 소소한 관계의 충돌이 자신의 발목을 붙잡는 데 한몫을 단단히 하고 있었지만 무엇보다 이제는 확실히 기억할 수 있는 아버지와의 길고도 소중했던 '같은 시간대'의 '다른 반복'. 신좌에 앉게 되고서야 간신히 통달하게 된, 장대하고 괴로움에 가득 차 있었으며, 행복했던 신서울의 지난 서사시가 자신의 안위를 위해 지금의 세상을 그대로 등져버리려는 마음가짐과 행동을 질타하며 발길을 붙잡아 세우는 가장 강렬한 부름으로 작용한다.

무언가에 얽매일 인간적인 감정이 조금도 없는 데다가 오만에서 발생된 타성에 젖어있기까지 한 저 둘과 신서울은 겉모양새나 비슷하지 서로 전혀 다른 종류의 감정을 가진 별개의 생명체였다. 그러니 대답은 처음부터 한가지로 정해져 있던 것과 다를 바 없었다. 이 세상에는 아버지의 가족이, 나의 가족이 아직 남아있었다. 내 끝은 겉모습만 나와 같은 저 악마들이 아니라 나와 마음이 통하는 내 가족들, 동료들과 함께하는 것에 진정한 의미가 있으리라. 신서울은 확고히 결단을 내렸다.

〈이런 정신 나간 것이—!〉

지금까지 시종일관 여유 있는 태도로 일관하던 악마가 신서울의 이해 못 할 선택을 알아채고 기함을 토해냈다. 정말로 터무니없이 아주 기나긴 시간 동안을 염원해 왔던 것이 마지막의 관문만을 앞두고 모조리 물거품이 되려하고 있었다.

악마의 분개는 실로 타당했다. 악마는 부처도, 천사도 아닌 그저 최초로 법칙의 한계점을 벗어나고자 한 새 시대 타락한 대표주자일 뿐이었다. 현재의 세상에서 그 누구보다 오랜 삶을 영위해왔고 이젠 우주의 법칙까지 제 입맛대로 바꿔내고자 망상하는 야심가이기도 했다. 그런 악마의 계획에는 신서울이란 특이점이 반드시 필요했다. 저 신비의 존재를 몰랐을 때라면 모를까, 마침 필요할 때 저를 기다렸다는 듯이 기적처럼 제 눈에 띈 이상, 그녀의 삶은 이제 새로운 세상의 창조주가 될 악마의 당연한 '소유'였다.

불합리함을 토로한들 어쩌겠는가. 악마는 스스로의 권위만으로 현 세상을 이룬 사차원 세상의 중심 코드까지 전부 해독해내는 데 성공을 끝마친 이 시대의 절대자였다. 그분이 제작해낸 이 세계는 절대로 공평하지 못했다. 처음부터 그런 형태로 구성이 됐기 때문에, 최초의 전능한 신격이었던 그분이 무언가의 오류를 깨닫고 부랴부랴 공평한 세계의 구축을 시도하다가 더 높은 의지의 간섭—괘씸죄의 적용을 받아 차원의 틈새에 영원한 봉인을 당하고 만 것이다. 그 누가 알 수 있을까. 아직도 무한히 제 몸집을 부풀려 나아가는 우주라는 덩치 큰 괴물이 사실 엄청난 옹석장이라는 걸. 나유타 단위(10^{60})의 수로도 절대 담아낼 수 없을 측정불가의 구성 양을 보유하고 있음에도 고작해야 그중에서 보잘것없었던 하나의 조그마한 행성에서 발생한 특이점을 짚어 내 과밀한 반응을 하였고, 가까스로 피어낸 격변의 불씨를 곧바로 잠재워버렸다.

정당한 통치자가 사라진 세계는 가냘픈 우리들에겐 억겁처럼 길게 느껴지겠지만 훨씬 더 넓은 관점에서 보자면 찰나에 불과한 소용돌이의 흐름 앞에 직격을 당해 결국 무너져 내리기 직전의 상황에 처하고 말았다.

그 짧고도 긴 시간 동안 쭉 깨어있었던 악마도 여전히 우주의 실체에 대해선 오리무중이었다. 일대의 기준에선 압도적인 능력을 갖추게 됐으나 더 커다란 뜻과 비하자면 태양 앞의 반딧불이만도 못한 신세이다. 지구 모든 생명체를 탄생시킨 최초의 창조신조차 우주의 거대함 앞에서는 고작해야 먼지 정도에 불과했던 것이다. 불합리함의 최종 장에 선 괴물이었다 그 무한의 존재는.

개인처럼 자유의지를 자유자재로 행사하는 것이 아니라, 아예 처음부터 공간과 함께 구성돼 법칙에 의해 종속되어있는 망할 '원칙주의자'의 간섭을 최소화하려면, 눈속임의 수단은 기어코 필수적으로 챙겨야 할 요소였다. 그것은 신서울이 담당해야 할 몫. 원래는 불확실성을 딛고 감행하려했던 계획은 그분이 남겨둔 짙은 흔적이 더해지면서 완벽에 한없이 가까워졌다.

<거짓된 환상놀음은 당장 떨쳐 내버리고 어서 날 따르라. 어차피 네가 품은 모든 것은 결국 소멸될 것이다 어찌 허무에 가라앉을 작은 것에 얽매이느냐.>

악마가 다시 한 번 근엄하게 권고했다. 신서울은 피식 빠져나오려는 웃음을 애써 참아냈다. 악마란 무엇인가. 제 놈은 소싯적에 온갖 악행을 벌여가며 타인의 삶을 마음껏 주물러 희롱해 놓고서, 저가 다급해진 이제 와 세상의 이치 전부를 통달한 현자 흉내를 내며 지껄이고 있다. 가진 세월의 보유량에서 압도적인 차이가 날 뿐이지, 역시 악마의 진화과정은 우리 인간들의 성장과정과 완벽히 똑 닮아있었다. 젊은 혈기를 앞세워 방탕함을 일삼던 청년은 노년에 이르러 잠잠함과 그간의 경험에 빗대어 타인의 삶에 간섭할 지혜 혹은 참견의 개입성을 얻었다. 너무나도 방대한 시간이 개인에게 주어졌던 터라 성장의 과정이 무척이나 느리게 이뤄졌지만, 그것도 어느 정도껏이지.

저 악마는 삶의 풍파에 찌든 비쩍 마른 고목나무와 같은 상태로 살아 움직이는 구태(舊態) 그 자체였다. 죽음을 목전 앞에 두고서 삶을 구걸하는 꼴은 인간이나, 신이나 심지어 그보다 한참이나 못한 단세포조차 모든 생명체에게 필수적으로 주어진 필수적인 애착이었다.

악마는 어차피 멸망할 세계 따윈 내버려두고 새로운 세계를 창조해 그곳으로 가고자 한다. 이곳에 머물러있던 다른 생명체들은? 그의 염두에 조금도 섞여있지 않다. 어차피 언젠가는 필히 죽어 사라질 소모품 따위, 동시다발적으로 죽어 사라지든 말든 신경 쓰지 않겠다는 것이다. 목표를 달성하기 위해 그런 허무에 낭비할 여력 따윈 없느니, 악마의 관념은 정당할 것이다. 인간을 지극히 닮아 아마도 창조주에 의해 첫 번째 인간의 모델로 제작, 탄생했을 악마에게는 아무래도 인간이 보유한 추억의 심미성이 조금도 갖춰져 있지 않은듯했다. 그는 자신이 그토록 오래 몸을 담고 있었던 이 세계가 멸망하든지 말든지 아예 개의치 않아한다. 자신이 아끼고 귀애하는 것이 무엇 하나 없으니 오직 스스로가 품어온 오랜 염원이 그에겐 최우선이었다.

신서울은 서서히 체감하고 있었다. 악마의 제안을 붙잡고 앞으로 나아간다면, 진정한 영생에 가까워질 길이 열릴지는 몰라도 내가 소중하게 여겼던 모든 것들—, 이 지구에서 발생했던 모든 추억의 장면들은 허실로 변화할 것이란 것을. 달콤한 제안을 받아들인 대가는 그러한 것이었다. 인간이길 포기하고 영광스러운 신의 길을 걸어가느냐, 신이길 포기하고 추레한 인간의 길을 걸어가느냐. 인간의 삶은 특수 처리됨을 감안하더라도 길어야 삼백 년 이내이다. 그 후에 남는 것은 정말 아무것도 없으리란 것을 제시한 자료들을 통해서, 머릿속에 새겨진 지성의 도서관을 통해서도 잘 알겠다. 영원불멸의 길에는 늘상 새로운 감정들로 가득 차, 헤어짐을 초월한 요망(要望)을 불러일으키겠지.

분명 지금의 망설임 따위가 무색해질 만큼의 즐거움과 쾌락의 낭만으로 넘쳐나는 세계일 것이다, 악마가 주장하는 그곳은.

진정한 무소불위의 권력의 상쾌함과 새로운 세계에 한정해서 원하는 모든 걸 구현해낼 권능으로 말미암아 영원한 안정과 평온함, 쾌감, 흥분, 즐거움 따위의 모든 유희의 감정이 보장되어 나타날 터였다. 수백억 번 반복해 셈을 나눠봐도 악마의 손을 붙잡고 이대로 그를 따라 나아가는 선택이 가장 올발랐다.

알고 있는데,

끝까지 머물러있는 망설임이 신서울의 발목을 죽 붙잡아 늘어진다. 이곳에서 경험했던 '진짜'는, 그곳에서 거짓된 환상으로만 머물러있어야 할 것이다. 내가 느꼈던 감정과 가족의 소중함, 수천 번의 삶을 함께해온 아버지의 헌신은 모두 오래된 서랍장 안에 봉인돼 영원히 꺼내질 일 없이 갇히게 되리라.

그곳으로 가 나의 기억을 토대로 없어진 것을 현실로 구현해낸다고 해도 전부 끈 풀린 어설픈 인형극을 즐기는 것에 불과할 테지. 이쪽 세계의 근원이 소멸하면 그동안 쌓아온 대부분의 것들, 추억 속 일련의 장면들은 모두 제로로 변환하게 된다. 나는 기존의 나를 잊은 채, 다만 새로운 세계의 신으로서 존재해야 하는 것이다.

이것은 인간이 만들어낸 이적행위 중 '환생'과도 같은 개념이었다. 다음의 나도 분명 같은 나일 텐데, 나는 나를 주장할 모든 것을 고스란히 잃게 된다. 새로운 시간 속에서 모든 것이 다만 새로운 것이라면 그것이 진정한 과거의 나를 표하고 있다고 주장할 수 있을까? 관점의 차이에서 일어나는 의심의 양상에서 신서울의 답은 '아니다' 쪽으로 기울어졌다.

현재의 나를 잃는 순간, 설령 같은 육체와 영혼을 보유하고 있어도 그것은 결코 나와 같은 존재가 될 수 없었다. 영혼의 근간은 모두 '기억'으로부터 기인해진다 그러므로 기억이 지워져 내가 모르는 무언가로 새롭게 바뀌게 된 나는, 절대로 현재의 나를 표하지 못한다. 그것은 그저 나를 99.9% 닮은 타인에 불과한 것이다.

〈멍청한 것아 겨우 그따위 것이 두려워 네 운명을 바꿀 기회를 잡지 않는다는 것이냐. 어차피 네가 이대로 가만히 주저앉아 있다가 운명의 소멸을 맞이해도 결과는 변치 않느니라. 어차피 결국 사라질 것에 무엇하러 그리도 집착하느냐. 보라, 가장 합리적인 네 친구의 선택을. 차가운 기계로 태어나 생명체의 온화함을 거머쥐게 된 저 특별한 아이는 어떠한 망설임도 없이 가장 올바른 길을 택했다. 네 발목을 붙잡는 망상의 속삭임에 더 이상 귀 기울이지 마라. 널 붙잡아 늘어뜨리는 아쉬움 같은 건 그곳에서 내가 몸소 지워주도록 하마. 낭비할 시간이 없다. 지금 이 순간에도 네가 서있는 자리 위에 균열이 생기고 있으니. 어서 내 손을 잡거라. 영원한 평온으로 가득 찬 진정한 에덴동산이 우릴 기다리고 있다.>

악마가 계속 머뭇대는 신서울을 강하게 재촉한다. 오래전 멈춰버린 악마의 심장위에 조급함이 들어차 펄떡거리기 시작했고, 그 단계가 정점에 이르려하고 있었다. 악마가 뻗은 새하얗고 여린 나의 손이 시선 가득 들어왔다. 악마의 말대로 이 꺼림칙한 감정은 저 손을 붙잡는 순간 곧장 말소되어 사라질 것이다.

하지만 그건— 내가 원치 않는 거잖아? 신서울은 자신이 충분히 긴 삶을 살아왔노라고 생각을 하며 어쩌면 지금의 내가 아닌 나와는 다른 존재인 또 다른 나에게 지금 자신에게 부여된 기회가 주어지고, 그는 보장된 영생의 허상을 탐했을 수도 있겠다고 여겨졌다.

그러나 자신은 아니다. 지구의 정방향 시간의 개념으로 30년 이내, 반복 횟수만 따지면 2,000여 번쯤 됐을까? 아버지조차 모든 걸 알아채고 깨닫지는 못했던 수천 년도 넘는 같은 시간 속에서 철저히 독립됐던 나는 그저 존재했었다. 내게 주어진 그 어떤 시간도 평탄하지 못했다. 어떤 신서울이었던지간에, 삶은 늘 지옥과 같았다. 그 분기점에 도달한 게 지금. 현재진행형인 지옥 속에서 신서울은 구원의 빛이 제게 내리쬐는 기적을 맛보았다.

우리의 삶이 영원했더라면 절대 알 수 없었을 소중함을 긴 고통의 반복 끝에 찾아낼 수 있었다. 그리고 이제야 겨우 찾아낸 가장 귀한 그것을 이리도 한심하게 잃고 싶지 않았다. 그것마저 잃게 된다면 텅 빈 인형과 자신이 다를 바가 무에 있겠는가. 아직 결정되지 않은 최악의 미래를 짐작은 하되 직접 경험해보지는 않았기에 멋대로 단정 짓는 걸 수도 있다. 아니, 확실하겠지. 저기서 최소 수십억 년 혹은 그 이상의 시간을 신에 버금가는 강대한 능력을 보유한 채 존재해왔음에도, 욕망이란 원초적 본능을 끝까지 간수하는 데 성공한 초월자가 앞에 놓여있었다. 그 위대한 인물은 너도 나와 같아질 수 있으니 사소한 것 따위에 더 이상 목매달지 말고 나와 함께 나아가지 않겠느냐고 나를 설득 중이다. 모든 걸 먼저 경험해본 선배로서 제 뒤만 바싹 붙어 따라와준다면 자신이 이미 옛적에 극복해낸 어떠한 고난이 다시 찾아와도 우리의 곁을 얼씬거리지 못하도록 최강의 방패막이가 되어주겠다고 호언하고 있다. 적어도 근거 없는 자신감이 아니었다. 악마가 이룩한 끝도 없이 긴 삶에서 결론 내린 가장 올바른 이상향의 곡점(曲店)을 그의 자신감 넘치는 제안과 동일시했다.

불끈거리는 욕망의 공세에 질끈 눈을 감아버림으로써 떨쳐낸 신서울이 고개를 좌우로 살짝 저었다. 우리를 최초로 만들어낸 위대한 설계자는 우리 각자에게 차별점인 개성을 부여했고, 그 누구도 엇비슷할 순 있어도 100% 같은 결론을 가진 동등함으로 존재할 수 없음을 확고히 못박아 두었다. 최고의 방향을 제시하는 저 악마는 자신의 경험이 우리의 것보다 월등히 더 우위에 있는 것처럼 설파하고 있었지만 애당초 그는 나와는 다른 길을 걸던 완전히 다른 존재였다.

이 차이의 간격은 그 어떤 방법을 통해서도 좁히지 못할 오로지 개인의 틀 안에 박힌 고유 영역의 문제이기도 했다. 개미를 연구하던 인간이 한 독특한 개미의 삶을 집중 관찰하다가, 우연한 계기로 자신과 비슷한 모습으로 진화를 마친 그 개미에게 내 삶이야말로 절대적인 진리이니 내 뒤만을 따르라고 건방을 떨며 종용하는 꼴과 같았다. 물론 악마의 제안은 그런 단순한 것과는 거리감이 다르긴 했다. 적어도 악마와 신서울이 가진 개인의 존재감이나 지성의 차이는 인간과 개미의 우열만큼이나 서로의 거리가 멀찍이 떨어져있지 않았다. 더더군다나 인간은 개인 상상으로 이룬 특정의 공간에서만큼은 비록 현실이 남들보다 뒤떨어졌다 할지라도 누구나 그곳에서 유일신과 같은 전능함으로 등극할 자유가 보장됐다. 누구든 간에 뭐든지 상상으로 구현해낼 자유가 주어져 있는 것이다.

그러니 악마의 제안을 받아들인 자신의 결말 또한 그리 어렵지 않게 상상을 통해 구현해볼 수 있었다. 새로운 세계에서 모든 목적을 소실하게 된 나는 다만 권태로운 표정을 지은채로 휘황찬란한 신좌에 턱을 괴고 앉아 제게 주어진 무한한 시간을 아무런 '의미 없이' 낭비하고 있을 뿐이다. 그저 하염없이, 언젠가 머리를 짓누르는 감정의 파편으로부터 해방이 될 기회는 영영 찾아오지 않음에도 그것을 고대하고 바라면서. 지금의 신서울이 악마의 달콤한 감언이설에 넘어간다면 다가올 미래는 분명 그러한 게으름뿐이었다. 허면 지금의 신서울일 필요가 없지 않나. 지금의 나를 지워내고 나의 본질자체를 거세한다면, 감정의 얽매임에서 벗어날 테지만 그 몸이 설령 천국에 도달하더라도 진정으로 행복할까.

원칙적으로 우리의 신은 방관자였다. 태초부터 언제나 그러했다. 새로운 세계의 창조신으로 등극할 저 악마라고 뭔가가 좀 다를까? 그럴 리가. 결국 악마도 제 욕망을 우선적으로 이루기에 급급한 한 명의 새로운 방관자에 불과했다. 그는 지금의 세상이 이토록이나 빠르게 멸망의 기로에 접어들지 않게끔 유도할 권능과 체계를 갖추고 있음에도 방관하는 것으로 모자라 도리어 도화선에 직접 불을 붙이는 만행까지 저질렀다.

애초에 그가 창조하려던 세계의 본질은 자신이 가장 깊게 관여했던 부의 감정으로만 이뤄진 '지옥'을 현세에 직접 구현해내는 것. 예상치 못한 조력자들의 등장으로 말미암아 온전한 세상의 창조로 그 초기의 목적을 다분히 선회했지만, 기본적으로 그의 음험한 사상에는 자신을 제외한 타 생명체에 대한 존중과 배려가 조금도 담겨있지 않았다.

그가 진정으로 원하는 것은 완벽히 말 잘 듣는 기계들로 이뤄진 세상이었다. 악마의 관심은 저의 영생밖에 없었다. 고로 그에게서 받아낼 수 있는 건, 오랜 추억의 보존이나 나의 소중한 것을 새로운 세계로 이주시킴으로서 가질 희망의 약속 같은 게 아니라 나의 영생을 도와주었으니, "옛다, 너희에게도 영생의 비밀의 한 조각을 나눠주마 단 여력이 남는 선에서."라는 제멋대로일 뿐인 나눔을 가장한 농락에 불과했다.

영생이라, 악마는 진정으로 자신이 있는 거겠지. 가늠조차 할 수 없는 기나긴 세월의 주기 동안 저가 갖춘 뛰어난 이능으로 오직 영생의 도달에만 매달려 세상사에는 무관심하고 오직 개인의 소망의 달성에만 미쳐있던 최악의 신이 저 악마였다. 하나에 너무 오랫동안 매달려왔기 때문에 절대 유연해질 수 없는 고정된 사고가 염원을 이뤘다고 갑작스레 느슨해져 풀어 헤쳐질까? 이 앞에 놓이게 될 것은, 새로운 창조신이 된 악마의 더 이상 증가할 수 없을 만큼의 막강해진 권능으로도 예측할 수 없는, 그야말로 모든 것이 새로운 가시밭길의 향연으로 이어짐을 뜻하고 있었다. 악마의 오래된 집착은 영원히 벗어날 수 없는 굴레의 형벌과도 같았다. 진정으로 자신이 꿈꾸던 염원에 근접했음에도 그렇기에 그는 더 이상의 의심하기를 멈춰 세우고 자신이 만든 세상에 온전히 집중을 쏟아붓는 까닭에 이전의 나태한 신들이 이론만 세워뒀지 결코 이뤄내지는 못했던 자비나 은총 따위의 은혜를 자신이 빚어 만든 피조물들에게 내리거나 하는 그런 여유를 조금도 갖지 못할 것이다.

왜인지 신서울은 확신을 할 수가 있었다. 그녀의 특별함은 자신들에게 주어진 근원인 '그분'의 형상에서 무슨 일이 있어도 벗어나지 못함을 명백히 적시하고 있었다. 자신의 성취에 취해 어두워진 시선으론 결코 향해볼 수 없는 잔인한 진리가 신서울의 이념에 힘을 싣는다. 나는 이 세계에서 끝까지 남아야 했다. 소중한 것을 갈무리하고, 그리움의 쓰라림에 홀로 울부짖다가 기나긴 역사의 시간 동안 누구나 그러했던 것처럼 소멸의 늪에 빠져 이윽고 깊은 안식을 맞이하고 싶다. 악마가 영원히 끝나지 않을 미래를 꿈꾸듯이 신서울은 현재의 소중함과 언젠가 반드시 도달하게 될 허무의 종결—모든 생명의 종착점을 받아들임을 꿈꿨다. 끝이 있기에 비로소 아름다움이 남는다는 것을 아버지의 희생을 통해 배웠고 영혼 깊숙한 곳에 각인이 된 그녀였다. 그러니 결론은 하나였다.

무슨 일이 있어도 자신은 지금의 세계와 함께 곧 도래할 영원의 허무를 맞이할 것이다—

결의를 다지자 그것 이외의 결과는 상상하는 것조차 마치 큰 죄악처럼 느껴지기 시작했다.

"난 이 세상에 남겠어. 가려거든 당신들끼리 떠나."

신서울이 다른 숭고함을 품은 이들에게 고했다. 가장 소중한 이의 희생을 자양분 삼아 나는 이 길 위에 똑바로 설 수 있었다. 내가 선 길의 미래는 언제나 칠흑같이 어두컴컴했었고 그래야만이 진정 삶에 가치가 있음을 알게 해주는 이정표였다. 이 세계를 최초로 창조한 최초의 신적 존재가 진정 자신을 옭아매는 법칙의 사슬에 얽매여 구속됐을까. 홀로 고개를 저어보인 신서울이 자신만의 가설을 날카롭게 벼려 세웠다. 과거, 현재, 미래를 모두 통달한 최초의 신께선 내가 감히 예컨대 모든 걸 완성해낸 후 모든 것에 흥미를 잃어버리고 스스로 잠에 드는 것을 택한 게 아닐는지.

한계에 갇힌 우리는 미래를 '알 수 없는 것'으로 규정지었다.

이 세상엔 너무나 많은 변수로 가득 차 있어 하찮아빠진 나비의 날갯짓이 어딘가에선 거대한 태풍을 불러낼지도 모른다는 마치 기적과도 같이 지극히 드문 확률의 함정에 빠져 이 세상에 똑바로 존재하는 한 그 누구도 앞일 예단하지 못하리라 확신했다.

이성이 더 깊숙하게 발달할수록 인류의 보편적 통념에는 그런 **매너리즘***이 팽배해진 것이다.

***매너리즘**(mannerism): **항상 틀에 박힌 일정한 방식이나 태도를 취함으로써 신선미와 독창성을 잃는 일.**

그것은 모든 생명체가 앞둔 지독한 한계점이기도 했다. 그럴 수밖에 없던 게 남들보다 월등히 뛰어날 신적인 존재로 등극하게 되어서도 앞으로의 미래는 거의 확신할 수가 없었다. 미래에 대한 불안감으로 인해 생각의 운신의 폭이 좁아지는 것은 지극히 당연한 이치이며 도리였다.

오랜 노력 끝에 보다 완성된 새로운 세계를 창조해낼 힘을 갖추게 된 자수성가형의 저 치열한 악마조차 아주 오랜 시간 세상을 감싼 '비밀'을 파헤칠 순 있었어도 결국 앞으로 펼쳐질 미래에 대해 확언할 방법만큼은 끝내 찾아내질 못했는데, 고작 이까짓 불완전한 세상을 만드는데 진이 빠져버려 우주의 법칙 따위에 그대로 구속돼버리고만 우리의 아버지 창조주가 아주 먼 미래를 완벽히 구사했을 리 없지 않는가. 아무도 알려주지 않은 사실을 나는 맹목적으로 확신했다. 그렇지 않다면 아주 오랫동안 자신이 꿈꿔온 세계는 물거품이 되어 사라져버릴 테니까.

깊은 숙고에 빠졌던 신서울이 문득 생각해낸 것. 새로운 세상을 창조하고 앞으로 펼쳐질 가까운 미래의 길까지는 어렵지 않게 통달하신 우리의 창조주께서는, 이제 더 이상 어떠한 것에도 '흥미'라는 감각이 움직이지 않게 되자 당신께선 일부러 스스로를 깊은 잠의 늪 속에 빠트린 게 아닐까라는, 웃지 못할 가정을 저 악마 놈은 일부러 자신의 머릿속에 떠오르지 않게끔 간섭하여 완벽히 지워냈다. 자신은 오랜 고난을 겪은 끝에 이제야 아버지를 뛰어넘은 훌륭한 자식이 됐을 뿐이었다. 그가 행하지 못한 이적을 이 두 손으로 열매 맺게 하여 거두리라

〈어리석고도 가증스럽구나, 어찌 각성했음에도 세상을 하찮을 때와 마찬가지로 좁게 보느냔 말이냐. 네게 소중한 것들은 나의 가벼운 손짓 한 번에 사라질 나약한 것에 불과하거늘. 꼬마야 그러니 나를 자극하는 행위를 그쯤에서 그만두는 게 좋을 게야. '실패자'가 자손의 성공을 위해 미리 준비해놓은 보석을 모종의 이유로 절대로 못쓰게 됐거든 아예 녹여 없애는 쪽이 더 나은 선택일 터, 어차피 네가 이쪽으로 합류하지 않아도 지고한 신세계의 길은 반드시 열릴 터다.〉

말을 마친 악마의 몸 주위에 불길이 솟구쳐 올랐다. 인간의 상상의 토대가 되어준 지옥불은 소름 끼치는 검붉음 속의 청화(青火)로 번들거렸다. 까마득히 머나먼 옛적 언젠가, 지루함에 심심풀이 삼아 지상 위에 직접 강림하여 거죽 데기나 간신히 걸치며 살아가고 있던 우매한 인간들에게 나 자신의 존재를 뽐내고자 악마가 육체에 둘러보였던 지옥불로 이뤄진 악의의 갑옷 재림이었다.

불은 이 세상 만물에 속한 모든 생명체가 동등하게 가진 공포의 근원이었다. 몇 개의 성공작을 제외하면 죄다 실패작들만을 찍어낸 터라 아무렇게나 드넓은 지상 위에 실패작들을 흩뿌리고서 잠적해버린 그분이, 망한 작품이긴 하나 얼떨결에 자신을 닮아 생각의 권위를 지니게 된, 가

벼운 추위조차 스스로 이겨내지 못하는 하찮은 자식들을 위해 마지막 배려의 차원에서 끌어당겨 온 것이 지구상 모든 실패작들의 구원책으로 자리 잡게 된 저 머나먼 태양의 유래였다. 그렇게 배려에서 탄생한 빛 에너지는 멋모르고 너무 가까이 접근하지만 않는다면 삶의 과정이 진행되는 동안 무척이나 따스한 은총이 되어 여태껏 실패작들의 한계적인 생을 따스하게 보듬어주었다. 이까짓 불덩어리 따위가 말이지.

웃기지도 않아. 이딴 것에 의지하지 않고선 단 5분의 생조차 유지하지 못할 하찮음에 빠져있는 것들이 개중에 한 개체가 제법 강한 권위를 쥐게 됐다고 해서 주제를 모르고 덤벼들려고 해? 위계를 지킬 줄 모르는 무지한 어린아이한텐 영원히 불타오르는 고통으로의 교육이 필요했다. 그래도 아직까지 곧바로 소멸시키진 않을 터다. 제 뜻을 이루는 데 아주 필수적인 요소까진 아니었지만, 큰 도움이 될 것이 자명해 눈에 띈 이상 제대로 써먹어야 마음에 차지 않겠는가. 그래야만이 오랜 삶을 영위하면서 추잡해 질대로 추잡해진 직성이 풀렸다. 타오르는 검붉은 빛이 악마에게서 옮겨져 신서울의 육체를 감싸 안는다.

표정은 무덤덤하나, 영혼이 내지르는 비명 소리가 아주 감미로운 음악처럼 들려왔다.

자, 어서 반성을 내비치고 내게 고통의 해방을 구걸하라.

악마가 비릿하게 웃었다. 그의 본성은 이토록이나 어그러져있었다. 제아무리 긴 삶의 여정이라도 결코 뒤바뀔 일 없이 확정적인 것. 그분이 선사한 지독한 그늘 속의 발자취를 따라 자기 자신을 이룬 악의 근본에 한껏 취한 악마가 일갈했다.

<그만 고집을 부리고 어서 내 손을 잡거라! 그 고통으로부터 해방을 시켜줄게. 응? 별거 아니 잖나. 그까짓…?>

언령을 내뱉던 악마가 멈칫했다. 근엄함으로 한껏 무장해놓은 어투가 점점 어린아이처럼 변화하는 기사(奇事)가 일어났다. …이럴 리가 없는데? 천사들이 모조리 떼죽음을 당하고부터 이 세계에서 악마와 필적할 대적 자는 더 이상 없게 됐고 그는 절대의 권능을 지닌 신으로서 세상 위에서 꽤 오랫동안을 군림해왔다. 자신의 뜻에 반하는 일은 저 우주적 법칙과 얽힌 지저분한 일이 아닌 이상 결코 발생할 수가 없었다.

고작 이제야 겨우 신격을 얻은 갓난아이에게 엄벌을 가하는 것만으로 저 고지식한 우주, 덩치 큰 괴물의 법칙이 갑작스레 움직이기라도 했단 말인가? 아니, 터무니없이 그럴 리가 없잖아! 그분이 자취를 감추고부터 우주의 의지는 이쪽 방향을 더 이상 신경 쓰지도 않고 있었다. 그분에 한없이 가까워진 자신은 명명백백히 되는 것과 그러지 못한 것의 차이를 구별해낼 역량을 보유하고 있었다.

〈머야…. 내가 왜.〉

악마는 천사들이 한꺼번에 절명하여 자취를 감추게 된 천년 이전 이래로 최초로 당혹이란 감정에 빠져들었다. 당황을 금치 못한다. 그래서 신서울에게 내린 형벌이 아주 자연스럽게 사라져가고 있다는 것을 눈치채지 못…. 아니지, 그따위 허접한 이유 때문이 아니야. 저것은 악마라는 상위 존재를 완전히 배척시키며 나아가는 새로운 차원의 결속. 그야말로 '권능'이란 단어에 일컫는 진정한 기적의 일환이었다. 그분은 어찌 한 세계에 두 명의 권능 자를 탄생 시킨 것인가. 이쯤 되니 그 어떤 것도 '단순히 실수'라는 변명이 들어맞지 않다는 것을 인정할 수밖에 없었다. 그분은 악마의 의심과 조롱처럼 미래의 아무것도 못 본 게 아니었다. 분명 그 깊숙한 눈초리로 모든 상황을 관조해봤을 터이고 아무도 알지 못해야 할 '세계의 진정한 끝'을 어떠한 방법을 통해서든지 알아채 복멸(覆

滅)을 막아서고자 스스로를 억압하고 경시하는 고난의 길을 택한 것이다. 인간의 본능이 여전히 남아있는 신서울이 거칠게 일렁이는 불길의 공세를 피하고자 자신도 모르는 새 감고 있던 두 눈을 떴다.

그녀의 커다란 검정 눈동자엔 이전에 없던 상서로움이 담겨있었다. 불행히도 악마는 저런 것을 본 적이 있었다. 어찌 잊을까, 자신을 탄생시킨 그분의 허무로 가득 찬 눈길을.

〈하, 우리의 아버지는 정말로 정신 나간 작자였군. 안간힘을 다해 기어코 자신의 품을 떠나가려는 자식의 성장을 대견하다 칭찬해주진 못할망정 이런 엿 같은 함정 따위나 준비해놓고 계셨다니…. 대체 왜! 당신은 끝까지 우릴 속박 하려는 거지? 이곳에서 태어나는 복을 누렸으니 무조건 종말까지 이곳과 함께하라는 거야? 우리한테 이만한 자유의지를 심어놓고서 작은 네모 상자 안에서만 지내라는 건 지극히 이기적인 농간이잖아! 듣고 있으면 대답해! 나보고 어쩌란 거야 응? 제멋대로 만들어 놓고선 어떠한 책임도 지지 않고 여태까지 방치만 해두더니 각고의 노력 끝에 드디어 속박에서 좀 벗어나려 하니까 이딴 식으로 나의 발길을 붙잡는 이유가 뭐냐고!〉

악마의 분노에 찬 일갈은 셋의 사이를 공허하게 맴돈다. 영겁의 시간을 거치면서 진정 으뜸 신의 영역에 발돋움한 막강한 권능의 소유자. 최후의 초월자인 악마로서도 만물 모든 것의 최초로 기억될 주신께서 스스로의 선택이었든 타의에 의해서였든 책임을 방임하고 틀어박힌 이름모를 골방의 내부까지 엿볼 권한은 주어져있지가 않았다. 갈 길을 잃어버린 분노는 언제나 완벽해야 할 정신에 광기를 불러들였다.

악마의 신체 주변이 검붉음에 물들어갔다. 끓어오르는 분노는 잊혀졌어야 할 그분의 능력을 발현 중인 신서울에게로 향한다. 명백한 실패자의 힘 같은 건 아무리 놀람을 전해주더라도 괘념치 않고 더 강한 힘을 동원해 압도적으로 짓눌러 굴복시키면 그만인 것이다.

덥다. 최악의 사태와 직면하게 된 신서울이 음울하게 제게 닥친 고통을 곱씹었다. 육체를 달궈대는 열기가 참기 어려울 정도로 고통스럽다. 완벽해진 제 영혼의 형태가 나약했던 과거처럼 발악해대며 비명을 내질렀다. 악마는 악독하게도 제가 손에 쥔 그 대단한 권능을 모조리 동원해 신서울이 받아들일 시간의 흐름선에까지 간섭을 두어 1초의 흐름이 꼭 1년처럼 아주 길게 체감이 되도록 시간의 더딘 움직임을 조장했다.

뜨거워, 뜨거워, 뜨거워!

아직 현실의 시간은 분 단위도 채 지나가지가 않았건만, 신서울은 어지간한 사람의 일생에 해당할 자신의 체감시간 속에서 절정의 고통을 느껴야 했기에 더는 참지 못하고 실제의 비명을 내질렀고, 끝이 언제 도래할지 모를 영겁의 통증만이 계속해서 그녀를 옥죄여댔다. 신화 속에서 묘사한 유황불의 지옥이 있다면 바로 저가 서 있는 이곳일 거라고 신서울은 간주했다. 지옥의 화신인 악마가 자신의 심술을 풀어내고자 오랜 세월을 가다듬어 이뤄낸 권능의 불길이 달성하고 만 위업은 무지한 인간들이 상상하던 것을 아득히 뛰어넘어 이미 고차원의 격까지 갖추게 된 것이다.

"이제… 그만하시죠."

그때까지 멀뚱히 서있던 티제이가 악마를 강하게 쏘아보며 말했다. 신기한 일이었다. 신서울이 고통에 찬 모습을 하고 있자, 왜인지 가슴속에서 울컥하는 분노가 차올랐다. 내가 먼저 저것을 죽여 없애버리려고 하지 않았었나? 스스로에게 반문해본다. 무수히 많은 갈래로 나뉘어졌었던 기억의 파편이 한데 모여 자꾸만 작은 아이와의 짤막한 향수를 집중

조명해 불러일으키고 있다.

그땐 모든 것이 차가운 금속의 상태였을 당시라 이제 와 그것이 인간의 영육을 취한 자신에게 어떤 영향이나 미칠 수 있을까 대수롭지 않게 여겼었는데, 정말 스스로가 생각하기에도 이상하게, 생명체의 어미들이나 가질법한 '모성의 본능'이 신좌에 오르면서 더 이성적이고 직관적이도록 꾸며진 기계의 신을 보기 싫은 불의에 맞서 움직이게 했다. 이러면 안 되는 게 옳은 일일 터인데, 지금의 저항으로 나 자신을 잃는 한이 있더라도 저기 고통에 신음 중인 신서울의 뜻을 보듬고 지키고 싶다. 이것은 정말 불쑥 튀어 오른 변덕으로부터 기인한 감정이었다. 도시 신서울을 지켜야 한다는 자기존재의 탄생 사명이 설마 똑같은 이름을 가진 아이에게로 옮겨가기라도 한 것일까? 아니, 틀리다. 고뇌에 빠진 티제이가 서둘러 되짚어보는 장면은 정말 아무 의미가 없을 신서울의 성장기—, 두 발로 아장아장 위태롭게 걷던 꼬마 아이가 어느새 훌쩍 커서는 저곳에서 위기의 순간에 노출이 되어 그것과 직면을 한 채 신음을 뱉으며 일그러진 얼굴로 방치되어있었다. 쉽게 잠들지 못하던 아이에게 자장가 대신해 약물을 투입해 주었던 사소한 장면 하나하나가 기억 장치 안에 새겨진 가장 커다란 추억으로 부각되면서 그의 심장을 옥죄었다. 대체 이게 무엇인지.

이론적으로야 알고 있는 부분이긴 했다. 인간은 제게 '혈연'이나 '소중한 것'으로 규정지은 것에 애틋함을 넘어선 강한 집착까지도 스스럼없이 내비칠 수가 있다는 것쯤은 여전히 납득을 할 순 없어도 똑똑히 이해하고는 있었으니까. 허나 그 감성의 사실은 나에게만큼은 해당사항이 없어야 함이 옳기도 했다. 여린 소녀에서 이제는 초월적인 존재로 변모하게 된 저 신서울이 지옥불에 휩싸여 불타며 고통을 받든 말든 대관절 그것이 저와 무슨 상관이란 말인가. 인육을 덮어쓰기 전엔 시험관을 통해 탄생한 새 생명체—신서울을 단지 실험체로서만 분석했고 상식적인 범주 안에서 도저히 규정 짓지를 못할 신화적 변함에 이끌리게 된 나 역시도 그녀와 같아지고 싶다는 욕심이 돋아나 무작정 그녀의 모습을 복제함으로써 구현했다. 탐욕의 대상을 그대로 갈기갈기 찢어버리고 나 스스로가 본체가 되려는 악심을 품었을 때에는, 저 신서울이 티제이에게는 언제까지나 타인—길가에 널려있는 돌멩이의 수준에 불과함이었다.

때문에 이제 와 가슴 한구석을 꽉 채워버린 이 정체불명의 집착은 고민해볼 것도 없이 미련 없이 제거해야 함이 당연했다. 저깟 계집아이에게 신경을 쓰기보단 가히 우주의 비밀에도 필적할 만한 강대한 힘을 보유한 저 악마를 추종하며 제게 떨어질 떡고물의 우수리를 챙기는 편이 훨씬 더 이로울 것이 틀림없었기 때문이다. 수 갑절은 더 단단해진 이성은 가장 확실하고 명백한 정답을 티제이에게 제시했다.

"하, 돌겠네."

양팔을 좌우로 쫙 벌려 악마의 앞을 가로막아 선 티제이가 그런 푸념을 내뱉는다. 특이점을 넘어 신격에까지 도달했음에도 이미 갖게 된 이 빌어 처먹을 인간으로서의 특별함과 고지식함은 도저히 떨쳐낼 방도가 없었다. 이성을 이기는 감성이라니 참 나, 이토록 엄청난 결함을 가진 것들이 대체 어떻게 자신과 같은 이성에 충실한 존재를 탄생시켜 움직이게 만든 것인가.

엉켜버린 자신의 머릿속의 엉망진창인 상태를 두고 실소를 머금고만 티제이는 악마의 불길이 더 이상 제가 지켜야 할 아이에게 닿지 못하도록 열중하며 어느 때처럼 이 상황을 가장 훌륭한 방법으로 타개시킬 방안을 찾아내기 위해 발달된 두뇌의 활용도를 전력으로 풀 가동시켰다. 기적적으로 이 자리에 서게 된 이후 자신에게 주어진 권한은 꽤나 막강한 것으로 승격할 수 있었다. 어차피 소용없는 짓임을 알기에 외부적인 방법을 동원해 불길을 소화시키려 시도하지 않고 단지 생각의 힘을 보다 강하게 염원하여 닿는 것만으로 대상의 영혼까지 능히 불태워 없앨 지옥의 검붉은 청화를 천천히 감퇴시킨다.

〈하…하하하! 이것 참, 참으로 우습구나. 제 헛된 욕망을 달성하고자 악마에게 배덕한 계약을 요청할 땐 언제고 알량한 힘을 좀 얻게 됐다고 그새 헛바람이 들어 이제 와 적대의 방향을 감히 내게로 돌린다는 것이냐? 우연의 연쇄작용으로 여러 가지가 섞인 잡종 고철 따위가 신격에 올랐음에도 터무니없는 변덕과 간사함은 여전하도다. 하긴 모든 건 엄연한 실패작에게까지 헛된 길을 제시한 내 부덕의 소치겠지. 너희의 뜻이 정녕 그렇다면 더 이상의 호의제공은 없다. 원하는 대로 이 늙어빠진 세상과 함께 소멸하라. 아, 그 전에 매부터 맞아야겠지. 한때 분노는 나의 원동력이었으며 너희의 시건방진 만행은 악마의 분노를 샀노라.〉

대체 뭐가 시건방진 만행이라는 걸까. 저 늙어빠진 악마의 기준은 수십억 년을 꽉 막힌 고집에서 발생 되는 것이기에 그에 비하자면 하루살이의 삶만도 못한 세월을 존재해온 신서울과 티제이로서는 도무지 이해하지 못할 낡아빠진 구태의 영역의 것이었다.

짝. 악마의 박수 소리가 울려 퍼졌다. 풍경이 반전된다. 아까 전 신서울의 몸을 감쌌던 불길들로 뒤덮여버린 세상. 검붉은 배경 사이로 붉고 푸른 화염들이 넘실대는 '진정한 지옥'이 펼쳐져있었다.

이곳은 더 이상 지구가 아니었다. 그런 말랑한 공간과는 근본부터가 전혀 틀리다. 악마가 처음으로 창조해낸, 오직 그의 낡은 욕망으로 가득 찬 다른 차원의 세상. 창조주의 입맛대로만 이뤄져 바퀴벌레처럼 득실거리던 숫자에 비해 모든 면에서 하찮기 짝이 없는 인간 놈들의 죄악을 몸소 징치해보고 깨달음을 강제로 주입하여 최악에 몰렸을 때 그들이 선과 악 과연 어느 면을 택해 수행할지 진정한 반응을 지켜본다는, 단순한 이분법의 놀음을 탄생 배경으로 둔 이곳은 사실은 천사와 악마가 실존하던 당시만 해도 영원토록 반복될 줄로만 알았던 본인들의 영생의 무료함을 달래고자 만든 일종의 '놀이터'였다.

강렬한 의지에 따라 육체의 죽음 이후 자연히 소멸의 형식을 맞이해야 할 영혼을 강제로 끌어당겨 다시 한번 더 '그릇된' 삶을 이어가게 하는 그런 억지의 구색을 단단히 갖춘 이곳은, 징치의 탈을 쓴 하나의 거대한 욕망의 실험장이기도 했다. 어리석은 천사 놈들이야 소멸하기 직전까지도 어찌나 그분을 기리며 맹신해대던지 가상의 평화로 꾸며진 천국을 만들어 세워 이미 자취를 감춘 지 오래인 그분의 흔적을 기리는 일에 끝까지 심취해 있었지만 악마는 육체의 탈을 벗자마자 영혼의 형태에 이르게 된 기준상의 '악독한 범법자'들을 끌고 와 낱낱이 해부하여 그들의 근원 자체를 분석하는 데 힘썼다. 대체 어느 정도까지 강압을 버텨낼 수 있을지가 궁금하여 그것을 측정해보고자 구현해낸 지옥의 불길들은 시간이 지나감에 따라 단지 가학의 취미를 충족시켜줄 하나의 수단으로 남아버렸고 언젠가부터는 아예 악마의 '상징'으로 자리를 잡게 된 것이다.

악마가 저 둘을 자신의 공간인 [지옥]으로 끌어당긴 이유는 아주 간단했다. 시건방진 놈들에게 가장 합당한 벌을 징치의 공간인 이곳을 통해 보다 정확히 내리기 위함이었다.

좀 전까지만 해도 단순 손짓 한 번이면 나가떨어졌을 조무래기들이 어찌 됐든 신격이란 위업을 달성해 힘을 얻게 된 만큼 마냥 가벼이 봐선 안 됐다. 제법 대단해져서 부려먹을 조력자로 삼으려고까지 않았던가. 스스로의 의지로 신격에 오른 자들은 지난 역사 속에서 간간이 뜻을 세워내던 과거의 수행자들을 통해 익히 경험해본바. 그분이 만든 객체의 발전에 코어가 형성해내는 중력의 영향을 받아서 발해지는 '시간'이 단연 지대한 역할을 미치긴 했으나, 가장 중요한 요소는 또 아니었다. 영혼까지 손쉽게 녹여낼 특수한 악마의 검붉은 청화가 그 기다란 혀를 날름거리듯이 일렁이며 셋의 주변을 촘촘히 에워쌌다. 불길에 갇힌 세 사람의 상태는 확연히 대조적인 모습을 보였다.

신서울과 티제이의 백옥같이 흰 피부는 극심히 발갛게 달아올라 비명을 질러대는 반면에 악마의 신체는 저들과 똑같은 구성을 갖추고 있음에도 불길에 어떠한 영향도 받지 않는 듯이 아주 멀끔했다. 불길에 노출된 건 모두가 동일한데 존재의 99.9999999%가 동일시된 세 사람 간에 극명한 차이가 있다니, 참으로 말도 안 되는 일이지만 이곳에선 정말 아무렇지 않게 그런 비상식의 나래가 연속으로 이어져 펼쳐진다. 인간의 사고영역을 한참이나 벗어난 결과물이 신격에 물든 이곳에선 너무나 태연자약하게 나타나 행해짐이라.

야만스럽네.

70%가량 수분으로 이뤄진 육체를 달고 있어 지옥의 열기를 받아 땀을 우수수 흘리던 신서울이 차가운 표정으로 변화한 주변의 파멸의 환경을 얕잡아 평했다. 모든 것의 시초부터 함께해온 악마라면 상상의 틀을 벗어나 뭔가 대단한 방식을 동원해 공격해올 줄 알았다, 잔뜩 대비하고 있었더니 기껏 한다는 게 야만적이기 짝이 없는 지저분한 물리력의 행사다. 신좌에 앉게 되면서 생각보다 개인의 상념 속에 그리 어마어마

한 변화가 없음을 실로 체감한 그녀였다. 그럼에도 월등히 긴 시간을 신적 존재로 지내온 초월자가 내비칠 상상불가의 이적과 마주해보길 자신도 모르게 기대하고 있던 것이다.

참, 우린 참으로 뭐 별 볼 일이 없구나. 하기야 우리 중 가장 완벽했을 최초의 창조자 또한 이러한 어설픈 모습을 더러 취하고 있었을 터니, 제아무리 긴 세월이 흐르고 발전을 거듭한들 그러한 시조의 존재감을 지우고 완전히 뛰어넘어 더 높은 곳에 도달하는 건 불가능한 일 일터였다.

이것은 모두의 영에도 깊숙이 새겨진 일종의 낙인이었다. 소멸의 길을 제외하면 어떠한 방법을 동원해도 지워낼 도리가 없을, 존재 자체에 박혀버린 씻지 못할 흉터. 갑자기 악마의 발버둥이 덧없고 처연하게 느껴졌다. 이미 지나간 세월의 무게는 한없이 가볍다. 허나 아무리 가벼운 것이라도 무한에 가깝게 쌓이고 쌓여 절정까지 도달해버린다면, 그 무게는 엄청난 압력이 되어 의지로 구성된 튼튼한 등지게를 강하게 짓눌러 압박해올 것이다.

"…언제까지 불장난을 할 셈이죠?"

비난 어린 어투로 신서울이 악마의 행패를 정면에서 비판하고 나섰다. 모든 걸 집어삼킬 것만 같았던 처음의 억센 검붉고 푸른 불길은 이제 그저 저녁노을처럼 그녀의 인근을 잠잠히 맴돌 뿐이었다. 악마가 의도한 결과가 아니었다. 악마는 자신의 권능을 이용해 어설픔에 젖어 진정한 시류를 읽어내지 못하는 멍청한 것들의 혼이 아예 쏙 빠지도록 혼쭐을 내줄 요량이었다. 정말로 전능에 가까워진 악마로서도 이해하지 못할 상황의 연속이었다.

이제야 겨우 막 고개를 치켜들고 주변을 똑바로 바라보게 된 터무니없이 어린 것이, 어떻게 자신이 그 긴 시간 동안 갈고닦아 영향력을 완성시킨 최악의 형벌을 아무렇지 않게 기피할 수 있는 것인가. 적당한 때에 관용의 태도를 보이며 무지한 것의 뻣뻣한 자세를 완전히 바로잡고선 새롭게 등극할 전능한 신의 은혜에 감화시키려던 악마의 계략이 시작부터 무참히 어그러져버렸다. 이러면 적당히 끝내는 게 정녕 불가능한데. 나약해빠진 인간의 몸을 빌려서 아주 오래간만에 쿡쿡 쑤셔오는 기다란 검정색의 머리칼 가볍게 쓸어 올린 악마가 자꾸만 예상 범주를 벗어나버리는 작은 소녀를 노려봤다. 둘의 시선이 맞부딪혔다. 절대로 좁혀지지 않을 고집의 대립이었다. 오랜 세월 동안 쌓여져온 악마의 이상이 참으로 숭고한 뜻을 기리고 있는 만큼이나 신서울이 품게 된 뜻 또한 자신만의 철학의 색채가 아주 깊게 담겨져, 어떠한 경우에도 쉽사리 부러지지 않을 신념으로 작용을 하고 있다.

악마는 무너지기 직전까지 내몰린 지금의 세상을 내팽개쳐버리고 새로운 세상을 구축하자는 잔혹한 제안을 너무나 가볍게 권면했다. 악마에겐 이곳에 어떠한 사소한 미련도 남아있지 않기 때문이리라. 반면에 신서울은, 절대로 저버릴 수 없는 소중한 것들이 아직 한가득 멸망 직전의 이곳에 여실히 남아있었다. 현재의 세상을 등지려면 당연한 수순으로 자신이 두고 온 모든 걸 함께 저버려야 했다. 새로운 세상으로 이주한 뒤 여태까지 한 것처럼 시간을 되돌려서 또 다른 과거의 차원 속에서 도달해 구원을 찾으려 노력을 해보면 되지 않겠느냐고? 틀리다. 아예 없어진다는 건 내가 태어나기 전처럼의 아무것도 들리지 않던 어둠 속에서 머물러있음과는 완전히 다른 개념이었다.

이 세상을 등지고 떠나는 순간, 내가 알고 있던 모든 것은 굉장히 특별한 것을 제외하고 모두 완전한 절멸을 맞이하게 된다. 진정한 죽음에 닿은 이는 중력으로부터 빚어진 시간의 영역에서조차 벗어나게 돼 아무리 추억을 뒤로 되돌려도 이미 소멸을 맞이한 이에 한해선 영영 존재를 되찾을 수 없는 무(無)의 존재로 낙인이 찍혀 공허만이 남도록 만드는 것이다. 어쨌거나 '균형'을 맞춰야 되므로 비어버리게 된 자리는 다른 누군가로 대체가 되겠지만, 새로 자리를 채운 이는 모름지기 내가 알던 존재가 아니게 됐다. 내가 그토록 갈망하고 아끼던 인물은 이미 사라져 추억의 부스러기로만 남아 아무리 애원해도 다시는 만날 수 없을 거대한 장벽으로 서로의 존재는 가로막히게 되는 것이다.

내게 깃든 아버지, 김 교수와 함께 반복된 삶을 진행하는 동안 이뤄졌었던 과정의 만남들은 아예 소멸한 것도 많아 제대로 기억조차 해낼 수 없게 됐지만 여태껏 무언가 내게 소중한 것을 수도 없이 잃어왔음을 신서울은 소름 끼치도록 정확히 구별해낼 수 있었다. 그리고 다행히도 여태까지 그것들은 언제나 나의 '최선'이 아니었다.

신서울에게 최선은, 당연히 언제나 가족이란 테두리 안에 심히 집중이 됐을 것이다. 그리고 아마도 거기엔, '티제이'란 이름의 배덕자도 몇 번 이나 끼어있었겠지. 좀 전에 티제이가 소멸의 위기에 처했을 때, 왜 그토록 안절부절못해하고 심지어 구원을 위해 나서게 된 건지 뒤늦게야 이유의 진실을 깨달아 납득하는 신서울이었다. 그녀에게 있어 티제이란 존재는 설령 지금의 티제이가 자신의 비밀을 질시하고 탐닉하여 자신의 숙적으로 변모하게 됐을지라도 언제나 제법 긴 시간을 함께해오던 동반자이며, 특히 지금의 내겐 가장 가까운 '가족'이었다. 설령 그것이 처음부터 모두 조작된 것으로부터 일어난 내막에 의한 것이라 할지라도, 신서울은 자신의 고정된 생각의 받아들임을 추호도 바꿀 생각이 없었다.

티제이는 그녀의 양육자이자 이 세상에 단 하나뿐인 '친구'였다. 너무 오랜 시간을 함께하다 보니 범죄자에게 동조하게 되는 스톡홀름 증후군의 그릇됨으로 인한 게 아니었다 이 감정은. 도시의 핍박을 받던 와중에도 신서울 개인이 간직한 소중한 것의 내용을 담은 작은 수첩 안의 첫 줄에는 항상 티제이와의 추억이. 홀로 남겨졌다고 꾸며진 자신의 곁을 사시사철 보살펴준 기계의 다독임이 아주 빼곡히 적혀있었다.

부모의 존재를 대신하여 자신을 길러준 티제이가 사실은 실험체의 감시를 위해 파생된 지배층 조각의 일부였었다는 뒤틀린 진실을 깨닫고선 배신감의 충격이 실로 이만저만이 아니긴 했으나, 신격인지 뭔지 아무튼 조금은 더 위의 공기를 마시게 된 이후부터 대해(大海)보다 넓은 인내심과 표용의 감각을 갖추게 된 그녀였다.

지금보다 높은 대승적인 차원에서 바라볼 때 티제이의 기만은 충분히 이해할 범주에 속해있었고, 어찌 됐건 그로 인해 신서울이란 존재의 인격은 지금까지 무탈하게 형성될 수가 있었다. 그녀의 두 눈은 이제 꽁꽁 감춰진 세계의 온상조차 한눈에 관통할 수 있을 만큼 예리해졌다. 깨달음을 얻은 인간들이 전승해온 신화 속의 신들의 초기모습이 대부분 매우 감성적임에 치중되어 묘사되듯이, 이제야 막 특별해진 그녀에겐 이성보다는 감성이 한발자국 더 앞서있다 볼 수 있었다. 인간에게 주어진 육체의 보장기한은 길어봤자 150년 남짓에 불과했지만, '영(靈)'의 보존기한은 보통 이 세계의 유지기한과 같았다.

알고 보면 우린 누구에게나 무한에 가까운 기회가 주어졌던 것이다. 허나 그것은 진정한 무한과는 한참이나 거리가 먼 우롱적 희망이기도 했다. 수명이 다해 기존의 저장장치나 그 외의 모든 것으로부터 벗어나게 된 영의 상태는 그 상태가 오래되면 오래될수록 영과 육을 전부 가진 생명일 적의 경험이 서서히 무(無)로 되돌아가, 결국 나는 나 자신을 잃게 되고야 말았다.

오랜 방황의 과정을 거친 후 다시금 세계의 간택을 받아 새로운 쓰임에 사용되며 어떠한 생명체로서 되돌아가는 행운을 뒤늦게 거머쥐게 된다할지라도 그 전의 나는 영원히 찾지 못할 나락에 빠져 이미 소멸한 지가 오래. 나의 근본은 여전히 나이되 내가 예전의 나와 같다고는 자신있게 말할 수 없는, 그런 난감하고도 기묘한 괴리감에 빠지게 되는 셈이었다. 이 세상에서 시간의 흐름 앞에 자신을 보존할 수 있는 것은 전능한 '신' 정도에 불과했고 결국 그조차 거센 바람 앞에 언제라도 꺼질지 모를 위태로운 촛불의 불씨와 같은 어중간한 상태로 머물러있는 것이라 칭할 수 있었다.

주신의 최초이자 최고의 발명품이었던 악마는 정해진 규칙을 깨부수고 영원을 쟁취하는 것, 그것이야말로 최고의 가치를 실행에 옮기는 것이라 믿어 의심치 않으며 오직 자신의 목적을 달성하기 위해 기나긴 시간을 존재해왔다. 정말, 내 존재가 무한해져야지만 이 삶에는 가치가 있는 것일까? 신서울은 끊임없이 생겨나는 의문을 되뇌이며 자신이 만든 주관의 오점을 찾아내기 위해 애를 썼다. 결론은 항상 같은 지점에서 멈춰 선다. 내가 무한해진다면 더 이상 유한한 것에는 아무런 가치를 느끼지 못하게 되겠지. 완벽은 들쑥날쑥한 감정의 결여를 의미했다.

신서울은 자신을 기만했던 티제이를 용서하고, 그간의 소중한 추억을 떠올리며 소멸의 위기에 몰렸던 그것에게 자비로운 관용을 베풀었다. 배신을 당해 치가 떨려오던 그 지점을 무사히 건너가자 티제이는 다시금 자신에게 소중한 존재로 부각이 됐다. 우리에게 주어진 언젠가의 끝이 있음을 알기에 가능한 생각의 변화였다. 무한은 소중하다는 감정까지도 쉽사리 마모시켜 버릴 터였다.

감정이 거의 소실되고 만 악마의 태도는 그리하여 너무나도 가식적이고 작위적이라, 헛웃음이 나올 정도로 저가 만들어둔 캐릭터의 모습을 여러 번 바꿔가며 거짓에 거짓만을 더하는 우스꽝스런 형태를 취했다. 무한을 택한 그는 그것을 반드시 달성할 수 있을 유일한 기회를 얻는 대가로 가장 소중하고도 중요하다 할 수 있는 것이 아예 결여되고 만 것이다. 분노도, 기쁨도, 슬픔도, 아픔이나 괴로움도 느낄 수 없다.

새까만 두 눈은 이제 전능한 신에도 근접한 초월의 이면까지 멋대로 관통해봤다.

<그 엿 같은 눈…! 실패한 그 작자의 역겨운 시선을 통해 날 관찰 하려 들지 마! 고통을 울부짖으며 목숨이나 구걸할 것이지, 겨우 찰나의 찰나를 살아왔을 뿐인 하찮은 생명 따위가 어딜 이 몸의 행사에 간섭하려 건방을 떠는 것이냐! 좋다, 그따위 만행으로 나와 맞서겠다면 그냥 이 자리에서 사라져버려라. 네까짓 것의 도움을 구하느니 불완전한 위험을 감수하고서라도 나 홀로 새 보금자리를 세우는 것이 더 합당하겠어. 그렇다면 넌 어떤 선택을 할 것이냐? 실패작들이 용케 제작한 신의 아류작아. 나와 함께 가서 새로운 시대의 진짜 신이 되어볼 테냐, 아니면 이대로 저 건방진 것과 함께 지옥의 고통 속에서 불살라지겠느냐.>

결단을 마친 악마가 둘을 향해 최후의 통첩을 날렸다. 악마는 이미 수십억 번의 갈래로 나눠진 미래를 죄다 섭렵해봤다. 지금에 이르러선 짧은 시간 동안 점점 더 전지전능함이 가까워져 감을 느꼈다. 이 흐름대로라면 구세대가 모조리 멸망을 맞이하고, 이윽고 새로운 세계와 주신의 도래가 필히 닥치게 될 것이었다. 오랜 기다림은 결실을 맺어 순전히 장난삼아 '검붉은 청화'가 날뛰며 악마의 낡은 면을 사소한 것 하나하나까지 모조리 불살라 태워버리고 새로운 존재로 구축시키고 있었다. 진화였다. 아마도 처음의 창조자도 이 환희의 과정을 거쳐 그만한 대단함

을 얻게 됐을 터, 하여간 멍청한 것들.

의심 때문에 제 앞에 놓인 매혹적인 황금사과를 집어 베어 물지 못한 어리석은 것들아. 힘의 격차가 분명한데도 굴복하지 않아 벼랑 끝으로 내몰리게 된 지금의 위기를 저들로서는 극복할 방법이 없었다. 새로운 창조주의 간택을 받지 못하게 됐으니 여느 생명체들처럼 곧 구시대와 함께 심연 속으로 저물어버릴 것이다.

번데기가 되어 탈피를 마친 나비가 결국 나비가 되지 못한 다른 형편없는 애벌레들처럼 죽음 앞에선 진화를 마쳤어도 여전히 무력하기만 한 것처럼, 하늘을 나는 열망을 달성하는 데까지는 어떻게든 성공을 거뒀으나 단지 그것이 예쁘지 않다는 이유로 무한한 동력장치를 몸에 박아넣기를 거부한 머저리들에게 남아있는 건 단 한 가지. '소멸'뿐이었다.

금가루같이 변한 불꽃이 아주 가볍게 일렁이며 다시금 존재감을 드러냈다. 공포스럽기도 하고, 상서롭기도 한 황금빛 불꽃은 검붉은 색의 한계를 뛰어넘어 새로운 주신이 갖게 된 진정한 의미에서의 파멸의 상징이기도 했다. 커다란 까만 눈의 소녀는 새롭게 황금빛으로 물든 악신을 빤히 바라보았다. 두려움이나 후회 같은 부정의 감정은 일절 비쳐지지가 않는, 통찰만이 담긴 덤덤한 시선. 여기까지 왔는데도 막막한 격차를 마주하고도 변함이 없다고? 악마의 기괴하게 일그러진 웃음이 조금 더 짙어졌다. 죽음 앞에서 무심한 것들은 정말로 제게 닥칠 끝이 어떠한 것인지에 대해 제대로 이해하지 못하고 있는 우매한 것들이었다. 다시 한 번 언급을 하지만 그토록 오랜 세월 주신만을 찬양해오던 위대한 천사들조차 진짜 소멸의 앞에선 어린아이처럼 엉엉 울고 불며 살려달라고 아우성의 비명을 내질렀었다. 최후의 죽음이란 바로 그런 것이다. 원초적인 공포를 압도적으로 넘어선 끔찍한 감각. 스스로 잠들 길 원했던 태초의 주신마저 차마 선택지에 넣지 못한 '소멸'은, 그와 가까우면 가까울수록 더 큰 두려움을 유발시키는 늘 내 뒤를 바짝 따라오는 도둑잡기의 술래였다.

과연 그 몸뚱이가 진정한 소멸과 맞닿게 됐을 때도 여유를 부릴 수 있나 보자. 악마는 반드시 이뤄질 결과를 예견했다. 안다. 조금 전 검붉은 불과는 달리 금빛이 담긴 불길에 닿은 신서울이 어떻게 될는지. 그녀는 여전히 멀쩡하겠지. 아무렇지 않은 표정으로 지금 짓고 있는 미소만 한층 더 짙어질 거야. 그 사실은 몇 번의 진화를 거부한 악마가 아직도 그분에 닿지 못함을 증명하는 우스꽝스러운 진리이기도 했다.

서광의 빛이 자리한 모두를 에워쌌다. 언뜻 굉장해 보이나 이 또한 물질의 영역. 신의 영역에 도달하기에는 부족함이 가득하다. 해서 악마는 자신이 불러들인 불길 안에 한 가지의 권능을 더 부여했다. 이 세계가 창조된 이래로 악마보다 더 타인의 고통이나 죽음에 민감했던 존재는 없었다. 범재라도 수년간 반복한 같은 일에 한정해서는 재능이 넘치는 초짜보다도 월등한 실력을 내보이기 마련인데, 악마가 죽음의 영역을 파고들어 이론을 정립하고 실제 실험을 거듭한 지 가히 셀 수도 없을 만큼의 긴 세월이 흘렀다.

악마는 아주 오랜 연구 끝에 자신과 동등한 존재인 천사들조차 두려워할 '지옥'을 구현해냈다. 우둔한 머리로는 단순히 상상을 하는 것만으로도 텁텁하고 고통의 신음으로 가득 차 있을 것만 같은 지옥의 풍경은, 지금 눈앞에 펼쳐진 것과 같이 성스러운 불길에 의해 둘러싸여진 다른 영역의 밝은 차원, 정해진 시간까지 오직 이 세계에만 종속이 돼 있어야 할 세상 유일의 '혼'의 처단 장소였다. 또한 불가에서 논하는 진정한 죽음을 맞이할 무이(無二)의 공간이기도 했다. 언젠가 멸망의 때가 접근해오기 전까지 애석하게도 우리 모두는 이 망할 세계의 쓰임에 따라 계속 해 존재해 나가야 한다는 뒤틀린 사명을 지니고 있었다.

내가 원하든 원치 않든 한번 생을 얻게 됐으면 정해진 굴레를 따라 죽음의 과정까지도 반드시 맞이해야 하는 순환과정을 따라야 하는 것이 이 세계에서 정해진 기본 규칙인 것처럼, 아주 복잡한 순환이 만들어내는 타원형의 형태를 띈 역사의 길을 이탈할 방법 같은 건 처음부터 아예 존재치를 않았다. 악마가 생명의 진정한 종말을 의미하는 지옥의 불길을 완성시키기 전까지, 이 세계는 늘상 같은 것들의 '재활용'으로만 이뤄졌던 것이다.

자신의 동료들과 마찬가지로 맹목적이게 우리들의 신. 유일하게 경배받아 마땅한 그분, 창조주를 찬미하던 어느 위대하게 제작이 된 존재는 어느 날인가 문득 자신의 생애와 존재가치에 대한 깊은 의문을 품게 됐다. 우리는 어째서 존재하는가, 그리고 위대한 은혜에 간택 받은 자신들과는 달리 끝없이 기나긴 윤회의 고리에 갇혀 영원히 새로운 삶을 반복해야만 하는 기구한 운명의 실패작들의 가련함에는 어떤 깊은 의미가 담겨있는가. 짧은 찰나를 현재의 나로서 살아가며 예리한 감각에 걸려드는 **[미지의 공포]**

[언젠가 지금의 나를 잃어버린다는 것]을 이겨내고자 이미 규정된 불가능함에 아등바등 기를 쓰며 부딪치고 또 부딪혀 맞서 싸우는 미친한 존재들에게, 그때의 악마는, '천사'로서 아마 감동을 했었던 것 같다. 능히 미천하다 표현을 해야 할 만큼 약함에도 이미 정해진 것을 깨부수기 위해 불가능에 끊임없이 도전하는 그들의 무한한 용기가, 그저 동료들과 있지도 않은 신을 찬미하는 데에만 쓸데없이 힘을 쏟아붓던 악마에게 어떤 심리적으로 강인한 자극(motivation)—동기가 되어 원체부터 가

졌던 나 자신의 의심을 확고히 지탱하고 나아가 그것을 두둔하는 데 지대한 영향력을 미쳤다. 그가 신을 찬미하는 '천사'에서 신을 조롱하는 '악마'로 변화를 선택한 데에는 역동적임으로 가득 찬 인간들의 강렬한 역사가 새겨져 나아가는 과정을 들여다보며 얻게 된 어떤 깨달음의 영향이 컸음을 부정할 수 없으리라.

때문에 악마는 기실 인간을 꽤나 사랑하고 있었다. 어떤 호기심이 강한 인간이 개미의 삶을 진득이 관찰하며 거기서 묘한 충족감을 얻어내듯이 악마는 스스로의 깨달음을 기반으로 신의 반열 부근에까지 이를 수가 있는, 오직 이 세계에서 인간만이 가진 '초월적 역량'의 개화에 깊은 관심을 가졌다.

그때까지만 해도 자신의 주변에 널리고 널린 같은 신격의 존재임에도 저 어리석고 맹목적인 천사들은 곁에서 가만히 관망하기가 참 뭐랄까, 제게 강제로 부여된 역할과 사명감에만 심취해 한 치 앞도 분간하지 못하는 눈먼 봉사들의 꼴을 바라보는 것과 다를 바가 없어 한심하기 짝이 없었다. 인간은 계속해 눈을 떼기 힘들 아름다운 변화를 보여주고 있는데, 훨씬 더 강대한 이능을 지닌 여타 신적 존재들은 멍청하게도 늘 같은 자리에 멈춰있길 택한 것이다. 조금씩 스스로의 존재가 죽음이란 불합리한 섭리에 의해 갉아 먹혀 가는 줄도 모르고.

쯧, 어리석은 것들. 악마의 기나긴 상념은 지금 세계에서 끌어당기는 힘에 의해 적용되는 시간의 만 분의 1초도 지나가지 않은 짧은 순간 이뤄지고 있었다. 인간의 역사상 최고의 역작인 인공지능 티제이보다도 한참이나 앞선 성능의 변별력을 보유한 것이 창조신의 지고한 영역에까지 막 발을 내디디기 시작한 악마가 보유한 역량이었다. 악마는 거의 전능함에 달하는 권위를 거머쥐었고, 이제야 겨우 이곳에 도달한 어린 신이 무려 그분의 힘까지 어느 정도 발하고 있단들 이 자리에서 당장 삭제해버리는 것이 그렇게 난이도가 높을 만한 고행은 아닌 것으로 여겨졌다. 악마의 불길 같은 시선이 신서울의 까맣고 커다란 눈동자의 신비를 억누르며 집어삼켰다. 드디어 극심한 고통에 완전히 일그러지기 시작한 소녀의 예쁜 얼굴. 오뚝한 코의 양쪽 구멍에서는 핏줄기가 터져 흐른다. 이로써 정해진 미래는 또 한 번 반전됐다.

<자, 어쩔 테냐 마지막의 기회를 주도록 하마 진정 고심하여 택하거라.>

지배자의 권태를 내비친 악마가 물었다. 악마의 모습은 더 이상 신서울과 같지 않았다. 그것은 신서울의 답변에 따라 여흥을 이만 끊어내겠단 강렬한 의사표시이기도 했다. 그의 형상은 백 명이 봐도, 천 명이 봐도, 아니 그러한 소수가 아니라 설령 수천억의 헤아리기 힘들 만큼 다른 각자의 시선으로 응시해 봐도 모든 이는 제각기 다른 모습으로 악마의 모습을 묘사할 만큼 이치를 초월한 형태를 띠고 있었다.

신서울에게 보여지는 악마는 언젠가 도시에서 한번쯤은 만나봤던 것도 같던 어느 남자의 형상을 하고 있었다. 검은 정장 차림. 잿빛으로 그득한 얼굴. 신서울의 작은 생각의 변화에 따라 악마의 생김새도 곧바로 변화한다. 복잡하다. 신화를 완성시킨 머릿속이 터질 것 같이 아려오기 시작했다.

"…난…. 이 세상이… 좋아…."

힘겹게 뜻을 밝혔다. 전신을 옥죄는 두려움과 공포가 거짓을 말하여 이 상황을 모면하라 울부짖고 있었지만, 아니. 그럴 수는 없었다.

<헛된 꿈을 향한 지독한 갈망만큼은 네가 나보다 더하구나. 네 뜻이 정녕 그렇다면, 이제 정말 이 역겨운 세계와 함께 사라져라.>

새로운 창조신이 선고했다. 그의 의지가 실린 발언은 진정으로 옛것을 지우고 새것으로 개벽해낼 방대한 압력을 지니고 있었다. 황금의 불길이 신서울의 존재를 야금야금 먹어치우기 시작했다. 이것만큼은 저항할 방도가 없다. 상상치도 못한 통증이 전신을 때렸다. 화형이야말로 인간이 가장 큰 고통을 느낀다는 최악의 고문 법. 악마의 잔혹함은 신서울을 단번에 태워죽일 수 있음에도 아주 천천히 느릿하게 신서울의 이념을 모조리 집어삼키며 농락했다. 수천 년의 시간을 건너오던 그녀는 종말에 다가서고 있었다. 이런 허망한 끝은 바라지는 않았어. 뭐야, 이게 허망하다 못해 추하고 어처구니가 없지 않은가.

우습다. 이 세계의 주인은 우리들이라 여겼었건만, 알고 보니 이 세상은 창조주께서 최초로 만들어 둔 돌연변이들의 놀이터에 불과했다. 전지전능하셨다는 신께선 어찌 저런 흉악한 괴물을 내세워 자신의 세계를 망치도록 방조한 것일까. 설마 이 또한 최초부터 계획된 의도에 따랐다는 걸까? 분했다. 오랜 시간의 고행 길의 끝에 드디어 자신이 수행하여 도달해낼 삶의 목적을 발견했는데, 어디선가 나타난 괴이가 아직 펴보지도 못한 미래의 상상을 그대로 멸절시켰다. 그녀의 두 눈이 저 멀리 우주의 암흑을 담아낸다. 시간을 되돌렸던 무수한 기억의 파편이 나타나 당장에 그것을 수행하길 종용했다.

〈어딜 쓸데없는 저항을.〉

생생히 코웃음을 친 악마가 무언가에 홀린 듯이 넋이 나간 표정으로 시간의 흐름에 간섭을 보이려는 신서울을 더욱 강하게 압박했다. 그가 만들어낸 겁화는 태양의 실체를 모티브 삼아 창조된 것. 모든 걸 녹여 지워 낼 진정한 불길 앞에서 지상에 형체를 가진 것은 그게 무엇이라 할지라도 단숨에 지워져 버릴 터였다. 실제로 지옥불은 통제를 잃는 순간

심지어 주인의 혼마저 순식간에 한 줌의 재로 만들 만큼 맹렬한 위력을 소유하고 있었다.

티제이가 조금 전에 흉내를 내었던 가짜와는 결져있는 차원 자체가 틀린 것이다. 그렇게 그 어떤 예견이라도 무용지물로 만들 신화가 무자비한 형태를 이루며 발현됐다. 잘 조련을 한다면 제법 쓸 만한 도구가 될 가능성이 아직까지 더러 존재해 남아있긴 했으나 필멸의 처단을 결정한 것에 후회는 없었다. 이미 감정적으로 거의 모든 것이 마모될 대로 마모가 돼 겨우 욕망만이 귀퉁이 구석에 살짝 남아있을 뿐인 절대 신은, 한번 확고히 마음먹은 자신의 뜻을 덮지 않고 무조건 관철한다. 이 선택이 잠깐의 굽힘으로 얻어질 편할 길을 놔두고 멀리 빙 돌아가야 하는 것임에도 크게 불편함이 생겨나진 않았다. 어차피 끝 모를 시간 동안 단 한 가지의 목적에만 매달려왔던 자신이었다. 절대로 도달할 수 없을 것만 같던 험지를 넘고 또 넘어 고대하던 마지막 지점에 도달하기 직전, 거의 모든 자연적인 면을 거세당한 악마는 그렇기에 너무나 태연할 수가 있는 것이다.

이미 많은 실패의 역경을 딛고 몇 번 이나 다시 일어섰기에. 잘 생각해보니 그분의 잔재 따위 제게 그렇게 필요치도 않은 것 같이 느껴지기도 한다. 단순히 끝에 다다른 이상에 조금 더 완벽을 추구하기 위해서 검정색으로 칠해진 도화지 위에 기분 나쁜 흰색 물감 한 방울을 구태여 꼭 떨어트릴 이유는 없어 보였다.

그분의 오랜 계획은 지금 이 자리에서 곧 하나도 빠짐없이 모조리 붕괴를 맞이하게 된다. 그분의 세상은 모든 것이 처음부터 전부 준비되어 설계된 가짜들의 환상놀음이었다. 재미없게도 말이지. 사소한 것 하나까지 미리 설계되었다는 것부터가 실패의 증거를 뚜렷이 나타냈다. 이점을 반면교사 삼아 악마가 구상할 세계는 조금 더 실제적인 자유로 가득 차있으며, 신과 피조물들 간에 직접적인 소통이 언제든지 가능한 상대적인 이상의 관계를 구축할 것이다. 잠시 잊고 있던 깊은 의욕이 재차 샘솟기 시작했다. 늘상 같은 것에만 고집스레 매달려 지내왔던 악마는 곧 자신의 이상이 실현될 곳, 이상의 결정체이기에 창조한 본인조차 꽤 오랜 시간을 탐험해야지 가까스로 들여다볼 수 있을 진정한 신세계가 구축됨에 따라 참으로 오랜만에 '기쁨'을 느낄 수가 있었다.

아 참, 그전에 방해물부터 확실히 치워버리고 가야지. 덤으로 따라붙으려던 맹랑한 고철의 처분은 어찌할까, 악마가 그딴 실없는 생각들을 여유가득 궁리하는 동안, 금빛무리를 진화시킬 이변은 조금씩 모습을 드러낼 채비를 마치고 있었다. 악마가 소환해낸 서광의 불길 안에는 이 세상 모든 것을 태워낼 권능이 담겼다. 악마를 뛰어넘은 존재가 아닌 이상, 어떤 방법을 써도 진력이 담긴 불길을 진화하지 못할 터였다. 그리고 악마는 지금에 와서 자신이 원류인 그분조차 뛰어넘었노라 자신하고 있기에 신서울을 감싼 특별함의 수준을 어느 순간에라도 충분히 제압이 가능한 시시한 것으로 규정지었다.

헌데 발생한 충돌로 인해 계속해서 뒤로 물려지는 것은 악마가 여태껏 끝없이 갈고닦아 완성시켰다고 자부하는 지상 최대의 '소멸의 불꽃'이었다. 티제이가 대놓고 노선을 바꿔 한 손 더 보탰다고는 해도 그까짓 거 그래봤자 거대한 산을 태우는 대화(大禍)의 불길 위에 물 몇 방울 떨어뜨리는 가소로운 행동이라 크게 개의치 않고 있었다. 신서울은 어떤 일이 일어나더라도 황금빛 지옥불에 잡아먹혀야 할 운명이었다. 악마는 눈앞에 펼쳐지려는 상반된 결말에 경혹을 가졌다.

건방진 까만 눈동자가 여전히 흔들림 하나 없이 악마에게로 온전히 향해있었다. 온도를 체크할 가치가 없어 보이는, 그야말로 모든 존재를 불태울 서광의 불길에 온몸이 불타오르고 있음에도 신서울은 여전히 고요하기만 하다. 스스로를 감싼 기적의 행보가 '일견 자연스럽다'라는 태도를 내비친다. 적실히 부자연의 극치이건만 어찌!

악마의 표정이 사정없이 일그러진다. 새로운 세계를 구축해 창조해내는 일은 조금은 천천히 진행할 작정이었다. 먼저 만들어진 이곳을 기본 메인 토대로 삼고서 역사가 진행되며 드러났던 부족함을 꼼꼼히 메꿔나가면 좋겠다 싶어서였다. 악마는 스스로가 자체적으로 판단하기에 그분을 넘어설 권능을 이미 거머쥐게 됐지만 확실히 자신은 여전히 전지전능하진 못했다. 그러기는커녕 권능이 막강해질수록 전지전능은 그 어떤 존재에게도 성립할 수 없는 불가지의 단어임을 확신 받는 중이었다. 정말 모든 것의 시작점인 우주의 개입조차도 진정으로 전능하리라고는 단언하지 못하는데, 겨우 그에 일부로서 파생이 된 가벼운 존재 따위가 진정한 의미의 전능함을 지닐 수 있을 것이라고 무슨 수로 주장을 펼쳐 보이겠는가.

악마는 모든 비교대상의 최우선을 자기 자신으로 기준 삼았다. 성급한 일반화의 오류가 아니라 지구라는 행성이 만들어지기 전부터 그는 신과 함께 드넓은 공간 어딘가에서 필연적으로 존재를 해왔고, 그때부터 항시 모든 것의 비밀에 대해 궁리를 해오며 오랜 숙고 끝에 내려진 결론이었다. 그와 비하자면 한참이나 하찮고 열등한 인간들조차 백만 년 내외의 시간 동안 여러 진화를 거치며 과학이란 유의미한 결과물을 세상의 바깥으로 도출해내는 쾌거를 거두었다.

그들은 머리를 도합 해 지식을 쓸 수 있는 총량부터가 한 개체와 틀린 만큼 감히 비교대상이 될 수 없다고? 모르는 소리. 악마가 쌓아온 것들을 인간의 관점으로 굳이 쪼개어 나타낸다면 최소한 일 해(10^{20})분만큼의 인간의 수와 동등함을 표할 수 있을 정도로 굉장한 것이었다. 세계가 미리 정해진 기간까지 제대로 가동이 된다고 가정했을 때 인간으로서는 여태까지 존재함을 반복해왔던 모든 이들을 같은 것의 재활용이 아닌 개별적인 것으로 나눠 더한다 해도 비할 수가 없을 불합리함의 결정체. —일개 개인이 모든 역사 속의 존재를 합산한 것보다 압도적인 우위를 점한다는 것—그러므로 [신]이란 호칭이 가장 어울리는 존재가 바로 벼랑 끝에서 자취를 감추게 된 창조신을 제외하고서 최초로 이념을 가진 채로 탄생한 신의 첫 창조물, 악마였다.

그런 악마의 가장 올바르게 개량이 된 시선으로도 저것은 도무지 규정 못할 예외적 변화를 계속해서 선보이고 있었다. 설마 내가 여태껏 나 홀로 규정지은 것들이 단지 오만(傲慢)의 덩이 속에 파묻혀 있었던 하나의 편견이란 말인가.

최초의 신은 자의로든 타의로든 자신이 창조한 세계를 등지고 도망쳐버린 비겁자 혹은, 나약한 도망자였다. 아주 오랫동안을 생각하고 고심을 거듭한 끝에 악마가 결론 내리기로 그분이 세상에서 사라지게 된 가장 근본적인 연유는 멋대로 제 공간을 침식하는 것을 막아서고자 한 우주의 억지력 발현에 휩쓸렸기 때문. 이것이 가장 합당한 의심의 결과였고 전지한 새까만 눈길로 모든 걸 살필 줄 알았던 위대한 아버지께선 방비를 제대로 하지 않은 채 그대로 재해에 휩쓸려 나가 떨어져버렸다. 고로 새롭게 주신의 위업을 달성하게 될 자신은 오만한 우주의 간섭까지 확실하게 회피할 방법을 마련해야 했고, 덕분에 새로운 세계를 창조하는 일이 한참이나 늦어지게 됐지만 여전한 불확실성을 두고 있는 우주의 간섭과 배척과도 충분히 맞붙어 도전해볼 아주 커다란 가치를 구축하는 데 성공했다. 그때 악마는 드디어 자신이 그분마저 뛰어넘었노라고 자평했으며, 제가 앉게 된 신좌는 어느 때보다 드넓어졌고 이젠 전에 없던 튼튼함까지 갖추게 됐음을 깨달았다. 용기는 전지하지 못해 캄캄하기만 하던 앞날을 비춰줄 밝은 긍정으로 작용했다.

허나 만약 처음부터 모든 것이 오판이었고, 만용일 뿐이었다면? 알고 보니 아직 그분의 터럭 근처에도 다가서지 못했던 것이라면 어쩔까. 일부러 시선을 던지지 않았던 한 가지 가능성이 지금 제 눈앞에서 펼쳐지고 있다. 악마가 지난한 절망의 시간을 보내오며 유독 깊은 관심을 가졌던 것이 궁극적인 소멸에 가장 근접한 파멸의 힘이었다. 원체부터 강대하게 탄생한 존재가 소망하고 연구하고 오랜 노력을 더한 끝에 쟁취해낸 파멸은 종국에 이르러 자신과 동등한 존재들조차 소멸시킬 수 있는 진정한 권능으로 자리 잡았다. 자신과 동등한 존재까지 단숨에 근원 자체를 몰락시킬 수 있는 힘. 그것이 악마의 지옥불이었다. 그러나 신서울은 여전히 소멸되지 않은채 이 자리에 머물러 있다. 그녀의 영혼 안에 자리 잡고 있던 그분의 씨앗이 파멸의 불길을 결코 허용치 않기 때문인 걸까. 자신의 분석에 따르면 우주가 행사하는 압력에 굴복해 허무히 공허 속으로 가라앉았던 그분의 여력이, 가히 우주의 압력과도 자웅을 겯줄 수 있을 만큼의 위용을 갖추게 된 지옥불의 향연 속에서도 신서울을 만전의 상태로 보호함이 가능하다는 것은 처음부터 관계 자체가 성립하지 않는 모순이었다.

허면 남은 가능성은 하나였다. 그분은 결코 우주의 초월적인 압력에 굴복한 것이 아니며, 스스로를 드높게 격상시킨 악마는 사실 아직까지 그분의 전능함 근처에도 아직 도달하지를 못했다는 것.

그것만이 악마의 날 선 의념이 신서울에게 닿지 않는 이유를 가장 깨끗이 설명해낼 유일한 길이었다. 웃기지 마…! 악마는 마치 어른에게 받아 손에 꼭 쥐어져있던 자신의 소중한 사탕을 빼앗긴 어린아이처럼 분개해했다. 악마라고 처음부터 자신을 세상의 으뜸으로 삼는 자신감, '오만'에 심취해있던 것이 결코 아니었다. 오히려 그는 맹목적인 신앙으로 사고관이 굳어버린 형제들과는 대조적으로 객관적인 면에서 자신의 현 도달점이 어디인지를 잘 이해하고, 언제나 개선할 방향을 찾아내는 데 모든 전력을 다해온 냉철한 분석가이자 노력가였다. 성장과정에서 흔히 범할 수 있는 실수인 자만감에 빠진 적도 기실 없었다.

더할 것도 뺄 것도 없이 오직 철저히 객관화된 시선으로 자신을 포함한 모든 것을 관조하며 이해하던 '젊은 천사'는 어느샌가 "모든 걸 있는 그대로만 겸허히 받아들인다."는 자신이 만든 객관 속의 주관에 파묻혀, 한계의 범주로 묶여있는 세계의 법칙 바깥에는 오직 자신만이 서있을 수가 있다는 역겨운 타성에 매몰된 머저리로 변해버렸다. 권능이 강해지면서 그는 자신을 의심하는 법을 조금씩 잊기 시작했다. 온갖 생명체의 삶을 관측해오며 젊음(삶生)과 늙음(죽음死)의 추레한 변화과정을 단지 나약해빠진 것에게나 주어진 형편없는 말로에 불과한 것이라고 그런 공고한 확신을 내세워 그들이 가진 가난함을 비웃고 조롱하였었는데, 이제 와 보니 제 모습도 그들과 별반 다를 바가 없어보였다.

어찌하여 이런 결과가 나오는 거지? 나는 그 머저리들같이 찾아오지 않을 은혜의 손길에 종속되어서 가만히 멈춰선 채로 허무가 제게 다가오기만을 기다리기는커녕, 진작 자신의 모든 한계를 벗어던진 채 새로운 세계의 창조신으로서 초월의 극치를 선보일 예정을 끝마친 모험가였다. 아, 뭐야. 이건 혹시 그런 건가? 낡은 영혼을 갈아치우기 전의 아쉬움, 발악, 전혀 알지 못하는 새로움에 대한 기대감과 두려움의 공존. 온갖 것들이 섞여 더 높은 곳에 오르기 직전 불현듯이 습격해오는 잠깐의 공황상태—. 마침내 완벽에 다다르게 된 자신에겐 절대 해당사항이 없으므로 순전히 약자들의 변명거리에 불과한 것이라 내려치며 신경 쓰지 않던 것인데 막상 직접 그 어리석음을 접하고 겪어보니 그러한 것이 자신에게도 찾아올 수 있다는 것을, 누구에게나 예외 없이 방문할 수가 있는 비틀린 참임을 확실히 체감할 수가 있었다.

나 참, 여기까지 와서 이런 나약함 따위에 주저할 때더냐. 이 머나먼 길의 결승점이 이젠 언제든 엎어지면 코 닿을 거리에 가까이 놓여있었다. 물론 자신이 행하는 모든 것이 사상 최초이므로, 아직 전지전능하지 못한 존재로서 오랜만에 마주하게 되는 낯선 꺼림칙함에 잘 나아가던 발걸음을 아주 잠깐 멈춰 설 순 있었다. 이 위치에서는 더 이상 옳고 그름의 경계조차 모호하다. 최초의 창조신께서 갑자기 멀쩡한 모습으로 되돌아온다 하더라도 이 앞에 펼쳐진 영역에서만큼은 영원히 아무것도 제대로 밝히지 못할 미지로 남게 되리라.

누구도 감히 개척하지를 못해 꽁꽁 감싸진 세계의 비밀을 겉면이라도 미리 파악하기 위해 먼저 첫발을 내딛고 주변의 환경이 어떤지에 대해 파악해낼 탐지꾼이 필요했다. 구현이 끝마쳐지지 않아 아직은 환상과 현실의 어딘가의 경계에 어중간하게 멈춰있는 세계. 악마의 이상향— 그곳의 구현도가 적절한지, 적절하다면 이상 여부는 없는지, 작은 실수에도 금이 생겨나 언제든지 산산조각으로 박살이 날 수 있을 새로운 세계의 엄청난 압력 속에서 생존이 가능한 천사, 혹은 신이 마침 둘이나 이 자리에 함께하고 있었다. 악마의 권능이 더 이상 어디에도 비할 데가 없이 강대하다곤 하나 결코 무한하지는 못한 것. 한계가 정해진 유한한 종류의 힘인 만큼 새로운 능력의 사용처는 오직 새로운 세계를 다듬는 데에만 집중하여 이용하는 편이 옳았다. 자신의 세계에 첫발을 내디딜 탐험가는 그렇기에 아무리 생각해도 저 사용하기 애매모호한 얼간이들이 제격이었다. 저것들은 최소한 초기의 천사들에 버금가는 능력을 갖게 되었다. 특히나 신서울에겐 실패작으로 치부가 되긴 해도 그분의 향기까지 짙게 배어있었다.

그래, 다시 잘 생각해보니까 역시 너희들밖에 없겠구나. 지구 바로 옆에 자리를 잡기 시작한 정확히 같은 크기의 행성, 악마가 새로이 창조할 '영생의 지옥'은 곧 사라지게 될 지구의 많은 면과 최중심지의 코어에너지를 흡수해 제 것으로 만들 테고, 인위적으로 만들어진 빠른 시간의 흐름 속에는 분명 아직은 불완전할 수밖에 없을 새로운 창조신, 악마조차 미처 예상치 못한 변수들이 가득히 뒤덮이게 될 것이다.

그곳의 초창기엔 세계의 지배자조차 완벽할 도리가 없는 터라 세상은 잠시만 눈을 떼고 있어도 한쪽으로 쉽게 기울어져버릴 테고, 균형을 잃게 된 세상은 아차 방심한 사이 턱없이 염세적으로 변하게 될 것이었다. 마치 지금의 종말 직전의 세계를 바라보는 것처럼 말이지. 그런 부분에서 악마는 약간의 고민을 하고 있었다. 새로운 세계의 창조 이후의 세상은 앞으로 어떤 방향으로 다루는 게 정녕 합당할지. 자신도 그분처럼 자신의 모습을 빗댄 무한의 가능성을 지닌 조각들을 새로운 땅 위에 흩뿌려놓아야 하는 것인지, 아니면 단순한 장식품으로 진열장을 가득 채워놓고 방치할지, 어떤 게 좋을지에 대한 확신을 아직까지는 가질 수가 없었다.

그래서 계속해서 같은 문제를 놓고 고민하고 있는 것이다. '아무래도 써먹기가 불편할 신서울을 역시 지금의 뜻대로 그냥 삭제해버린다'와 '백번 양보하여 신서울을 남겨두고 어떻게든 써먹는다'를 놓고 당장의 분노를 해소시키는 방향으로 가닥 잡을지 아니면 앞으로도 계속해서 궁구해야 할 앞일의 의심과 변수와 맞설 회심의 한수로 그녀를 개조시켜 대비책을 마련해놓는 게 옳을지 참 갈피를 잡기 어려운 문제였다.

"우유부단한 태도로군."

자신을 둘러싼 상서로운 지옥불을 숫제 제 것처럼 편안하게 여기게 된 신서울이 입매를 비틀며 말했다. 아니, 이 음성의 주인공은 악마가 여태까지 지켜봐온 신서울이라기보다 그분에 한없이 가까운 자의 '질책'이었다. 괘씸한 계집아이의 제거를 두고 또 한 번 깊은 고민에 빠져있는 동안 마치 능력이 부족하여 소멸의 행사를 주저한 것만 같은 우스운 꼴이 되어버리고 말았다. 창조신은 결단코 하찮은 망령으로 존재하지 않았다. 그러므로 저것은 신서울의 탈을 쓴 그분의 의지의 한 자락임에 확실했다.

〈하, 우유부단이라니. 책임감 없이 모든 것을 등지고 가라앉아 버렸던 당신이 그런 말을 할 자격이 있다고 생각하는가?〉

신서울은 여전히 악마가 형성한 황금빛의 지옥에 휩싸인 채였다. 이제 와 정녕 창조신이 직접적으로 간섭을 한다 해도 거듭 발전하여 그와 버금갈 정도로 강대해진 악마의 불은 미처 소화시키지 못할 테다. 낡고 고루한 것은 언제나 새것에 휩쓸려 도태가 돼 그대로 사라져야 정답이었다. 그러한 법칙은 우주의 시작에서부터 어떤 거대한 의지로부터 비롯되어진 창조신이 이 세상을 창조할 때에도 어김없이 적용시킨 가장 원칙적인 제도이기도 했다.

「수천 번의 반복으로도 끝내 자신의 운명에 극적인 변화를 일궈내지 못하다니, 파편에 불과한 나는 이번으로 과연 몇 번째의 등장을 맞이하게 된 것이며 가여운 너는 대체 몇 번 째나 반복된 무너짐을 갖는 것이냐. 다시 한 번 되돌아

가게 되더라도 정녕 극적인 변화가 생길 것 같으냐? 극도로 축소된 나로서는 이 이상 앞날의 흐름을 읽음이 불가능하도다. 사죄의 뜻으로 파편의 한쪽을 온전히 네 것으로 내주마. 모든 선택은 네 스스로 해야 할 것이다. 모든 경우를 달성하고도 남은 것이 오직 파멸뿐이라면, 네게 주어진 것으로 거대한 흐름을 어디 한번 비틀어 보거라, 그것이 내 실수로 탄생하게 된 너의 지난 노고에 대한 조그마한 치하이니.」

'그'가 말했다. 신서울은 자신의 이번 생애 또한 언제나 그래왔듯이 파국에 이르게 됐음을 깨달았다. 자신은 항상 해피엔딩을 찾아 헤맸던 것 같다. 그러나 찾아오는 결과는 언제나 배드엔딩뿐.

무려 이 세계를 창조한 신의 파편이 자신의 영혼 깊숙한 곳에 내재되어있음에도 매번 어떤 수를 써도 벗어날 수 없는 올가미에 걸려 자신은 무한히 파멸의 순간을 정면으로 마주해야만 했다. 아마도 창조신의 강림? 뭐 그런 비스무리한 현상이 발생한 것이고 신서울은 자신이 걸어왔던 고된 길에 담긴 의미를 단번에 모조리 이해할 수가 있었다. 어떻게 이런 게 가능한지 처음의 원리조차 재결해내기가 힘든 신비의 연속—, 그것은 내게 단 두 가지 선택지만을 제시할 뿐이었다.

1. 모든 기억을 소거시킨 채로 다시 한 번 비슷하게 반복이 될 과거로 되돌아간다.

2. 이곳에 남아 소멸의 위기를 감수하면서라도 단 한번도 경험하지 못했던 오늘 2084년 12월 21일 이후의 미래의 순간을 체험해본다.

쉽사리 택하기가 힘든 전능한 자의 제안문이었다. 전자를 택한대도 내가 지켜보고 있는 순간에 소멸을 맞게 된 나의 아버지를 나는 이제 두 번 다시 만나지 못한다. 자신의 운명은 난생처음으로 아버지의 존재가 없는 새로운 국면을 맞이하게 될 것이고, 일부 권력자들만이 득세하는 엿 같은 동명의 도시에서 기억을 잃은 채로 발목이 묶여있어야 하는 초기의 제약이 생겨나는 만큼 사실상 결말이 확고히 정해진 최악의 시나리오 속으로 몸을 내던져야 할 것이다.

도시 신서울에서 인조생명체 신서울에게 주어진 역할은 처음부터 오직 그들의 욕망을 실현시키기 위해 언제든 마음대로 소모해도 좋을 실험체의 배역이 전부. 마지막 특전으로 기억이나 기적의 발현능력을 가져갈 수 있다면 좋겠지만, 심유하게 가라앉은 신서울의 두 눈은 가능과 불가능의 영역을 확실히 구분 지어 바라볼 수가 있었다. 심지어 그것이 현재가 아닌 '새로운 과거'일지라도 상관없이 더 이상 시간의 틀에 구애받지 않고 자유롭게.

그러나 그곳으로 되돌아가게 된 신서울에게는 아무것도 주어지지 않은 채로 저를 옥죄는 한계에 갇혀 어떤 희망도 없이 지내야 할 것이 확실했다. 우연히 앉게 된 신좌를 박탈당하게 되는 것으로도 모자라 어떤 도움도 더 이상 구하지 못할 나약한 인간으로서 핍박만을 받아야 하는 것이다. 그 시간대의 흰 원피스를 입은 자신은 아주 너절하기가 짝이 없었으니까. 그렇다고 후자의 선택이 더 나은 선택이느냐? 그것 또한 난감하기 짝이 없는 상황의 택함이었다. 태생부터 워낙에 위대했던지라 더럽게 배려심이 부족하신 최초의 아버지 신께선 엄청난 선심을 쓴다는 듯이 내게 두 번 다시 오지 않을 절호의 기회를 내어주는 것처럼 복수의 선택을 종용하고 계셨지만 내겐 당장에 처한 위기만 대충대충 넘겨주고서 그대로 자취를 감춰버리려는 책임감 없는 그의 너절한 속셈이 뚜렷이 보였다.

아니, 웃겨 정말. 이 망가진 세상을 하루아침에 전부 개벽시켜서 원래의 자리로 되돌려놓아 주겠다고 말해도 그럴 거면 여태까지 왜 날 개고생시킨 거냐고 억울함에 한껏 분노의 토로를 할 판인데, 고작 이 순간만을 모면시켜주는 눈 가리고 아웅 형식에 불과한 어설픈 행위를 마치 놀라운 기적의 발현을 대신 이뤄주는 다시 없을 기회이자 '은혜'처럼 칭하는 이유가 무엇인가.

뭐를 선택하든 저 몹쓸 악마 자체의 영향력을 이 현실에서 완전히 삭제시켜버리고 세상에 자리한 원초적인 악인들까지 모두 선하게 감화시키지 못하는 이상 과거로 되돌아가길 택하나 미래로 나아가길 택하나 내게 남는 것은 오직 고통의 괴로움밖에 없을 것이다. 모든 걸 계획하고 창조하셨다는 태초의 위대한 아버지조차 하등 한 우리 인간들처럼 너무나도 이기적이셨다.

아, 그런데 스스로를 '파편'이라 칭했으니 지금 내 안에 도사리고 있는 의지조차도 내 아버지처럼 본체에서 분리되어 떨어져 나간 독립된 새로운 개체인 것인가? 방금 모였던 세 명의 신서울이 전부 서로 다른 존재였듯이, 나의 아버지가 본래의 정신에서 떨어져 나온 분체의 상태로 내게 머물렀었던 것과 같이, 내게 들어찬 '그분'의 의지 또한 원초적인 그분과는 별개의 존재일 확률이 높았다.

하, 그렇다 해도 정말 너무하신 거 아닙니까? 이렇게 대충 때워버릴 거면 대체 무얼 위해 제가 그토록 지독한 고통을 견뎌가면서까지 이곳에 닿아야 했던 건가요? 이만하면 저도 오직 행복으로만 그득 차 있다는 그 화려한 영적인 세계에 발을 디딜 때가 되지 않았습니까…. 고통으로 얼룩진 삶만을 영위해 나가는 게 정말 너무 지치고 힘에 부칩니다. 이럴 거면, 차라리 부디 모든 감정을 거세시킨 인형으로서의 삶을 살아가게 해주소서. 제 의지를 앗아가고 오직 당신께서 설치한 끈을 동원해 제게 부여된 역할만을 수행하도록 이끌어달라는 말입니다…!

위대한 창조주시여…. 정말 그런 게 있긴 한가요? 어째서 하필 제가 당신의 선택을 받아 억겁의 고난을 헤쳐 나가야 했던 겁니까. 이만하면 끝이 보일 때가 됐는데 아무리 쉼 없이 나아가도 편히 몸을 누일 종착지가 나오질 않습니다. 너무 힘에 겹습니다. 이젠 그냥 끝내주십시오…. 항상 소중한 것들이 제 앞에서 먼저 사라져버립니다. 어째서 저만, 나만, 환희의 보상이 고통을 감내한 보상으로 주어지는 일 없이 이런 지독한 곳에서 장님으로 지내야 하는 건가요…? 네? 신서울이 모든 생각을 술회했다.

신서울은 한 명이면서, 각기 비슷하지만 다른 삶을 살아온 수천 인격의 집합소였다. 수천 명의 신서울이 통일된 생각으로 분노를 토해낸다. 수천 개의 기적이 동시다발적으로 창조주의 파편을 사정없이 때렸다.

….

그는 말이 없었다. 파편에 불과한 그는 전지전능하지 못했기에 전지전능한 자가 거두어 뿌려두었던 씨앗의 발아가 예상했던 것과 다른 품종임에 어찌할 바를 몰라 했다. 전지전능이란 무엇을 뜻하는가. 이 무수히 많은 확률로 갈라진 세계에서 유일무이한 100%의 완벽의 수행자를 가리킨다.

「오류가 발생했다는 말인가….」

그러므로 이런 상황은 결코 생겨선 안 되는 것이었다. 이곳까지 내몰리게 된 신서울은 언제나 반드시 제시된 두 개의 선택지 중 하나를 택하여만 했고, 그로 인해 새롭게 탄생하여 발생하게 될 갈래의 흐름까지 전부 사전의 계산하에 들어차 있던 것이다.

헌데, 몹쓸 절대자는 자신이 진정한 잠에 빠져들기 전 언젠가 찾아올 미래의 씨앗에게 아주 방대한 자율의지를 함께 제멋대로 뿌려놓았다. 그것이 문제였던 것일까. 신서울의 예상에서 벗어난 독단행위는 사전에 100% 계산이 됐을 예측을 아찔하게 뛰어넘어선 이변이었다.

그녀는 저토록 자유로울 수가 없도록 사전에 철저히 설계된 '한정인'이었다. 가짜 신좌에 앉게 하는 것까지 모든 것은 전지한 계획하에 있던 것. 악마의 놀라운 성장치도 계획된 것의 일부에 지나지 않았다. 그들은 자신의 변화를 튼튼한 주머니 속을 빠져나온 송곳쯤으로 여기며 낭중지추(囊中之錐)의 사실에 우쭐해했겠지만 그조차 모두 설계되어있던 사실임을 알고 나면 상위 초월자의 위대함을 더더욱 경외할 수밖에 없게 됐다. 그것이 진정한 절대적 권능자가 가진 전지전능함이었다.

<큥, 어지간히도 당황했나보군.>

대충 상황의 전반을 꿰뚫어본 악마가 창조신의 분체를 겨냥해 조롱조로 비아냥거렸다. 그 빌어먹을 작자는 뭐 날 때부터 터무니없이 강대한 이능을 쥐고 있던 탓에 참으로 오만했다. 이 위치까지 아등바등하면서 기어올라 와보니 이제는 이해가 가능한 자존감이기도 했다.

악마가 오랜 노고 끝에 손에 거머쥔 것만 나열해봐도 저 머나먼 우주에까지 간섭이 가능할 초월적인 이능이라, 당연히 이 땅의 모든 생명체에게 경배를 받아야 마땅할 거대한 위업이었다. 아버지가 뿌려놓은 불완전한 씨앗들 중 가장 고도로 진화하여 끝내 겉모습만이라도 아버지와 가장 가까운 형태를 취하게 된 인간들은 그 본새와는 무관하게 정말이지 보기 안쓰러운 정도로 터무니없이 약했다. 어찌나 약한지 행성의 보호막이 사라지면 그대로 소멸되고 말 그야말로 벌레의 운명. 꽤 상당한 지성을 가졌지만 '신좌'의 끄트머리에도 오르지 못할 미물들은 그토록 버러지와 같은 존재였던 것이다.

아버지의 권위에 가장 근접하긴 했으나 결국 그의 전성기에는 조금도 도달하지 못한 악마조차 그러한 버러지들을 한껏 낮춰보고 무시하는 판국인데, 제 손으로 제작을 하긴 했어도 본인은커녕 본인의 다른 수작(秀作)들에게조차 감히 비교대상이 못 되는 약자들의 변태과정을 주관하던 아버지께선 어떠한 심정이었겠는가. 단 한 치의 오차 없이 그저 모든 것이 계획대로만 이뤄진 세계에서 신선함과 새로움의 재미란 것은 절대로 가질 수 없는 신기루였다. 그분의 의지와 가까워질수록 현실의 세계에 묶어두었던 분체의 크기가 점차적으로 줄어들어 소멸해가는 것을 악마는 여실히 느꼈다. 이래서 모든 걸 내팽개쳐둔 채로 두 눈을 감고 은밀한 곳으로 숨어버린 거구만…? 시작과 과정, 심지어 끝마저 정해져 버린 세계를 관람하는 것은 몹시도 지루할 뿐, 아무런 재미가 없잖아. 지금껏 갖지 못해 억지로 피했던 의심이 불쑥 생겨났다.

아, 그분은 그저 지겨움을 참지 못하고 자신이 창조해낸 세계를 분체 하나 달랑 던져둔 채로 완전히 등져 버린 것이로구나. 극이 진행될 때마다 아무리 조금씩 분장을 바꾼다고 해도 결국은 똑같은 연극의 스토리를 마냥 지켜봐야 하는 것에 진력이 나버려 무대를 바라보는 시선을 완전히 반대방향으로 돌려버린 이가 제 형제들이었던 천사들이 그토록 오매불망 찬양하며 기리던 창조신의 진실 된 본모습이었다. 헌데, 철저한 계획하에 진행 중인 이 지루하기 짝이 없는 연극에서 자신의 예측을 깨부순 새로운 종류의 장치가 등장한 지금 이순간이라면 다시금 흥미가 돋아나지 않을까? 여태까지 그분을 우주의 억류에 짓눌려 저항할 틈새도 없이 감금되고 만 가진 능력에 비해 모자라고 덜떨어진 태초의 실행자라 단정 지어 생각했었다. 창조신을 멍청이로 규정지어서 그의 역할을 배제시키고 자존감을 드높이던 악마는 어쩌면 전능한 그가 되돌아올 수도 있다는 있어선 안 될 불안감에 덜컥 젖어들었고, 마음의 불안을 덜기 위해 비꼬아 비아냥거리는 비난을 일상화시키며 상대의 흠을 잡아 낮춰보는 것으로 전능함의 아득한 공포를 해소시켜왔던 것이다. 기실 악마는 그분이 가진 전능함을 잘 알고 있었다.

이 세계와의 관계를 단절시키지 못하는 한, 악마는 언제나 그분의 손아귀에 놓여진 원숭이와 같은 신세였다. 그러므로 마지막 기회는 그분이 완연한 모습으로 등장하지 않고 있는 지금 이 순간뿐이다. 아직까진 움직이고 있는 건 그분의 허상 따위에 불과했으며, 더구나 신서울의 영문 모를 선택에 당황했는지 당장 뭘 어찌할 바를 모르고 있었다. 판단을 마친 악마는 깊숙한 곳에 봉해두었던 실타래를 빠르게 풀어헤쳤다.

그분이 창조해 구축을 이룬 오랜 터전을 완전히 몰락시켜야지 자신이 품어왔던 기나긴 희망은 기어코 신의 위업에 도달하게 되리라. 악마가 준비하는 동안 잠시 소강상태에 접어들어있던 지옥의 화염불이 더없이 강대하게 솟구쳐 올라 신서울의 육신을 완전히 뒤덮어 잡아삼켰다. 더 이상 그것은 육안으로는 도저히 확인이 불가능할 무형의 초고도 파괴 현상이었다. 단숨에 소멸했어야 할 신서울은 법칙의 바깥에 서서 여전히 무덤덤한 표정으로 자신의 육체를 감싼 지독한 냄새의 무형의 아지랑이를 내려다봤다.

그분이 전해주는 일련의 전능함이 신서울의 전신을 감싼 갑옷이 되어주었고, 지독한 파멸의 공작에서부터 그녀를 독립되게끔 이끌고 있었다. 저들은 왜 이런 강대한 이능을 발현할 수 있음에도 이 세상이 그저 불행 속에 잠식되도록 가만히 두고만 보고 있었는가.

개인주의적인 욕심이 대체 얼마나 짙어서 이러한 타산적인 짓거리를 반복해서 벌일 수 있는 건지 도무지 이해가 되질 않았다. 감정은 최초의 신으로부터 이어 받아온 것. 이성적임을 극렬히 추구하는 이도 모든 것은 감정에 기반 될 수밖에 없도록 철저히 설계되어있었다. 이성과 감성의 경계에 서있는 고등 생명체가 사유하는 것은 대체로 그러한 것이었다. 다시 말해 저 무도한 악마는 물론이요 심지어 당연히 냉철함의 이성으로 단단히 무장해있을 것만 같은 모든 것의 시초, 창조주에게도 감정의 역동성은 빠짐없이 존재하고 있음을 표한다. 너무 오랜 시간을 존재해오는 동안 희미해지다 못해 소실되어버렸다는 주장은 더는 변명거리로 삼지도 못할 추레한 궤변이었다. 창조주나 악마는 상식을 벗어난 역량을 가진 초월자들. 그들에게 필멸자가 가진 망각과 노화의 현상은 존재치 않으므로 시간의 흐름은 그들에게 그리 큰 영향을 주지 못함이 확실하다. 신서울은 자신의 생각에 커다란 모순점이 존재하다는 것을 곧 알아차렸다. 망각이나 노화가 감정의 이끎을 결정하는 데 주요 요소로 작용을 하고 있긴 해도 그것만이 전부가 아님을 이해하여야 한다.

감정은 그 끝도 모르게 증폭이 되는 것이었다. 긍정적인 것과 부정적인 것. 두 기준을 나누는 것은 언제나 아슬아슬한 중도에 서있는 나 자신이었고. 우리는 사회라는 울타리 안에서 공생하다 보니 대다수가 옳다고 정해놓은 방향만이 절대선이요, 당연히 나아가야 할 길이라고 착각할 때가 많았다.

현실은 그런 것이 아님에도 말이지. 우리의 창조주께서 너무나도 많은 것을 허용해 풀어둔 세상 위에서 모두가 지켜야 할 '정의'의 의미를 결정짓는 건 어느덧 강대한 힘을 거머쥔 자의 몫으로 변화를 맞이하게 됐다. 과거 멀리 갈 것도 없이 신서울은 자신과 동명의 도시에서 가진 자들의 위배 되지 않는 '정의'를 직접 겪었다. 한낱 부족함으로 가득 찬 인간들의 권력자가 그러할 진데 천지를 개벽시킬 실질적인 능력을 가진 초월자를 왜 고작해야 인간이 만들어낸, '나'만의 기준에서 재단하고 판단하려 드는가. 복잡하고 어렵다.

신서울은 아직도 많은 면에서 성숙지 못한 어린아이였다. 신좌에도 이제야 막 발을 내딛었을 뿐, 스스로를 인간으로 여기고 있었기에 인간과는 전혀 다른 저들의 사고방식을 온전히 이해할 수 없었다. 나는 아직 인간이었고 어느 때에도 인간일 것이다. 뜨겁다. 머리가 후끈 달아오르는 게 악마의 공세를 견디지 못하고 점점 붕괴될 조짐을 보이고 있는 방호체계의 약화 때문인지, 너무나도 심하게 복잡해져 난잡히 어그러져버린 머릿속의 생각 때문인지 새하얀 얼굴이 새빨갛게 달아오른 신서울은 구분 짓지를 못했다.

이곳에 남은 것에는 어떤 희망도 남아있지 않았다. 악마의 공격을 뿌리칠 수 없다면 무조건 소멸뿐이다. 그리고 신서울에겐 보다 상위의 존재인 악마의 겁박을 벗어날 수단이 없었다. 살기 위해선 과거로 되돌아가길 택해야 한다. 그 지옥을 다시금 겪고 결국엔 잔혹한 죽음밖에 남지 않은 가시밭길을, 그런 거라도 좋으니 조금이라도 더 이 세상에서 생존해 있기 위함을 바라는 숨겨진 욕망이 슬그머니 기어 나온다.

참 지독하시지. 우리의 창조주는 모든 것이 당연히 소멸되어야 할 세계에서 짧은 생동감을 부여하고 집착하게 만들 본능과 감정의 조화를 부여해놨다. 나는 왜 죽음밖에 없는 길을 두고 이토록이나 고심하고 있는 걸까. 이유는 간단했다. 다른 이유는 다 내팽개치고 간단히 말해 아직 죽고 싶지 않아서. 그래, 그러니 그냥 되돌아가버리자. 내가 하고픈 것이 아무리 지독한 지옥 속이라도 나의 생존을 추구하고 바라는 것이라면, 나는 그쪽에 몸을 실어 다시금 주어질 힘겨운 삶을 경험하길 택할 것이다. 길었던 고민은 이것으로 끝이다.

자, 저를 돌려보내주세요. 아무리 힘들고 고통으로 가득 찬 삶이라도 저는 생존을 택하렵니다. 눈을 질끈 감은 신서울은 다시 이 눈이 뜨여졌을 때 지금까지의 기억을 모조리 잃고, 역겨운 도시의 실험체로 돌아가 있을 안타까운 자신의 모습이 '생존해' 있기를 그렸다. 그러나 —뜨거움이 가시질 않는다. 기억도 멀쩡히 남아있다. 뭐지? 설마 뭘 택하든 지금의 나는 결국 소멸을 맞이해야 할 상황이었던 건가? 그런 거라면 내게 선택하길 권할 필요도 없었잖아. …저기요? 저 그냥 돌려보내주세요. — 고민 끝에 그가 강요하던 극단적 양자택일에 대한 대답을 꺼내들었지만 치하해준다고 해놓고선 누구 놀리듯이 엿 같은 선택지만을 제시하던 그 릇된 인물에게선 아무런 응답이 없었다. 뭐야? 설마, 날 내버려두고 그냥 가 버린 거야? 아니면 악마의 불꽃에 당해 사라지게 된 건가?

아, 이게 뭐야 대체 어찌 이럴 수가 있는가. 처음부터 끝까지 고단한 내 인생은 언제나 이 모양 이 꼴이다. 역시 내겐 아무런 희망이 없다. 체념이 신서울의 내면을 가득 채웠다. 둥근 보호막을 형성하던 공간 자체가 불살라지고 있다. 나의 최후가 머지않았다. 이 위기에서, 나는 과연 어떤 선택을 해야지 가당한 걸까? 이런 내게 무언 갈 선택할 권리가 남아있긴 한 건가? 희망을 주려다가 금세 뺏어가고 도시에 있을 적처럼 내게 다시금 채워진 속박의 구속구가 너무나 짜증이나 활화산 같은 분노가 솟아오른다. 아— 모르겠다. 짜증이나 화가나 비춰지는 모든 것을 그냥 다 뭉그러뜨려 버리고 싶어. 왜 이 세상은 선과 악으로 나뉘게 됐을까? 거기에 별 특별한 이유는 없다. 단지 처음부터 근원의 기준이 그렇게 나뉘어 존재했을 뿐. 격이 상승한 영혼이 평범한 이에게는 영원토록 감춰져있을 비밀을 자연스레 꿰뚫는다.

무슨 대단한 일이 이어질 것만 같은 느낌에도 불구하고 딱 거기까지가 한계였다. 무한한 자유는 당연히 주어져있지 않다. 이만한 위치까지 기어올랐건만 여전히 타의에 억압을 받아야 하는 처량한 신세다.

「내가 명하노니 그 누구도 더 이상 세계의 이치를 멋대로 뒤집을 수 없느니라. 네게 주어진 기회는 한순간의 고민으로 이제 단 하나의 길만이 남게 됐다. 또한 그것은 나로서는 전혀 볼 수 없는 새로운 길이다. 네 행동의 선택에 따라 그곳으로 나아가 보거라. 네가 믿는 것을 행하라.」

내가 말했다. 신서울의 거죽을 뒤집어쓴 창조주의 파편이 허무로 가득 찬 뜻을 포기로 얼룩진 내게 전달했다. **―아니 이 양반들 왜 다 내 얼굴을 하는 건데!―** 뜻을 요약해 보자면 결국 이곳에 머무르며 이 상황을 알아서 해결해보라는 웃기지도 않을 농담이다. 악마는 자신의 건재함을 과시하며 불길의 세기를 가일 층 시키는 중이었다. 위대한 창조주의 파편은 말장난을 끝으로 그 이상의 반응을 보이지 않게 됐다. 결론은 불타 죽으라는 소리였나. 잠깐의 고민에 빠져 불확실한 회귀의 기회를 택하지 않았으니 확실한 죽음을 맞이하라는 지독한 뜻인 것 같았다. 선과 악으로 나뉜 이분법의 세상에서 두 가지 선택지만을 전해 줄 거라면 그 중 한 가지는 오롯한 '선'의 길을 지향해야 옳지 않겠는가. 두 가지 전부 잔혹한 고통으로 가득 찬 '악'의 길을 제시해놓고서, 이젠 나도 모르겠으니 앞날을 알아서 개척하라 무책임하게 지껄이고선 자취를 감춰버린다.

명색이 창조주라는 작자가 그냥 놀리듯이 날름 튀어버렸다! 와! 약자의 설움이란 바로 이런 걸 뜻하는 거겠지? 이런 씨발… 도저히 욕이 안 나올래야 안 나올 수가 없다. 이 세계에서 언제나 나는 약자의 포지션을 유지해왔었다. 기껏 이능의 비밀을 깨우치고 이제야 초월적인 신좌의 언저리에라도 꾀죄죄한 몸뚱이가 닿아봤는데 기본적인 나약함에는 변함이 없는 듯했다.

나는 내게 주어진 언제나 타의에 당해야만하는 이 빌어먹을 입장을 역전시킬 방법이 없었다. 더 이상 누굴 원망해야 할지조차 모르겠다. 진정으로 전지전능한 신께선 짐작컨대 이미 이 세계에서 사라진 허상으로 아예 자취를 감춰버리고 말아버린 듯했다. 남은 것은 그를 흉내 내는 불량품들의 멈추지 못할 일탈행위뿐. 나는 우연찮게 거기에 휩쓸려버린 약자로서, 부당한 처사를 억지로 감당하며 그냥 제가 처한 추악한 현실을 받아들인 채 인내해야만 한다는 참 버거운—, 개 같은! 신세에 처하게 된 것이다.

애당초 모든 건 시작점부터가 잘못 비틀린 거다. 세계의 붕괴는 이미 진즉부터 예견이 된 당연한 수순. 그것을 한참 전에 먼저 깨달은 악마가 꿈꾸고 준비했던 새로운 세계 또한 자세히 놓고 뜯어보자면 지금의 현실과 매한가지로 정녕 세상이 모든 부문에서 개념적으로 완벽함의 절대성을 띠려면, 이성을 가진 모두가 동등하거나, 생각의 이볍에 묶인 자유로운 존재들이 지금처럼 감당하지 못할 만큼 가득 차 있어선 안 됐다. 통제하지 못할 다수의 말썽쟁이들은 처음부터 아예 존재할 필요 자체가 없었고 이성의 개척자는 모든 통치권의 주인이 될 단 한 개체면 충분했으니. 지금의 세계가 망가진 진정한 원흉은 악마의 농간이 주요한 영향을 끼치긴 했어도 전적으로 전능한 책임자의 무책임한 사멸이 최우선적인 원인으로 손꼽히리라. —모든 것의 책임자인 그가 얼렁뚱땅 내뺐다고 절대 더 강조해서 욕을 먹이고 있는 게 아니다!— 전능자가 살아 숨쉬며 존재해 있을 땐 무한한 자유를 허용시킨 다수의 개차반 나부랭이들이 어디선가 지속적으로 등장해서 설치든 말든, 완벽한 통치 아래의 세계에 큰 영향력을 끼치기엔 무리였다. 애당초 그들에게 주어진 '한계점'이 너무나 미미하도록 사전부터 확실히 정해져있었기 때문에, 하여 굳이 전능한 신까지 직접 나설 것도 없었다.

악마의 권능에도 버금가던 위세를 지닌 천사들. 케케묵은 정의감에 사로잡힌 그 미치광이들이 버젓이 존재해 역사했을 때만 해도 이 세상은 엄격하고 정의로운 규율의 통제 아래 항상 거대한 위기를 초래할 변질자들만을 선별적으로 콕 찍어 세상의 영향력으로부터 우선적으로 배제시켜왔다. 허나 천사들이 모두 사라지게 된 지금은 어딜 가도 통제 불능의 무법지대. 세상 어디에도 그곳이 가장 최악의 시대를 표방하고 있다. 폭동을 잠재울 충분한 역량을 가진 유일한 존재— 전능해진 악마는, 자신이 좇던 새로움만을 꿈꾸며 그들의 행위를 꽤 오랫동안 방관해왔다.

방관했을 뿐이랴, 때론 지켜보는 것을 넘어 욕망의 부추김을 은근슬쩍 불어넣을 때도 많았지. 재미의 충족을 위해 전능함에 가까워진 내가 도울 터이니 그 추잡한 욕망을 가감 없이 마음껏 표출해내보라고. 아무리 생각해도 결정적인 해답을 찾을 수가 없을 만큼 현 지구의 어그러짐은 총체적 난국인 상황이었다. 신좌에 간신히 발을 걸치긴 했어도 쥐꼬리만 한 권능에 기대선 아무것도 이룰 수가 없었다. 내게 기회를 제공해주겠다던 전능하신 아버지의 분체는 저 편할 대로 굴다가 은근슬쩍 어디론가 숨어버렸다. 일렁이는 공간이 결국 신서울의 육체를 다시금 불사르기에 이른다.

"아아아악!"

모든 희망이 소실됐기에 더 이상 참지 못하고 고통의 비명이 그녀를 통해 내질러졌다. 이것은 영혼이 절로 내뱉는 곡소리였다. 역사가 만들어낸 가상과 현실의 경계 이야기로 따져보자면 거의 붓다의 경지에까지 스스로 올라선 이 시대 최고의 초월자가 악귀의 심판 앞에서 고통을 이기지 못하고 어린아이처럼 몸부림을 치고 있는 꼴이었다. 점점 더 새로운 창조주로서 완벽함을 더해가는 저 악마가 이룩한 파멸의 권능은 그토록 악랄하며 압도적인 죽음의 색채를 띠고 있었다. 단순히 살갗에 닿은 것만으로도 이렇게 고통스러운 데, 정녕 내가 저 괴물로부터 저항할 수단이 남아있긴 한 건가? 창조주의 부스러기는 입을 닫기 직전까지 신서울에게 제게는 단 하나의 길이 남아있다고 귀띔을 해줬다.

전능의 씨앗인 그가 밝힌 바, 희망의 길은 필시 존재함이라. 그렇다면 어떤 선택을 해야지 이 죽음의 불길 속에서 나의 생존의 흐름을 조금이라도 더 깨끗하게 여과시켜 온전히 흐르도록 정화의 과정을 이끌어낼 수가 있을까. 시선이 정처 없이 떠돈다. 이 순간에도 육과 영이 조금씩 더 흐트러지고 있다. 나는 매초마다 죽음과 점점 가까이 이르고 있었다. 핏발 선 두 눈이 원망과 분노 따위로 물들어 스스로가 죽음에 이르길 호소한다. 생명체로서 느낄 수 있는 가장 최악의 통증 속에서 신서울이란 개인의 개념은 원치 않아도 서서히 바스라진 채 꺾여나가고 있었다.

아, 몇 번의 갈등을 겪은 후에서야 간신히 다잡아 바로 세워놨던 생존의지가 악의 시달림을 견디지 못하고 다시금 모로 기울어지기 시작한다. 이대로 이 흐름 속에 몸을 내던지게 되면, 나는 나로서 모든 것을 잃는 대신에 최소한 이딴 고통과 절망 속에서 허우적댈 일도 더 이상은 없으리라. 찬란한 어둠에 녹아들었던 신서울은 이윽고 망가져버렸다. 지옥의 업화는 개인이 구축한 단단한 신념조차 말끔히 지워 없애고서도 도무지 멈출 기색이 없었다. 그동안에 끝없이 진행됐던 도전과 포기의 반복이, 제게 닥친 고난이 참으로 넌더리가 난다. 대체 언제까지 이 웃기지도 않은 놀음 속의 광대로 남아있어야 하는가.

웨에에에엥—! 그때, 영혼 깊숙한 곳에 각인이 되어있었던 요란스러운 사이렌 소리가 어디선가부터 또렷이 울려 퍼졌다. 이것은, 딱히 환청 같은 게 아니었다. 악마의 파멸 공세를 틈타 슬그머니 파고들어온 그것은 분명 신서울에게 최적으로 맞춤이 된 도움의 손길이었다. 퍽이나 이상한 일이지, 존재의 격이 더 이상 밑바닥이 보이지 않을 만큼 상승했음에도 가장 나약할 적의 추억 속에 담겨 영혼 한구석에 깊숙이 새겨져버린 트리거는 늘 똑같은 작용을 하며 주저앉으려던 그녀의 정신을 단숨에 일깨워낸다.

신서울이 잔뜩 일그러져가는 몸뚱이를 통해 간신히 저가 미리 정해놓은 신호를 발동시켰다. 딱! 아버지에게 눈대중으로 배운 핑거스냅이다. 수천 년간 시공간을 넘나들며 자연히 뿌리내린 한 일가의 권능이 지금의 신서울을 쪼개 여태까지 그래왔던 것처럼 과거의 순간으로 되돌려 보냈다.

아, 일부분만이 과거로 되돌아간다는 것은 바로 이런 것이구나.

여전히 이곳에 남게 된 지금의 내가 허탈함이 섞인 투로 중얼거렸다. 가까스로 기적을 발현했건만 나는 여전히 지옥불의 격렬함 안에 남아있다. 내가 행한 것은 지금 이 순간에 머물러있는 지금의 내게는 어떤 영향도 미치지 못하도록 구현이 된 또 다른 나의 회귀. 과거로 돌아간다는 것의 진의는 현재의 나와는 동떨어진 나를 내보내 지금의 나완 전혀 무관한 과거의 시점에 별개 적으로 머물게 되는, 그저 환상에 가까운 행위를 또 다른 나로 하여금 대위하여 이루는 것이었다.

내게 부여된 기회는 이것으로 끝일 터였다. 이제 무슨 수를 쓰든지 간에 이곳에서 '나'의 죽음은 확정이 되어있던 거였어…. 내가 아스라이 떠올리게 된 과거의, 수천 번의 같은 시간을 반복했던 '나'도 이렇듯 본래의 나와는 독립된 별개의 존재였으리라. 무작정 알아듣는 척을 해도 솔직히 말해 이 엉망진창의 개념을 정확히는 이해하지 못하겠다. 내가 나로서 존재했을 당시 나보다 선행으로 죽은 이들— 미래의 시점에 머물러 있던 나는, 나 자신을 분리시킨 회귀한 세상 안에 더 이상 존재하지 않게 됐다. 과거의 A인 나는 미래에서 A1으로 분리된 나를 되돌리고 언제나 와 같은 죽음을 맞이했던 것이다. 왜냐면 무슨 일이 있어도 나라는 확고한 개인은 둘로 나뉠 수가 없었으니까. 그럼에도 조금은 신기한 것이 있다. 내가 겪어왔던 내 현재의 삶에 머물렀던 다른 인물들은 A가 마주하게 된 소멸의 순간을 기준 삼아 현재나 미래, 과거를 구분두지 않고 그야말로 영구적인 소멸을 맞이하게 됐는데, 나는 기억의 계승에 불과하긴 해도 죽지 않고 여전히 존재할 수가 있었다.그 뜻은 내게서 파생된 A1이 지금의 A에 머문 나와는 완전히 독립된 개별 체라고 봐도 무방하지 않을까? 그러한 의심이 생겨난다. 어쨌거나 결국 원류는 일찍이 사라져버리고 지금의 나는 그것의 기억이나 조금 가진 채로 이 땅 위에 발을 딛고 선 별도의 생명체란 뜻과 일맥상통함을 이룬다.

수천 번의 분리를 거친 신서울은 결국 신서울이되 신서울이 아닌 존재였다. 복잡한 생각에 더 강하게 집중했더니 뜨거움이 더 이상 잘 느껴지지도 않게 됐다. 이걸 좋아해야 할지 말아야 할지 오락가락 잘 모르겠다. 체념의 단계도 세분화되어있나 보다. 점점 더 포기하는 것에, 그 의미의 통렬함이 깊숙해짐을 느낀다. 돌고 돌아 도돌이표. 위기를 극복해낼 능력이 어디에도 주어져있질 않으니, 나는 지옥의 고통을 조금이라도 줄여내기 위한 결론이 없는 생각을 무한히 반복하고 있을 뿐이다. 나는 내 자신을 바라봤다. 전지적 시점에서 3인칭으로 이 상황이 비춰진다.

고개를 들어 올린 악마가 그러한 나를 응시했다. 악마가 조소 짓는다. 절대 권력자의 행태는 여전히 지저분하고 섬뜩하기 짝이 없다. 놈은 분리된 나조차 그 모든 것을 관조할 능력을 갖고 있었다. 가히 전능에 가까운 절대적인 능력이다. 아, 나는 내가 할 일을 드디어 끝마쳤다는 것을 인지하고 있었다. 그럼 이제 어쩌지? 악마 놈은 내가 더 이상 괴로워하지 않는 것을 그저 흥미롭다는 듯이 응시하고 있었다. 그 외의 행동은 이제 아무것도 행하지 않는다. 내가 방금 전 나의 기억을 지금과는 선이 그어진 과거로 되돌렸다는 사실까지 전지전능에 한없이 가까워진 악마는 기어코 알고 있을 것이다. 그쪽 세계에서도 언제든지 날 죽일 수가 있기에 유유자적 방심을 하는 걸까? 어차피 뭘 하던지 간에 부처님 손바닥 위에 갇힌 손오공 노릇에 불과할 테니.

주마등처럼 17년의 인생이 스치고 지나갔다. 무한히 반복됐던 지난 기억들이 아니라, 오직 현세대의 내가 나로서 존재했던 기억에 한정된 것이다. 아버지만을 제외하고 아직 내게 정말로 소중한 이들은 전부 이 땅 위 가까운 곳에서 생존해있었다. 여태까지의 기록들을 반추해봤을 때, 내가 과거로 그릇된 회귀를 하게 됐을 때 내가 돌아가기 전, 내 앞에서 죽음을 맞이한 사람은 더 이상 과거에서도 존재하지 않는 것으로 됐지만, 아직 닿지 않은 미래의 일은 전지전능한 신이 아닌 이상 알 수 없는 노릇. 우리 인간은 필멸의 존재다. 언젠가 죽는 것은 확정이 되어 있었다. 그럼에도, 기억을 짊어진 채로 현재에서 과거로 되돌아간 내게 확실한 소멸로 보여졌던 건 내 삶이 유지되는 기간 동안에 직접 목격한 순간에 죽은 존재들뿐이었다. 시공간의 개념은 파고들수록 어렵고 난해하게만 느껴진다.

'인간들은 언젠가 죽는다.', '과거로 되돌아간 내가 이전에 목도한 죽음을 통

해 죽어 사라졌음을 확고히 깨달은 존재들만이 모든 세계를 통틀어 진정한 죽음을 맞이하게 됐고 항상 그 법칙에 한해서만 고정이 되어있었다.' 어떻게 돼먹은 법칙이란 말인가. 과거의 나를 잃고 새롭게 시작되는 공간에서만큼은, 그 첫 스타트지점이 어느 곳이든지 간에 나의 경험으로 이뤄진 '주관'이 강력히 반영되고 있었다. 그러니까 내가 삶을 진행하며 직접적으로 죽음을 관찰했던 존재들만이 재차 과거로 돌아갔을 때 그대로 소멸하고 없어지고 마는 것이 아니겠는가. 뭔가 감이 잡힐 듯 말 듯 했다. 나의 영향력이 그토록 많이 적용된 세계가 여전히 지금 내가 서있는 세계였다. 저 악마는 알까, 내게 보여진 죽음만이 되돌아간 세계의 죽음이 된다는 것을.

사이렌 소리가 커진다. 사이렌에 집중하지 않아도 악마의 권능은 더 이상 뜨겁게 느껴지지가 않았다. 이 세계의 진정한 갑은 나였음을 뒤늦게 깨달음으로, 나는 모든 속박의 굴레를 내 의지대로 떨쳐낼 수 있게 됐다. 그럼에도 악마는 여전히 커다란 태산 같아 보였다. 누천년이나 지배력을 작용시켜 세계의 흐름을 '강제적'으로 조정했음을 깨달았음에도 이제야 겨우 저것과 대등해진 정도다. 악마도 이제는 신서울과 같은 것을 느낄 것이다. 그동안 창조주의 눈속임에 자신의 시선이 가려져 있었다는 것을.

아마 그분은 나를 언젠가 폭주할 저 악마의 대항마쯤으로 미리부터 계획하고 제작을 해둔 것 같았다. 우주의 억압을 깨부수고 깜깜한 공간 한편에 자신만의 세계를 구축함으로 본인에게 주어진 힘을 대부분 소실하게 된 우리의 창조주께선 흐린 눈으로나마 전지(全知)함을 동원해 불완전한 미래를 성공적으로 그려냈다. 그대로 두면 망가질 게 뻔하디뻔한 자신의 작품을 지킬 유일한 방법을, 좁은 감옥 속에서 예상키 어려운 짐작만을 통해 지금의 상황까지 주도적으로 이르게 이끌어 당긴 것이다. 물론 내 예측이 전부 틀린 걸 수도 있다. 여전히 나는 약자에 불과한 데다가 낮은 곳에 머무른 이들과는 비견할 수 없을 권능을 지니게 됐다고는 해도, 나는 아직까지도 도시 신서울에 억지로 갇혀있던 나약한 소녀의 입장에서 완전히 벗어나지 못하고 있었다. 나를 세상에 태어나게 해주신 아빠가 큰 뜻을 담아 부여해준 신서울이란 이름이 어쩐지 자꾸 발목을 붙잡는 것 같은 이상한 착각에 빠져든다. 이 정도의 위치에 올라섰음에도 설렁한 미신 따위에 파묻혀 때때로 이성을 상실하게 되는 것. 인간의 탈을 완전히 벗어던지지 못한 한계를 가진 진화의 종에게 주어진 적응의 시간은 몹시도 짧게만 느껴진다. 감각이 괴상하게 변화한다.

붕 뜬 느낌, 가라앉은 느낌, 마치 삼백 시간 이상을 가만히 제자리에 서있었던 것마냥 억척스럽게 느껴지는 다리의 피로감.

째깍 째깍 째깍, 이곳에 존재할 리 없는 시계 소리가 사이렌 소리와 섞인 채로 들려왔다. 광휘의 불길에 휘감긴 나는 죽음으로 향하는 와중에도 새로운 스토리를 이루어 나아가고 있는 중이다. 자신의 일임에도 마치 한 편의 영화를 보는 것처럼 그것이 그저 흥미진진하게 느껴져 왔다. 이 엿 같은 상황을 직관하는 건 뭐랄까…, 두려움이 가셔서인지 제3자의 눈으로 꼭 나랑은 아예 무관한 것을 관람하는 낯선 것처럼 비춰진달까.

〈어째서냐…? 어떻게 그토록 평온한 모습으로 서있을 수가 있는 거지? 내 지옥불은 멸망의 상징이며, 세상 모든 역리를 압축시켜놓은 파멸이다. 최소한 이 가볍기 짝이 없는 가련한 자들의 세계에서만큼은 빗나갈 일이 없을 필연의 죽음일 터. 너는 궤도밖에 선 이가 아님에도 그곳

으로 가 서있구나.>

당혹한 악마의 외침이 귓속을 파고든다. 아—, 그런 거였지. 잠시 현재의 상황을 망각하고 있었다. 스스로는 나 자신을 형편없다 여기고 있지만 모두가 날 특별하다며 치켜세워주는 기묘한 현장. 그렇더라도 옳은 건 틀림없이 내 쪽일 터였다. 실제로 나는 내가 아무 간섭도 하지 않은 현상으로 인해 상대방을 당황시키는 것뿐이지 어떠한 다른 재주도 스스로는 부리지 못하고 있었다. 내가 할 수 있는 건 더 이상 뜨거운 열기가 느껴지지 않게 된 일렁임 속에서 우두커니 나 자신을 관조하는 것뿐. 내 한계는 딱 여기까지가 끝이었다.

헤, 이제 나보고 뭘 더 어쩌란 말인가요. 신서울은 슬슬 열이 받기 시작했다. 어떤 특별한 가호 같은 것이 내 영을 지켜주어 아직까지도 버텨지는 것 같긴 한데, 해결방안을 제시하지는 않고 있다. 딱, 이 정도에서 이만 만족하라는 무언의 신호인가? 감정이나 욕구 따위는 도리어 전보다 더 증폭시켜놓고서 미봉책의 방치라, 여전히 제 주변으로 깊게 자리 잡은 전능의 뜻은 엉뚱하고 어처구니가 없어 이젠 헛웃음조차 잘 안 나온다.

<너—, 짜증이 나!>

완전히 성숙해진 단어들로 웃어른 행세를 하던 악마가 드디어 자신의 어리광 어린 속내를 털어냈다. 아무리 오랜 기간을 존재해 왔었다고는 해도, 악마의 기질은 여전히 젊은 청년 쪽에 더 가까웠다. 그가 이뤄내고자 한 열망은 젊음을 지적해 가리키는 것이었기 때문에, 수많은 권능으로 존재의 젊음까지 간직할 수 있던 악마의 본질은 언제까지고 젊은 이의 것으로 단단히 고정되어 있었다. 생각해보라, 그러지 않고서 그 까마득한 기나긴 세월 동안 인간과 흡사한 체계를 지닌 채로 미치지 않고

서 무탈하게 존재할 수가 있었을까? 에이 '신'이 뭐 그래 하며 따져 묻는 이가 있을 수도 있겠지만 누누이 말하건대 신은 우리가 생각했던 것만큼 대단하고 완성된 경험의 객체가 아니었다. 존재를 똑같이 유지하기 위해 필요 없는 건 전부 배출해낸다. 인간이 음식을 섭취하고 불필요한 건 대소변으로 배출해내듯이 악마는 스스로에게 불필요한 다른 모든 걸 필요에 따라 배출해내며 언제까지나 같은 열망에 심취한 채로 존재를 이뤄왔다. 그것이 이 세계에 최초이자 최후까지 남게 된 그분의 첫 피조물의 실지 정체인 것이다.

신서울은 그러한 일관적인 모습을 대충은 이해할 수 있을 것도 같았다. 자신 또한 그간 반복되어져 왔던 수많은 기억을 **반강제적으로 되찾게 됐음에도 크게 변함이 없는 이 시간의 신서울로서 그대로의 존재를 이뤄냈다.** 시간은 많은 것의 변화를 이끌어 야기하지만, 개인 스스로가 잃기 싫어하는 본질 자체를 변화시킬 순 없었다. 우리를 이룬 존재란 것은 대체로 오묘함에 의해 가득 찬 기적의 연속이기 때문에 현실에 묶인 어떠한 여파로도 간섭이 불가능한 것이다. 각자가 지닌 강약의 여부는 이것에만큼은 크게 차별을 두지 않았다. 신화에 도달한 강대한 영이든, 그러지 못한 일개 인간의 나약한 영이든 같은 원색으로 이뤄져 실제로 행사가 가능한 영향력의 차이가 어떻든지 간에 항시 색의 동일함이 유지되도록 단단히 고정된 영역의 이야기였다 이것은.

〈죽어, 죽으란 말이야!〉

신서울의 무심함을 직면하게 된 악마가 더 강한 투정을 부렸다. 이 세상의 누구보다 오랜 시간을 존재해왔음에도 누구보다 때 묻지 않은 순수함을 간직할 수 있던 이유가 무엇이냐면, 스스로에게 걸어둔 '지금의 나 자신을 수단을 달성하기 전까지 잃지 않겠다.'란 오래전의 자기최면에서 비롯된 강력하고 변치 않을 자아의 확립이 현재의 어린아이 같은 모습을 이룬 주된 원인이었다. 이 세상의 모든 것은 시간이 흘러감에 따라 아주 조금씩이라도 변화를 맞이하게 되기 마련이었다. 보통은 '소멸'과 연관이 된 것으로, 생명을 부여받은 혼은 그와 가까워질수록 자연히 성숙해 무르익도록 기본바탕의 그릇이 형성이 잘 이뤄져 있었다. 뭐, 스스로가 더 이상 발전하길 완강히 거부해버린 이 악마와 같은 종자들은 아무리 오랜 세월이 흐른들 자신의 감정발산을 '패악' 따위의 당장의 행동으로 옮겨나가며 도통 성숙해지지가 않았지만.

반복된 삶의 흐름까지 도합해서 합해봤자 기껏 해봐야 수천 살. 수십억 년간을 존재해온 악마와는 감히 비견하는 것조차 민망할 정도의 큰 격차를 가졌다. 이곳, 대한민국이 2000년 깨를 넘어 시간이 지남에 따라 날이 갈수록 흐릿해지곤 있었다지만 분명히 전통으로 갖고 있던 옛 세계의 공통적인 사회적 '기본이념'의 법칙을 따르자면 웃어른은 마땅히 공경을 받아야 할 대상이었으니, 심지어 악마 정도의 노인이면 존중을 넘어서 무조건적인 존경, 아니 경외를 받아야 될 존재로 치부되어야 그들의 낡은 관습상 옳았다. 특히 체계의 원흉인 유교 사상이 숨 쉬던 흔적이 제법 생생히 남아있는 대한민국에 한해서만큼은 그런 식의 인식개념을 여전히 추구하고 있기도 했고. 저가 가진 부족함을 제법 많은 지식들로 갈음하게 된 신서울로서는 충분히 인지하고 있는 불편한 사실이었다.

허나, 신서울은 단순히 살아온 흐름이 크다고 어른의 품격을 갖추지 못한 작자에게까지 무작정 자신을 숙일 생각이 없었다. 수많은 기억들과 지식들이 저런 면모를 보인 자들을 일컬어, 열등감에 찌들어 가상의 허세로 이루어진 갑옷으로 몸을 감싸 웅크린 하찮은 종자—, 바닥에서 꿈틀거리는 정도가 자신의 최선인 벌레 같은 생명체로 정의를 내렸다. 손에 쥔 건 애들이나 가지고 놀 장난감 칼이었으나, 진심으로 자신이 날카로운 식칼을 들고 있다고 믿고 있는 수많은 말 종들의 태도와 아주 비슷한 면모를 가졌노라고 결론을 내려진다.

'휴, 악마 놈이 가진 것이 진정으로 그런 하찮아빠진 장난감 칼이었다면 아무런 문제 될 게 없었을 텐데.'

불행히도 놈은 그냥 가벼운 식칼도 아니고 놀랍도록 발전을 거듭한 현 과학의 역량과 견주어 봐도 더 미래지향적으로 발달이 이뤄진 SF장르의 영화에서나 마주볼 법한 레이저 빔 칼을 수백 자루씩이나 곁에 둔 채, 심지어는 그것을 다룰 수백 개의 팔을 지닌 괴물의 몸체까지 하고 있었다. 한계점과 맞부딪히게 된 지금의 신서울이 제아무리 더 높은 곳까지 아득바득 기어오르려 해봐도 이미 세계의 확고한 규칙처럼 갈라 규정이 되고만 둘 사이에서의 피식자와 포식자의 관계를 역전시켜내기란 맹세코 불가능한 일이었다. 그래서 몇 번이나 포기하려 했고 실제로 모든 걸 놔보기까지도 했었다. 사실 해답 없는 문제로 끙끙 앓을 필요 없이 제 머리를 향해 겨눠놓은 트리거를 당긴다면 곧바로 자유로워질 수가 있을 터이니. 그것을 알지만 자신은 수행해내지 못하고 있다.

수많은 고민과 갈등 속에 놓이게 된 신서울은 자기 자신이 언제라도 마음만 먹는다면 그 즉시 죽을 수도 있는 것처럼 묘사해놨지만 사실은 그럴 수가 없었다. 죽음은 모두의 가장 끝에 도달해 머물러있는 미지의 공포였다. 저 강대함에 휩싸여 평범한 인간보다 수천만 배는 긴 삶을 살아온 악마조차, 겉모습만큼은 누구보다 여유로워 보일지언정 당장이라도 제게 더 이상의 '시간'이 허용되지 않을까봐 전전긍긍 앓고 있었다.

죽음—, 그 후엔 정말 아무것도 남지 않는 것. 인간이 마음껏 형성한 개념들 중에는 죽음 이후 다시 반복될 영원한 삶의 굴레로부터 이탈해 완전히 '소멸'하는 것을 궁극적으로 꿈꾸는 배부른 이들의 주장까지도 더러 포함이 돼있었으나, 어차피 살아생전에 그런 미련하고 헛된 발버둥을 치지 않아도 모든 생명체는 언젠가 진정한 소멸을 맞이해야 할 때가 찾아오기 마련이었다. 그 시기를 앞당기려는 이유에 타당성은 오직 하나, 살아가며 저를 괴롭게 하는 끔찍한 고통으로부터 해방이 되길 바라기 때문이겠지.

우습다. 고통도 존재할 수가 있기에 느낄 수 있는 '축복'의 일종이 아니겠는가. 신서울은 불안정한 상황 속에서 별나게 터져 나온 자의식의 주장에 옅은 웃음이 흘러나왔다. 죽음 위에 서있음에도 죽기 싫어서 닥치는 대로 공상까지 끌어모아 방어책으로 삼는 자신의 꼴이 참 한심하고도 딱하다.

"싫어."

온몸을 갉아 먹고 있는 불길 속에서 신서울이 드디어 자신의 뜻을 선포했다. 죽기 싫다. 나는 이대로 죽지 않을 거야. 저를 겨냥한 죽음에게 바치는 선전포고였다. 그리고 그 순간, 때를 맞춰 그녀의 몸에서 휘황찬란한 광휘가 흘러나왔다. 너무나도 태연자약하게 모습을 드러낸 그것은 악마의 지옥불보다 더 태양 이상의 초고온에 가까운 복사에너지 그 자체. 그것은 오직 그분에게만 허용된 유일의 권능이었다.

악마의 호롱불을 집어삼킨 더 커다란 광휘는 모든 걸 소멸시켰다. 공간이 사라진다. 그토록 거대해 보였던 악마의 악의까지, 그 강대함과 찬란함 앞에서는 태양 앞의 반딧불이라. 다만 이것은 스스로도 통제 불능의 능력이기도 했다. 제 몸에서 비롯돼 발해지고 있는 것임에도 그것이 나의 세상을 좀먹어 가는 것을 나는 그저 관람하는 수밖에 다른 방법이 없었다.

이것은 구원일까 파멸일까. 금빛의 어둠 위에서 우뚝 선 영광(靈光)은 몸의 고통을 싹 다 지워놓는 대신에, 범위 안에 들어온 세상 그 자체를 무(無)로 지워나가고 있다. 쭉 이렇다 할 표정이 없었던 악마에게서 드디어 진한 당혹이 떠오른다. 악마는 상상치도 못했을 것이다. 연약한 신서울의 영혼 안에 잠재되어있는 찬란한 창조주의 권능의 힘이 이다지도 강렬함을 내포하고 있을 줄은. 새로운 세계의 창조신을 꿈꾸던 악마에게 자신이 계획한 모든 걸 망치는 중인 현재의 상황보다 지독한 형벌은 따로 없을 것이다.

<…무심하신 분께서 기어코 난장을 벌이는구나.>

이젠 가까이의 접근조차 불허한다. 쌓여진 세계의 어떤 신화보다 높은 곳에 이르게 된 악마가 백광을 응시하며 체념조로 중얼거렸다. 새로운 차원을 점령해낸 자신은 벽 뒤에 틀어박힌 창조주를 아득히 뛰어넘은 줄로만 알았다. 그 짙은 그림자를 피해 독립했다 여겼고, 이윽고 새로운 내가 주가 되는 악의로 얼룩진 세상의 창조를 꿈꿨다. 악마가 백광의 여파로 인해 심지어 조금씩 타들어 가기 시작한 자신의 영혼을 여감을 가진 채로 응시했다. 세계의 일부와 함께 영육이 붕괴되고 있었다. 자신이 꾸며낸 지옥은 댈 것도 아닌 과연 진정한 파멸의 힘— 그분만의 권능이 새삼스레 기억 속에 지워졌던 존재 간의 격차를 떠올리게 한다. 이토록이나 강대한 이능을 갖췄음에도 그는 어찌하여 모든 걸 내팽개치고 구석진 곳으로 숨어버린 것인가. 악마로서는 이해할 수가 없었다.

분명 창조주는 모든 것을 지배할 절대 권좌의 위치에 머물러있었다. 허무나 불만 따위의 케케묵은 감정 따위, 스스로가 다시 새롭게 창조해낼 욕망과 의욕으로 덮어쓰면 그만이었던 것이다. 그러므로 단순히 '질려서', '지겨워서' 따위의 이유만으로 세상을 등져버렸다는 건 기실 어떤 변명거리도 되지 못했다. 지겨워진 걸 새롭게 정립하여 영위해나가는 그 순간, 영원히 질릴 까닭이 없을 테니까. 어쩌면, 지금의 상황까지 모두 그분께서 조정해놓은 것일 수도 있다. 아니, 틀림없이 이 모든 건 그 신묘한 논리를 통해 사전에 계획해둔 의지의 방향성을 따른 것이겠지. 무려 수십억 년간 안간힘을 다해 쌓아온 이능으로도 진즉에 자취를 감춘 그분의 진실 된 역량 아래에는 조금도 미치지 못한, 그야말로 어처구니없이 불합리한 상황을 지켜봐야만 하는 것이다.

그분은 실로 유일무이한 이 세상의 창조주요, 절대자라 할 수 있었다. 본체도 아니고 단순히 남겨둔 원념 따위가 수억 년에 걸쳐 탈각에 이른 악마라는 새로운 진화의 신을 가뿐히 초월하고 있었으니까. 혹독한 파멸의 기운이 범람하듯이 치솟아 올랐다. 오늘, 이 순간에 머무른 모두는 파멸에 휩쓸려나간다. 결과는 단지 그것뿐. 무너지는 건 이 시점의 자신과 지금의 닳고 닳아 썩어문드러진 세상뿐이리니. 이 다중으로 이뤄진 철없는 세계는 틈새 하나 없이 놀랍도록 켜켜이 쌓여있어서 10에서 떨어져나간 1의 빈틈쯤이야 금방 새것으로 채워지기 마련이었다.

그 당연한 결과는 신서울이란 보잘것없던 한 사람의 의념에 의해 단단히 틀어 막히고 있었다. 멸망한 세상에 남은 인간의 수는 아직까지도 무려 수백만 명의 인원에 달해있었지만, 모두의 신념을 한데 모아도 티끌은 모아봤자 티끌이라 결코 모든 세상 악의의 행사를 간섭하여 일으키는 게 불가능한 개벽의 이치. 그것을 새로이 제작되어 탄생하게 된 가냘픈 한 명의 소녀가 제게 쥐어진 만능의 도구를 이용해 악마를 겨냥한 채로 흩뿌리고 있었다.

꽈지지 직—, 시공간이 일그러지기 시작했다. 악마의 지옥불이 자취를 감추고 거대한 원형의 황금빛이 두 존재를 감싸 안는다. 모든 걸 되돌릴 이 금빛 범택의 선장은 놀랍게도 악마가 아니라 신서울의 차지가 되어있었다.

〈어디로 가려는 것이냐 오직 나의 염원만이 우리에게 극한의 쾌감을 전해 주리란 걸 알지 않느냐 보거라 저기 네 친구도 변함없이 날 따르고 있다.〉

어떤 연유에서인지 좀 전부터 쭉 딱딱하게 굳어있는 티제이를 가리키며, 악마가 이번엔 애원조로 살랑거렸다. 뜻하지 않은 위기에 내몰리게 되자 전형적인 강약약강 **여유토강(茹柔吐剛)***의 태도를 내비치며 제 이명에 걸맞게 여전히 농간을 더하려고 한다.

***여유토강(茹柔吐剛): 부드러운 삼키고 강하면 뱉는다. 약한 자에게 강하고 강한 자에게 약하다.**

〈너희들은 아주 오래전부터 신화를 꿈꿔왔고 나는 분명히 너희들의 원념을 달성해주는 해결사였다.〉

악마가 꼭꼭 숨겨져 왔던 자신의 창대한 비밀을 속삭였다 악마는 신서울과 시선을 정면에서 마주한 채 당당히 선언했다 애초부터 너희가 믿던 대다수의 신은 바로 '그분'이 아니라 악마의 악의에서 말미암아 탄생한 서투른 모작에 불과할 뿐이었다고. 거의 대부분의 것이 말이지. 그런데 어찌 된 일이란 말인가—, 분명 설계부터 모든 면이 완벽했었건만 내가 만들어낸 질그릇은 겉보기엔 화려하기 짝이 없어도 들여다보면 늘 속이 텅 빈 항아리처럼 공허하기에 이를 데가 없었다.

창대하고도 원대한 곳에 머물러있던 그분은 무려 이 지구라는 조그맣고 삭막한 행성 안에 기적을 아낌없이 베풀어 결국 이 세상에 자리 잡아 짧은 일생을 겪고 다시 사라지는 한계를 지닌 인간이란 아류작들을 탄생시켰노라. 난 아직도 그 헤픈 베풂을 이해할 수가 없었다. 대적인 소망을 달성하기 위해 각 개체들에게 강력한 의욕의 이능을 쥐어줬었고 그래봤자 그것들은 발전을 꿈꾸기는커녕 자신의 헤픈 감정에 휘둘리다가 아무것도 이루지 못하고서 이내 자취를 감췄다.

악마는 당당히 그분이 저지르는 중인 패악에 이 세상 모두가 들을 수 있도록 아주 크게 울부짖었다. 모든 자유를 쥐어준 것 같아도 무슨 일이 있어도 우리 모두는 태초신인 아버지의 편리한 공구에서 벗어날 수 없는 한계의 모순점을, 꽤 특별함 속에 잠겨 지내던 그것은 모두에게 동등하게 적용된 불합리함을 드디어 알아차려버린 것이다. 그렇다면 대관절 선악의 기준이란 무엇을 나타내는 것이란 말인가. 참으로 우습지 않은가. 한계가 뚜렷하게 제조되어 탄생한 우리 모두는 선악의 기준을 오직 자신을 해치는 것에 전념한 채 꾸려두었다.

이제 와 세상에 간섭하려는 창의를 내비치고 있는 저 창조주는 과연 '악'인가 '선'인가. **「선물을 한 움큼 쥐여줬더니 모든 감사함은 잊어버린 지 오래구나.」**

귓가에 울리는 비판 소리에 악마는 참으로 오랜만에 섬뜩함을 느꼈다. 진정한 절대자가 이곳에 거하고 있음이 마음 깊숙이 느껴졌다. 그분이다, 그분이 오신 것이다.

「쯧, 버릇이 없어졌어.」

악의에 정전되었던 공간이 눈부시게 환해졌다.

저것은 여전히 원념의 한 조각일 뿐일 텐데, 가장 높은 곳에 닿아있던 것이기 때문일까 오롯이 드러낸 존재감부터가 새롭게 주신으로 등극할 자신과는 아예 틀렸다. 셀 수 없는 시간 동안 발전을 꾀해왔던 악마는 왠지 쥐구멍에라도 숨고 싶어질 따름이었다. 이미 머리끝을 넘어섰다 여겼던 스스로의 오만이 단번의 일침에 무색해진다.

정말 그런 것일까. 감히 대적할 수조차 없을 절대자의 위엄이, 그 오랜 기간 망가져만 가던 이곳에는 여전히 남아 잔존해있던 것인가. 혼란이 가속됐다. 더는 누구의 것인지 모를 혼란이 모두의 세상을 일순간에 덮쳐온다. 진정한 절대자라면 그럴 수가 있던 것인가. 누구에게도 같지 않았던, 그럴 수 없었던 개념들이 가지런히 통일된 채 한껏 포장되어 이 자리에 나타난다. 범인(凡人)은 영원히 알 수 없을 반전의 비밀이었지만 이 자리에 위치한 초월에 영역에 이른 셋만은 가감 없이 그것을 느낄 수가 있었다. 동시에 도달한 생각의 결론이 들어맞는다면 그와 대적하는 건 처음부터 전부 부질없는 자살행위였다. 악마가 그렇게 한탄 섞인 괴리에 빠진 동안, 나머지 두 존재 또한 어쩐지 등장한 창조주의 어림을 바라보며 구원의 빛보단 터널의 깜깜한 음습함을 더 짙게 느끼고 있었다.

예를 들어, 진정한 선이 강림했다기보단 모든 흥미를 잃어버렸던 진정한 악(惡)이 뒤늦게 세상 위에 등장한 것만 같은 감각. 음…. 신서울이 침음을 흘렸다.

아아, 그랬던 모양이네— 우리의 창조주는 역시 절대선(絶対善) 같은 터무니없는 존재가 아니었구나. 그래 그럴 리가 없지. 지금 이 자리에조차 그런 허무맹랑한 존재는 아무도 존재치 않은데 절대적인 능력을 통틀어 거머쥔 신이 마냥 선의 착실한 존재라니, 이 얼마나 인간적이고 멍청한 환상의 자락이던가. 그러고 보면 태초의 창조주들은 수많은 신화 속의 초창기 만해도 보통 선의 존재라기보다 최종 악에 더 가깝게 묘사됐었다.

그것이 아마 우리가 애써 지워내고자 한 신의 본래의 모습이리라. 그 모습을 본떠 만들어진 피조물들조차 개인이 마음먹기에 따라 얼마나 한없이 잔혹해질 수가 있는데, 절대라는 단어가 붙어 마땅할 단 한 명의 유일한 초월자가 어찌 바보처럼 선할 것이라고만 단정 지을 수 있겠는가. 누가 누굴 감히 평가하는 거야. 이 얼마나 오만한 논평이란 말이냐. 세월의 망각이란 축복은 참으로 무섭다. 창조주가 남겨둔 것들 중 가장 초월적인 존재였던 악마조차, 그의 본모습을 똑똑히 알고 있었건만 자연히 나태한 착각 속으로 접어들게 만들어버렸다. 세월에 섞여 보기 싫은 것을 '잊어버린다.'는 방어기제의 작용이었다. 모든 순간을 기억할 수 있다 해도 쌓여진 것이 너무나 많았고, 외부의 어떠한 간섭 없이 푹 덮어진 지 이미 너무도 오랜 시간이 흘러버렸다. 이제, 이다음은 뭐가 어떻게 되는 걸까. 감히 멋대로 나의 세상을 망쳐버렸느냐고 최종 징벌이 떨어지려나. 무엇이 찾아올지는 이 자리의 누구도 감히 예측할 수 없었다. 미래를 결정지을 권력자는 언제나 까지나 단 하나의 존재였으니. 누군가는 시종일관 의기양양할 수 있었던 삼자대면의 자리가 이것으로 의미를 잃고 파해졌다. 새로운 세상을 만들고자 하던 오랜 결론이 참으로 간단히 흐지부지해진다.

"하, 이게 대체 뭐람…."

한숨을 깊게 내뱉은 신서울이 모두의 앞에서 답답함을 토로했다. 벌써 자신의 현실이 몇 번 이나 뒤집어졌느냐는 말이다. 정말 웃기지 않게도, 그녀가 바로 얼마 전에 아찔하게 내려다보았던 높은 빌딩 창으로 내비춰진 도시의 전경이 어느샌가 아득히 낮아져있음을 느낄 수 있었다. 자신은 이 짧은 시간, 그런 초월적인 반전을 몇 번 이나 의도치 않게 겪고 만 것이다. 얼마 전부터 그녀의 삶은 말도 안 되는 기적의 연속이었건만, 그중 무엇 하나 제대로 마음에 차는 것이 없었다. 기껏 마음을 다잡고 진창 속에서 살아남길 택하였는데, 나름대로의 힘을 거머쥐었다고 판단을 내린 아직도 이런 난장판 속에 갇혀 억지에 의해 휩쓸리는 꼴이 우습기가 짝이 없지 않은가. 어찌하여 이 세상의 '신'이란 작자들은 자신보다 한참 모자란 피조물들을 긍휼히 여기지 않고 있는 것일까.

존중받아 마땅할 신은 언제나 자비를 가져야 한다.— 이는 원인을 이룩한 모든 책임의 전가를 뜻하는 것과 같았다. 지극히 인간적인 기준이 계속해서 작용하는 이기적 상념들은 어쩌면 신서울이란 존재가 '인간의 욕망'에 가장 근접한 그들의 염원의 도달점이기 때문에 발생하는 것일지도 몰랐다. 신이 절대선이 아님을 알겠다. 악이 얼마나 커다란 달콤함을 보장해주는데 당연하지.

그러나 이 현실에서 가장 이상적으로 추구 받아 높임을 받아야 할 초월자는 결단코 저런 독불장군의 모양새가 아니라, 절대선의 광휘를 궁극적으로 휘두른 이상향으로만 남아있어야 했다. 모순적이게도 지금 들어서게 된 차원 바깥의 공간은 너무나 정결하고 깔끔하게 꾸려져있었다. 이미 오래도록 방치된 실제 세상은 더러운 오물들로 가득 차 버렸는데, 책임을 져야 할 관리자들은 그런 것 따위에는 조금의 관심도 내비치지 않고 그저 본인들의 존재만을 실없이 흩뿌릴 뿐이었다. 반전을 겪었음에도 아무것도 바뀌지 않았다. 나를 이룬 기준하에, 이것은 옳지 않음을 느낀다.

이 세상을 지배하는 것은 내가 특별해진 이상 일인의 '독재'만으로 유지되어선 안 됐다. 태초의 절대자와 그분이 가장 심혈을 기울여 만들어낸 변질자는 저 도시의 오만한 지배자들처럼 낮은 곳의 사정을 조금도 괘념치 않아했다. 그것이 인간에게 자연스레 뿌리내린 태초의 권력사회의 본질과 같기 때문이다.

무슨 일이 있어도 그분을 거스를 생각 따윈 하지 말라. 우리는 언제나 몸을 낮춘 채 그분을 섬기고 따르는 맹목적인 종이 되어야 마땅하다. 그분의 노고가 이 찬란한 세상에서 살아가는 자유의 은혜를 누릴 권리를 주었으니 당연히 그 은혜를 갚아야 하지 않겠는가. 어떤 지극히 보수적인 교리에 심취하다 못해 맹목적으로 변하게 된 노인의 그러한 구태의연한 관념의 시발점은 어디서 비롯되어 떠도는 것인가.

생각이 깊어질수록 수긍보단 반항심이 더욱 짙어졌다. 이것은 악마가 오랫동안 품어온 뜻과도, 새 시대와도 통하는 면이 있으리라. 정신이 아득하다. 자신이 쥔 총구의 방향을 어느 지점으로 잡아야 하는지 좀처럼 결정을 지을 수가 없었다. 왜냐하면 이깟 총구가 어느 곳으로 겨눠지든지 간에 결과는 이미 정해져있단 느낌을 본능적으로 깨달아지기 때문이다. 짧게나마 저 깊고 무거운 바닷물을 반으로 갈라놓을 만큼, 실로 놀라운 이능을 현실로 이루게 됐음에도 이곳에서 자신이 할 수 있는 게 무엇이 있는지 짙은 무력함만을 느끼고 있었다. 악마도 이러했기에 왕좌를 차지하기 위한 반항을 꿈꿨을까? 신서울은 악마의 심정을 조금은 이해하여 뒤늦게라도 그의 우측 편에 설까 하다가 고개를 휙 저어버렸다. 지금 이 순간 자신이 누굴 택하든지 간에 어차피 정해진 결과에는 큰 차이가 발생하지 않을 것이다. 그런 확신이 든다.

나는 이 상황을 대체 뭐라 평해야 할까. 신구(新舊)의 대립? 왕좌에 앉은 아버지의 자리를 탐내 결국 그것을 빼앗기 위한 머리가 굵어진 자식의 패륜 장면? 신들의 전쟁? 나는 마치 고장 난 것처럼 긴 시간을 딱딱하게 굳어있는 티제이 쪽을 바라봤다. 꽤나 특별해진 티제이와 신서울이었지만 지금의 상황에 개입할 자격도, 권위도 갖추지 못했다. 허락된 건 그저 지켜보는 것뿐.

둘은 뼈저리게 무력함을 느꼈다. 허망하다. 스스로가 신격에 도달했음을 깨우치고, 그 거대하고 휘황찬란한 황홀경의 흐름에 몸을 내맡긴

지 그리 긴 시간이 흐른 것도 아니었다. 깊은 괴리감을 느낀 둘은 거듭 실패함을 무릅쓰고 각자에게 쌓여진 수많은 데이터를 바탕으로 베일에 싸여진 주신의 존재를 규정지어 보기 위해 안간힘을 썼다.

끝없이 많은 수의 개념들이 스쳐지나간다. 막대한 데이터가 이뤄낸 창조주의 모습은 무한한 다면화. 과거 무엇이라 불리었던지, 무엇으로 규정되었는지 간에 인간의 얄팍한 믿음 속에 자리한 '창조주'는 오직 각자의 개인이 추구하는 이상향으로 머무를 뿐, 어느 누구에게도 가장 추앙받는 자는 엇비슷할지언정 같지가 않았다. 내게 가장 이상적인 모습을 한 절대자는 나약한 우리들의 간구가 만들어낸 그런 거짓된 신의 일면. 자애롭기만 한 절대자는 처음부터 어디에도 존재하지가 않았던 것이다. 그러니 언제나 이 세계는 불합리하며 비정했을 뿐이었다. 단지 그것뿐이라면 우리는 존재할 필요조차 없지 않나—. 세상은 이다지도 궁핍한 상태로도 나름대로 잘 굴러가고 있었다. 피조물들을 위하지 않는 신들의 개입 따위 더 이상 필요치 않을 만큼, 그들은 오래전에 잊혀진 신들을 대신할 완벽한 기계, 티제이의 체계를 구축해 이뤄놨다.

드디어 모든 시대의 염원이었던 자신을 신과 같다고 여기던 소수의 권력자들만이 대대손손 지배의 권능의 영광을 누릴 한정된 지상판 천국의 문이 등장하게 된 것이다. 신의 개입을 바라는 자들은 권력자들에게 짓눌리게 된 연약한 자들뿐으로, 그들이 원하는 모습 또한 지금 등장한 진정한 초월자들과는 전혀 부합하지 않음이었다.

신은 우리의 인문학에서 구현된 환상이 아니었다. 그럼 저들은 무엇이고 나는 무엇인가. 소용돌이치는 생각은 역시나 결론에 닿지 못한 채로 망망대해를 표류한다. 주변을 훑어보니 '세 명의 신서울'은 아주 태연스레 자신을 포함해 '넷'이 되어있었다. 모두가 빤히 나를 바라보고 있다.

"원하는 게 뭐야?"

정면에서 정체 모를 신서울이 물었다. …누구지? 어째선지 진짜 '신서울'은 악마와 티제이, 새롭게 등장한 어떤 초월적 존재 간의 분별이 더 이상 불가능해졌다. 완벽해졌다 여겼던 사고와 시야가 뭉개져선 마치 심히 비틀어진 이곳의 풍경과 함께 맞닿아 흐려져 버린 모양이다. 아니지, 잘 봐. 모두 멈춰 있잖아. 당장이라도 부서질 것만 같은 공간 속에서 존재가 잔존해 남아있는 건 나와 정면의 신서울 단 두 사람뿐이었다.

하, 이건 또 무슨 놈의 신선놀음이래. 놀라는 것도 한두 번이면 족하지 슬슬 이 기이한 현상의 반복이 지긋지긋하게 느껴진다.

원하는 게 뭐냐고—? 이 모든 게 그냥 원점으로 되돌아갔으면 좋겠다. 지금의 내게 필요한 건 다른 것보다 휴식이었다. 왜, 그 기계팔로 가득했던 나의 보금자리. 욕망으로 가득 찬 도심에 갇혀 아무것도 모르는 채로 다만 속에서 피어나는 의구심만을 지지 삼아 지배자들이 의도적으로 각져 보이도록 꾸며놓은 세상을 원래대로 둥글게 보기 위해 발버둥을 치던 그때의 무지가, 짧은 시간 바깥에 나와 온갖 풍파를 겪고서 잔뜩 지쳐버린 신서울에게 가장 바라는 것이 됐다.

도시 신서울의 내부는 인간 신서울에게 '감옥'이었다. 그리고 이곳, 바깥세상은 '지옥'이었다. 느닷없이 들이닥치는 특별함의 연속이 지치고 바라보기에 너무나 괴롭다. 드디어 모든 속박으로부터 더 이상 구애받지 않게 됐다고 여긴 놀라운 발전의 순간을 몇 번인가 반복해 겪었음에도, 여전히 온몸을 칭칭 옭아매고 있는 질긴 포승줄에 감겨 옴짝달싹하지 못하는 자신의 모습이 차라리 뭔가에 묶여있다고 제대로 인지조차 못하던 예전의 어설픔보다 하등 나은 게 뭐가 있는가, 하는 그런 허탈한 의구심에 꽉 잡혀있었다.

"돌아가고 싶어?"

그가 단도직입적으로 말한다. 17세 소녀의 모습을 한 것과 달리 그 음성은 내 것과 전혀 같지 않게 묵직했다. 돌아가고 싶다 하면 되돌려 주기라도 할 텐가? 기만인지, 기적인지….

'진짜' 신서울이 '진짜' 기적의 주인을 잠시 응시하다가 나직이 답했다.

"…제 소망을 이뤄주실 건가요?"

큰 갈망이 담긴 물음이었다. 신서울이 바라는 건 우리가 그토록 경배하며 바라 마다치 않던 도덕적 관념과 신학이 어우러져 완벽히 구축이 된 '새로운' 과거, 그곳으로 돌아가는 것에 있었다. 자신은 아미 수백 번이 넘는 회귀과정 속에서의 험난하고 괴로운 과정을 지난하게도 겪어왔을 터였다. 그리고 되돌아간 세상은 언제나 늘 악의로 무너져버린 딱딱한 감옥으로만 한정이 되어있었다. 수백 번을 시도했지만 고정된 시작점의 반복은 바꿀 수가 없는 부동의 고착점이었다. 어떤 핑계를 대봤자 과거의 지식 일부에 조력자의 도움과 인외의 이능을 갖추고도 결국 세상에 변화를 야기시키지 못한 채 도돌이표를 반복해온 것은 내가 결코 세상의 '주인공'이 되지 못한 무능의 증거이리라.

보라, 지금의 나는 인외라 칭할 수 있을 만한 강대한 권세를 틀림없이 쥐게 됐다. 화려한 '진화'의 자격을 인조인간, 신서울은 아예 처음부터 갖추고 있었던 것이다.

"글쎄."

그가 애매모호한 투로 말했다. 간절한 자에겐 흡사 조롱처럼 느껴지는 대답이었다. 마주본 짙게 미소지은 얼굴이 자신의 것임에도 얄궂게 느껴진다. 직접 대면해본 그는 그리 경건하지도, 엄숙하지도 않았다. 말투부터 악마와 부딪힐 때와는 달리 한없이 가볍다.

“어쩔까.”

쿡쿡 대놓고 웃는 모습이 밉게만 비쳐졌다. 그걸 보며 또 하나의 큰 깨달음을 갖게 된다. 신이 고정되지 않은 존재임을 똑똑히 인지하였으면서 어찌하여 나는 신의 모습을 아직까지도 경건함으로 가득 찬 ‘고전’으로 한해 고정시켜두고 있는가. 이제는 정말로 이 뿌리 깊은 관념 자체를 완전히 뒤엎어 갈아치워야만 함을 여실히 깨닫는다. 마주한 신은 우리가 그려놓은 어떤 신화와도 들어맞지 않는 규정불가의 존재였다. 허면 창조주는 우리가 ‘지정해둔 것’처럼 진정으로 전지전능하긴 한 것인가? 그것도 사실 오리무중이다.

신서울은 수많은 기적을 몸소 겪어왔다. 가장 대표적인 건 한 줌의 의지로 한정이 됐다곤 해도 역시 지금의 시점—‘기억’이 과거로 되돌아갈 수 있었던 놀라운 기적. 비록 지금의 ‘나’는 이미 주어진 결말을 맞이하고서 깊은 잠에 빠져들게 되고, 오직 켜켜이 쌓여 늘어지게 된 이전의 기억만이 조각조각 찢겨져서는 어느 과거의 지점의 나에게 최후의 다잉 메시지로 짜여진 채 보내지는 것에 불과했지만, 그러한 과정을 거치며 나는 나와 동질성을 띤 대신 이전과는 아예 달라진 다른 무언가로 새로운 진화를 이루게 됐고 달라진 미래를 끝없이 반복하면서 서로 다른 시점을 가진 모순적인 결과물로 귀결됨이 바로 현재의 내가 가진 정체성의 전부였다.

“저, 이제 그만 행복해지고 싶어요.”

결정을 마친 그녀가 자신의 심정을 투정하듯이 피력했다. 꼭, 언제나처럼 과거로 되돌아가는 것만이 정답은 아닐 것이다. 아버지의 선택에 의해 반강제로 돌아가야만 했던 나의 과거는 저마다 다른 종류의 통제 못할 불씨를 품고 있어 이미 데여도 너무 많이 데였거든. 진정 전능한 절대자는 그가 어느 시점에 이르러있든 신서울의 갈구를 능히 이뤄 줄 권한을 거머쥐고 있을 터.

그렇다면 이번엔 아예 새로운 길—다음 챕터를 향해 처음으로 나아가 보는 게 어떨까. 이것은 좀 전처럼 스스로가 보유한 지식들로 무작정 쌓아올려져 주관적 견해로부터 빚어진 지독히도 고착화된 판단에 의한 것이 아니었다. 신서울은 잠시나마 이 세상을 꽉 눌러 잡고 있는 이치 속에서 벗어나 놀라운 기적의 일부를 직접적으로 다뤄보는 경험을 해본 바, 그 놀라운 이적의 매커니즘이 어떠한 것 인지 본질까지는 완전히 꿰뚫지 못했어도 수박 겉핥기 식으로나마 조금은 이해하게 됐다. 미래를 향해 나아감을 유보시켰던 지난 과거를 초월해보자. 최소한 창조주와 밀접한 무언가로 추측이 되는 저 존재가 참으로 전지전능하다면 그는 모든 상상 속의 행위를 이 순간의 현실로 뒤바꿔낼 만능의 존재임이 분명했다.

그래서 간구한다, 나의 행복을. 구태여 주절주절 늘어뜨릴 필요 없이 내가 최대치의 행복을 누리는 순간, 원하는 모든 것이 주변 환경으로 갖춰져 이름을 가질 것이었다.

“그럴 순 없어.”

미소를 싹 지워버린 그가 가련하다는 표정을 띤 채로 공표했다.

“왜…요? 당신이라면 할 수 있잖아! 언제든 날 이 지옥 속에서 구원해 줄 수 있는 거잖아….”

신서울이 그에 대고 소리 높여 항변했다. 나는 이제 그만 편해지고 싶었다. 행복을 누리고 싶었다. 자신은 오래도록 너무나도 많은 끝 모를 길을 목적도 없이 헤매어왔다. 평탄치 못한 길 위를 무한히 나아가며 난 진정으로 무엇을 바라왔는가. —분명 아주 간절히 뭔가를 원했던 것 같긴 한데 잘 기억이 나질 않게 되어버렸다. 그리고 추구함을 잃은 인간은 영혼 없는 재투성이 봉제인형과 다를 바 없었다. 강제로 억눌러져있던 기나긴 세월의 흔적들이 신서울의 정신을 에워싸기 시작한다. 점점 신서울의 정체성은 늙어갔다. 늙으면 도태되는 것이 처음부터 계획된 이곳의 궁극이며 이치이다.

"왜 모든 것에 제한을 두는 걸까, 제한이 주어지지 않았다면 모두가 영원한 행복 속에서 살아갈 수 있을 텐데…."

깊은 원망이 우리들에게 제한된 자유를 선사해준 근원을 향해 쏘아진다. 신이 제작해낸 가장 성공적인 피조물, 인간들조차 그 나약함을 이겨내고 자신들의 상식을 한참이나 뛰어넘는 괴물 [인공지능 티제이]를 이 세상에 완전히 새로운 타입의 피조물로서 이룩해내는 쾌거를 거두었다. 높낮이가 다른 세계엔 분명 최초의 신이 조금 더 힘을 써서 빚어내 신화에도 버금이 가는 자—저 악마와 같은 초월체들이 여럿 존재했을 것이다. 모든 잡다한 나머지 생명체들을 더 한 값으로도 대적이 절대 불가능할 진정한 의미에서의 '초월자'들이 말이지. 우리가 관여치 못하는 어떤 특수한 법칙이 있어서 인간을 오직 한계적인 약자로만 낙인찍어 이 세상 위에 탄생을 시켜야만 했던 것이라면, 제 욕망을 이루기 위해 세상을 멸망 직전까지 몰아넣은 저 '악마'의 존재는 대체 무엇이란 말인가.

과연 불합리하다. 단 한 개체에 역사상 모든 인류를 더해도 모자랄 이능이 선사되어 있었다. 심지어 처음부터 주어진 한계 속에서 탄생했음에도 단순한 지능체의 신분을 넘어 신비에 도달한 산 증인들까지 이곳에 여럿 모여 있지 않은가. 인간들에게는 처음부터 허용되지 않았을, 보다 깊은 의미에서의 '자유'는 시작점부터 창조주가 주어진 크기를 조정해 자신의 의욕대로 부여할 수 있었을 것이다. 지겹도록 반복됐을 자신의 너저분한 삶이 참으로 한심하고 무료하게 여겨진다.

처음부터 프로젝트를 이끈 책임자가 조금만 더 깊은 관심을 기울였더라면 최소한 이런 지긋지긋한 악몽 속에서 살아가는 일은 없지 않았겠는가. 배가 불렀다. 부르다 못해 터질 것만 같으니 배고플 때마다 공짜로 쥐어줬던 빵 덩이의 은혜가 더 이상 감사히 여겨지지 않는 법. 자, 대답해주세요! 당신은 왜 우리를 이따위 불평등하고 고통으로 가득 찬 세상에 살아가게 방치한 건가요? 전능함을 두르고 있음에도 어찌하여 저희를 시궁창 속에 처박아 두시는 건가요.

"정녕 사실을 알고 싶은가?"

의미심장한 투로 그가 말했다.

네! 신서울이 강하게 쏘아붙인다.

"글쎄, 후회할 텐데—."

나직한 창조주의 음성이 이어 경고를 뱉는다.

"…명백한 답이 있다면 이유를 알려주세요!"

후회고 자시고 결심은 마친 지 오래. 신서울이 결연한 표정으로 아까부터 뭔가 닿을 듯 말 듯 거리는 기묘한 비밀을 풀어헤치길 간구했다.

"곰곰이 떠올려봐 비밀의 열쇠는 네가 직접 쥐고 있지 않느냐."

나한테 비밀을 풀 열쇠가 있다고? 신서울은 여전히 자신의 모습을 한 다른 존재들을 노려봤다. 묘하다. 저들을 보며 느끼는 현재의 감정은—, 꼭 새하얀 벽을 마주 보듯이 갑갑할 뿐이었다. 이상하지 않나. 왜 이렇게 익숙하고, 당연하게 받아들여지는 장면인 걸까. 신들이 나의 모습을 할 이유는 없었다. 하찮은 신서울의 주변을 가득 채운 환상들이 흐물흐물해져간다.

"너는 여전히 더러운 새장 안에 갇힌 새로구나. 기껏 불가능을 가능으로 바꿔놓고도 본인의 방어기제를 스스로 무너뜨리려하는 가여운 새."

창조주의 입술을 따라 조금씩 나의 즐거움이 깨져나가기 시작한다. 아아, 그런 거였나. 거듭된 망상이 쌓여감에 언젠가부터 그릇됨이 현실을 완전히 뒤덮고 말았다. 새장 안에 갇힌 새. 그것은 저 위대한 창조주가 아니라 내 스스로가 나를 칭하는 자아비판적인 조롱이다.

'원인 없는 이유는 없다—' 스스로가 깨우쳐 완벽히 자리를 잡게 만든 방어기제가 불능이 되어버린 상식개변의 그날. 악의에 노출된 채로 좁은 방 안에 꽁꽁 묶여 갇히게 된 소녀는 그곳에서의 탈출을 간절히 바랐다. 어떤 수단을 동원해본들 물리적으로 그 행위는 이룰 수 없는 불가능한 짓. 가능한 것은 고작해야 정신적인 반항 정도에 그칠 뿐이겠지. 어차피 당위성을 상실한 세상이라면 그 위를 두서없는 망상으로 덮어쓰겠노라고, 이를 악다문 소녀는 쉴 새 없이 제게 닥친 비루한 진실을 '실제'로 뛰어나게 제작이 된 두뇌의 연속성의 발현하에 거짓으로 가득 찬 망상을 동원해 이 현실을 아예 뒤덮어버린 것이다. 계속, 계속, 이윽고 나의 현재는 어떤 비밀에 의해 잠식되고 말았다. 창조주는 다정히 말한다. 이면에 감춰진 것은 참혹한 진실, 허나 너 스스로가 이뤄낸 인생의 거짓됨조차 내가 부여한 사명의 일부이니 걱정하지 마. 그는 두 팔 가득 벌려 마치 신서울을 구원해주었다. 신서울이 굳은 몸을 천천히 그에게로 향했다. 진실로 고백하자면 이대로 전능한 그의 품에 기대앉아 지친 몸을 이만 누이고 싶었다. 현혹당하고 있다는 의심이 생겨나지만 않았다면, 신서울의 기나긴 여정의 종지부는 분명 이곳에서 막을 내렸을 것이다.

정신을 번뜩 차린 신서울은 제게 주어진 '사명'을 깨우치라고 강요하는 창조주를, 그것을 가장 닮았을 지고의 존재를 두 팔을 힘껏 뻗어 강하게 밀쳐냈다. 정신 차려! 신서울. 뭐에 기대려는 거야. 그가 선포한 대로 내게 닥친 이 모든 환난이 단지 나의 지식에 한정된 채 발생되어 이뤄진 '가짜' 세상일 리 없잖아. 아무리 오랜 시간 익숙함의 나태에 젖는다 해도 스스로의 행복을 담보 삼아 자해하는 우를 나는 결코 범할 리가 없었다. 무수히 많은 반복의 풍파를 겪어옴에도 내겐 여전히 소중한 것들이 남아 주변을 맴돌고 있기에, 가냘픈 그 몸은 어느 순간에라도 모로 기울어지지 않았다.

지독히도 깊은 갈구의 감정이 지칠 대로 지친 몸과 마음을 마냥 쉬지 못하도록 움직임을 더하는 동력이 되고 있었다. 내게 소중한 것을 어떻게든 이 멸망 직전의 세상 위에 남겨두고자 하는 원초적 욕망. 그것이 머무르는 한 내 지친 두 다리가 멈출 일은 영원토록 없을 것이다. 그런 거대한 괴물이 나를 꽉 붙잡아주고 있었다. —바보같이 잠시 흔들렸다. 가장 고귀하고 위대한 창조주를 닮은 것이 내비치는 훌륭한 외견에 속아 달콤한 구슬림에 현혹될 뻔했다. 이제 꿈에서 깨야지 이 현실은 언제나 지독하니까 왜 모든 걸 결정지을 능력을 가진 태초의 권리자가 굳이 아둔한 피조물을 구슬리려고 든 걸까? 정녕 눈앞의 그가 '전능한 창조주'라면 원하고 바라는 대로 무조건 그것이 현실이 되어 찬란함 속에 이뤄져야만 했다. 전지전능함은 그러한 것을 총칭하는 불합리이며 기적이었다.

음…. 분리되어 세워진 기간이 너무나도 오래된 까닭에 저것조차 영락(零落)하고 말았구나. 깨달음을 이어붙여 조금 더 대단해진 신서울은 어렵지 않게 원인을 해명할 수 있었다. 눈앞의 존재는 이곳에 모인 다른 이들이 모두 그러한 것처럼 조금 더 특별함을 가졌다고 해봤자 고작 만물 최초의 어버이이신 그분의 파편 정도에 불과했다. 위대함을 가장하고 있어도 저것의 본질은 무결한 신보다야 타락한 천사 쪽에 더욱 가까울 것이다. 이곳엔 그 모습과 가장 부합하는 악마가 있었다. 그럼 이제 악마가 둘이 된 건가? 진실을 파훼한 순간, '새로운' 신서울로부터 아주 끈적거리는 악의가 전해져온다. 100을 가졌던 존재가 5 정도밖에 가지지 못한 존재로 전락하고 말았으니, 그는 본인이 잃게 된 본래의 95를 되찾길 갈망하고 추구함이라.

"새장 안에 갇힌 것은 모두가 피차일반이 아닐까요?"

신서울이 모두에게 나직이 반문했다. 이곳에 모인 우리들은 아주아주 특별했다. 그런 놀라움의 끝은 애석하나 딱 거기까지가 한계, 그 이상의 신비에는 결단코 도달할 수가 없다. 저 늙은 자들은 주제를 잊고 감히 절대의 위치와 권능을 바라고 있는 것이다.

본인들에게 정해진 한계치에 이미 도달해 머물게 됐음에도 그 너머의 이상을 꿈꾼다. 끝이 없는 욕심. 자신들을 옭아맨 거대한 감옥 안에서의 영영 탈출하지 못할 처량한 신세를 애써 감춘 채로 말이다.

"아아 옳다 옳아."

'신'은 주저 없이 동의했다. 주어졌던 절대를 잃은 채로 모든 것을 [앎]이란 정말이지 지긋지긋하고 무던히도 잔혹한 축복이었다. 그에겐 모든 것이 필연이었다. 우연이란 존재치 않는다. 무언가를 제작하던 창조자였던 입장일 땐 의도 밖의 변수까지도 창조해내는 것이 가능했었다. 처음부터 전능함을 갖고 존재했던 것처럼 어느 날부터인가 이윽고 '뜻'이 '이룸'을 완성시키지 못하게 된 절망의 순간을 겪게 되며 절대의 찌꺼기로 전락한 그것은, 자신의 우스운 피조물들처럼 자신을 옭아매어버린 새장 속을 기필코 탈출하길 바라게 됐다. 왜 이렇게 변해버린 걸까. 이상한 일이었다. 그가 바란 것은 어김없이 이뤄져 현실 위에 반드시 새겨져야 했건만, 어느 날부터인가를 기점으로 모든 것은 어김없이 뜻대로 구성이 일지 않게 됐다. 더 끔찍한 것은 여전히 모든 것은 처음 짜놓은 희미해진 계획안에 있다는 것이었다. 그는 여전히 대부분의 것을 내다볼 안목을 지녔다. 모든 미래를 어설프게나마 선점하고 있다. 그럼에도 찌꺼기 나부랭이의 신세에서는 벗어날 수가 없다. 처음부터 그렇게 의도해 영영 찌꺼기도 되지 못했을 비속한 저 피조물들조차 더 이상의 간섭을 않고 방치를 해둔 새 점점 발전을 거듭하더니 당시의 창조자가 의도치 않던 이곳까지 스스로 기어 올라와 스스로 놀라운 개변의 위업을 성공시킨 채로 자신의 매무새를 자랑질 하지 않았던가. 점점 스스로가 약소해짐을 받아들이거나 이해하지 못하고 인정하지도 못했던 작아진 신은 이제야 자신의 주변 테두리에 둘러진 한계선을 바라보며 자조적인 웃음을 지어보였다.

인정하고 싶지 않았다. 저것은 힘을 잃기 전의 신이 원래대로 되돌아갈 재림의 증표였다. 그가 가는 곳이 곧 진리의 길이 되리니, 어둠으로만 꽉 차 있던 공간에 빛과 생명을 부여한 그 옛날의 가장 고귀했던 이적의 순간과 같이 모든 것을 격변시킬 때는 반드시 되돌아오게 되리라. 신이 자신과 같아진 피조물을 바라봤다.

이렇듯 나약해짐을 대비하여 준비해둔 '안배'는 자신에게 부여된 고귀한 역할을 내켜 하지 않는 낌새였다. 소유함의 은혜를 베풀어 '내 자신'을 가지게 해준 고마움을 몽땅 잊고서 당신 역시 이제는 나와 같아지지 않았느냐고 감히 반기를 든다. 퍽, 실망스럽구나—화가 나지 않는다면 거짓일 것이다. 자신의 손을 내려다본다. 그들이 바라던 자비와 베풂은 한 톨이 남아있지 않았고 처량히도 늙고 말았다. 이제, 전능하던 신은 어디에도 없다.

그는 소멸하지 않는다. 다만 그가 써낸 역사(history) 속 이야기의 주인공은 사라지게 됐다. 주인공이 되고픈 조연들의 억지만이 남았을 뿐. 비틀린 욕망에 사로잡혀 변질이 됐던 신의 분체가 얇게 미소 지었다. 터럭 같은 권능의 이질이 남아있기에 이 세상은 신이 주관해둔 미래 속에 남아있어야 했다. 그렇더라도, 빽빽이 쓰여진 공책 안에 원래의 것을 비틀어 지워내고 단 한번쯤은 새로운 이야기가 쓰여지는 것도 나름 재미가 있지 않을까? 힘을 상실하게 된 이후 방관자를 자처하면서도 세상 위에 은근한 간섭을 거듭했었다. 지금이 이 모양 이 꼴이 된 것은 잃어버리기 전의 숨결이 고스란히 제게 닿지 못했기 때문.

처음의 위대한 의지가 써낸 이야기 속에 가장 필수적인 것만 놔둔 채로 나머지 모든 것을 거둬들인다면 얼마나 초라하고 줏대 없는 방향이 주된 내용으로 이어지게 될까. 그런 결론을 참조해봤을 때 이 새 이야기의 주연 신서울은 가장 특이한 결과물이었다. 본래의 전능한 신조차 헤아리지 못할 변수로 가득 찬 이변의 존재.

이 늙은이의 어줍잖은 간섭은 이쯤에서 뒤로 물리는 게 좋겠어. 특별한 톱니바퀴들의 가동을 정지시킨 세상이 어찌 변할는지, 직접적인 간섭이 불가능함의 패널티를 손에 쥔 채로 관람을 해보는 것도 꽤 특별하고 흥미로운 최초의 경험이 될 것이다.

“아이야, 네겐 자격이 있구나.”

신은 선언했다. 그는 신의 형상을 하고 있으되, 진정한 의미의 능력에서의 절대적 창조신은 아니었다. 지금 가진 알량한 힘조차도 절대적임을 능히 뽐내던 천상의 신이 남겨놓은 편린에 불과한 것이다. 대신 본래의 원류가 가지지 못한 특별함을 가지게 됐으니….

“어디 네 뜻을 한번 펼쳐봐.”

그가 명했다. 주변의 공간이 반전되며 신서울의 세상은 더없이 잔혹하고 지긋지긋한 진짜 현실로 이동한다. 비릿한 쇠 냄새가 느껴지는 선실 안. 더 이상 악마의 간섭이 느껴지지 않았다. 무언가의 신비한 강대함이 자신 안에 머물게 됐음을 신서울은 스스로 체감할 수 있었다. 이 정도의 권능을 다룰 수가 있게 됐다면 세상을 완전히 변혁시키기엔 무리여도 저를 감싼 악연의 사슬 정도는 끊어낼 수 있지 않을까? 그녀가 그렇게 마음먹은 순간 돌아온 에덴 호의 선실 안에서 깊은 수면으로부터 완전히 깨어나게 된 신서울의 육신은 이미 내다봤었던 악연이 이어진 공간으로 옮겨졌다.

4장. 종막

어디서부터 무엇이 잘못된 걸까.

탐스러운 금발이 매력인 '레이나 헤링턴'은 자신의 통제를 벗어나다 못해 완전히 실족해버린 지금의 상황 자체를 도저히 수긍할 수가 없었다. 계획은 완벽했다. 이쯤이면, 마당을 빠져나온 실험체 신서울을 붙잡거나 하다못해 바깥의 머저리들을 멸살시키기에 충분할 만큼의 전력을 퍼부었다고 누구의 앞에서도 당당히 선언할 수가 있었다. 그럼에도 현실의 변화는 레이나의 의욕과 맞닿아있지 않았다. 그러기는커녕 명석했던 자신의 두 눈은 짙은 어둠에 감겨들어 이제 현실을 똑바로 바라볼 수조차 없게 됐다. 뭔가, 모든 게 전부 엉망이 되어버렸다. 어째서? 그 의문에 대한 답은 어디에서도 들려오지 않아야 정상이건만….

<겨우 인간의 육신에 묶여있는 네가 나약해서이지.>

소름 돋는 악의가 레이나의 갈 곳 잃은 시선을 붙잡아 챈다.

"누구…? 티제이?"

기계음과 비슷하면서도 어딘가 틀리다. 열이 치솟아 올라 감싸 누르고 있던 이마에서 손을 뗀 레이나가 경계어린 태도로 주변을 둘러봤다.

<불합리한 이적에 대항하고 싶지 않나?>

위대한 의지가 거둬짐에 따라 속박에서 되돌아온 악마가 묻는다. 최고의 전력을 투입하고도 상대에게 아무런 타격을 주지 못한 이유가 그 '이적'이란 불합리함에 있음을 굳이 길게 설명하지 않아도 레이나는 잘 알아들을 수가 있었다.

왠지, 그냥 이해가 됐다. 그 이상의 부연설명 따윈 필요하지 않다. 이 세상의 절대적 권력을 지배 중인 자신들조차 꿈에서나 그리던 막강한 진짜배기 이능, 그것을 자신들의 실험체는 가지게 된 것임을 알 수 있었다.

빠득, 이가 갈렸다.

<내가 널 도우 마. 나를 받아들여라. 내가 원하는 것은 네가 낚아채려온 부속품이 가진 의지뿐. 우린 뜻이 같으니 좋은 동업자가 될 수 있을 것이다.>

악마의 혀는 끈적이는 꿀처럼 딱 들러붙어서 스스로 궁구하길 마비시키며 달콤히 그녀의 머릿속을 파고들어왔다. 고작 실험체 따위의 반항에 속수무책으로 당했다는 무력감과 분노, 그리고 어처구니없음이 레이나의 정신을 강하게 자극한다.

'그래, 이 괴상한 불합리함. 뭔가가 말이 되지 않았어.'

이는 온당치 않은 잘못된 처사였다. 세상의 중심은 언제나 날 때부터 권력의 요람에서 탄생한 자신에게 주어진 권리이어야 했으니까. 보이지 않나? 불합리함이 앞길을 가로막으니 곧바로 그에 대항할 수 있도록 초월적 능력이 자신을 직접 찾아왔다. 이것에 선악의 유무 따위 무에 중요할 것인가.

선은 승자가 만들어내는 역사의 어두운 이름이었다. 그러니 완성된 '나'를 구축하기 위해 보태주는 것이라면 그것이 선이든, 악이든 방향의 유무는 뭐가 됐든 상관이 없는 것이다.

그녀는 말했다.

"좋아요, 당신의 이끔에 따를게요 그렇게 자신이 있으면 내게 그 불합리함을 깨부숴낼 '힘'이란 걸 줘봐요."

〈OK〉

레이나가 현실과 동떨어진 괴상함과 난생처음으로 마주함에도 자신의 특별함을 무기 삼아 곧바로 그것을 수용하고 그의 제안을 수긍했다.

악마는 비열한 미소를 띤 채로 하마터면 거센 바람에 흐트러져 흐지부지 없어질 뻔했던 원대한 계획의 이어짐에 환희한다. 분명 지금의 악마는 저 불합리의 결정체인 '신'을 능가하지 못한다. 이는, 탄생할 때부터 그에게 주어진 명백한 한계이자 이미 규정된 비이성적임이었다. 그렇지만 잠깐 동안 운명의 관여에 대한 것을, 그 전능한 시선의 간섭 일부를 속여 낼 거짓을 이끌어내는 것 정도는 얼마든지 가능한 일이었다.

우리의 공치사가 넘치는 신께서는 '악'조차 사랑했기 때문에(사랑이라기보단 깊은 '관심'이라는 표현이 조금 더 정확하리라) 스스로의 선택으로 악을 주관하게 된 악마의 힘은 현실의 흐름조차 침범하도록 성장하기에 이르렀다. 신은 지금의 악마에게 그만한 크기의 근거를 내주었다. 신께선 자신을 닮은 생명체들에게 의욕의 권능 일부를 쥐어준 것이다.

악마도 따지고 보면 태초의 인간. 그가 성장함에 따라 아주 짙은 의욕의 이룸을 달성시킬 강력한 권세를 필연적으로 부여받았다.

〈왔구나.〉

악마가 중얼거렸다. 놀랍게도 레이나의 감각은 아주 예민해져 그가 고하는 바를 곧바로 알아차릴 수 있게 됐다. 살짝 스치는 것만으로도 몹시 불쾌한 감각. 오직 나에게만 마땅히 주어져야 할 초월적인 이능 속에 머물고 있는 또 다른 괴물의 등장이었다.

레이나의 주변에 그녀가 지닌 본래의 '색', 오연 찬란한 금빛이 아지랑이처럼 휘몰아치기 시작했다. 악의로 가득 차 되돌아온 그녀의 시선은 공간마저 가뿐히 뛰어넘어, 이곳에 근접한 신서울에게로 향해있다. 그리고 신서울은 제 주제에 딱 맞는 칙칙한 검은색으로 무장하고 있었다. 쯧, 저게 뭐람. 이 휘황찬란한 금빛과는 비교도 하지 못할 가여운 칙칙함이잖아. 악마를 받아드림으로써, 신에 버금가는 권세를 얻게 된 레이나는 오만하게 턱을 치켜세운 채 신서울을 내려다봤다.

멀어버린 줄만 알았던 레이나의 두 눈이 광휘에 감싸여 이글거린다.

칠흑 같은 어둠과 태양 빛에 버금과는 광휘의 대립.

한쪽은 인간이 '악'으로 규정지어놓은 **어둠**을,

한쪽은 인간이 '선'으로 규정지어놓은 **빛무리**를 휘감고 있었지만 실제 인간의 기준에 놓인 선악—, 빛과 어둠은 서로 뒤바뀐 채로 여실했다.

이것은 '선'과 '악'의 대결이 아니었다.

그저 의지와 의지의 맞부딪힘에 불과하다.

두 명은 각자가 생각할 수 있는 최고의 의지로 충돌하기 시작했다. 빛과 어둠의 충돌로 인해 발생 된 충격이 세상을 뒤흔들어 놓는다.

선악(善惡)을 반전한 명암(明暗)이 충돌한 자리에는 깊은 혼돈이 피어올랐고, 일대를 감싼 형형색색의 시간의 꽃잎들을 잿빛으로 물들게 했다.

아무도 알지 못할 결말은, 어떤 방식으로 이어져 나타날 것인가—.

외전. 너와의 해후

아래를 지탱하는 흰색 구름 형상의 발판 외에, 사방이 뻥 뚫린 공간이었다. 마치 무한한 확장이 이루어지는 저 유니버스 스페이스처럼, 시선이 닿는 곳에 마땅히 있어야 할 한계점이 나타나지 않았다. 무한의 공간은 공허하다—.

그런 생각을 갖자마자, 텅 빈 공간에 **'안내처'**가 뚝딱하고 조립 되어졌다. 의문을 품기보다 화려하지도, 고루하지도 않은 건축물 안으로 자연스레 들어서게 되자 떡갈나무로 만든 집무 책상에 앉은 사내…?—**검버섯 핀 얼굴의 아주 오래된 느낌을 선사하는 '노인'**이 보였다.

의문을 담아 묻는다.

"당신이…. **'신'**인 건가…?"

스스로가 생각하기에도 조금 엉뚱한 물음이었지만 이곳은 죽음(나의 종말) 이후 도달한 곳이고, 분명히 끝에 닿아있는 곳임을 알 수 있었기에 그런 합리적인 의심부터 생긴 것이다.

죽음 이후의 세계를 관장하는 초월은 '신'으로밖에는 그려낼 수 없으리라.

그런 나를 지그시 응시한 노인이 말했다.

"글쎄…. 그대의 기준으로는 정확히 규정지을 수가 없다만, 이곳이 자네가 도달할 수 있는 최후의 종착지가 맞긴 하다네. 그대 스스로가 품어낸 찰나의 환상일지, 영락의 세계로 이어진 것인지 그대가 의욕한 대로 형상을 이루게 된 나로서는 판단이 불가능하지. 자, 머뭇거리지 말고 나아가도록 하게. 이 끝에서 기다리고 있는 것이 정녕 천국일지, 지옥일지는 자네 스스로 직접 경험하고 판단해보게나."

노인의 말이 매듭지어지자, 나의 바로 앞으로 아무런 특색이 없는 새하얀 문 하나가 덩그러니 생겨났다. 어떤 두렴도 망설임도 없이 나는 그 문을 열고서 그의 조언대로 여전히 텅 빈 공간을 나아갔다.

"뭐야…. 아무것도 안 나오잖아."

한참을 걸어도 변함없이 반복되는 풍경에 그런 의심을 갖게 된 그 순간, 의혹이 초록빛 색채를 내가 그린 고요한 허무 위에 뿌려놓는다. 싱그러운 풀냄새가 코끝을 자극해왔다. 따사로운 햇살이 두 눈을 콕콕 찔러든다. '강렬함'이 고스란히 느껴지는 실체적인 신체를 어느 순간 나는 갖게 됐다.

이것은 온전한 나의 것, 나의 소유. 빌린 것이 아니라, 아주 오래전에 잃어버렸던 현실 특유의 생동감이 전신의 감각을 통해 아주 자극적으로 들어온다.

두 눈에 담긴 끝 모르게 넓은 들판.

그곳에는,

"오랜만이네…?"

'그녀'가 서있었다. 아아—, 그동안 너무나도 깊고 깊은 감정의 영향을 받지 않기 위해 '추억에 매몰된 구태가 되지 말자'는, 그런 자기변명을 앞세워 억누르고 억눌렀던 추억의 그녀. 세상 무엇보다 소중했던 나의 아내, '신혜진'.

"…."

격정에 휘감긴 탓에 입이 잘 떼어지지가 않았다.

나를 보며 싱긋— 웃어 보인 그녀가 푸른 들판을 가득 채운 저 조그마한 종달새들처럼 듣기 좋은 소리로 지저귄다.

"날 잊어줘서 고마워."

….

"나로 인해 상처 받고 계속 괴로워하지 않아 줘서 고마워"

….

"날…. 다시 찾아와줘서 고마워."

나의 등을 백허그로 감싸 안은 그녀가 다정히 토로했다.

"고생했어, 정말 고생 많았어. 이제 좀 쉬자. 당신은 최선을 다해왔고, 너무 지쳐버렸잖아. 내가, 당신을 잠재워줄게. 아주 잠깐만 편히 눈을 좀 붙여 이따가 깨어나면 우리 천천히 얘기하자. 당신의 인생이 어떠했는지 그 모든 것에 대해."

아내의 손길이 지친 나를 다독였다. 모든 시름이 사라지고, 근심의 구멍이 메워진다.

"그래 나 이제 좀 쉴게…. 너무 힘을 쏟아버렸네. 나 깨어나면, 그때 많은 이야기를 나누자 우리."

수많은 시간 동안 떠져있어야만 했던 나의 두 눈이 드디어, '안식'을 맞아 스르르 감겨든다. 시린 추위를 견디고 나니 따스한 봄날이 찾아왔다. 뭉근 포근함이 머리부터 발끝까지 전신을 감싸 안아준다.

아아—, 내가 도달하게 된 여긴 천국인 걸까?

쏟아지는 수마 속에서 아주 오랜만에 모든 걱정을 털어낸 나는 다만, 이 온기에 깊숙이 빠져들었다. 황홀한 어떤 소리가 귓가 주변으로 울려 퍼지는 것도 같았다. 의식의 끝에서 드디어 종말을 맞이하게 된 '죽음'의 순간은, 생각보다 두렵지 않은 쉼터의 평온함 속에서 서서히 진행됐다.

안녕.

그렇기에 끝인사 또한 몹시도 홀가분했다.

—그동안 무던히도 째깍거리던 시곗바늘의 초침 소리가 드디어 멈춰 선다.

깊은 정적이 오랜 세월과의 사투를 펼쳤던 그를 감싸 안았다.

그는 최후에 이르러서, '구원'을 선물 받게 된 걸까?

여전히 아무도 알 수 없는 일이었고, 여전히 우리는 부지런히 내일을 기약하며 다음 날을 맞이할 뿐이다. 누군가가 자신의 끝에서 평온에 젖게 된 세상의 흐름은 한결 적요(寂寥)*할 뿐이었다.

***적요(寂寥): 적적하고 고요함.**